# 新世纪小说大系 2001—2010

· 主编 ·

陈思和

# 青春卷

· 主编 ·

陈思和

· 编选 ·

金理

李一

上海文艺出版社
Shanghai Literature & Art Publishing House

## 《新世纪小说大系 2001—2010》
## 总 序

陈思和

上海文艺出版社邀约我主编一套《新世纪小说大系》，经过我们同人两年多的努力，现在呈现在读者眼前的是一套九卷近三百万字的小说选集，时间期限为 2001 年到 2010 年，新世纪第一个十年，内容分为记忆（张新颖编）、乡土（李丹梦编）、生态（王光东编）、都市（王宏图编）、底层（黄平编）、科幻（严锋、宋明炜编）、奇玄（潘海天编）、武侠（姚晓雷编）、青春（金理、李一编）九大主题，十一位编者对自己负责的主题作了深入研究，他们将心得写入了各卷序文，综合起来看是对新世纪小说做的一份继往开来的总结。但是我们希望这套系列不仅是新世纪小说成就的总览，也是我们站在世纪初的门槛上直面现实、拓展未来的一份思考和实践。

虽然说“新世纪”只是一个时间的标志，但是在人文心理上，“新世纪”隐喻了一个新的历史起点：当我们回顾此前百年，从甲午海战辱国、维新变法失败、义和团群氓暴乱、八国联军侵华等事件开始，现代中国进入了一个屈辱与自残的苦难历程，而新世纪的到来，让我们隐隐约约地感觉这种屈辱和自残的怪圈行将终结，苦难历程似乎有了转机。911 事件发生、冷战思维结束、反恐和世界主要冲突的转移、金融危机、中国进入 WTO 和经济迅速崛起，等等，都是新一轮世纪交替时出现的令人瞠目的信息，而中国在“潜龙腾飞”的过程中造成的山崩海啸、拖泥带水、沉渣泛起的滚滚乱象，又给未来发展带来前所未有的活力。在这样一个方生未死的大时代里，我们的小说家通过自己的作品不仅证明自己的存在，也表达了他们对这个大时代的积极思考和深切感受。

新世纪小说创作是携带着上世纪最后十年的历史阴影走过来的。90年代“无名”的文化特征深深楔入了新世纪的精神领域，并且更加普遍和深化。所谓“无名”状态，是指文化上出现价值多元、共生共存的状态，而某些重大而统一的时代“共名”的主题早已经拢不住民族精神走向，在文学上便显现出更加散漫混乱而又丰富复杂的景象。这种现象不仅体现在小说价值观的多元并存，也体现在不同文类的多元并存，在各自的地盘上大领风骚。纸质媒体与新媒体争宠于读物市场，主流文学与网络文学都得到了长足的竞争力：前者的高标是2000年和2012年相隔十二年高行健与莫言相继获诺贝尔文学奖，以及一大批主流作家的创作井喷现象，标志“五四”新文学传统的主流地位在新环境下获得了世界性的确认；后者的证明是新媒体各类写作已成蔚然大观，网络小说中不同文类都有迅速发展的势头，与一百年前的晚清小说潮流竟有了暗暗对接的奇观。现在还不能说，主流文学和网络文学是否有可能进一步汇合而产生新的小说实验和新的流派，但是，两大类小说之间观念上的鸿沟开始慢慢地缩小、有了互相吸收的可能。其实，这也是我们期待于新世纪文学未来的理想图景。这个理想促成了我们策划这套大系九大主题的动机。

大胆一些说吧，我认为新世纪小说整体艺术水准上达到了百年来中国文学可能达到的高度，其标准当然不是指小说这种艺术样式在当下现实生活中产生了多大的影响，或者为哪一派系的政治思想所利用是否得力;而是指小说在反映生活的深度和广度,以及其艺术表现的手法的创新上,都产生了一批风格独特的典范作品。一批持续了三十多年创作实践经验的作家已经建立起自己的成熟的艺术风格,他们从笼罩了半个多世纪的"文艺为政治服务"的意识形态下走出来,恢复了"五四"新文学的传统:站在民间立场上从事创作,坚持知识分子的现实批判精神,艺术地、无伪地、血肉地描写这个大时代的一切方面,严肃反思和总结百年历史的经验教训,提出了个人对于历史的独立见解。这批小说艺术家的创作艺术经验亟需学术界从理论的高度给以总结,提升其创作精神,巩固其已经获得的成就。

但我们也绝不回避另外一个现实:新世纪的文学发展确实到了一个"中年危机"的阶段,现在处在瓶颈状态的关键时刻,一方面是凝聚了三十年创作经验和半个世纪生命体验而成就的艺术业绩;但同时也必须关注到,转型期的社会本身也在发生深刻变化,尤其是上世纪80年代末发生的风波以后,历史的经验被遮蔽,人文的传统发生了断层,尽管知识分子的理想和血脉继续在传承中薪尽火传,但毕竟失去了整体性地普及致远的力量,而同时,填补了这一空白的是依凭新媒体崛起而生的大众娱乐文化。在这一方面,新媒体文化的迅速普及和广泛影响催生了新一代文学创作及其受众,回归民间的文学在自发的大众文化基础之上又有了进一步的变化,似乎返回到上世纪初蓬勃萌发的晚清文学状态,原先"被压抑的现代性"的前提被抽取,各类文学在民间和市场的土壤里有了自由生长的可能性。但是,这种新媒体文学与"五四"新文化传统教育下延续而来的主流作家的文学之间有着鸿沟、隔膜以及某种潜在对立情绪。所谓"中年危机",也包含了代际的传承和反叛的冲突,我们认为这正是新世纪小说活力所在。两大文类之间没有根本对峙的内在理由,也没有老死不相往来的外部环境，事实上，文化传统的发展壮大是需要在与其对立面的冲突、交锋与融汇过程中完成的，我们从主流文学吸取大量民间营养而从事创作的现象，从新媒体文学努力靠拢主流精英因素的现象中都可以意识到，一个新的融合和提升、进而传承而开拓的文学（小说创作）局面，将会在共同的努力下出现于未来。

鉴于此，我们策划这套大系的前提，是自觉抛弃“五四”以来划定的以邻为壑的思维模式，我们努力避免用“高雅文学”/“娱乐文学”、“纯文学”/“俗文学”、“精英文学”/“大众文学”、“严肃文学”/“消遣文学”等二元对立的原则来规划和选择文学，在我们眼中，“科幻”、“奇玄”、“武侠”与“记忆”、“乡土”、“都市”只有主题之分而无轻重之分，更无正邪之分；“底层”、“生态”、“青春”与其他文类也只有主题之分并无新旧之分，它们是在同一个时代环境下展示的文学现象，也是人们面对现实而产生的幻想、奇想和梦想。人类的任何念想都应该被人类自己尊重，只是我们对文学创作能够反映现实生活中涌现出来的新的社会现象及其思考，尤其重视。我们关注新媒体文学也许有点趋时，关注底层题材、生态题材、青春题材也许有点趋新，但从基本动机上出发，我们寻求的仍然是多元的融汇、丰富的创意和好作品的出现。

当我读完同人们精心挑选的九卷小说大系后，一种难以想象的惊喜洋溢在胸间，因为我看到了一种全新的文学图景。为了与读者分享我此刻的心情，我特意借用一点篇幅，将九卷大系入选作品的作者名单排列于下面，他们是：方方、贾平凹、宗璞、迟子建、白桦、杨显惠、阿来、严歌苓、毕飞宇、苏童、魏微、莫言、林白、阎连科、李洱、铁凝、刘醒龙、王安忆、张炜、石舒清、王新军、张学东、葛水平、李锐、李约热、王祥夫、温亚军、乔叶、红柯、孙惠芬、刘庆邦、田耳、尤凤伟、杨争光、董立勃、周大新、范小青、刘震云、杜光辉、陈应松、叶广芩、苦金、白雪林、卢一萍、雪漠、万玛才旦、次仁罗布、尹向东、杨志军、郭雪波、孙未、姜戎、蒋子丹、郭文斌、唐颖、张生、王宏图、吴玄、陈希我、盛可以、陈家桥、潘向黎、徐则臣、须一瓜、任晓雯、走走、林那北、韩东、滕肖澜、刘恪、宁肯、格非、艾伟、曹征路、马秋芬、罗伟章、刘继明、胡学文、葛亮、朱山坡、王十月、柳文扬、何夕、刘慈欣、马伯庸、王晋康、长铁、ShakeSpace、赵海虹、陈茜、万象峰年、拉拉、江波、夏笳、陈楸帆、飞氘、韩松、七格、潘海天、骑桶人、斩鞍、AK·冯·林檎、焚狐、文舟、揽云生、杨贵福、本少爷、楚惜刀、雷文、醍醐、徐来、丽端、cOMMANDO、骆灵左、Bruceyew、白亚、舒飞廉、李多、今何在、萧鼎、树下野狐、沧月、南派三叔、阿越、碎石、踏雪、江南、王晴川、步非烟、伊人无恨、小椴、王乃飞、子茱、杨叛、萧拂、方白羽、华发生、李亮、黄海涛、孙晓、凤歌、王松、榛子、凌可新、姚鄂梅、薛舒、鲁敏、傅爱毛、路内、张悦然、徐敏霞、秦贵兵、苏瓷瓷、甫跃辉、张怡微、叶弥、夜X、韩寒。

无论是哪一类读者,面对这份名单大约都会有一种半生半熟的感觉,你可能对一类名字的创作很熟悉,但是对另外一类的名字完全感到陌生。如今我们把这些名字排列在一起视为一个完整的小说家方阵,勾勒了新世纪初中国小说作家的新阵容和新面貌。虽然与全国小说创作的所有作家相比,他们仅仅是沧海一粟,但即使是一个小小的浪花,也打破了以往单调片面的格局,让我们看到了大海般的波澜壮阔和无限丰富。

也许,我们在努力营造一个小说乌托邦。近几年,我们一直在这个方向下努力寻求——2008年,我们在复旦大学举办了著名学者范伯群教授学术思想的研讨会,围绕范教授的新著《中国现代通俗文学史》的出版,深入讨论通俗文学如何进入现代文学史的问题;

2010 年,复旦大学再次举办当代文学六十年的国际研讨会,特别设立了一个议题:“断裂的美学:新世纪文学十年”,邀请了科幻作家韩松、飞氘,惊悚小说作家蔡骏,打工文学诗人郑小琼、80 后女作家张悦然等进行专场讨论;现在我们编出《新世纪小说大系》,是这一系列努力探索的结果,也是进一步深入文学创作现场所做的探索工作。只要觉得这项工作有意义,我们还将探索下去,伴随着文学创作的发展,我们将与作家们一起,书写当代,开创未来。

2013 年 3 月 15 日

《新世纪小说大系2001—2010·青春卷》
编选序言

# 新世纪青春小说:期待“逆袭”品格的重生

金　理　李　一

## 一

本卷选入的“青春文学”,是2000—2010年十年间所发表的、不同年龄段的作家描绘不同时代中青春生活的小说。为了让读者了解本卷的编选意图、选入标准,我们略作几点说明:(1)就作品来说,我们关注的是独特、深刻地展现丰富多彩的青春世界的小说。(2)就作者来说,不限制其年龄或创作风格。不同代际的作家,其在新世纪发表的作品,只要独特、深刻地展现了青春世界,即可选入本书,而不在乎该作家在创作此作品时就实际年龄而言是否属于“青年”(比如一般意义上14—35周岁)。编者的理想就是贡献不同代际的青春画卷。创作风格的问题复杂些,因为作家年龄与创作风格并不严丝合缝地对应(萨义德在《论晚期风格》中提醒我们注意“身体状况与美学风格”之间隐秘而复杂的联系,所以作任何“适时”——即认为“适合于早期生活的东西,并不适合于晚期阶段,反之亦然”——的判断都须谨慎[①])。一般而言,大多数作家都会在青春期爆发创作激情而留下青春意味浓厚的作品,然后发生转型,在笔墨、技法、世界观等方面都有变化。有部分作家能较长时间地保持青春心态和气质,比如巴金、王蒙。还有一部分作家因天性或特殊经历,远离青春心态,他们冷峻的笔墨大多刻画的是青春生命的早熟、早衰甚至病态、堕落,比如鲁迅、张爱玲,我们认为他们的部分篇章贡献的是一种独特的青春文学(也不妨说拓宽了青春题材的文学阐释空间)。打个比方,如果在“新世纪”出现类似鲁迅《伤逝》这样的小说,因为其展现了青年一代的追求与困境,我们也会列入本卷,而不会在乎创作者已入中年,或因其直面困境的冷峻与惯常意义上活力激荡的青春情怀有所悖逆而弃之不顾。(3)在作品和作者两方面的“解放”之后,我们看到的“青春文学”已经是按照内容所划分出来的与记忆、乡土、时尚、底层等相并列的一卷,是对于某一段特殊生命阶段的精神书写,所以它的读者群体年龄已然不存在预期的、特定的限定。相反,正如人们对于青春生命阶段的爱慕和珍视一样,青春的能量以及与它有关的所有情感状态早已成为文学表达的重要母题,有关青春的小说也定为各个生命年龄阶段的读者所钟爱。但仍不可否定的是,那些关于青春的此时独语因其恰好吻合了青少年读者的身心成长阶段,因此这部分作品首先为他们所共鸣。在这个意义上,新世纪第一个十年的青春文学首先是对于“此时成长”中青春的现时表达,其次才是广义的打破书写年龄的那些有关青春的讲述。

还想说明的是:两位编者同样是“80后”,小说中所叙写青年人遭遇的诸多问题,其中若干生机与危机、欣悦与困顿,也正渐次在我

---

① 参见萨义德:《论晚期风格》第1页,阎嘉译,三联书店2009年6月。

们面前展开。编选此卷选本，既是检视文学，亦以检视自我生命。我们不敢断言这一选本足为“经典化”存档，但我们付诸的是真诚，但愿与读者分享一二洞见。

## 二

《姊妹行》写两个女孩儿被拐卖，逃出来的那个多年来一直坚持寻找当年同伴，这一过程的来龙去脉与细枝末节王安忆写得不厌其烦，就好像传统曲艺中的“抖包袱”，快到收束的当口却简捷干脆：“水掩好衣服，将小孩往地上一张小棉被上一放，站起来就跟分田走。”这里浸透的“拔地而起”的力量、不屈不挠的求生意志，也正是青春的生气、坚韧。《姊妹行》在不动声色间带出惊心动魄，与之形成对照的是，《双驴记》高潮迭起却留下无尽喟叹。小说末了挺立在雪地里、如金属般的灰褐色骨架，仿佛在警醒世人，应该如何尊重自然中的其他生命形式。王松叙写的这段知青往事，揭开了荒唐年代中（驴也被打上“家庭出身不好”的烙印）人性的迷失。

我们之所以收入1950年代生人的王安忆，“60后”凌可新、李约热，以及“70后”姚鄂梅、薛舒等作家的作品，还有一个考虑是：将小说所呈现的不同代际的青春经验，作为当下以“80后”、“90后”创作为主力的青春书写的参照系。代际归属所形成的文学写作的基点固然重要，但由此而膨胀的同质化叙述也值得警惕，可惜这样的同质化叙述在今天年轻一代的写作中很有泛滥之势。我们希望年轻一代将其自身的生命体验表达出来，但这并不是肤浅的呈现，不是种种未经“省察”与“反思”的标识对文学的派定；我们珍爱“80后”、“90后”青春书写中的“独特性”，但独特性理应在不同代际间往复回环的审视中获得，通过这种不同代际间往复回环的审视，为自身成长、也为青春书写开放可能性。

## 三

本卷的绝大部分篇幅属于“80后”（包括“90后”）的青春书写。其实每一代人都面临着具体的困难。但若以文学生态而论，相比较之下，则今天的年轻一代可能更不容易。余华、莫言、王安忆们以先锋姿态进入文坛，当时的文学体制比如重要的纯文学刊物等都提供了推波助澜的作用，然后当代文学转型为常态的“中年期”[①]，他们构建了今日中国文坛的中流砥柱，在稳定的环境里，他们磨砺写作技艺、丰富世界观、摸索读者的口味，不断推出的作品是主流奖项的候选者、学院批评家的关注对象和图书市场的看点。可是今天的青年作家就没有这样的际遇，他们一出道就投入到市场大潮中肉搏。我们往往以为那些获得市场成功的“80后”作家就是今天的青春文学；而那些无法在市场大潮中浮出水面的作家就无缘被读者、研究者所认识。年轻一代的困境在于，市场和个人探索之间没有任何回旋、缓冲的地带……本卷入选的“80后”作者大多属于“自发自觉的写作者”（借用青年作家小饭的说法）。可能这会导致一些读者的疑惑甚至不满。我们的考虑是：与那些网络和类型写作中的同龄弄潮儿相比，与已然在人气和市场份额上占据绝对优势的写作明星相比，我们应该把更多的关注投向这些在文化环境与市场逼迫下坚持严肃的创作态度、追求一定艺术深度和原创性的年轻写作者。

---

① 参见陈思和：《从“少年情怀”到“中年危机”——20世纪中国文学研究的一个视角》，《探索与争鸣》2009年第5期；《对新世纪十年文学的一点理解》，《文艺争鸣》2010年第4期。

家庭伦理对于个体的复杂束缚在“门里门外”足可以沟通整整一个世纪古老中国现代进程中青年一代的痛苦。“罗清清推开门，发出‘吱呀’一声。那锁已经坏了很久，地面下陷的缘故，无法修缮。此时母亲正端着个簸箕出来，瞥了她一眼说：‘怎么这么晚才来，快进去磕头。’”张怡微在《我真的不想来》中再次触碰这一“痛苦”。“拜膜的事，没有人逼她，正因如此，她才不知该向谁拒绝。”看不见的束缚包围着那个即将十八岁的小女孩，簇拥着她进入成人世界。如果我们可以把这种束缚清晰定义，明白解释，那么这个年轻的女孩子就可以找到她的某种意义上合理的反抗姿态。问题就在于，没有一个词语可以成为这个时代反抗的坚实理由，世界以它的复杂多面展示给初懵于事的个体，由是，成长造就了无底的深渊。而当“在课堂上讲的那些自由和谐科教兴国，竟都顶不上家里外婆一声轻柔的‘磕头吧’”时，这种个体成长中本是自然的独立反抗不但没有得到推波助澜，相反造就了个体意识上的怀疑。这也许是1980年代出生的一代年轻人某种意义上共同的精神处境：一切都在氤氲之中，有矛盾，远不至于爆发，青春的荷尔蒙能量找不到喷发口。或者说，《我真的不想来》中罗清清特殊的家庭环境应和紧张的都市生活压力，迫使她在具体的生活问题上必须面对精神上的困惑，最后她终于冲破压抑发出尖叫声，这暴露的是一个时代里面年轻人成长中的精神信仰问题。时代在门里与门外之间，没有为青年人提供鼓舞他们高蹈的精神选择，时代再也没有那种简单、明了的黑白选择可以借之于为理想，也没有一个共同高歌的主题以凝聚一代青春的能力塑造无悔。门里的生活：在罗清清的具体处境里，经济的问题根植在至亲之人的所有问题中，无可逃遁。经济问题提供的主人公最基本的现实压力支撑着人物精神上的种种紧张表达，并不断推动着它。门里的问题没有解决，但它逼迫年轻人去开掘个体身体之门中更内在的精神世界。由此历史的压力和现实的压力让有关精神的书写稳稳着陆。于是，旧历新年在古老的仪式中通过一代又一代，记忆着我们特殊的民族性格和具体的家庭生活。

欲望，在我们以往的文学作品里多是人物行动最根本的动力，且从未有这样一些对它丧失兴味的正常人，而且是青年人。张悦然《一千零一个夜晚》正是写出了禁欲时代之后诞生的一代青年人，他们因过分容易的欲望满足，而逐渐丧失欲望兴趣。读者一定能够在"我"的身影上看到90年代文学中某些尖叫的影子，而那些制造假古董等等某种程度上也不可推却为这个时代正在流行的泡沫风尚。在一个表面更加自由、富裕的世界里，这些物质条件优渥的青年人已经到了他们生命旅程的悬崖边，他们必须找到更大的刺激以激起人类最原始的繁衍、生存欲望。所以当"我"看到禁欲年代过来的杜仲时，"我"抓到的正是他现实生活某种失败造就的"贫乏"背后掩藏着的能量。当然，这个能量非常可疑。种种努力之下，这篇小说对于都市年轻人潜在的内心疲乏有不自觉的表达。

作为某种青春的独语、自白，苏瓷瓷的《不存在的斑马》比较典型。用这样一个蜷缩在家里的病态身体，作品与其说是关注青春成长中特殊的敏感，不如说在试图探索现代生活的灯影里那些为人所看不见的角落。

在我们看到了这些"歇斯底里"之后，"80后"青春的"此时书写"似乎总是以某种"非常态"的生活样貌展示，且总是缠绕在现代化城市生活所搭建起来的物质空间，依赖现代性对于人本身可能造成的压抑。其实成长对于他们来说，并不是仅仅地存在于挤压的极端处境中，我们在选入的另一些作品中不难发现，乡土的天地人伦灌注在他们的书写中，展示了别样的"此时青春"。当我们用青春书写来固执地支撑这一代所谓离青春最近的写作者时，我们认定的是，他们这一代目前基本上是以“青春”成长内容为主要的书写对象。或者说，他们对于社会人生的所有抒发，都是通过作品里那个无处不在的带着青春情绪的年轻人。这个年轻人正在背着整个幼年成长记忆，一步一步走向社会的中心，他/她所有的波澜都是发生在背后的世界和眼前的世界不断重组的自我认识过程中。从这个意义上来说，“自我”本来就是他们书写中的重要根由。“自我”并不是无视外在世界，相反它恰好是来自对于外在世界的强烈渴望。所以这种书写对于一个青年作家来说，甚是珍贵，也尤为重要：他在文字的虚构世界中找到一个同龄人尽心竭力用青春的生命阶段展示此时此地的人类从童稚时期走向成熟时期的整个过程。其珍贵之处还在于，基本上所有的表达都是在自觉中腾出不自觉的空间，在看得见的做作和设计中流露出人的天真。

甫跃辉《初岁》的主题是成长。十多年前，主人公兰建成是跟在送去屠宰的猪后面“难过又无能为力的小男孩”；等到第一次操刀前“咬紧牙齿，身子颤抖，激动和紧张混杂在一块儿”；杀猪过程中“有一瞬间，他又隐约触到了小时候的那种疼痛，但转瞬即逝”；后来“时隔多年，兰建成已经不能体会面对一只猪的死产生的那种痛苦了，甚至为自己当年竟然那么痛苦感到难为情”……兰建成面对杀猪时的体验——借用布鲁克斯和沃伦的话[①]——可看做对“邪恶的发现”，而从恐惧紧张到安之若素，兰建成内化了成人世界的秩序和机制，从而与纯真的儿童世界告别。小说中杀猪这一情节，由此可理解为告别儿童向成年转化过程中经受考验的寓言和仪式。小说最精彩的地方，写到兰从猪身上抽出刀子，“血接踵而

① 布鲁克斯、沃伦《邪恶的发现：〈杀人者〉分析》，转引自格非：《经验与想象》，《文学的邀约》第27页，清华大学出版社2010年4月。

至”，那一刹那，“恍然觉得血是从自己身上流出去的，不知不觉中，他的呼吸竟和猪的达成一致”。从上述过程和细节来看，成长如此残酷，意味着对痛楚的渐渐麻木，甚至意味着杀死“对象化的自我”。小说还写到了侄女小微，她在屠宰场大声哭泣的表现恰如十多年前的兰，更年轻一代的成长也必须重复这样的残酷吗？小说写到这里——告别/成长的转型中对残酷的发现——似乎并无太多新意；然而，有意味的是，小说所展示的“小微—兰”这一成长序列，还可延展成“小微—兰—老董”，也就是说：小微固可视为以前的兰，但老董也可看做未来的兰。老董在小说中着墨不多却让人过目难忘，他在凡庸的岗位上从容尽着生命之理，身上闪烁着《庄子》中那位“技进乎道”的庖丁的影子。这里的沉静与前面的残酷形成丰富的意味，由此为成长开放着诸多可能性。

小说中对话写作的难度，某种程度就正是来自普通话对于人物用语的束缚和限制，《来凤街少年被杀事件》酣畅之处在于作者发挥了重庆土语的泼辣爽气，如此才有人物在某些对话上的顿时生动。它不仅打开了我们的文学语言文学世界，在诸如“格老子，国家二天要着灭亡，就凭你们这些天棒”这样的表达中，文字落地，语言接通了地气，由此它还通过文字营造了民间世界的蒸腾之气。我们或可以说，这是一篇书写理想的小说：一个青年人通过高考即将告别养育他的那片日益凋敝的乡土，走向现代化的外面世界，他的内心充满了创造未来的愿望。这种理想无论在面对未来还是现实环境时，都不是流行观念加之于主人公身上的一个概念，而好像是来自一个更加朴素，一个更为原本的地方，可能是生命本身叫人对于生命的珍视。当我们在渴望文学中这一代年轻人的声音时，在秦贵兵的这篇小说中，这一代年轻人已经在悄悄地用他们的青春爱护我们这片土地了。

## 四

如上文所言，尽管编者预设了开放性的“青春文学”概念，但我们更加珍重的，是以“80后”为代表的、“此时成长”中的青春书写。“80后”的成长与写作年代恰逢前所未有的转型期，思想（价值观念的变革）、经济（经济体制改革、持续增长）、媒体环境（拥有相对于纸媒更加开放、自由的网络与平台）发生裂变；在外部环境的影响下，“80后”文学的出现伴随着一连串乱花迷眼的“变化”：发表媒介、生产流通方式、文学写作形态……以至于前辈作家都承认“真正的断代是在‘80后’”；然而，一切“断裂”的指认必须落实在美学经验之上，恰恰在这一点上，“80后”无法理直气壮。举个例子，在当时被称为“晚生代”（或“新生代”）的作家韩东、朱文、鲁羊、邱华栋、李洱、林白、陈染……伴随着1990年代文学成长，麇集在他们周围的“个人化写作”、“日常生活”、“边缘”等关键词既恰切地解释着这拨作家的创作，现在也已成为有效的文学史概念。但是今天的年轻一代还缺乏独特的标识，也许是创作者提供的文本还不够丰富，也许是评论者的阐释功夫还不到家，总之，尽管在市场上一度风生水起，也不乏代表人物横空出世，但因为美学经验的模糊，使得“80后”这个概念尽管诞生近十年了却依然不够说服力。

张怡微小说中那位女孩子的困境，似乎象征着今天年轻一代写作的难度：处于“青春没有靶子”后的无所适从，涣散，没有力度。不过，我宁愿相信这只是暂时的，就像近来的那句流行语“吊丝的逆袭”，其中免不了自嘲，但究竟不全是无的放矢，总还有几分真真切切的“不认同”在宣泄。我们切莫忘了中国现代文学的“诞生之作"《狂人日记》讲述的就是一个"不认同"的故事。同样我们不要忘了,狂人并无固定的职业,也谈不上成熟的思想体系,年龄约在三十多岁①,这是一个青年反抗者形象(在"从来如此,便对么"的"不认同"中,现代青年的反抗者形象在文学史上登场:狂人、觉慧、蒋纯祖……);《狂人日记》是一部典型的拥有成长主题的青春文学。而青春文学自来就具备先锋、"逆袭"的品格。按照陈思和先生的解释②,从"五四"新文化运动起,不断有先锋思潮兴起,虽然每个先锋思潮经历的时间可能很短暂,但都会在短时期内集中能量,批判政治上的平庸、道德上的守旧和艺术上的媚俗,同时从边缘向常态的主流文学发动进攻,而青春文学在每一次进攻中充当了有力武器,产生巨大影响,所以成为文学史上持续受到鼓励的主题。现代文学史上的青春文学和他们的创造者们,同样身处主导性文化的严密限制之中,但却通过足够强大的艺术才能、"绝望中抗战"的勇气、韧性的战斗精神,创造出"冲决罗网"的文学空间。

"五四"新文学是带有先锋性质的革命性文学运动,它开启了一个生机勃发的文学青春期,反传统、反权威、与现实环境紧张对抗、艺术革新——这些本就是"青春"与"先锋"共享的特征。"五四"新文学的先锋精神最初诞生于一个颓靡、涣散的"无名"时代,民初转型期的混乱,使得统一的时代主题无法显现。当时文学思潮并立(南社、鸳鸯蝴蝶派等),但其中任何一支都只反映了时代精神状况的某一方面而无法拢住整体的人心走向,就在这种涣散无主的状态中,"五四"新文学的先锋们感到了不满,他们结合启蒙精神,在认清社会文化潮流的基础上(陈寅恪所谓"预流")推出崭新

① 根据小说开篇"今天晚上,很好的月光。我不见他,已是三十多年……"可以大致推定。

② 参见陈思和:《试论五四新文学运动的先锋性》,收入《海藻集》,广西师范大学出版社2007年12月。

的时代主题（民主与科学、白话文等）与崭新的文学（“为人生的文学”）。从上面这个简要考察来看，先锋精神必得具备顽强的战斗力与惊人的预见性，它与“无名”时代处于奇妙的博弈状态：一个涣散、无主名的时代必然给人感觉是惫懒、惯性延宕、自然生成；没有占据统治地位的力量、立场，在冲突之外更多的是妥协、合谋；甚或在看似轻松的环境中随波逐流、无可无不可；创作者往往意志消磨而难以聚敛精气，或如置身无物之阵难以找到掷出投枪的靶子……这一切都不利于先锋的诞生；但另一方面，也许正是这样的时代才能真正诞生经受得住考验的先锋文学。

今天，我们又身处一个颓靡、涣散的“无名”时代与走向未明的文学“中年期”，不过源头活水也许正孕育其间。一方面历史转型期表面上看暧昧混沌，实则波澜不惊的时代表象下龙蛇起陆的迹象暗流涌动；另一方面主观上在很多年轻人的意识、思想空间里“历史远未终结”。这理应是一个产生新鲜的文学意识和新鲜的审美表达的时代。我们不妨屏息期待，期待一种具有先锋精神与“逆袭”品格的青春文学的重生……

# 目录

王安忆

# 姊妹行

分田和水出门的时候，村里人就不看好，觉着这两个姊妹太癫狂，胆大心不细，弄不巧就被人拐跑了。想不到，还真让说中了。

分田的对象在徐州当兵，来信让分田去逛逛徐州，分田又邀上水。乡里边男女对象的交往总是这样的，女方带一个要好姊妹陪着，就像小姐带一个丫环。一来可以避嫌，二来也可解了当事人的尴尬，所以，这个“第三者”是受欢迎的。与惯例一致，水比分田小两岁，还没对象。这两人玩心都大，就敢结伴去徐州。要说，分田那对象，安排得够仔细，他事先寄来一张路线图，让两个姊妹一早到韩集搭中巴，中巴乘到大王集，再换乘长途车，到曹城。此时应当是下午三点光景，而曹城傍晚五点有一班到河南商丘的慢车，正好在车上过一宿，一早到商丘站。到了商丘站，她们就与他通个电话，电话号码他写在路线图上，“商丘”两个字的旁边，底下用小字说明如何使用投币电话，身上要留好几个硬币等等。通上电话，晓得她们平安到商丘，他便可放心。她们呢，也好告诉他买了哪一班到徐州的车票，从商丘到徐州的车次就多了。到时候，他会带他的战友去徐州站接车。他特别强调他的战友这一细节，“战友”这两字使他有了一种走上社会的新形象。这孩子，说起来要比分田小十个月，可行事却沉稳得多，这也是分田应下这门亲事的缘故。他是分田姑那个庄的孩子，当然是姑做的亲了。现在到底比以往开放了，两人见了面，一同逛了韩集，不用说，还有水一起。他回部队时，分田也是同水一起去送的。所以，他们虽不算十分熟，可也不是完全生分。这也是分田愿意接受邀请的一个原因。

分田她们应当说是基本按照路线图走的，只是在每一个细节上都作了点小小的改动，甚至连改动都称不上，仅止是一点变通。这一点变通，虽然是因情因景而异，但也可看出这两个姊妹的性格。这些变通里面，终有一个酿成了事端，所以，要说后来的变故是怪她们自己，并不为过。那天，她们确是一早去了韩集搭中巴，但不是走去的，而是拦截了一架手扶拖拉机。她们出了村不久，就听身后土路上轰隆隆地跟上一架手扶，那车主她们都认得，邻村的萧小，初中里同过学，自己开了砖厂。于是，很自然地，两下里打了招呼，她们爬上车头，摇摇晃晃去了韩集。她们搭的中巴，也是熟人的中巴，中学里的另一个同学，姓林，和他的堂兄合开一辆中巴。她们上了车，坐到前排座与林同学一路聊天，到大王集。林同学邀她们一起吃了午饭，就在汽车站边上的饭铺里，要了一个凉拌粉皮，一个花生米，再各人三两水饺。虽然没喝酒，可因为老同学见面，谈起许多往事，很有感慨，所以三个人都很兴奋，红了脸。然后分手，林同学折回头往韩集，这两个上长途车去曹城。这一段比较寂寥，也就是比较正常，没有遇见熟人，也就没有计划外的事发生。因为起早，亦因为兴奋，两人都乏了，这时静下来，就打起盹。就像是一个盹的工夫，就到曹城。不过，天色已经暗了。曹城是个县城，路要宽许多，车要多许多，人也要厉害几分，她们还没走出汽车站，已经被推搡了几个趔趄。可她们并没有因此而气馁，反而振奋起来，觉着这场面很有气势，并且想，徐州肯定要比曹城更有气势。汽车站和火车站，几乎紧挨着，找到售票处，正掏钱买票，窗口底下蹲着的一个妇女却站起来，说她有两张去商丘的票，本是她男人和儿子晚上要走，忽然吃坏肚子，患了痢疾，走不动了。分田和水想这人是不是报上常说的票贩子，那女人立刻猜出她俩的心思，说她一分钱不多要，只要给她原价就成，倘去窗口退就要扣手续费，她当然也不愿意亏。分田和水都是热心肠的姊妹，不愿看见别人为难，将票接过来，正来反去验了几遍。那妇女又说要送她俩进检票口，保证不会是假票。人家都把话说到这一步了，还有什么可怀疑呢？

事后，分田也猜疑过这女人，想她会不会与拐她们的一伙有关系？想来想去，事情还是出在手机上头，联不到她的边。所以，这一个插曲，看起来有点玄，事实上，却没什么，她们不是顺利地上了车？车，正点发，喇叭里广播的终点站，果然就是商丘。到了商丘，正是分田对象说的那时间，天还蒙蒙亮。她们出了站，买了去徐州的票，就打听哪里有投币电话。问了几个人，都说的不准，白奔了几次。分田急了，拉了一个人说：到底哪里才有电话？那人停下脚步，看了分田一眼，然后就从口袋里掏出手机，说：借你打一个。分田后来检讨最多的实际上是这一拉，她想：怎么能在大街上随便拉人呢？这就给人一个轻率的印象。当时，她自然没想这么多，接过手机，却不知怎么用，那人就帮她拨了号，再让她说话。从手机里传来的声音，初听起来不大像，再听听就像了。她告诉他，她们已经到了商丘，车票也买好了，几点几分的。他就说，她们下了火车，从地下道出站，他和战友就在出站口等她们，“不见不散”。他最后说了这么一句，带着一种新颖的潇洒派头，代表着他正身处其中的开放生活，分田觉着既陌生又喜欢。经过一昼夜的周折，此时她俩都不觉疲乏，也不觉着这人地生疏的城市有什么可畏惧的。她们虽然没大见过大世面，可毕竟是读过书的，有着书本上的见识。所以，她们在嘈杂混乱的车站广场穿行来，穿行去，镇定自若的，买包子，买水，买路上看的杂志，还给分田那对象，以及他的战友买了一袋面包。她们看着一些奇怪的人和事，不觉可疑，只觉好笑，并且因为心里高兴，还因为不在村里，身边没有认识她们指责她们的人，就分外放肆地笑。这一会儿，她们俩见什么都要笑。比如，看广场边放了一行课桌，坐了一排人，分明是一个报到处，什么报到处呢？牌子上写着技术学校，学习项目有孵豆芽，养蚯蚓，修理挤面机，可是就没有一个人前来报到。她们当然要笑。一个青年，穿一身师出无名的草绿制服，有肩带，肩带上钉铜纽，像军人，头发却留及耳下，几及衣领，就像中国军人。她们也要笑。再过过，又来一名同样的制服军，然后，第三，第四，才发现许多青年都是这副装扮，原来这地方就兴这样。她们更要笑。发展到后来，她们彼此之间，互相看看，竟也看出许多值得笑的地方。她们本来就是爱笑的姊妹，有时都能把人笑烦，人就说：笑，笑，哭的日子在后头呢！不料，这话也让他们说中了。

她们高高兴兴地度过了商丘火车站的等候时间，正点上了车，汽笛长鸣一声，往徐州去了。她们乘的是慢车，沿途每个小站都停，似乎还没停稳，就又动了，可是，车厢里却进了新人，又有几个方才的旧人，留在站牌下面，从缓缓移动的车窗前退下了。就这样，映在车窗上的太阳渐渐到了窗外很远的地方，停在收了秋的田野上，小小的红黄的一个球。田野变得很辽阔，而火车停靠的站台则变得很小，而且寂寞。但此时，以她们的心情，完全不能体味旅途中，忽然间涌起的孤寂之感。她们只是略略有些嫌车坐得久了，说坐火车比做活还累腰。由于是这样的慢车，旅客的更替便很频繁，刚看一个大叔面熟，大叔却下了车。才与一个小孩说上话，小孩又跟他姥姥下了车。倒有几个长途的，看上去又不怎么面善，她们就不高兴搭理了。车上人时少时多，有一阵子，她们俩就独占一个四人座，两人面对面地，学着那些老乘车的男人，脱了鞋，将脚搭到对面座上。脱鞋时，才发现脚有些肿，而且散发出浓郁的怪味，是皮革和脚汗的合成。她们把腿伸直了，腰也放平，下巴颏抵在胸脯上，很舒坦，也很懒的样子。反正边上的人都不认识，管他们怎么看。两人互相朝着笑，说着大胆放肆的话。她们已经习惯了频繁的停车开车，新上的人也不大引得起她们的注意，她们自觉着已经是老练的出门人了。就在这时，车停靠了一个站，却不由使她们生疑了。

从车窗里向外看，站台上的气氛似乎要杂沓许多。几条铁轨后面，不是敞开着的农田、厂房或公路，而是围墙，就成了个正式的站，水泥站牌上则赫赫写了三个大字：徐州西。她们疑惑着是否这就是徐州，心下又觉着徐州站应当更宏伟一些。那么，徐州西这三个字且是什么意思呢？不过，她们基本还是确定在“徐州西”之外，另有个“徐州”，就像“大王庄”以外，还有个“王庄”。可是，没容她们想定，车窗前却急急地跑来三个人，显得是沿了站台一路寻过来的，一边还用手敲着车窗。一看到正趴在窗前朝外望的她们俩，便大声问：是不是分田！两人一下子探出半个身子去了。接下来便是一阵忙乱，穿鞋，拿行李，收拾茶几上的食物杂志，和正挤进过道的人推搡。两人还没在站台上落脚，身后的车就动了。两人惊得说不出话来，互相瞪着眼，简直不明白到底发生了什么事。等火车一径向东开去，越开越快，转眼间变成一团白雾，白雾散尽，便没了踪影，她们方才定下神来。这时，她们注意到这站台的清静，围墙外是近晚云色有些乱的天空，立了三两杆水泥大烟囱。站台上就站了她们这几个人。那三个人都穿了军服，关于军服，是分田后来反省的第二点，她怎么就这样相信军服呢？只要稍稍回想一下，在商丘车站，看见的那些穿草绿制服的长发青年，就可以知道，如今什么样的衣服，什么样的人穿不得？可她们就信了他们呢！他们说是那孩子的战友，“战友”两个字也是让分田相信的。还是那个意思，什么样的话，什么样的人说不得？他们说是那孩子的战友，那孩子接到紧急任务，要去执行，就委派他们几人来接站，并且，那孩子还突然想起，没同她们说明是在徐州西下站，所以，特别关照，要他们进站里去接。多险啊！差那么一点，就把她们错过了，回去可怎么向战友交待？三个人将她们的东西一分，她俩就空着手了，跟了出站。车站很浅，出门就临街，街上跑着车，还有人，骑车或者走路。车喇叭声、助动车马达声，甚至还有手扶，突突地冒着烟，天似乎陡地又暗一成，可明明街那头还挂着太阳。不过，太阳也是灰白的一个。噪音，空气中的煤烟，还有突变的形势，一起让她俩发懵。有一时，分田犹疑地回头望望，身后那青年很礼貌地抬起手，做了个“请走”的姿势，很有“战友”的派头。于是，她又跟着走了。他们引着上了一辆吉普车，原来，其中有一人还是司机。这样，三个人中的两个人上了前座，另一人与分田、水在后座，然后开车了。车，很溜地掉个头，刮起一阵土，就朝了那灰白的，快落到街面上的日头开过去。此时，分田心里闪过一个疑惑:方才是从西向东，这怎么又向西，不是开回去了吗？就是这点疑惑，日后却给分田指了路。

分田到最后其实也没弄明白，她在那家做媳妇的，是在哪个地名上。巴掌大一片洼地，挤簇着十几座砖墙瓦盖的平房。可能是窝着的缘故，看上去，砖也砌不直，瓦也铺不匀。分田从没下过地，不知地又是怎样的地，只知道家家院里，屋顶，都铺了塑料布，布上是烟叶。想来是种烟，可却不像会侍弄烟的样子，那烟叶被露水打湿，都有些沤，散发出一股霉烂气味。颜色是一种青黑青紫，遮盖得这小庄子，越发显得疲乏。人，也是疲乏的样子，多是低头垂目的表情，说话是一种侉音，喉头噎着似的，听起来就很耿。穿着又灰暗，尤其是下雨天，七扭八拐的泥路上，挣着腿脚，身子乱歪，真觉着快要烂到一锅里去了。分田倚着门，望着灰蒙蒙的村落，心里郁闷极了。屋里的灶底下，留三，就是买她的那男人，留三他妈在烧锅。满地碎草屑，碎豆棵，人就在上面歪着，就像趴地上一样，对了灶眼吹火，越吹越倒烟。此地用的灶也不对，烟道从灶后面大大地转一个角，上去，只伸出屋顶一小截，大约是为屋里暖和，又为省烧草，可不就容易倒烟了？屋顶本来就矮，至少比分田那地方矮三砖了。于是，顶上椽子便熏得漆黑，屋不像屋，像洞。分田看着留三娘吃力又笨拙地做着这些，并不伸手去帮她，心里只觉着厌烦。留三娘都不敢同她说话，从她面前过，也是低着眼睛，快快地挪着步。留三走路也活脱是他娘的步子，显得腿短。事实上呢，也许并不短。可能是因为，总是生活在逼仄的地方，不仅走路矮着腿，还缩着身子，胳膊肘和腰长在一起似的。留三也不敢看分田。早起和他爸一同去地里，分田还蒙着头大睡，等傍晚爷俩回来，依然是他娘给端上一盆水洗脸洗手脚，再摆桌盛饭。分田呢，或者早已经吃了，或者就盛上到屋里自己一个人吃。她坐在屋里，多少有些占着屋的意思，留三就不敢进。这屋在晚上，电灯底下，显得还比较明亮。此时，分田的心情相对白天，也平静了一些。她四下打量，地上铺了水泥，用旧报纸糊了顶棚，四壁刷了石灰水。有几件家具，一个大立柜，门上镶半截镜子，油黄色。一架床，床上网了帐子，天气是方才入冬，这帐子就显出一点奢侈的意思，显露出娶媳妇的能耐。地上还有张桌子，带抽屉，面上放了镜子、梳子、擦脸的霜什么的。墙角立了脸盆架，窗户上挂了布帘子。麻架，桌腿，立柜的几个角，还残留了原先包裹着的旧布，旧报纸。分田想到，这家具备下有日子了，就等着人呢！可是这个念头并不会让她心软，相反，更是火起，她怎么就进了这么个窝囊人的屋！她听见堂屋里他娘在催他进屋，训他，他申辩着。两人说话都嘟嘟哝哝的，不清楚，好像没有字音，只有声气。后来，他娘进那边屋了，只剩留三一个人在堂屋里，摸摸弄弄磨蹭，就是不敢进屋。此时，灶里最后一点余烬也灭了，烟道凉了，实在抵不过夜寒，方才蹑着手脚进屋。再是多么不像男人的一个人，分田不由也会起一层鸡皮疙瘩，紧张起来。

分田不敢脱衣服，和衣裹在被子里。留三却也没有碰她的意思。在另一头，也裹紧一床被子，睡下了。这庄子的夜晚静得，连一声狗吠都没有。分田浑身燥热，几乎透不过气来，她甚至希望这人来招惹她，好叫她踹他，撕他，唾他。可是没有，他一动不动，裹得比分田还严实，就像一个大石坨子。在这大石坨子里面，不仅是木呆，还有着一种持之以恒的决心，这决心因为愚顽而变得更加可怕，似乎是，你终于撼动不了它的。有几次，分田非常危险地，用脚去踹他，他竟也不动。分田控制不住了，跳起来，站在床上，对了这大石坨子，又踩又踢，终于将他蹬到床底下去了。这情景看起来，很像一对闹气的却恩爱的小夫妻，床的响动也叫住那头的大人放心，而分田却觉着，自己快要疯了。她颓然坐倒在枕头上，那大石坨子在床底下，纹丝不动，黑糊糊的一堆，不知多少时间过去了。分田从床上下来，穿上鞋，跨过大石坨子，径直往门走去。她竟忘了门是从外面锁上的，一直要到第二天早起，留三喊门，他娘才过来开锁。她砰砰地擂了几下门，没有回应，整个庄子都像死过去了。再又回到床上，已经感到了冷。她打着寒噤，缩回被窝，裹紧了，不知不觉进入睡梦。很多个夜晚在这样的冷热交替，梦醒不辨中过去。入冬了，不知什么时候起，屋顶上、院子里的烟叶收净了。树枝，地头，路边，最后一些绿意也收净了，村落变得干净了些，却更寒素了。留三家依然不让分田出门，也没有人来串门。分田倚门坐在板凳上，看着村道上蠕动的人。在冬日少雨的天气里，村道变成一种硬崩的灰白。分田娘烧尽了草，换成烟煤，用一架破风箱烧火，于是，屋里便充斥了风箱枯干刺耳的开合声，咕兹咕兹。煤烟布在空气里，越是晴天越觉着脏和呛人。没人和分田说话，分田也不和人说话，她快变成哑巴了。原先她是个多么爱说爱笑的人啊！

晴冷几日，天奇怪地暖起来，阴霾却一日重一日，分明在作雪。留三和他爸在做出门的打算。从家人的只言片语中听出来，他们是要去邻乡一家窑厂做活。而且，庄上有不少男人一起结伴去。虽说依然没人来邑门，这家人依然少言寡语，可还是有一种骚动，在沉闷的生活底部，微微地震荡了。留三娘架了个鏊子摊煎饼，屋里的煤烟味里加进了浆子味和豆棵味，留三娘又拆洗父子俩的被褥，再絮上新棉花，一针一针绗上，空气里便飞扬着白生生的絮花，还有线头；父子俩则很奢侈地买了几斤酒，餐餐喝几口，他娘就给做葱花蛋和熬骨头，屋里又有了些膏腴的气味。这一些都使这家贫瘠又枯乏的农户，增添一种较为活跃的气氛。动身前一夜，留三似乎流露出想碰分田的意思，在这顸颟的人，亦只不过是表现在一夜的辗转反侧。分田紧张地流了一夜的汗，紧紧地裹住被窝，听见自己的心擂鼓一样跳。这一夜终究安然度过。分田没有像往常那样，等留三起来很久才起床，而是在留三起来之前就起来了，她很难再在床上挨下去，这给大人一种她给留三送行的印象。分田坐在门口板凳上，留三从她身边擦过，到灶门取出温瓶，倒进脸盆，然后双手抄起水扑到脸上，呼啦啦地洗了一气。分田头一回注意到他做事还有着一股泼辣劲，却是被木讷的外表埋住了。她看见他洗红的脖梗，以及耳后的一片地方，散发出腾腾的热气。这是留三留给她最后的也是唯一的印象。

留三父子走了，庄里有不少几户男人也走了。男人少了倒不觉得，却觉得女人多了。女人们进出走动似乎比往日频繁了些，有时就立在村道上说话，可说好一会儿。说话的声音挺响亮，女人家的衣服也比较男人的鲜亮，这个寒碜的小庄子，由此变得活泼了些。留三娘还是寸步不离分田，但分田坐在门口看见的风景，多少要有些变化。天下了层细雪，村落蒙了削薄的白，显得洁净了。可是很快，又弄污了，化了或者踩了一片黑，一片灰，满是破绽的样子。日头又浅浅地从阴霾里透出。这一日，村道上忽有一些动静，说是动静，其实就是有三两个人往村子南边快步跑去。分田不由地欠起身子，向前探探头，可正在门前晾晒烟籽的留三娘却陡地转过身，向她扑过来。总是悄无声息，矮着身子挪来挪去的女人，此时此刻敏捷得像一头兽。她依然是矮着身子，就像从地上匍匐过来，几乎是“嗖”一下到了分田跟前。她伸出一双青筋暴突的手，紧紧握住分田的两只脚踝，像是要将它们按进地里去似的。分田吃惊地一站，没站稳，伸手把住了门框。留三娘还是按住她脚踝不松手，歪过头去，哑着嗓子喊了声。分明看见了她的眼睛，睁得很大，惊恐而且凶狠，也像一头兽，心中又是一惊。应着她叫喊，门外又过来两个女人，一左一右携住分田的胳膊，三个人齐心协力将她往门里推。分田忽有些觉出，庄上一定出了什么事，是她们害怕她分田露面的。越过门前院子，台子下村道上又有几个大人，往南边去。南边的岔道口有一棵槐树，落了叶，树杈杈后面似乎有着什么骚乱。分田死力把住门框，不退进屋里。那三个人则把住她的胳膊、脚，叫她立不稳。分田便改变战略，她松了手，却把身子向前倾去，几乎是背着手翻了个斤斗，从留三娘头上翻过去，就地打两个滚，滑下台子。她还懵头懵脑地，已经在了村道上。她踩着硬实的土路，一径往南跑去，身后是三个女人的嘶喊。她听不明白她们的话，但声音的绝望叫她害怕。她跑到槐树下，却并没有人，左右两边的砖平房静静矗着，没有动静。方才的骚动已经过去了。或者说根本没发生过，只是分田的错觉。而且，一旦走出屋子，分田才发现她对这庄子一点不了解，完全不知道哪里是哪里。后面那三个女人跟上来了，并且分散开，像张开一面网，从各个方向去断她。正在这紧急关头，分田听见一声汽车喇叭声，在这空旷的小村落里，既隐约又清晰。分田辨出喇叭声是从东面过来，于是又转向东跑。东边有一口井，井旁站了留三娘喊来的女人，正张开胳膊等着逮她。分田直跑过去，伸出胳膊一挡，险些将她挡进井里去。分田此时简直力大无穷，而且，非常快乐，就像要飞起来似的。汽车又鸣了声喇叭，还有发动机声，她已经看见了吉普车绿色的顶篷，停在又一面台子底下的村道上。她攀上台子，终于看见一堆人。她惊愕地看见，这背静的小庄子里竟有着如此多的人。

人们簇拥在一座砖墙瓦顶的平房前，其中有两名城里人打扮的女人，还有一名穿制服的公安，他们辖住一个女子，正从人群里往外挤。那女子，分田见过几回，头一回从村道上过，分田以为是谁家的孩子，但觉着长相与此地人有些不同，长了一个宽额头，额头下是一双极大的眼睛。她从留三家院子底下过的时候，抬起眼睛往分田这边扫了一下，使人觉着挺机灵。后一回见时，分田却看见她衣服前襟撅起来，好像有了身孕，才知道是个小媳妇。这时候，她身子更显了，由那两个干部样的女人架着胳膊往外走。分田心里明白了大半，她抢前一步，奔下台子，几乎是跌到吉普车跟前，拉开车门，坐进去。等那一拨人拥了小媳妇坐上车，分田向他们声明，自己也是被拐卖的妇女，要求与他们一同走。他们本还想细问，但形势已经不容多留，村人们团团围着吉普车，虽只是沉默着，但谁能预料得到下一步会发生什么？他们只得坐挤了，关上车门，车一动，沉默的人群让开了道，油门加大，车在土路上蹦了老高，落下来，再蹦几下，开跑了。人们松下一口气，而分田却筛糠似地抖起来。抖索着，她看见挤得黑压压的车厢里，那小媳妇向她投过来的眼光。在她布满孕斑的小脸上，那双眼睛更显得格外的大和锐利。分田后来一直想起她，看上去，她比自己要年少，却那么有主意。她从更远的四川被拐到这里，就有办法将自己解救出来，还把分田给捎带解救了。

分田收了秋走的，回来正赶上过年，前后不过三个月，可村里人却好像不认识她了。见了面就很生分地笑，还谦让地偏过身，让她先走，嘴里说：回来了？一出口又觉不对，想分田并没有出嫁，回什么回？回门子吗？过年了，那些外出打工做活的回家来，村里人都会很积极地问外面地方的人和事，有少不更事，或者问滑了嘴的，也问分田“徐州的地场如何”，不等回答已经知道错，赶紧收住，讪笑着走开去。还有馋嘴的小孩，伸手向分田讨糖块吃。从外面回来的人，都给小孩子发糖块吃，给大人发的是烟卷。小孩子也叫大人拉走了。甚至，连她娘，也像是不认识自己闺女了。有一回，分田走在前头，无意一回头，见她娘正盯着自己的后背影看，来不及撤开眼睛，窘得红了脸。又有一回，她梦里一机灵，睁开眼睛，见娘伏在她脸上，紧张地瞅着什么。分田其实心里隐隐地明白，娘正打量她什么。老年人有许多种说法，是关于姊妹和媳妇的区别。在村里人欲说还休的表情里面，所顾虑的也还是这回事。关于这点，分田心里是坦然的，她自己对自己说：谁说也不算，自会有人说了算！这人是谁？就是她对象。想到此，她不禁有些骄傲起来，她分田是对得起那孩子的，没有叫他丢脸。那些日日夜夜，她是怎么熬过来的呀！分田有时候很想与人说一说，可是怎么说呢？整个事情是那么复杂，连分田自己都理不清，一团乱麻里究竟哪个是头？倘若不是身临其境，无论如何是不能听信的。只有一个人能听信她，就是水，然而，水在什么地方呢？

分田到水家里去了几趟，说明当时的情况，表示自己的歉意。对水，分田感到万分抱歉，倘若不为了陪她去徐州，水是不会遭人拐卖的。所以，她感到水的家里人，是她回来以后最难面对的。她带了几卷粉丝，特别说明是她哥带回来的，她哥同人合伙开着一个粉丝厂。分田不由地也受了村人的影响，觉着像她这样从外面回来的人，是不适合带东西送人的。水的大人，木着脸听分田说，说到徐州西下车这一节，便张口拿些旁的事情问，问她哥的粉丝厂如何？他们家的提留款交齐没有？分明是截分田的话。分田并不觉着他们对她有太大的怪罪，而是，有一种难堪。他们分明流露出羞惭，这使分田联想到自己家人的态度。从水家里告辞出来，分田心想总有一天水落石出，那孩子会还她清白的。她已经给那孩子发出一封信，这封信写得很费周折。本是应该交代一下情况，可一旦交代起来，就好像在作辩解，心里忽涌上无限的委屈。分田是个坚强的姊妹，从遇上事情后，想的多是如何对付，并没有觉过委屈，可现在却不同了。那孩子好像就站在跟前，她刚要开口，就哽住了。她怨艾地想：她又没有做错什么，为什么需要辩解呢？这股怨艾很奇怪地使分田的心情变得温柔起来。最后，她免去了整桩事情的过程，只是说：由于意外的发生，推迟了我们的会面。然后报了平安，再嘘寒问暖一番，最后写道：你什么时候能回来呢？写完这一句，分田不由叹息了一声。现在就靠你了！她在心里说。想到自己还能靠个人，心里又是一阵温存。可是，紧接，又想：水靠谁呢？是啊，水，怎么办呢？于是，下一日，她又去了水家。这一回去，她对水的大人说了那个四川女子的故事。说她如何在那家人的监视下，偷偷地带出一封信，给她四川的家人，她家人就和当地妇联，还有公安联系，将她解救出去了。所以，分田对水的父母说：你们可以向徐州的政府联络，说女儿就在那一带被拐卖了，一定能救出水。水的父母很入神地听分田说这个勇敢的女子的事故，一直没有打断，但等听到分田提出建议的此时，水的父亲则说了一句：嫁哪里不是嫁？分田说：水一定等你们救她呢！她娘抹起眼泪，抹了一时，却是说：那四川女子的孩命苦了。分田又一次黯然地退出水的家。她想水比她小两岁，平时就没什么心肺，能抵挡得住吗？可是再想那四川女子，黄瘦的小脸，一双灼灼的大眼睛，似乎又有了信心。

十五那一日，分田的姑来了。看见姑，分田不由红了脸，她恨自己没出息。分明是由姑而想起了那孩子，再想起那孩子有信了。因为生气，分田的手脚便重了些，端板凳，倒茶，煮糖水荷包蛋，噼里啪啦的。姑呢，该生气的，倒没有，而是很不安，看侄女儿脸色的样子。分田撒气似地忙完，就被她娘差去集上买活鱼准备待客菜。分田骑着自行车，从村子中间穿行过去，再上公路。集是个小集，二里地远，因逢元宵，竟也很热闹，有卖兔子灯的，粉黄身子，大红眼睛，底下木架上镶了轮子。分田买了两个，自己侄子一个，再一个让姑带给小表弟。这样，她又恨自己了，恨自己巴结姑。可轮到买鱼时，她还挑大的欢的，于是就再恨自己一回。就这样，车把上挂着活泼乱蹦的鲤鱼，还有卤肉，酱猪蹄，烧鸡，白肝，一包山楂糕，专做一种元宵的馅。后车架上，一边一个搭着两盏兔子灯。心里揣着恨恨的气，分田风快地踩着车回村去。姑却已经走了。娘红着眼睛，显见得哭过了。爸呢，倒是笑着，却比哭还难看。分田一看这情形，心里明白了大半。她下车，支好，将东西一件件放下，然后卷起袖子，提起鱼尾巴，往机井台上“啪”一摔，说：杀鱼啰！鱼鳞在刀刃下飞溅开来，雪亮雪亮。这一餐饭，全是分田一个人操持，八盆八碗，还有元宵。分几种馅，芝麻的，山楂糕的，猪油白糖的，搓成一般大小，然后在匾里滚。天黑时，分田点上兔子灯，小侄子一个人牵两盏灯在院里走，木轮子拖着地，磕楞磕楞的，挺热闹，却又显出冷清。

分田姑这么一来一走，村里人就都知道，分田的对象吹了。人们看分田的眼光，都带着怜悯。而分田倒比往常更快活，话更多，笑得更响。一边笑一边用眼睛扫着人，眼睛里的意思是：谁吹谁啊！要放了过去，人们就又要说她癫狂，说：笑，笑，哭的日子在后头呢！可现在，谁也不敢拿这话说她了。而且，这话想起来，都是有些诅咒的意思，更叫他们不敢想了。所以，不由自主地，人们都有些躲着分田。要是正走个对面，那么，眼睛就躲着。这很叫分田恼怒，有意迎上去，追着人家眼睛说话和笑，甚至找到人家里去，坐着说和笑。就像要逼人家承认，她分田是没什么的。村里人家还不够她串，她骑着自行车，到邻近庄上，中学同学家去串。分田的事，早已在这一片地方传开了，可都是耳闻，等人到跟前，不由要惊一跳，想：她竟然在这里！这时候，分田又成了个稀罕人物，人们都过来看这个“同学”，脸上带着好奇的渴望的表情。在这一团热闹中，分田则感到孤独了。她能说什么？说什么是人们懂的？于是，她又很快离开了这个村子，这个同学，向下一个村子，下一个同学那里去。遭遇都是差不多的。分田这么疯跑，她爸她娘并不说，由她去。她哥去粉丝厂了，这回连她嫂子也一同去了，留下小侄儿。家家都在锄麦子，浇麦子，她爸她娘也不派她这个闲人去，而是自己掮了锄子，下那三亩七分地。这反而叫分田着恼，她夺过她爸手里的家伙，推开院门，一个人去了。

地里的麦子，有一拃高了，青绿青绿的。分田家这块地分得好，在阳面。这里多是岗地，阴面和阳面就很重要，离水近和离水远也很重要。分田家的地呢，正临沟渠，收了麦，即刻可引过水来整水田种稻。联产责任制，得这块地，正是生分田那年，所以才取名叫“分田”的。也所以，爸和娘都特别疼这个闺女，倒把长子，她哥忽略了。也因为此，她嫂嫂不高兴。幸亏她哥罩得住，还不至于发生什么龃龉。照理，这是一个幸福的家庭，可现在，情形全不同了。分田一个人立在麦苗地里，觉着这片地有无限大似的，而且有无限高，顶着天，天地间只她分田。这几日，都是在聒噪中度过，这时静下来了，分田都听得见锄板划拉土时，冬眠的小虫子四面奔跑的响动。太阳迎了脸，上了头顶，又到了背后。锄过的地，虚着眼望去，就像抹了一层油，深黑，衬得上面的苗更显青翠。太阳走过，将地留在余晖里，又改了一层颜色，黑和绿都变黄了。分田锄到地边时，暮色已经起来，降下一层薄灰。分田提起锄子，往家走去。细溜溜的风贴了地，从麦行间走过，麦苗弯曲着，发出轻柔的窸窣声。

第二日一早，分田骑车往韩集去了。天还没大亮，路上已经跑着汽车和手扶了，从她身后超过去，将风声和马达声灌满她耳朵。分田并没有想这是和水一同往徐州去的路，因为人和事都改变太多了。她一路骑到韩集车站，搭上往县城方向开的中巴，车上座位都有人了，她就坐在一麻袋花生上面，分田在县城下了车，顺了人指点，到了县政府，又顺了人指点，到了妇联办公室。妇联办公室里坐了两个女干部，多少是敷衍着接待分田，可分田的故事很快叫她们入迷了。她们放下手里做着的零碎事情，专心听分田讲述。这是分田头一回完整地叙述她的经历，她很惊讶自己能把事情说得那么清楚，就好像讲过许多遍了。事实上呢，她连完整地想一遍都不曾有过。她还惊讶自己能那么冷静，就像是讲别人的事情似的。当然，两位女干部聆听的态度也鼓励了她。她说了事情的全过程，又说了后续发生的退婚，最后，她向二位妇联干部提出请求，能否以妇联的名义，和那孩子写一封信，劝告他收回自己轻率的决定。二位干部对分田表示了莫大的同情，一口答应她的请求，并且进一步允诺，倘说不转那孩子，就同他们部队联系，当然，现在暂且给他留点面子。分田走出县政府院子，还有兴致逛了趟街，再往车站走。回去时，她是坐在一袋化肥上面。这是第一次往返县城，往后，还会有第二，第三，无数次。她很快就会将这条路跑熟，还会将去县政府的路跑熟。然而，随着她一趟一趟地跑，事情则变得越来越没指望，妇联二位同志的热情便也在逐渐降低。她们给那孩子发出的信，不久就有了回音。那孩子信上说，家乡的组织对他个人问题关心，很表感激，但分田与他的关系尚处在互相了解阶段，并未作决定；在他们的关系中，双方都是平等的，不存在谁抛弃谁的说法；现在，他认为他们都还年轻，前途广大，还是暂缓婚嫁之事为妥。妇联的同志几乎要被他说服，但依然坚持着不变，又写去一封信，强调了农村风俗的约定性现实，他们既已通了聘礼，众人就都视为婚约形成，应照顾女方在此环境中的舆论压力；还强调了分田在事件中受害者的地位，希望他本着一个军人的职责，体恤爱护分田。那孩子很快又来了一封信，看起来，他挺热衷这样的笔墨官司，尽情发挥着他的辩才。信中针对妇联同志的说法提出意见，第一是关于移风易俗的必要性，第二则谈到了爱情。他尖锐地指出，同情不等于爱情，这对分田亦是不公正的。妇联又去了第三封信，这封信中多少流露出理尽辞穷的急躁，以与部队组织联系为警示。于是受到那孩子礼貌却严格的批评：当以理服人，而不当以行政命令压人。每一封信，妇联同志都让分田过目，分田每看完信，就都发表一通道理，要比妇联的信雄辩得多，使她们觉着自己软弱无能。说实在，她们是被缠进去了，搅在他们中间，左右不是。她们觉着这两个男女真是一对，可惜天不作美，出来这档子事，拆了姻缘。最后，她们还是向那孩子的部队上发了公函，部队也以公函回复，说经查明，他们这位战士与分田只是恋爱关系，不涉及婚姻，还搬出婚姻法中有关恋爱自由的条款，婉转地驳斥地方妇联的指责。妇联同志将这封公函的复印件交给分田，表示事情到此结束。分田不服，又去了几趟，妇联的同志便开始推，接着是躲。终于有一天，分田吃了闭门羹，悻悻地离去。

现在，分田只剩下最后一个机会了，那就是等那孩子来探家。上一年就定好，今年七八月轮到他探亲。分田至今心里还疑惑，那孩子真会如此无情？她必要那孩子面对面地说这话，她才能认。麦子长高了，抽穗、灌浆，尤其是她家阳面上的，又比各家早熟了一成，麦芒在太阳里闪闪发光。西南风连吹三天，早起露水一收，就下镰了。崩脆的麦秆一碰刀刃，便齐齐地断下。分田一个人包割，她爸在院子里碾场，她娘负责做饭，侍弄怀了崽子的老母猪。麦子熟了，菜园子里的瓜啊菜啊也熟了，藤蔓爬了一架。村里人合伙请了石匠，给村头村尾几盘大磨开齿，等着推新麦。邻村有人家开了挤面厂，可村里人，尤其是老人，多是喜欢石磨推出来的面，嫌电推的面有机油味。村里地里都是一派喜气的景象。再过过，麦子上场，打下，晒干，霍霍的磨盘声从村头响到村尾。猪下崽子了，总十二口，一出月，挑猪苗的人就上门来了。分田见人来，就把她最喜爱的那口往屋里撵，不叫人挑走。她暗地里给那猪苗取了名，就叫那孩子的名，一边撵，一边在心里骂：某某，往哪里去？挨刀子的某某，往哪里跑？有时一把逮着它，将它那圆滚滚的身子搂起来，再放下地，心里说:狗养的某某，跑不了你的！接近七月的时候，她去了趟姑家，送去她蒸的新馍。七月根下，她又去了一次姑家，送去院里新结的茄子和元葱。八月头上，她再去姑家，带去了她最疼的小公猪，短嘴，长身子，特别能吃食。她最后抱它一下，放它在姑家的院子地上，四下嗅着，周围折折一路嗅到猪圈去了。姑为难地看着那喜人的家伙，说了一句:分田，那孩子不来家提亲了。分田扭头就走，自行车哐啷啷推过门槛。有种就不要躲！分田在心里大声地嚷，眼泪流了满脸。她抬着脸，让迎面的风尽情地吹来。自行车有几次，从干硬的车辙上一跳老高，她也不放慢车速。从出事以来，她还没哭过呢！现在，她要狠狠地哭一把了。

几天以后，分田出门了。她对爸妈说，有同学在菏泽开了草编厂，她去那里找工做，又问爸妈要下卖猪苗的钱。二位大人没有反对，虽然前一次出门引了大祸，可是不出门又怎么样呢？他们很清楚，分田在家里过得不舒心，又没着落，他们不知该拿她怎么办。闺女大了，又很有主意且落在这么个僵局里，就实在不由人了。

八月的天，虽然还早，暑气已经蒸上天，但有风，就比较爽利。分田拿来小侄子的遮阳帆布帽戴在头上，头发拢在脑后扎一个发橛子，看上去就像一个俊气的少年。因是迎着太阳，她不得不眯起眼睛，这使她的神情显得很坚定。她往韩集去搭车。身后有手扶过来，开手扶的人喊她几声，要捎她。她没答应，那人以为她没听见，就过去了。分田到韩集上了中巴，这趟中巴就是往大王集去的。到大王集再换长途车去曹城，长途车离开车站，一拐，分田看见了上回与水，还有林同学，一同吃饺子的饭铺。一个简易棚子，顶上铺着油毛毡，檐前伸出条纹尼龙布的凉棚，底下放了几张案板，几条矮凳。吃饭的人总是下车或上车的人。身边放着包裹行李，头脸都蒙了土的样子。而且不问早午晚，总归有吃饭的人。这也是出门人的一个特征，抓住时机，有吃就吃。车往曹城的方向去了。太阳老高的，车厢里烘热，一旦开快，风就鼓进来了。路边有些小厂，吐着烟，一到半空，便化在日光里面，无影无踪。到曹城转上了火车。她还是按上回与水一同出行的路线与时间，但没有出现上回的事：一个妇女退票给她俩。这一回的旅程，要平淡得多，没有一点插曲，但是却有一种确保抵达目的地的决心在里面。分田一路上没有与任何人搭话，也没瞌睡。她眼睛望着车窗外快速移动的景物，心里有一丝狐疑，虽然路程按上回走的一样，怎么情形竟一点不像了？那些树，田地，房屋，岔出去的路，路上的人，却显得清寂，而且疏远。车到商丘，商丘车站的喧嚷，也变得隔一层似的。分田在其中穿行，碰碰撞撞的人和行李，还有吵骂声，就像是在另一个世界，与她分田无关。那教授孵豆芽、养蚯蚓的技术学校招生处还在。但到底季节不同，人换了装束，换成一种前边一片蓝色塑料瓦，后面一圈白鱼松紧带的遮阳帽，不时从人潮中冒出这么一顶，迎了太阳反一反光。这是又一天的早上了，斜在广场地面上的太阳光已经很酷烈，而且没有风，只有汗气。分田并不急躁，在一个水泥花坛边占了个立足之地，耐心地等着放站上车。她已经是个老练的出门人了，有一些旅行经验，不用思量，自己就涌上来。终于上车，车厢里到底凉快宽敞一些。等到开车，风就越来越激烈，不得不将车窗拉起大半。虽然一夜没合眼，分田却并无倦意，她睁大眼睛，看着窗外。在她平静的外表之下，其实保持着极大的警惕。这个看似安稳的世界，说不定是这里还是那里，就潜伏着想不到的危险呢！太阳从车厢的南边换到北边，再从北边换到南边，在这交替之中，还有停和开的交替中，日头渐渐到了远处的田野上，火红的一盘，由于空气清澈，边缘分明。分田在徐州西下了车。她随着并不多的下车人出了站，立在了马路上，她站住了。她抬起头，茫然地回顾一圈。已是五时许，但因是天长，日头还在较高的小半空。她看见了那一轮红日，比方才车窗外的要小一些，亦昏黄一些，光却依然是炽烈的，有一种稠厚的热量。分田心里一惊，这是整个旅途中，她唯一找到的熟悉的东西。虽然颜色、光度、高低都与前一回所见的有差别，可就是它！记忆陡然鲜明起来。

当时，分田不是就想：方才是从西向东，这怎么又向西，不是开回去了吗？然后，他们在公路边一个饭馆停下来吃晚饭，那饭馆名字是叫“霞姐饭店”。那三个人与她俩说，他们所在部队说是在徐州，其实是在离徐州多少里外，他们战友特别关照他们别让分田二位饿着了。那老板娘，大约就是霞姐了，看起来与他们熟识。其实，这时候，分田就有了第二个疑惑，她想，当兵的都是来自四面八方，平时管束也很严，怎么会与一个路边饭馆的老板娘有交道呢？可她亦没有深想。吃饭时，她面朝门坐，见路对面有块霓虹灯招牌，亮着“丁楼浴城”几个字，在灰暗的渐黑的天空中，挺显眼的。现在，分田站在路边，略一思忖，便回进车站，到售票窗口，看价目表上的路名。她本可以去问人的，可她不是老练了吗？她倒也不是不相信一切人，可是这一切人中，说不定就有一个是骗她的。价目表上的地名没有“丁楼”两个字。她并不着急，站在路边，吃了一个从家里带出来的面包，买了瓶水，喝了。在她吃喝的时候，不时有人来招揽生意。有拉她吃饭的，有拉她住店的，还有拉她乘车的，她一概不回答。那些拉乘车的问她去什么地方，她也不说，生怕说的不对，漏了人生地疏的破绽。谁知道呢？也许“丁楼”并不是个地名。但是，有一个揽客的车主却引起她注意。那车主举了一块牌，喊着“往西去，往西去”地过来，牌上一串地名中，有“干楼”两个字。分田想，说不定是她看走了眼，将“干”看成了“丁”。她又想，反正是往西，沿途看见有那日的情形，随时可下车。于是她便随那人去了。一辆中巴上坐了三两个人，车主自然不甘心开走，继续四处拉人。天黑下来了，空气中含了煤屑，反射着灯光，反而有一种微亮，使那黑变得模糊。车主不舍得开灯，人脸隐在黑影地里，看起来十分的暧昧。分田并不胆怯，她已经不知道“害怕”两个字了。她沉静地坐在车门口的位置上，记得那饭馆是在路南，霓虹灯就是在路北。她望着车外面，一片坑洼不平的地面上，停了无数中巴，车主远远近近地吆喝，暗夜里听起来不喧闹，反是清廓，天地间很空旷。

当分田看见紫黑的天幕前，豁然映着霓虹灯的字形："丁楼"，她感觉到的是一阵软弱。她下车往回走去，迎着半里地外，"丁楼浴城"几个红绿大字，方才明白，那"丁"字本来是"干"，但灭了一根灯管，于是便少了笔画。果然，霓虹灯对面有个饭馆，门开着，灯光漫出来一小片，里面站了个小姐，很年轻，并不是那个霞姐。她向分田迎过来，到了跟前，却又停住了。在这个时间里，来一个单身女客，总是有那么一点奇怪。分田微笑着跨进门，虽然看不清店招牌，可她确定无疑，就是这里。小姐犹豫着问：吃饭吗？分田不回答，兀自走到桌边坐下。就是这张桌子，没错，铺着塑料布，布上印着牡丹花和水草，这两种物件说什么也碰不到一起的。小姐送上一张菜单，她不接，而是问：霞姐呢？小姐的神色变得不安了，反问道：霞姐，哪个霞姐？分田并不驳她，而是很有把握地笑了笑，说：我与霞组约定好的，我等她吧！小姐退去了，很快又回来，说：真没有霞姐这个人。分田不理她了，管自坐着。店堂里没有客人，听得见公路上载重汽车开过去，车轮与路面摩擦的声响，很剧烈的。没有车停下。店堂里只有分田一个人坐着，后面，大约是厨房还是客房，一片寂静。中间，小姐给送上一壶茶，分田便喝茶。这样僵持着，大约有半个钟点光景，小姐出来说：我们老板说，天这么晚了，我们后面有客房，可以住宿。分田说，你们老板呢？我能不能认识认识。几乎应声而出，一个女人到了跟前，怪小姐冷落了客人，问分田要不要来碗热乎的喝了，再歇下。分田看清了那女人，似乎与"霞姐"是两个人。其实，她原也不记得霞姐长什么样的了。可她心里断定，这女人就是霞姐。她迎着她脸叫了声：霞姐。霞姐怔一怔，立刻返过神来，烁然笑道：想叫就叫吧！她们可不敢这么叫，是我娘家的乳名呢！分田说：你认得我吗？霞姐说：认得，认得，要不你怎么会叫我霞姐呢！分田见她搪塞，干脆把话挑明：去年秋季，有三个军人，说到"军人"，分田又笑一下，三个军人和两个姊妹就在霞姐店里吃饭呢，比现在早两个钟点从这里走出，那两个姊妹就叫拐卖到了两处地方，再过后，其中一个解救了，这一个就是我。分田直看着霞姐的脸，霞姐再油，脸面还是有了变化。分田接着说：那一个是我妹妹，我要把我妹妹也解救出来，我已经在妇联和公安都挂了号，随时可以同他们联系。分田一口气说完这些，霞姐已经镇静下来。她究竟见多识广，一个女人家在这路边开饭店，什么事没经过啊！她关切地问：你妹妹拐到了哪个县？哪个乡？哪个庄？分田说：不知道。霞姐就叹了一口气：那就难了。分田说：你霞姐难道不知道吗？霞姐明知她话里的讽意，却并不对嘴，只是很坦然地说：我不知道。分田倒不知道该往下说什么了，停了停，说：我就住这里了。霞姐热情道：住下，住下，明早再走。可明早，分田并没有流露要走的意思，她又住了一天。接下去的几天，她也住着。说实在，分田是不知道该往哪里去，该做什么。但在霞姐看来，这个年轻的姊妹似乎很有心计，而且有着什么来头，她在这里住下来自有她的道理。所以，霞姐便有些不安。

分田住在霞姐饭店，因她并没什么地方可去，终日只是坐在店堂。她的所谓客房非常逼仄，放一张大床，就几乎没有余地了。房间倒收拾得干净，墙刷得雪白，一扇后窗挂一幅素色窗帘，窗下挤了一张条案，案上放了杯子，镜子，一些杂物。门后藏一个洗脸盆架，有毛巾，肥皂盒。床上铺了草编凉席，枕上也套了凉席，一床薄被是新浆洗的，处处流露出女性开店的仔细体贴。分田在这饭店里住下来，渐渐也看出一些端倪。每到吃饭时间，店里那个小姐就到路边去拦车，真正能拦下的车其实并不多，下车吃饭的多是一些老主顾，回头客。他们将车开下道，开到边上的空地停好，就进店来了。看起来熟门熟路。霞姐和小姐呢，也“张大哥”“李大哥”一阵热切的招呼，一个端茶送水说话，另一个就下厨快切快炒，倒真有几分像自己的大哥回家来了。还有的“大哥”其实并不吃饭，而是径直去了后面，某一间客房里，此时，那小姐也跟着不见了，店堂里只剩下分田和霞姐。两个人都不说话，屋里静得可疑。有一两回，“大哥”看见分田，就说：新来的吗？霞姐立即将他话头截断，引到与分田远些的桌子就座。分田满腹心事，并看不出霞姐怕她。天又下起雨来，汽车从水滑光亮的路面上嗖嗖地过去。司机大约都急着回家，少有人下车打尖。分田看着雨出神，霞姐看着分田出神。到了晚上，霞姐终于忍不住，跟了分田进客房，先用毛巾将床栏，条案，及案上什物抹了一遍，然后问道：你那妹妹是与你什么地方分开？你又听得有什么消息，她是去了哪里？你要告诉我些线索，我才好帮你找人呢！分田望着霞姐，思量她话里的意思。霞姐大约二十八九，近三十的年岁，人很高太，头发烫成粉丝似的，在脑后高高抓起，穿一件带衬肩的大红连衣裙，立在灯下，有几分像庙里的金刚。分田几乎是坐在霞姐的暗影里，可眼睛灼亮着，霞姐倒有些发毛，冷笑一声：我真帮不上你的忙。说罢要走，分田却在背后开口道：我就不信你不知道！霞姐回过身，反问：我知道什么？分田也反问：你说呢？霞姐逼问着：说什么？分田再问：你难道不知道？两人心里其实都在想，她究竟知道什么呢？房间小，两人几乎是脸对着脸，呼气都呼到对方脸上。霞姐说：我凭什么要知道，欠你了？分田就说：不知道就不知道，急什么？霞姐说：谁急了？分田说：你，你急了！霞姐说：我看是你急。分田笑了：我急就我急。霞姐也笑：我看就是你急。分田点头道：我愿意急。霞姐也点头：那就好好地急去吧！两人再对着看一会，最后霞姐拉开门，眼睛看着她退出去，分田便在心里鼓掌：跑了，跑了，逃跑了！

她们这样僵持着，两人的心事都很重。分田一筹莫展，但好在没有顾虑，管他呢，反正是豁出去了。霞姐呢，当然有顾虑。店里住了这么一个客，本是那样的生意，怎么施展得开？所以比较起来，还是分田占优势。再僵持几日，霞姐又跟着分田进了客房，与她并肩坐在床沿，叹一口气，再一次问：你那妹妹究竟与你什么地方分开？有什么消息说她去了哪里？虽然是同样的话，可却有了讨饶的口气。分田都不敢回应，怕漏出她其实什么都不知道，对方有什么也不肯说了。霞姐接着说：你看，你在这里，我们怎么做生意？这话多少有些推心置腹，分田回话：我又不是不付账？且像小孩子在犟嘴。霞姐不由笑一笑：你是付账，谁说你不付账呢？两人停了一会，分田冒了一句：反正我要找我妹妹。霞姐说：可你妹妹在哪里呢？分田说:我掘地三尺,也要找我妹妹出来!霞姐喝道:什么话?晦气不晦气!分田自知失言,竟出了一手汗,心怦怦跳着。霞姐放缓口气,说不定,你妹妹过得挺好。说罢起身出门去。之后,又是几天两人不说话,至此,已将近一个月的时间过去了。分田日日坐在店里,既不像客人又不像主,来人心里疑疑惑惑的,真有几回,过门不入了。又临到国庆日前,派出所加强治安整顿,打黄打非,连了几天,都有警察上门,看看,问问,记录些什么。逢到这时候,霞姐便紧张万分。有一日,警察还让分田出示证件。霞姐手里端了一壶茶,忘了放下,就这么站着,看分田掏出身份证,回了几句话,话里倒一句未提找她妹妹的意思。警察例行完公事,走出门去。霞姐端着茶壶茶碗送到门外,又走回来,方才发现手里的东西。她停了停,轻轻放下在桌上,说:我看你横了心要坏我生意,我也想不明白究竟怎么得罪了你,也好,我生意不做了,这就关门,你走吧!分田说:横心就横心,我不找到我妹妹是绝不走的!霞姐就爆了:你找你妹妹与我何干?为什么赖上我,你给我走。分田让开她:就不走!两人绕了桌子转几个圈,虽然是认真的,看起来总有点像玩笑。分田说:或者,咱们找警察说话。霞姐道:你当真?趁没走远,去!隔了桌子,一把拽住分田的手,分田挣脱了,把她拉了一个趔趄。两人心里都不想找警察,做霞姐这样生意的人,自然越少与警察沾边越好,分田则是怕到了警察跟前反而漏破绽,她并没有在公安挂上号,既没证据也没线索。两人站了一会,分开了,一个依然开店,一个依然不走。

又过了几日,霞姐来找分田说话,说:你到底说说看,当时带你们姊妹来的那三个人的模样,年纪,说话,我要帮你也要好帮。分田说:你还问我?你应该知道。霞姐端量她一会儿,说:你这孩子真难说话。就走开了。分田倒有些动摇,想自己是不是该同霞姐合作,可谁知道霞姐究竟是什么人呢?要还是在试自己深浅,晓得她没什么线索就不拿她分田当真了。在疑惑不安的心情里过了两日,到夜里,分田已经上床了,霞姐却敲门进来,将一张字条放在分田被窝上:这是我打听来的地点,说那里有个外来的小媳妇，你明早就去吧，要不是你妹妹，我也无法了。说罢又加一句：千万别对人说是从我这里打听得的，吃我们这行饭，本不该长眼睛长嘴。她掩门出去，分田一个人坐在被窝里，做梦似的，久久回不过神。

第二日一早，霞姐将分田托交给一个卡车司机，让他捎分田一程，送佛一样送走。这位"大哥"显然是昨晚宿在店里，而且与霞姐似有几分情意，临走前，拉了拉霞姐耳朵上的金坠子，然后跳进驾驶座。一路上，他并未与分田搭话，将车开得飞快，大约开出有三四里路，他停住车，示意分田下去。转眼，分田便站在了路边。路上有汽车往来，等了一时，招手停下一辆中巴，赶紧挤了上去。车下的路渐渐变成土路，颠得很，颠了一个时辰，下到一个站，接下去就是步行了。太阳高到头顶，庄子里炊烟的柴禾气，点火做饭了。分田不觉饿，也不觉渴，她已经想好了，那小媳妇要不是水，她就再回霞姐店里去，再坐着，等，不怕霞姐就供不出水的下落。走过一个庄，再走过一个庄，炊烟起了，又灭了，午后的寂静里，偶有一声鸡犬鸣叫，很满足的哼声。依着纸上写的字样，分田走进一个院子，陡然间，她以为又到了留三家的院子。其实这两个院子并无共通之处，这一家略要富一些，鸡在地上啄食，院里有几棵树，桃树，李树，还有柿子树。树下晾晒的衣衫也比留三家的颜色鲜明些。而且，这家院子是错落在一堆院落中，不像留三家，临了村道，站台子上。但分田就是觉着很像留三家院。她心跳得又轻又快，都有些头晕。院子里坐了个小媳妇，怀里抱个未出月的毛孩，正喂奶，听有人来，小媳妇便抬头。太阳旺旺地照着，遍地是光和影，她就像坐在花影里，脸显得很白，很小。两人对着呆一会儿，分田叫了声：水，水就哭了。分田到她跟前，蹲下身子，问：水，过得好不好？水说：不好。跟不跟姐走？分田问。走！水将奶头从毛孩嘴里拔出来，毛孩力气却很足，将水的奶头拉得老长。水掩好衣服，将小孩往地上一张小棉被上一放，站起来就跟分田走。等孩子的哭声引出屋里的老婆婆，两人已跨出院子。老婆婆不明白怎么回事，愣着，想过来了，便追过去骂，水回过头也骂。两边骂得都很刻毒，分田不让她骂，拉她快走。两人顺了来路走着，走到公路上，招手上了一辆中巴。七转八折，天黑的时候，到了徐州站。

这是真正的徐州站，而不是徐州西，广场的灯都亮了，映得半个天发光。水这时候才想起问分田：咱们去哪里呢？分田说：去上海。水跟着分田，在人头攒动的广场上走着，等买好票，进候车室，水才又"哇"一声哭了，哭她的小毛孩。分田说了声：莫哭！水应声就止住。二人寻到去上海那一列队，排上去，转眼间后面又续上人，左右亦是长龙阵。两个姊妹淹进人海，看不见了。

2003年3月17日　上海

——原载《上海文学》2003年第7期

王　松

# 双驴记

直到若干年后，马杰才告诉我，他终于真正了解了驴这种畜生。他是在大学里学到这些知识的。他读的是农学院。这让我很不理解。我和马杰同是1977年参加高考，而且在同一考点的同一考场。但后来，我去师范大学数学系报到时才听说，他竟然考去了农学院的牧医系。说牧医好听一些，其实就是兽医。那时电话还不普及，农学院又在市郊，交通很闭塞，所以直到上大三时我才给他写了一封信。我在信中对他选择这种专业表示不解。那时还是计划经济，大学里包分配，这个说法今天的大学生未必能懂，也就是毕业后学校负责分配工作，因此一旦学了什么专业也就如同嫁人，注定一辈子要从事这种工作。我在信中对他说，农学院，又是牧医系，将来的去向可想而知，大城市里的骨科医院或妇产科医院自然不能为牲畜治病，难道你去农村插队几年，在那种地方还没有呆够吗？我又在信上说，你对哺乳类动物感兴趣不一定非要学兽医，人也是哺乳动物，你完全可以去读医学院。当时我想，我在信中的言辞可能过激了一些，而且事已至今，再说这些话也没什么意义，当然，马杰也未必会以为然。马杰一向是个很自信的人，无论什么事都有自己的主见。几天以后的一个上午，我刚下课，系办公室的老师来叫我，说有我的电话。我立刻猜到了，应该是马杰，别人找我不会把电话打到系里去。果然是他。他的情绪听上去很好，说话还是那样不紧不慢。我在心里想象着，他这时大概正穿着一件肮脏的白大褂或扎着一条黑皮围裙，刚摆弄完一只什么动物。我似乎已经闻到，从电话的那一端传来一股腥臊气味。果然，他告诉我，他是在解剖教室打来的电话，他们刚刚解剖了一头驴。你能想到吗，这是一头成年雄性亚洲驴，而且还是活体。他并没有提那封信的事，听上去似乎颇为得意。他说，看来我过去真没猜错，驴确实是一种不可思议的动物，从解剖学的意义讲，它还是马的一个亚种呢。他说话的口气已明显跟过去不大一样，似乎有了些学院派的味道。接着，他又说，马的学名叫 Equus caballus，而驴的学名则叫 Equus asnus，由此可见，它们应该同属哺乳纲，但后者却是马科马属，驴亚属。马杰这样说着，似乎在电话里笑了一下，当然，如果在野生环境里，驴这个亚属应该更适于生存，因为它们的耐力和生命力都要优于马，比如寿命，马是三十年，驴却可以四十年甚至更长。而且，他又意味深长地说，它们的智商也的确很高，比你想象的还要高。

我忽然有些伤感。我终于明白了，马杰对过去的事还一直耿耿于怀。

其实我对驴也并不陌生。早在农村插队时，我就知道，驴作为牲畜是分为两种的，一种草驴，另一种则是叫驴，其中草驴是雌性，而叫驴泛指雄性。当然，这些也都是马杰讲给我听的。我和马杰插队并不在一个村。他在北高村，我在南高村。那时他经常去公社粮站拉草料，每次路过我们村都要来集体户里坐一坐。他还告诉我，驴的后代也分为两种，一种是驴，另一种就是骡子。骡子自己是不能生育的，要由驴和马来交配。当然，马也分两种，儿马和骒马，前者雄而后者雌。叫驴与骒马配出的是驴骡子，草驴与儿马配出的则是马骡子。由此可见，马杰说，牲畜之间所形成的关系链与人相似，也是以雄性为主，应该属于父系社会。那时我就搞不懂，马杰也生长在城市，他的这些知识究竟是从哪里来的？

后来因为一件事，竟然连北高村的当地人对他也很服气。

这件事很奇怪，至今想起来仍然令人感到不可思议。当时北高村有一个绰号叫大茄子的女人，由于下体溃烂病死了，据说这女人很放荡，性欲也很旺盛，丈夫死后经常跟村里的男人胡搞，很可能因此才得了这样一种脏病。大茄子的死并没有什么奇怪，奇怪的是她的女儿。她的女儿叫彩凤。彩凤去墓地埋葬了她母亲大茄子，一回来突然就精神失常了。她的这种精神失常极为罕见，虽然神志不清，语言混乱，但说话的口气和腔调却似乎都已不是她自己，而是酷似她的母亲大茄子，一个二十左右的姑娘竟能说出一些不堪入耳的话来。村里人立刻感到很惊骇，认为她是被大茄子的鬼魂附了体。后来有人说，彩凤很可能是得了壮科。所谓壮科，在中医讲也就是癔病。但当地人对这种病症却有另外一种解释，认为是被一种叫黄鼬的野物迷住了。据当时一起去墓地的人回忆，彩凤在回来的路上曾去过田边一间废弃的土屋里小解，如果她真的是被黄鼬迷住，应该就在那里。

尽管大家这样猜测，却并没有人敢去看一看。

马杰听说此事，当即就去了村外的那间土屋。

那间田边的土屋曾是用来浇水的泵房，由于闲置多年早已没有门窗，屋顶和坯墙也都已破败不堪。马杰走进来仔细搜寻了一阵，果然就在墙角的一堆干草里发现了一窝吱吱乱叫的黄鼬。这窝黄鼬还很小，刚长出茸茸的皮毛，看上去就像一堆黄色的棉花球。它们的父母大概是听到动静逃走了或出去觅食还没有回来。马杰蹲下看了一阵，就去端来一杯水，又在水里滴了一些地瓜烧酒，然后喷到这些小黄鼬的身上。当时村里人都感到疑惑，不知马杰这是在干什么。但是当天夜里，人们就都明白了。在那天深夜，两只大黄鼬悄悄地潜回来。它们突然闻到小黄鼬的身上有了一种奇怪的异味，就满腹狐疑地不敢再去接近，只是围着这些嗷嗷待哺的幼崽来回转着不停地叫。就这样，那窝小黄鼬和两只大黄鼬高一声低一声地整整叫了一夜。第二天一早，村里的大队书记就来找马杰。北高村的大队书记姓胡，因为长了一脸络腮胡须，都叫他胡子书记。胡子书记在这个早晨闯进知青集体户，问马杰究竟对那些黄鼬干了什么，说再让它们这样叫下去恐怕村里还要出事。马杰听了并没有说话，立刻又来到那间土屋。他先用铁锹将那窝小黄鼬铲出来，然后浇上柴油，划一根火柴就点燃起来。当时的情形可想而知。黄鼬这种动物的皮毛里积存着很多油脂，被火一烧就嗞嗞地冒出来，这些小黄鼬立刻被烧得一边惨叫着一边乱爬，如此一来橘黄色的火焰也就越烧越旺。正在这时，突然又发生了一件更令人意想不到的事情。就在那些小黄鼬在火里吱吱惨叫时，突然从田野深处窜来两团黄乎乎的东西，还没等人们反应过来，它们就以快得难以想象的速度钻进火里。火堆的上空立刻腾起两团冒着黑烟的火焰。直到这时，人们才看清楚，竟然是那两只大黄鼬。它们显然想从火里将那些小黄鼬叼出来，但此时的小黄鼬虽然还在吱吱惨叫，身上却都已喷出耀眼的火苗，大黄鼬刚叼到嘴里这团火苗就散落开，变成一摊黏稠的油脂流淌到地上。这时两只大黄鼬的身上也都已着起火来，这火燃烧着还发出一种奇怪的声响。接着，它们很快就在火里安静下来。它们先是将身体紧紧靠在一起，然后揽过那几只小黄鼬用力掩在自己的身下，就这样趴在火里不动了。这堆大火足足烧了有一支烟的时间。因为当时胡子书记点燃一支烟，却没有顾上去吸，就那样愣愣地举着，直到他发觉烧了手，这堆大火才渐渐熄灭下去。也就在这个上午，人们发现，彩凤的神志也清醒过来。

其实马杰初到北高村时并不起眼。包括胡子书记在内，村里人都以为他只是个很普通的知青。但是，这件事以后，人们立刻对他刮目相看了。胡子书记曾经很认真地问过他，为什么一开始没有去烧那窝小黄鼬，而只是往它们的身上喷酒？马杰说，他原本也不想烧它们，他之所以这样喷酒，就是想改变一下它们身上的气味。马杰说动物之间都是靠气味交流的，大黄鼬发现它们身上的气味变了，也就不肯再去接近，如此一来它们就会自己慢慢饿死。但是，他说，他后来发现这种办法不行，让它们一直这样叫下去很可能招来更多的同类，而那就会给村里带来更大的麻烦。所以，他说，他用火烧也是迫不得已。胡子书记直到这时才发现，马杰在这方面竟然有着特殊的才能。于是当即决定，将他调去村里的牲口棚。

马杰就从这时开始，才真正接触到了驴这种动物。

那时北高村的大牲畜除去马和骡子，只有两头驴，一头叫黑六，另一头叫黑七。马杰觉得这名字有些奇怪，就问胡子书记，黑六黑七是怎么回事。胡子书记告诉他，因为这两头驴的家庭出身都不好，往上追溯几代，它们的曾曾祖父曾是村里大地主高久财家豢养的，整天吃香喝辣，住的牲口棚里都砌了火墙，比咱贫下中农可舒坦多了。胡子书记说，据当年亲眼见过的人说，那是一头白嘴唇大鼻翅的板凳驴，长耳朵长脸小短腿，专门让高久财的小老婆骑着回娘家的，每次都是红缨铜铃紫缎鞍垫，走在街上很是气派。胡子书记忽然嘿嘿一笑，又说，这种驴自然不能算咱无产阶级，该划入“黑五类”，可“黑五类”是“地、富、反、坏、右”，没有驴，村里就给它排个第六，这一头叫黑六，那一头是它兄弟，就叫黑七。

马杰觉得有趣，从此就很注意这头黑六。

马杰很快发现，黑六和黑七的待遇并不一样。黑六虽然出身不好，却被分槽喂养，每天要吃精草细料，而且从不拉车，更不下田参加劳动。当然，黑六也有得天独厚的生理条件。马杰注意到，它竟然有着一根极为罕见的阳具。它的这根阳具硕大无比，尤其尿尿时，几乎可以垂落到地上。因此它唯一的工作也就是配种，专职为生产队里繁殖后代。据说也曾有贫下中农提出过质疑，说黑六毕竟是这样一种家庭出身，总让它繁殖后代，生产队的牲畜血统是否会受到影响。但黑六的品种也确实很好，它生出的后代从身形到骨架都很匀称，而且有着很强的体力和耐力，不仅可以拉车，也适合田间的各种劳作。但是，马杰对此却有着自己的看法。马杰认为，黑六不能只管配种。驴的发情周期每年只有一次，而每次的时间也并不是很长，如此一来，它不发情时也就无事可干。马杰认为这不仅不合理，也是一种资源浪费，生产队里总不能整天用好草好料供养着这样一条骄奢淫逸只会交配的寄生虫。

于是，他当即决定，要让这个黑六参加一些力所能及的体力劳动。

马杰第一次是让黑六驾辕，准备去麦场拉一些干草。

一天下午，马杰特意从场上找来一辆很小的木板车。这种车其实是人畜两用，所以装载量很小，拉起来也并不费力。但在这个下午，黑六一被套上绳索立刻就警觉起来。它显然从没受过这样的待遇。当它明白了马杰是要让它驾辕拉车，就像受了侮辱似的一边乱踢乱咬一边呜啊呜啊地拼命狂叫。马杰却不管这一套，不由分说就给它勒上了嚼子，然后用力向后拽着将它塞进车辕搭上扣襻套起来。但是，就在他转身去拿鞭子时，黑六突然将身体往后一蹲，又猛地向前一蹿就拉着这辆空车朝街上狂奔而去。马杰顿时慌了手脚，连忙上前追赶，一边还在它的后面狠狠甩出一个响鞭。马杰的这根鞭子与众不同。一般车把式的鞭子都很柔韧，鞭杆用几根竹枝拧结而成，鞭绳也是细而短，这样甩起响鞭不仅省力，也便于使用，更重要的是这种响鞭只具有威慑力，打到牲畜的身上却并不疼。马杰的鞭子则是向村里的拖拉机手要来几根机器上的废三角带，用上面拆下的胶皮绳编织而成。而且上粗下细，足足有八尺多长，木柄则是一截粗短的镰刀把，这样掂在手里就像是一根凶悍的霸王鞭，甩起来也震耳欲聋，几乎让所有的牲畜听了都心惊胆战。但这一次，黑六却对马杰的鞭声充耳不闻。它就那样拉着一辆空木板车叮叮哐哐地朝街里绝尘而去。那辆木板车原本只是用一些木条和竹片拼接而成，并不结实，被黑六这样拖着一跑很快就甩掉了两个轱辘。但黑六仍不肯停下来，还一边尥着蹶子拖着车架子在坑洼不平的街上狂奔。车架子很快就被颠得面目全非，街上到处是散落的木板和竹片，待胡子书记和生产大队长发现时，黑六身后拖的就只剩了两根光秃秃的车辕。北高村的生产大队长是一个很健壮的女人，姓高，叫高大莲，村里人都叫她大莲队长。据说这个大莲队长曾经担任过全公社的妇女突击队长，在农业学大寨大搞水利建设的工程中干出过许多成绩，因此很有些名气。在这个下午，胡子书记和大莲队长刚从外面开会回来，迎面正好看到从街上狂奔而来的黑六。大莲队长走上前去，吆喝一声就将黑六拦住了。这时马杰也拎着鞭子气喘吁吁地从后面赶过来。胡子书记看看黑六，又看了看马杰，皱起眉问，这是怎么回事？马杰并不回答，扑过来就抽了黑六一鞭子。黑六立刻疼得哆嗦了一下。大莲队长已经看明白了，于是对马杰说，你不该让它拉车，它的工作比拉车更重要。黑六似乎听懂了大莲队长的话，连忙将头扎进大莲队长的怀里，像是受了很大的委屈。胡子书记伸手拍了一下黑六，也说，我们对有“黑五类”成分的人还要给出路，让人家改造自己重新做人，更不要说黑六，它毕竟还是一头牲口！事后马杰对我说，当时他简直不敢相信，这头叫黑六的畜生竟然如此虚伪，甚至比人还要阴险。它听了胡子书记和大莲队长的话先是在他们面前温顺地垂下头，接着又开始哆嗦起来，似乎是由于刚刚挨了鞭子疼痛难忍，后来这哆嗦竟还渐渐地变成了抽搐，好像痛苦得随时都要瘫倒下去。直到胡子书记当即宣布，扣掉马杰这一天的工分，并让他用软毛刷子为黑六刷洗一遍全身。它才好像好了一些。

在这个下午，马杰没再说话就将黑六牵回牲口棚。但是，他刚按大莲队长的要求为它拌好一槽精细的草料，再回头看时，却发现黑六早已若无其事，正一边打着响鼻跟邻槽的一匹枣红骒马摇着尾巴调情。马杰盯住它看了一阵，慢慢放下搅料棍，转身又拎起了自己的鞭子。这时黑六也已注意到了。它立刻丢下那匹骒马，两眼一眨一眨地看着马杰。马杰冲它冷笑一声说，你不用看，大莲队长不是让我给你刷毛吗，我现在就给你刷。他一边说着将鞭子在头顶用力甩了一下，鞭绳立刻在空中扭出一个很好看的花结，然后悄无声息地落下来。马杰的鞭技一向很精湛。我曾经亲眼见过，他竟然可以一鞭就将一只落在树上的麻雀抽下来。他得意地告诉我，北高村的牲畜都很怕他，他的鞭子不仅很疼，而且可以不留任何痕迹。一般的车把式用鞭子抽打牲畜都会有一条一条的鞭印，那是因为将鞭绳整个落下去，他则不然，他只用鞭绳的末梢，这样落到牲畜身上就只是一个点，而且想抽哪里就抽哪里。其实马杰抽打别的牲畜时，黑六一定亲眼见过，因此也就应该深知这根鞭子的厉害。但是这时，它看着马杰，脸上的表情却忽然轻松下来。马杰起初有些不解，但接着就明白了，黑六是有恃无恐。刚才胡子书记和大莲队长让他用软毛刷子为它刷毛，过一会就肯定要来检查，而倘若他用鞭子抽了它，即使痕迹不明显他们也能一眼就看出来。所以，黑六断定，尽管马杰将那根鞭子在自己面前挥得呼呼生风，却并不敢真落到自己身上。

但黑六毕竟是一头牲畜。它还是想得过于简单了。

马杰看懂了它的心思之后，只是微微一笑，就将它牵到旁边的一片空地上。黑六搞不懂马杰这是要干什么，有些不解地看着他。马杰不紧不慢地弯下身，将它的缰绳拴在一根木桩上，然后倒退几步用力抖了抖手里的鞭子。这时黑六才开始紧张起来，但它仍然紧盯着马杰，似乎想看一看，他今天究竟敢不敢用鞭子抽打自己。马杰先将鞭绳在手里拽着试了试，然后举起木柄，突然用力一甩，啪的一声，那根长长的鞭绳打了一个旋就发出一声脆响。黑六的一条后腿猛地颤抖了一下。它这时才感觉到，自己这条腿的腋窝里像被刀子狠狠割了一下。但是，还没等它回过神来，就又是啪的一声。这一次它站不稳了，它感觉到另一条后腿的腋窝里又狠狠地疼了一下，这疼痛就像一股电流立刻通遍全身，接着它的两腿一软就咕隆跪了下去。马杰一手抓住鞭绳，对它说，站起来。黑六又艰难地站起来。黑六直到这时才终于明白了马杰的险恶用心。在牲畜身上，四条腿的腋窝处应该是最隐蔽的地方，如果不钻到肚子底下是绝对看不到的，而且和人一样，这也是最敏感的部位，倘若用鞭子抽到这里也就更加疼痛难忍。而就在这时，马杰又做出一个更可怕的举动，他去拎来一桶凉水，将鞭子在里面蘸了一下。黑六起初还不明白马杰这样做的用意。但是，当这根蘸了水的鞭子又抽在它两条前腿的腋窝里时，它立刻意识到，这样的疼痛竟然比刚才更可怕。

在这个下午，马杰就用这根湿漉漉的鞭子轮番抽打黑六四条腿的腋窝，每抽一下，黑六的全身都要剧烈地抽搐一下。但是，这根鞭子实在太长了，甩起来要花费很大的气力，如此一来就渐渐影响了准确性。这是马杰事先没有想到的。就在他又一次举起鞭子时，突然感觉自己的手臂酸了一下，他原本是想抽打黑六的左后腿，因为他当时是站在它的左前侧，这样就只有将鞭子朝相反的方向甩才能使鞭梢落到它左后腿的腋窝里。而由于他的手臂突然感觉不对劲，就稍稍向里偏了一点，于是鞭梢落到了不该落的地方。事后马杰对我说，他绝没有想到会是这样，他发现，黑六那根硕大的阳具突然抖动了一下，然后就像一条探出身体的蛇倏地缩了回去。马杰直到这时才意识到，是自己的鞭子出了问题。他立刻蹲下身去观察，发现黑六的那里已完全缩进身体里，连两个睾丸都不见了踪影。马杰的心里一下有些慌，他知道这件事意味着什么。但他这时还在安慰自己，他想这东西应该伤得并不太重，否则黑六就不会这样安静了。这时黑六看上去也的确很安静。它似乎还在暗暗庆幸，由于自己的下体出了这样一点意外，才终于躲过了马杰的这一顿鞭子。

但是，马杰和黑六都没有意识到，事情远比他们估计的要严重得多。

接下来的问题是出在第二年春天。

在这个春天，黑六没像往年一样按时发情。北高村与我们南高村一向在繁殖牲畜方面保持着协作关系，这时我们村已让几匹有生产任务的骒马做好各种准备。如此一来也就产生了误会。我们村认为北高村说黑六没有按时发情不过是一个托词，黑六每年的发情期比日历还要准，说它不发情就如同说骡子发情一样令人难以置信。我们南高村认为，北高村一定是出于什么利益的原因为黑六另寻了新欢，而他们这样做不仅不道德，也是一种极不讲操守的行为。北高村的大莲队长听说此事特意来向我们村解释，她说没有别的原因，任何原因都没有，就是黑六不发情。大莲队长无可奈何地说，牲畜不发情是谁都没有办法的，你就是给它们硬来也没用，这跟人是一样的道理。大莲队长说到这里，脸一红就不好再说下去了。

我们南高村很快了解到，大莲队长说的话的确属实。黑六在这个春天不知为什么，竟像是将发情这件事忘记了。往年它早早地就会躁动起来，哪怕碰一碰皮毛或摸一摸脖子，都会立刻张大嘴吐出一些白色的黏液，走在街上遇到外村的骒马或草驴拉车经过，也要追在后面打着响鼻去向人家献殷勤。但这一次它却毫无迹象，就是将再漂亮的红鬃骒马或花背草驴牵到它面前，它的反应也很淡漠，似乎已心如止水，万念俱灰。大莲队长当然不甘心。村里一向待黑六不薄，对它的照顾几乎比对五保户和伤残军人都要高，大莲队长不相信它的身体里好端端的会出什么问题。于是就亲自将它牵去公社的兽医站。但兽医站的兽医也看不出任何问题。兽医很认真地检查了一番，摇摇头说，牲畜的生殖力也是一种能量，既然是能量就总有释放完的时候。兽医拍了一下黑六的屁股，得出结论说，它已经没用了。

大莲队长直到这时才终于相信，黑六的历史使命是彻底完成了。

黑六从此就失去了一切待遇。它被拴来大槽子上，和干粗活的牲畜一起乱踢乱咬，一起去抢吃掺着粗茬干草的混合饲料。每天的早晨和下午也要被套上绳索去拉车，或被轰赶到田里去干各种农活。但是，直到这时，它身上致命的弱点也才暴露出来。原来它的体力竟然很差，由于长年养尊处优，到田里踩着松软的泥土连站都站不稳，更不要说去拉犁耕地。胡子书记这时就又想起它当年的曾曾祖父，也就是那头白嘴唇大鼻翅长耳朵长脸小短腿的板凳驴。胡子书记突然发现，这头黑六的长相竟与它当年的曾曾祖父极为相像。于是，经过与大莲队长和其他村干部商议，就作出一个新的决定，既然黑六不适合干农活，索性就让它继承祖业也去充当交通工具，专门供村里的干部们骑着去办事。我想，这对于黑六来说应该更是一种奇耻大辱。如果让它自己选择，它肯定宁愿去拉车耕地也不想这样供人驱使。

也许正因为如此，才发生了后来的事。

那是一个初夏的上午，北高村的贫协主任要去公社参加贫协代表联席会。其实这个贫协主任完全可以搭乘村里顺路的拖拉机，即使步行也不过几里路。但他却坚持要骑黑六。他说当年大地主高久财的小老婆经常骑着它的祖先回娘家，他看了一直很眼热，所以现在他也要骑它尝试一下，看一看当年的那个女人究竟是一种啥样的感觉。贫协主任这样说着就牵出黑六，然后翻身骑上去。贫协主任很瘦，骑到黑六的背上，应该不会有太重的分量。但他并没有意识到，这样骑在黑六身上还一边用木棒抽打它的屁股就已不仅是简单的重量问题。当时贫协主任只顾高兴了，他发现这样骑着黑六的确感觉很好，不仅舒服，还有一种高高在上的优越感，再看眼前的一切似乎都变得居高临下起来。所以，他没有注意到黑六脸上的表情。事实上他就是注意到了也无法看到，因为这时的黑六正将脖子直直地向前伸出去，两眼不停地向左右睃寻。事后据亲眼目睹的人说，黑六驮着贫协主任就这样走了一段路，突然转身朝着道边的一棵槐树走过去。那是一棵几十年的老槐树，树干已经粗糙皴裂。黑六走过去只是不动声色地把肚子在树上轻轻蹭了一下，又蹭了一下，贫协主任突然惨叫一声就滚落下来。当时正在田里耪地的人们连忙赶过来，将贫协主任抬回到村里。待将他的裤腿撕开，这条腿只是膝盖以下有些发红，除此之外并没有什么伤痕。

但是，人们很快发现，贫协主任的伤势似乎没有这样简单。

他这条腿已完全失去知觉，而且像充了气似地迅速肿胀起来。

胡子书记意识到事情的严重性，立刻派人将贫协主任送去公社的卫生院。卫生院的几个医生看过之后都面面相觑，摇着头说卫生院没有这样的设备，恐怕要去县医院。送去的人问什么设备。几个医生说，锯腿的设备。大家一听立刻惊得目瞪口呆，有人问，只是让驴在树上蹭了一下，就要锯腿？一个医生说，锯腿已经是轻的了。另一个医生也摇摇头，说这头驴实在太厉害了，你们不要看这条腿表面没什么，其实它里面已受了严重的挤压，现在皮肉跟腿骨已经完全脱离开，如果不尽快锯掉，恐怕连性命都很难保住。

就这样，贫协主任又被转去县医院，就将这条伤腿从根部锯掉了。

那天直到傍晚，马杰才在村外的一片树林里找到了黑六。

马杰走到黑六跟前，立刻吓了一跳，只见它的嘴里满是鲜血，跟前的许多树干都已被啃掉树皮，乳白色的木碴上沾着黏稠的血迹。马杰立刻明白了，黑六显然知道自己闯了大祸，也意识到这一次是在劫难逃，所以就想尽快一死了之。但它实在想不出什么更好的自杀办法，只能采取这种笨拙徒劳而又只会增加痛苦的原始方式。黑六看到马杰，立刻惊恐地向后退了几步。它自从那一次挨了鞭子，再见到马杰就总是心惊胆战。这时，它已经完全崩溃了，它慢慢退到一棵树的旁边，四条腿不停地打着颤，两个耳朵也相互叠着耷拉到一起。它认为马杰一定是来找它算账的。它已经料到，马杰这一次绝不会轻易放过它。但是，它很快发现，马杰的手里并没有拿着那根可怕的鞭子，脸上也没有太多的表情。他只是走过来，从地上捡起缰绳，就牵着它朝村里走去。这时胡子书记和大莲队长已经等在牲口棚。

胡子书记迎过来，掰开黑六的嘴看了看，牙齿已经脱落得所剩无几。

于是，他回过头去，跟大莲队长相视了一下。

大莲队长嗯一声说，看来也只能这样了。

胡子书记点点头说，杀了吧。

杀……杀了？

马杰有些意外，看着胡子书记。

大莲队长说，刚才，生产队里已经研究过了，既然它不能干活，骑又不能骑，留着也就没啥用处了。胡子书记说是啊，现在它的嘴又成了这样，以后连草料也不能吃，生产队里总不能用粮食养着这样一个废物，痛痛快快杀了它，大家还能分一些肉吃。

事后马杰对我说，他当时就预感到，杀黑六这件事肯定会落到他的头上。因为他是饲养员，一向熟悉牲畜的习性，而更重要的是当地农民是轻易不肯自己动手杀牲畜的，他们都很迷信，认为牲畜的一辈子不容易，倘若杀它们会遭报应。果然，在这个傍晚，胡子书记和大莲队长临走时对他说，这件事，就由你来干吧。马杰连忙说不行。他说自己确实不行，他平时杀一只鸡都下不去手，更不要说杀这样大的一头牲畜。胡子书记又跟大莲队长对视一下，就走到马杰的面前说，有些事，还是不要说得太明白了，这头黑六原本好好的，每年都能按时配种，可到你手里还不到一年，怎么就成了废物呢，现在你不杀它还让谁来杀？

大莲队长也说，不要说了，这件事就这样决定了。

一边这样说，又看了马杰一眼，让它死得痛快些。

当天晚上，村里的胡屠户来到牲口棚找马杰。胡屠户是胡子书记的亲叔伯堂弟，在村里专门负责宰杀猪羊一类家畜。马杰一看见胡屠户就像是见到了救星，连忙对他说，你来得正好，你杀猪有经验，黑六还是由你来杀吧。胡屠户却摇摇头说，你这话就外行了，屠户也并不是啥都能杀的，杀猪跟杀牲口可不是一回事，我来是给你送工具的。胡屠户说着就打开一个麻布包，里面是刀子钩子和一些看不出用途的利刃。胡屠户拿起一把细长的牛角弯刀，这把刀大约有一尺多长，看上去像一钩弯月，刀刃飞薄，刀尖也很锋利。胡屠户用拇指在刀锋上试了试说，我给你挑了这把长一些的牛角刀，刚才还磨了一下，驴的脖子比猪脖子要长，但杀起来道理是一样的，只要将这把刀从脖子底下插进去，一直插到胸口，然后用刀尖在心脏上划开一个口就行了，记着，放血要用大盆，驴血是大补可不要糟蹋了。

胡屠户说罢，放下这些刀具就走了。

这时马杰才发现，槽子上的黑六正朝这边看着，一直在很认真地听。

马杰经过反复考虑，最后还是决定不使用胡屠户送来的这些刀具。胡屠户杀猪马杰是见过的，尽管他的技艺很精湛，但猪在死时也很痛苦，总要挣扎半天才会断气。因此，要想让黑六死得痛快些就只有另想办法。在这个晚上，马杰从草垛旁边搬来一口铡刀。这铡刀是专门用来给牲畜铡干草的，钢口还说得过去。马杰从木槽上卸下刀片，这爿刀片已有些生锈，而且由于长期铡草，刃口也很钝。马杰拎着来到牲口棚。在牲口棚的角落里有一眼石井，这是用来饮牲畜的，井台上有一盘很大的青石。马杰将铡刀放到井台上，撩了一点水就用力磨起来。刀片约有四寸宽，三尺多长，磨起来霍霍的声音就很响亮。马杰这样磨一阵，停下来用水冲一冲，然后再磨。黑六始终站在旁边，还不时晃一晃耳朵，伸过头来看一看。马杰一回头，突然发现它也正在看着自己，他跟它的目光碰到一起，心里突地一颤。于是，他将刀片立在旁边，去拎来一桶水，就开始用软毛刷子为它刷洗全身。马杰一边刷着还特意摸了摸它的脖颈。它的脖颈很柔软，隐约可以感觉到里面的颈骨。

就在这时，他又看到了黑六的眼睛。

黑六的眼睛很湿冷，黑得深不见底。

马杰杀黑六是在第二天上午。地点就选在牲口棚。

杀牲畜是一件大事，北高村的全村特意歇了半天工。村里的人们虽然不肯亲自动手杀牲畜，但吃肉的欲望却很强烈，早早地就都在家里刷锅烧水做好一切准备，然后端着盆或簸箩来到牲口棚等着分黑六。马杰看一看大灶上的水已经滚开起来，就将黑六从槽子上牵出来，拴到那片空地的木桩上。这时人群里就响起一片唏嘘的声音。马杰朝人群里看一眼，就转身去拎过那把铡刀。铡刀的锋刃已磨得雪亮。马杰为了应手，还特意在铁柄上缠了一些麻绳。他来到黑六面前，掏出一块黑布将它的两眼蒙起来。

但黑六用力一摇头，将黑布甩掉了。

马杰再蒙，又被它甩掉了。

然后，它慢慢回过头，睁大两眼看着马杰。

事后马杰对我说，你能相信吗，驴这种畜生竟然会笑。当时黑六的脸上皱了皱，眼角居然还出现了一些细碎的鱼尾纹。他说他看出来了，它的确是在笑，它是在冲着他微笑，他甚至还听到它的嘴里发出一阵嘿嘿的声音。马杰顿时有些心慌意乱，立刻举起铡刀就呼地砍下来。在此之前，马杰已在黑六的脖颈上看好了位置，他发现它稀疏的鬃毛间有一个不大的缺口，这缺口离头颅很近，而且恰好是脖颈最细的地方，他想如果把刀砍在这里，应该会省力一些。但是，由于他的刀举得过高，在挥下来时有些发飘，这就使落刀的位置发生了一点偏离，似乎靠上了一些。马杰感觉到了，这把铡刀的确磨得很快，因此尽管靠上，在落下的一瞬也几乎没遇到什么阻力，只听喀嚓一声，黑六的头颅就从脖子上齐刷刷地滚落下来。这颗头颅如同一只巨大的冬瓜，在地上骨碌碌地滚出很远。直到它停下来，那只冲上的眼睛仍还皱着一些鱼尾纹，它睁得大大的，像在瞪着马杰，又像是瞪着马杰身后的人们。那个失去了头颅的身体并没有立刻倒下去，似乎沉默了一下，突然就有一股黏稠的血水从脖腔里直喷出来。这血水一直喷溅出很远，如同一团猩红的烟雾朝人群里落下去。

人们惊叫一声，立刻朝四处散开了。

失去了头颅的黑六似乎犹豫了一下，又犹豫了一下。

它迟疑着朝前走了两步，然后，才慢慢地瘫倒下去。

马杰没去管清洗黑六的内脏。只是将它的皮剥下来。

这是一张完整的驴皮，非常柔软，看上去栩栩如生。

马杰犯了一个错误。他不该在牲口棚里杀黑六。

在这个上午，马杰并没有注意到，从他用那口铡刀砍下黑六的头颅，直到在血泊里用牛角尖刀一点一点地将它的皮剥下来，始终有一双眼睛在注视着他。这就是黑七。其实马杰事先已考虑到这个问题。他想，在杀黑六时不应该让其他牲畜看到这个血腥的场面。牲畜的身材虽然高大，心胸却很狭窄，胆量也很小，这样的场面会对它们的情绪产生严重影响，搞不好还有可能发生炸棚。炸棚是指由于某种突发的刺激，使牲畜们同时受到惊吓而狂躁起来，这种情况一旦发生是很难控制的，牲畜也会因为互相踩踏和撞击而受到伤害。但是，马杰将所有的牲畜都牵去了别的院子，唯独忽略了拴在角落里的黑七。所以，黑七也就目睹了马杰砍杀黑六的整个过程。马杰直到拎着黑六那张血淋淋的驴皮朝牲口棚的外面走去时，才无意中发现了黑七。黑七正站在槽子旁边，目不转睛地盯着他和他手里的那张驴皮，眼睛里似乎有些湿润，尾巴也像一根木棒直挺挺地撅起来。在此之前，马杰并没有注意过这头黑七。黑七的外形与黑六很相像，也是长耳朵长脸四肢短小，但阳具也很小，所以也就没有配种任务。严格讲，这种板凳驴是专供人骑的，并不适于田间劳作，因此黑七的主要工作只是拉车。但它的性格却与黑六不同，平时沉默寡言，因而也就很少引起人们的注意。

马杰绝没有料到，黑七接下来竟会弄出一场如此之大的事故。

马杰觉得自己在这场事故中很无辜。尽管胡子书记和大莲队长一致认为，这件事的责任完全在他，也就是说，是由于他的疏忽大意造成的。但马杰却坚决否认。马杰一口咬定是黑七所为。马杰说，在这件事发生前的最后一瞬，他是亲眼看到的。他说黑七当时干的事简直不可思议，没有人会相信它竟然能这样做。胡子书记当然不能认同马杰的这种说法。胡子书记说，黑七不过是一头哑巴畜生，无法为自己辩解，这就让人怀疑是马杰故意要将责任推给黑七。大莲队长也这样认为。大莲队长说，黑七再怎么说也只是一头驴，而且是一头比黑六还要老实的笨驴，它不会也不可能像马杰说的那样故意做出破坏集体财产的事来。

这起事故是发生在杀黑六几天以后的一个上午。在这个上午，别的牲畜都被牵去下田了，牲口棚里只剩下黑七和一匹怀驹的骒马。马杰在这个上午是故意将黑七留下的，他准备套它去公社粮站拉一些饲料。他在临走前先为那匹骒马饮过水，又在槽子里添了一些草料，然后拿过棕刷为它的全身刷了刷毛。马杰在照料临产牲畜方面很有经验,他知道经常为怀驹的骒马刷一刷毛,会使它的产门肌肉松弛,这样可以有利于将来的生产。但是,就在他为这匹骒马刷毛时,突然听到了一种奇怪的声音。这声音似乎是来自他的身后,又像是在头顶。接着他就感到,好像整个牲口棚都嘎吱嘎吱地响起来。他连忙回过头去,才发现竟然是黑七。黑七正在不动声色地啃咬着牲口棚里的一根立柱。在牲口棚里大约有五六根这样的立柱,但这一根最粗,而且刚好竖在牲口棚的中央,是专门用来支撑整个棚顶的关键部位。事后马杰说,他一直搞不懂,黑七怎么会知道选择这样一个要害的部位。当时黑七发现马杰正在看着自己,于是就停下来。也抬起头看看他。但它接着就又埋下头去,若无其事地继续啃咬那根立柱。它咬得不慌不忙又非常卖力,为使这根立柱尽快松动,它还用头去顶住它的根部用力晃动。于是整个牲口棚立刻也跟着忽忽悠悠地摇晃起来。牲口棚的棚顶虽然只铺了一层秫秸,但由于下雨潮湿已有了相当的重量,这时这根立柱已被黑七啃咬得拔出地面,再这样一晃动,棚顶就开始渐渐地向一边倾斜。马杰突然明白了黑七的意图,立刻丢下手里的棕刷朝它扑过去。但为时已晚,整个牲口棚随着晃动扭了几扭,突然发出一阵巨大的断裂声就轰然塌落下来。而就在这一瞬,马杰看到黑七朝旁边轻轻地一跳,就跳到了牲口棚的外面。北高村一共有二十几头牲畜,因此牲口棚具有相当的规模,这样一坍塌情形自然可想而知,顿时尘土飞扬狼藉一片。但是,牲口棚坍塌还只是这场事故的开始。在马杰身后的立柱上,还挂有一盏仍然亮着的马灯。这是马杰给牲口添夜草时拎过来的,后来一忙就忘在了那里。这时棚顶坍塌下来,这盏马灯也就被砸在了里面,煤油流淌出来引燃秫秸,立刻就着起了大火。这场大火烧得很快,火势也很猛,随着迅速蔓延整个牲口棚里转眼间就成了一片熊熊的火海。闻讯赶来的村民想用水桶救火,但试了试却都无法靠近,只能眼睁睁地看着火焰夹裹着浓烟越烧越旺。也就在这时,人们突然闻到了一股奇怪的气味。这显然是烤肉的香味,非常香,与燃烧的烟气混在一起就似乎更加诱人，很像今天街上卖的烤肉串。这时大家才突然想起那匹怀驹的骒马和黑七，接着就又想到了马杰。但人们很快就发现了黑七。黑七并没有被砸在火里，它正站在不远的地方，面无表情地向火里望着。这就可以断定，仍然在火里的只是那匹骒马和马杰，也就是说，这股烤肉的香味应该是从它或他的身上散发出来的，又或许是同时散发出来的。其实人与牲畜的区别并没有很大。这样用火一烧，竟然分不出谁是谁的气味。人们想象着正在大火里被烧烤的那匹骒马和马杰，立刻都感到不寒而栗。

这场大火烧了很久才渐渐熄灭下去。牲口棚已变成一片废墟。人们果然在灰烬里发现了那匹骒马的骸骨。它显然被烧得无处躲藏，于是扎到一个角落里，浑身的骨头都已被烧得黑漆漆的，还在冒着淡淡的蓝烟。但是，却没有发现马杰。胡子书记和大莲队长皱着眉对人们说，再找一找，仔细找一找，那样大的一个活人再怎样烧也总会留下一点痕迹的。但是，人们将整个火场都仔细搜寻了一遍，却仍然不见马杰的踪影。就在这时，一个女人突然惊叫了一声。胡子书记和大莲队长连忙走过来。那女人一边向后退着，用手朝地上指着说，那里……就在那里。这时胡子书记和大莲队长才发现，在地上正有一堆黑乎乎的灰烬向上一拱一拱地微微动着。接着猛地一翻，一颗人的脑袋就从里面冒出来。这颗脑袋已经与那些灰烬浑然一色。他用力喘出一口气，然后张开嘴打了一个很响的喷嚏。

人们围过来仔细看了一阵才认出来，竟然是马杰。

马杰虽然已黑得面目全非，身上却毫发无损。原来就在牲口棚坍塌的那一瞬，他不知怎么竟被压进了那眼石井。这一来反而救了他。他先是将身体在井水里浸泡了一下，然后就像一只壁虎似的紧紧贴着井筒，直到上面的大火渐渐熄灭，他才试探着一点一点爬上来。

胡子书记和大莲队长当然不相信马杰所说的话。他们认为这件事与黑七没有任何关系。黑七之所以能在这场大火中幸免于难，是因为它当时刚好站在牲口棚的边上，而这也正说明它不可能做出马杰所说的那种事来。胡子书记对马杰说，黑七从没有啃缰绳的习惯，你是饲养员应该最清楚这一点，既然它连缰绳都不啃，又怎么可能像你说的那样去啃那根立柱呢。大莲队长也说，不管怎样说，这件事也是你的责任，就算这根立柱是被黑七啃倒的，也说明它早已不太结实，好好的一根立柱，怎么可能就这样轻易地让驴给啃倒了呢，你作为牲口棚的饲养员事先就没有发现吗，或者发现了，又为什么没有及时加固呢。大莲队长最后得出结论说，由此可见，这起事故是迟早都要发生的。大莲队长说，幸好当时别的牲畜不在，否则后果就更不堪设想了。胡子书记严肃地说，可那匹怀驹的骒马还是烧死了，一失两命，这给生产队的集体财产也造成了很大损失。接着，胡子书记就当众宣布了对马杰的处理决定，胡子书记说，首先要扣掉马杰全年的工分，其次，马杰要尽快将火场清理干净，协助村里搭建起新的牲口棚，然后将这里的所有工作移交给新任饲养员。

胡子书记对马杰说，你已经被撤职了。

马杰对我说，直到这时，他仍然没把黑七往太深处想。他认为黑七在那个上午啃倒那根牲口棚的立柱并没有什么很明确的目的，也许它只是出于无聊，因为对于这样一头驴，除去无聊他实在想不出它还会有什么别的用意。但是，接下来的事终于让他警觉起来。

他突然发现，这个黑七确实不是一头简单的驴。

马杰用了整整一天，直到傍晚才将牲口棚的废墟清理干净。然后，他就按着大莲队长的要求套了一辆木板车，准备将这些炭灰拉到田里去当肥料。但是，他又犯了一个错误。他不应该让黑七驾辕。在这个傍晚，他刚刚把车装好，正在清扫最后一点灰烬时，黑七突然拉起车就径直朝那眼石井走过去。它走得不紧不慢，而且声音很轻，来到石井跟前还绕了一下，待马杰回头发现时，它已经将屁股用力向上一撅，高高地扬起车辕，然后呼噜一声就将整整一车炭灰都倾倒进了井里。井口立刻腾起一团黑色的烟雾。这眼井是专门饮牲畜的，这样倒进一车炭灰井水显然也就不能再用。大莲队长刚好在这时来到牲口棚。大莲队长立刻走过来，扒着井口朝里看了看，然后抬起头对马杰说，看来，胡子书记真的是看错你了。

看……看错我了？

马杰看着大莲队长，不明白她这话是什么意思。

大莲队长说，这一次是我亲眼看到的，你还怎样解释？

马杰沮丧地说，既然你都看到了，我当然不用再解释。

大莲队长冷笑道，你是不是又要说，是黑七存心搞鬼？

马杰说难道不是吗。

大莲队长立刻反问，你认为是这样吗？

马杰说当然是这样。马杰说，黑七是自己把车拉过来的，又是它自己把车上的灰倒进井里的，不是它在搞鬼又会是谁呢，难道是我吗？可是，大莲队长说，牲口是听人吆喝的，你如果不吆喝它，它又怎么会跑到这里来呢？这时，马杰终于忍耐不住了，他不明白大莲队长为什么一定要将责任强加给自己。于是很生气地说，我根本就没吆喝它！

你没吆喝吗？

我当然没吆喝！

马杰觉得大莲队长这样指责自己简直没任何道理。黑七是擅自把车拉到井边来的，他想问一问大莲队长，这样简单的事她怎么会看不出来。大莲队长点点头说，我当然看出来了，这件事就是你故意做的，你对村里处理你的决定心怀不满，所以才让黑七把这一车炭灰倒进井里，好给下一任饲养员增加一些麻烦。大莲队长摆摆手说，你不要再说了，淘井的事我会安排别人来干的，实话告诉你，现在让你来淘我还真有些不放心呢。大莲队长临走时又说，你尽快把这里收拾干净吧，村西还有一堆人粪肥，从明天开始，你去田里送粪。

大莲队长说罢，又用力看了一眼马杰就转身走了。

马杰看看大莲队长结实的背影，又扭头看一看仍站在井边的黑七。这时，他发现黑七也正在看着自己。它一下一下地眨着眼，眼角忽然皱起一些鱼尾纹，这些鱼尾纹很细，如果不仔细看几乎不易察觉。马杰立刻明白了，它这是在笑，它正在冲着自己笑。黑七的这个笑容立刻让马杰想起当初的黑六。马杰突然有一种感觉，他发现这个黑七竟然比当初的黑六心计更深，也更阴险。好吧……你就笑吧，咱们看一看究竟谁能笑到最后。

马杰冲它点点头，一边这样说着就转身朝不远处的灶屋走去。

马杰来到灶膛跟前。用一根火通条在里面拨了拨，就拨出一块烤白薯。这块白薯是红皮的，几乎有两个拳头大小，由于刚在灶膛里烧过也就非常的烫手。马杰一边吹着气将它在两只手里来回颠倒着，又抬头看了看黑七。这时黑七眯起两眼，正朝这块烤白薯贪婪地看着。马杰就笑了。他知道黑七还在饿着肚子。他从早晨到现在还一直没有给它喂过草料。于是，他又想了一下就朝墙角的水缸走过去。他舀了一瓢凉水，将这块烤白薯在里面泡了一下，然后走到黑七面前，心平气和地对它说吃吧，快吃吧，这东西很好吃呢。他一边说，就把这块散发着香甜气味的烤白薯送到黑七的嘴边。黑七立刻迫不及待地一口就咬到嘴里。由于这块烤白薯刚被凉水泡过，所以吃到嘴里也就很舒适。但是，黑七一嚼就出了问题。它没有想到白薯的里面竟然如此之热，立刻被烫得浑身一激灵。接着它就又做出了一个更错误的判断，它以为只要这样继续嚼就可以将这东西的温度迅速降下去，于是也就更加卖力地嚼起来，一边嚼着嘴里竟还冒出腾腾的热气，连鼻孔也被烫得翻卷起来。黑七很快意识到，这样嚼下去显然是错误的，它应该尽快把这个热得可怕的东西吐出来。但它刚要张嘴，马杰已经看透它的心思，于是一伸手就将它的嘴给捏住了。黑七被烫得呜的一声，两眼用力向上一翻，立刻鼓起两个很大的眼白。马杰开心地看着它，欣赏着它的表情，过了一会才慢慢松开手。

但这时，黑七已将那块滚烫的烤白薯咽了下去。

它用力张大嘴，哈哈地喘着气，肚子里发出一串咕噜咕噜的声音。

黑七一连几天没吃草料。马杰知道，它的嘴里肯定已烫起了水泡。他故意拌了一些精细的饲料倒进黑七面前的食槽子里。饲料散发出一阵阵谷物的香气。但黑七只是用嘴唇一点一点拱着，却并不能吃进去。大莲队长也感觉黑七出了问题，来牲口棚看过几次。她发现黑七一直在槽子里用嘴唇拱着草料，就以为它是在吃，反而还表扬了马杰几句，说他这样做就对了，善始善终，只要一天没将饲养员的工作交出去就对集体的牲畜负责任。马杰受到表扬往田里送粪也就干得更加卖力，每天让黑七饿着肚子从早晨一直干到天黑，车也越装越满。但是，马杰并没有注意到，黑七的眼神也越来越异样。

每当它看马杰时，眼里就会忽地暗下去，似乎闪着幽幽的磷光。

后来的事情是发生在一天傍晚。在这个傍晚，马杰终于完成了大莲队长交给他的任务。他将最后一车粪肥装好时，连自己也感觉有些饿了。他赶着黑七来到村外，无意中摸了摸它的屁股，发现它身上已渗出洇洇的汗水，于是看一看四周没人就对它说，你现在肯定是又饿又累，对不对？黑七似乎没听见，仍然低着头，拉着粪车慢慢地向前走着。马杰笑一笑说，你知足吧，跟黑六比起来你幸福多了，你还没尝过我的鞭子呢，那滋味可比现在难受。马杰一边这样说着，粪车就已来到一座桥上。这是一座很窄的石板桥，刚够一辆粪车通过。桥下是一条水渠，虽然不深，但已积了很多淤泥。

马杰正说得高兴，黑七就已拉着这辆粪车走到石板桥的中间。

就在这时，马杰突然感觉有些不对劲了。他发现黑七回过头来看了自己一眼。在它回头的一瞬，他又从它的眼角看到了鱼尾纹。马杰立刻意识到，这时黑七冲自己笑应该不是好兆。他赶紧冲它大喝了一声：吁——！他这样喊是想让黑七停下。但是，黑七却似乎听而不闻，并没有要停下来的意思。于是马杰连忙又去拉车辕上的手闸。仍然无济于事。黑七的四条短腿突然变得强健有力，就这样拖着车闸硬是朝石板桥的边上走去。马杰慌了手脚，他意识到继续坐在车辕上是很危险的，但就在他要往下跳时，只见黑七的身体猛地往下一塌，又用力一缩，竟然就从辕套里钻了出去。装满粪土的木板车顿时失去了平衡，朝旁边一歪就从石板桥上翻了下去。这时马杰仍坐在车辕上，他向下坠落着，只觉耳边呼呼的风响，渐渐地头已经朝下，接着许多散发着恶臭的粪团就噼噼啪啪地冲他砸过来。他的心里还很清醒，他知道倘若一直这样栽下去后果将不堪设想，他的头很可能会插进渠底的淤泥，而那样一来自己也就要像一株植物似的栽在了渠里。他试图让自己的身体正过来。但这座石板桥的高度毕竟有限，还没等作出努力，他和这辆木板车就轰然掉进了水渠。幸好他这时已从车辕里挣脱出来，被狠狠地抛到了一边。他感觉自己的身体是平着落入水中的，接着那些粪团便铺天盖地砸下来。他用尽全身的气力，好容易才从水里伸出头。

就在这时，他发现，黑七正面无表情地站在岸边看着他。

马杰这一次遇险最先惊动的是我们南高村。因为这条水渠恰好是两村的界河，而就在他出事时，我们南高村的人又正在附近的田里锄地，因此大家立刻赶来搭救他。马杰确实被搞得很惨，险些就丢了性命。大家七手八脚地将他从渠里捞上来时，身上简直臭不可闻，而且从鼻子和嘴里仍然不断地有水流出来，那水的颜色和气味也很可疑。

马杰就这样被送回了北高村。胡子书记和大莲队长当然不相信黑七会做出这种事。胡子书记摇着头说，黑七这样老实的一头驴，况且又不会缩身术，如果将它套牢了怎么可能从辕子里钻出去？不可能，胡子书记十分肯定地说，再怎样说这也是不可能的。大莲队长去村外的水渠边找到黑七，将它牵回来时发现，在它的肩胛处有一道明显的擦伤。大莲队长认为，这显然是因为套车的绳索没有拴牢，滑脱时挂伤的。大莲队长说，黑七的出身虽然有些问题，但在村里一向表现很好，它拉车拉了这样久，还从没有出过这样的事情，如果把缰绳拴牢了它是不可能褪套的。大莲队长还特意将黑七牵来知青集体户，似乎要让它与马杰当面对质。但这时的马杰已说不出话来。他由于肚子里灌进了太多的脏东西，一直在不停地呕吐，先是将前几次吃的饭菜都呕出来。渐渐吐的就只剩了黄绿色的胆汁。

彩凤一直守在马杰身边，只是不停地流泪。

彩凤那一次得了壮科，因为马杰烧死那一窝黄鼬才清醒过来。从此她就经常来集体户帮马杰烧水做饭，或为他洗衣服。北高村的人都有些惧怕大莲队长，但彩凤却不怕。彩凤在这个傍晚对大莲队长说，你还是把黑七牵走吧，他已经成了这个样子，你再跟他说这些话还有啥用呢。彩凤说，就算他没把那辕套拴牢，也是为了给生产队拉粪，城里的工人出了事故工厂还要照顾呢是不是？大莲队长看看彩凤，就不再说话了。但是，这时谁都没有注意到黑七。黑七一来到集体户就始终盯着门外的那面墙壁。在那面墙壁上钉着一张黑色的驴皮。驴皮的四肢向两边伸展开，似乎是很舒服地趴在墙上，虽已有些干硬，但那身皮毛仍然闪着黑亮的光泽。旁边还有一小块驴头形状的毛皮，两只眼睛已是两个洞，似乎瞪得大大的。

接着，黑七就做出了一个很奇怪的举动。

它慢慢走过去，伸出舌头在那张驴皮上舔了舔。

马杰直到夜里仍在不停地呕吐，还发起了高烧，嘴里一直嘟嘟囔囔地说着胡话，似乎在跟黑七争论着什么。胡子书记来看了，皱着眉说这样下去不行，还是赶快送医院吧，灌了一肚子大粪，弄不好会死人的。马杰就直接被送去了县医院。

其实我早就知道马杰和彩凤的事。那时马杰去公社粮站拉草料，经常带彩凤一起出来，偶尔也到我们集体户里坐一坐。彩凤很大方，看上去不像农村女孩，皮肤很白，五官长得也很细，只是稍微胖一些，身上圆圆的很丰满。那时女知青嫁给当地农民的有很多，但男知青跟当地女孩子谈恋爱却不多见，因此马杰和彩凤的事也就引起很多人的关注。据说胡子书记曾经找马杰很严肃地谈过一次，问他是不是真想跟彩凤搞对象。胡子书记说，彩凤这孩子不容易，从小死了爹，她妈又是那样一个女人，这些年一直没有人疼，你如果没这心思，可不要害她。但马杰听了胡子书记的话并没有说什么。马杰认为也没必要跟胡子书记说什么。他觉得无论自己有没有这个心思，或者彩凤是否这样想，都只是他们两人之间的事，跟别人没有任何关系。但马杰曾对我说，他的确很喜欢彩凤，他说他喜欢胖一些的女孩，所以彩凤很合他的心意，至于她是不是农村女孩则无关紧要。

马杰很认真地说，彩凤也是读过高中的。

马杰这一次在县医院住了将近一个月。其实医生为他注射了催吐针剂，将胃里的脏东西吐干净也就很快没事了。但他的心理还是有一些问题。马杰在心理上一直摆脱不掉那件事的阴影，他一想起自己的嘴里曾经灌满那些脏东西就感到恶心。接着就又会不停地呕吐，无论医生用什么手段都无法控制。后来县医院的医生只好无可奈何地告诉他，这已是精神卫生方面的事，他们只是内科医生，也无能为力了。医生对他说，要想彻底痊愈只有去做心理治疗，或者自己慢慢调整，平时多想一些干净的美好的事物。

就这样，马杰只好出院了。

马杰是在一个夏天的上午出的院。彩凤赶着大车来县里接他。马杰已经很长时间没有看到彩凤，见面一高兴竟然连呕吐的事也忘了。但是，在这个上午，马杰拎着东西一走出大门立刻就愣住了。他发现，彩凤赶来的大车竟又是黑七驾辕。黑七这时也已看到马杰。但它只是漫不经心地朝这边瞥一眼，然后晃了晃头就把眼垂下去，似乎继续在想着自己的事情。马杰这时毕竟刚刚见到彩凤，正在兴头上，所以不想让黑七破坏了自己的心情。于是，他将手里的东西扔到车上，又让彩凤坐上去，自己就赶起大车从医院出来。

夏天的上午已开始热起来，但微风轻轻一吹，还是有些凉爽。马杰的心情很好，刚刚出了县城，看一看前后没人，就迫不及待地将身后的彩凤搂过来。彩凤满脸含羞地推了他一下，说这里人多，再往前走一走吧。于是马杰在黑七的屁股上用力拍了一下就让它跑起来。大车来到瘦龙河边。这里只有一条被树阴遮掩的蜿蜒小道，只要继续往前走就可以直接通向北高村。马杰看一看路边，发现有一片灌木林，就将大车赶进去。接下来的事情自然也就可想而知。那时县级医院的条件还很差，住院病人要自己带被子。马杰没有想到，他带来的被子在这时竟然派上了大用场。他先和彩凤亲热了一阵，然后又将大车赶到一片枝叶更茂密的地方，把黑七的缰绳拴在一棵树上，就将车上整理一下，抖开了那床被子。这架大车的宽窄刚好像一张双人床，马杰和彩凤躺上去钻到被子里，这架双人床立刻就像一条小船似的晃晃悠悠摇荡起来。就这样从上午一直摇到中午，又从中午摇到了下午。后来他们摇得实在太累了，困倦了，就不知不觉地相拥着在被子里睡着了。

马杰和彩凤绝没有想到会发生后来的事。

在这个上午，黑七先是看着身后的木板车在一颠一荡地摇着，并没有什么反应，直到耐心地等到了中午，又从中午等到了下午，看一看车上安静下来，渐渐地还传出均匀的鼾声，它才开始伸过头去不慌不忙地啃咬拴在树上的缰绳。其实马杰拴的是一种莲花扣，这种绳结不要说牲畜，就是人也很难解开。但黑七这样啃了一阵，不知怎么竟将这绳结啃开了。黑七又回头看一眼，拉起大车悄悄地走出这片灌木林，然后沿着蜿蜒的小道径直朝前走去。它走得很轻，四蹄慢慢地抬起来又慢慢地放下，身后的木板车平稳得像一条船。下午的阳光透过繁茂的枝叶洒落下来，地上斑斑点点的如同微微泛起的波纹。在这个下午，当黑七拉着车走进北高村时，已是傍晚收工时间，去田里锄地的人们都在陆陆续续地往回走。这一来事情就好看了。马杰和彩凤仍还在车上很舒服地相拥睡着，他们在梦里已完全没有了时间和空间的概念，他们不管自己在哪里，也不管是中午还是下午，只是沐浴在夏日的阳光里恣肆惬意地睡着。他们觉得只要这样相拥在一起就已拥有了这世界上的一切。就在这时,他们恍惚中似乎隐约听到了什么声音。于是一起睁开眼。这时,他们才突然发现,这辆大车不知怎么竟然停在村里的十字街口,四周已经围满了人,大家正好奇地伸过头来向他们看着,就像在欣赏什么表演。彩凤立刻尖叫一声就将头缩进被子里去。马杰本想翻身起来,但意识到自己还一丝不挂,又赶紧躺下了。就在这时,车辕上的黑七突然扬起头,将脖子一伸就嘹亮地叫起来。它的叫声直抒胸臆,因此有着很好的共鸣,听上去就像花腔男高音一样地将气韵一直灌到了头顶。人群里不知是谁实在忍不住了,扑哧笑了一声。接着大家都跟着笑起来。这笑声和着黑七的叫声,如同是在伴唱。

当天晚上,马杰拎着一瓶地瓜烧酒来到牲口棚。牲口棚里的新任饲养员是贫协主任。贫协主任自从失去了一条腿,无法再去公社开会,就主动辞去了主任职务。但村里的人们仍然习惯叫他贫协主任。马杰对贫协主任说,他心里不痛快,想跟他一起喝一喝酒。贫协主任一听自然很乐意奉陪。其实贫协主任并没有太大的酒量,但马杰还带来了一盒沙丁鱼罐头,这盒罐头非常的诱人。贫协主任想,自己不能只吃人家的罐头而不喝酒,那样会显得过于嘴馋。于是,他为了这盒沙丁鱼罐头硬着头皮陪马杰喝起来。

这样喝了一阵,贫协主任很快就醉了。

马杰伸手推一推,见贫协主任已睡过去,起身来到牲口棚。

黑七这天晚上的食欲很好,一直在悠闲自得地吃着草料。这时,它一抬头看见马杰,先是愣了一下,接着就本能地向后倒退了几步。马杰并没有说话,走过来解下缰绳,将它从牲口棚里牵出来。马杰一边走着,手里已拎了自己的那根鞭子。他神不知鬼不觉地将黑七牵到村外,又来到了那条水渠的边上。这时黑七已闻到马杰身上的酒味,立刻就有了一种不祥的预感，它一扬脖颈张嘴想叫，却立刻被马杰用事先准备好的笼头套住嘴。马杰将它牵到石板桥的下面，把缰绳拴在水边的一根木桩上，然后将手里的鞭子轻轻抖开。马杰事先已将这根鞭子做了处理，在鞭梢上拴了一块一寸左右宽的牛皮。他先在水里把鞭子蘸了一下，然后走到黑七的面前，看着它说，我真不明白，你为什么总跟我过不去？

这时黑七的眼角已经耷拉下去，嘴里紧张得不停地嚼着。

它瞥一眼马杰手里的鞭子，两只耳朵颤抖着扭了几扭。

马杰又说，我知道你害怕了，可现在已经晚了，我对你一直是一忍再忍，可你总以为我好欺负，你现在把我搞到了这步田地，我已经无法再在这村里呆下去了，还有彩凤，她怎么惹着你了？你干吗要把她也扯进来？马杰说着哼一声，又用力点点头，你一个畜生能把我折腾成这样，你也够有本事了，好吧，今天咱们就把这笔账好好算一算吧。

他说着突然用力一甩，就把鞭子抽下来。他的鞭子抽得很讲究，只有那块鞭梢的牛皮挂着风声落到黑七的身上，而整条鞭子没有发出一丝声响。由于这块牛皮很宽，所以落到黑七身上只留下一块灰白的印迹，倘若不仔细看几乎看不出来。但疼痛却是一样的，黑七的身上立刻抖了一下。马杰的鞭子接着就像雨点般地落下来。他抽打得很有条理，也很均匀，黑七的身上渐渐地就出现了排列整齐的印迹。尽管黑七疼痛难忍，但也大感意外，它没有想到这个马杰竟然有如此厉害的鞭技。马杰在这天夜里就这样往黑七的身上抽打一阵，去水渠里蘸一下鞭子，接着再继续抽打。直到后半夜，他才终于停下手，将鞭子在木柄上缠了缠，然后走到黑七的面前说，我希望今天夜里的事，你能牢牢记住，下一次可就没有这样简单了。他这样说着，又用手拍了拍黑七那颗硕大的头颅，如果黑六在天有灵，它会告诉你的。但这时，黑七反而平静下来。它盯着马杰，突然眯起眼，又在眼角皱出了一些鱼尾纹。

好吧，你就笑吧，马杰点点头说，只要你有胆量，咱们就走着瞧。

他这样说罢，将鞭子插进身后的腰里，就将黑七悄悄地牵回来。

第二天早晨，贫协主任酒醒之后来牲口棚里添草料，突然发现黑七的身上起了变化。黑七原本是纯黑的，这时却不知怎么变成了灰驴，而且不是正灰，隐约还能看到一些泛红的斑点，似乎一夜之间就成了一头雪花青。贫协主任以为是自己看花了眼，走到近前又仔细观察一阵，就发现了一件更奇怪的事情，黑七的脸上竟然还是本色，而且一头乌黑的皮毛显得更加油亮。贫协主任觉得这件事非同小可。恰在这时，胡子书记和大莲队长来到牲口棚。胡子书记和大莲队长先是很认真地看了看黑七，也没看出究竟是什么问题。但就在这时，胡子书记突然闻到贫协主任的身上有一股酒味，立刻问他，你昨晚喝酒了？

贫协主任点点头，说喝了一点。

大莲队长一听也立刻警觉起来。

于是问，昨晚，还有谁来过这里？

贫协主任吭哧了一下才说，知青马杰。

大莲队长和胡子书记相视一下，当即就奔知青集体户来。

马杰这时还没有起，仍然仰在炕上酣然大睡。胡子书记一走进来就闻到一股浓重的酒气，于是上前一把拽起马杰，沉着脸问：你昨晚去牲口棚，都干了啥好事？

马杰坐起来，揉揉眼，愣了一下才看清是胡子书记和大莲队长。

他懒散地说，我现在，还能干什么好事？

大莲队长问，你去跟贫协主任喝过酒吗？

马杰说喝了，心里烦，喝一点酒散散心。

大莲队长又问，黑七的身上是怎么回事？

马杰说我是跟贫协主任喝酒，又不是跟黑七，它的事我怎么知道？

胡子书记明白了，马杰是无论如何不会承认的。而且，他也实在想不出马杰究竟用了什么手段才使黑七变成这样的。于是说，好吧，你赶快起来，抓紧时间收拾行李吧。

去哪？马杰有些奇怪。

去工地。胡子书记说。

胡子书记告诉马杰，公社马上要动工挖一条排灌渠，已经下发通知，让每村至少派一名劳力，还要出一头牲畜，立刻去工地报到。这时大莲队长也缓下口气，对马杰说，你现在的情况，自己心里应该最清楚，这一次闹出的事在村里影响很不好，非常不好，我已经派人把彩风送去了她姨家，你这一阵也不要呆在村里了，就先出去挖渠吧。

马杰听了想一想，觉得这对自己倒是一件好事。

胡子书记又说，关于派牲畜的事村里也已研究过了，就让黑七跟你去。胡子书记盯住马杰，又意味深长地说，虽然这一阵，黑七跟你闹出一些事来，可毕竟一直是你用它，你们彼此熟悉，况且它在村里除去拉车也没别的用处。马杰一听是黑七，立刻要说什么。胡子书记却冲他摆一摆手，说别的话就不要再说了，这件事已经决定了。

马杰来工地时就已有预感，后面可能还会出事。

他没有想到的是，这一次闹出的事竟然不可收拾。

马杰对我说，其实在他出来前，北高村的贫协主任就提醒过他。贫协主任对他说，他早已看出来。黑六和黑七这两头驴的心计太深，不知是不是它们出身的缘故，好像总跟人民公社不是一条心。贫协主任指着自己的那条断腿告诫马杰，说驴要歹毒起来可比人厉害，尤其这头黑七，表面看着不声不响，心里更比黑六深得没底，带它出去可千万要小心。

马杰对我这样说时，正在工地附近的一个水塘边上给黑七喂树叶。

这一次挖渠任务，我也被南高村派出来。但与我一同出来的还有一个当地农民，所以牲畜的事不用我去操心。关于黑七，马杰早已对我说过一些，因此我对它并不陌生。我很认真地观察过这头黑驴。却没看出有什么特别，我甚至觉得它比一般的驴还要猥琐，看上去不仅没精打采，还有些呆头呆脑。按公社规定，各村派出的劳动力工地上是统一管饭的，但牲畜不管，要自己解决。马杰虽然也带来很多饲料，却从不喂黑七，他将这些饲料都拿去跟附近村里的农民换了旱烟和地瓜烧酒。马杰说对黑七这种畜生就要采取虐待的方式，如果让它吃饱喝足，它就又会有精神生出一些事来。所以，他只是将它牵来附近的水塘边，喂一些树枝树叶或塘里的水草。这些东西黑七当然难以下咽。马杰却并不在意，爱吃不吃，渴了就让它喝水塘里的水。这是一个死水塘，青黄色的塘水已有些发臭，上面还漂了一层肮脏的浮萍。有时黑七宁肯伸着头去舔吃那些水面上的浮萍，也不愿吃树叶。

就这样，黑七很快瘦下去，渐渐地连肚子两侧的肋骨也显露出来。

最先发现问题的是工地上的质检员。质检员姓杨，来公社之前也曾在村里喂过牲畜，因此对这方面很在行。杨质检是从黑七的粪便里看出问题的。于是一天傍晚就来找马杰，问他这头驴是怎么回事。马杰有些奇怪，说没什么事啊，很正常。

杨质检摇摇头说，可是看它的粪便，好像不太正常。

杨质检问，你每天给它喂的，是什么饲料？

马杰说牲畜还能喂什么饲料，当然是草料。

杨质检问，哪一种草料？

马杰说就是一般的草料。

杨质检说不对，我怎么看着好像还有树叶。

马杰一听笑着说，可能是它自己从地上拣着吃的。

杨质检点点头，说这样最好，现在工程很紧，上级要求的时间更紧，所以不仅是人，牲畜的任务也很繁重，一定要让它们吃好喝好，还要注意它们的休息，这样才能确保工程正常进行。杨质检临走又特意叮嘱，说你要注意了，要我看，这头黑驴的肚子好像有问题。

黑七的肚子确实有了问题。由于马杰经常给它吃一些树叶水草之类的东西，又喝塘里的脏水，很快就拉起稀来。黑七拉稀也与众不同。它的肚子里似乎胀满了气体，每次拉稀前总要先放一个很响亮的屁，然后东西才随着气体一起喷出来，看上去就像一团米黄色的烟雾。如此一来，也就给马杰增添了许多麻烦。这条排灌渠其实就是一条河道，按设计要求不仅具有相当的宽度，深度也达五米左右，因此岸坡非常陡峭，从渠底挖了泥，仅凭人的力量根本无法用手推车推上来，必须要用牲畜在前面拉坡。马杰将黑七的绳索拴得很短，这样可以便于他一边推车一边用鞭子抽打。但黑七在拉坡时一用力，往往憋不住肚子里的气体和稀屎，经常会直接喷向在后面推车的马杰。如此一来马杰就要时时提高警惕，每当听到很[illegible]闷的一声，立刻就要低下头去迅速将自己藏到车后，接着他的头顶上就会出现一片昏黄的雾气。马杰很快就寻找到一个有效的办法。他再挖泥时，将铲起来的泥条一锨一锨在车里排列整齐，然后再像砌砖一样地一层一层码起来，这样就形成了一道很高的像墙一样的屏障。如此一来，马杰的表现就显得格外突出。工地领导当即向马杰提出表扬，号召全工地都来向他学习，为了早日完成挖渠任务“一不怕苦、二不怕死”。上级领导为此还特意奖励了黑七一袋精细饲料，说它的表现和马杰一样，也是其他牲畜学习的榜样。

但是，这袋饲料黑七并没有吃到。当天晚上，马杰给黑七喂过树叶，就将这袋饲料弄去附近的村里跟当地农民换了一瓶地瓜烧酒和几个老腌儿鸡蛋。我曾经很认真地提醒过马杰。我对他说，最好对黑七不要太过分。我说让牲畜拉坡其实是一件很危险的事，你不为黑七想也要为自己想一想，它的身体一旦被搞垮，爬坡时突然拉不动车，那后果是不堪设想的。马杰听了只是微微一笑。他说没关系，他了解这头畜生。

但是，接下来的事情还是被我说中了。

关于这件事我一直没有搞明白。我觉得这很像是一起普通的事故。

原因当然在马杰。由于马杰经常让黑七吃树叶，而黑七又一直拉肚子，体力也就越来越差，因此发生这场意外应该是黑七力不支造成的。但马杰却对我说，你太善良了，也太小看这头畜生了，它可不是一般的驴，你就是给它吃一年的树叶再让它拉坡，只要它肯咬牙也照样能爬上去。马杰很肯定地说，这畜生就是故意的，它这一次的用心更歹毒，它是想要我的命。

但我仍然将信将疑。我很难想象黑七会有这样险恶的用心。

发生这件事是在工程接近尾声的时候。这时水渠已挖到最底层，地下水也渐渐渗出来。因此工程也就更加艰难，大家不再是挖泥，而是用铁锹在水里捞泥。那是一个上午。当时马杰正赶着黑七爬坡。岸坡不仅泥泞，也越来越湿滑。就在黑七快要爬到坡顶的一瞬，它突然站住了，四个蹄子用力在地上刨着不停地打滑。马杰立刻看透了它的心思。以往黑七也曾耍过这样的伎俩，爬坡时故意表现出筋疲力尽，上去卸车后好趁机休息一下。但这一次马杰却不想让它休息。就在前一天的晚上，工地刚刚为劳力们加钢。所谓加钢就是改善伙食的意思，每人一大碗油汪汪的炖肥肉，外加八个浑圆雪白的硬面馒头。因此马杰这时仍然浑身是劲。马杰抡起鞭子就朝黑七抽了一下。他这一下非常狠，正抽在黑七的耳根上。马杰当然知道，牲畜的耳根是轻易不能抽打的，由于这里过于敏感，牲畜往往会因为突然的疼痛而受惊。但是，马杰故意要这样做，他就是想警告一下黑七，让它明白，他已看透了它的小聪明。黑七挨了这一鞭子突然一愣，然后把身体微微地向后顿了一下。这时它的四个蹄子已深深地插进泥里，浑身的骨头也将毛皮用力地绷起来。它慢慢回过头，朝马杰看了看。

马杰突然发现，它的眼角又皱起了一些鱼尾纹。

他原本已经又一次举起鞭子，这时突然停住了。

就在这时，黑七的屁股慢慢塌下去，接着将身体猛地一缩，又用力向前一蹿。它的用意显而易见，是想故伎重演再一次从辕套里钻出去。但马杰已接受了上一次的教训，事先早有防备，他将黑七牢牢地在辕套里拴死了。

如此一来事情也就更加严重。黑七拉着车原本是绷紧气力的，这时稍一松劲，泥车立刻就顺着岸坡开始向下溜去，而且越溜越快。待黑七意识到自己根本无法从辕套里钻出去，再想将车控制住为时已晚。这辆装满湿泥的手推车拖着黑七一直向下冲去，接着又猛地一颠，便裹挟着马杰一起翻下沟底。马杰的两手仍然紧紧抓住手推车的把手。他只觉天旋地转，很快就被一股巨大的力量抛向一边。就在他被泥土埋起来的最后一瞬，看到黑七一直滚下来，被沉重的泥车砸在了下面。

马杰这一次险些丢了性命。他从泥里被挖出来时，耳朵鼻子和嘴里都塞满了泥浆，憋得几乎透不过气来。杨质检立刻指挥大家拉过一根胶皮管，接到一台抽水泵上用力朝他冲了一阵。直到将他冲出本来面目，又狠狠打出几个喷嚏，吐出一些泥沙，才终于喘过气来。

但是，黑七却没有这样走运。它的一条前腿被砸断了。

工地的杨质检亲自用一台拖拉机将马杰和黑七送回村来。北高村的知青集体户是在村口，所以杨质检没有进村，直接就将马杰和黑七拉来集体户。马杰送走杨质检，回到集体户的院子时，突然发现黑七又站在了门口那面墙壁的前面，正冲着墙上的那张驴皮呆呆地发愣。它的两个耳朵软耷耷地垂下来，鼻孔里发出突噜突噜的喘息声。那条伤腿还不时地往上抬一抬，似乎想触摸一下墙上的那张驴皮。但这驴皮实在挂得太高了，它触摸不到。它的眼里似乎蒙了一层雾气，接着就有一些像泪水一样的浑浊液体流淌出来。马杰走到它跟前，抓住缰绳用力拽了拽，想把它从这张驴皮的前面拉开。他觉得它这样看着这张驴皮让人很不舒服。但他使劲拉了几下，却没有拉动。黑七仍然执著地朝墙上看着，四个蹄子像是钉在了地上。马杰用缰绳朝它脸上狠狠地抽打了一下。

黑七突然回过头，盯住马杰。

马杰与它的眼神碰到一起，不禁愣了一下。

就在这时，胡子书记和大莲队长带着几个村干部来到集体户。他们正在村里开会，研究秋收的事，听到消息就立刻赶过来。胡子书记先询问了一下马杰和黑七的伤势。马杰说自己倒没有太大问题，只是肺里呛了一些泥水，还有些咳嗽，身上和腿上也被砸了几处，并没有伤到筋骨。但贫协主任很快发现，黑七的问题却很严重。贫协主任将它的那条伤腿搬起来看了看，发现已断成三截，于是摇摇头说，这畜生废了，以后没啥用了。

胡子书记还有些不死心，看了看贫协主任。

要不要……再牵去公社兽医站看一看？

大莲队长也说，牲畜的事，最好慎重。

马杰却在一边说，不用看了，没用了。

没用了？大莲队长问。

没用了。马杰说。

胡子书记和大莲队长商议一阵，又跟几个村干部碰了一下。

然后，胡子书记就点点头说，好吧，看来杀是一定要杀了。

大莲队长说，喂一喂也好，秋天正是牲畜上膘的时候。

胡子书记看一眼马杰说，等喂得肥一些，还是由你来杀吧。

就在这时，谁都没有注意，站在旁边的黑七慢慢抬起头，朝胡子书记和大莲队长这边看了看，又用力瞥一眼马杰和贫协主任，然后转过身，就一瘸一拐地向门外走去。

接下来的事情就有了一些传奇色彩。

马杰对我说，这件事确实令人难以置信。

那时已是初冬季节。田里的粮食收到场上，都已用苇席一垛一垛地囤起来。马杰因为身体还没有完全康复，就被派到场上守夜。就在这一天的下午，村里刚刚作出决定，第二天上午，要由马杰动手杀掉黑七。尽管马杰一再向村里提出，他的身体还很虚弱，杀黑七不是一件简单的事，恐怕自己还没有这样的气力。但胡子书记的理由似乎更加充分。胡子书记说首先，当初黑六就是由马杰杀的，而且事实证明，他这种砍头的方法也很好，不仅可以使牲畜少受痛苦，浑身的血一下被放出来，肉也更加好吃。再有，胡子书记说，让马杰来杀黑七应该也最合适，黑七这段时间没少跟马杰找麻烦，起初大家还怀疑，是不是马杰对村里有什么意见才故意在黑七的身上出气，但现在看来，应该不是这么回事，而且经公社的杨质检证实，这一次在工地上，黑七还差一点就要了马杰的命，所以，胡子书记说，让马杰杀黑七也正好可以出一出心头的闷气。胡子书记最后又说，还有一点也很重要，村里人都不愿动手杀牲口，这马杰应该是知道的，所以让他来杀也算是为村里做了一件好事，大家的心里都有数，自然是很感激的。

马杰听胡子书记这样一说，也就不好再说什么了。

在出事的这天夜里，天很阴，到后半夜时还飘起了细碎的雪花。马杰像往常一样，先去四周巡视了一遭，看一看没有什么事，就在场边点起一堆火，然后掏出一瓶地瓜烧酒独自喝起来。这时四周万籁俱寂，只有远处的田野里偶尔传来土獾或黄鼬的叫声。马杰一边喝着酒，忽然想起彩凤，心里不免有些伤感。据大莲队长说，彩凤的姨家是在关外，她的姨已在那边给她找了一个对象，而且很快就要结婚了。马杰想，他和彩凤也许今生今世都不会再见面了。于是他又想到了黑七。他觉得他和彩凤的事弄成今天这样完全是黑七造成的。他怎么也想不明白，这个黑七不过是一头驴，它为什么会对自己怀有如此刻骨的仇恨。

马杰正在这样想着，忽然听到一阵轻微的笃笃声。

这声音时断时续，又非常的清晰，似乎越来越近。

他慢慢回过头，朝黑暗里看了看，就看到了黑七。

黑七显然是啃开缰绳溜出来的。它的一条前腿仍然高高地抬起来，走路的样子有些奇怪，像在跳一种舞蹈。这时，它走到马杰的面前，歪起头很认真地看着他。马杰借着火光突然发现，它的眼角又皱起了一些鱼尾纹。

它的脸已明显地胖起来，因此这些鱼尾纹看上去就更像了一种很怪异的笑纹。马杰慢慢站起来，也盯住它看着。就这样对视了一阵，黑七就慢慢转过身，不慌不忙地朝着附近一间堆放工具的土屋走过去。在那间土屋的门口放着两只巨大的油桶，里边装满农机用的柴油。黑七走到一只油桶跟前，低下头去用力顶了一下，又顶了一下。就在这时，马杰突然有了一种不祥的预感。他立刻朝那边扑过去。但是已经晚了，那只油桶被顶得晃了几晃，咕咚一声就倒在了地上，里边的柴油立刻汹涌而出。接着，黑七做出了一个更令人吃惊而且不解的举动，它慢慢躺下去，在那流淌的柴油里滚了几下。它身上的皮毛虽然短却很蓬松，这样一滚那些柴油立刻就被吸进去。它又滚了一阵，用力站起来，然后一瘸一拐地朝马杰走过来。它的那条前腿仍然高高地抬着，似乎在挥舞着一只拳头。马杰突然明白了，立刻转身朝场边跑去。在那边堆放着两垛秫秸，秫秸垛的旁边就是一囤一囤的粮食。但黑七的动作却比马杰更快，尽管它瘸着一条腿，看上去仍然异常的灵活，它只在那堆火上一跃而过，身上就立刻燃烧起来。接着，它一扭头就猛地朝马杰直冲过来。马杰向后倒退了两步，转身朝着粮垛相反的方向跑去。事后他对胡子书记和大莲队长说，他这样跑当然是想将黑七引开，因为他已明白了它的企图，他绝不能让它的阴谋得逞，更不能眼看着贫下中农辛苦一年的劳动果实付之一炬。但是，他却告诉我，他当时这样跑其实是慌不择路，倘若他再跑慢一点浑身燃烧的黑七就会朝他撞过来，那样他的后果将不堪设想。在那天夜里，马杰就这样不顾一切地向前狂奔着。黑七则跟在后面紧追不舍。黑七身上的火焰越烧越旺，几乎将村外的田野映得通亮。直到马杰在村外绕了一圈，又跑回知青集体户，黑七追到门口终于无法再跑了。这时它的身上已着起了熊熊大火，皮下的油脂嗞嗞流淌着，使耀眼的火焰一直升腾到半空。它就那样站在知青集体户的门外，睁大两眼瞪着惊魂未定的马杰。那条伤腿仍在一下一下地用力挥动着……

天亮时，雪已越下越大。清新的空气里弥漫起一股肉香。但这香味有些奇怪，隐隐地含着一些焦煳，似乎还混有一些柴油的气味。北高村的人们寻着这气味来到村外，赫然看到了黑七。这时的黑七仍站在大雪里，身上只剩了一具灰褐色的骨架。这骨架还在冒着一缕缕坚硬的青烟，看上去如同金属的一般，就那样硬挺挺地站立在雪地里。

2005 年 12 月 27 日定稿

——原载《收获》2006 年第 2 期

榛　子

# 凤在上，龙在下

# 一

五角场其实就是个五角形的转盘街，在城市的这个下只角地段，曾经是很闹忙的去处。沿街是一圈的商店，布店、服装店、浴室、照相馆、干洗店、饭店、药店、邮局……有那不熟悉的外地人，常在这一带转迷了。好不容易来趟上海，照张相吧。上海照相馆的服务态度之好，是全国出了名的。师傅说着好听的南方普通话，和蔼地摆布着你。照相用的布景也洋派、漂亮。"坐好啊，坐好，对，那位头再朝里歪一下，对，笑一笑……""咔嚓"，闪光灯一亮，妥了。而且上海师傅讲信用，你甩开脚板天南海北逛够了，回到家，上海寄来的照片早邮到了，在桌上等着你呢。拍完照，从照相馆乐呵呵地出来，沿街一家店一家店地逛，咦，这怎么又到了照相馆了，而且这么眼熟，好像是来过的。对啊，我是想在上海照张相来着，我照了吗？照了？没照？这儿怎么这么眼熟呢？

这就是晕场了。

常贵珍就碰到过晕场的人。刘阳跟她说过“晕场”这个字眼，她当时笑疯了，以为是刘阳杜撰出来糟践外地人的呢，笑过了没往心里去。这小子就会吹，吹牛不打草稿。天底下哪有那么笨的人，小小的五角场，不过十几家店，会转晕了场？

常贵珍高中毕业，很幸运地接了母亲的班儿，分配在五角场的一家服装店，叫做向阳服装店。那时候上海的服装生意好做啊，藏青色的中山装最好卖，全国人民都到上海来买中山装，呢的八十块钱一件，顶两个月的工资啊。那也好卖。常贵珍整天置身于藏青色中，那颜色多压抑啊，可是她没觉得，心情相当开朗。后来卖西服，西服也好卖。裤子也好卖。那些外地人拎着衣服裤子，在试衣镜前好歹一比量，就它了，买！刘阳看着高高兴兴满载而去的顾客，拉长声调说，多么富有而纯朴的阶级兄弟啊，欢迎你们常来。常贵珍就会仰着脸“咯咯”地笑。

刘阳算是常贵珍的师兄，其实才大她三岁模样。他眼神儿刁，顾客站在柜台前一看，他马上就瞧出人家喜欢什么，拿过来往柜台上一放，也不说话。哪像现在卖服装的，服务员比顾客都多，挤在店堂里嘻嘻哈哈聊天，顾客进来还没睁开眼呢，就给人家围上了，你也拉，她也扯，恨不得把人家撕碎了不可。零距离接触啊。而且刘阳拿衣服从来是一次性的，他早把对方的身量看准了。就这一手，连老师傅都佩服他。

那天刘阳休班儿，来了个东北顾客，女的，四十出头儿，面色黑红。她要给丈夫买件中山装，报了丈夫的身高胖瘦，给她拿了一件，没挑没拣地塞进包里就走，看样子还有事要办，而且对上海的服务态度相当信任。是常贵珍接待的她。过了十几分钟这女人又进来了，眼神儿有点发直，盯着一排排服装看，迟疑地指指中山装。常贵珍以为她喜欢上海货，又给她拿了一件。再过了十几分钟，这女人第三次进来，一屁股坐在店堂的椅子上，两眼盯着挂得严严实实的中山装，眼看着脸色就变白，汗水顺着脸汤汤的。

常贵珍当时还没反应过来是怎么回事,她还以为这女人买东西买累了。

还好刘阳来了。刘阳的家就在附近老弄堂,这小子休班儿喜欢到处逛,闲得慌他就到店里来。刘阳一看就说,这女人可能是晕场了。刘阳问常贵珍,她买了几件衣服?常贵珍说两件。刘阳又问,她来了几趟了?常贵珍说这是第三趟了。刘阳当时就说,晕场了,快给人家解释清楚,该退货退货。

一问之下,果然那女人是走晕了,她只想买一件中山装的。常贵珍这才相信"晕场"的说法。事后店领导表扬了常贵珍,说她年纪轻轻业务用心,还没出徒就看出顾客晕场了。这件事儿办得好,给大上海的商业赢得了信誉。常贵珍知道这事儿是刘阳给她赚了面子。这家伙就这样,嘴上怪话连篇的,事儿办得让人心里舒服。

张家临也是到店里买衣服认识的常贵珍。他陪外地的亲戚来买中山装,刘阳接待的他们。刘阳耐心地接待张家临的亲戚,张家临抽出空儿来东张西望,就把常贵珍看在眼里印在心里了。张家临住得不远,离五角场两站路。后来张家临一直说,幸亏那天我偷懒,没带亲戚到南京路去,而是来到了五角场的向阳服装店,否则我到啥地方找你去。

张家临从此借故常来店里,他有他的办法。他买了一件中山装,涤卡的,翻过来掉过去地检查纰点。常贵珍见怪不怪,上海男人都这样,买东西比女人还挑剔。张家临生得高大威猛,这种细心在他身上就有点别致。买这件衣服张家临差不多用了一顿饭的工夫。下一个休息日,张家临拿着这件衣服来了,要换,说是有一粒纽扣没钉好。换件衣服又用去半天。再下个休息日,张家临又来了,说是衣袋盖不平整,还要换。这件中山装算是把常贵珍套住了。

按刘阳的说法,常贵珍顶多算个中等小姑娘,不好看,也不算难看。常贵珍听了心里别扭,扭头冲撞他一句,你好看死来!当时引得同事们大笑。晚上回到家里,常贵珍好好地对着镜子照了自己,发现自己确实不算好看。

从小到大也确实没有人夸过她好看。可是哪有当着众人面这样说人家的呢，也就是刘阳这个促狭鬼。不过曹师傅说过一句公道话。曹师傅是刘阳和常贵珍的师傅，苏北人，少小离家来到上海的服装店学徒，思想还是比较纯朴的。他说，我们贵珍啥不好看，面色么红扑扑的，高挑身材。你们绕五角场寻一圈去，有比得上我们贵珍的小姑娘吗？刘阳就对了常贵珍挤眼睛，意思是，这下你高兴了吧，得意了吧，到底是自家师傅，关键时刻知道护着徒弟。

常贵珍别过脸去不看他。

后来常贵珍就同张家临去看电影了。张家临是在家里养的。他妈怀他的时候是个店员，店就在家门口，因为要给一个买气球的小孩子吹起来，服务到位，一不当心动了胎气，把肚子里的他给吹下来了，来不及送到医院，所以取名叫张家临。张家临是工厂的牛刨组组长。牛刨同牛没有任何关系。牛刨是刨床的一种，大概某个部位像牛头，所以工人们叫它牛头刨。工厂在常贵珍眼里新鲜而有吸引力。她恨父母都不是工人，自己也没有顶替进厂的机会。

第一回进了电影院，常贵珍就朝小卖部看，她希望张家临给她买点零食。这是上海小青年中流行的时髦做法，吃不吃不要紧，关键是小姑娘有面子。张家临看出她的意思，小声说，吃的我已经买好了。常贵珍心里一感动，挽了他的胳膊就往里走。黑暗中常贵珍拈起张家临塞给她的吃食，软软的，湿津津的。是什么呢？不像话梅，也不像巧克力。放进嘴巴一嚼，咸滋滋的，脆，怪怪的，还发出“咯啦咯啦”的声音。两个人一起“咯啦咯啦”就热闹了，引得前排都回头看他们。正是这“咯啦咯啦”让她想起来了，这是她父亲星期天下酒的东西，猪头肉。常贵珍没心思吃了，把猪头肉团在手心，真是哭笑不得。张家临还劝她，吃呀，这个好吃，下酒最好了。

常贵珍没把这事儿跟任何人说，包括自己的父母。头一回约会看电影，男朋友给买的猪头肉，想想真不是个味道。常贵珍心里不痛快，推掉两次约会。可店里的同事们还是知道了这件事。刘阳俯在柜台边轻声问她，喂，怎么样，猪头肉的味道不错吧。常贵珍想一定是张家临对同事或家里人说了。真没想到这张家临嘴这么大，这点事儿都含不住漏出来。五角场还没个足球场大，厂里不少人住在附近。常贵珍气得头都昏了。下班之前张家临来找常贵珍，刘阳小声对她说，看，你的猪头肉来了。常贵珍恼着脸对着刘阳小声骂，滚开去！

走进店里的张家临没事儿一样，那神情活像接自家老婆回家吃饭。

曹师傅见常贵珍被这个张家临紧紧粘住，有点着急上火。老人家虽然做了大半世上海人了，还是有肥水不流外人田的旧思想。他认为三黄鸡哪能找只莱亨鸡踏蛋，常贵珍就应当和刘阳要好。这个张家临不正派，为了个小姑娘整天围着五角场转，连班儿都不好好上了，肯定不是什么好工人。

曹师傅正经和刘阳谈过这事儿。刘阳对谁都可以嬉皮笑脸，唯独对曹师傅不敢。曹师傅说，小刘，贵珍可是个好姑娘啊，放弃了太可惜啦。刘阳点点头说，是，常贵珍是蛮好的。曹师傅说，那你还犹豫啥，过日子呀，贵珍这种小姑娘最可靠啦。刘阳说，师傅，常贵珍是个过日子的人，可我不行，我自由散漫惯了，怕配不上她。曹师傅说，那正好啊，让她来管你，日子不就过下去了？你看看那个张什么临，配不上我们贵珍的，可惜啦。刘阳说，张家临这人不错的，在厂里还是班组长呢，有技术。师傅啊这种事么随缘的，随它去吧。

曹师傅也跟常贵珍谈过。他说贵珍啊，刘阳这人看上去油腔滑调，人是好的啊，聪明，心肠也热。小姑娘谈朋友头脑要清醒啊，有句老古话很有道理的，叫做男怕入错行，女怕嫁错郎噢。

常贵珍承认刘阳这人是好的，嘴坏只是他的表面。店里只有她和刘阳是年轻人，这两年可以说无话不谈。刘阳嘴坏，可是话常常能说到她心里，很过瘾，很长见识。只是曹师傅这么一点，她回味起自己和刘阳的关系，感觉有些说不清，似乎既像兄妹，又像情人。有两次和张家临出去玩，脑子里还会闪出刘阳的脸面。

常贵珍有点慌了。难道师傅比自己看得准?

刘阳没把曹师傅的话放在心里,还是那样没心没肺似的。他见常贵珍这几天少言寡语,以为她还为了猪头肉不高兴,就开导她,我看张家临是个大雅之人,由大俗达到大雅。巧克力是什么?是浪漫。浪漫能过日子吗?为什么现在婚外情多离婚的多?谈恋爱那会儿电影院里巧克力吃多了。猪头肉是什么?是实惠。实惠是什么?是过日子,是地久天长。

常贵珍看着他,想看明白他是真的还是假的。可是刘阳一脸的中性表情,她从中得不到任何信息。她只能叹上一口气,说,你啊,真拿你没办法。

## 二

常贵珍跟张家临商量婚事的时候,她的父母做出重大决定,要回乡养老,把房子让给常贵珍结婚。常贵珍听到老父亲说出这个决定,心里老过意不去,还是深深地舒了口气。想想实在幸福不过,父母只生了她一个女儿。要是自己有个四兄五弟,这房子就是锯开来也不够分,哪轮得到她这做女儿的。大上海这样的事还少吗?临走前一个晚上,父亲把常贵珍领到外面街上。老人指着他家的外墙说,女儿你好好看看,这墙有什么不一样?

夜风徐徐吹来,梧桐树叶在路灯映照下沙沙作响,常贵珍心里从未有过的轻松。她仔细看着,墙上有一大块颜色较深,大小相当一个窗户吧。她家是紧临街上的一户,斜对面就是五角场商业街,能看到她的店。父亲告诉她，当年他没有职业的时候，就在这里破墙开店，卖些香烟零食度日。父亲语重心长地说，孩子，这街面房可是宝啊，我怕你有一天日子难了，别怕，把这墙打开。

张家临是个粗中有细心灵手巧的家伙。他会理厨，拿手菜就是上海市民的当家菜：红烧肉，炒青菜。红烧肉烧得肥肉不腻不化，瘦肉酥烂；青菜上盘青盈饱满，香甜可口。常贵珍家的格局是一阁一底的。阁楼顶呈尖角形，勉强可以立直一个成年人。底层正房十几平米，后有狭长的灶间，碗橱，煤球炉，尽头用木板拦出马桶间来，供人方便。前有狭长的客堂间，一张桌，两把椅子。筹办婚事布置新房的日子里，常贵珍父母就睏在阁楼上，他们要吃了女儿的喜酒才好回乡下。常贵珍看着新房一天天像样了，觉得自己这样忙碌过来，已经提前进入了亢奋状态，非常疲劳。她允许张家临留宿，但不许他胡来。两个人并排睡在床上，劳累加上紧张，两个年轻人的身体是僵硬的，稍一翻动便惹得木床叫唤。两人都难以入睡，好像在搞睁眼比赛。常贵珍小声说，原来结婚的滋味是这样的。张家临问她，是怎样的呢？常贵珍说，累。张家临逞强，说累怕什么，我有的是力气。说着情不自禁地要抱她，常贵珍本能地一推，床就叫了一下。两个人马上就分开了。阁楼上老人的翻身也弄得床响。老父亲在闷热的阁楼中摇着破蒲扇，奇怪地发出“咯吱咯吱”的轻响。夜逐渐深了，年轻人就在破蒲扇的轻响中睡去。

实际上相当简朴，一套家具，一台电视机，一台水仙牌洗衣机，一台双鹿单开门冰箱，几床新被，过日子的基本条件罢了。对了，还有一只木雕的落地式挂衣架，一架落地台灯。灯罩是大红的，晚上一亮把屋里照满喜气。张家临在灶间打了个小壁橱摆放碗筷，小巧而实用。他还用细巧的不锈钢管焊了架子，把街上买来的玻璃板粘在上面，四方磨去棱角，成了式样相当新潮的茶几。这个玻璃茶几竟然让新婚小屋蓬荜生辉。

刘阳要送他们一把沙发。常贵珍吓了一跳，那要很贵的。刘阳说你别怕，我不花钱。刘阳这时已经不好好上班了。他在外头游荡，赚活络钱，听说还要想办法出国。同事都说刘阳啊，现在阿猫阿狗都出国了，留洋了，你刘阳不出国留洋有多么冤枉。刘阳在常贵珍的新房里抖着腿，说，好，蛮好，这里正好缺把沙发。交给我了。张家临说不可以的，我们领情了。常贵珍说除非你会变戏法。刘阳说戏法我不会变，但是我有个在家具厂做的二哥。刘阳家里兄弟有五六个，职业称得上是五行八作。常贵珍说请你二哥帮我们打沙发吗，那面子也太大了。刘阳接过张家临给的香烟，点燃了喷着烟说，大老鼠会挖洞，小老鼠就会刨土，那不用教。我让你们入得洞房先坐在我刘阳打的沙发上酝酿感情。张家临"扑"地就笑了。常贵珍说你少来，吹牛没边，那些事轮不到你来想象。有些事刘阳是不跟人说的，比如他经常跟二哥出去干活赚钱，学了些手艺。刘阳说你这空档太大的放不下，双人沙发正好。张家临笑着任凭刘阳去胡说八道。常贵珍到底天真些，问，你是真的还是假的啊。

真正做起来就不那么简单。沙发的关键是弹簧要好，两块扶手的木料要结实，再就是绑弹簧的功夫了。常贵珍张家临眼看着刘阳一招一式绑好弹簧，绷上结实的布料，叮叮咣咣一顿敲，一堆木头转眼就变成了新沙发。常贵珍坐上去颠了又颠，天哪，比街上买来的还要好。

她叫着，明天我做个漂漂亮亮的沙发套！

酒水是在五角场的"正阳楼"办的，市民层次，淮扬菜为主。米粉肉，狮子头，松鼠黄鱼，口味偏咸，正合工友们的胃口，这顿酒席吃得声震五角场。席间常贵珍换套婚服出来，发现沈小琴一言不发，比较郁闷，手里一双筷子在盘子上转了落下，真是食之无味。曹师傅在酒席上就够低调的了，她比曹师傅还沉闷。常贵珍就留了心眼儿，因为沈小琴是张家临的师妖。敬第二轮酒的时候，常贵珍就用心了。她逼着沈小琴干了一大杯黄酒，又抽出一支烟送到她嘴上。沈小琴睁大了眼睛，晃了张家临一眼。工友们一声喝彩，沈小琴就把烟狠狠叼住，盯着常贵珍的手。常贵珍摁燃了打火机，沈小琴把烟一歪，表示拒绝。工友们就起哄：用自来火！一根火擦亮递到烟下，火苗晃了两晃眼看着就灭了，工友们喊一声好。第二根火又是如此。这个沈小琴还是闹酒席的高手呢。常贵珍稳稳擦燃第三根，她准备点光一盒火柴也不服输。沈小琴抬眼看看常贵珍，就在火头熄下的一瞬间，她把烟吸燃了，随着就是一阵咳嗽，眼里呛出泪来。

可是常贵珍觉得自己没有赢。

常贵珍的爹娘就在年轻人开心大闹的时候悄然退席了。他们从酒桌下拖出回乡的旅行包，要到五角场坐公交车去十六铺码头，乘晚班轮船回乡。女儿女婿把他们送到酒店门口，常贵珍这才感到真正的心酸。老爹说女儿啊好好过日子。老娘说等你们有了孩子，缺人手的话娘回来帮你们带。昨晚已经说好了的，爹娘不要她送，只要她把婚事办得开心就好。刘阳真够意思，把两个旅行包用条毛巾一扎，往肩上一搭，送老人去公交车站。

年轻人拥出酒店时夜灯灿烂，大家还要到常贵珍家闹新房。张家临一方年轻人多，个个兴致勃勃。常贵珍一方中年人多，都没了闹新房的兴致，纷纷告辞回家。刘阳打算回家了，作为师兄他不好闹常贵珍的新房。沈小琴站在马路边张望，看来是要到新房见识一下的。常贵珍突然就有了一丝失落，求助地拉了刘阳一把，说，你不要回去。

工友们挤满了小小新房。还好，没有那些俗套，大家吃着糖抽着烟，说些吉利的祝福的话，气氛很融洽。墙角立着新买的挂衣架，是那种木雕的，三条龙，三只凤，市面上流行的多是龙在上凤在下。他们这只衣架是常贵珍挑的，偏偏凤在上龙在下，三只凤头是第一层衣钩，三条翘着的凤尾是第二层衣钩，三条龙卧在下面三个撑脚上。当时常贵珍没多想，只是一时顽皮而已。此时不对了，这个凤在上龙在下的衣架特别显眼，工友们看了默不作声，在猜这衣架有别的什么意味。

有位工友替张家临捧场说，小常啊，张家临在厂里可是数一数二的哦，人品好技术也好，有多少小姑娘追他哪，想不到墙里开花墙外香，让你得了个大实惠。其他工友也趁机附和。常贵珍知道张家临嫁到她家不是什么光彩事，没办法，谁叫他家住不下呢。工友们说他的好话也是给她面子，常贵珍明白。可是一味地捧张家临也叫她不舒服，何况那个沈小琴一言不发，脸上的表情像似越来越懊悔。她又不好说什么，只能笑着，朝刘阳看了一眼。

刘阳本是低头抽烟的，像是有了感应般，他抬头说话了。你们不要搞错啊，张家临优秀，我们常贵珍差在哪里了，说一点给你们听听，怕是新郎官你都不知道，常贵珍是我们商业二局的脚铃皇后呢。常贵珍，你那张照片呢？拿出来给大家看看。工友们一听就起哄，说快拿出来，快，让我们开开眼，啥叫啥脚铃皇后。常贵珍没想到刘阳提起这件事，连她自己都忘个差不多了。她心里很受用，嘴上推却着，哎呀，什么年代的事了，不提了不提了。张家临的工友们不放她过门，连沈小琴的脸上都有了探究的兴趣。常贵珍故作不情愿，打开自己的小皮箱，把那照片翻出来。

事情出于偶然。常贵珍读初中的时候，音乐老师挑了六个女孩子，排了一出“脚铃舞”。常贵珍并不漂亮，可老师说她的眼神到位，东南亚舞蹈讲究的就是眼神。舞曲舒缓动作比较慢，要的是个舒展大方，小孩子完全可以。那次排练了两个月，在学校的活动中演了一次，上头就不让演了，说不革命。参加工作后商业二局团委搞活动，服装店女青年只有常贵珍一个，经理硬性规定她出个节目，唱啦跳啦朗诵啦什么都算交差。常贵珍还记得那套舞蹈动作，晚上在家偷偷练了几次，借了一盘音乐带，脚铃和服装，她就上台了。这个脚铃舞倒把常贵珍弄得全局有名。身材修长的她动作舒展，眼神随着音乐左右灵动，再加上眉心上方的那点印度痣，演出非常成功。小小的商业二局能有多少人才，又是刚刚结束政治运动不久，很是轰动了一下。当时的局团委书记由此记住了她，几次三番要调她去团委。可是常贵珍不愿意。

现在这张照片就在人们手里传看。真的不错。她双手合十，右腿弯起勾出个好看的范式，脚铃在脚下闪着铜色光芒。在灯光下，拉长的睫毛和涂深的眼影把她的眸子映衬得极有魅力，那粒玫瑰色的印度痣使她面容妩媚。尽管她明白自己是个普通女人，这张照片此时还是让她异常满足。看见沈小琴故意不接照片，可又忍不住盯上一眼，她心里特别得意。

张家临很快就入睡了，呼噜打得震天响。这些天他也确实累了。可常贵珍睡不着。她把张家临摇醒，说，喂，今晚是新婚之夜啊，你就这么睡了？张家临说，有什么事吗？常贵珍说，你陪我说说话嘛。张家临坐起来点了支烟，他说，对不起，一迷糊就睡着了。常贵珍问他，你说船现在应该开到哪了？张家临问，什么船？常贵珍气恼了，你说什么船，你这个张家临还有良心没有？张家临恍然大悟，哎呀，船到啥地方我不知道，我只知道爸爸妈妈是好，以后我要好好待你。

常贵珍这才有空好好地想她的爹娘。娘在今天早上还不让她倒马桶，而明天一早，她将作为女主人，拎着臭兮兮的马桶去弄堂口倾倒，用竹刷把马桶刷得“哗啦哗啦”响。唉，新娘子的生活要从刷马桶开始，想不通。爹没有什么文化，可是从来没强迫她做什么事。没要她考大学，也没要她嫁个有钱人或者有权势的人。他们只是在喝了她的喜酒后，笑眯眯地带上行包乘公交车去了十六铺码头。爹说过，他十几岁来上海，就是打十六铺码头爬上来的。常贵珍要爹娘在她婚后住些天才走，他们不同意。这个日子是有意味的，爹娘要他们在新婚之夜好好享受，无所顾忌。可是她对不起爹娘，早就忍不住把那好事做过了，否则张家临今晚怎么肯放过她。

娘怕她伤心，还说将来给她带孩子。爹，娘，贵珍对你们不起。

张家临的呼噜又响了。常贵珍捶了他一下，说，猪，真是只猪。

# 三

好像只是一夜之间的事，中山装卖不动了。曹师傅想不通。多好的东西啊，式样好，做工好，料作也道地。中山装啊，民国的时候孙中山总理就穿，共和国了毛主席接着穿，又庄重，又大方，又体面，国服啊。呢的也好，涤卡的也好，哪一件不是挺挺括括板板正正的。难道全国人民都不要体面了吗？传统的西服也卖不动了，人们嫌颜色太深，式样太拘束，这叫什么话，没文化嘛。可是人们一夜之间都不要文化了。穿衣服讲究薄、透、露、浅，用料轻飘飘的，颜色淡而无味，那叫衣服吗？几个成本的东西讶，几百几百的就敢挂出来叫价。向阳服装店也改成了连锁店，出售时尚服装。这下就看出五角场不占地段优势了。要买时尚衣服，有钱的到南京路淮海路的名店去买名品，没钱的人家到青海路批发市场买便宜货。五角场是什么地段，下只角啊。下只角是什么地方，没钱人住的嘛。

连锁店到底跟服装店不同。老式的柜台拆了，笨重的挂衣架改成了轻盈的铝合金衣架。挂的衣服标的不是全毛就是全棉全麻，可是没人敢买。即将退休的曹师傅拈起一件在手里搓着，那是多么糟糕的手感啊，骗得了谁能骗过他吗？他的老脸就像误将砒霜当蜜露那么苦。曹师傅摇头叹道，作孽，作孽呀。刘阳劝他，师傅，这就是你的不对了，你落后啦。

曹师傅就气恼了，你说啥，我落后？五角场就这么大，别人不知道，你回家问问你爹。上海解放我到大街上欢迎解放军，抗美援朝捐飞机大炮我捐了一个月的工钱，“三反五反”我带头揭露资本家，文化大革命我第一个支持红卫兵，打倒“四人帮”大游行我擂大鼓，十一届三中全会是我在店门口点响第一个高升！我落后！曹师傅越说火越大，手里的一杯茶好像也给他的怒火煮沸了，水花抖动四溅。

常贵珍赶快接过他手里的茶杯，看看里面所剩不多，忙给他添水。刘阳赔着笑脸，扶他坐在账台边的转椅上。是那种新式的长脚转椅，布置新店的时候曹师傅就说，这种椅子是做生意用的吗，高高在上？他从来没坐过。现在坐上去一个歪身，连忙扶住账台，口中还在叫，生意人生意人，做生意先要做人，赚钱要赚良心钱！我是担心你们年轻人哪，以后这生意怎么做法！刘阳说你别动气，关键是心态，心态要好。曹师傅说，我啥个心态不好？我儿子是大学教授，我女儿嫁了个好人家，外孙都会叫“外公”了，我下个月就光荣退休，我一个老棺材，心态有什么不好？他拍着账台发脾气，不料转椅四脚是带轮子的，眼看一点点向衣架那边滑去。刘阳和常贵珍赶紧上去扶他，活像推着病人坐的轮椅。

刘阳和常贵珍只能忍着，店里的其他人可就笑翻了。

向阳服装店还算变得慢的。隔壁的理发店变成洗脚屋了。照相馆改卖游戏机了。药房干洗房打通合一改酒家了。浴室装修一新改歌厅了。饭店呢？饭店改房产中介了。还有布店，改建筑材料了。

只有邮政局还硬撑着，卖点邮票书报什么的，门口的邮筒绿漆都剥落光了。跟南京路比五角场夜市的霓虹灯够惨，把邮筒映照成过气的老市民。

五角场朝东走，是三官堂桥，桥堍那边是著名的鸡鸭市场。三官堂桥算沪西的大桥了，载重卡车开过，桥也跟着晃动。苏州河水就像城市的大揩布，乌脏的浊臭无声流动。吃水很深的拖轮迎面鸣笛开来，船首涌起一排白浪，“哗啦哗啦”拍打两岸。张家临关照常贵珍慢些走。自从她这两天胃口不好，他就拿她当孕妇对待。到了鸡鸭市场，张家临就扎到小贩堆里，同他们打成一片。他会做这些。会挑鸡，会讲价钱。常贵珍闻到鸡粪鸭污的味道就要呕，她走到一边躲清闲。那些鸡关在铁笼里还不安生，有两只雄鸡愤怒地格斗起来。一只是漂亮的锦毛鸡，黑中透绿的羽毛，喙子凶狠地啄着，尾巴像引箭待发的弓那样拉满。另一只是没长成的小雄鸡，冠子短而缺血，脖子上的毛稀稀拉拉不甘示弱地竖立。两只鸡头活像一根线牵扯着，一抖一惊，一进一退，忽然两下里跳起来用脚爪凌厉攻击。

常贵珍给这鸡的游戏吸引了，她希望那只小的会赢。

张家临拎了只童子鸡过来，拖着常贵珍就往外走。他嗔怪她，你怎么喜欢看这个，惨烈至极，残酷。我想要那小的赢，常贵珍说。张家临盯着常贵珍说，我发现你表面温柔，内心其实很激烈，看这个不心惊肉跳吗？常贵珍说我没想那么多，我只想那个小的赢。张家临说以后看东西要有所选择。常贵珍说，怎么选择？张家临说，这叫困兽犹斗你知道吗？常贵珍说不知道，我在想男人就该这样。张家临说怎么样？常贵珍说，就这样，到什么时候也要有雄性。张家临笑了，看看四周没人才说，娘的鸡再有雄性管屁事，要我有雄性。常贵珍叫道你个下作坯哦。张家临说，真的，以后不要看这个，对肚子里的孩子不好。常贵珍说见你的大头鬼，我肚子里有什么，有一兜泡饭！

张家临扬了一下手上的鸡，童子鸡发出惨烈的叫声。常贵珍说你轻点，不要拧它的脖子。张家临说绝对童子鸡，烧出来绝对嫩，给你好好补补。常贵珍说要买就买个大点的，这么小的东西你忍心吃吗？张家临说你不懂了吧，这样的才嫩才补呢。

还真给张家临说着了，常贵珍真就怀孕了。她个子高，所以不显身子。但她的动作显得迟缓，不似平时利落，同事们还是看出名堂来了。曹师傅退休了，局里的李副经理请大家吃顿饭，给曹师傅送行。李副经理是曹师傅的徒弟，别人退休想都不要想吃饭。曹师傅不肯接受店里留用，他说社会上多少年轻人都没事做，我还赖着干啥。大家纷纷说曹师傅有空多回店里看看。曹师傅脖子一梗说我不来，我怕过不了几天好好的店变成录像室洗脚屋！李副经理不说话，同事们也不好说什么。

李副经理对刘阳很看重。他给他敬酒：刘阳，这一向干得不坏，有前途，来，干杯。刘阳似笑非笑应道，谢谢经理，我干了，你随意。刘阳前些天进了一批廉价服装，式样老套，颜色俗透，遭到众人反对，就剩下个便宜。不料大受下只角居民和外地民工的欢迎，一抢而光。他又到附近小学校跑了几趟，揽了几桩校服生意，给店里带来不少效益。李副经理有意让刘阳做店经理，刘阳淡淡一笑：不瞒你经理，我做不长的，正想办法出国呢。

同事们听了一振奋，这是大家第一次听刘阳说要出国。

店里这一向沉闷得很。也是，生意冷落，店子就像火葬场一样。也不对，远不如火葬场闹猛。火葬场上午几场下午几场排都排不过来，有人哭有人嚎还有哀乐听呢。校服生意不是那么好揽的，廉价服装周围的店都在做。

刘阳也沉闷。曹师傅走了，大家都不快乐。

# 四

曹师傅退休后，常贵珍有个奇怪的感觉，似乎一个时代过去了，五角场让她陌生。街上的早点是外地人在做。水果是外地人在卖。盒饭是外地人来送。捡垃圾的是外地人。发廊里坐满了外地小姑娘。街头站满了装修的外地人。老板也是外地人来做。常贵珍想，上海的光环没有了，再也不会有人在五角场晕场了。外地人在上海如鱼得水，他们活得是那么快活。特别是那家建筑材料装潢店，一天到晚用电锯锯铝合金，锯地砖，刺耳的噪声让她五内欲裂，仿佛整个五角场都被肢解开来，割裂开来。她总是一下班就匆匆忙忙地往家里赶。

可晚上的家也让她厌气得不行。张家临吃过晚饭，唯一的爱好就是一杯茶一支烟，盯着电视机发呆。她想跟他说点什么，他老是“嗯”“啊”地敷衍。电视里正播放足球赛实况。常贵珍知道，这种时候就是张家临的亲娘死了，也别指望他拔脚出门去奔丧。她洗好碗筷，擦干净手倚在门口。张家临看足球，她看着张家临。足球到底是个什么东西，让所有的男人都紧张。张家临盯着电视机，咬着牙骨，嘴巴一张一合，整个人都绷紧了。常贵珍笑了。这才是内心激烈呢，都激烈得扭曲了。管他呢，她要到外头走走。

常贵珍站在自家屋的外墙，看着那块窗户大小的深颜色。也许真该动它的脑筋了。张家临的厂里效益越来越差，已经有人下岗。她的店里每月的工资也越发越少。肚里的小宝宝常常用动作表达出世的愿望，生下来就要用钱哪。她向店的方向走。五角场灯火通明，外地口音盖过了本地口音。那家建筑材料装潢店的电锯还在叫着，可能需要它割裂的东西太多了。五角场已经让她不轻松，发廊里那些年轻的小姑娘分明让人感到城市女人日日在贬值。

一个人影围着五角场转圈子。他低着头，走得忽快忽慢，转眼就是一圈，一会又是一圈。这是个什么人呢？是晕场的外地人？现在还会有晕场的人吗？常贵珍散步到了店门口，她发现店门半开着，里面亮着幽暗的灯。她吃了一惊，怕是有贼来偷。往里一张望，衣架上的衣服还都在。那个人影又转过来了，到了店门口他一抬头，原来是刘阳。刘阳的脸在灯下显得苍白，眼睛无神。

刘阳说，是你，你怎么来了？常贵珍说我还要问你呢，店门开着你倒放心的，还有闲情逛夜市？什么时候了你还不回家？刘阳说我睡在这里三夜了，家里没我的地方。刘阳的哥哥们和父母挤住着，结了婚又生孩子。最近插队的哥哥也带着老婆回来了。家里的两间房一隔为四两隔为六，只给老夫妻留了张眠床。夜晚十几口人的呼吸声让刘阳透不过气来。常贵珍说,再挤还能没你的地方,你是家里最小的,又从没离开过父母。刘阳说不是没我的地方,是我嫌烦,唉,烦死了。刘阳蹲在店门口,点起一支烟。

常贵珍第一次看到平时满口戏话的刘阳发愁。她第一次同情他。常贵珍说,要么你到我家阁楼上睡,反正也空着。刘阳头都不抬,说,那不好的。常贵珍说有什么不好,那是我的家。刘阳抬起脸来,已经是平时戏谑的笑容:哦,想起来了,你家是凤在上龙在下的。常贵珍给他气笑了,说见你的大头鬼,一家人还什么在上在下。说到这她不敢说了,太让人想入非非了。她怕刘阳再说下去,命令他,你快点关上店门呀,天这么晚了。

刘阳到店里关了灯,披了件厚衣服出来,准备锁店门。两个外地女人走过来,其中一个拖住刘阳的手叫,不许关,不许关门!弄得刘阳莫名其妙,问,怎么回事?外地女人叫道,就是他,警察同志就是他!一个警察打女人身后走出来,说,你先不要关门,把事情说清楚。外地女人快言快语:就是他,骗了我们的钱,还不止我们两个,那天有好多人上当的!造孽啊,我们带的那点血汗钱,都给他骗去了!另一个女人就嘤嘤地哭了。

常贵珍真是大为吃惊了。刘阳会不会骗人呢?她吃不准。世道变了人也会变。也许他住在店里就是为了躲避什么?警察问常贵珍,你们是什么关系?常贵珍说,同事。警察又问,他平时表现如何?常贵珍想了想说,好的。警察说,既然是同事,白天什么话不好说,晚上在这里做啥?常贵珍撒了个谎说,他值班,看店。她边说边盯着刘阳看,几乎就要相信他骗了人家的钱。

她骗人!那个外地女人愤怒地叫道,这个不是店,三天前这里是个公司,招工的。现在他们把钱骗到手了,用我们的钱开了服装店!她扯着刘阳的衣领,说,你不要想逃,我在这里找你三天了!

常贵珍这才断定是两个外地女人搞错了。警察也笑了,说,你们再好好看看,到底是不是他。我告诉你们,这个服装店开了几十年了,比你们岁数都老，从来没变过。是不是你们转晕了，弄错了？嘤嘤哭着的女人抹了把泪，凑上前仔细看看刘阳，说，好像是，好像不是。那个凶的女人一下子泄了气，说，我是有点犯晕，这个转盘街每个店看上去都差不多。她放声大哭起来，天，怎么办，我们两天没吃饭啦。嘤嘤哭的那个干脆就坐在街上。刘阳在身上摸了半天，摸出两张十元旧票给她，说，我带的也不多，你们先去吃点东西吧。记住了，上海不比外地，以后要当心了。

走在路上刘阳苦笑，说，晦气，我算是倒霉到家了。明天整个五角场都会知道。常贵珍说你什么意思，难道我是那种大喇叭？刘阳说，刚才你的表情好像相信我是骗子了嘛。常贵珍说，我是给她们哭糊涂了，怕你真做坏事。刘阳说，别说你，那一刻我都糊涂了，在想，是不是我做的？常贵珍说别瞎说，你不会的。刘阳说，吃不准，挤在我家鸽笼里睡不着我就想，到哪去弄钱买房子呢？不瞒你说，连抢银行我都想过。

常贵珍生气了，说，不许你糟蹋自己。

# 五

刘阳极力鼓动他们开店做生意。他说，常贵珍啊张家临啊，你们这街面房是运啊，财运！这么好的资源还不赶快挖掘，还等什么你们。也就是千把块的投资，要是没钱我借给你们好了。

他们给刘阳说得动了心。商量了半天，决定破墙开店，屋子里拦出个三四平米就够了，人住得挤点不要紧，生存是第一位的。小店就叫贵珍烟杂店，卖烟酒杂货之类。刘阳说错了，应该叫贵珍烟纸店。常贵珍说什么胭脂店，我又不卖胭脂口红，是烟杂店。刘阳说没文化了吧。张家临说是叫烟杂店嘛，跟文化有什么关系。刘阳说我问你们，现在满大街都是皮草行，是卖什么的？张家临说这还用问，卖皮货的嘛，皮夹克，皮背心，裘皮大衣。刘阳说错，人家港台的皮草行是冬卖皮货夏卖草席，这才叫皮草行。我们是知其然不知其所以然，拿过来就用，有皮无草，有其名无其实。整个的没文化，还以为自己得道成仙了呢。大上海有自己的文化嘛，五十年前港台算什么？现在倒好，跟着小三子跑，还皮草行！话说回来，为什么要叫烟纸店？张家临问，为什么？刘阳说老辈人就这么叫，因为这种街头小店一卖香烟，香烟甚至可以拆开论支卖，便民啊；二呢卖草纸，市民生活必需品嘛。

常贵珍嫌他卖弄，说好来好来就依你吧，叫贵珍烟纸店。刘阳说不是依我是依理呀。他抖动着腿，说做就做，趁我去日本打工之前有空，帮你们做些事。常贵珍问，原来你去日本是真的啊。刘阳说笑话，谁吃饱饭开自己的玩笑。张家临说你去哪里不好要去日本，娘的日本人最坏。刘阳说我怎么不知道日本人坏，我爹妈就不同意我去。可是去日本费用低啊，钱也好赚。常贵珍问他办得怎么样了，刘阳说快了，你们呢耐心等他几年，我刘阳衣锦还乡，不会忘了五角场的张家临和常贵珍同志。张家临说我们望你发财。常贵珍说有了钱赶快找个老婆是真的，我们是你什么人，要你心里念着?

刘阳说算了，空口说白话没意思，日里白说夜里瞎说。我落难是你们帮了我，我不会忘记你们。于是三个人破墙开店，弄货架，粉墙壁，写店牌，借了服装店的黄鱼车去进货。两个人在屋里摆货，一个人在窗外看，把个贵珍烟纸店弄得像那么回事。

正赶上商业局改革改制，服装店承包给了外地人，店员们愿意转店的转店，愿意待岗的回家，一个月拿几百元的活命钱。刘阳和常贵珍都选择了待岗。办好手续走出店门，常贵珍回过头依依不舍地看。刘阳说有什么好看的，这店不是我们的喽。以后你在自家小店里卖货，天天看得到这里，你就看着外地人发财吧。好好的店自己弄不好，要给外地人来承包，真搞不懂。

天气逐渐热了，啤酒从来没有这么好销过，市民们排着队抢。冷饮也好卖。常贵珍租了辆旧黄鱼车拉货。刘阳的护照还没下来，闲着也是闲着，张家临又要上班，他就把拉货的事包下来了。踏车踏了一头的汗。他把啤酒什么的搬进店里摆放好，然后赤裸着上身，在常贵珍门前的水斗里洗脸。常贵珍过意不去，也有点心疼他，用毛巾擦他后背的汗。刘阳说好了好了，我自己来，别弄得跟夫妻似的。常贵珍就红了脸骂，神经病，你倒是想得美。刘阳说我可是什么都没想过哦。常贵珍说你快点进去站会儿柜台，我要烧中饭了。

常贵珍忙着弄中午饭，心里头东想西想，脸面红一时白一时。叫刘阳来家住也是看他一时太难，现在住了这么多天，总归不大方便。张家临还好，一句话也没说过。好在刘阳马上要去日本了，邻居们爱怎么说就怎么说吧，管它。正往桌上摆着碗筷，听到柜台里“嘭”地一响，像是啤酒瓶炸了。急忙进去一看，刘阳蹲在地上，一手捂住右眼，地上真是炸了的啤酒瓶，碎玻璃和啤酒满地都是。常贵珍吓得腿都软了，颤声问道，刘阳，刘阳，你不要紧吧。刘阳的喉咙像给泪水咽住了，含糊着说，不好啊，碎玻璃把眼睛糊住了，疼啊。常贵珍凑上前，心跳得厉害，说，刘阳，刘阳，怎么没有血啊。刘阳说不流血才糟啊，我这个眼睛怕是保不住了。贵珍啊，看来我日本是去不成了，护照上是五官俱全，人呢变成了独眼龙，海关肯定不放行啊。常贵珍说什么时候了你还说戏话，快到医院去吧。快啊你，急死我了。

刘阳蹲着不动。常贵珍坐在客堂间流泪。好好的一个人，转眼就废了。她懊悔叫刘阳到家里来住，懊悔叫他帮忙做事。现在什么都晚了。刘阳从柜台走到客堂间，手捂着眼睛还有心情问，中饭吃什么啊？常贵珍哭了出来，快去医院吧，还吃什么饭！刘阳把手放下，眼睛周围湿的，溅了些啤酒而已，什么事都没有。常贵珍骂道，神经病，你不好这样欺负人的哦！刘阳笑着说，我看你反应太快，听到声音就冲进来，所以开个玩笑嘛。常贵珍擦着泪水骂，死人，这样的玩笑是随便开的吗？

晚上两个男人总要喝点啤酒。常贵珍吃好了，坐在一边听他们边喝边说话。张家临话不多。厂里效益不好，男人有一身的力气没处用，看上去很闷。刘阳话多，边说边朝张家临看。常贵珍感觉到刘阳经常看张家临，眼光还比较细腻。张家临说你看什么啊，我有什么好看的。刘阳掩饰地笑了一下，说，我看看你到底有什么魅力，把我们的脚铃皇后娶到手，我跟她同事几年了，也没这福气。张家临喝了口酒说，那是你竞争力不够。张家临就这样，话不多，说一句就很重。刘阳吃了口菜，说是啊是啊，我越看越发现，你真是很……他不说了，端起酒杯一饮而尽。

刘阳睡觉比较晚，他到外面去散步。张家临破例没开电视，倚在床上发呆。常贵珍跟他说了这几天的收入，看看他还是不开心，想可能厂里不痛快。张家临说，贵珍，一会儿沈小琴要来。常贵珍说来干啥，有什么事？张家临说要她下岗，小姑娘想不开了，白天哭了很久。常贵珍忽然想到，哎呀，要是刘阳不出国，介绍给沈小琴倒是不错。张家临说她哪看得上刘阳。常贵珍跟丈夫开玩笑，喂，你们在一起做生活，你怎么没跟她谈恋爱，怎么会看上我的？张家临说，说老实话贵珍，我们还真的谈过两年呢。常贵珍一听心里吃老醋，说，好啊，这个重大情况你婚前不交待的嘛。张家临说有什么好说的。常贵珍说，那后来怎么不谈了？张家临看着天花板说，后来你出现了，就没她的事了。常贵珍心里还是别扭，说，怪不得吃喜酒那天她不开心呢。现在呢，我么你也熟门熟路了，可以旧梦重温了啰。张家临说做人要通泰，不要瞎想八想。

常贵珍点着张家临的脑门问，说实话，叫刘阳暂时住我们家，你这里有没有障碍？张家临说有是有一点的，不过可以转化。常贵珍说怎么转化法？张家临看着她的眼睛说，譬如你娘家哥哥来住几天。常贵珍感动了，拉着他的手让摸摸肚里的孩子。张家临抚摸着说，贵珍，我娶了你就要相信你，你也不可以胡思乱想的。

正说着，沈小琴来了，脸色憔悴，常贵珍忙给她削苹果。张家临让她坐下，也不说什么。其实当初两个人谈得相当好，好到可以做任何事，偏偏都很珍重，连嘴都没亲过。可沈家父母不同意女儿找个工人，母亲到厂里出过女儿的丑，沈小琴的哥哥威胁过张家临。工友们怂恿他把生米煮成熟饭再说，张家临说这叫趁火打劫，不是男人做的事情。可惜最后还是一拍两散。

三个人坐着不知说什么好。沈小琴低着头，长长的眼睫毛一眨一眨的，常贵珍真怕她落泪。怀着同情心来看沈小琴，她承认她长得不错。幸好刘阳回来了，家里马上热闹。常贵珍说反正明天礼拜六，不如我们搓搓小麻将吧。张家临说好，沈小琴也不反对。四个人就在客堂间的方桌上摆开了牌，搓得"哗哗"的一片生气。只听柜台窗口有人叫道，老板，来包烟哪。

# 六

常贵珍的身子越来越显沉重，很快就要临盆了。张家临要她当心身体，少做事。刘阳的护照据说也快了，每天都要回家忙出国的准备。常贵珍因此比平素更忙。张家临的班头变了，很早出去上班，下午就回来，帮常贵珍打理店。或是上午在家，吃了午饭才上班，到很晚回来。常贵珍感到奇怪，从前他从没上过这样的班头。她感觉他有了什么变化，每天回家都似乎挟风裹尘，像个农夫劳作了一天，又像在货场扛了一天大包，没有了从前的干净和庄重。

那天夜里常贵珍在医院生下了女儿张田。常贵珍说就叫张田，长大了有钱赚钱，没钱回家乡种田。张家临说叫张田好，听着心里舒展。常贵珍娘家没有人，是沈小琴在身边服侍了好多天。那些天刘阳成了家里的大司务，因为四个人里只有他是闲人了。常贵珍没等满月就下了地，她自认是个没福气的女人。张田很乖，饿了的时候才哭，声音分外嘹亮，像她的爸爸一样中气十足。

张家临到家的第一件事，就是抱起女儿来贴脸。张田的脸面细嫩洁净，衬出张家临的面色粗糙黑亮。常贵珍觉得不对，张家临不是这种皮色。他的脸面不细腻，但绝不是这般粗黑的。她担心他得了什么病。这些天进货都是刘阳在跑，而且货款都是他垫的。常贵珍在心里算了算，也总在千把块左右了。她心里有数。晚上四个人就在客堂间里摆开牌局。张田躺在小摇床里，嘴咬着小手指，眼看着天花板。她也不闹大人，只是“嗯啊嗯啊”地自己开心。倒是刘阳常要跑到摇床前看她，逗她笑，且说，来，叫舅舅。

常贵珍问过张家临，你最近工作有什么变动吗？张家临说没有啊，我又没有文凭，又不懂外语，一个摇手柄的工人，靠什么去跳槽呢？常贵珍说那你有什么不适意吗？张家临说我挺好啊，浑身是力气，想你想得发疯哦，你什么时候才可以啊。

刘阳的护照到手那天，把它亮给常贵珍看。常贵珍拿在手里翻着，说，这本东西可以改变你的命运了。刘阳不说话，两眼发呆。常贵珍奇怪，说，怎么了你，像傻了一样，是不是舍不得什么人？刘阳的脸红了一红。常贵珍猜他是对沈小琴有意了，说，你要想想好哦，是人要紧还是事业要紧。

刘阳没理会她的话，说，常贵珍啊，我算服了你的张家临了，他是个真男人。常贵珍说废话。她想说不是真男人我们的张田哪来的，幸好脑子转得快，意识到这种话跟女人说可以，跟男人说就不可以。

刘阳说张家临可能下岗了。常贵珍疑惑地说不会吧，这么大的事他会不跟我说？但想想张家临这些天的变化，又有点吃不准。

刘阳说我也不敢相信这是真的。可是刚才我看到他了，在五角场北边的那个大十字路口，做交通协管员。辛苦啊，一天站下来，风要吃，雨也要吃，一脸的灰尘。红绿灯一变，哨子就要吹起来，旗子就要挥起来。可是他回到家像什么事都没发生。张家临不简单，常贵珍啊你有眼光。

常贵珍早就跑出去了，有刘阳在家里她不必担心张田。五角场北边有个大的十字路口，来往车辆很多。上下班的自行车、运货的汽车和出租车穿梭行驶，更有进城出城的外地车辆急速开过。常贵珍平时走过都特别当心，那里经常发生车祸。十字路口西边就是三官堂桥，车辆直冲下来很容易出事故。她不愿意张家临去做交通协管员，哪怕没事做也不要做这个。危险不说，辛苦不说，脸面上就过不去。她希望是刘阳看错人了，她的张家临还在车间做工人，哪怕是工资不多地位不高的工人，也强过交通协管员百倍。

张家临穿了件不知打哪搞来的迷彩服，脖子上围了厚围巾，臃肿地怪异地站在红绿灯下，指挥着来往的车辆行人。他嘴里的哨声短促有力，手中的小旗“呼呼”生风。他走到一辆超线的自行车前，用小旗和不容置疑的哨声逼着那人退到线后。他走到一个外地人面前，热心地指点方向，说得那人笑着点头。这个男人是她的张家临吗？常贵珍伤心了，她不可能在此时走到丈夫身边，只能转身走向五角场，走回家去。

晚饭刘阳没来吃，他可能是有意避开了这顿晚饭。常贵珍看着丈夫吃饭，看着他装做若无其事的样子。但她闻得出他身上的尘土味，他和汗毛孔里散发出来的疲惫和委屈不平。收拾好碗筷她烧开水，灌了四热水瓶又烧了一铜锅。搬出洗澡的大木盆，她把张家临从柜台边拖过来。张家临看着大盆热水问，干什么啦，给张田洗澡也用不到这么多水啊。常贵珍说以后你每天都要洗，人可以做不舒服的事，不可以过不干净的日子。张家临什么都明白了，他知道会有这么一天。他痛痛快快说，好，我洗。

常贵珍上铺板了，夜市有再好的生意今晚她也不做。接着她关上家门，谁来了她也不开。沈小琴来了不开，刘阳来了也不开。今晚只属于她和她的男人。这个夜晚她有太多的热情，远胜过他们的第一次。她恨不得和丈夫融化在一起。

刘阳走的那天，张家临弄了几个菜送行，把沈小琴也叫了来。刘阳笑呵呵地对沈小琴说，要不要我给你留心一下，找个日本男朋友啊？张家临说你能帮她办出国倒是真的。常贵珍说，日本男人不能嫁，上海小姑娘要吃苦头的。刘阳说错了，现在世道不对了，日本人吃不消上海小姑娘。我们弄堂里有个小姑娘，她爸爸是个厂长呢，中国人死活不嫁。后来经人介绍嫁到日本，一看傻了，男的老不说，还是个跷脚，也有钱，也有轿车，却是个农民。村子离大阪有多远？比到七宝还远，比到松江还远。小姑娘心里这个怨啊。上个月她的厂长爸爸到日本考察，顺路去看宝贝女儿，你们猜小姑娘在做什么？在和婆婆吵相骂，而且是翻着日汉辞典吵，翻一句骂一句啊，厉害吧。日本女人是讲尊敬的，尊公婆敬丈夫，哪见过这么厉害的媳妇啊。最后怎么样，公婆搬出去了，小姑娘成了一家之长。沈小琴幽幽地说，日本女人这么好，那你就讨一个回来好了，也给我们开开眼。

刘阳是下午的飞机，张家临送刘阳到车站去。沈小琴满含歉意对常贵珍说，师兄是为了我下的岗。本来下岗的是我，师兄跟头头吵翻了，最后一赌气，把岗位让给了我。是我拖累了师兄。

常贵珍一听是这么回事，心里起了波折，说出来的话不太好听，你师兄也没什么本事，没钱包养女人，也没权给你安排工作，说是帮了你，你还是个干粗活的。

沈小琴感到无味，走了。张家临回到家，常贵珍发了脾气。她说张家临，你要是有什么事瞒着我天打五雷轰。张家临说就这样，我如果做了对不起你的事任由雷公劈！常贵珍还是心理不平衡，她老觉得张家临和沈小琴之间有那么一种默契。现在刘阳走了，这种不平衡更加折磨她。

# 七

曹师傅骑了自行车来看常贵珍，他倒不见老，养得面色红红的。曹师傅说贵珍啊，听说你开了店我不相信，谁想你真的做老板啦。常贵珍说店里又不好，我又不想转店，有什么办法呢。开这个小店也就是找点事做，混混日子。曹师傅说要做就好好做，这个街面房好的，市口好。常贵珍说哪里，也就是赚一口饭吃。曹师傅说你不要急呀，做生意嘛要讲信用，假货次品不要卖，小本经营，薄利多销。

常贵珍说你倒还是这辆老坦克啊。曹师傅这辆车属于除了铃不响浑身哪都“稀里哗啦”那种，所以同事们都叫它老坦克。曹师傅说就它了，踏了一生一世扔不掉了，也不可以扔。现在的人你看，一世夫妻可以扔掉，亲生儿女可以扔掉，人心不古啦。

常贵珍说那你进来坐，中午在这里随便吃点，晚上张家临回来你们扳点小老酒，你们也长远没见了。曹师傅说看看你就好，我是来你这里买香烟的。现在假烟多得不得了，连我这老烟枪都分辨不出，老吃假冒伪劣。怎么样，我徒弟这里总是正宗的吧。来，你给我拿三条红双喜。

常贵珍知道曹师傅是来照顾她生意的。他在商业上做了一辈子，哪里会吃不到正牌香烟。从前香烟凭票的年代，店里同事还托他买香烟呢。常贵珍说烟么少吃点，对身体不好的。曹师傅说也是一世的老朋友了，不可以扔掉的。再说你知道我老酒不喜欢的，如果烟也戒了还做什么男人？常贵珍给他拿了香烟，收了钱习惯性地举到眼前，想想不对赶快放下，笑着给师傅找零。曹师傅也笑了，走出两步又回转来，自言自语说慢点走慢点走，看看家里还缺什么。他趴在柜台上看着指点，这大包的味精来一袋，那个花雕来两瓶，还有……

东西买好了曹师傅笑眯眯拍拍老坦克说，这次正式走了。常贵珍给他逗得心里快活，老头的心态挺好，比在店里好多了，变得可爱。常贵珍说还几时来玩？老头说下个月来，一天一包香烟，一个月抽三条，不多不少。常贵珍送他到街上，说路上慢慢叫踏噢。老头说没事的，我还踏着它到郊区钓鱼呢，贵珍你不要送。

走了两步他又转回来，问常贵珍，听说刘阳出国了？常贵珍说是的，那天在我家吃过饭走的，张家临送的他。曹师傅说也好，出去见见世面，赚点钱回来好讨老婆。本来你们两个啊……你们两个可惜了，否则都是店里的骨干，都有出息。不说了不说了，再说就是我真的老糊涂了。

他走出几步又转回来，说贵珍啊师傅给你说句要紧话。常贵珍说师傅你尽管讲。曹师傅说贵珍啊，不管有多大难处都不好怪政府哦，政府也有难处。常贵珍说我谁也不怪，要怪只怪自己命不好。曹师傅说命不好不要紧，只要做个好人，就会有好运的，叫做命不好运好。

曹师傅终于骑上车走了。常贵珍抱着张田坐在柜台前，张田把她的奶吸得很通畅。看出去整个五角场都在她眼里。刚才她没同师傅说起店承包给外地人的事，想必他早知道，故意不说起罢了。

五角场周围有不少发廊和洗脚屋，这种生意怎么会这么好呢？常贵珍搞不清楚。是我们小时候的年代不正常呢，还是现在的风气不正经？这是她无法解答的问题。那些外地小姑娘白天无所事事，站在街头晒太阳，个个养得又白又壮。或是坐在大玻璃窗里面，穿着低胸裸背的紧身上衣，很短的裤子，用健康的雪白的身体向城市示好。常贵珍并不笼统地鄙视她们。如果乡下有事给人家做，有钱给人家赚，谁愿意离乡背井跑到城市来。如果城市有体面的事给人家做，谁愿意做这种低三下四的行当。说来说去是男人太坏，可是好男人到哪去了。在车间里摇手柄的，在马路上摇旗子的，在店里卖货的，他们是好男人吗？是的话为什么好男人这么没用？

张田吃饱了睡得香甜。常贵珍放她到床上，自己泡了碗熟泡面充饥。一转眼爹娘回去很久了，只是写过信来，她呢寄过张田的满月照。常贵珍回想起爹在客堂间方桌上喝老酒的样子，娘从后灶间端出一碗炒螺蛳，那是爹最喜欢的下酒物。她呢伏在爹的对面做功课。爹静静地喝酒，“咂”地一下，然后“哈”地一声，一股酒香就飘到她鼻子里。她想是该装部电话了，听说街头小店有部电话好赚钱。有了电话，就可以和家乡的爹娘说话，可以听到他们的声音。想到这里她的眼睛就湿润了。

晚上张家临抱着张田看电视。常贵珍坐在柜台前，织着毛衣看五角场的夜景。夜市比从前热闹多了，灯火也亮，人声也涌。可是从前的热闹让人安静，心里有底气。现在的热闹让人感到上海小了，被包围了，被混杂了。

又有个人围着五角场转圈子。他低着头，极颓唐似的，极疲惫似的。常贵珍耐心地看着，确实是转圈子，已经转了三圈了。这是个什么人呢？是晕场的还是被人骗了的？她想起上次刘阳给人冤枉，那小子自己当时也呆了。这事她还没讲给张家临和沈小琴听过呢。

咦，不对啊，这个转圈子的人怎么这么像刘阳呢。

想到刘阳就想到沈小琴。常贵珍骂自己不该想到刘阳，可是没办法，这小子好笑的样子就是在她眼前晃。再望过去不对，那个人太像刘阳了，活脱似像。常贵珍叫张家临守住柜台，自己走出去要看个究竟。

常贵珍在五角场的霓虹灯光里穿行。刘阳站在从前的向阳服装店门前，似哭似笑地看着她，五彩灯光在他的脸上映出怪异的效果。常贵珍骂道刘阳你怎么回事，你是人还是鬼，你开的什么玩笑！

刘阳说我在找曹师傅。常贵珍说你毛病，曹师傅退休了你找个头。刘阳哭着脸面说我不找曹师傅我找谁去。我花了那么多钱买了张假护照，我连飞机场都没进去，我连娘的飞机什么样子都没看到！我回家我的窝没了。我有脸面见谁啊，我不找曹师傅我找谁？

常贵珍是又气又恨又痛。刘阳这个当上得太大了，可有什么办法，只好把他再领回家吧。她说曹师傅明天再找，我和你一起去找。现在你跟我回去，吃饭，睡觉。刘阳对着她喊，为什么又是你来帮我，为什么老是女人来帮我，我不要女人帮！常贵珍气恼极了，这时候我不帮你还有谁来帮你。她指着五角场的天空说，刘阳你抬头看好了，你看看五角场这片天，你看看天上一颗一颗亮着的星星，趁着月亮还没出来，你问问老天，有没有一个男人来帮你，有没有！

刘阳绝望地拉长脖子喊，有，张家临要是知道了就会帮我！

常贵珍给他气得"噗"地笑了，说你娘个冬菜，我帮你还不是张家临帮你，还不跟我回去！你还不动是吧，那么叫张家临来背你好吧，抱你回去好吧，你怎么不一下嗲死啊你！

回到家里一看，沈小琴正抱着张田哄她玩，张家临在看电视。桌上放着个新玩具，估计是沈小琴买给张田的。沈小琴说嫂嫂你回来了。常贵珍说好，很好，我变成嫂嫂了。嫂嫂也好哥哥也好，今天不说它。我给你看一个人，你另外一个哥哥。她对着门口说，你还不进来赖在外头做啥。

刘阳就灰头土脸走进屋里。张家临和沈小琴几乎同时失声叫道，刘阳？你怎么回事？

刘阳不说话，坐在沙发上点了支烟，抬起头来看看屋里的人，然后说张家临，才几天不见你瘦了。

沈小琴的脸都变色了，说你自己照照镜子吧，怎么弄得跟鬼一样。

# 八

刘阳做了个薄薄的小木箱，漆成漂亮的棕红色，横钉了一根带子，拎着在屋里走了几步，很满意。常贵珍说你搞什么名堂？刘阳说，我要出去工作了，这就是我的饭碗哪。常贵珍说干什么，倒买倒卖？刘阳说传统意识，我要充实流通渠道，弥补市场的薄弱环节。古话说行商坐贾，从前我们是坐在店里卖，现在我要走出去啦。由于本钱有限，先从小的做起。常贵珍说，说句真的，你看沈小琴怎么样？我看她好像对你印象不坏。刘阳说有可能，我还是比较有魅力的。常贵珍说那你抓紧追啊，都老大不小的了。刘阳说别急，等我有了一定的经济实力再说。

晚上刘阳拎着他的木箱回来了。同志们，他说，看看我的摊头吧。他把木箱挂在胸前，打开来一看，立着的里面别满了胸针，银白的金黄的琳琅满目；平着的里面大小两档，大档里是各色女丝袜，小档里是各式口红。常贵珍说好，你这个木箱好，让我看看里面的货色。

刘阳说照顾一下，成全我第一桩生意，来，他对张家临说，张家临同志，请给你爱人买双丝袜吧，店里这样的货色七元一双，我这里给你打个对折，三元五。再看这胸针……常贵珍说这胸针街上要卖二十元以上哦。刘阳说不错，有眼力，我给你打个对折再打个对折，七元五，怎么样？常贵珍说你哪里弄到的，什么价钱？刘阳说批发市场啊，你看，胸针外头卖到三十元，批发价二元五，利润可观吧。

常贵珍说你到哪去卖啊？刘阳说我游击队啊，商店门口一站，货比货价比价，外地女人不一定会买，上海女人门槛贼精，一定会买。工商不抓我，城管不追我。紧要关头箱子一盖一拎我走了。唉，以后我要辛苦啦同志们，主要是下午班和夜班。别等我吃饭，不过晚上要给我留门。常贵珍说你这些东西我这里也好卖的呀。刘阳说没问题，下次我多批点给你赚钱。

常贵珍这阵忙坏了。小店生意不错，她又要踏货，又要摆货，又要站柜台，一天下来累得不知身处何方。幸亏张田不缠她。生意做久了认识不少人，其中有个李老板是老生意虫，给了她一些假烟和假味精。常贵珍不要。李老板说你傻哩，这些东西不要卖给附近住的，卖给过路客最妙，谁会为了一包假烟大老远地跑来找你。张家临说不好这样做的，我们不做亏心生意。

常贵珍发现沈小琴最近面色不对，粗糙，黑得发亮。常贵珍说小琴啊，你的面色怎么越来越像张家临了，不会也去做交通协管员了吧。沈小琴说嫂嫂是的，师兄没对你说起吗？常贵珍说那好啊，你们又做回师兄妹了。沈小琴说师兄他不做这个了。张家临真是没对常贵珍说。沈小琴到底还是下岗了，张家临就把吹哨挥旗的工作让给了她，自己去工程队开掘土机，是那种小型的。

怪不得这些天张家临不一样，眼睛也有神了，走路也挺直了。常贵珍问张家临，你怎么什么都不跟我说，还是沈小琴告诉我的。张家临说小得不得了的事有什么好说的。哎，你两次三番舍身救师妹，常贵珍说，心里是不是很美啊。张家临说你酸死我了。常贵珍说你这样弄得我很不舒服，你们两个很默契，我倒是个局外人，什么都蒙在鼓里。张家临心情愉快，他把一辆小抓斗开得很漂亮。那是城市修路队的车。那车的抓斗上有三颗铁牙，他把小抓斗一斗几用。他用三颗铁牙沿着街沿一搂，碎石旧土归堆了，整齐的街沿显出来。他的小抓斗抓起土石一次次转身，眨眼装满运碴车。铺新路之前路面需要平整，小抓斗抓起一堆旧土，凸起的路面刚好抓平，铁臂一旋往别处一倒，正好把一个凹膛填满。他把小抓斗勾起来，用抓斗的铁背砸实地面。铁臂就是他手臂的延伸，小抓斗就是他的大拳头。监工的外地师傅惊叹说，到底是上海师傅，我从来没见过这么漂亮的活儿，绝了。张家临心想你开眼吧，这就是上海工人，干什么像什么。心情愉快的张家临对常贵珍说，帮人家个忙用不着大惊小怪，就像你帮刘阳。常贵珍只好讪讪地说，怪不得你上个月工钱多了，来，再喝点酒。

张田长大了，也会走路，也会说话，她又长得胖壮。一张床三个人挤不下。张家临睡觉是摊手摊脚，张田也随她爸爸，一夜下来把常贵珍逼迫得不行。张家临看着熟睡的张田发愁。他说不行，我们要挖掘资源，你看我到阁楼上睡吧。常贵珍说你习惯吗？有什么不习惯，张家临说，他又不是女人。常贵珍说张家临真对不起，家里挤成这样，让你跟我分开睡。张家临说没啥，帮人么就要帮到底。常贵珍说可这样也不是长久之计啊，我真头疼死了。张家临说别想那么多，你又没做错什么。张家临就夹了自己的被子，踩着木梯上了阁楼。这时刘阳还没回来。

后半夜常贵珍醒了，听到屋里有男人的呼吸。抬头一看，张家临蜷在沙发上，双腿搭在沙发扶手上。常贵珍小声问怎么下来了你？张家临悄悄说给你说着了，不习惯。常贵珍把张田挪到床里，要他回到床上来。夫妻合盖了一条被，常贵珍问，他回来了吗？张家临说回来了。刘阳的呼噜声响了，张家临说他刚睡着。常贵珍想办那事，张家临摸着她说不行啊，等他不在家吧。

灯关上很久常贵珍都睡不着。她想这刘阳久住家里真的很麻烦，张家临确实像个男人，从不说什么，可她心里窝囊。是要想个办法了。张家临也没睡。刚才他在楼上已经睡着了，睁眼一看，刘阳不知道什么时候回来了，正在灯下看他，那眼光让他别扭。这不是头一回了，刘阳看他的眼光真的不对劲。以前他没理会，他不愿意误解别人。见他醒了，刘阳试探着伸出手来，在他的臂膀上摸了一下，又缩回去，脸红地看着他。张家临坐起来说，哎呀对不起，以为你今晚不回来了。刘阳说没关系，你就睡这里好了，反正床也够大。张家临说不行不行，明天我要起早上班的。张家临想这个刘阳不会是变态吧。万一是的话，贵珍心里要怄死。其实他心里也够怄的，张家临转身抱紧妻子。

沈小琴买了电影票，要刘阳陪她去看，是外国电影。刘阳问张家临夫妻，我去不去？张家临说沈小琴不错的，人长得不坏人品也好，我最了解她了。常贵珍说看场电影呀，又不是要跟你订终身。刘阳就笑着说，那我给她买点什么吃，猪头肉？常贵珍说你买两只猪耳朵！张家临说沈小琴喜欢吃巧克力的，猪头肉不行。常贵珍烦刘阳的贫嘴，说你快点吧，人家等在电影院门口呢，你倒成了查尔斯王子了。

张家临沉着脸说刘阳你要当回事啊，男人嘛总要找个女人的，否则在社会上行不通的。刘阳低下头，说，那好吧，我试试看。常贵珍当然听不出两个男人话里的意思。张田走到刘阳面前，笑眯眯地叫了声“舅舅”。刘阳笑问什么事啊，是不是要和舅舅看电影去？张田有点难为情地点点小脑袋，张家临夫妇齐声说张田不可以的。刘阳不管他们，抱起张田出了门。

常贵珍叹口气说，这小子从前还不坏，怎么现在越来越没正经，也不知他整天想什么，我看沈小琴可是动了真的。张家临说随缘吧，急也急不成。沈小琴不容易，她父母给她找了个老板，人家也看中她。可是她不肯，就是要靠自己吃饭。常贵珍说我看她和刘阳不行，气质不一样，恐怕嫁给他也要吃苦头。张家临说女人哪个不吃苦头，你现在就吃我的苦头，如果我有钱你不会过这种日子。常贵珍出去关了门，回来抱着丈夫撒娇，说我就要过这种日子，有你的日子。张家临就出去上了铺板，回到屋里关上了灯。

办完事情静了片刻，常贵珍问他，你这一向是不是很累？张家临没说话，他确实觉得最近容易疲劳。又静了一会儿常贵珍说，你以后把衣服还是挂在衣架上，别到处乱丢。自从张田大了，她的衣服上了衣架，张家临的衣服就没处挂了。张家临还是沉默着。常贵珍又说，要挂你就挂在上头，你是男人呀。从前张家临总是把自己的衣服挂在第二层衣钩上，让妻子的衣服挂在上头，常贵珍给他改不过来。张家临说我知道了。

## 九

沈小琴站在红绿灯下，像她的师兄一样，穿着迷彩服。常贵珍搞不懂她打哪弄来的。她还用一顶长檐迷彩帽盖住自己的头发。臃肿的迷彩服让人看不出沈小琴的身材。常贵珍承认沈小琴生得上品。常贵珍是特地来看她的。看到一个女人这样吃风沐尘赚辛苦钱，常贵珍心里的醋疙瘩解开不少。她对沈小琴说，以后你中饭到我家来吃，没有几步路。沈小琴不答应，说那要误事的。别人都是带的饭，就近找个背风处吃了。常贵珍说你不来我就给你送饭。沈小琴忙说不要，还是我来吃吧。

沈小琴摘下迷彩帽，甩出了长发。她的脸虽然晒黑了，但五官的俊秀是遮不住的。常贵珍给她端上热汤面，看她狼吞虎咽。沈小琴已经是个成熟女人，浑身上下凹凸有致散发着魅力。常贵珍问她，你和刘阳怎么样了？沈小琴微红了脸说，就那个样子。常贵珍说拉过手没有？沈小琴点点头。常贵珍又说亲过吗？沈小琴迟疑了一下，摇摇头。其实是亲过嘴了，在电影院的黑暗中，她主动的。她感觉刘阳的嘴唇很木，好像没感觉。她红了脸问常贵珍，亲嘴是怎样的感觉？常贵珍笑着说，想了吧，告诉你，如果男人喜爱你，他的嘴唇一定是很柔软的。沈小琴淡淡地说哦，是这样。

沈小琴其实很恋张家临。他有男人气，肯帮她，但张家临明确地拒绝她。刘阳也不错，聪明热心，只是气质上弱些。不过很多上海男人都这样子。现在看来他对自己也未必动心。沈小琴内心还对刘阳与常贵珍的关系有疑问呢，这是常贵珍没想到的。

常贵珍小店的电话装好很久了，她跟家乡的爹娘通过话。这部电话真的很赚钱，多是附近的外地民工来打。这种街头长途别处一分钟一元，常贵珍不贪，只收八角，所以很有人缘。她的生意越做越杂，除去烟酒杂物，她还卖报纸，晨报、晚报、良友报，越是小报越好卖。还有什么饮用水，电话磁卡，反正她是街道特批的经营户。另外还兼做家里的“马大嫂”（买、汏、烧），这样她忙忙碌碌的一天天快得很。五角场在变，变高变洋，很多老房在拆，住了一辈子的老居民都迁到城市的远端。常贵珍说不准自己的家会不会拆。她想住楼房，可不知手里的钱够不够，又怕自己没了这店。

一个中年男人走过来，手里拿着大哥大，叽里呱啦说完了往裤袋一塞，然后要用常贵珍店里的电话。常贵珍这样的事见多了也不奇怪。那男人黑粗的手指上戴着精致的铂金戒指，就像打铁汉穿了双尖头皮鞋。他身边跟了个年轻女人，脸搽得粉白的。中年男人提起电话就是高嗓门，小五啊，是我宝庆，喂，家里的棉花该收了吧，哈哈，那是啊我的地嘛怎么会忘，这样，你找人帮我收一下，我给你寄工钱，老规矩一工二十，好好，啊呀我忙啊，做生意嘛，哪里啊把裤子都赔光了，哈哈……

这个男人家里有一块棉花地，常贵珍的心思一下给他带远了。那是多么好啊，一块绿油油的棉花地，慢慢地生出青桃般的棉铃，太阳抖了一下绽出满地雪白的棉花。一个电话在常贵珍心里打开一幅憧憬。一个电话就把满地的棉花收获了。家里有一块棉花地还要跑到上海来做生意，还要在上海用大哥大，戴铂金戒指，还要带着个身份不明的年轻女人。常贵珍替张家临和刘阳抱不平，现在是五角场见了外地人要晕。那年轻女人见男人放下电话付好钱，就倚上身发嗲，好不啦带我到南京路去嘛，又不要你买什么啦就是逛逛嘛。男人跟常贵珍买了一条中华烟，笑呵呵地挎了年轻女人的胳膊，两人扭扭捏捏走远了。

在阳光下五角场是那么静。常贵珍看着五角场,五角场也看着她。五角场在她心里变轻了,自己这个小店也显得可有可无。常贵珍就那么呆呆地想着什么,又什么都没想起来。

黄昏时分她要烧饭又要顾店,是最忙乱的。来了个年轻的男人,倒是个上海人,打了个电话,然后要了一条红双喜。常贵珍把那张百元的票子举起来好好地看了,那人却说算了,对不起烟不买了,身上只带这一百元,还要到小菜场买鱼去,吃饭比吃烟要紧是吧。常贵珍见多了这种事,把钱还给他。刚要把烟收起来,那男人说哎呀算了还是买吧,鱼今晚可以不吃,没有烟不行。常贵珍把烟又丢给他,收了百元票子找给他二十五元。

做晚饭常贵珍还觉得好笑。上海小男人就是狗皮倒灶,买条红双喜还要颠三倒四反反复复,人家外地人买条中华烟连嗝都不打一个。晚上点钱才发现那张百元假钞,常贵珍的眼泪都流出来了。她仔细地回想,那个外地人的钱她验过,那个上海人的钱……那家伙用了个掉包计!一百元哪,她要卖多少包香烟才能赚回来?她流着泪骂,娘的上海小赤佬,骗谁不好你骗我一个上海女人,有本事你去骗外地人,骗他个一百万两百万!娘的这种小聪明小弯转只有上海赤佬想得出!

张田说妈妈你哭什么?常贵珍说妈妈给人家骗了。张田说妈妈他为啥要骗我们?常贵珍说他看我们没用,说着眼泪又流下来。张田说妈妈那我们也骗他。常贵珍说对。夜里张家临看到妻子把假烟假味精都翻了出来,说你要干什么啊?常贵珍说他做初一我做十五,不是我丧良心。张家临说贵珍不可以的,我们不好赚这种龌龊钞票。常贵珍哭着喊我不管那么多,不是我龌龊!

五角场的老弄堂真的是下只角,比石库门弄堂差得远。只有丈把宽,张家伸出一根晾衣竹竿会捅到对面李家客堂间里。太阳好的时候弄堂里屋檐上横满竹竿飘满衣物,你分不清是谁家晾出来的。常贵珍蹲在门前"吭哧吭哧"搓洗大盆的衣服,张家临看顾店里的生意。张家临已经没有休息日了，今天因为修路队转场，他早回来一会儿。张家临要洗衣服，常贵珍不理他，知道他身体不如从前，面色不好，人也消瘦。过去只要张家临在家里，她干什么都是满身力气。可是现在她心情不顺，一声不吭洗得一头汗水。张田放学回来了，见到张家临在家扔下书包就扑上去，张家临笑着抱起女儿。张田长得大，随了父母的高身量。常贵珍扭头看到父女亲热地抱着，心里别扭有失落感，就骂张家临，女儿小时候叫你抱都不肯，现在女儿大了么来得个要抱，你个下作坯！

幸好边上没有邻居听到，否则要给人笑死。张田大大咧咧，没理会妈妈的话，做起了功课。张家临蹲下来，说贵珍你是不是累了，还是给我洗吧。贵珍说死开去，你又没有用。张家临说贵珍啊你心态不对了，是不是很烦？常贵珍说我烦什么，我开心，天天开心！这时柜台那边有人招呼生意，张家临就走了进去。

晚上张家临不看电视，他给常贵珍捏肩捶背。他也是灵机一动，想个办法安抚一下妻子。张家临不懂按摩，好在常贵珍是草本植物，不娇贵，他手上的力气还有一点，耐心更有许多，通常的捏捏捶捶就让她浑身通畅。常贵珍在为白天那句话忏悔。那是句什么话啊，多变态，多扭曲，多龌龊，多刻毒，多伤人，伤了张家临也伤了自己。说得出这种话的女人，怕是五脏六腑都黑烂了。她在想自己那句话是怎么说出来的，到底是怎么了？她懊悔，也为自己委屈，眼泪止不住地流个不停。

# 十

张家临日渐消瘦，已经开不动他的小抓斗，换了一家公司做保安。看过专家门诊，做了各种化验，说不出个所以然。中医专家说这是很怪的病，只能靠调养，累不得，气不得，受不得刺激和惊吓。张家临说好，我成了国宝，嗲死了。做了保安班头固定，他可以有空帮常贵珍打理生意。

刘阳的踪迹神出鬼没，有时夜不归宿，也不知他去了哪里。每次回来常贵珍闻到他身上有股怪味儿。来了有饭就吃一碗，也会带些熟食回来。张田和刘阳最亲，他一回来“舅舅舅舅”叫个不停。刘阳也会哄她，说些着三不着两的话逗她“咯咯”大笑。常贵珍还不至于让刘阳在家里洗澡，她对刘阳说，你好到浑堂里洗洗了，身上是什么味道，怪得不得了。刘阳说是财运啊，洗不得洗不得，一洗就发不了财。

还是张田会哄刘阳。张田说舅舅你是帅哥呀，你像一个人呢。刘阳问我像谁啊？你像郭富城呀，张田笑嘻嘻地说。刘阳就笑了，说你骂我，郭富城有我帅吗？张田说你们两个一样帅啊，可是郭富城没有你身上的怪味儿，舅舅你去洗个澡吧，我等你回来。刘阳说好好好，我就去讲个卫生，不要影响我们田田的情绪。回来在五角场给你买点吃的，说吧，你要吃什么？张田说我家什么吃的都有，我只要你清清爽爽回来。

刘阳就夹了换洗衣物，乖乖地去浑堂洗澡。

张家临说怪了，张田小时候就这样，和刘阳特别投缘似的。

常贵珍还是闻到怪味，循迹找去，问题出在刘阳那个扁木箱里。打开一看，早不是什么胸针口红丝袜，是些陈旧纸张，外加早年的粮票、肥皂票、火柴票、肉票、糖票之类。夫妻两个看了好笑，说这些东西家家都有点，他收来做什么，能发财？常贵珍说你看他现在还这样不务正业，到底怎么办呢？张家临说或许他以为是正业呢，不要管他，说不定哪天他一觉睡醒了要做大事业，你拉都拉不住。常贵珍说你等着吧，我也望他做大事业。

沈小琴告诉常贵珍，刘阳最近在跑废品站，钻进去就不出来，出来了浑身脏兮兮的跟废品差不多。常贵珍说他寻什么宝，会不会脑子出了问题？沈小琴说有人发了财的，寻到某名人的真迹，或是某名人的日记，某名人的档案，都可以卖大价钱。常贵珍叹了口气说，我看他也是痴子望天塌，名人有那么善良，躲在废品站里等他？我看他就像老年人说的，人搀不走鬼搀跑得快。

常贵珍问沈小琴，你们两个到底怎么样了，有戏没戏？沈小琴说没有，他的心思不在我这儿。常贵珍说唉，我还指望你们能成，他快点结婚搬出去呢。沈小琴说原来你是要我做鱼饵把他钓出去。常贵珍说我有什么办法，你看我家里挤的，张田眼看大了，三人挤在一起。沈小琴说你有没想过，万一我们谈成了，我家又没房子结婚，我也住到你家来呢，你怎么办？常贵珍说那就先去公证，搞清楚哪个男人是你的，哪个男人是我的。

两个女人咯咯咯疯笑起来。

刘阳不断把废旧纸张搬回来，在客堂间里细心翻拣，那股怪味直冲得常贵珍反胃。沈小琴也在一边看，她说刘阳啊，你弄这些东西有什么用，能发财？刘阳头也不抬地说，上海滩是宝地啊，等哪天我找到曹荻秋的日记，柯庆施的手稿，或是张春桥的谋反大纲，或是周信芳贺绿汀“文革”中的交代材料，那就有钱了。我就买上一幢三层别墅。沈小琴同志住一楼，张家临常贵珍同志带着张田住二楼，刘阳同志亲自住在三楼。

常贵珍说刘阳我好好劝你，像张家临那样先做个保安也好的，别做野神仙了。沈小琴说别的都是假的，你现在就是要想法多赚人民币。刘阳说人民没用了，现在只剩下币。常贵珍说怎么没用，五角场到处都是人民，都活得好好的。刘阳抬起头说，一九四九年政权初建，第一张大报叫什么，人民日报。第一家广播电台叫什么，中央人民广播电台。为什么，革命刚刚胜利，很多事情要人民来做。现在有了电视台怎么叫？中央电视台，上海电视台。人民没有了，可有可无了，还不是吗？

常贵珍恨铁不成钢，说你就是嚼文字游戏有本事，哪天能做点正经事啊。沈小琴说刘阳你不笨啊，又不缺手脚，人家外地人到上海来都能赚到钱，你做点什么不好，整天和垃圾打交道！刘阳一下没劲了，坐在地上说，其实我就是垃圾。沈小琴愣住了。常贵珍骂道你弄不好了，老是糟蹋自己。刘阳低着头嗫嚅着说，我说的是真的，我就是垃圾。

老房的拆迁在加快。常贵珍的弄堂接到正式通知，转年就要拆房。按老房面积补贴，老居民可以回迁，也可以迁到郊区，迁得越远房价越便宜，新房就越大。常贵珍和张家临两个算了又算，有一些积蓄，又可以贷款，迁到远郊要个两室一厅，还有余钱买间街面房继续开店。方案上报后街道通情达理，表示搬迁后可以给张家临就近联系一家公司，仍旧做保安。郊区的新房是现成的，常贵珍张家临特地去看过，很宽舒，很满意。办了手续交了款子，一串明晃晃的钥匙就到了手里。

时间已经将近年底，寒风裹着喜气在五角场盘旋。人们都穿着厚的衣裳，来来往往地赶年。张田梳了两条小辫子，穿着新衣蹦蹦跳跳，真像将来要种田的孩子。常贵珍给父母打了个电话，听声音爹苍老了许多。常贵珍说阿爸过了年我们要搬场了。爹说噢好啊。常贵珍说阿爸新房子老远的在郊区。爹说好噢空气新鲜。常贵珍说阿爸苏州河水清了，有鱼虾了。爹说不好噢，当心张田捉鱼虾落到水里。常贵珍说阿爸可惜我们看不到苏州河了。爹说不碍的，郊区山清水绿好得很。常贵珍突然就哽咽了，说阿爸姆妈过了年接你们来住新房。爹说好噢好噢，几时你们回家乡来玩。

小时候爹娘常说，老早的苏州河水是煞清的，可以摸到鱼虾。可是在常贵珍的经验里，这条河是乌脏的黑臭的。现在苏州河不知不觉变清了，她却要离开它，住到遥远的地方去。一家三口就在冬天的上午去看苏州河。

走在苏州河边，常贵珍同张家临商量刘阳怎么办。张家临说能怎么办，他家的老弄堂还没有拆，就是拆了他能分到多少，你总不能叫他睡到马路上去吧。张田说我不要刘阳舅舅走，我要他跟我们住在一起。常贵珍说叫他跟我们一起搬怎么算呢，他算我们的什么人？张田说他算我舅舅呀，我不让他走。

常贵珍又跟张家临商量年夜饭的事，她提议今年除夕到饭店吃。我们也腐败一回，她说，不过是自费的，吃不坏人。张田双手赞成几乎雀跃。张家临不同意，他说还是自己屋里弄几个菜，温馨又实惠，刘阳在，还有沈小琴。常贵珍说沈小琴刚找好老公会来吗？张家临说她就是要老公在我们家过个年呢。常贵珍说好啊，你们又商量好了。张家临笑了，说你还是这样，人家都有主了嘛。

张田撅起嘴说哼，糟蹋了小琴阿姨。

沈小琴找的老公是台商，六十几岁的人了，老婆死去三年，一直想在上海找个老婆。他为找到沈小琴这样的老婆兴奋得难以自持，为她和她的家花了很多钱。老头说要在上海过个值得纪念的春节，在最大的酒店。沈小琴要他到上海最普通的老弄堂过个年，反正她爸爸妈妈有她哥嫂陪着。

刘阳这些天精神振奋衣着整齐，他说今年的蛋饺包在我身上了。蛋饺是过年的主菜，往年是张家临来做。刘阳做得也不错，大家都知道超市卖的蛋饺是多么难吃。刘阳还做得一手好春卷。

张家临的病一发作就浑身无一点力气，他躺在床上说，贵珍你给我擦一下身上吧。常贵珍说你到浑堂去多好，热水里泡泡多舒服，要过年了呀。张家临说要过年了浑堂才不能去，人多得像下饺子我没力气去挤，擦一下吧。天冷，常贵珍先给他擦上半身。刘阳从阁楼上走下来。常贵珍擦得很慢很仔细，那么强壮的一个男人现在变得这样瘦弱，几乎只剩下一把骨头，她的心里酸酸的。柜台那边有人叫着要买货，张家临说贵珍你先去，钱来了不能不赚的。常贵珍就给他盖好出去卖货。春节生意好，买东西的人来了不止一两个。打点完了进来一看，刘阳正接着给张家临擦身。他擦得很轻柔很到位，手势像女人一样，脖子，腋窝，都擦到了。张家临把脸拧向一边，满脸的无奈。刘阳擦好了上身把脏水倒掉，叫常贵珍换盆新热水来。他说贵珍你回避一下，我给他擦擦下身。常贵珍想也好，小店的生意正忙不过来。又一想事情不对，张家临正看着她，眼神是哀求的，似乎有许多话要说。常贵珍上前夺过毛巾,叫刘阳去守柜台。

刘阳的脸一尴尬,讪讪地走开了。

# 十一

除夕上午刘阳做蛋饺。肉糜是他用心细细斩的,馅子调得也好。肉馅调拌得黏而不连,是最好的刀工。刘阳做这些很有耐心。把鸡蛋打了在大碗里搅匀。煤球炉搬到门口开小火,舀一勺蛋汁倒进锅里,烙成张张薄蛋饼。蛋饼必须熟而不焦呈嫩黄色。馅子放到蛋饼里一合拢,就是一只蛋饺。包蛋饺简直是一门手艺。饺子是靠折起面皮封口的,蛋饺封口则要用蛋汁了。

冬日的阳光下,刘阳围着围裙坐在弄堂里家门口专心做蛋饺。常贵珍看了心里欢喜,这才是那个生气勃勃的刘阳啊。一大碗的蛋饺,从初一到十五的年里,只要炒把菠菜,放些粉丝,煮开锅以后投进几只蛋饺,就是一道好菜,绿的菠菜嫩黄的蛋饺白的粉丝,看着就开胃口。刘阳接着包春卷。肉糜是现成的,再切些韭黄拌了,用春卷皮子一卷,放到锅里文火煎烹,香味飘满弄堂。刘阳说来啊,大家都来尝尝,刘记春卷,先尝后买。一家人就吃着春卷垫垫饥,把好胃口留给年夜饭。

常贵珍把年夜饭的主料整理齐全,摆放整齐。吃工夫的整鸡整鸭都煮熟了,晚上一热就可上桌。鱼是一定要现做的。张家临干点不累的事,打扫屋子拖地。下午常贵珍和张家临到街上去看家具,小店交给了张田。张田算得上小掌柜了,什么东西卖什么价都清楚。她没有什么门槛,肯给人家打点折，反而讨顾客喜欢。刘阳把手洗了在围裙上擦净，坐在门口抽支烟，眯起眼来看这条弄堂。

跑了几个家具市场，常贵珍夫妇看中一套中档的，交了押金，说好年后送货。张家临气色不错，两人上了公交车回家，一路上都是忙忙碌碌过年景象。常贵珍想起昨天的事，问丈夫，你好像很讨厌刘阳？张家临说哪有啊，其实他也蛮可怜的。那昨天他帮你擦身你好像很不耐烦，常贵珍说。张家临说不是啊，我讨厌我的病，发了一点力气都没有，连这种事都要人来帮。常贵珍说，家里的旧家具都不要了吧。张家临说能用的还是带上吧。常贵珍说那个木雕衣架坚决不要了。张家临问她为什么不要。那个不好，常贵珍说，凤在上龙在下不好，你不开心。张家临说你有没有搞错，这个衣架当时是我挑中的。常贵珍给他搞糊涂了，说就算是你挑的吧，为什么挑这个？

张家临看着妻子说，凤在上龙在下，就是说男人要把女人捧在手上，放在心上，你说这衣架能丢吗？贫嘴，常贵珍把头倚在他身上，捶了他两下，心里却是美滋滋的。

回到家喘口气，沈小琴带着郁大金上门了。六十几岁的台商郁大金气色不错，银白的头发，手指上戴着硕大的绿玉扳戒。他提了盒大蛋糕，进门就说拜年的话，然后给男人们敬烟。他对常贵珍说，对不起我可以到处看看吗？常贵珍望望张家临，张家临大方地说没关系，请随便看。郁大金看了屋子看灶间，看了灶间看阁楼，说啊，原来马桶啦煤球炉啦是这样的，好温馨好亲民哦。真像我小时候的家，我爸爸妈妈的家。我就像回到我爸爸的家一样。刘阳想娘的我要叫你爸爸了，好好的女人找这么一个老怪物。

郁大金摸着张田的头问，小妹妹叫什么名字啊？张田说我叫张田。好，郁大金说，甜甜蜜蜜的小女孩。张田说我不是甜蜜的甜，我是种田的田。郁大金说好，这个名字大气，来，伯伯送你一个红包。

大家就坐在客堂间喝茶叙谈。沈小琴还好，穿得不过分，也看不出喜兴。刘阳抖着腿说，郁老板来上海多年，对上海印象怎么样？郁大金说好，上海真好，一年一个样三年大变样。这个老滑头把大家逗笑了。郁大金说真的真的，最主要我在上海找到了妻子。他揽着沈小琴的肩，沈小琴的脸就微红了。感谢你们对她的关照，郁大金说，小琴很苦，我给她买了房子，给她父母哦不，是我的岳父岳母也买了房子。地段还可以的，离市中心不远。

刘阳说对不起郁先生，像你们这样远道而来的客人，就只能委屈一下住市中心了，郊区风景美空气好，要留给我们这些老上海人住。郁大金很奇怪，为什么这样子？刘阳笑着说，你刚才说一年一个样三年大变样，你知道以后上海是什么样的吗？郁大金颇感兴趣，是什么样子的呢？刘阳说，说点上海老百姓的远景规划给你听。将来的上海，内环，给外国老板和外地老板住；中环，给外地白领和上海白领住；外环是好地方，只能由我们这些老上海人来住了，谁让我们是这座城市的主人呢。郁大金不是傻瓜，哈哈笑着说玩笑了玩笑了，小琴就住在内环了嘛。

常贵珍打圆场，所以说小琴好福气嘛，时间差不多了，我们吃年夜饭吧。常贵珍把冷盆端上来。刘阳到灶间炒热菜。六个冷盆八个热炒一道大汤摆满大桌，大家热热闹闹开开心心围坐着吃年夜饭。郁大金吃口清炒虾仁，说啊呀好味道，不比酒家的差。酒是和酒，清醇而蕴和，郁大金是真的高兴，眼睛都笑眯起来，连说好好好，真正是小康生活。大家不要当我外人哦，我也是苦出身啦，苦打苦拼才有今天啊，所以我说要抓住机遇，吃得辛苦必有福报嘛。客堂间里蕴满酒气笑声。整个五角场今夜都蕴满酒气和笑声。

年夜饭吃了近两小时，撤桌后张田要看春节联欢晚会，大人们要搓麻将。郁大金说你们尽兴，我要和田田一道看晚会，我喜欢看赵本山，好好笑哦。于是一老一少坐到里面看春晚。

沈小琴坐下来就说今晚来大的。刘阳说来多大？沈小琴说五五块。

常贵珍说不行不行，太大了。张家临看了沈小琴一眼，见她给酒染红了腮，眼神迷离。刘阳说你现在财大气粗了，不可以欺负我们小市民的。沈小琴不理他，只管摸牌。常贵珍心里不高兴，大年夜的也不好说什么。这五五块可不是闹着玩的。平时他们只来两两角，最多五五角。五五块什么概念，一夜可以输赢几万，这不是拿穷人开心吗？牌是哗啦啦地响着，常贵珍悬着心，刘阳也绷着脸。张家临虽说不动声色，估计心里也不轻松。沈小琴到底是嫁了有钱人，一边出牌一边哼着曲子。偏偏口气大的不发财，牌运不眷顾她，连着让人和了三副大牌，常贵珍刘阳张家临各有千把块进账。有了好牌又不会打，闷在手里半天又给人捉冲。平时她打牌不要太精怪，今晚许是酒劲加上心劲吧。常贵珍见她面不改色，想到底有靠山了，有底气了，出手究竟不一样。人真的不可以有钱啊。刘阳心里不是味道，想你沈小琴什么路子，变得妖形怪状。

赵本山让张田和郁大金笑得上气不接下气。常贵珍赢了钱心里快活，骂道小鬼笑起来痴头怪脑。沈小琴点起支烟，把三个人都弄傻了。小琴柔声叫道大金，大金殷勤地跑出来问，什么事啊小琴？沈小琴盯着牌，一只软手伸向他，大金摸出大皮夹子塞到她手里。小琴对他莞尔一笑，打出张七索，下家的常贵珍把牌一摊，大叫一声和了！

时间接近子夜，沈小琴输了万把块钱，还是心不在焉似的。张家临了解他这个师妹，忽然明白她是存了心来给大家送钱的。张家临顿时索然无味，赢的一堆钱也变成了垃圾。他推了牌说不玩了吧，快敲年钟了，我们放鞭炮吧。

五角场的鞭炮响起来了。这里是鞭炮禁放区域，可是多年禁而不止。张家临今年买了五千响的电光鞭炮，他已经没有拎的力气。刘阳把它提到街上，剥去头上的红纸。常贵珍点燃了它，捂着耳朵躲到一边。五千响的电光鞭炮真是厉害，响声闷而震荡，光焰刺眼，像一条火蛇咆哮着抖落一身的红鳞。五角场所有人家的鞭炮都炸响了，蓝色的烟雾在天空弥漫，整个五角场都咆哮着，震动着，欢乐着。在这新旧交替的子夜，五角场接受着光和声和烟雾的洗礼。又有焰火升上天空，无数的焰火，各色的焰火，红白黄蓝绿紫的焰火，在夜空欢叫着展开着变幻着交织而过。地焰火吱吱叫着给五角场的老街镶上金边。刘阳给张田买的是多筒焰火，"嘭"一下蹿出一个火球，在天空"叭"地绽开白花；"嘭"地又蹿出一个火球，在天空"叭"地绽开红花……总共有二十一响，每响一次常贵珍就在心里许一个愿。让张家临明年好起来。让张田学习聪明身体康健。让爹娘长寿。让我的小店生意兴旺。让刘阳明年争气。让沈小琴得到真爱……张家临裹着大衣坐在街头前观看，他感到累了，刘阳把他背回家去。几个值夜的警察穿着大衣，手拿对讲机，警车上的警灯无声旋转。每个春节都是这样，禁放鞭炮的警察变成防火的卫士，只要没有火灾，他们就站在街头沉默旁观。常贵珍觉得除夕夜晚的警察最可爱。

郁大金沈小琴坐出租回了酒店。刘阳对张家临说，我也要走了。张家临说这么晚了你到哪去？刘阳说回家看父母，大年夜呀。对了，以后我不来住了，我找到了工作。张家临，常贵珍，谢谢你们。常贵珍夫妇因意外而无话可说。刘阳低头走到门口，张家临把他叫回来，刘阳，不管什么时候，这个家都有你住的地方。贵珍，你送送刘阳。

五角场上空的硝烟还未散去。常贵珍和刘阳踩着满地的纸屑，走到向阳服装店的门前。常贵珍说，刘阳你真的找到工作了？刘阳笑了，他的眼里蒙着层光亮，他说是的。常贵珍问什么工作？刘阳说贵珍，还记得我们在这里的事吗？常贵珍看着他说，怎么不记得。刘阳说真快啊，我们都快四十岁了。常贵珍突然心里难过，又涌上一番爱怜，她说刘阳我冷，你抱我一下好吗？刘阳双手把住她的肩说，贵珍对不起，我真的办不到。

走出很远刘阳终于忍不住泪水。他原来对女孩子是有感觉的，起码对常贵珍有。认识张家临以后一切都错乱了，他发现了真正的自己，对女人再没有一点感觉。他知道张家临恶心他。常贵珍沈小琴如果知道真相也会恶心他。他也慌乱，也惶惑，不知道是父母的错还是他的错。他明白张家临的好意，也想靠沈小琴来挽救自己，可是没有用。有了张家临，常贵珍的家变得温暖，然而唯一的选择只能是离开。

张家临和张田都睡熟了。常贵珍走上阁楼，在刘阳用了很久的床上躺下。她很快睡着了，梦见自己坐在新家的客厅，门打开着，好像是等待什么人来做客。刘阳从门前走过，向楼上走去。常贵珍想他到哪去呢？她跟着他走，一层楼又一层楼。好像是走到了楼顶，啊，这里有个屋顶花园，一片碧绿的植物。这是什么植物呢？常贵珍突然叫了一声“棉花”，太阳应了她的声音一抖，雪白的棉花遍地绽开。刘阳向棉花深处走去，回过头来向她招手。

——原载《大家》2009 年第 3 期

凌可新

# 近的树——1970年代的爱情

李惠娟二十岁那年初秋和村里的姐妹们到北庄看电影。那时候县里就一个电影队下乡，穿山越岭的不知多少时日才能来一回。来了也只在公社所在地的北庄演一场，二天又转走了。听说有电影，真像是过了一回年，都纷纷地去。李惠娟她们村离北庄不到三里地，在田里的小路上走，不知不觉过一条河就到了。

电影在北庄村头刚用过的打麦场上放，两棵高高的杨树当间挂一块大白布，人都在白布的前后。人一多就挤，一挤就热热地闷。李惠娟她们几个挨在一起，笑骂那些趁黑占她们便宜的臭小子们。李惠娟嘴快，骂得那些人不敢再向她伸手。做了一天的活儿，逮些个人骂骂也开心。

片子以前曾放过几回了。是黑白片，花花斑斑地累眼。不过就是这样她们也看得高兴。看着看着就有人捣起乱来。不知谁吆喝了一声特务来了，一场子的人就炸了锅，纷纷四逸。女孩子家的趁乱也不知让人摸了几回。

开始李惠娟她们还挨在一起，挤来挤去就散了。李惠娟四周都是男男女女的惊弓之鸟。她扒拉着人拼命往外挤，好不容易挤出去找一同来的，却一个也不见了。站在挂白布的一棵树底下喊了几声，只见匆匆过人，却没有一个应的。只一会儿人就散尽了。

电影没看成，倒把个李惠娟给撇在了北庄。

那晚没有月亮，天上星的光也黯淡。望着黑黢黢的北庄，李惠娟的心里充满了不可名状的恐惧。她不清楚是否真的有特务来了。她迟迟不敢动弹，身子紧紧贴着树，仿佛想和这棵一人粗的树化做一体似的。树的皮浸透衣服给了她一点点的凉意。湿润的树的温度也给了她一绺淡淡的慰藉。树的身子很伟岸也很结实。他能够给予李惠娟的也许远不止这个。

尽管如此，面对着已经空旷了的麦场，泪水还是流了出来。李惠娟直恨撇下她的姐妹们。她们光顾着自己，她们不要她了。她得回家。可长长的一段夜路一个人怎么走呀。长到二十岁，她还从没这样过呢。

流了一会儿泪就不流了。无论如何她都得往回走。只有走才有回家的可能。她不能在这里等着特务来，把她给抓到台湾去受苦。她小心翼翼地离开树结实的身子。树的湿润还弥散在她的后背上。她慢慢走，努力着不去想那些特务呀什么的怕人的东西。可是越强迫自己不去想越忍不住要想，想得自己胆战心惊。

惶惶然走到河边，果然让一团黑影吓了一跳。她不由地呀了一声，赶紧用手捂住了胸口。

黑影用一个黄黄的光的手电筒来照。李惠娟两手挡着脸，慌慌张张向后退，样子很窘。

照过了一刹，黑影关闭了手电说："看电影的吧你？"

李惠娟听出是个敦敦厚厚的小伙子的声音，不知怎么心慢慢平静了下来。她放下手问道："你在这儿干什么？都喊特务特务的。你是特务吧？"

那人笑起来，"什么特务不特务的。你听听我的口音，像是从台湾来的吗？"

李惠娟听听，果然是一口地道的家乡土话。

"我是出来给队上看瓜的。瓜棚里闷，热得人受不了。刚在河里洗了个澡，怎么会是特务。再说哪里会有什么特务？就是有人家上北京逛上海的,也不稀罕上咱这儿来。自己吓唬自己吧。”

停了停那人又问:“就你一个人?”

李惠娟没听出什么破绽来。她奇怪自己竟然不怕他。她望他,尽管只能望见一个高高挺挺的影子,她还是感到了一阵莫名其妙的心跳。她说:“我有伴儿。刚才说特务来了,都跑了,谁也不顾谁。”

那人啊了一声,说:“要是你相信我,我送你回去吧。你们村远不远?”

李惠娟忙说:“三里不到。李家庄。”

那人就亮了手电送李惠娟。两人走在同一条路上,手电的光照着前面不宽的路面,照耀出一段一段干得有些发白的泥路。

李惠娟说:“闭了手电吧,别真有特务。”

那人闭了,说:“我不是?”

“你不是。要是的话我就不会在这里了。”

“怎么不会在这里了?”

“还不叫你给杀了呀。”

那人啊了一声,“人家特务大老远跑来是为了杀你?”

“那杀谁?”

“起码也得是个大队书记吧?要不就是生产队长?民兵连长?反正不会是个普通老百姓。”

李惠娟想想真来特务的话是不会为了杀自己。不过要是叫他碰上了,见自己年轻轻的一个大姑娘,那特务会不会起什么坏心眼儿,把她往黑乎乎的苞米地里拖?电影里的坏人见了姑娘可都是两眼放邪光的。这么一想李惠娟的心就有些往紧里来了。

当然了,这人不是特务。有他在,不会眼睁睁看着自己让特务那么了吧?

可万一要是这个人起了坏心眼了呢?

往下两个人都很少说话,怕破坏了这静谧的和谐似的。路窄窄的,两边种了不少树。树是春里栽的杨，细而匀称。叶子在夜风里碰撞出好些浑圆的声音来。李惠娟能闻嗅到那人身上的汗味儿。汗味儿混合了树的气息，很好闻。她的心一直怦怦直跳，充满了异样的感受。她一点儿都不讨厌他。她把他当成了可靠的依附。有他在身边迈动着有力的步伐，她还怕什么。

李惠娟不时地斜了眼看他。几次想问他叫什么名儿，到底没敢。

三里路很短促，李惠娟还没来得及品味什么就走到尽头了。在村头不远的地方李惠娟停住了脚步。她的身子靠着了路边的一棵树，慢慢说："到了。"

那人说："怎么样，我还值得信任吧？"

"还行吧。谢谢你了。"

"谢什么谢。三里五村的，低头不见抬头见的。没事儿我回啦！"

李惠娟忽然生出些难舍难分的眷恋来。她望着他，说："你这就回吗？"

"我还得看着那些瓜呢。"那人吃地笑了一下，"可别叫台湾特务给偷回去，让蒋介石和他老婆孩子的吃了。"

停了停那人又说："让我拉拉你的手吧。就一下。"

李惠娟羞羞着不敢吱声儿。他抓起她的手拉了一下。他只拉了一下，把一只软软的小手在自己的手掌里攥了攥，就松开了。

李惠娟心慌意乱，望他往黑里走。他拉了她的手的那一刻，她真想一下子扑到他的怀里去。他的怀抱一定很结实很博大。她想喊住他和他说一句很重要的话，告诉他她的名字。可她一点点的力气也没有了。她倚着身后的那棵树。她的整个身心都依附在了上面。望那人越行越远，李惠娟的心里空荡荡的一片。许久许久，她所能够感受到的只有一棵树的真实存在。

本质上李惠娟是个很羞涩的女孩子。这是她第一次与一个陌生的男人如此近距离接触。虽说只是走了不到三里远的夜路，虽说只是让他攥了一下手，可是，她怎么也忘不掉这个人了。那天晚上回到家里，几乎一个夜晚她都没能睡着，躺在炕上翻来覆去地折腾。第二天早上起来，竟然就感冒了。嗓子沙哑，脸也红得像是涂了一层颜料。更主要的是头晕得厉害，跟让谁用迷药迷了一回似的。

外面村干部吆喝着上工了上工了，娘一向早起，叫了她几声，她含含糊糊地应是应了，可就是起不来。娘伸手在她额头上一摸，赶紧缩了回来。爹去上工，娘就叫他替闺女请个假。病了，说什么也见不得外面的风啊。

娘把村子里的赤脚医生叫了来，赤脚医生连温度计都没用，就摸了一下，说，是不是昨天黑夜里看电影看的？他说，村里病倒了好几个哩。有的掉水沟里了，有的拐了腿，还有的把头都摔破了。这都怪蒋介石不是个东西哩！都哼哼不动了还往外派特务捣乱。李惠娟已经醒过来了。她想说也怪不得人家蒋介石，怪就怪那个胡乱喊了一嗓子的人。只是她说不出话来，就冲着赤脚医生笑。可她的头疼得厉害，笑得也有些苦在里面。

在家里养病这几天她其实心里是很急的。一是病倒了不能挣工分了，到年底家里肯定就少开资，分粮也有可能少分些斤两。再一个她很想马上就到河边去看看。北庄是在河边种了一块瓜地。种的是甜瓜。她们没事到北庄逛大集时都瞅见过。那座小小的窝棚也都瞅见过。但看瓜的人倒是一回也没见过。她是想去谢谢人家哩。要是没有人家好心好意送她回家，只怕她就不止是感冒这么简单了。真的叫个妄图变天的“地富反坏右”给拖进苞米地里也说不准呢。那样还怎么活个人啊？只有去死了。

想想吧。不谢谢人家，就亏欠了人家的情了哩。

李惠娟家除了父母，还有一个弟弟，弟弟正上着中学，不在家里住。娘身体有病，一般不能上工下田，家里也就她和爹两个劳动力了。而她一个女孩子，其实也只抵七成劳动力。四口人，靠着一个七劳动力挣工分，她哪里躺得下啊。况且她也是村里铁姑娘队的队员啊！

但无论如何她也得等感冒好了才能出门。那时治感冒，就一种药，叫安乃近。特别重了打几针青霉素之类的药。还有一种叫扑热息痛片的辅助药。李惠娟吃了五六天，才从炕上爬起来，但还是一走路脚底下就发飘，出不了门。等能出门了，生产队里也开始忙着秋收了。队长倒是挺照顾她的，说她的病刚好，就不要到铁姑娘队了。先去场院做点轻省活儿吧。

场院上尽是些老老少少的半劳力。那时的活儿倒是不累。可是在时间上却要求得紧。再说秋收一忙，人人都紧张得不得了。早上睁开眼睛就上工，晌午回家吃了饭马上就得出门干活。下午天不黑透了不收工。李惠娟倒是想早点去河边跟人家道个谢，但她哪里有时间啊？而且，就是真的去了，你跟人家说什么啊？

要是说他不吃亏也不算是吃亏。他还攥了她一下手呢！

一想起自己的手让人家攥了，她的脸就有些红。

那人的手真大啊。他攥着她的时候，她感觉自己整个的人都要化掉了。

这是个多么大的秘密啊？她紧紧地埋藏在心里，半点口风也不露出来。

下霜的时候，田地里的农活最忙的基本上就忙过了。苞米收了，花生收了，麦子种下地了，剩下的就只有地瓜得刨了。这样一时就轻省了些。李惠娟的感冒也早就好了。她回到铁姑娘队，跟那些手心生着茧子的同伴们抡着三齿镢嘭嘭叭叭刨地瓜。这些是整劳力做的活儿，她们毕竟还是跟不上去。况且李惠娟在场院做了差不多一个秋天的活儿，手心上的茧子都软了许多，只刨了半天，两个手的手心就都打起了水泡。水泡一破，就疼得钻心。队长是她的远门叔叔，爹跟他一说，队长就不让她刨地瓜了，还是到场院去做。

这时她找到了一个到河边的机会。

那天场院需要买一捆细麻绳子，让她去做这事。她把两张十元的钱贴身放好，骑着队上的自行车奔北庄去了。出去二里地就是那条河。过了桥，一眼就看见了北庄的那块瓜地和瓜地头的窝棚。李惠娟的心没来由地突地跳了一下。她下了车子，锁好，手里攥着车子的钥匙，慢慢过去了。

瓜地离路有二三百来米远吧。里面静静悄悄的。地里的瓜早就摘尽了，剩下的只是些已经枯黄了的叶子和死蛇样的瓜藤。有人在地里活动。李惠娟想一定就是那个人。走了一会儿，她就有些不敢往前走。真的见了面，她该怎么说啊？就说谢谢人家？要是他还像那天晚上那样，要拉拉她的手，那怎么办啊？让还是不让？要是拉过了手他再说想抱抱她呢？要是抱过了他又说想亲亲她的嘴儿哩？……她的脸很快就烫烫的了。

在村里李惠娟也不是从没和男孩子们接触过。有几个还偷偷摸摸地给她塞过纸条呢。尽管上面一直把恋爱当做资产阶级的东西批判来批判去，但他们在这方面却很有些无师自通的意思，而且也胆敢跟上面对着干。她倒是不反感这个，问题是她一个也没看上。也曾有人找她的娘，给她提亲。然而，她一直觉得自己年龄还小，再过两年也不迟。起码也得等弟弟中学毕业了回来再考虑亲事吧？

现在，在走这条不到三百米远的细细的小路的时候，她竟然把这些都想到了。难道自己喜欢上那个人了吗？过去的书里倒是有一见钟情的事情。可那是书啊。现实生活中哪里会有？而且，自己连他长得什么样子也不知道呢。有这样喜欢一个人的吗？

走了不到一半的路程，她决定不过去了。她胆怯了。真的。她才二十岁哩。她哪里能够懂得爱到底是什么啊？

犹豫着的时候，她发现瓜地里的是个老人。也就是说不是那个送她回家的男人。她看清楚了，竟没来由地松了一口气。想了想，慢慢地过去了。

一个老人在地里，她想的一切也都不可能发生了。那就过去问问吧。让老人把谢谢两个字捎给他就是了。那样，心里也就不用惦记着这事儿了，就两清了。

走近了李惠娟叫了声大爷。果然是个老人。年纪有她爷爷大了。老人好像耳朵有点背。没听见。她就一直走到他面前。这一回他听见了，起身抬头。看见她就冲着她笑，说："孩子，甜瓜都下梢了哩。早就没了哩。想吃甜瓜咋不早点来呢？今年的瓜是吃不上了。明年吧。明年我要是不死啊，还过来看瓜。"

李惠娟怔了一下，"是您看瓜啊？不是个年纪不那么大的看瓜吗？要么就是你们两个人一起看？"

老人还是笑，笑得满脸皱纹，"看瓜一直都是老年人的事情哩，年轻人啊，有更重要的工作做啊。再说如今哪里有来偷瓜的哩。看都不用看哩。毛泽东思想武装起来的公社社员，个个都觉悟高哩，把刘少奇林彪都打倒了，地富反坏右也不敢乱说乱动不是？"

李惠娟就懵了。明明那个人说他是在这里看瓜的么，怎么会是个老人啊？难道那个人是在哄她吗？他哄她，就是为了让她放心地被他给送回家？不会吧？不会吧？如果不会，难道是老人说假话啊？老人会说假话吗？

这到底是怎么了啊……

老人再说什么，她一句也没听见。一时她像是痴了。转过身往外走时，她心里一遍一遍地跟自己说不会的，不会的。一定是老人家糊涂了。那个人不会哄骗她。他说他是看瓜的就是看瓜的。要不就是老人的孙子正好那天晚上过来替换了他。比如老人们都爱看电影，他替换他，就是为了让老人安安稳稳地看电影？

一定是这样的。

她想回去好好问问老人。但她又怎么能问得出口啊？

落第一片雪花的时候,村里的媒婆三奶奶来给李惠娟提亲。过了年她就二十一岁了。那时候的婚姻法规定,男女年满二十岁就可以结婚了。和她这么大的同伴已经有出嫁的了。而且在农村,女孩子家一般是不能在家里呆得年龄太大了。否则别人会以为你连个婆家都找不下,会笑话你的。三奶奶是本家奶奶,她提的亲一般不会哄骗李惠娟。她过来一说,娘愿意了,爹也愿意了。跟李惠娟说,她却不愿意。不愿意也不给出个理由,就是不愿意。

娘以为她是不愿意这一家呢,就托三奶奶再去找更好的。过了几天果然又找了一家,男的刚刚从部队上复员回来,年龄二十二岁,还是个党员哩。人品自不必说,家境也富裕。三奶奶甚至把男的照片也带过来了。果然浓眉大眼的,很是俊朗。娘把照片给李惠娟看。李惠娟只瞅了一眼就把头摇得跟个拨浪鼓似的。如此三奶奶提了三家,李惠娟拒绝了三次。三奶奶就不乐意了,说不管了不管了,再管她就叫李惠娟是奶奶。

三奶奶不管了,可娘着急啊。私下里问李惠娟是不是心里有人了?有的话就说出来。怎么个也得有个人家啊。不想早早嫁出去也行。先定下来放那里啊。娘倒把她给问住了。她能说她心里有那么个人了吗?能说她心里一直都搁着一个连长得什么样子也不知道叫什么名字也不知道的男人吗?说出来了,还不得叫娘骂死啊?不骂你笑话也笑话死你了哩。

她就说没有,说就是不想找。还说不着急,再过两年也不迟。娘没办法,说,那就再过一年吧。转过年再不找,她也不管了。不想嫁人就臭在家里做老姑娘丢人现眼吧你。

冬天生产队里的活计倒也没有多少。除了把空闲田地整理整理以外,女的就放任她们在家里织花边。织花边一般是结了婚的女人做的活计,姑娘家家的没几个做的。李惠娟没做过,可冬天了如果不嫁人,就没事可做,织出些来还可以换工分。她就跟着邻居的婶子嫂子学着织。下田做农活久了，把手都做粗了，织起来就笨。不过慢慢也就习惯了。到了转过年的春天，她干脆就不下田劳动，跟着女人们织花边了。

女人们在一起，免不了就说些男女的事情。她们也问李惠娟到底想找个啥样的男人。李惠娟开始不说，后来就说她觉得北庄不错，是人民公社所在地，村子大，人多，热闹，“要是有合适的，我就嫁北庄了。”

她这么一说，就有人乐了。乐的那个是李惠娟的嫂子。当然是远门的。她叫刘春桂，李惠娟叫她桂嫂子。她就是从北庄嫁过来的。桂嫂子乐过了，说：“原来是想嫁到北庄啊，这太容易了。你说你看中了谁吧？说出来。有名有姓的，我这就去给你提。不信咱惠娟妹子天仙模样，会美不死那小子！”

让李惠娟说，她又如何能说得出来？想了想，她似乎只记得他的声音。或者如果那个人看见了她会认出她来。那天晚上他用手电筒照过她。只是这些又怎么能说得清楚啊？

桂嫂子真的很热心，把李惠娟的事儿当件事情办了。当天她就回娘家走了一趟。回来时竟然带了五张照片来。她把它们一一铺排在李惠娟眼前，笑嘻嘻地说：“好好瞅着，这些都是北庄像模像样的男子汉，都没有媳妇儿。都是社会主义时代的好青年，家境也都不错。成分也好。你瞅着哪个顺眼咱就看哪个。要不叫他们一起过来让你挑也成。”

别的女人就哈哈笑，说惠娟你成公主了你。过去的公主就是这样的吧？可别挑花了眼啊。

李惠娟很感激桂嫂子的。无论怎样，她都是要嫁人的。早晚的事情。那个人是北庄的，她就想，也许他们会有缘分的。有了那样的晚上，有了那样的一种接触，不会没有缘分。现在，桂嫂子把北庄的优秀青年放在她眼前，感觉中他就在这里面了。他就是其中的一个了。

照片有的是中学毕业时的毕业照，有的是特意照下来的，也有的是几个人在一起的。女人们凑过来评头品足。有的说这个好，有的说那个不错。李惠娟开始羞得不敢去看，等别人看过了才一一看过去。

这五个人长相各有特点。模样倒也都拿得出手。有浓眉大眼的，有像闺女般秀气的；有长脸的，有圆脸的；有黑有白的。她看到一个桂嫂子就介绍一回。叫什么，多大年龄，长得多高，家里都有什么人，出身贫农还是下中农。李惠娟看了一个来回，觉得都不错。只是那个人到底在没在里面，是其中的哪一个，她就不知道了。

忽然想起了什么，李惠娟说："桂嫂子，你们村在河边瓜地里看瓜的那个老人，他有孙子吗？"

"你问这个做什么啊？"

"就问问嘛。"

"俺村那个看瓜的啊，都叫他老马头。他啊，成分是不错，贫农，解放前受尽了苦。只是他连个老婆都没有，哪里会有什么孙子啊？"桂嫂子吃地笑了，"你要是想跟老马头家里人结亲，这就办不到了。"

李惠娟在心里啊了一声，知道自己到底是想岔了，脸不由地就红了起来，胡乱地指着其中的一张照片，说："要不先看看这个吧。"

这一个叫刘中立的。二十二岁，贫农。身高一米快八了。团员。桂嫂子直夸李惠娟好眼力，说这一个是五个里面最好的呢。兄弟两个，嫁过去一没有饥荒，二进门就能分家，一幢刚盖的大瓦房呢！

第二天桂嫂子就让这刘中立过来了。他骑了辆八成新的自行车，很风光的样子。见面是在桂嫂子家见的。见到李惠娟，男的显得挺腼腆。看样子他很喜欢她。他给李惠娟的印象也不错。只是一说话，她马上就知道他不是那个人。等他走了，她就说没看中。桂嫂子问她为什么，她也说不出来，就说没看中。

桂嫂子很有耐心，转天又回去带了一个来。李惠娟跟人家说了一会儿话，说还是没看中。五个人都看过了，李惠娟竟然一个也没看中。

桂嫂子不知道她心里到底想的是什么，跟着叹了一口气，说："要是这五个你都没看中，那你就嫁不到北庄去了。惠娟妹子，他们可都是北庄的人尖子哩。人尖子都不行，还会有哪个能有福气娶了你啊？”

李惠娟相信桂嫂子说的是实话。可是，这五个人当中没有一个是那天晚上的那个人。难道那个人在北庄不是优秀青年？或者已经有了媳妇？要是有了媳妇还那么拉她的手，那他会不会是个流氓啊？可如果是个流氓，那他怎么就只攥了她一下手就放开了她呢？她真的想不出来到底是为什么。错在了哪里。

见李惠娟一副失落的样子，桂嫂子到底心里不忍，说这五个呢，个个都相中了她，说只要她李惠娟肯嫁过去，彩礼要多少是多少。手表自行车缝纫机收音机四大件一样不少。进了门想当家都成。李惠娟苦笑了，说：“嫂子，也不知咋，我就是一点感觉也没有。”

没别人的时候，桂嫂子追问她到底心里是咋想的，李惠娟就把头一年秋天看电影时的事情说了。桂嫂子想了半天也没想出来那个人是谁，也跟着苦笑了，“惠娟妹子啊，你这是何苦哩。他不就送了你一程路吗？是黑是白你不知道，叫什么名字也不知道。万一他是地富反坏右子弟呢？要是找下了那么个人家，还不把你害苦了？一辈子的事情哩……”

李惠娟也明白是一辈子的事情。现在把事情摆放在这里，如果那个男人找到了，他也没有媳妇儿，可家庭出身像桂嫂子说的那样，是地富反坏右的子弟。这样的人她李惠娟嫁不嫁？就算是她愿意嫁，父母愿意吗？就算是父母愿意，村里人哩？愿意吗？况且她李惠娟也不会嫁到那样的一个家庭里去啊。她家可是正经的贫下中农啊！

不过，如果那个男人是那样的出身，他能有那天晚上的表现吗？地富反坏右的子弟，哪一个不是坏得脚底流脓，头顶生疮，时时刻刻想着变天，妄图回到万恶的旧社会去啊？

显然那个人不会是个坏出身的人。而且他也应该是喜欢上她了。可既然他喜欢上她了，那他为什么不到她们村庄来找她啊？他用手电筒照过她的脸,他能认出她来。她们李家庄才一百多户人家,就是一家一家找也能把她李惠娟找出来啊。那他为什么不来找她呢?如果他来找她,会有多么地容易啊……

她想不出来是哪里出错了。

难道这就叫爱情吗?

显然不是的。

夏天来到的时候,桂嫂子又回娘家走了一趟,回来时又带了个小伙子。桂嫂子说他叫刘树本。二十四岁。出身贫下中农。兄弟四个,他是老大。老二当兵在部队里,老三下学务农,老四还在学校读书。小伙子人不错,仁性,知书达理,就是家里的条件不那么好。

李惠娟本来已经想放弃在北庄找对象了。但不知为什么,刘树本一说话,恍惚着仿佛就是那天晚上的那个人的声音。她当时心里铮地一声,像是有一根弦断了。只是好像他并没有认出她来。如果是那个人,他肯定会认出她来的。另外,再仔细地听他说话,那声音却又变得似是而非了。一时她也无法断定到底是不是他了。

她痴在了那里。

后来她就对桂嫂子说,我跟他谈谈吧。

其实到这里,她已经显得非常非常地疲劳了。一个人的时候,她甚至都感觉到那天晚上的事情是没有真实发生过的。只不过是她一个人的想象而已。没有过那么一个人陪着她走了那么一段路程。没有。有的只是一种不着边际的幻想。那天晚上,她是一个人回家的。因为她需要有一个强健的能够陪伴她走夜路的男人,所以才想象出来了那么一个人。就是这样的。女孩子喜欢幻想。即使那个时代的女孩子,也一样愿意生活在幻想中的。

那是她或者她们在渴望一个白马王子啊!

一时间李惠娟泪流满面。

考虑了整整三天三夜，李惠娟同意了这门亲事。她愿意嫁给刘树本。事情就是这样的。一旦她决定了，就不再去想别的了。况且，刘树本比任何她见过的男人都更加地接近她想象中的那一个。如果错过了他，她就错过了她内心深处的那个人了，所有的幸福都会离她远去了。

至于刘家的家庭条件，她倒没在意。人都有一双手。只要勤劳，只要努力，好日子就一定会有的。再说，在毛主席的领导下，共产主义很快就会实现的。到了那时候，都各尽所能按需分配了，还分什么贫富呢？

她和刘树本正式定下亲事的时候是秋天，腊月十六她就嫁过去了。他们的婚事办得并不隆重。原因在于男方的家境比较一般，拿不出多少钱来办置。他们成亲的房子倒是新的，只是里面的布置寒酸了些。当下时兴的四大件里面只有一台缝纫机。李惠娟家的条件也不是多么地好，陪送的嫁妆也并不多。不过那天刘家的客人多得不得了。吃肉喝酒的闹洞房的，轰轰隆隆。一直到后半夜，她才和刘树本单独在了一起。

已经洞房花烛夜了，李惠娟仿佛还没有从头年初秋的那个夜晚里真正地走出来。和刘树本定下亲事这小半年来，其实他们也没有多少来往的。即使刘树本过去帮着她家里做点什么活儿，也少有机会单独在一起。那时候的人单纯，总觉得单独在一起了不自然，怕别人说闲话。现在，终于没有人会说什么闲话了，李惠娟又感到了不真实。

恍然若梦。

那个初秋的夜晚，现在想想，给她最深的印象的，除了那个人以外，还有一棵树。当那个人松开她的手走远的时候，她倚在了一棵树上。她记得当时她的心里空荡荡的一片，她能感受到的只有那棵树的真实存在。那是长在她们村边的一棵树。出嫁离开村庄的时候，她甚至还去摸了摸那棵树。那棵有一百岁的树最可能地见证过她的一次幻想。她想，之所以她会嫁给眼前的这个男人，是因为他的名字里面有一个树字。

只是,那天晚上的事情真实地发生过吗?

腊月的午夜分外的寒冷。只剩下她和刘树本两个人了。她坐在灯下,慢慢地跟他说起了那棵树。说起了那个夜晚。也不管他会有什么样的感受,她就那么慢慢地说了出来。她说那个人就是他,就是他刘树本,就是那棵树。甚至她说,他刘树本早在他们认识之前就出现在她的梦里了。因为那天晚上的事情是一个梦啊。而且,起码是那个梦让她最终选择了他刘树本的。

本来刘树本的表情一片迷惘。但慢慢地他竟然相信了她的话。能够提前走进李惠娟的梦里,倒也挺有意思的。况且像李惠娟这样的女孩子,村里那么多条件比他好的人都没能得到。说起来,当然是他的福气了。在刚刚过去的这个白天里,他刘树本时时刻刻地都能够感受到村里的男人们充满忌妒的目光。所以现在,他望着李惠娟,腼腆地笑了一下,说:“让我拉拉你的手吧?”

李惠娟的泪水就是在这个时候流出来的。让我拉拉你的手吧。这句话早在去年的初秋,早在那个夜晚就已经从一个人的嘴里说出来了。她和刘树本相处的这些日子里,他还从来也没有拉过她的手。现在他这么说了,她马上就把自己交了出去。她恍惚着了……

结婚后李惠娟经常这么恍惚着的。她不时地听见另外一个人在跟她说,让我拉拉你的手吧。那个人有时候是刘树本,有时候是一个面目模糊的人。更多的时候,他们合二为一。

不过李惠娟对婚后的生活还是比较满意的。她已经能够非常熟练地织花边了。如果说还是姑娘的时候织花边有点勉强的话,结了婚,就很自然了。尽管在北庄,一起织花边的女人不再是娘家村的那些,但很快她就和她们熟悉了。织出来的花边送到生产队,再由生产队统一上交到公社,然后生产队里根据各自的成绩计工分。这样的日子,过来后,李惠娟就是过着这样的日子的。

时间就在一把塑料制作的花边梭子和一团一团洁白的线的交织中一天一天地过去。这一天和另外一天之间没有太多的不同。春天里李惠娟怀孕了。怀孕并不耽误织花边。等到雪花飘落,李惠娟生下了一个足有八斤的儿子。李惠娟执意由她给儿子取名,而且她就叫儿子大树。公婆和刘树本都说当爹的名字里面已经有个树字了,儿子就不好再用了,再用就重复了。但李惠娟坚决不肯换别的字。她说:"树本的树是树本的树,大树的树是大树的树,不一样的。"

没有谁会相信这两个树字有什么差别。只有李惠娟自己知道。

大树一周岁那年冬天,刘树本的弟弟刘树林复员回来了。这个穿着一身已经洗得发白了的绿军装的壮实男人出现在李惠娟面前的时候,突然地怔住了。他像是在最不应该的地方看到了一个最希望看到的人。李惠娟有些迷茫。这是她第一次见到她的这个小叔子。她很奇怪他的神情。她发现他的嘴唇开始哆嗦起来。她惊讶地问:"你这是怎么了?是不是感冒了?"

刘树林哆嗦着说:"你怎么会是我嫂子啊?你怎么能是我嫂子啊……"

李惠娟笑起来:"我怎么就不会是你嫂子了?难道我配不上刘树本吗?难道你哥哥是县革命委员会主任吗?"

刘树林还是哆嗦着说:"三年前,我回来探亲。你记得吗?快要秋天了。村里放电影,有人喊什么台湾特务来了,结果人都跑光了。那天晚上我出来散步,正好碰上了你,我就把你送回到你们村。你还记得吗?"

李惠娟想了想,摇摇头:"我记不得了。有过那么回事吗?我记不得了。什么台湾特务?台湾特务能跑到咱这里来?大老远的,不等跑过来早就累死了。再说你的声音也不像啊。"

刘树林已经不能说什么了。他哆嗦着的嘴角突然涌出一绺血来。他费力地咽回去,冲着她点点头,转过身,慢慢地走了。李惠娟觉得她的这个小叔子真是奇怪啊。好几年前她做过的一个梦他怎么知道了啊？难道是刘树本告诉他的吗？可刘树本告诉他这个干什么啊？

想不出来，她就不想了。瞅瞅在怀里睡得像个狗熊样的大树，心里满满的都是这个笨笨的东西。

2006年3月25日早5时许完成

2006年4月7日夜修改于山东省蓬莱老家

——原载《百花洲》2007年第1期

李约热

# 青　牛

我喜欢在水底看太阳。

憋一口长长的气，然后扎下去，抱住水底的岩石，抬头看天。

天像一张蓝绸，柔软地在我眼前飘动，而那个太阳，她全部的光辉已被河水吸干，很舒服地亮着，像梦里的一盏灯。我想在这盏灯的光亮中睡去，但是根本不能，因为我很快就憋不住了，那口气很快就耗完了，我在胸腔就要爆炸的时候蹿出水面，像一条小鱼，被追赶着来到另一个世界，然后，被这个世界的光亮扎得眼睛生疼。

这只是我瞬间的感受。当我远离河水，我就把这些忘了，什么飘动的蓝绸啊，什么梦里的灯啊，什么被追赶的小鱼啊，全都没有了。

更多的时候，我在单位的院子里，对着挂在桃树上的沙袋猛捶。我的朋友韦江告诉我，当你不间断地捶上一百天之后，你的拳头就无坚不摧了。我已经捶了五十天，我还要再捶五十天。捶了五十天的沙袋之后，我的手有事无事都喜欢在胸前晃动，像随时要给什么东西来上那么两下似的。单位里的老同志问我，你的手怎么啦？我说，没什么，手这样放比较舒服。

这样讲不久，我就开始了难忘的一次经历。

这次难忘的经历是从韦江骂人开始的。

那天，韦江躺在乡卫生院的一张病床上，骂一个叫蓝月娇的女人。他的右腿缠着绑带，左手扎着输液针——葡萄糖和青霉素一面流进他的身体，他一面骂蓝月娇。他不停地骂，把自己弄得很累，就是医生也不能使他停下来。

头天晚上，韦江跟工作队的几个人一起，去蓝月娇家，要带蓝月娇回乡里结扎。当他们走了四个小时的山路，来到蓝月娇家把蓝月娇带走时，蓝月娇夺路而逃，把离她最近、一只手已经抓住她裤腰带的韦江推下山坡，使他躺在乡卫生院这张冰冷的病床上，变成一个断腿的人。

韦江说应该把蓝月娇抓来结扎两次才解恨，而且，不要打麻药。韦江恨不得变成那个给蓝月娇做结扎手术的人。作为他的朋友，我也恨蓝月娇，你跑就跑嘛，干吗把人推下山坡？你已经结婚，孩子也生了三四个，结婚的滋味早就尝透尝够，而韦江，女人是怎么回事他还不知道呢，万一就这样一去不回头，岂不是亏大啦?！这个蓝月娇真够坏的。

我不知道怎样安慰韦江，只是跟在他后面骂，他骂一句，我骂一句，他骂一句，我骂一句。时间一长，就像两人在对骂，把送药的护士都逗笑了。

后来我觉得帮韦江骂蓝月娇也不是个办法，韦江是我的好朋友，他的腿都断了，我单单帮他骂几句好像有点对不起他，我得为他做点什么。

我一咬牙就参加了工作队。

我要亲手抓住蓝月娇，完成韦江没有完成的事情。

我踩着我的那架红棉牌自行车吱吱呀呀地到工作队报到，并在第一时间跟他们说出我想亲手抓住蓝月娇的心愿。可是没等我说完，他们就笑了起来。笑得最响的是老张——他笑得跟咳嗽一样。老张说，小李，刚刚参加工作队你就想找到蓝月娇，哪有那么容易的，我都参加三年了，每一年都被派去找蓝月娇，可到目前为止，蓝月娇长什么样我都不知道，她是我们乡的头号钉子户，乡长说了，找到她，顶三个结扎指标。

我说，她这么厉害？难道她有什么过人的本事，找了三年都找不到？

老张说，她打着赤脚抱着一个孩子在山上跑，你能吗？

我的脑海里马上出现一个长发遮面，健壮无比，怀抱婴儿，疾走如飞的女人，她裸着上身，下身缠着树叶，一面跑一面发出呜呜的叫声。我想，如果我出现在她的面前，没准她会毫不犹豫地撕下我的一只胳膊当甘蔗啃了。我自然没有什么好说的，乖乖地站在一边，听他们说关于她的一些事情。

工作队除了老张之外，还有老刘和老兰，这几年他们一直都在找蓝月娇，可最终就像老张刚才说的那样，他们连她长什么模样都不知道，不但不知道，而且还吃了蓝月娇给他们制造的苦头。

说到吃蓝月娇的苦头，老张和老兰捂着嘴笑了起来，边笑边看老刘。

老刘似有什么难言之隐，也跟在他们后面无奈地摇头笑了。

老刘，把帽子脱了，给小李看看你的头。老张的"咳嗽"停下来后，叫老刘脱帽给我看。

现在是秋天，离戴帽的日子还长着呢，可老刘却戴着一顶解放军帽，刚进来时我就纳闷，以为他病了。原来他帽子底下有故事。而且这故事肯定和蓝月娇有关。于是我就等着老刘脱帽。我很想知道老刘的头到底跟蓝月娇有什么关系。

老刘当然没有脱帽，只是不好意思地笑着。后来我才知道他的头到底是怎么一回事。

事实上老刘那一次已经将蓝月娇带到半路了，而且还和她进行了长时间的交谈。天很黑，为了防止蓝月娇半路上跑了，工作队将一根绳子缠在蓝月娇的腰间，然后将绳子的另一头交到老刘手里，工作队继续去找其他对象，让老刘把蓝月娇牵回乡里。一路上，老刘和蓝月娇就有了交谈。

蓝月娇说，大哥，我们两个一个走在前面，一个走在后面，真像两公婆走夜路赶圩。

老刘说，你想得美，你怎么不说我在牵着一头牛，一头母牛。老刘这么一说就把蓝月娇噎着了，她不得不哀求：

大哥，放了我吧。我保证不生了。

老刘说，你以后生不生不关我的事，你现在老老实实跟我到乡里就行了，你不要求我把你放了，放了你我就犯错误啦，最轻最轻的处分是开除留用。

蓝月娇又说，你就说是我自己跑的，不关你的事。

不关我的事？他们把这根绳子交到我手里就关我的事了，你是女的，我是男的，你跑了，他们肯定怀疑我得了你什么好处。老刘说。

蓝月娇迅速从老刘的话里得到启发，她说，大哥，你想不想得到好处呀？蓝月娇的声音轻柔无比，一点都不像一个要去结扎的人。果然，一只蚂蚁就爬在老刘的心上，但是这只蚂蚁很快就被老刘拍死了，他说：

我的老婆是老师！

老刘是用当老师的老婆来拍死那只蚂蚁的。每当他意志不坚定的时候，他都用老婆来鼓励自己，在野马乡，有一个当老师的老婆是多么的幸福和骄傲啊。老刘想，蓝月娇根本没有办法跟自己的老婆比，她是个什么人啊，她一年生一个，连超三胎，身上早就没有什么"水分"。蓝月娇想在这个漆黑的夜晚抬高自己的身份，然后达到逃脱的目的，老刘当然不上她的当。他手中的绳子拽得更紧了。

蓝月娇又说，我老公说我很好。

老刘不明白她说话的意思，他连蓝月娇长什么样都看不清楚，他问，好在什么地方？你好不好关我什么事?!

蓝月娇说，你看一看我的脸就知道了。你有手电筒，你照一照我的脸不就知道了吗?!

老刘有些好奇，他想打开手电照一照蓝月娇的脸，难道她全部的秘密都在脸上不成？难道她真的长得像仙女？但是他很快就打消了这个念头，她的脸有什么好看哟，都生了四个孩子了，再说，有规定不准打手电，怕超生对象的亲戚发现了过来抢人。

老刘说，蓝月娇，我承认你是天下第一美女，不，你是仙女，你是刚刚下凡的仙女，得了吧，你不要再跟我说这些没用的话了，只要你好好走路，不出什么意外就行了。老刘抖着手中的绳子，像在教训不听话的牛。

蓝月娇不再说话。

老刘说，这就对啦，我跟你没有什么好啰嗦的，你还是安心走你的路吧。

又安静了一下，但是仅仅是一下，蓝月娇似乎在利用这安静的一下来想问题，想好问题之后，她又说话了。

大哥，我要屙尿。

老刘的心咯噔了一下，他意识到他遇到了新情况。但是这样的情况显然难不倒他，天那么黑，反正我什么都看不见，管她要干什么，她就是脱光衣服在我面前我都无所谓，只要这根绳子紧紧地抓在自己手中就行。

屙吧。他说。

蓝月娇就蹲下了。

这荒郊野岭，就有了流水的声音。

听着流水的声音，老刘觉得有点不对劲。妈的，蚂蚁又在心头出现了，而且不止一只。紧接着，他的腰间热乎乎的，好像那里绑着两块正在加热的铁，这两块铁越来越烫，像被放入冰冷的水中那样，刷刷地冒着热气，这热气使老刘很快就支持不住了。蓝月娇还真有一套，她在这个散发着寒气的夜晚放了两块滚烫的铁，使这个夜晚变得潮乎乎的。老刘慌乱地拍打他心上的蚂蚁，他又搬出他当老师的老婆，可这次根本就不管用，他老婆被漫天蒸腾的热气遮了个严严实实，他的手在不知不觉间收网似地收那根绳子，一圈一圈地绞在自己的手上，但是他觉得这根绳子根本不是在他手里抓着，而是在蓝月娇手里，这个蓝月娇，她在收网呢，要不然，自己为什么一步步朝前面移去呢。他已经站在蓝月娇的身后了。

这时候流水的声音没有了，蓝月娇站起来。大哥，走吧。她说。

但是老刘发现自己已经走不动了。

大哥，你怎么啦？蓝月娇回过头，轻轻地说，她嘴巴的热气喷在老刘的脸上。

老刘再也受不了啦，他抱住了超生对象蓝月娇。

你是仙女，你真的是仙女。他说。

蓝月娇似乎早就等待这个时候的到来，她毫不犹豫地放声大喊：

工作队要流氓啊！工作队要流氓啊！

老刘的脑袋嗡地响了一声，心头一紧，瘫跌在地。

蓝月娇乘机逃脱。

从那以后，不论春夏秋冬，老刘都戴一顶军帽，他为什么要戴帽，因为那天晚上之后，受到惊吓的他头发就掉光啦，他的头肉红肉红的，看起来很吓人。

老刘的故事是老张跟我说的，他说，蓝月娇一泡尿就放倒了老刘。你们说她厉害不厉害?!

开始我不相信，以为这是谣言，但是老张说，不信你去问老刘，这些都是老刘主动跟工作队说的。我跑去问老刘，老刘说，他们没有骗你，这都是真的，你不要学我，好好去找蓝月娇。我一下子就觉得老刘非常可爱，这是他妈的家丑啊，哪有自己把自己的破事都主动跟组织说的，藏着掖着还来不及呢。老刘太可爱了，把自己当反面教材教育其他人。如今还有这样的人，我的心暖烘烘的。让我感动的还有工作队的领导，他们不但不处理老刘，还继续把寻找蓝月娇的光荣任务交给他，什么叫信任，这就叫信任啊。我眼圈都红了。发誓一定要抓到蓝月娇，替韦江和老刘出一口气，另外顺便看一看，蓝月娇到底是不是仙女。

老兰是我们的领队，他的肩上经常挎着一个电喇叭，这个电喇叭除了拿来跟群众喊话之外，还储存有几首电子音乐，《在希望的田野上》、《妈妈的吻》、《大海啊故乡》，老兰最喜欢听《大海啊故乡》，但是，《大海啊故乡》偏偏排在第三，要听《大海啊故乡》，你必须听完前面两首，往往听完前面两首，电池就不够了，《大海啊故乡》的调子就变得黄不拉叽的，这个时候，老兰就骂，他妈的，电池又没有了。然后啪的一声，就关掉了。

这一天，我们四人在尖声尖气的音乐声中上路了。有可靠消息，蓝月娇又回到了家中，现在是十月份，她要回家收黄豆。

这次不能让她跑了，老兰说。

老刘走在队伍的最前面，刚走一会儿，他的帽子就开始流汗了，可他并没有摘掉帽子擦汗，而是拿毛巾在帽子和头颅的交界处一圈一圈地擦，像工人认真地保养一个容易生锈的零件一样，不厌其烦。我摸了摸我一头浓密的头发，心想，说什么也不能像老刘一样。

走了两个钟头的山路。音乐早就没有了，不是没有电池，而是老兰说要节约着用，不要到该喊话的时候电池没了影响工作。这两个小时，有半个小时我们听音乐，另外一个半小时我们听各种各样的鸟叫，老兰老刘老张真不愧为是老家伙，一有鸟声响起，他们就能说出鸟儿的名字，如果意见不统一，他们就争论，要不然干脆捡起石头朝树梢投去，看飞起的鸟是不是他们说的那种鸟。三个老家伙互相抬杠，大呼小叫的，很是热闹。只有我一言不发，一门心思想着怎么样才能找到蓝月娇。在来之前，我们就设计了怎么样才能找到她，第一个地点我们选在黄豆地。蓝月娇家的黄豆地在一片峭壁之下，只要我们迎面冲过去，她就束手就擒，除非她长翅膀。第二个地点在她家，她家的四周是密密的树林，我们四个人从四个方向悄悄靠近她家，一下子就堵住她家前面和后面的门，这样她就跑不掉了，除非她家有地洞。第三个地方……没有第三个地方，如果前两个地方我们找不到她，那我们只好灰溜溜地回来。这是我最不愿看到的结局。

这段时间，我想得最多的是，如果工作队把蓝月娇交给我带回乡里我该怎么办？我不会犯老刘那样的低级错误，我会在绳子的这一头，将自己紧紧地绑起来，她走一步我就走一步，如果她胆敢耍什么花招，我就一拳将她打翻在地，不管犯什么错误，先打翻她再说。

走了两个钟头的山路，我们来到了蓝月娇家的黄豆地附近。我们没有偷偷摸摸，一来我们做的是正经的工作，没有必要偷偷摸摸；二来蓝月娇家的黄豆地地势险峻，就是蓝月娇远远地看见我们，要跑也来不及了。

老兰说，前面就是蓝月娇家的黄豆地，那里好像有人。

我们顺着老兰的手指朝蓝月娇家的黄豆地望去，那里果然有人，一二三四，一共有四个人，都在那里收黄豆。我死死地看着那四个人，猜他们中谁是蓝月娇，但是我很快就失望了，因为那四个人刚刚长得和黄豆秆一样高，他们是小孩。

那里没有蓝月娇，那里只有小孩。我们四个人都清楚这一点。他妈的蓝月娇，她不在这里收黄豆，而是让她的孩子来收，是不是她晓得我们要来找她呢？我们朝她的四个孩子走去——她们看到我们，就停止收黄豆，最小的那个估计只有三岁，她首先喊了起来。当时我不明白为什么是她先喊起来而不是她的姐姐们先喊，后来一想，这个小姑娘，从满月以后就一直都被她的妈妈蓝月娇抱在怀里，翻山越岭，四处躲避工作队的寻找，从小就练就超人的感觉。现在，我们至少离她还有几百米，她就喊起来了：

妈，妈，他们来了！妈，妈，他们来了！她的声音，在山间回荡。

坏了！我心头一凉，放开步子朝小姑娘奔去，我要将她的嘴巴紧紧地封起来，不但这样，我连扇她一记耳光的心都有了。但是没等我跑近我就被老张他们喝住了：回来，我们赶快去她家！

我们四个人飞一样地朝蓝月娇家跑去，不用说，肯定是我跑在前头。这时候的我绝望得很，我想蓝月娇听到她女儿的叫声之后肯定在第一时间夺门而出。我们往她家跑去是为了证明我们的猜想是否正确。

果然，蓝月娇家大门紧锁。那个永固牌锁头还一晃一晃的，肯定是刚锁上不久。我上去哐的就是一脚。蓝月娇家的大门挺坚固的，踢过之后我反而后退了几步。我们四个人在她家门口喘气，非常的不甘心。

老兰不小心碰响电喇叭，《在希望的田野上》尖声尖气地响了起来。老兰恼火地摁灭了音乐，说，他妈的，又让她跑了。他的眼睛东瞧瞧西看看，典型的六神无主。

老刘说，她肯定在附近看着我们，而且一边看一边笑。

老张说，你怎么知道她在附近看我们，而且一边看一边笑？

这还用说吗，她在等我们走，然后继续去收她的黄豆。老刘是我们当中最了解蓝月娇的人，为此他付出了光头的代价，所以我们对他的判断深信不疑。当时我就恼了，我抢过老兰的电喇叭，朝着附近的树林，声嘶力竭地喊：

蓝月娇，你出来！蓝月娇，你快点出来！

我喊了十遍。老刘老兰老张并不拦我，只是相互间看了一下，从他们的神态我看出，他们根本不相信我能将蓝月娇喊出来，他们认为我在喊累之后会自动停下来，然后变得和他们一样六神无主。其实我自己也不相信我能将蓝月娇喊出来，我之所以要喊是因为我是一个年轻人，我得和这三个老家伙有所区别。

蓝月娇没有出来，倒是村里的人都出来了。这下我有点慌了，我以为他们要出来跟我们打架。但是当他们走近时我就放心了，大多是老人和女人，有几个年轻的小伙子，穿着皱巴巴的西装，瘦怏怏站在他们中间，一看就是外出打工生病了，回家自己拣草药吃的那种。他们对我构不成什么威胁，他们是来看热闹的。于是我决定继续喊，我不管村里人离我们很近，仍然举着电喇叭：

蓝月娇在哪里？你们有谁知道？

没有一个人回答我。

于是我决定一个一个问：

你知道蓝月娇躲在哪里吗？我将这句话重复了二十遍。

迎接这句话的是二十颗摇动的头颅。在他们摇头的过程中，我想接下来我该怎么办，因为我现在的这个模样就像是老张老兰和老刘他们三个老家伙的领导，每问一个人那个人就必须对我摇头，感觉很是不错，虽然没有问出什么。我想这时候如果我把电喇叭交给老兰，就显得我很没本事。我决定，只要老兰没有跟我要电喇叭，我就会滔滔不绝地喊下去。让眼前的这群人彻底地记住我，也让那个躲在附近看我们笑话的蓝月娇彻底地记住我。

我真的这样做了。

我在那只电喇叭前唾沫横飞，声音高亢洪亮，整个村庄全是我的声音。只是那群村民面无表情。我喊的内容他们都很熟悉，所以他们根本就听不进去。我们的老兰老张老刘也面无表情。他们也不知道站出来配合我一下，比如递水壶过来给我让我润润喉什么的，他们似乎在看我的好戏。当我脑子里闪过这个念头时我看了他们一眼。本来我是想喊完一段话后就停下问我们实际上的领导老兰一声我们应该怎么办。但是我发现他们三个人都看着我，一副事不关己的样子。我就有点生气了。这难道是我一个人的事情吗?！他们一副怕麻烦的样子，如果现在村里人有谁冲上来扇我一记耳光他们肯定不帮我。我想如果我停下来问老兰我们应该怎么办我就是个不折不扣的孙子。我决定就是他现在跟我要电喇叭我也不会给他了。我不能停下来。

我又将喊过的话重喊一遍。

没想到我没有喊累，倒是村里人听累了，他们纷纷转身离去。我一下子就没有了听众。这时候老兰老张老刘就笑了起来。他们似乎在等待这个时刻的到来。

人都没了，我还朝谁喊？我不得不停下。我口渴得厉害，我得先喝水，但是水壶挂在老兰的身上，我不得不走过去跟老兰要水喝，同时不得不将电喇叭交给他。他摁响音乐，音乐黄不拉叽的，电池都被我喊完了。他从包里拿出新电池换上，一试，音乐嘹亮。

老兰说，我们开个会。一说开会，我们几个人的神情顿时就庄重起来了，确实是这样，在这个世界上，再也没有什么比得上开会更让人神情庄重的了。我们四个人就坐在蓝月娇家的门口开会，会议的议题是，是留下来继续找蓝月娇还是回去？当老兰把这个问题提出来后，他们三个人都约好了似的看着我，火辣辣地。我顿时明白，原来他们是在考验我这个刚学唱的嫩鸟、初下河的绒毛鸭仔。这三个老家伙，我今天如果不做出点什么来，他们肯定会小看我，在他们眼里，我肯定不如被蓝月娇推下山坡光荣骨折的韦江。一想到韦江，我全身的血就慢慢地往头上涌。为了他也为了我，说什么今天也要把蓝月娇找出来。

不能回去，今天一定要找到蓝月娇！我吼了起来。

怎么找？分头到树林里去找？老刘说。

我没有回答，因为分头到树林里去找几乎就是天下最傻的事情。

还是在这里死等？老张接着说。

我还是没有回答，因为在这里死等也是一件很傻很傻的事情，跟到树林里去找蓝月娇一样傻。

那就只有回去了，散会！老兰说，他站了起来，很失望的样子。

我明白，老张老刘老兰，这三个老家伙，像三个老师，在逼着我这个学生说出正确答案。我豁出去了。

砸她家的门！把她家值钱的东西拿走！

我终于将这个正确的答案说出来了。

我的血在胸腔里流得太快，水一样地呛了我一下，我竟在蓝月娇家的门口咳嗽起来。我看见老张老刘老兰的眼睛里放射出光芒。看得出，他们比我还需要这个答案。特别是老兰，我现在简直是他最喜爱最有出息的好学生。

不行，老兰说，主要是做工作，要以理服人……

你别说了，这些我都知道。我打断老兰，防止他说一些假惺惺的话，浪费我的时间。你们走吧，等下发生的事和你们无关，和工作队无关，出什么事我个人负责。我像一个掩护战友撤退的英雄，朝他们挥了挥手。

我以为他们会假惺惺地劝我一番，没想到他们三个人相互看了一眼后，就很听话地走了，临走时，老兰将换上电池后还没有使用过一次的电喇叭交给我，他说，给，你可能用得着它。但是我觉得现在我已经用不着它了。我已经懒得再和蓝月娇喊些什么，我要做的就是砸开她家的门，把她家值钱的东西拿走，然后就在乡里等她去认领自己的东西，我不会马上就把东西给她，她首先得去计生站结扎，然后我才把她的东西给她。

他们三个人很快就看不见了，我知道，他们肯定没有走远，肯定像蓝月娇一样，埋伏在附近的地方，当我需要他们的时候，他们就会及时出现。后来我知道我错了，当我一个人在蓝月娇家折腾时，他们早就踏上回乡里的路，其实他们在躲瘟疫般地躲着我，因为我现在已经不是一个工作队的队员，而是一个准备去砸别人家门的小混混。如果我被村里人乱棍打死，都不会有人来看我一眼。

我动手了，我换了五块石头才将蓝月娇家的门砸开。砸开门后我倒吸一口凉气，她家里只有两张床，床上堆着破衣服，连蚊帐都没有。就这两张床，竟然有一扇很结实的门来保卫，害得我用了五颗石头。后来我才明白，蓝月娇之所以用一扇结实的门来守护她只有两张床的家，是为了能在这里一而再再而三地超生。进了门之后，我看了看两张床，猜想哪一张床是蓝月娇和她男人的。但是我猜不出，我干脆把两张床的八条腿都干掉了，跟门不一样，蓝月娇家的床根本就不堪一击，瞬间垮在地上，像睡死人的“矮床”。我们这个地方，一个人在弥留之际，家人就把床腿锯掉，让他（她）躺在上面，接一接地气，集聚力量好上路，这样的床我们叫“矮床”。

我把蓝月娇家的床弄成“矮床”之后，就无事可干了，因为她家根本就没有什么东西值得我拿走。她家的火灶还在冒烟，我走过去看火灶上面的饭锅，饭锅里的玉米粥稀得能当镜子照。蓝月娇和她的男人就是吃着这样的东西一而再再而三地超生的，我想，现在是秋天，就吃这么稀的东西，到了冬天怎么办？估计他们家要吃草了。想想他们对蓝月娇的描述：她能打赤脚抱着一个小孩在树林里奔跑如飞，我认为就是吃草蓝月娇也能生孩子，我认为就是吃草蓝月娇也能把草吃得津津有味。

这时候我听到了牛叫。开始我不相信蓝月娇家有牛叫，我以为我在想蓝月娇怎样吃草的时候我的耳朵产生幻听，但是连续几声，我就兴奋起来了：

蓝月娇家有牛！

我像一个口渴的人突然看到水滴一样，朝发出声音的地方走去。

我要将蓝月娇家的牛牵走，只要我把她家的牛牵走，到时就不是我找她，而是她找我了。只要她来找我，我们组的指标就超额完成了。

那是一头半岁的水牛，灰中带青，这样的牛应该跟在母牛的身后，在山坡上吃草，现在却孤零零地在蓝月娇家里，成为蓝月娇家唯一的活物，有点可怜，但是我管不了那么多，我身上结了一层细细的盐巴，我要赶紧把这头青牛牵走，等蓝月娇来找我之后，我要跳进野马河将细细的盐巴洗掉。

青牛太小，还没有穿鼻子，要牵走它得先穿鼻子。我找来一根铁线，在青牛的旁边用石头将铁线的头捶尖，然后扎了个马步，做出打架的姿势要跟青牛决斗。因为穿鼻子肯定很疼，初生的牛犊连虎都不怕，还会怕我?!它不将我踢翻才怪。我拿铁线的手有点打抖。

没想到，青牛竟在我面前卧下了。它知道我要干什么。我的铁线轻轻一碰，噗的一声，就穿破了它的鼻子，它的两个鼻孔之间像隔着一层纱纸，我根本就没用什么力，就穿破了它们。青牛的鼻子滴血了。（这血一滴就没完没了，一直滴到乡里。后来蓝月娇就是沿着血迹来找她的牛的。）我迅速将铁线弯成一个圈，然后去拆蓝月娇家箩筐上的绳子，将绳子在铁线圈上绑了个死结，一拍青牛，青牛站起来，被我牵出了蓝月娇家的门。哞——哞——哞，它叫着，我紧握绳子，在它的前面走，就像是它的主人。

一路上青牛叫声不停，嫩声嫩气的，我嫌它走得慢，这样年纪的牛，应该对道路充满好奇，它的四条腿，应该放肆地在山路上狂奔，鼻孔因此而粗粗地喷出青草的气息，而现在，它像头老牛，被我牵在手里，慢腾腾地走着，鼻子的血也没有激怒它。我甚至在它身上打了两下，它除了哀叫，还是哀叫。

我刚牵着牛来到乡里，蓝月娇就跟来了。这是我第一次看见她。她的脸很小，但是眼睛很大，她的身子娇小，但是乳房很大，一放粗气乳房就颤动。她属于很能生养的那种人，一点都看不出漂亮在哪里。现在她像被人打了一拳似的，萎缩在我眼前。我知道我赢了。我跑出工作队的办公室，朝老兰老刘老张的房间喊：蓝月娇来啦！蓝月娇来啦！但是没有一个人出来理我。我看见老刘的房门裂了一道缝，门缝后面一双眼睛亮了一下，但是门很快又关了个严严实实。活该他光头。

我被众人簇拥的场面没有出现，因为他们都看见了那头鼻子滴血的青牛，他们都害怕这头被我穿鼻子的青牛，它被绑在一棵松树下，默默地看着我的办公室。我想工作队队员的心里面现在肯定是高兴的，因为蓝月娇这个全乡头号钉子户终于找到了。她一个人就顶了三个结扎指标，真是幸福得很。他们肯定希望我这个小混混再乘胜追击，将蓝月娇带到手术台上，之后万事大吉。但是现在我偏不，因为我有一肚子的话要跟蓝月娇说。

我回到办公室，对蓝月娇说，跑啊，你怎么不跑啦？她动都不动一下，像听不懂我的话似的。我决定先跟她讲老刘怎么光头的事情，来说明我穿青牛鼻子的必要性。我把老刘讲得很惨，不光头发没了，而且大小便失禁。在说的过程中，蓝月娇仍然动都没有动一下，好像老刘的头发是自己掉的，跟她没什么关系一样。我又说韦江被推下山坡的事情，她也依然如故，好像韦江是没事自己跳下山坡一样。没办法，我只好带她去结扎。刚要出门，韦江拄着拐棍来了。

我没想到韦江会来，这个叫我一百天不停地捶沙袋将自己的手练得无坚不摧的家伙拄着拐棍朝办公室走来，我急忙把办公室的门关起来。韦江将办公室的门捶得山响，就像我当初捶蓝月娇家的门一样，他边捶边骂蓝月娇，他说，说什么我也要扇你两巴掌。我叫他回医院，他不回，我们俩就争了起来。我说我已经把她家的牛牵来了，你还要怎么样？我说她都顶三个指标了你还要怎么样？要扇你就扇我两个耳光。韦江没办法，只好走了，临走，他用拐棍在蓝月娇家的青牛身上狠狠地敲了两下。青牛只叫一声。

蓝月娇刚进手术室，她的老公哭哭啼啼地来了，像家里死了什么人一样，看来他还想让蓝月娇给他生孩子。这个故事的主人公这么晚才出场引起我的愤怒，我想照他胸脯捶两拳，但是还没等我动手他就抱住我，将头埋在我的胸口，眼泪和鼻涕涂满我的胸膛，好像我是他久别重逢的亲人一样。

手术结束之后，蓝月娇跟着她老公回家了，后面跟着他们的青牛。这时候夕阳西下，他们真像种田回家的农夫农妇。

几天后，在菜市场，我看见蓝月娇的老公在卖牛肉，肉很少，一看就知道是那头青牛。我问他为什么把牛杀了，这么小。蓝月娇的老公说它自己死掉的，原来就是头病牛。说着，他手中的刀子起落四下，四只牛蹄就滚在地上。一只狗冲过来要啃，被早在一旁等候的乞丐阿黑拿棍子赶跑了。阿黑用一根竹篾将四只牛蹄穿在一起，然后高高兴兴地走了。蓝月娇的老公说，妈的，够他吃一天了。

很久之后的某个晚上，我梦见四只牛蹄。

当时我沉在水里，那四只牛蹄出现在我眼前，它们保持牛的姿势滑过水面朝我的梦境奔来。很快我就憋不住了，没等它们靠近，我就逃命似地钻出水面。

我不是一个好人。

2005 年 4 月 15 日

——原载《上海文学》2006 年第 8 期

姚鄂梅

# 摘豆记

明天就是小锐跟阿珠去小姑山的日子。小锐说，这事要是说出去，人家肯定会笑话我们无知的，但我的确想去见见那个高人。阿珠却说，谁笑话你呀，大家都一样，都想知道自己的结局。

小锐去了一趟超市，出来就直奔阿珠那里。阿珠正挺着六个月的大肚子，往窗户上钉一块塑料布。窗户不知出了什么问题，有一扇总是关不严，咝咝漏风，冷气蛇一般往屋里直钻。上次来，小锐就见阿珠跟房东理论过。房东说，我只租房，不负责房内的取暖设施。阿珠问他，窗户也算取暖设施？房东看了她一眼。一个月才一百块钱，请问你想要个什么样的窗户？

这是一栋正在拆迁中的老式平房，据说附近要建一个大广场，不知什么原因，人都搬走好久了，老房子却迟迟不见拆除，房主们不甘心地跑回来，见缝插针地赶在破土之前把房子租了出去。房租倒是便宜，就是条件太差，缺窗少门，还时不时断水断电，感觉就跟住在废墟上差不多。

小锐放下手中的购物袋说，我买了明天的午饭，还有你喜欢的酸话梅，我喜欢的绿茶瓜子。

阿珠说，那水果就由我来买吧。

她们一直这样执行着不太精确的AA制。小锐虽说是城里的孩子，但她还没工作。阿珠虽然有工作，但她是乡下来的，那点工资就像水上的纸船，经不起一点晃荡。

阿珠钉好最后一颗钉子，爬了下来。小锐塞给她一颗酸溜溜的话梅，她眯起眼睛说，还是租你们家房子好，冬天还记得过来检查一遍门窗，连棉帘子也给重新整理一遍。

阿珠在这个城市租下的第一间房子就是小锐家的。有一次，三妈，也就是小锐的母亲，临时把收房租的任务交给了小锐，说你去催催吧，已经过了一个星期了，你就跟她讲，再不交就走人，你们都是年轻人，讲点狠话不要紧。三妈是个长年吃素的人，吃得连吓唬人的本事都没有了。小锐就在催房租的时候第一次见到了阿珠。阿珠手上拎着钥匙，正要出门。小锐不由得后退一步，离阿珠远一点。这是她多年来的习惯，遇到身高超出自己很多的人，总要不动声色地挪开一点，就像遇到什么危险，本能地想要绕开一样。小锐是个小矮子，她总跟人说她有一米五，实际上，她心里清楚，她撑死了只有一米四六。阿珠把她让到小桌边，求她宽限几天，最多十天，要不，最多一个星期，她一定把房租如数备齐，亲自送过去。阿珠示意小锐也坐下来，小锐不坐，站在那里，从上往下看着她。小锐突然喜欢上了这个角度，一个高挑而又美丽的女人，一个正在向她乞求着的女人，她心里蓦地升起一股快意，这快意驱使她做出一个大胆的决定，她没有像母亲交待的那样，讲点狠话，拿出点厉害，而是说，那就再给你一个星期吧。她们一起往外走，阿珠问她，你回家吗？小锐嗯了一声，随口问她，你呢？阿珠笑着说，告诉你你可别笑我，我一个朋友说她那边来了个会相面的人，我想过去看看。小锐一听，马上来了精神，问她，我可以跟你一道去吗？阿珠一把拉过她的手说，当然可以，女人都喜欢算命。

就在那天，她们同时陷入对命运的忧虑当中，她们成了两个同病相怜的人。相面的人断言，阿珠会结三次婚，会生一个女儿；小锐则要到三十五岁才会结婚，而且终生无子。阿珠一路垂着脑袋，拎在手上的包哐哐地打着腿子，小锐强打精神说，别听他胡说，只是个游戏而已。尽管如此，受挫的心还是久久无法振作起来。看到一个卖冷饮的小摊，阿珠停下来买雪糕。小锐不要，她担心吃了她的雪糕，她会把房租拖得更久。阿珠强行递给她说，房租交不起，吃雪糕的钱还是有的，命不好又怎么样？命越是不好，越是要好好对待这条命，你说是不是？

小锐就是因为这几句话对她心生好感的。她安慰阿珠：就算结三次婚又有什么可怕？伊丽莎白·泰勒还结了八次婚呢，至少说明爱你的人很多，总比我强，三十五岁才结婚，还不如说我就是狗不理，拖到最后草草处理掉。阿珠也反过来安慰她，晚婚也不是坏事，至少你不会伤那么多心，离婚能不伤心吗？小锐却说，那说明你有故事呀，什么故事也没有，比如一块木头，怎么会伤心呢，所以说，人不怕伤心，就怕没故事。阿珠反问，那人家为什么还要说平安是福呢？小锐接着问，那人家为什么又说平淡无味呢？既然无味，福又从何谈起？两人就这样你一言我一语，以不可思议的速度，在最短的时间里完成了从认识到熟悉到亲密的过程。从那以后，她们就开始来往起来，不是小锐去阿珠那里串门，就是阿珠给小锐打个电话。三妈不赞成小锐跟一个乡下来的打工妹交往，接到她的电话就捂着话筒冲小锐瞪眼睛。小锐就说，我交往的人你看不上，你看上的人，人家又瞧不起我，你干脆把我关在箱子里算了。

小锐并不觉得跟一个乡下来的打工妹做朋友有什么不妥，何况这个乡下来的阿珠那么漂亮。她一直喜欢跟漂亮的女孩子在一起，但她一直没有这样的机会，初中开始，她就陷入日甚一日的孤立状态，她不如她们高挑抢眼，成绩也不如她们好，偏偏她自尊心又很强，对她们敬而远之，她们当然也不主动亲近她，久而久之，她就成了被人忽略的小黑点。好歹读到高中毕业，同学们不是上大学去了，就是找到工作了，只有她还闲呆在家中，想来想去，她不知道自己应该去干点什么，出去应聘什么的肯定不行，别说只是个高中生，人家一看她的个头就摇头，自己创业又还没找到方向，只好先留在家里干干家务。眼看就要二十一岁了，各方面都还没个头绪，三妈很是着急，又不敢表露出来，小锐是她这一生的痛处，他们一家人都是高个子，不知为什么，唯一的女儿，却是个地地道道的小矮子。孩子越来越大，她的内疚也一天比一天强烈，她看不到小锐的将来，只能从现在开始，一边从自己做起，悄悄坚持吃素，希望能为小锐积点福，一边努力满足小锐的各种要求，尽量让她过得舒心一点。不出去工作也可以，她养着她；实在喜欢跟阿珠做朋友也可以，她让着她；说起话来尖牙利齿也可以，至少可以不被人家欺负；处心积虑收罗增高药物，虽然是白费力气，她还是尽着她，心甘情愿地掏钱，毫不犹豫地支持。

阿珠的工作似乎也不稳定，一会儿说在做缝纫，一会儿说在给人看店，后来又说是去了美容院，去了发廊，去了餐馆，去了足疗室，现在，阿珠什么也没干，她所在的发廊不想看到一个大肚子洗头小姐，她却一副无所谓的样子。不要我算了，我回家专门给明超洗头。阿珠的男朋友叫明超，在建材市场做事。阿珠总说，我们俩才是真正的一见钟情。阿珠几乎是一遇到他就想到了结婚，明超却说，等我攒够钱再说吧。阿珠说，难道人家都是堆起一座金山才结婚的？明超还是说，总得先攒点钱吧，一个新郎倌，手上没几个钱，脸面往哪搁。一直拖到有了孩子，明超还是说，先打掉吧，以后再生不迟。争执了几个回合，阿珠屈服了，两人去了医院，检查了一番，医生对阿珠说，你的情况比较特殊，我建议你最好还是生下这孩子，有可能做了这个，以后再也不能生育了。阿珠一听就傻了眼，明超也愣住了，两人大眼瞪小眼望了一阵，阿珠带头跑了出来。她想来想去，她这一生不能没有孩子，她得把这个孩子生下来，就算先生孩子后结婚，她也要把孩子生下来再说。明超低着头，闷闷地说，让我再想想，再想想。孩子却不管他们想没想好，一天天在肚子里长得飞快。直到有一天，明超对她说，结婚那天，人家笑话你是个大肚子新娘，你可别不好意思，也别怪我。阿珠一听，高兴得又是哭又是笑的，她知道，明超这是同意结婚了。阿珠从此一头扎进怀孕的喜悦当中，不停对小锐讲述自己当初的英明决策。我宁肯背个未婚先孕的臭名声，也不能做个不能生孩子的女人，你想想，明超这么帅的男人，要是没有自己的孩子，该是多么遗憾哪，我一定要给他生个孩子，世上这么多男人，我就想生他的孩子。

小锐总觉得阿珠对明超喜欢得过分了。只要她们在一起，阿珠就在讲明超，他喜欢吃什么，说话如何幽默，如何有工作能力，老板如何给他加薪，给他许诺，明超对她又是如何体贴，嘴里说先不要孩子，实际上每次都给她带来辣得流泪的凉拌面。她自打一怀上就喜欢吃辣的。她很羡慕阿珠，但也很担心，她虽没谈过恋爱，但她知道，一个人太爱另一个人，另一个人就会产生优越感，优越感可不是什么好东西。

崔道士云游到小姑山的消息是阿珠从别处听来的。据说这个崔道士简直太神了。得了不孕症的妇女去找他，回来后多半会得老来子；司机们去找他，画一道符，贴在车窗上，再也没出过交通事故；学生家长去找他，本来成绩不怎么样的孩子，迅速成为好学生，稳稳当当考进大学。这还不算，他最大的本领其实是看相，他能一眼看出一个人的前世今生，以及这一生的流年运势。据说他经常被一些神秘的官员用小汽车接走，待若上宾。有一件事不知是怎么流传出来的，说是一个官员面临体制改革机构精简的难题，单位一共有三十多号人，要把三分之一的人员精简下来，安排到下面的企业里去，可不是一件容易的事情，各种关系盘根错节，稍有不慎，就会给自己种下祸根。这位官员想到了崔道士，他派人把崔道士接来，两人商议一番后，决定模仿垂帘听政的架势，让崔道士悄悄坐于帘后，官员再挨个挨个找人谈话，如崔道士觉得此人适于下放，就在后面轻轻叩一下桌子。如此这般。一个星期过后，原以为会炸锅的机构精简竟风平浪静地解决了。直到今天，据说那位官员还与崔道士保持着热线联系。也许就是这些人抬起了崔道士的架子，据说他每天只看十个人。十个人一满，哪怕人家是从百里之外辛辛苦苦赶来的，他也是甩手就走，理都不理人家。偏偏他越是架子大，找他的人就越多，小姑山这个地方，因为沾了崔道士的光，已经从一个名不见经传的小山丘发展成闻名遐迩的旅游胜地了。

阿珠的想法很简单，她想要崔道士给她看看何时结婚，明超虽然口头上答应结婚，但具体哪天去办，他又不着急了。他总是说，反正在孩子出生前，有结婚证拿给人家看就行了。反正不让你做未婚妈妈就行了。她也不好硬拖着他去，她怕把他逼急了反而不好，她想让崔道士给她一颗定心丸。

小锐则还是那个老问题，她到底还有没有一丝长高的希望，虽然她知道不大可能，但又总是不甘心地抱着一丝侥幸。身高就是她这一生的总开关，她一直这么想，只要她能达到正常人的身高，她的人生马上会是另外一种样子，她可以尝试去做很多事情，比如到那个名叫五月蔷薇的婚纱店去做化妆师。这几年，她没事就买些时尚杂志来看，尽管她很少化妆，但怎么化，时下的潮流是什么，化妆用具是些什么，她早就了然于胸。许多个晚上，她等家人都睡了，就往自己脸上胡涂乱抹，一张平庸的脸，常常被她弄得面目全非，连自己都认不出来。前段时间，亲戚家女儿出嫁，让她陪着去拍婚纱照，她发现，新娘所崇敬的化妆师，技术上不过如此，换上是她，未必就不如她化得好。那天她真有一股冲动，她想去对店老板说，我来当你们的化妆师吧。但她最终没有说出口，那几个化妆师，也许技法平庸，但人家个头多高啊，穿上店里的工作服，走来走去，袅袅娜娜，就像是婚纱模特。除此以外，她还有一个隐秘的希望，她想要一个身材高大的男朋友。对于男人，她有自己的认识，一个男人可以丑一点，但不可以没个头，没个头就等于没风度，但以她现在的身高，怎么可能找到一个个头高高风度翩翩的男人呢？所以小锐去找崔道士只有一个目的，求他给她一个可以增高的秘方，既然他连不孕症都能治好，身高问题应该也不是绝症。

阿珠找出最厚的棉袄套在身上，说天太冷了，明天就穿这件吧。又摸着肚子问小锐，我看起来是不是特别臃肿？小锐摇头。这是真的，也许是阿珠太高太瘦，也许冬衣本来就是那个笨笨的样子，阿珠看上去真的不像是个六个月的孕妇。

三妈对小锐的小姑山之行有点不以为然，不高兴地说，还在搞这些把戏！

所谓这些把戏，其实是三妈最先搞起来的。那次三妈带小锐去了万觉寺。那位慈眉善眼的住持看了小锐一阵，回头对母亲说，这孩子投胎投错了，让她假叫爹娘吧，要不就把她过继给别的人家。家里当然舍不得把小锐过继给别人，只好让她假叫爹娘。父亲在家里排行老三，便叫他三爹，自然，母亲也就成了三妈。

第一次听见女儿叫她三妈，她有种剜心之痛，好像这个女儿再也不是她的了，好像她们之间的血缘关系真的有了改变。她转头去看自己的丈夫，他不说话，摇摇头走开去，他也一样感到别扭。也许是长高心切，小锐却没觉得有什么不自然，张口三妈，闭口三爹，竟一次都没叫错。差不多叫了三个多月，这对由爸爸妈妈演变而来的三爹三妈才慢慢习惯过来。一直叫到今天，小锐的身高还是没有一丝变化。眼看假叫爹娘的药方失效了，三爹三妈的称呼却改不过来了，小锐大大咧咧地说，我已经不习惯再喊你们爸爸妈妈了，就这样喊下去吧。

一个人一旦执著于某个念头，就很容易变得疯狂起来。这些年来，世上所有据说可以增高的办法，小锐都拿来一一试验过。

她试过拉伸法。她费了很大周折，找了很多地方，打了两个大铁环，让三爹给她钉在墙上，每天把自己吊在铁环上，一吊就是三四个小时，还让三爹或哥哥抱住她使劲往下拉，拉得骨节嘎巴嘎巴响。坚持了一年多，也没什么效果，倒显得腰长腿短了，只好赶紧停住。

也试过跳高。幸亏她家住在一楼，她指挥三爹在门前的空地上挖了个小沙坑，再架上简易跳高架，每天早晚在那里跑啊跳啊，到最后，她随随便便纵身一跃，就可以跳到二米那么高，可身高仍然没有变化，只得怏怏地填了沙坑，继续去想别的办法。

还试过食物疗法。就是有选择性地进食，吃面条，吃空心菜、豇豆、黄瓜、茄子、甘蔗、山药，等等，凡是长条形的东西，都可以放心进食，而所有圆的扁的短的，如大米土豆西红柿南瓜等，碰都不碰。这样坚持了一段时间，也没有效果，倒弄得全家人十分紧张，每次去买菜，首先要扫视全场，看看可有长条形的东西。

当然，各种增高药物，增高鞋垫，更是从来没有断过。最有争议的一次，小锐决定到整形医院去做断骨增高的手术。这个决定太疯狂了，家里为此专门展开了讨论，首先是技术过不过关的问题，然后是费用的问题，这可不是一笔小钱，说不定要卖掉房子才够，卖房子可是件大事，大家为此争论不休。末了，小锐慢悠悠地说，在你们心目中，我还不如一栋房子值钱。哥哥小声辩解，又不是得了不治之症，非得倾家荡产。小锐说，请你来试试身高一米四六的人生吧，我倒情愿得个不治之症。小锐这样一说，大家都不吱声了。哥哥又鼓起勇气说，是不是你的身高问题解决了，你的幸福就有了保障呢？很多个子很高的人，她的人生也是一塌糊涂呢。小锐大声喊道，就算一塌糊涂，我也无话可说。最后，家里终于同意了小锐的计划，也同意卖掉房子。就在做出决定的这个晚上，电视里碰巧播出了一个做断骨增高手术的专题报道，一个并不矮小的女孩，为了能够更高一点，毅然躺上了手术台，结果，手术后她再也站不起来了，她从此要在轮椅和拐杖的帮助下生活。她拍打着残废的双腿，对着镜头嚎啕大哭：早知道会这样，我宁肯不要长高了。看到这里，小锐早已泪流满面，她猛地意识到，这正是上天对她的警告，不然，为什么不早不晚，偏偏是在她做出那个决定后，电视里就播出了这个节目呢？

从那以后，小锐再也没在家人面前提起关于增高的话了，也许她把最后一线希望埋进了心底，比如她开始留意打扮，到处收罗关于身体矮小者的打扮秘诀。她开始节食，据说是细瘦者显得个高。几番折腾下来，小锐变成了一个头发高高束在头顶，脚下踩着三寸高跟鞋，面露饥黄的干瘦女孩，这不要紧，面色可以用粉底和胭脂来调节，身高却是实打实的，来不得一点虚招子。有一阵子，她给自己折腾得月经都没了。三妈责备她瞎来，她却两眼一瞪，反正你个高，不懂得矮个子的苦恼。这样折腾了一阵，有一次，小锐帮别人去小学接一个放学的孩子，门房的老头竟冲她喊，小同学，还没下课呢，你是几年级的，怎么现在就跑出来了？小锐当场气得两眼发黑。

天刚亮，小锐和阿珠就动身了。去小姑山的长途汽车上午只有一班，错过了七点那趟，就得等到下午了，按说，下午出发，不慌不忙在小姑山住一宿，第二天再坐车回来，是很好的安排，尤其对于怀孕的阿珠，更是最合适不过的。但她们不这样想，她们都不是那种出得起钱的人，所以只好清早出发。

清晨六点的大街，除了几辆早班汽车，几乎没什么行人，街道空旷，令人神清气爽。小锐深吸了几口气，突然感到一丝莫名的激动，就小声对阿珠说，崔道士今天肯定会给我们一个好答案的，我有预感。阿珠一笑，其实她也有这种感觉，起初她以为是刚刚起床精力充沛的缘故，现在小锐提醒了她，原来那不是身体上的感觉，那是身体以外的感觉。

一路上，两人一边吃东西，一边谈着跟崔道士有关的那些令人振奋的故事，小锐突然说，待会上山，我们就不要说话了，我听人说，上山求签，或是算命，一路上一定不能大声喧哗，要在心中默念自己所求的事。阿珠说，看来你是真的相信这些呀。

小锐说，废话，不信它我这么远跑来干吗？我又没疯。你呢？难道你不信吗？

阿珠摇头。我不知道，我只是很想有人告诉我，明超到底是怎么想的。

小锐说，他现在好像比以前来得稀了？以前我每次都在你那里碰到他，现在难得碰上一回。

现在到了旺季了，一天到晚发货送货，没时间了，据说忙得吃饭都没时间，已经吃了三天大饼了。

但愿吧。

你说，他不会知道我以前的事吧？他要是知道了，我可就麻烦了。

但愿吧。

阿珠瞪了她一眼：但愿但愿，你就只会说但愿。

小锐淡淡一笑，一声不吭，心里却在说，谁让你以前那么做呢？要想人不知，除非己莫为。

关于阿珠以前的那些事，小锐也是后来才知道的。她去阿珠那里串门，那时阿珠还住着她们家的出租房，好几次都撞见阿珠有男性客人，两个人不是亲亲热热地坐着谈笑，就是坐在乱成一团的床边上。小锐感到脸红，阿珠却不觉得难为情，也没遮遮掩掩，还大大方方地介绍。这是我老乡。这是我表哥。这是我亲戚。这是我以前的同事。这是我以前的同学。没有客人的时候，小锐就直愣愣地说，没想到你客人还挺多呀。阿珠只是笑笑。小锐又问，为什么你的客人都是男的呢？阿珠说，我怎么知道，他们就是男的呗。小锐接着问，为什么你说他是你老乡，你们的口音却不一样呢？还有，你的同学看上去比你大得多呢。

阿珠只好说了实话。是的，我的男朋友是比较多一点，可我都二十三了，我不该交男朋友吗？像我这个年纪，谁没有男朋友？

依我看，这些人多半都是结了婚的。

阿珠只好进一步承认：我才不管他们结没结婚呢，我对他们没有非分之想，也不破坏别人的家庭。你还小，你不知道，有一种男朋友根本就不指望结婚。

那算什么？我总觉得你们不像是在谈恋爱，就算是，你怎么能同时跟这么多人谈恋爱呢？

我也没办法，拒绝的话，会伤人家自尊心的。

你太随便了，时间一长，会把自己的名声搞坏的。

阿珠就不吱声了，低头坐在那里。

你实话告诉我，你不是收钱的那种吧。

阿珠看了小锐一会，忍不住说了实话。在这个城里，她就小锐一个跟她不一样的朋友，如果她不能对她说实话，又有什么必要交她这个朋友呢？所以她认真地说，如果他们给我钱，我凭什么不要呢？我缺的就是钱。

天哪！这不是交易吗？你怎么这样啊，你怎么是这种人哪。

小锐一急，阿珠也生起气来。你以为我喜欢这样吗？我又不像你们这些城里人，有家人，有工作单位，有领导，到处都是保护你们的人，我什么都没有，我生活在这里，但这里什么都不属于我，一切都跟我没关系。我也是人，我也想过好日子，我也想吃得好一点，穿得好一点，过得开心一点。你以为我生下来就喜欢这样吗？我也不是一开始就变成这样的，我根本就没想到会变成这个样子。最开始那个男人是我的老板，他来找我，我怎么敢得罪自己的老板？那是我家里托了好多人才找到的工作。后来，他老婆发现了，他就把我辞了，悄悄推荐我到另一个地方，结果，那个老板也跟他一样，再后来，老板们有交际需要，又把我推给另外的人。我也不能得罪人家，因为我得罪不起。

还是怪你自己，他辞了你，你还让他给你出主意？你不会自己去找工作吗？

既然工作那么好找，你为什么不去给自己找一个？

我跟你不一样，你别把话引到我身上来，我还没说完呢，你就不会拒绝吗？面对这些流氓，你为什么总是那么软弱？你得学会说不。

阿珠脸上浮起一个讥诮的笑。说不？你真是让我笑死了，我说得起吗？一会儿老板扣你工资，一会儿让你明天别来了，一会儿老板自己也破产了，你做了那么长时间都白做了。何况我还不能只顾养活自己，我还要给家里寄钱，我家里有生病的母亲，还有读书的弟弟。换成是你，你当然说得起那个不字了，你不工作，照样有人供你吃供你穿，你不工作，也没人找你要钱买肥料，找你要钱上学，你当然说得起一个不字。

实在坚持不了，就回老家呗，谁说一个农村人非要在城里讨生活呢？

你去村里看看，年轻人都走光了，你一个人留在那里，他们会笑话你没能耐的。我也试过，回去过了春节就不走了，结果，你猜村里人怎么说？他们问我，你为什么要留在家里？未必你连白莲子都不如？白莲子小时候得过脑膜炎，脑子有点不灵光，她家一个亲戚把她带进城里，据说在那里看管一个收费厕所。小锐，你不要用那样的眼光看我，我也是后来才知道的，有些城里的女人，她们有工作，也有钱，甚至有丈夫，但她们一样有交易上的男朋友，他们可能不给她钱，但他们给她想要的东西，那不是一样的吗？

阿珠这样一说，小锐就不知该如何反驳了，她似乎也有她的理由。但这只是理由，而不是道理，道理不该是这样的，道理应该是哪样的呢？小锐一时也说不清楚。

这是小锐第一次接触这样的女人，以前，她只在报纸上看到过，总以为这种女人离自己很远，没想到一不小心，真的就见到了这种人，还和这种人做起了朋友，而且这种人还不是她想象的那种龌龊的形象，阿珠看上去很纯朴很老实的，她从不知道卖弄自己的漂亮，她简直没把自己的漂亮当回事，比如她会胡乱皱眉，张大嘴打出曲里拐弯畅畅快快的呵欠，比如她会用手背狠狠地擦汗，使劲揉脸揉眼睛，就像她揉的不是自己的皮肤，而是一块肮脏的桌布，她还喜欢不分青红皂白乱吃一气，不像城里的女孩子，吃起东西来，恨不得带上天平，计算计算营养，检测检测热量。世道就是这么不公，她越是拿自己的漂亮不当回事，她的漂亮越是显得纯正，耐人寻味。

小锐想来想去，觉得阿珠唯一的出路，也许就是结婚，找一个人替她分担一点生活的压力，她才能对那些诱惑说不，才能规规矩矩地过自己的生活。

阿珠说，谁说不是呢？如果我有那个运气，我一定会紧紧抓住不放的。

后来，小锐就在那里看见了明超。那段时间阿珠在一家美容院里做，她让阿珠把美容院里的杂志带几本回来给她看看，她好像渐渐找到了自己努力的方向，她对化妆这一行越来越有兴趣，她想多看看书，积累点知识，某一天去做个化妆师。那天她去拿杂志，她站在外面敲门，开门的就是明超。

明超是个眉清目秀的小伙子，看上去稍显单弱。小锐一眼就发现，他跟她以前在这里见过的男人不一样。阿珠正在炉子上煮着冬瓜排骨汤，这也是以前没有过的，阿珠说她从不给她的客人煮东西吃。她说，我是不会随便给人煮饭的，我只给自己的老公煮。

阿珠留小锐在那里吃饭，她似乎乐于向小锐介绍明超。这次她不说他是她的老乡或者同学什么的了，对于他的身份，她什么也不说，她只说，这是明超！

明超一走，她就望着小锐说，完了，我这回认真了，我看他也是。小锐说，这不正好吗？阿珠的目光就有点忧郁，半晌才说，希望没什么波折才好。小锐说，记住一点，不该说的就别说。

阿珠慢慢回想明超的样子，在民工当中，明超算是一表人才了，和阿珠站在一起，看上去非常般配。有那么一阵，小锐心里竟涌起一点说不清楚的嫉妒，特别是当她听说明超家就在城郊时，简直不是嫉妒，而是绝望了。跟阿珠做了这么长时间朋友，她早就熟悉了她们这种人的打算，找一个家在城郊的人嫁掉，婚后依然留在城里打工，再用打工的钱把城郊的房子扩建一番，装修一番，有条件的话，甚至可以弄成别墅的模样，这样一来，她们就跟地道的城里人没什么区别了，甚至跟城里的有钱人没什么区别了，一样在城里工作，一样在周末回到乡间别墅里去。看来，阿珠马上就要过上这种生活了。小锐赶紧抓起一把瓜子嗑起来，借以掩藏起自己复杂的心情。她想想自己的一切，觉得自己才是世间最倒霉的人，她住在城里，却连乡下来的阿珠都不如，阿珠有工作，她没有，阿珠有男朋友，她做过那些丑事后，居然还能找到男朋友，而她呢，直到今天，她连男人的手都没碰过。

她走在街上，没有一个知心的朋友，连那些关系一般的同学们都已不知去向。她回到家里，三妈成天带着自己的小狗，三爹一张脸永远埋在报纸堆中，哥哥们更是对她视而不见。她完了，她不可能有像样的工作，不可能有像样的男朋友，更不可能有城郊的别墅。往前走下去，她还有什么呢？她什么也不会有了，只能这样一天一天毫无希望地挨下去了。

阿珠说，我得退掉你家的房子，我不能再在这里住了。阿珠说搬就搬，第二天就跟三妈结清了房租。又过了几天，小锐接到一个陌生的电话。阿珠说，是我，我换了新号码了。

这么说，现在是一个崭新的阿珠了？

是呀，过去的一切全都埋葬了，可我舍不得你这个朋友，你现在是我唯一的过去。我又在餐馆里干了。小锐放下电话就跑到那个餐馆去找她，还不到吃饭的时候，阿珠穿一身戏服似的工作服，正在大厅里使劲擦洗窗户桌椅。看到小锐，笑眯眯地走了过来。她本来就很漂亮，这身工作服把她衬得更加光彩夺目。

是明超把你变成这样的？

是啊，我一看见他，就觉得这个人会改变我，就想跟过去一刀两断，恨不得重新出生一次。这真是很奇妙的事情，我以前从来没有过这种感觉。

那他是什么感觉呢？

阿珠就咯咯地笑起来，笑完了才小声说，他说他恨不得连班也不上了，就粘在我身边算了。

新租的房子就是那片正在拆迁的临街小平房，比小锐家的出租房差远了，屋里已经有了一些男性用品，男式拖鞋，衬衣裤子。小锐问她，你们会结婚吗？阿珠说，应该会吧，明超是家里的独生子，独生子总是会早早地结婚的。

小锐禁不住发起呆来。阿珠说，要不要我帮你介绍一个男朋友？让明超在他同事中帮你找一个吧。

小锐在心里哧地笑了一下，难道阿珠真把自己当成跟她一样的人了？嘴上却说，还早着呢，我可不想那么早就结婚。

阿珠知道自己比小锐大三岁，就顺着她说，是早了点。又说，就算我给你介绍男朋友，你也不一定看得上，像你这样的，怎么会跟我们一样嫁给打工的？最不济也得嫁一个小老板呀。

小锐终于笑起来。什么老板呀，现在的老板一抓一大把，在屋里摆上两张小桌，把临街的墙面打穿，就成了堂而皇之的餐馆老板，不知道的还以为是多大个老板呢。

尽管笑了，内心的忧郁却始终挥之不去。她很想看看前面有什么，可她什么也看不见。

小姑山到了。尽管不是周末，人还是不算少。好不容易到了山顶，像在医院挂号一样出钱抽了签，这才排着队，一步一步缓缓向那个黑洞洞的小屋移过去。崔道士就在那里面。没有看见出来的人，进去的人从另一个门出去了。

终于见到传说中的崔道士了。方方正正的国字脸，稀稀拉拉的黄色长须，头包青帕，身穿道服。也许是跟前面的人刚刚结束谈话的缘故，崔道士抱着茶壶，大口大口地喝起来。喝完了，才转过头来看了小锐一眼，又接过她手中的签，沉思片刻，说道：

其实你不应该这么矮的，你应该是个高个子，你家里人都是高个子。

小锐一听，惊讶地睁大了眼睛，他是怎么知道的呢？

但你生前做了一件恶事，这件事影响了你的身高。补救的办法也不是没有，从今天开始，一直到春节，我看看。崔道士掐了一会指头说，到春节刚好还有四十九天，这四十九天里，你必须每天做一件善事，七七四十九天过后，你再去量一量，你的身高会有一个突然的变化。

小锐的脸蓦地发起烧来。她猛地想起过去的一幕，她向三妈哭着嚷道，谁知道你前世做了什么，如今报应到我身上来了。看来她错了，前世作了恶的不是三妈，而是她自己，她错怪了三妈了。又一想，还好，四十九天就能赎回，不就是一个多月吗？一个多月后，她就不是现在的小锐了，她就会是一个新的小锐，一个新的形象，不禁振奋起来。她问道，什么样的事才能算是善事呢？

很多事情都是，比如给乞讨的人一点资助，给盲人引路，等等，遇到什么事就是什么事，关键是在这些小事里，能体现你的一片善心就行。实在没等到机会的话，就去菜场买点活物放生，这是最简单最有效的方法，我劝过很多人做善事，以抵消冤孽，他们多半都是采取这种方法。你还得有个计数的方法，比如你可以准备一只小瓶子，每做一件善事就往里面丢一颗豆子，如果你真能照着我说的去做，到春节那天，你应该可以积满四十九颗豆子，到时你拿着那四十九颗豆子来找我，我今年会在小姑山过春节，我保证你会看到一些奇迹。

从崔道士那里出来，小锐久久不能平静，她捂着怦怦乱跳的心，一边坐在道观外面的台阶上等阿珠，一边想着崔道士的话，如果她摘满了四十九颗豆子，到了春节那天，她真能看到奇迹吗？她想，自己好歹也算受过中等教育的人，不能过分相信一个道士，她试着用科学的办法来求证崔道士的话，她今年虚岁二十，人家都说，女长十八就回头，男长三十慢慢悠，难道她在二十岁的时候，身高还会有个突如其来的变化？似乎没有科学依据呀。又一想，也说不定，她本来就是个发育很晚的人，在同学们全都迎来了初潮的时候，她仍然混混沌沌像个中性人一样跑来跑去，她是在十六岁那年才迎来初潮的，比最早的同学足足晚了五年，这是不是意味着她的整体发育速度也要比她们慢五年呢？

没多久，阿珠也脸上红扑扑地出来了。小锐正想对她说什么，又想起崔道士的叮嘱：不可对外人转述我对你说过的话，别人知道了就不灵了，只好硬生生地把话憋了回去。

阿珠似乎也有这样的想法。两人对望了一阵，还是阿珠先说了。崔道士交待过，他跟我的谈话要保密，所以我什么也不能告诉你。

我也一样！小锐一笑，两人手拉着手，心满意足地向山下走去。

刮了大半天的风突然住了，太阳从破棉絮似的云堆里钻了出来，给枯黄的山峦抹上一片金黄，收割过的田野分外空旷，灰黑的鸟群从田间次第飞起，三三两两落在电线上，落在树梢上。小锐正看得出神，阿珠在旁边碰了碰小锐，附在她耳边低声说，不知为什么，我的心情突然好多了。小锐一笑：不瞒你说，我也是。

回程的路似乎近了许多，城市很快就近在眼前。阿珠说，如果你不急着回去，陪我去一趟百货商店吧，我得去那里买点东西。

阿珠买的是红色的绒线。小锐说，现在就开始给宝宝织毛衣了吗？

也不全是，不过，是该给他准备几件衣服了，这孩子真是太巧了，预产期正好在春节。

阿珠看来心情真的不错，竟提出请小锐吃晚饭。她们经常互相请客，当然，是很简单的那种，一碗米线啦，一碗面条啦，一个烤红薯啦。这一次，阿珠出手特别大方，竟然是火锅。两人要了一只火锅，几碟泡菜，在街边那个只有两张桌子的小餐馆里热乎乎地吃起来。阿珠说，知道吗？崔道士说我今年春节会结婚呢。

天哪，他真厉害，难道你肚子都这么大了，他还一眼就看出你没结婚吗？

是我告诉他的。我也不知道为什么，一看见他，还没开口呢，眼泪就哗哗地流了下来。真是没想到，我从没当着陌生人的面流过眼泪，当时也不知怎么搞的，一接上他的目光，我就觉得整个人全都垮了，泪若泉涌，想忍都忍不住。

他呢？他怎么劝你的？他不会还帮你擦了眼泪吧？

当然没有，他盯着我的脸看，又把我的手拿过去，翻过来翻过去地看，然后他就告诉我，就要柳暗花明了，今年春节，一定会有花轿等着你。然后他又告诉我……不行，我不能告诉你，崔道士说了，不能泄漏，不然就不灵了。你呢？他跟你说了什么？能不能向我透露一点点？

小锐想了又想，字斟句酌地吐出几个字。我，可能还会长高一点。

两人笑嘻嘻地望着对方，小锐突然说，我们喝点啤酒提前庆贺一下吧？阿珠刚一点头，小锐又想起了什么，改口说，不对，不要啤酒，孕妇不能沾酒的，还是要饮料吧，冰过的橙汁好不好？

崔道士交待的机密，小锐连家里人也没透露半分。从小姑山回来后，第一件事就是找出那个透明的小花瓶，擦得干干净净的，摆在床头柜上，看了一会，又觉得不妥，如果三妈进来看见这个花瓶，她怎么向她解释？想了想，她把小花瓶藏进了衣柜里。

第二天起，她主动承揽了家里买菜的工作。她决定采取那个最简单的放生法来摘豆子。每天到菜场的第一件事，就是去买一只活物，一条小鱼啦，一只小虾啦，菜贩子们不肯卖给她，太少了，没法称，她只好买一条大的，再搭配着买条小的，大的带回家烧了吃，小的拿去放生，几天下来，菜贩子们跟她混熟了，有时也会把一些实在小得不像样的小鱼小虾送给她，这时她就很高兴。在花钱方面，她一直是个斤斤计较的人，她总记得自己没有工作，从不敢乱花家里一分钱。她记得崔道士的话，事情的大小轻重都没有关系，关键是一颗向善的心。不管多么小的小鱼小虾，它终归是一条生命，不管她花没花钱，她终归是从人的口边把它抢了下来，给了它一条生路。

有时小锐也犯愁，并不是每天都能碰到鲜活的小鱼小虾的。她也知道行善不只是放生一个办法，但她自己有很多局限，她不能去向大街上的乞丐施恩，因为她没有钱，也不能去领养一个弃婴，因为她没有能力，而且她还是一个未婚的姑娘，家里也不会答应。有那么一两天，她没有买到小鱼小虾，踯躅在菜场边，不知该上哪里去。想来想去，她觉得她不能放过任何一天，不能放过任何一个机会，否则她就凑不满四十九这个数字了，她就不能在春节那天看到那个奇迹了，所以她一定得完成当天的任务。她壮着胆子来到那个卖蛇人面前，那条蛇还是活的，她想买下那条蛇，然后放了它。蛇可比小鱼小虾贵多了，她咬牙用掉了当天的全部菜金。但她却不敢碰那蛇，只能远远地站着，央求卖蛇人帮他拎出去。卖蛇人走了一截，突然回过头来说，小姐，你这是发的哪门子善心呢？就算你放了它，过几天我们还会把它抓回来的，它就是给人吃的命。任他怎么说，小锐就是不吱声。前面不远的地方有一片小树林，树林旁边有一条小河，她想，到了那里，蛇总会有办法逃出去的。为了防止卖蛇人耍滑头，小锐站在一旁盯着，亲眼看见那条蛇蜿蜒而去了才放心地往回走。卖蛇人直摇头，问家里是不是有人怀孕了，他见过孕妇来菜场买活物放生的，但没见过像她这样的小姑娘来放生。

小锐马上想到了阿珠，就说是啊，是有人怀孕了。正这样想着，阿珠突然打来电话，眼泪叽叽地要她过去一趟，问她什么事又不肯说。

到了那里才知道，明超已经有一个星期没跟阿珠联系了。起初以为是工作忙，就没去打扰他，他上个星期就说过，最近进了一批货，品次上有点问题，正在跟厂方交涉，所以有点忙。今天早上，阿珠在炉子上坐好骨头汤，想打个电话让明超过来吃饭，才发现他手机居然停机了，又打到他店里，接电话的是个小丫头，问她什么都说不清。阿珠说完，眼泪就冒了出来。小锐你说，他是有意这么做的是不是？

小锐猛地想起两个多月前的一件事来。说来羞愧，那次竟是阿珠串通明超给她介绍男朋友的，事先也没告诉她，只说请她到某个地方吃饭，她就兴冲冲傻呵呵地去了。三个人坐了一会，不知怎么回事，阿珠衣服上一颗扣子突然掉了下来，就说，我到旁边那个小裁缝铺去缝一下就来，很快的。明超说，你快点啊，人家就要来了。小锐这才知道，不是他们三个人吃饭，还有一个人要来，一个男人。明超说，小锐你等会仔细看看，这个人是我在建材市场的同行，很有能力，家境也不错，如果你看得中的话，我再去跟他讲。小锐正要摆手说不行，人已经来了，个头不太高，笃笃实实的，还戴副眼镜。明超马上站起来，对小锐说，这位是马老板。马老板立即谦虚地摆手：什么老板，打工的。明超又指小锐对马老板说，这是小锐，是我女朋友的好朋友。

噢，你女朋友呢？二老板扫了小锐一眼，抬头四顾。

不管她，她有点小事，一会儿就回来。

小锐一看就知道没戏，那种人不是她喜欢的，她也清楚，那种人也不会喜欢她。别看那人长得不咋地，但偏偏是那种人，还最喜欢抢眼的美女，而且自己又是个什么老板，更是自以为是。气氛顿时有点尴尬，幸好点菜的服务员过来了，就在明超埋头点菜的时候，阿珠也回来了。小锐看见她笑嘻嘻地走过来，走着走着，突然放慢了脚步，脸色也跟着变了。顺着她的视线看过来，那个马老板也在似笑非笑看着她。

阿珠勉强坐下来，听明超给她介绍，她一边向马老板点头，一边慢慢红了脸。才上了两道菜，阿珠突然喊头疼，说要提前回去。马老板说，刚才还好好的，怎么突然就疼起来了呢？你不会是太紧张了吧，你放心，明超知道我，我这个人很随和的，既不会害人也不会坑人，你就坐下陪我们喝一杯吧。听他这样说，阿珠只得留了下来，小锐隐约感觉到，阿珠有点心不在焉，好几次把空空的筷子放进嘴里都不知道。眼看马老板跟明超喝上劲了，两人借着上洗手间的机会逃了出来。

想到这里，小锐问阿珠，上次你们要给我介绍的那个马老板，你们以前是不是认识？

我也不瞒你了，我担心的就是这个，他以前跟我有过一阵……你说，会不会是他跟明超讲了什么？真是倒霉，偏偏明超就跟他混在一起。

小锐回答不出，她不知道男人们会不会把这样的事说出来，换了是她，她是不会说出去的，阿珠以前那些事，她就从来没对家里人提起过。但男人跟女人毕竟不同。

赶紧去找他呀，叫我来有什么用?

阿珠却怎么也不敢自己去，她害怕明超当着她的面说出分手之类的话来，她害怕她一直担心的事情终于发生了，所以她请小锐替她去一趟建材市场，帮她问问明超去了哪里，左求右求，小锐只好同意了，却又突然想起了什么，问她，你有明超家的住址吗?

没有，我要那东西有什么用?

当然有用，就算他跑了，他的家总是跑不掉的。

他干吗要跑呢? 他跑了我怎么办? 求你别吓唬我，千万别用这种话来吓唬我。

个把月不见，阿珠脸上突然浮肿起来，两只脚也肿得像两只棒槌，她早已不施脂粉，脸上还长出了许多痘痘，她央求地望着小锐时，眼圈发红，眼里充满了泪水，嘴唇也跟着急爆了似的，断裂出一层白色的皮屑。小锐突然觉得，阿珠不再漂亮了，去小姑山时，小锐还没有这种感觉，那时她看上去还容光焕发，不仔细打量，根本看不出她是个孕妇，似乎就是两个星期的工夫，阿珠的形象突然来了个飞跃，从一个漂亮的姑娘猛地一下变成了一个笨重无比的孕妇。

小锐来到建材市场，找到明超所在的那个店铺，是一个女孩子守店，小锐想了想说，明超呢? 说好了今天送样品过去，等了半天也没去，害得我大老远的跑过来。小女孩忙不迭地说，明超调到城西新建的建材市场去了，请问你要看什么货，我拿给你。小锐不理她，问了新建材市场的详细地址，在心里冷笑一声，这个明超，你也真是笨，你以为换个地方，把手机停掉，就能躲开阿珠了?

小锐毫不费力就找到了明超。明超一看见她，就拉着她来到个僻静的地方。

阿珠都快急死了，你干吗突然不理她了？

明超光是阴沉个脸，不说话，小锐又紧逼一步。阿珠究竟哪里对不起你了，也没结婚，天天挺着个大肚子，好多人都在议论这件事呢。这种时候给她打击，出了事怎么办？

架不住小锐的步步紧逼，明超突然说，既然你这样讲，我就对你说实话吧。那次给你介绍马老板的时候，本来是正准备跟她回家结婚的，但你知道马老板后来对我说了什么吗？你知道他怎么对我说的吗？明超突然红了脸，定定地望着小锐，什么也不说了。

小锐有些明白了，又不好显得她是个知情者，只好继续装糊涂。他说什么了？

你真不知道吗？你们是朋友，你居然不知道她以前做过鸡？

小锐霍地站了起来。她没想到他竟然会说出那个字眼，她盯着他，好像他连带着也污辱了她似的。

明超还在说。不错，她的情况是很不好，家里穷得叮当乱响，母亲又有病，还有弟弟要上学，工作也不顺。不错，她的模样是在那里，就算她不想那样，那些男人也会打她的主意，但她，她居然在我面前隐瞒一切，就像什么也没发生一样，还堂而皇之地跟我谈婚论嫁，想用一个孩子来逼我就范，觉得我老实好欺负是吧？我偏不让她欺负！

那你想让她怎么办？把一切都告诉你，天天哭丧着脸向你赔罪向你道歉乞求你的原谅？你就没有做过一点错事吗？世上有那么多的小偷，每天都要回家面对自己的妻子，监狱里那么多抢劫犯杀人犯强奸犯，一样有妻子儿女去探监，还有那么多妓女，难道她们不是卖淫到九十岁一百岁，就是中途上吊自杀？她们后来不也一样被男人娶走了吗？

当他说出鸡这个字眼后，小锐顿时就懵了，她知道自己正和阿珠一起站在理亏的一方，但她不甘心，无论如何，就算狡辩，她也要为阿珠找到一些辩护词，她不能就这么灰溜溜地回去，不能在这个乡下来的小伙子面前认输。天哪，这样的话题，她该怎么辩护啊。没想到，情急之下，竟说出一串令自己也感到目瞪口呆的话来。她看到明超的眼神慢慢软了下去，她就知道，她的辩护产生效果了。

没几分钟，明超的眼神又强硬起来。是这样的，你说得也对，但是请你站在我的立场上想一想，将来我们一家人走在大街上，人家会在后面指指戳戳，他老婆以前是做什么的，他妈妈以前是做什么的，如果你是这个家庭的一员，你会是什么感觉？我的人生才刚刚开始，我没有权利给自己选择一份简单干净的生活吗？其实我一直在忍，从我知道那些事，到现在已经快两个月了，我没有一天不在煎熬当中，我选择不告而别，不去戳穿这一切，就是对她最大的尊重，她自己做过的事，难道没有自知之明吗？为什么还要逼着我把这一切都说出来？

那你就忍心抛下她，让她一个人收拾残局？你知道她的肚子现在有多大了吗？小锐再也找不到辩护词了，声音不由得低了很多。

只有我走了，她才能去把那个孩子做掉。

她不会做的，她要是做了，她这辈子可能再也做不了母亲了。

那也不是我的错，她跟任何男人都会遇到这样的难题。你最好劝她赶紧去做掉，不然她会害了孩子。

就算她执意生下来，你也不会认那孩子对吗？

明超腮边的肌肉跳了跳，望着别处说，是的，我做不到，我斗争了这么久，我都快疯了，我不想再在这个问题上纠缠不休了。他的表情看上去真的很痛苦。

你真狠心，真像个男子汉，我希望你以后不会做噩梦，希望你后半辈子良心上能够平平安安。

别跟我说这个，谁来替我着想？我今年才二十二岁，我比她还小一岁，在她以前，我从来没有谈过恋爱，她却早就是个老手了，她以为我老实、单纯、好欺负，她就装好笼子让我钻，换了你是我，你会傻乎乎地钻进那个笼子吗？

小锐想了想说，你把她想得太聪明了，以她的智商，她根本不会装什么笼子，也没有把握人家一定会钻她的笼子，我倒觉得她才有点傻乎乎的。

这回她真生气了，不知是替阿珠生气，还是对某种说不清楚的事物生气，总之，就像她自己切身经历了这场眼看就要失败的恋爱一样，她恨恨地看了明超一眼，噔噔噔地走了。

阿珠站在路口，眼巴巴地看着小锐跳下公汽，一步一步向巷口走来。小锐看得出来，她很紧张，像个等待揭榜的学生。

小锐想，也许要慢慢来，不能猛地一下对她实话实说，她脑子里浮现出这样一幕，阿珠听说后，突然两眼一翻，倒在地上，胯间血流如注。电影里都是这样的，孕妇们受了刺激，立即早产。要真是那样，小锐不知道自己该怎么办。

她慢慢走到阿珠面前说，装出轻松的样子说，没找到他人，他们那个店门关着，好多店铺都关着，说不定进货去了。再等几天吧，等他回来会给你电话的，要是过几天还没电话，我再帮你跑一趟。

阿珠似乎信以为真，悄悄吐出一口气。回到阿珠的小屋，小锐猛地发现，阿珠用红绒线结了许多万字结，一个一个串了起来。小锐数了数，三十五个，正好是她们从小姑山回来的天数，正好是她的豆子的数量，难道这些红色的万字结就是崔道士给她出的主意？

小锐问她，你这些绒线结，是不是每天结一只？

你怎么知道？

我随便问问而已。小锐心里清楚了，一定是崔道士告诉她的，一定是关于抓住男人的妙方，但她不忍心给她点破。她突然有点失望，如果这个小戏法真的能让阿珠把明超牢牢抓在手里，为什么她结了三十五个以后，明超还是离开了她呢？如果绒线结是荒谬的，她的四十九颗豆子是不是也跟这些绒线结一样牵强可笑呢?

但是,不信它还能怎么办? 姑且听之,姑且信之,除此以外,她也像阿珠一样,没有其他更有效的办法。她看看专心打绒线结的阿珠,顿生同病相怜之感。不管怎样,怀有一个愿望总是好的,不是有梦想成真的说法吗? 也许曾经有什么人的梦想真的实现过呢。

转眼又过了一个星期,阿珠又给小锐打来了电话,声音还是哭叽叽的。小锐只得丢下手边的杂事,赶了过去。

阿珠一见小锐,就孩子似的放声大哭起来。

明超还是没打电话给我,他再也不会理我了,他要抛弃我了,我该怎么办? 我和孩子该怎么办?

小锐趁机说,要不,我们去把孩子做掉吧,这种不负责任的男人,根本不值得为他生个孩子。

我不能,就算他抛弃我,我也要生下这个孩子。

小锐想起明超那天痛苦的表情,心想,是该再去探探他的口风了,一个思想斗争激烈的人,如果不抓紧时机给予引导,很可能就走到别的路上去了。

转了两次公汽,才到达城西的建材市场。找到那天那家建材店,人家说,明超啊,他辞工了,昨天刚刚辞的。小锐感到自己的头嗡地一下变大了,呆了一会才急吼吼地说,不可能的,不可能的,他去了哪里? 他说没说过他要去哪里?

人家直摇头。小锐脸都红了,不停地嚷,你们一定要告诉我这个人去了哪里,否则我就去报案。人家问她是他什么人,为什么找他,小锐稍一思索,就说,我是你们的客户,他拿了我的钱,却没有给我送货,你们说我该不该找他? 你们要是不告诉我他的去向,我就去登报,就去告你们,你们这叫什么店,收了人家钱,又不送货,还说什么辞职了,根本就是合伙诈骗! 那些人一听,顿时紧张起来。这小子,居然对老子耍滑头,看老子怎么收拾他。可找了又找,的确找不到任何关于明超去向的蛛丝马迹。小锐说,你们当时雇他的时候,就没留下他的家庭住址吗?这下提醒了那些人,又是一阵翻找,果然找到了。小锐赶忙抄下那个地址,佯装生气地扬言,要是这个地址有错,我回头还是要找你们算账的。

出了建材市场的大门,小锐心里一直响着一个声音:抛弃呀,这才是真的抛弃呀。又想,阿珠听了不急疯才怪呢。

果然,阿珠一听就傻了眼,嘀嘀大哭起来。小锐吼住了她,又把前一次找他的经过也跟她讲了一遍,没想到这一讲,阿珠反而不哭了。她擦干了眼泪,一声不吭地坐着。

小锐说,幸亏我连吓带骗要来了他的家庭住址,他跑了不要紧,他的家一时半会还跑不了呀,走,我们找到他家里去。说着就要收拾东西,想了想,又停了下来。

不行,现在去找他,万一他不在家,他家里人凭什么承认呢?换了是我,我也不敢承认的,哪里来的女人呀,随随便便就说怀了我的孙子,我的儿子呢?我儿子不出来证明,我怎么敢相信你呢?我想春节他肯定会回家的,你只有在春节期间上他家去找他。

没用的,一个人成心要躲你,怎么也找不到他。算了,我也不想再找他了,找到了又有什么意思?人家不想见你,人家瞧不起你,就算你找到他,跪在他的脚下,他也会扭头就走的。阿珠现在倒是不哭了,一副心灰意懒的样子。

所以,我们不妨去把这孩子做掉吧,长痛不如短痛,一个人带着个孩子,孩子又没有户口,将来得有多难哪,对孩子也不好。

阿珠摩挲着肚子说,太晚了,我感觉他已经听到我们的谈话了,我还感觉他正在伤心呢,他什么都听得懂,他早就听得懂所有的声音了。

当天晚上,小锐被电话吵醒了,是阿珠打来的,阿珠已经一个人住到医院去了，看样子要早产，比预产期足足提前了十五天。小锐嗯嗯着，脑袋不由自主地又搁上了枕头。

三妈早被她的电话吵醒了。从小锐口中，她早就知道了阿珠还没结婚却要生孩子的事，她当然知道阿珠此时的电话意味着什么。看看小锐那边还没动静，就摸黑来到小锐床边，说你还是赶快过去看看吧，怪可怜的，父母也不在身边。小锐揉着眼睛坐起来穿衣服，三妈从口袋里掏出二十块钱，递给小锐。

等她生完了，赶紧给她买碗月子汤喝喝吧，交待她千万要照顾好自己，这个时候落下病就是一辈子的事。

小锐没想到三妈对阿珠会有这样的好心肠，以前她一直反对自己跟阿珠交往，还以为她对阿珠没什么好印象呢，就说，阿珠知道了会感谢你的。

不要她谢我，人在难处帮她一把，是在行善，也是在给自己积德。

小锐愣了一下。三妈你也愿意做善事？

谁不愿做善事？作善之人，天降百祥。

阿珠还没进产房，正在病床上哭得两眼红肿，小锐不敢看她的样子，便低头去给她收拾行李。还好，阿珠一直有所准备，几套婴儿衣服，几块尿布，一条小毯子，都整整齐齐地放在包里，旁边的插袋里放着黄蓝两色的银行卡。再往下看，行李的最底层竟是一串串绒线结，一卷毛线，以及一个没结完的万字结。小锐忍不住一把扯出来，扔在地上。阿珠你真没骨气，都这种时候了，你还带着这个东西。

正好是阿珠阵痛的间隙，头脑稍稍有点清醒，顾不得肚大如箩，赶忙伸手去够地上的绒线结。不要扔不要扔，扔了就没有一点希望了。

小锐只好气呼呼地帮她捡起来，扔进行李堆里。阿珠你明智一点好不好，你就想着好好把孩子生下来，其他的什么都不要想好不好？什么明超扯超的，那种狗东西，你就当他出车祸死了行不行，世上的单身母亲又不只你一个！做个单身母亲，那是女人的光荣，男人应该在你的光荣面前感到羞耻才对。

阿珠一听又哭了起来。我以前从没想过做什么单身母亲。

你没想到会做单身母亲，我还没想到我会这么矮呢，没想到的事多了去了。

正说着，又一阵疼痛袭来，阿珠再次龇牙咧嘴大声哭号，小锐跑去找护士，护士却无所谓，只说再等等，时间还没到呢。但这次发作似乎更厉害一些，阿珠大汗淋漓，眼睛都发直了，小锐吓得缩在走廊里，不敢进屋。她甚至想过偷偷溜走，有一次，她当真从三楼溜到了一楼，刚走下楼梯又停住了，站了一会，又噔噔噔从一楼跑回了三楼。

当她跑回病房的时候，阿珠不见了，人家告诉她，阿珠进产房了。

五六个小时过去了，孩子还是没出来。医生全副武装走出来说，是难产，得剖腹，家属呢，赶快签字。小锐说她没有家属，只有她这个朋友，不知能不能代替她的家属签字。讨论了一会，签字问题总算解决了。旁边又有人对小锐说，那你赶紧去交钱，产妇只交了顺产的钱，现在是难产，起码还要再交两千。小锐想起阿珠行李包里的银行卡，就说，我得去问她银行卡的密码。医生只得让小锐换了衣服进产房去了。

阿珠煞白着一张脸，死人似的躺在高高的产床上。小锐凑到她的耳边，对她说了医院催款的事。阿珠费力地睁开眼睛说，卡上只有三百块了。说完又闭上了眼睛，清冷的汗珠顺着发梢，滴落在小锐的手上。

这个产妇怎么回事，家属也没有，钱也没有，既然要生孩子，为什么不早做准备？医生拉下口罩，撒开两手，看那架势，不凑齐住院费，她马上就会停止手术。

不碍事不碍事，您赶紧手术吧，钱的事情我来想办法。小锐一边说一边往门外退，另外一个医生从背后堵住她，说你不能走，给家里打电话吧，你要是走了，我们去找谁要钱？挺聪明的嘛，躺到手术台上才说没钱，都像你们这样，我们这个医院还怎么开？

打电话也得让我到外面去打呀，关我什么事，揪住我干什么？小锐很不高兴被医生当骗子对待。

不用出去打，就到我们护士办公室去打。医生拉着小锐就往走廊那头走。

放开你的手！不会欠你们半分钱的，你给我放开。小锐使劲甩掉那只拖着她的手，瞪了那个医生一眼，喉咙突然一阵哽塞，差点流下泪来。她真想骂她一句：你还是不是医生？是不是女人？但她还算清醒，她知道她现在不能骂，出院再骂都可以，现在千万不能骂。

她想起自己的银行卡，那上面倒是有两千多块钱，那是她从小到大收到的压岁钱和生日红包之类。三妈很早就对她说，女孩子从小就要学会持家，学会把到手的钱一点一滴存起来，于是，她在三妈的带领下去银行办了那张卡。说实话，要把自己的全部积蓄拿来给阿珠交住院费，她心里一百个不乐意，但事情到了这一步，又有什么办法呢？难道就看着阿珠在手术台上死去？她刚才签了字的，也听医生讲过一些利害关系，阿珠现在已经筋疲力尽，几近衰弱，若不赶紧手术，大人和小孩都有生命危险。如果她没有这两千块钱也就罢了，偏偏她刚好有这么多，她怎么能因为心疼几个钱财而见死不救呢？何况她正在听从崔道士的吩咐，往那只小花瓶里摘豆子呢，她怎么能一边摘豆子一边干出这种事来呢？

可她到底还是心疼不已。那钱虽然不是她自己挣来的，但一样得之不易，她记得清清楚楚，最小的一笔存入只有二十块，最大的一笔存入也只有一百块。犹豫了好几次，她还是颤抖地拿起了话筒。

三妈，请你把我的银行卡送到妇产医院来，阿珠没钱了，没钱人家就不给做手术，就会把她撂在手术台上不管，孩子就会死，阿珠也会死，真的，那些医生就是这么说的，不交钱她们就不给做，现在的医生就是这个样子。没办法，只有我先借给她了。我当然心疼，可是还能怎么办呢？看着她死掉？不行啊三妈，等她生完孩子，她一定会还给我的，她不是那种翻脸不认人的人。是的我知道，我会让她给我打借条的，这个我知道的。银行卡放在衣柜最里面那个小抽屉里，你打开抽屉，就可以看到里面有个绿色的药盒，药盒里面有个蓝色的小塑料皮本子，你掏出本子芯，就可以看到里面有张交行的卡。就是那张卡。我在这等你三妈。

三妈气喘吁吁跑过来时，孩子已经从剖开的肚子里拿出来了，是个女儿。

出院的日子已经定下来了，腊月二十四。越是临近这个日期，阿珠就越是沉默不语。到底回哪个家呢？回自己的家？她不敢回。回出租房？那里什么都没有，除了一个几十块钱的小电暖器，一点大米之外，什么都没有，就算她可以熬下去，孩子怎么办呢？银行卡上只有三百块钱了，三百块钱够干什么？一眨眼工夫就没了。看来，真的只有按小锐说的，回明超的老家了，反正小锐已经弄来了他家的地址。

到了腊月二十三那天，小锐突然问阿珠，明超知不知道你的预产期刚好是春节？阿珠点点头，他当然知道了，我常跟他提起这事儿。

小锐点点头，心里有数了。她想，既然明超不惜辞工，肯定是下定决心不想再见阿珠了，明年他肯定会换个地方，甚至换个城市也说不定。她突然来了灵感，觉得明超可能会提前在家里过春节，真正到了春节那几天，他说不定已经出发了，不在家了。他肯定想象得到，在春节期间生完孩子的阿珠一筹莫展，只有硬着头皮找到他老家去。他想让她扑空，让她找不着自己。想到这里，小锐说，我们出院后哪里都不去，直接去他老家，说不定还能把明超堵在家里。阿珠听了小锐的分析，也觉得有道理，两人立即开始收拾东西，做提前出院的准备。

天气阴沉沉的，北风吹得人缩着脖子，连眼睛都睁不开。阿珠把自己和孩子裹得严严实实的，在小锐的陪同下坐上了短途客车。小锐本来不想去的，她还在为那两千块钱心疼，这下好，她又一文不名了，又成了地地道道的穷光蛋了，到了夏天，连吃一碗刨冰都得思前想后了，阿珠这个样子，什么时候才能还她钱呢？她有点后悔自己一时冲动做了傻事，是她傻瓜，是她弱智，是她倒霉，凭什么她小锐要跟着蒙受损失呢？越想越气，便不想去了，但三妈说，你还是陪她去吧，她还在月子里，路上没人照顾不行，再说，你也该经历一些事，历练历练。

孩子在怀里不停地哭，那孩子也真是怪，从出院开始，一刻不停地哭，哭了一路，还没有止住的意思。小锐突然有了种不好的预感，这是不是意味着阿珠去明超家会遇到不顺呢？但看看阿珠那张灰白而焦躁的脸，她不敢把这个想法说出来，她不忍心再打击她了。阿珠抱着孩子晃了一阵，突然对小锐说，你觉得这孩子像谁？我怎么觉得他谁都不像呢？长得也丑，是不是医院给抱错了，我越看越觉得不像是我的，一点亲切感都没有。

小锐瞟了一眼，在心里说，如果明超自始至终在你旁边，两个人恩恩爱爱，你就不会觉得她长得丑了，就不会没有亲切感了。

阿珠又说，也许我真的做错了，当初也许真应该听明超的，有了这个孩子，一天到晚抱着她，我还怎么做事？不做事又怎么养她？

小锐白了她一眼。凭什么要你一个人养她？我们来这里的目的是什么？又不是你一个人的孩子，该当父亲的要站出来当父亲，该当爷爷奶奶的要当爷爷奶奶，谁都别想逃脱责任。

说得是，他们真要不认这个孩子，我就把她放在他们家门口。

就怕你想放他们还不让你放呢。

那我摔死她，我当着他们的面摔死她。阿珠生下孩子后，经常会陡地一下愤怒起来，两眼圆睁，像要吃人似的。

小锐听得心里一惊，表面上却装得无动于衷。摔死她他们也不会心疼的，对他们来讲，就像死一条小狗一样，兴许还不如一条小狗，小狗还有一锅汤，还有一张皮，小孩有什么？什么也没有。

那就让我死，我死在他们面前算了。

你这个人真是，想想办法吧，就会说这种横话，既然这么不怕死，生孩子以前就应该死掉，也不用多花这笔住院费，更不用欠我两千块钱，多好。小锐越说越解气，终于把自己一直心疼的两千块钱说了出来了，心里顿时轻松了许多，竟扑哧一声笑起来。其实这话一点都不好笑，她是故意笑的，她想让阿珠高兴一点。看来阿珠是无论如何也高兴不起来了，眼泪扑簌簌往下掉，一包餐巾纸一会儿就用完了。

小锐一直以为阿珠所说的城郊，就在公共汽车最末一站附近，哪知城郊大得很，汽车弯弯拐拐走了两三个小时，才来到一个荒草连天的山村。小锐有点失望，她想象中的城郊，应该是树木葱郁，流水清澈，色彩鲜艳的别墅点缀其间，而不是像她现在所见到的，既寒酸又贫穷，灰尘漫天的土公路上坑坑洼洼，路边尽是裸露在外的土坎，人们低着头袖着手，在路边走来走去，不时停下来甩一把清鼻涕，妇女们从池塘边抬起头来，破袖子下是一双冰得通红的胳膊，就连难得一见的母鸡们也是瘦骨嶙峋，无精打采。这样的情景让小锐心里一凉，她想起了明超的样子，明超在这个地方绝对算是个出众的小伙子，这样的小伙子，肯定也被家人寄予了很大的期望，很显然，阿珠是承担不起这个期望的。

下了车，两个人一路问过去，凡是被问到的人，都一脸惊奇地望着她们，好像她们多长了一只鼻子似的。终于到了明超的家了，三间大瓦房，白墙黑瓦，门前一溜光秃秃的白杨，看上去倒也整洁。走着走着，小锐注意到，一条灰黑的人影出现在屋后的小山冈上，他跑得很快，似乎身后有人在追他。他一会儿就不见了踪影。

后来，小锐想，那个匆匆逃走的人肯定就是明超，他一定是在家里看到她们了，也看到阿珠怀中的襁褓了，所以匆忙间跑了出去，藏了起来。说不定走前还跟家人交待了一二，也说不定他早就料到了这一点，早就在家里部署过了，所以他的家人才会不慌不忙，坚定果断，没有一点点突如其来的惊讶和慌乱。

两个老人站在门口迎接他们，像是料定她们会来的样子。他们是明超的父亲母亲，他们穿一样的黑色衣裤，一样冷漠而平静的脸，连他们身后那扇灰黑色的木质大门也透出同样的冷静和果断。门是刚刚锁上的，母亲把钥匙妥妥地放进了裤兜里。

从他们的长相上可以看出，他们都不是那种奸猾狡诈之人。母亲不时向父亲瞟一眼，小锐知道了，这个家是父亲做主。小锐推推阿珠，低声说，去呀，去告诉他们呀。阿珠低着头，不知道是害羞还是胆怯，怎么也不肯上前，小锐只好替她上去一步，站在明超的父亲面前。伯伯，我们来找明超，这是他女朋友阿珠，他回来的这几天里，阿珠早产了，我们刚从医院出来，我们带孩子来找她爸爸。

你们胡说些什么呀？我的明超还没结婚呢，哪来的孩子？

他们是没结婚，明超说，现在还没攒够钱，等攒够钱了，他就带阿珠回来结婚。

这种话可不敢乱说，传出去把我们明超的名声搞坏了，明超从来没跟我们说过他有个女朋友，几个月前还有媒人上门来给明超提亲呢，他要是有女朋友了，我们会让媒人上门吗？

我可以作证，他们的确在谈朋友，他们一直住在一起。

你是什么人？我们又不认识你，明超也不在家，你给谁作证呢？作什么证呢？

明超认识我，让他出来，你们就可以知道我说的都是真的。

明超不在家，他在建材市场打工，你们去那里找他吧，如果他真的做出这种败坏门风的事，我不会让他进门的，让他自己在外面解决。

我们去过他原来的单位，他辞工了。

他辞工了？那我们就不知道他在哪里了，他又不是每天都跟我们联系。

这个孩子怎么办呢？阿珠家里还不知道这事呢，为了生这个孩子，阿珠的工作也丢了，她现在吃住都没有着落。

你说这些有什么用？我们又不认识她，你说她是明超的女朋友，那也得明超来给我们介绍啊，现在明超不在家，我们怎么敢认她呢？如果我们认了她，今后任意哪个女的，抱个孩子跑到我家门口说，这孩子是你家明超的，我们是不是都得拿她当儿媳妇对待呢？肯定是不行的嘛，你们都是年轻人，你们应该懂得这个道理，不用我多说，早点回去吧，马上就要过年了，在门口吵来吵去不好看。

就是嘛，都要过年了，你总不能让阿珠抱着孩子流落街头吧，好歹也是你们的孙子啊。

我要跟你说多少遍？我的儿子还没结婚，哪来的孙子？真是好笑，人怎么能这样不要脸面呢？

小锐正要反击他，阿珠扯了扯她的袖子。我们走吧。

凭什么？要走也要把孩子给他留下。

阿珠不理她，抱着孩子飞快地走了。

在汽车站待了一会，小锐愤愤地说，就这样抱回去吗？太气人了吧，要我说，偷偷给他放在门口，不由得他们不收留她，终归是他们家的骨血嘛。小锐说完孩子气地冲明超家扔了一颗石子。在汽车站，可以望到明超家的屋顶，屋顶上一缕薄烟飘飘摇摇，像一个轻蔑而嘲讽的眼神。

阿珠说，就是太对不起孩子了，跟着我遭这份罪，是我做错了，她有什么错？

你应该这样想，孩子放在他们家，比在你那里条件好多了，他妈妈生过孩子，又有经验。以后，你要是想孩子了，经常过来看看，一来二去，木已成舟，说不定明超也会回心转意的。

阿珠似乎有点心动了，只说，他们不会同意我们放在他家门口的。

干吗要他们同意呀，我们悄悄地放，不让他们察觉。

那不等于是遗弃吗？

什么呀，是她爸爸家，是她爷爷奶奶家，怎么能算遗弃呢？应该是回家。

两人又等了一会，抬头一看，已是下午，因为天冷，四野一片寂静，屋顶上的青烟却浓烈起来，大概是在烤火，要不就是在慢吞吞烧着午饭。早就听说乡里人到了冬天起得迟，吃得也迟，一天只来得及吃两顿饭。

小锐说，走吧，动作要快，放下就走，就算给他们发现，他们也追不上我们的，两个老家伙，没我们跑得快，你回去后就搬家，让明超找不到你。他不是躲你吗？现在你也躲他，让他也尝尝心急如焚四处抓瞎的滋味。

岂料，还没到明超家门口，一伙同样穿着黑衣服的人从屋里接连不断地走了出来，那情景就像羊拉屎，就像小锐刚刚在山脚边看到的情景，黑黑的，一颗一颗，从羊屁股下面连绵涌出。小锐站在那里，惊呼一声：天哪，他们到底找了多少人来对付我们哪。

两边的人就这么对峙着。那边是清一色的男人，差不多的身高，差不多的黑衣黑裤，差不多的没有表情的表情，有几个人手里居然拿着木棍擀面杖什么的。这边是一高一矮两个年轻姑娘，高的那个抱着两尺来长裹得严严实实的孩子，矮的那个拎着一只装尿布的大旅行包。又一阵北风刮了起来，像一个无法无天的浪荡子，在山坡上赶着呜呜的松涛，在田野里打着响亮的口哨，又把墙上的窗扇摇得噼啪乱响。最后，还是孩子的一声啼哭冲乱了决斗般的气氛，孩子一哭起来就没完没了。那边的人影开始松动起来，摇晃起来，不过，也没有离开，只是队形稍微松散一点而已，有人咳嗽，有人往脚下吐痰。

明超的妈妈在屋里探出头来喊：姑娘，你孩子肯定是尿了，你给她换块尿布就……

话没说完，就被明超的爸爸吼了回去：就你聪明！给我回屋去，不说话能憋死你？明超妈妈的脑袋一下子就缩了回去。

阿珠蹲下来给孩子换尿布，果然尿湿了，屎也出来了，手忙脚乱弄了一阵，直到孩子的小屁股都冻青了，才勉强包好，捆扎起来。阿珠说，走吧，人家早就防备着我们呢。

看来今天是办不成这件事了，小锐说，那就走吧，今天不行还有明天，明天不行还有后天，我就不相信，我们居然斗不过两个老家伙。

回来的当天晚上，阿珠就发起了高烧，满脸通红，呼吸急促，躺在床上呼呼喘气。小锐说，恐怕还是得去医院看看吧。阿珠说，没事的，可能是吹了冷风，有点感冒，你帮我烧壶开水就回去吧。小锐也不勉强，真要去住院的话，哪来的钱呢？烧好开水，又把烤干的尿布收起来，一块一块抹平叠好，放在阿珠旁边，就回家去了。

街上灯火通明，一家商场门口放着圣诞老人和马车，清脆的铃声无休止地播放着。另一家商场门口堆着雪乡小景，积雪的小屋，屋檐下挂着红艳艳的爆竹，笑呵呵的老夫老妻，温暖的橘黄色的窗口。小锐久久望着那个小屋，那小屋的形状跟明超家有点相似，那对老夫妻却跟明超的爸爸妈妈迥然不同。又想起去年这个时候，她和阿珠在这条街上逛来逛去的情景，那天她们一人戴着一顶派送的圣诞帽，一路品尝着那些人递上来的炒栗子和烘糕，一条街走下来，没花一分钱，却已吃了个半饱。唉，今非昔比呀，她不知道明年的春节会怎样？也许明超会回心转意，也许……算了，她懒得再想这件事了，最近一段时间，她老陷在阿珠的事情里，她都有点烦了。她开始想自己的事情，回去第一件事就是打开电热毯，好好泡个热水澡，再钻进热乎乎的被窝。又一想，阿珠一个人躺在冰冷的破房子里，旁边还有一个人事不知的小孩子，可是，她有什么办法呢？她又不能把阿珠接到自己家里来，她也没有这个必要。她们是朋友，她帮过她，这已经足够了。

虽然才九点多钟，但因为天冷，三爹已早早上床睡了，三妈还在桌边笼着袖子等小锐。

有好消息呢小锐，你舅妈有个亲戚在海军部队服役，春节回家探亲，托她给他介绍个女朋友，前几天就过来把你的照片拿去了，我怕又不成，就没告诉你，今天你舅妈过来说，人家想明天就跟你见见面。

那他知道我的身高吗？小锐兴趣不大，关于身高的问题，已经让她吃够了苦头，丢尽了脸面，她早就不抱希望了。她回想起那些场面，那些目光像刀子一样，一刀一刀割在她的身上，还有那种躲躲闪闪的眼神，她早就受够了。她想起阿珠以前说过的话，这种事情，你越求越不得，你不求的时候，他偏偏自己走到你面前来了。她说的是明超，那时她对她的未来的确没有打算，她以为她这辈子就这样完了，像片无力的树叶，从这个男人的怀里吹到那个男人的怀里，不等秋天到来，就枯黄了，就萎掉了，就完蛋了。可突然有一天，明超出现了，他一出现，她就觉得她的生活必须重来，她必须有一个新的开始，新的景象。当明超开始躲她的时候，小锐曾问过她有没有后悔。她那时还沉浸在爱情中，还信心百倍，她说，就算后悔，也还没到后悔的时候，好事多磨，说不定经过这番波折，我跟明超的感情会更好呢。

三妈说，我都替你想到了，都说了，人家还是想见见面再说，我看这回有希望。舅妈说，那孩子看了照片就笑起来了，说这样的眉眼正是他喜欢的。

小锐的眉眼有点奇怪，她的眉毛有点八字形，淡淡的，眼睛却有点斜斜地往上挑，像京剧脸谱，这样的眉眼，猛一看，有点愁眉苦脸，细一看，却有一股说不出的柔媚和幽怨，是很打动人的，可惜这么多年来，几乎没人愿意停下来仔细打量打量她的眉眼，他们都是匆匆掠过一眼，就昂首前去，不再理会。小锐不知多少次对镜研究过自己的长相，她也觉得眉眼是她整张脸上最动人的地方，看来，至少就她的脸而言，他们是有些相同的趣味的。

小锐正要高兴，又冷下脸来给自己泼了瓢冷水。已经知道她是个矮子了还想见面，恐怕对方也是个矮子吧。三妈说，不会吧，太矮的话，怎么可能去当兵呢？

小锐觉得三妈的分析也对，不禁开始想象起碧波连天的大海来，有个海军丈夫也很不错呀。尽管今天跑得很累，还是重新打起精神来，开始挑选明天要穿的衣服。

三妈问起阿珠的情况，小锐的头埋在衣柜里，瓮声瓮气地说，还能怎么样？人家坚决不认，连门都没让我们进，还雇了一大帮像打手一样的家伙守在门口，只差把我们打出去了。

也是，换了是我，连儿子都不认的女人，我也不会要的，谁知道是什么来历。我劝你，以后还是少插手阿珠的事，别弄得到时候连你都脱不开身。

笑话，我怎么会脱不开身？又不是我的孩子，又不是我想结婚。

总之，你少管就是了，自己的一点积蓄全都借给了她，也算是竭尽全力了。有些人，你帮她一把，她马上就能立起来，有些人，你再怎么帮，她也是扶不起的阿斗。我看阿珠这人就是太糊涂了，关键时刻狠不起来，当初就算连拖带骗也要把明超弄去登记结婚呀，这种事情怎么能听男人摆布呢？

第二天，小锐兴冲冲去了见面地点，舅妈和另一个穿蓝色制服的人正在茶馆里等她。小锐只偷偷打量了一眼，就有点泄气了，小伙子太让人满意了，简直称得上英武，而且不高不矮，身材适中，这样的人怎么会看上她这个小矮人儿呢？

舅妈走后，两个人继续留在茶馆里聊天。他问她平时都有什么爱好，喜不喜欢旅游，爱不爱上网。她则问他军舰走在海里的感觉，晕船的感觉，海风吹在脸上的感觉，满心都是好奇，小伙子答得很详细，言语也很生动，足见他对她的兴趣。她又问他老家，他说，在山里，离这里很远，得坐六个小时汽车，两个小时机动船，再走十多里地才能到。小锐就想，一个山里人，居然当了海军，真是个好运气的家伙。

一直聊到中午，海军说要请她吃午饭。小锐自然满心欢喜，看来，这事说不定真有希望，否则，他干吗要请她吃午饭呢？她以前不是没有相过亲，那些人往往连一杯茶都没喝完，就抬屁股走了。

饭桌上，海军竟直接问她，你对我有什么看法？

她有点不好回答，她对他自然是没有什么意见，但她觉得，这点矜持还是要有的，她不能先说出来，她得等他先表态才行。所以她只是羞怯地笑一笑，什么也不说。

还有一个星期，我就该归队了，我回去以后，能不能跟战友们说，我有女朋友了？

他笑意盈盈地逼视着她，她只好轻轻地点了点头。她简直要笑出声来了，事情来得如此突然，又如此美满，是她以前想都没有想过的，怎么会突然降临这样的好运呢？

午饭吃得高兴，两人又决定一起去游乐园玩一玩。小锐高兴地说，我很早就想去游乐园了，但一直没去。

为什么？这么近，你随时都可以过来。

不是，一个人来玩有什么意思。

海军就笑了，他懂她的意思了。而他一笑，她也就笑得更加灿烂了，她觉得他们真是有缘，才见第一面，就像交往已久的朋友，那么自然，那么快乐，她感到有什么东西在他们之间火箭似的向上蹿升。

晚上回家，自然免不了向三妈三爹汇报这一天的愉快心情，全家人都为她今天的收获所鼓舞，都以为这桩婚事看来是很有希望了。

明天我们还约好了去划船呢，他今天晚上就住在舅妈家，明天一早来接我。

三妈说，这么冷的天，划什么船呀。

三爹说你真是的，人家年轻人，不怕冷，你就让人家去划吧。明天早上我去买菜，中午你们回家吃饭，顺便带回来我们看看。

不行啊，我们说好了中午在外面吃烧烤，还是晚上回家来吃吧。

一天的行程就这么安排好了，小锐爬上床去，第一次带着微笑钻进了被窝。三妈留下来给她掖被角,说阿珠打过电话来的,我说你出去了,相亲去了,她就挂了,我估计她也没什么事,无非是想要你过去给她帮帮忙,我可告诉你,人家没几天就要归队了,这几天你先不要管阿珠了,你先管好自己的事再说。

嗯! 小锐往被子里缩了缩,不一会就睡了过去。

日子就在好心情中幻灯片一般放过去,四处游玩,逛街,打游戏,看电影,品尝美食,共赴家宴,好像春节提前一个星期来到了似的,短短五六天里,两个人就经历从初识到热恋的全部过程。在那个到处都是情侣的电影院里,小锐品尝了她此生第一个来自异性的吻,长满胡茬的嘴唇久久地贴在她的嘴唇上,那种从未遭遇过的奇特感受,差点让她晕了过去。她慢慢睁开眼睛,使劲地掐了一下自己,很疼,应该不是做梦吧。她一直很怀疑,她一直以为自己在做梦,一个渴望已久的美梦。

腊月二十九了,明天就要过年了,海军不得不回家去。他们约好,六天后再见,六天后他会再来这里,他要从这里坐上归队的火车。

送走了海军,小锐这才想起阿珠,她应该去看看阿珠了。

阿珠没锁门,轻轻一推,门应声而开。阿珠正坐在小板凳上熬稀饭,小孩在被子里嗯嗯地哭着,阿珠缓缓转过头来,小锐吓了一跳,几天不见,阿珠已经瘦得脱了形。她看了小锐一眼,又去专心致志地熬自己的稀饭,她似乎坐着都吃力,一手抓着桌腿,一手拿勺在锅里颤巍巍地搅拌。

小锐去看锅里,只有稀稀拉拉的几颗米,桌上也没有菜,一瓶老干妈早就刮得见瓶底了。小锐站了一会,转身跑了出去。

她一阵风似的冲回家里,冲进厨房,找出一只大碗,装菜,装饭,满满地装了一大碗,又一阵风似的冲了出来。三妈追出来问,她不理,一会儿就跑得不见人影了。

阿珠一边吃一边打嗝,一口气吃下大半碗,才抬起头看小锐,看着看着,就哭了起来。

小锐，我坚持不下去了，我没钱，没吃的，小孩也没奶吃，我有家不能回，我会饿死的，我会病死的，你摸摸我，我一直在发烧。

阿珠的手盖在小锐的手上，竟像熨斗一样滚烫。

你还是回家去吧，你妈会原谅你的，天下没有不原谅女儿的母亲。

她不会的，你不知道，以前我姐姐就是像我一样，没结婚就带着个孩子回家，把她给气病了，后来姐姐也失踪了。现在，我要是也这样回家，非要了她的命不可。

这倒是第一次听说，小锐一直以为她只有一个弟弟，没想到她还有一个姐姐。

小锐，你帮帮我吧，我实在是没有一点办法了。

我是想帮，可是，我怎么帮你呢？你知道，我所有的积蓄上次全都给你结了住院费了，我现在也是靠父母养着呢，要不，我每天在家只吃个半饱，藏起一半，再偷偷给你送来？

阿珠一笑，轻轻摇了摇头。你说得对，没有人能帮我，没有人可以帮得上我，我已经走到绝路上来了。我现在好后悔，我把事情想得太简单了，我真的不该生下这个孩子，谁都不稀罕她，连我自己都觉得她多余，我也不该遇上明超，我根本就不该产生什么改过自新的想法，我就该像以前那样活下去，你看看那些女人，穿金戴银，吃香喝辣，她们一样是在凭自己的本事吃饭，不偷不抢，不欺不骗，一样孝敬父母，友爱兄弟，我有什么资格看不起那一行呢？那才是我的出路呀，我真后悔，我当初居然发了疯，想要改什么过，我何过之有？我不过是想挣口饭吃而已。现在我该怎么办？想走回头路都不可能了，你看看我，我已经变成了这副鬼样子，我还有人要吗？还有人会要我吗？没有人要了，连狗都不会理我了。

阿珠一面说，一面往地上滑下去。小孩被她吵醒了，躺在床上猫似的哭。阿珠猛地一捶床垫，小孩竟给弹得蹦了起来。哭哭哭，就知道哭，我要死了你知不知道？说着解开衣襟，掏出松耷耷的乳房给孩子看。

你看，你看，有奶吗？没有，一滴也没有，你已经把我喝干了，你就饿死吧，你就哭死吧，你生来就是受苦的命。

小锐没想到阿珠的乳房会变成那个样子，才几天的工夫，原来饱满的乳房竟像一只半空的口袋似的挂在那里。阿珠揪起它，揪得长长的，再松开手，让它自己啪地一声掉下去。她像疯了似的，嘿嘿笑着，不停地揪起来，放下去，揪起来，放下去。

小锐你看，这样的乳房，还有男人喜欢吗？没有了，再也不会有人喜欢它了，再也不会有人要我了，他们宁可去要你都不会要我了。

你这是什么话？你有什么资格污辱我？小锐霍地站了起来。

我没有污辱你，我说的是真的，你不是相亲去了吗？他长得帅吗？这回相中了吧？我看你表情就知道相中了，这方面我有经验。你看，我没说错吧，男人们宁可要你也不会要我了，我已经完了，彻底完蛋了。

疯了！你简直疯了！小锐气得一甩手跑了出去。

这回小锐真生气了，她决定再也不管阿珠的事了，不管怎么说，也不能当着她的面说出这种话来呀，狗东西，原来她一直在自己面前抱着见鬼的优越感哪，她算什么，不就是长得好看一点吗？那就让她一个人优越去吧，让她一边喝她的米汤一边优越吧，她真后悔，她应该当时就甩给她一巴掌的。

幸好大年三十的气氛不容易让人生气，小锐一直在厨房里帮着三妈，三妈有一搭无一搭地跟她谈着明年的计划。

该准备几件像样的衣服了，我估计过了年他会邀请你去他们部队玩玩的，得穿好一点，这是给他长面子的事情。

吃过团年饭，我带你去商场看看，听说过年期间打折打得很厉害。

可能的话，最好明年就把事情办了。

小锐说，办不办的，也不该由我来说啊，还得由人家先提出来。

那倒是，不过他会提出来的，部队里的人我了解，听说他快转业了，说不定他就想在转业前敲定这件事呢。

小锐配菜的手迟疑了一下。三妈你说，他会不会是因为转业的事，才这么快跟我确定关系的。

你想得太多了，就算是出于这种考虑又有什么呢？有了女朋友，才能决定转业后回到什么地方嘛，他有这种打算也无可非议。

如果没有我，转业后他是不是要回到他的老家？

可能吧，就算是又怎么样呢？当初你爸爸还不是因为我有一张城里户口才跟我结婚的，他那时还是个下乡知青，人家都回城了，他还呆在那里上天无路入地无门，现在不也一样过得很好吗？都是缘分，就算他想利用女人，为什么偏偏是你而不是别人呢？这就是缘分。

两人一边干一边嘀嘀咕咕，从早上八点一直忙到十二点，十八道菜的团年饭终于搬到了桌上。两个哥哥六口人，三爹三妈加上小锐，一共九个人围着大桌团团坐定，照她们家的老规矩，这顿饭必须人人到场，还必须人人沾酒，既喝酒自然也就免不了说话，去年一年如何，明年有何打算，今后有何打算，每个人都要谈到，包括两个还在上幼儿园的孩子。总之，有点像单位里的茶话会，总结过去，瞻望未来，其乐融融。今年谈得最多的话题是小锐，大家都对这个刚刚结识的海军充满了期待，说是部队里出来的人，至少思想品德上是可靠的，又说大山里出来的人，不会是什么奸猾之徒，性格朴实，勤劳可靠，唯一有点担忧的就是，当过兵的人，将来也许会有点大男子主义，小锐在家时得勤快些了，脾气也得温和些了。三妈就站出来说，我们小锐，其实是很勤快的，也不轻易发脾气，何况是在那个海军面前，一个女人只要嫁对了人，肯定百依百顺。

吃啊聊啊，等散席的时候，已是下午三点了。小锐猛醒过来，今天是最后一天了，最后一颗豆子还没摘呢，这件事是万万不能忽略的。当即穿衣出门，往菜场那边赶去。

都怪这顿饭拖得太久，等小锐赶到菜场的时候，水产部空无一人，整个菜场只剩几个卖小菜的人稀稀拉拉坐在那里，放生看来是不可能了。小锐快快地回家，无论如何，今天得把最后一颗豆子摘下来，已经坚持了四十八天，一定不能在第四十九天的时候出现遗憾。也许今天得破财了，她已决定，顺便去趟地铁，看看有没有大年三十还在工作的乞丐。

她第一次发现，大年三十这天，乞丐也要休假的，地铁站没有，闹市区没有，天桥上没有，所有曾经出现过乞丐的地方，今天都没有，大街上像大水冲过一样干净，人人都缩在自己的安乐窝里，间或响起一两支礼花爆竹的声音，那是在小巷子里跑来跑去的孩子们弄出来的声音。小锐快快地往回走，她想去问问三妈，当然，她不会把崔道士给她的秘密说出来，她会想个别的办法问问三妈。

正要回家，猛地想起阿珠来，阿珠今天怎么过年呢？对呀，去给阿珠送点钱，阿珠不正需要帮助吗？就在阿珠身上摘下这最后一颗豆子吧。

阿珠家的门大开着，这个女人，大冷天的，人家关着门还要挂棉帘子呢，她倒好，还要把门开着。正要大声责怪阿珠，才发现阿珠并不在家，摸摸炉子，已经凉了，看来阿珠离开的时间不短。又去看孩子，孩子的奶瓶温在被子里，剩下的半瓶奶看上去十分稀淡，尝了一点，才发现原来是米汤。小锐摇摇头，米汤能有什么营养呢？看看孩子的脸，似乎比刚生下来时还小了些。正要哄她，才想起这孩子还没有名字，出生都快两个星期了，还没有名字！心想，等会阿珠回来，一定得逼着她给这孩子取个名字，大年三十这天取名，还是有点纪念意义的，要不，干脆就跟年字挂点钩，叫个什么年，或者把年字放在中间，想来想去，总觉得这样的名字有点男性化，不过也好，很多大人物都是男取女名，或者女取男名，倒显得另有一股说不出来的大气。

孩子哭了起来。声音很弱，细细的，吭吭的，可怜巴巴的。小锐伸手去抱她，碰到了挂在胸前的一个硬硬的东西。拿起一看，竟是一只小包，小锐认得，那是阿珠的化妆包。打开一看，天哪，竟是阿珠留下的一封信。

好心人，请您收下这个孩子吧，她父母身体健康，容貌优等，只是不配做她的父母。

然后就是孩子的出生时间，以及孩子都吃过些什么东西。写得倒挺详细的。

小锐傻站在那里，两手呆呆地朝前伸着，却不敢抱那孩子，好像那孩子是个什么碰不得的东西。

想了又想，也许应该把孩子抱回家里暖和暖和，这个屋子里太冷了，简直像冰窖。

小锐小心翼翼地抱着孩子，刚一进门，两个侄儿就欢叫起来。

娃娃呀，不是布娃娃，是真的娃娃呀。

三妈正在打瞌睡，一下子给惊得站了起来。小锐说，阿珠跑了，把孩子扔下跑了。

傻丫头，你把她抱回来干什么呀，你赶紧给我送回去，赶紧，越快越好，我看你真是昏了头了。

这孩子饿坏了，你看，她妈就给她吃米汤，不管怎么说，我们先给她冲点牛奶吧，不然她会饿死的。

饿死了也跟你没关系，这种事情你少插手。

三妈，今天是大年三十啊，要饭的从门口过，也要给她一碗饭的，不就给她冲点牛奶吗？

三妈站了一会，拿过了小孩的奶瓶，冲了满满一瓶，又拿凉水泡着，泡了一会儿又挤出几滴试温。小锐说，还是三妈内行啊，这孩子命苦，要是生在三妈家里，怎么会饿成这样呢？

少废话，喂饱了她，赶紧给我抱回去。

小家伙咬住奶瓶就不放，一气吃完了半瓶，才松开嘴巴来喘气。小锐试着拿开奶瓶，她马上哭起来，声音听起来似乎响亮了许多。

三妈，让她在我们家过了年再走吧。

你知道什么呀，赶紧给我抱走，一分钟也不能留，这不是别的，不是小猫小狗，她是人，一沾上手，想甩都甩不脱。

我把她放在哪里好呢？她那个出租屋里冷得要死，孩子肯定会冻死的。

我不管，哪里抱回来的你给我放回哪里去，早就跟你说，阿珠那种人，少插手她的事，现在知道了吧，表面上像只羊，一夜之间，她就能变成狼。

她也不是有意的。小锐想起那天阿珠的哭诉，说不出话来了。

谁都不是有意的，那些杀人的人，他们也不是有意的，为什么没有人原谅他们呢？

孩子吃饱了，又睡了。小锐还抱着她坐着不动，她也不知该怎么办才好，她只是想到，把她送回那个小屋里，她肯定是死路一条。

三妈，你知不知道有谁想领养小孩？

这不是你该操心的事情，你少七想八想，赶紧给我送回去。

三妈，你不是常说行善之人天降百祥吗？

你说这话是什么意思？那也要我做得起嘛！

三妈见小锐还在磨蹭，正要把孩子夺过来，电话响了，是舅妈打来的，那个回家的海军，走到半路，碰上山体滑坡，公路堵死了，走不了了，只好回来了，问小锐能不能现在就过去。舅妈的声音很大，小锐全都听见了，这个消息太意外了，她抱着孩子站起来。

放下电话，三妈两手一摊。这下不怪我了，你总不能带着孩子去见他吧，人家要是问起来你怎么说？说是你朋友遗弃的孩子？你都有这样的朋友，人家又会怎么看你？

别说了，我送回去，不过，我们得给她加一床小毯子，她的包裹实在太薄了。

这次三妈没有反对，进屋去拿了一块毯子来。

电话又响了。还是舅妈，这回是找小锐的。

小锐呀，你不要等到吃晚饭才过来呀，现在就过来吧，我们正在唱卡拉OK，有人急着想听你唱歌呢。

就来，就来。

三妈要陪着她去送小孩，小锐不让，她也说不清是为什么，也许是心存侥幸，她总认为阿珠会后悔的，说不定她现在已经赶回来了，正在为失踪的孩子痛哭呢。她怕三妈看见阿珠，会不分青红皂白地抢白她一顿。

可是，阿珠的房门锁了。敲了半天，也没人应声。凑近窗户看进去，屋里似乎收拾过了，干干净净，冷冷清清，连阿珠原来那些生活用品都不见了。小锐突然明白过来了，肯定是房主过来收拾过了，把门锁起来了。这么说，房主看到阿珠扔下的孩子了？

小锐顿时全都明白了，房主肯定早就发现了，早就等着有人把孩子抱走呢，孩子一走，他就过来清理了现场，锁上了房门。这件事就跟他毫不相干了。

小锐抱着孩子来到外面，现在怎么办？海军正在舅妈家里等着，如果抱着这孩子走进去，她可以想象满屋的目光，也可以想象那个海军的目光。重新抱回家去？三妈肯定会把她像扔一只蟑螂一样扔出去的。

小锐抱着孩子慢慢走，心里跳得像擂鼓一样。阿珠遗弃了她，她也要遗弃她了吗？世上所有的人都要遗弃她了吗？孩子像是听懂了小锐的心跳，醒了过来，细声细气地哭着。小锐盯着她看，越看越觉得她将来会是个美丽的女孩子，这样的女孩子，应该有着什么样的命运呢？她想不出来什么样的命运才适合她，但有一点，她不能再跟阿珠一样穷了，穷则思变，变就容易出事。她应该生在一个稍微富裕一点的人家家里，平平安安，暖暖和和地过完一生。

小锐旁边就是一个华丽的小区，住在这个地方的人，应该都有一份不错的生活。她站在院墙外，看着里面那些繁复的欧式阳台和窗户，以及漂亮的窗帘后面，晶莹的水晶吊灯一角，据说这些富裕的人们很多都没有自己的小孩，他们没有时间生，生小孩的季节要打拼世界，打拼到世界了，又错过了生小孩的季节。小锐等了很久，趁那个门卫出来闲晃的时候，一闪身进了小区，她在楼群间慢慢穿梭，寻找一处自认为合适的地点。她看中了那个车库，太阳照着那辆豪华轿车，小锐认得，那是一辆奔驰，开这种车的人家，又在大年三十这样一个祥和的日子里，看到这样一个美丽的婴儿，主人应该不会过分生气吧？

孩子似乎也很满意，小锐放下她时，原以为她会哭的，但她却没有吱声，她刚刚吃过一瓶牛奶，肚子里饱饱的，正十分满足地咂着嘴，心安理得地迎接着她的命运。

舅妈家正在歌舞升平，桌上摆着美酒和点心，厨房里请来了专业厨师，诱人的香味阵阵飘出，越发令人陶醉。海军把话筒递到她手里，一再要她唱，舅妈也要她唱，她张了张口，却一句也唱不出来。她进门的时候告诫过自己，要装得跟没事一样，要装得喜气洋洋一点，要装得甜美可爱一点，她在心里努力了再努力，但她还是做不到。

这是个吉祥的节日，每个人都很快活，即便有些小小的烦恼，也都被压在节日的盛装之下，美酒佳肴之下。海军似乎很喜欢唱歌，他正跟舅妈唱一首著名的合唱。他肯定看出她有点不对劲了，他刚才还问过她，你怎么啦？谁惹你不高兴了？她摇头，她以为他会继续追问下去，她想，他要是一再追问，她说不定会把刚才的事情告诉他的，可他只问了一句，就懒得再问了，就转头去唱歌去了，他的颤颤的气流被放大得满屋子都听得见，她突然有点厌恶一个男人用颤颤的气声唱歌。

趁着海军跟舅妈唱歌的时候，她站起来向舅舅撒谎，她来的路上掉了东西，她要去找，她一定得去找。不等舅舅反应过来，她就匆匆跑了出去。

在院子里，她还能听见楼上的歌声。轻轻敲开沉睡的心灵/慢慢睁开你的眼睛。歌声中，她一边跑，一边流下了眼泪。

她在街道上发狂似的奔走，她想让自己的心在狂乱的脚步声中平息下来。她再次想起那最后一颗的豆子，她很清楚，她摘不满四十九颗豆子了，一个孩子活生生地放在她的面前，她曾经有过这么好的机会，但她推开了她，在她已经摘满了四十八颗豆子的时候，她推开了她，等于把那四十八颗豆子也抹杀了，她什么也没有了。现在，子夜临近，新一年的大门已经朝她打开，她只能随着人流跨过这道门槛，茫茫前行，她再也没有机会去摘那最后一颗豆子了。

当然，明天也不用去小姑山了，她没有做到自己该做的，又凭什么见到那个奇迹呢？她没有希望了。是她自己掐灭这个希望的。后半生，她只能晃着这具小小的躯体，可怜巴巴地活下去了。

——原载《钟山》2007年第1期

薛　舒

# 阳光下的呼喊

# 一　籍贯

我一直试图找到我的家族宗脉，很久以来，我对我父亲的回忆总是严重质疑，究竟是从哪一天开始我不再相信我父亲充满条理而又不失浪漫的叙述了？我已忘了产生质疑的起初原因，但我相信我的判断。我父亲仅仅具备小学文化程度，这使我在经历每一次考学、毕业、招工等等人生重大事件时，内心总是充满自卑。因为这种时候，我总是需要在我的履历表上写下我的姓名、性别、民族、籍贯，以及我所有家人的姓名和职业。尽管履历表上不需要写明我父亲的文化程度，但我总是在父亲的职业这一栏目前犹豫再三，最后我用了一个缺乏明确意义的词汇来表述我父亲的职业，我在履历表上写下了"自由职业"这四个字。我试图用自欺欺人的方式遮人耳目蒙混过关，但这总是无法欺骗活泼美丽伶牙俐嘴的白雪梅。这个以红唇皓齿和两条麻花长辫占据了我成年之前的所有记忆的女生，严重地打击了我并不坚固的少年自尊。但我还是无法抑制自己在人群中不断搜索着白雪梅的目光，我的目光除了专注以外，还有一些我自己也说不清楚的别的东西。在我十八岁远离我江南的故乡到长春去念大学以后，我就很少有机会再见到白雪梅了，可我依然不明白当年我眼光里的那些别的东西，究竟是叫做爱，还是叫做好奇。

这个叫白雪梅的女生对我专注和深情的注视常常回以严厉的呵斥，并且以“恬不知耻”这个成语试图打击我目光的追随。我的自卑因此而加倍，但我却不可救药地发现，我内心的自卑和对白雪梅的心理依赖正以正比例趋势不断攀升。

班长白雪梅收齐了每个同学的履历表后，一张张检查过去，她的仔细和负责使我确信我已无法逃脱这一次的无地自容和羞愧。她从一叠纸张中抽出其中一份，然后转过她扎着两条乌黑的麻花辫的脑袋。我的眼前顿时飞起两只粉色的蝴蝶，它们旋转飘荡着，腾空跃起，随即跌落在一双倾斜小巧的肩膀上。粉色的翅膀在撒满翠绿枝叶的肩膀上扑闪着，使我注视白雪梅的目光受到了严重干扰。然后，我就听到了一阵清脆的鸟叫声，那只翠绿的鸟儿叫唤着：王光辉，你怎么没有填你的籍贯？你父亲怎么是自由职业？你父亲是修鞋的，你就填“鞋匠”好了。

我面红耳赤地接过白雪梅递还给我的纸张，我周围的同学们正窃窃私语或者捂嘴偷笑。其实我不用隐瞒，东亭镇上的所有人都知道，王鞋匠就是王光辉的父亲，王光辉就是王鞋匠的儿子，父亲的职业使我的名字随之家喻户晓。每天中午，我捧着一只很大的搪瓷杯子走向我父亲的修鞋摊，杯子里装着我父亲的午饭。我捧着装有米饭和咸菜的杯子在热烈的太阳下低头行走，我的目的地是十字路口的百货店大门边。那只杯子的年代已过于久远，杯口和盖子上剥落了几处搪瓷釉面，犹如表面光滑的馒头被蟑螂啃了几口，露出里面变黑的本质。但杯子身上的放射状阳光和阳光中间的领袖画像却说明了这只年代悠久的杯子的光荣历史。

我父亲在午间的烈日下向着东边抬头眺望着，他坐在一张小矮凳上，他面前是一台黑色的缝鞋机，三根铁支架撑着一个铁缝纫头，单薄而丑陋。这是我父亲的工具，这架瘦骨伶仃的工具和它的主人我父亲的薄瘦身躯无比匹配，这让人们确信东亭镇上的王鞋匠必须是鞋匠而不是木匠或者铁匠。王鞋匠的职业与王鞋匠的工具可谓珠联璧合天生一对，至于王鞋匠和缝鞋机周围堆着的一些旧轮胎皮和黑色、黄色或者白色的鞋子，那完全是陪衬。

我父亲身上挂着一张油腻的皮围裙，皮围裙的肮脏使父亲显得业务繁忙，但此刻，他却放下了手里需要修补的鞋子，伸着脖子眺望着东边的路口。有人从他面前走过，他会仰望着那人，点头微笑着招呼，他眯缝着眼睛向认识的路人表现出友好和热情时，他眼里的饥肠辘辘还是不可阻挡地喷射了出来。差不多在这时候，我会捧着装满米饭和咸菜的杯子出现在十字路口的另一头。

我父亲看到了我，或者说，我父亲看到了我手里的杯子，他向着十字路口另一端的我大声喊叫起来：王光辉，慢一点，小心汽车，别急，等这辆车过去再穿马路！

我父亲的喊叫与其说是在劝告我不要着急，不如说是在劝告他自己不要着急。他对搪瓷杯子的渴望已迫不及待，但他知道他企图快一点吃饭的愿望在十字路口对面的我一经出现后便可很快得以实现了，愿望即将实现的时刻，他的急迫便分外需要克制了，他很清楚“欲速则不达”这个道理，他大声喊叫着：王光辉，慢一点，小心汽车，别急……他的喊叫略微缓解了他对午饭的焦灼渴望，他的叫喊同时向全东亭镇人宣布了他的儿子我的名字。

王光辉捧着搪瓷杯子穿过马路到达百货店门口右侧的修鞋摊前，王鞋匠早已站起来伸出了他布满油腻和污垢的手，油腻和污垢是来自各种鞋子鞋面上的鞋油和鞋底下的垃圾。他接过杯子，还没来得及坐下就用一只手揭开了杯盖。揭开杯盖之后，王鞋匠本是带着希冀的眼神迅速转成略微的失望。他抬头看了看他的儿子，然后一屁股坐下，从怀里抽出一双筷子，开始他狼吞虎咽的午餐。王光辉看着他的父亲坐在百货店门口右侧的补鞋摊前吃完整杯米饭和咸菜，然后接过陡然变轻的杯子，转身离开。他矮小敦实的身躯在烈日下倔强而缺少遮拦，所有人听到王鞋匠对着他儿子的背影叫喊着：王光辉，告诉你妈，不要总是让我吃咸菜，王光辉你听见了没有？

王鞋匠的喊叫因为肚皮的充实而比刚才响亮了许多，午后的东亭镇上少有走动的人，街头寂静寥落，只有烈日晒着街边的槐树叶子发出碎裂的"毕剥"声，偶尔开过一辆卡车，街上便腾起漫天尘土，这些尘土在剧烈的阳光中飞腾起来，然后徐徐降落，最后跌落在街边的树木、屋顶、门窗和绿色的邮桶上，王鞋匠脸上终年覆盖的尘土就是这么来的。因为午后的寂静，百货店和百货店隔壁的五金店以及百货店对面的农具店里的营业员们更加清晰地听到了王鞋匠的喊叫。他们每天听到王鞋匠的喊叫，他们在王鞋匠日复一日的喊叫声中潜移默化地记住了王鞋匠的儿子的名字。

姓名：王光辉；性别：男；年龄：十四岁；户籍所在地：江苏沙洲；籍贯：……

什么叫籍贯？我并不十分清楚这个词汇的真正意义，当我询问我的母亲什么叫"籍贯"时，我那供销社蔬菜部工作的母亲抬起蓬头垢面的脑袋眨巴了几下眼睛，她的眼皮和眼袋厚重而下垂，这使她的眼睛在翻眨的时候颇为困难，但她还是努力眨了眨沉重的眼皮，以表示她此刻已经开动了她充满黄瓜西红柿茄子白菜的脑筋。她开动脑筋的结果是请我去咨询我的父亲，她说：籍贯？籍贯是什么？我不知道，你去问你父亲吧。

我的父亲在接受他儿子的询问时立即表现出了为人师者的骄傲和自得，他手里端着那只搪瓷杯子，揭开盖子，嘴巴凑上去，然后发出一记响亮的吸入滚烫的茶水的声音。中午充当饭碗的搪瓷杯子，此刻才真正履行了它的职责，成为了一只茶缸。我父亲喝茶的声音听起来很是惬意，这常常令我怀疑他是在喝某一种诸如龙井或者碧螺春之类的上好茶叶泡的茶水。事实上，我十分清楚地知道，我父亲终年喝的是最便宜的茶叶末子，这种茶叶末子在食品店里标着与霉干菜同样的价格出售。此刻的父亲，对他拮据甚至贫穷的生活似乎相当满足，他早已忘了中午时分他吃的只是一份咸菜加米饭的午餐。当他的儿子向他询问关于“籍贯”这个词汇的意思的时候，他更加感觉到了作为一个成年人的权威和自信。

我父亲大声喝了一口茶，又咳嗽了三到四声，然后对我说：王光辉，去找一把椅子来。

我父亲只要对我说：去找一把椅子来。我就知道接下去，他将长时间地陷入他对童年的美好回忆中。我伸手拖了一把竹椅子给他，这是家里唯一有靠背的可称为椅子的东西。其余没有靠背的只能叫凳子。我父亲坐进椅子，把瘦薄的上半身陷入椅子靠背，竹椅子顿时发出一阵不堪重负的惨叫，然后，便在我父亲扭动着身躯试图让自己坐得更舒服一些时渐渐地变为持续不断的呻吟。我父亲的回忆，便在竹椅子的“吱嘎”呻吟中开始了：

王光辉，问得好，你问得很好，什么叫籍贯呢？这个问题，要从你的爷爷说起。

我父亲的叙述是从我对“籍贯”的提问开始的，但不可跳过的一个环节，便是我的爷爷。我父亲的每一次叙述总是从我的爷爷身上得以延伸和展开，这使我确信，祖辈的历史的确会给予后辈们取之不尽用之不竭的财富。我父亲的财富，便是我爷爷的历史。而此刻我在书写着我的父亲的时候，我也不得不承认，我的父亲已经给了我无法用金钱来度量的财富。

这个夜晚，我父亲围绕着籍贯的问题展开了久远而漫长的回忆，夜深人静的时候，他的回忆终于在我母亲催促我们睡觉的吆喝声中意犹未尽地结束了，我却发现，关于籍贯这个词汇的意思，我依然没有得到一个确切的答案。我的脑海里充满了我爷爷的名字，或者说，我的脑海里充满了对我的祖辈的怀疑和不信任。在我父亲的叙述中，我始终听到一个叫做“王老三”的名字。这个名字冠在我爷爷的头上，被我父亲反复提起。而我的祖辈的生活，却始终是在一个不明所以的地点进行着。我的脑海里开始产生幻觉，我父亲描述的那片故乡的土地，是在很远很远的地方。那个地方水土丰沃，那个地方四季如春，那个地方的人们从没有一个诸如“王光辉”或者“李建设”这样太容易混淆的名字，那个地方的人们总是用单调的数字来命名自己，比如王老三，张阿六，这些数字的单调反而让那些人具备了无法重复的面容和性格。那时候我明白了一个道理，原来相同的数字的不同组合，真的能产生完全不同的状况，就像我家的门牌号码是132号，而白雪梅家的门牌号码是213号，这三个数字通过不同的排列，使这两个号码后面的人家呈现出截然不同的景象。

132号的户主王鞋匠和213号的户主白医生是两个完全不同的人，132号的儿子王光辉和213号的女儿白雪梅也是两个完全不同的人。

可我还是没有搞清楚，籍贯究竟是个什么东西。夜深了，我躺在床上想着明天必须要把履历表上交了，我马上就要小学毕业，我的档案材料必须要移交给某一所中学，而我的档案材料里，是少不了这一份履历表的。那么我将在履历表上的籍贯这一栏里填什么呢？

第二天，我自作聪明地写上了“长春”两个字，然后，我把履历表交了上去。“长春”的灵感来自一本书上的一则谜语，谜面是：没有夏天，没有秋天，也没有冬天。打一个城市。我当然无法猜到这究竟是哪个城市，我翻看了谜底，谜底是“长春”。长春这个名字给了我错误的判断，我以为这个城市果真四季如春，气候宜人。这与我父亲描述的我爷爷以上的祖辈们生活的地方如出一辙，我自作聪明地想象着长春作为我的故乡的种种可能，然后，我便把自己的籍贯确定为“长春”了。

白雪梅没有提出质疑，白雪梅看了一眼我交给她的履历表，然后塞进了一叠表格中，头也不回地走出教室，走向老师的办公室。

# 二　自信

白雪梅的父亲与我父亲是两种完全不同的人，我的父亲是王鞋匠，白雪梅的父亲是白医生。白医生的职业始终让童年以及少年的我充满畏惧，几乎所有的孩子都会对医生抱有敌对情绪，那是因为医生手里的玻璃针筒让他们成为父母恐吓孩子的武器。我清楚地记得每当我向父母提出对某一种食物的向往时，他们总是说：这个东西吃不得，吃了会肚子痛，肚子痛了就要打针，你要是想吃也可以，不过你吃下去后，白医生就会拿着针筒来给你打针了。我的父母利用了我的年幼无知，利用了白医生的职业，让童年的我把一切美好的食物与打针联系起来。这让我想到了经典名著《聊斋》中美女和妖精的关系，父母的训诫造成了日后的我在对美食和美女向往的同时无法避免地联想到打针和妖精。但我还是不能制止我对美食的无比憧憬，同时，白雪梅的明眸皓齿和乌黑的麻花辫也在我的目光里越发生动撩人。

东亭镇上的人们都叫白雪梅的父亲白医生，如同他们都把我父亲叫做“王鞋匠”一样，我们这样的孩子，也常常被成年人叫做“白医生的女儿”或者“王鞋匠的儿子”。尽管人们在我父亲反复叫喊着我的时候已经熟知了我的名字叫“王光辉”，但他们依然热衷于把成人的职业冠在孩子的头上。少年时代的我，对这种叫法深恶痛绝，因为这种叫法毫无理由地让人们产生了“龙生龙，凤生凤，老鼠的儿子会打洞”的想法，我在人们对我的称呼中看到了二十岁以后的我身着皮围裙，坐在一架瘦骨伶仃的缝鞋机后，手捏一只鞋子埋头修补的样子。想象中的我总是在剧烈的阳光下面无表情，我的承受能力非凡，我居然泰然接受了我是一个鞋匠的事实，我以修补别人的鞋子为生，而我的手上也因此而不断散发出不同类型的脚臭。这种想象让我对自己的未来几近绝望，然后当我想象着坐在缝鞋机后面看到白雪梅高高地站在我面前，脱下她小巧白皙的脚上的鞋子让我为她钉上鞋掌时，我终于怒不可遏地揭竿而起了。我踢翻了三根铁支架撑起的缝鞋机，我把周围大大小小各种颜色的旧鞋子扔得漫天飞舞，我大声喊叫着：我不干了！整个东亭镇都听到了我的叫声。我把睁着一双漂亮的大眼睛的白雪梅吓得“吧嗒吧嗒”直掉眼泪，她的一只脚还光着，那只脚上的鞋子被我扔到了槐树顶上最高的那根枝头，就像树上结了一个小果子，轻风吹过，枝头摇曳，果子垂挂在树枝上跟随着摇晃不止，却终究不肯掉下来。这种促狭的捉弄令我心生快感，而此刻的白雪梅正以金鸡独立的姿势站在我面前，同时泪流满面不断恳求着我把她的鞋子还给她，但她得到的却是我铿锵有力的无言以对。

我总是在想象中以自己的沉默对待白雪梅的哀求，这使我发现，其实我在她面前依然是自卑和低贱的。即使在她哀求我的时候，我依然找不到一种居高临下的姿态去面对她。而每一次想象结束后，我通常会憎恶这个世界上所有的成年人，他们让我对自己的未来充满恐惧，与此同时，我发现，我追随白雪梅的目光已接近无孔不入，甚至课间休息时白雪梅被两三个女同学簇拥着去厕所，我都会紧随着她的身影，把目光穿透女厕所的墙壁投射到了正解开裤扣蹲上厕所坑位的白雪梅身上。

我从未进过女厕所，因此我对女厕所的想象是建立在对男厕所的了解基础上的。白雪梅进入的女厕所实际上在我的脑海中是一间男厕所，这让我的想象常常不得要领而带着不可弥补的缺失，我因此而极不甘心。但我无法寻找到一种解决的办法，我依稀觉得，这种办法必须既可以满足我对白雪梅赤裸裸的渴望，也可以让我建立起一种自信。我不知道我的自信究竟应该从哪里获得，但我隐约感觉到，我是渴望得到自信的。一个少年将怎样获得自信？这成了那段日子里我日夜思考的问题，最后，我得到了一个模糊而勇敢的答案，我认为，自信，应该是从侵犯开始的。

小学毕业的那个暑假期间，我像一匹脱缰的野马一样在东亭镇上到处游荡，我把自己装扮成一个无所事事、游手好闲的二流子，除了每天中午把一份米饭和咸菜送到百货店门口的鞋摊上以外，我所有的时间都在某一种不明所以的寻找中度过。我的目标并不十分清晰，我也不是很明白我的焦灼和忧虑究竟缘何而来，直到有一天，我提着空搪瓷杯从百货店门口走回家的时候，我看到了白雪梅。她那两根乌黑的麻花辫尾部跳跃的粉色蝴蝶和身上那件有花边的天蓝色连衣裙让我在那个烈日炎炎的午后义无反顾地跟随着她走向了我们居住的这条街末尾的厕所。没有女同学围绕簇拥着她，我的目光没有受到任何干扰，粉色蝴蝶在我眼前飞舞，我表面沉着冷静内心却喜气洋洋，我的愉悦感受来自一种不需防备的窥探，这比在学校里看白雪梅顺利多了，至少我不会遭受别的女同学的白眼，我也不会听到诸如"恬不知耻"或者"下流坯"之类的人身攻击。我悄悄跟随在白雪梅后面，然后，我看见那对粉色蝴蝶飞进了厕所的围墙。那时刻，我依然试图让我紧盯着白雪梅的目光穿透厕所围墙长驱直入，但我勇敢而鲁莽的眼睛终于受到了暗红色砖头叠起来的墙壁的阻挡。

十四岁少年的聪明才智在一个炎夏的午后被充分挖掘，王光辉的目光受到了墙壁的拒绝后，他绕过公共厕所的正门，来到了厕所后面的三棵老槐树下。王光辉利用自己矫捷的身躯，又借助了槐树的高大茂密，当他把自己送上离厕所最近的那棵槐树的树干顶端时，他想到了语文课上学到的那句古诗：欲穷千里目，更上一层楼。当他十分顺利地在心里默默背诵出这两句古诗时，忽然又发现把这句古诗用在此刻的情景中并不十分合适，但他实在想不出还有什么更合适的句子可以描述他成功地登高望远的激动心情。王光辉成功了，他像一只猴子一样贴在大槐树的枝杈上，俯瞰着厕所顶端用砖头交错叠起的一个个方型镂空，这些镂空在平时起到了疏通污秽空气而不至于让上厕所的人被熏死的作用。现在，这些镂空还成为了王光辉的视线进到厕所内的入口，然后，树杈上的少年看到了厕所内的景致，是女厕所，女厕所内的景致。半人高的深灰色水泥隔墙把长长的便坑阻隔成火车厢般的小空间，墙角里的蜘蛛网一度影响了他的观察，但他还是看到了一片天蓝色衣裙翻飞起伏的短暂时刻，因为无数个镂空的阻挡，他眼前的景象便如昆虫的复眼，天蓝色衣裙和瞬间裸露的白皙体肤也被分割成方块形。树杈上的少年必须要把观察到的景象通过想象，才能拼凑成完整的篇幅。但这并不妨碍他此刻的激动和得意，他默默地告诉自己：我终于知道女厕所是什么样的了。

在叙述这一段往事时，我总是以旁观者的语气把这个窥探女厕所的少年叫做“他”，或者直呼其名：王光辉。我没有勇气把这个对女厕所充满兴趣的少年叫做“我”，这让成年之后的我久久不能原谅那个叫王光辉的十四岁少年。但我必须澄清的是，王光辉仅仅想知道女厕所究竟是什么样的，而引领他的目光进入女厕所的那个女孩一旦在他眼前若隐若现地露出女性的肌肤时，他竟以为那是剧烈的阳光照射在厕所内的石灰墙壁上产生的反光。他无知地把具备强烈性别特征的东西当做了没有生命的石灰墙壁，尽管耀眼的白光在那一刻显得明亮炫目，但他以为，那只是阳光赋予了墙壁瞬间的生命力。直到十九岁那一年，他看到了白雪梅真实的白亮肌肤时，他想起了多年前爬在槐树枝杈上的那一次窥视，他终于明白，女性的肌肤早已在他记忆里成为了一种曾经的经验，朦胧而深刻。

王光辉不得不庆幸自己的好运气，他爬在槐树上的窥探没有被任何人发现，从此以后，他便对女厕所的构造了然于心，只是他并没有发现这一次对女厕所的成功窥探让他增加了任何自信。

我依然没有找到我想拥有的自信。

进入初中后，白雪梅依然和我同班，这让我追随她的目光得以持之以恒。有一天下午放学后，我和我的同桌李少云一起去厕所，但厕所里已经聚集了一批满肚子尿水的男生，他们拥挤在小便池边，发出一阵阵争抢位置的吵闹声，肮脏的厕所显示出了如同菜场般的喧嚣和热闹。厕所里已人满为患，我和李少云不约而同地走向教室后面的竹篱笆围墙边，那里长满荒草而少有人迹，那里安全而隐蔽。我们就站在围墙边，两泡汹涌澎湃的尿水以交叉弧线形穿透竹篱笆冲向外面的农田。完成了旁若无人的小解后我们一身轻松地往回走，李少云忽然说起了一个话题，他说：做男人比做女人好，男人走到哪里都可以小便，女人不行，女人没有厕所不行。

我十分诧异李少云的结论从何而来，我用惊异加之疑惑的目光看着他，他像个成年人一样拍了拍我的肩膀，语重心长地说：你不知道吧，你没有进过女厕所吧，告诉你，女厕所里是没有小便池的。

李少云的话让我再一次想起不久前爬在树杈上的观察，我看了半天，竟忽略了男厕所和女厕所的最大区别，而李少云却发现了这个最大的区别并且加以引申理解，得到了做男人比做女人好的结论。我不得不十分钦佩他的领悟力和理解力，同时我也对李少云如何对女厕所如此了解产生了巨大的疑问，我问他：你说得头头是道，你进过女厕所吗？

李少云一脸得意地回答我：你忘了，我爷爷是清洁所的，他负责清扫东亭镇上的所有厕所，包括女厕所。我跟着我爷爷进过东亭镇上的好多个女厕所，不过，我爷爷进女厕所的时候总是站在门口大喊几声：里面有人吗？扫厕所啦，里面有人吗？扫厕所啦……我爷爷在确认里面没有人后才进去，我爷爷说，要是不喊几声就进去，里面有女人的话，那他一定会被人家骂“老流氓”的。

李少云的话让我在一瞬间产生了强烈的忧伤和愤愤不平。李少云跟着他爷爷光明正大地参观了无数次女厕所，而我对女厕所的参观是偷偷摸摸的，并且不容置疑的是，我的参观行为因没有大喊几声“里面有人吗？”而使我成了一个“小流氓”。我只能庆幸白雪梅没有发现我参观女厕所的行动，如果被她发现，她就会把我叫做“小流氓”了。东亭镇上的任何一个人叫我“小流氓”都没关系，但是被白雪梅叫做“小流氓”，我的内心将受到不可估量的严重伤害。

事实上，我爬在槐树上的参观活动，连女厕所和男厕所最显著的区别也没有发现。为此，我对李少云爷爷的职业乃至李少云爷爷这个人，产生了一些不明所以的钦佩，与此同时，我又一次想到了我的籍贯，我的爷爷，我父亲所描述的那个叫王老三的我的祖父，他，究竟是怎样一个人？

# 三　祖父

近百年前的某一个夏季汛期，绝伦江的风潮像发情的野兽一样翻滚着骚动不安的浪涛。作为我们村里最见多识广、最身强力壮、最高贵富有的我爷爷王老三站在具备原生态景致的绝伦江北岸仰首凝望着阴霾的天空。滚雷阵阵喧嚣而来，闪电撕裂黑色云层，狂风肆虐摧残着岸边的杨树，枝条如利箭纷纷射向地面。我英勇的爷爷王老三昂首挺胸毫不畏惧，他伸出黝黑粗壮的手臂指着滚滚涌动的绝伦江水，用平静的声音说出了一句话。这句话拯救了整个村庄，而使一个王姓家族、一个许姓家族和两三户外姓人家的宗脉得以繁衍。

我爷爷在说这句话时的悲壮语气使这个村庄里的所有人相信世界末日已经到来，而我爷爷在这个昏暗的灾难日子里，却表现得极其镇定，他年纪轻轻就显示出了领袖人物的大家风范。二十六岁的王老三站在绝伦江边，狂风吹着他灰色长衫的高大身躯，他的身后是这个村庄里的男女老少父老乡亲。王老三面朝绝伦江背对乡亲,他的双手在他的臀部交叉握住,他的头颅微微上仰,他身上的衣衫像一面旗帜猎猎鼓动。然后,他忽然转身,把一只手指向绝伦江,对着用期待的眼光注视着他的父老乡亲们说:我叫你们每户人家用上好木料做一只可以同时洗一家人的脚的大木盆,现在可以用上了。

我爷爷说完这句话,他长衫飘飘的身影就如脱弦之箭射向了自己的家。他年轻的妻子我奶奶早已把细软钱财用一块蓝花土布包裹好塞进了一只平日里用来放咸菜的瓦罐。我奶奶捧着瓦罐带领着她的两个儿子一个女儿等待着我爷爷的一声令下,然后他们便可以坐上质量上乘的大脚盆凫江而过了。此刻,村里所有人家的男人和女人都在做着我爷爷和我奶奶同样的事情,他们收罗好值钱的家当,拖出大脚盆,然后等待着风潮的真正来临。我爷爷的威信使这个村庄里的人们早早地做好了抵挡洪水的准备,而绝伦江边上百个村庄里,只有我们村对危险的降临抱以严阵以待的态度。那一夜,暴雨如期来到,绝伦江在顷刻间汹涌泛滥,上百个村庄顿时淹没于滔天浊水中。然而,在这场险恶的洪水中,却有几十只圆形红漆大脚盆犹如童话故事中上天派来的神灵,又像盛开在黑夜里的鲜花,它们在浑浊的江水中乘风破浪,给几近绝望的人们带来希望。那场面是如此凶险、如此恐怖,然而,这场夏季的灾难却因为洪水中漂浮着几十只红漆脚盆而变得浪漫和神秘。

我爷爷像一个预言家一样号召每户人家做一只大脚盆,木脚盆在绝伦江泛滥的洪灾中载着我们村里的人们飘向一片未知的陆地。

我父亲每次回忆到这里,便捧起那只搪瓷茶缸“咕咚、咕咚”地猛喝几口茶叶末子泡出来的水。然后,他一改刚才的豪迈语气,叹息着说:一只木脚盆救了你奶奶和我,但是洪水实在太猛了,你爷爷、你伯父,还有你姑妈,还是没能成功渡江上岸。你奶奶带着我,在江的这一边,过起了贫困交加的生活。

我父亲说到这里总是流露出对我死在洪水中的爷爷缅怀的悲切神情，而我，却在他的叙述中搜寻着那只装满钱财的瓦罐。我父亲在他的讲述里只让瓦罐出现过一次，绝伦江南岸的新生活开始后，瓦罐便失去了踪影。无疑，我父亲的话里出现了显而易见的漏洞，少年的我直截了当地提出了我的疑问：我奶奶的瓦罐呢？

我父亲在我突然提出质疑后表现出一瞬的慌乱，但他马上恢复了镇定，他拍了拍我的肩膀，然后带着一脸忧虑和谅解的表情说：你说得没错，你奶奶的确一直抱着那只瓦罐，那只瓦罐里也的确放着我们家的所有积蓄，但是等到我们爬上南岸时，你奶奶就发现，瓦罐也被洪水冲走了。

对于父亲的解释，我虽然心有疑惑，但我还是基本能够理解。洪灾发生的当夜，我奶奶手里那只瓦罐和我奶奶一起在一只木脚盆里经历了一夜的险象环生，然后在某一环节脱离了我奶奶的手，消失在了浑黄汹涌的洪水中。就像我爷爷、我伯父和我姑妈，他们与我奶奶、我父亲一起在洪灾中出逃，但他们却没有如我奶奶和我父亲那样脱险存活下来。他们和那只瓦罐一起葬身在了绝伦江水中，留下一贫如洗的我奶奶和我父亲，在绝伦江南岸艰难延续着王姓家族的烟火命脉。

我父亲的话总是让我在一边倾听的时候一边就计算起了当时我们家所有人一共拥有多少双脚，同时想象着一个可以同时清洗十双脚的木脚盆究竟有多大。可是即便木脚盆大到能同时洗一家人的脚，也不能挽救在洪水中挣扎的一家人的生命。

没有瓦罐里的金钱的保障，我奶奶与我父亲过起了孤儿寡母的惨淡生活，然而，我爷爷的形象始终让我父亲在贫穷中没有失去过自信，这种自信又让他反复把我爷爷编造成一个英勇无比的人物，在危难关头舍生忘我地挽救了他人。我那死去的爷爷在我父亲的叙述中像一个民族英雄那样令人肃然起敬，并且因为他的死去，我父亲的嘴巴成为我爷爷的英雄事迹不可考证的唯一正确的流传途径。

我一直对我父亲身上那种莫名其妙的自信心充满鄙夷，他在百货店门口的修鞋摊上红光满面地修补着散发出千奇百怪的臭气的鞋子时，他的神情和目光总是让人误以为他修补的不是鞋子，而是某一种人体的器官。一个修补鞋子的人和一个修补人体器官的人是两种完全不一样的人，修补鞋子的人叫鞋匠，修补人体器官的人叫医生，这就像我父亲和白雪梅的父亲，没有人认为王鞋匠和白医生这两个人从事的是两种对等的职业。但我父亲还是在他鞋匠的脸上露出了医生的职业微笑。一个鞋匠的脸上一旦露出了医生的微笑，那便如一个乞丐的头上戴了一顶贵族的帽子，人们多半会认为这顶帽子是乞丐偷来的。同样，我父亲窃取了白医生的微笑后不但没有让他像一名医生那样优雅高贵，反而让他看上去更加不伦不类而滑稽可笑了。父亲在百货店门口的修鞋摊上日复一日展示着他窃取而来的微笑，我却因此而日渐自卑起来。

每天傍晚放学回家的路上，我总是游离在一群结伴而行的男生群体外企图进入他们的圈子。这个群体的组成十分杂乱多样，有高年级男生，有小学毕业后没有进中学读书流落在社会上的人，还有诸如我的同桌李少云这样黑白道都吃得开的人。他们成群结队地走在东亭镇的大街小巷里，他们所走过的任何一条街或者逗留过的任何一个站点，都留下了他们勇敢而粗鲁的杰作。比如张家晾在屋门口的马桶失踪了，而在一街之隔的东亭饮食店门口却端正地站着一只无家可归的马桶；比如托儿所里新来的阿姨在下班途中巧遇这群人，他们与她擦肩而过，她在他们的注视下夺路逃跑，在她踏进家门暗自庆幸着自己逃脱了一场危险时，她同时会不幸地发现她的裙摆上已经留下了大片来历不明的墨汁或者煤灰。这群人耀武扬威目中无人的做派让我心生向往，我希望自己也能成为这群人中的一员，即便我没有兴趣捉弄路人，也没有胆量偷鸡摸狗，但我却能获得一种归属感，这种归属感显然会增强我的自信和坚强。

在我频繁的讨好和请求下，李少云终于答应带我进入他们的群体，他说:今天跟我一起走,我把你介绍给他们。

李少云的话让我一整天处在心潮澎湃的激动情绪中,事实上李少云并没有向他们介绍我的名字,他只是让我跟着他走向校门口聚集的人群。直到人群中那个叫“瘌痢头”的头目终于注意到他们的群体中多出一个人时,李少云才轻描淡写地对他说:这是我朋友。他竟然连我的名字也不屑说出来,瘌痢头似乎也没有更多的兴趣来关心我的加入,他不置可否地看了我一眼,然后继续他浑身摇晃的走路。幸运的是,瘌痢头并没有拒绝我以若即若离的状态跟随着他们。也许他们对任何新加盟者都要经过一番考验,今天要考验的是我。接下去,我就像一条跟屁虫一样跟在人群后面,开始了进入这个群体的第一次游手好闲耀武扬威的体验。我学着他们的样子摇晃着身体走路,我在他们取笑每一个擦身而过的女人的臀部或者男人的秃顶时跟着一起哄笑,当他们向面容姣好的年轻女人发出骚动的吼叫,在人家吓得落荒而逃后笑得东倒西歪时,我也跟着一起东倒西歪地哈哈大笑。就这样,人群一路向着东亭镇上的主干道喧嚣而去。

没有人关注他们的群体中多了一个人,当然也没有人站出来驱赶紧跟着他们的我。偶尔,在说到某一句笑话时,有人会回头看我一眼,尽管这个看我一眼的人在群体中的地位我并不十分清楚,他关注和鼓励的眼神也并不能代表群体老大瘌痢头的意思。但这一眼,却仿佛成了我进入这个群体的通行证,我跟随着他们的哄笑声一起发出尽力与他们接近的肆无忌惮的笑声,我把这种共同发出笑声的现象看做是我进入这个圈子的有效证明。然后,我们这样一群人就走到了东亭镇唯一的十字路口。

我终于不可避免地看到了我父亲坐在西斜的太阳下的金色身影,他正把一只黑色的女式皮鞋捧在怀里给鞋底涂上胶水,他面前的缝鞋机像一架破旧的摄像机,镜头从一而终地对着他低垂着的脑袋,因夕阳的照射,他的脑袋呈现出一片被收割过的秋天的麦田的样子。他身上油腻肮脏的皮围裙把他瘦削的身体包裹得更为瘦削,周围众多的鞋子围绕着他,毫无疑问地宣布着他众所周知的职业。我的心霎时感到一阵抽搐的疼痛，我想悄悄离开我刚刚加入的这个群体，我不希望他们把我和坐在十字路口百货店门边的鞋匠联系起来，但我又舍不得真的离开这个好不容易才加入的群体，我才踏入它的门槛，却自动丢弃，这等同于收到了大学录取通知书而放弃上学的机会。少年王光辉在那个年岁的理想还未荒唐到考大学、赚大钱、做大官那样脱离实际，成为这群耀武扬威的人群中的一员，是我一个时期至高无上的追求。于是，我决定冒一次险，我继续跟在人群后面，在他们为某一句话哄堂大笑的时候也在我自己的嗓子里发出尽力相似的笑声，我将为保卫我刚刚获得的归属竭尽全力。

如果王鞋匠就这么低着头修鞋而没有发现我正经过十字路口，也就没有后面的故事了，但他是不可能不发现我的，因为我身处的这个群体发出的笑闹声完全可以吸引东亭镇上所有具备听觉功能的人。我父亲的听觉功能十分良好，他不出意外地把紧盯着怀里的黑色皮鞋的目光转向了发出巨大哄笑声的十字路口对面。然后，我听到群体中那个小学毕业后没有考上中学的留级大王说了一句话：你们看，王鞋匠的脑袋像一只没有拔干净毛的猪头。

人群中顿时发出轰然狂笑，瘌痢头以王者的权威语气纠正道：猪头没有这么瘦的，驴头还差不多。

笑声更加剧烈，几乎炸翻了气息恹恹的傍晚天空。我当然也在笑，我尽力笑得自然，笑得比他们更厉害更逼真，我希望通过我的笑脸让这些人知道我与那个鞋匠没有关系。他们好像也没有在耻笑鞋匠的时候对我有任何侧目观察，我暗暗庆幸自己的聪明机智，我差一点得出一个结论，那就是若要在一个群体中站住脚，就必须有六亲不认的勇气。可是，在我还没有把这个结论思索成熟时，十字路口的鞋匠就被这一边的笑闹声吸引了，他抬起了他的脑袋，接着，他毋庸置疑地看到了挤在人群中发出巨大笑声的他的儿子。然后，他一如既往地用骄傲而自信的口气对着街对面的他儿子叫喊起来:王光辉,告诉你妈一声,今天活多,我要晚点回家。

我父亲的声音是如此响亮,响亮到压过了路这边的人群发出的笑声。在他的叫喊声中,十字路口的所有景致忽然戛然静止,然后,有人发现了鞋匠的目光正注视着这一边,便有人跟随着他的目光寻找到了一直跟在人群后面的我身上。我无处藏身,我只能把我的眼神移到路边的一只暗绿色邮筒上,我想告诉周围的人,我与街对面的那道目光没有对接的可能,他冲着这一边发出喊叫的对象,也不是我。尽管我竭力装做这一切与我无关,但我还是感觉到了自己因窘迫而赤红热辣的脸,我几乎无法承受这瞬间的静谧而企图夺路逃生,但我还是努力坚持着对鞋匠的目中无人以保住我在群体中脆弱不堪的一席之地。正在这时,街对面的鞋匠发出了又一轮叫喊:王光辉,你听见没有?我在和你说话,你耳朵聋了吗?

没有一个人的耳朵是聋的,所以也没有一个人遗漏了我父亲在傍晚时分嘹亮的叫喊声。所有人的目光都射向了我,片刻的安静之后,一阵更为巨大的笑声如同在傍晚的东亭镇上投放了一颗炸弹一般轰然炸响。我已经毫无疑问地成为了他们这一次的取笑对象,那时刻,我的脑子里闪过我爷爷站在怒潮翻滚的绝伦江边长衫飘逸气宇轩昂的身影,那个在我父亲嘴里智慧而英勇的男人如果知道他的儿子是一个鞋匠,他会不会因羞愧而拒绝让自己的灵魂路过东亭镇的十字路口?

幸好我爷爷早已在我父亲还是一个偶尔还尿床的孩子时就死在了绝伦江的一次洪灾中,他的适时死亡使我父亲在回忆他时得以竭尽发挥他的想象,我爷爷成了一名英雄式人物,但我父亲始终没有说明白那条暴发洪水的江究竟是哪一条江。我擅自把这条没有明确称谓的江命名为绝伦江,因为我觉得这个名字与传说中的我爷爷比较匹配。但王老三这个名字,却让我爷爷的形象折损巨大,这个名字让我十分忧虑地意识到,也许我爷爷的儿子就应该是一个鞋匠,王老三养了一个鞋匠儿子,那么王鞋匠的儿子又应该是什么呢?

# 四　奔跑

凉风终于迟钝地吹进了东亭镇的秋季，落叶挂在树枝上以死皮赖脸的执着姿态保持着它夏季遗留下来的倔强性格，直到一个早晨，人们发现室外的所有景致都被一层茫茫的白霜覆盖，一夜之间，槐树叶飘满了所有的街道。秋天终于姗姗来迟，我们镇上的最高学府——东亭中学两年一次的秋季运动会也即将举行。

班主任张笔挺给每人发了一张写着琳琅满目的比赛项目的报名表，始终把薄瘦的身躯站得像块门板一样挺直的张笔挺同时宣布，只要报名参加一项比赛，都将得到一块用班费购买的奶油巧克力，获得名次为班级加分的同学将按照名次的不同发给额外奖励的巧克力，当然，每人报名不能超过三个项目。我从小缺乏正规体育教育的脑袋里对自己究竟适合哪一项比赛呈现出一片空白和茫然无措，但我对奶油巧克力的认识显然比体育比赛清晰深刻得多。眼看着别的同学都报上了拿手的项目，我便在对巧克力的无限向往中像瞎子摸牌一样在报名表上胡乱打了一个勾。当我打完勾睁开眼睛细看报名表时，我发现，我选择了一个需要合作的集体项目：4×100 米接力。于是我开始担忧巧克力的分配问题，不知道张笔挺是按照项目还是按照人次来分发巧克力，如果一个项目只有一块巧克力，那么参加 4×100 米接力显然是十分不划算的。正在我犹豫着是否要重新选择一个项目时，同样报了接力赛的李大腿及时向张笔挺提出了我所担忧的问题。李大腿因拥有两条肌肉发达的腿而得名，他的提问却并不像他的大腿那样令人佩服和尊敬，他大声问张笔挺："老师，那参加接力赛的四个人是不是要把一块巧克力掰成四块分啊？"

教室里顿时掀起一阵巨大的笑声。我看到坐在第一排的白雪梅笑得肩膀乱颤，脑袋上的两条麻花辫像两条活跃的细蛇扭出动人的曲线。那时刻，我对李大腿产生了强烈的感激之情，他替我承担了白雪梅的嘲笑，让我在白雪梅面前得以保持我虚弱的人模狗样。

运动会在我们全班同学对奶油巧克力的期待下如期举行，李大腿坚信在一声清脆的发令枪响中冲出起跑线是一件无比刺激无比荣耀的事情，他伸出他粗壮的大腿声称他良好的爆发力无疑应该担当 4×100 米接力的第一棒。另外两名选手显然与我一样是冲着巧克力才报名的，他们不愿意承担最后一棒可能出现的尴尬场面，因为成功和失败总是在最后冲刺时让人一目了然，于是我光荣地被推举为即将品尝冲刺的特殊体验的最后一棒选手。没有人对我的运动能力有过准确的判断，连我自己都不知道我究竟需要付出什么样的努力才能让我们班的接力队伍在跑道上不落在最后。

事实上，比赛的结果是我们得到了冠军，这个结果让我在运动会这一天受到了前所未有的礼遇，我不仅得到所有运动员都有的巧克力，我还得到了用冠军的名次兑现的另一块厚度最大的巧克力，并且因为在接力赛中我力挽狂澜转败为胜的出色表现，我得到的巧克力与李大腿和另外两名选手的巧克力外裹着不同商标的包装，商标告诉人们我的巧克力产自中国最时髦最发达的城市上海，而他们的巧克力却是本地某一家食品厂生产的，那家食品厂同时生产一块钱一斤的麻油馓子和五角钱一块的红糖脆饼。当然，李大腿的表现显然是功不可没的，他出色的第一棒奠定了胜利的基础，尽管第二棒的确被别人追上了，而第三棒在把接力棒递给最后一棒的我时，因为着急和紧张，他在离我还有两米的时候把接力棒像飞镖一样扔向了摩拳擦掌的我。对巨大的飞镖缺少经验和准备的我毫无悬念地眼看着接力棒像胡萝卜一样插在了铺着煤渣的跑道上。等到我从地上拔出那根红白相间的空心萝卜时，我已经落后于所有的选手了。我并不知道我身上所具备的运动潜力，我手握裹满灰尘的接力棒撒腿奔跑起来，我的头脑一片空白，风在我耳边呼啸掠过，人影在我两侧刷刷后退，我看到红色的冲刺线在秋天的阳光下搔首弄姿、飘舞颤抖，然后，我竟看到了白雪梅，她站在终点线后面拼命挥着她因为激动而脱下的草绿色外套，这使她修长的身影像一棵迎风招展的绿色树苗一样吸引我奔跑的脚步，我甚至听到她正在呼喊着我的名字：王光辉，加油！王光辉，加油！

我不是李大腿，但那时刻，我却比李大腿还要李大腿，我像一头勇猛的猎豹扑向羚羊一样向着跳跃呼喊的白雪梅冲杀而去。红色的冲刺线在我胸膛上像一根温柔的手指轻轻掠过，然后，我一头扎进了人群中我想象的那只羚羊怀里，羚羊无可非议地应该成为跑得最快的豹子的猎物。

白雪梅非但没有责怪我对她的冲撞，她甚至伸出她柔嫩的双臂扶住了我因惯性而前赴后继的身躯和腿脚，原来这个看起来柔弱纤细的女生居然可以挡住我高速奔跑的躯体。我在她力大无穷的搀扶下终于稳住了身体，然后，我看到她向我露出了她历来吝啬的笑容。随即她从李少云手里抢过我的外套披在我依然气喘吁吁的身上，我听到她正在不断地以一个班干部的身份肯定着我的成绩：王光辉，你为我们班立功了，你跑得太快了，王光辉，你跑起来简直像一只猎狗。

白雪梅把我形容成一只猎狗而不是猎豹，这与我自己的判断有一定距离，但我还是十分欣慰于她对我的赞美。我披着她替我盖上肩膀的外套顿生沾沾自喜的感慨，我企图走近白雪梅的想法终于有了一线希望，在我成为众人瞩目的体育明星时，我得到了白雪梅从未向我施舍过的笑脸和赞美，我甚至看到了未来的白雪梅与我并肩走在上学路上的美妙图景。我们像一对青梅竹马、两小无猜的伙伴，在长久的结伴行走中产生了纯洁而美好的感情。我不断地回忆着在冲向终点线的时候我把自己奔跑与刹车较量中的身躯扑进那只羚羊的胸怀里的感觉，我一边因内心多了一种绵密柔软如白糖般的记忆而兴奋甜蜜，一边对曾经爬在树上偷窥白雪梅上厕所的往事产生了强烈的自责，显然，这种不齿的尝试在我和白雪梅的纯洁感情中掺入了不可告人的污点。我该用什么方法来弥补我的过错？

运动会结束后，我的口袋里如愿以偿地揣上了两块奶油巧克力，我像一个沉重的思想者一样独自行走在回家的路上，我的落落寡欢与我那天的成就形成了鲜明的对比，运动会前曾经极度吸引着我的巧克力此时已显得可有可无。白雪梅像一支骄傲的玫瑰花一样裹着满身尖刺微笑着向我招手，我渴望摘取花朵同时又惧怕尖刺的袭击，我不知道如何才能既闻到花朵的芳香而又不被刺伤。就这样，我满怀着得到荣誉后的成就感忧伤地行走在深秋的东亭镇大街上。

这一天晚上，我揣着两块巧克力从我132号的家走向213号白雪梅的家，我一路咽下不断涌上的口水，我坚强地抵御着来自口袋里的巧克力的诱惑。我把我对食物的卑微欲望扼杀在萌芽之中，而为另一种欲望的实现试图探询一条从未经历的路，我第一次发现了这种欲望是来自精神领域的需求而非少年的身体对物质营养的渴求，我的内心因此产生了强烈的激动和不安。我想把巧克力赠送给白雪梅，我固执地认为，我在接力赛中之所以得到冠军，是因为我看到了终点线后的白雪梅在向我召唤。她绿色树苗一般的身影让我亦步亦趋地向着她疯狂扑去，她在我义无反顾地扑到她身上后激动地欢呼喝彩着，并且给了我明媚的笑容和由衷的赞叹。她从未如此慷慨地把她最美丽的笑脸和赞美赠送给我过，我是一个知恩图报的人，我确认应该偿以这个给了我微笑和赞美的女生一些报答。一贫如洗的我在过去的所有日子里从未拥有过任何可作为礼物赠送给他人的东西，而今天，我却有两块巧克力，这两块巧克力让我暂时忘记了我父亲王鞋匠的职业，忘记了我在填写履历表时的心痛和自卑，也忘记了我的籍贯究竟是绝伦江还是长春还是江苏沙洲东亭镇。

从我们居住的这条街的132号走到213号仅仅两百米路程，如果我以接力赛的速度向 213 号白雪梅家奔跑过去的话，我将在三十秒之内到达 213 号门口，当然，如果惯性使我无法及时刹车，我将把自己的身躯停止在 214 号或者 215 号门口，但我只需要用两秒钟的时间就可以回到 213 号门口，这两秒钟正好给了我喘回气息的余地，接着，我将伸出我的手敲击 213 号那扇刷着暗红色油漆的门。然后，我便发现自己站在为我开门的白雪梅面前以不知所措语无伦次的样子扮演了一个类似于白痴的角色。接下去，我就无法想象将发生的一切可能了。我走在这条赠送巧克力的路途上时，两边昏暗的路灯因为电压不稳而忽闪着它们蒙着灰尘的亮光，道路因此而显得坑坑洼洼很不平整。我心怀前途未卜的不安以乌龟爬行的速度走向白雪梅家，我的思维却用百米冲刺的速度在奔跑，我在我的躯体还未走出离家十米远的地方时已经让我的心飞到了两百米远的白雪梅家。我超前于身体的思想让我预先想到了我可能会在白雪梅面前出尽洋相，于是我步行的速度再一次降低，这使我原本目标明确的行走变成了一种无所事事的闲逛。我内心的急切渴望被我近似于散步的姿态掩盖了，然后，我看到了李大腿迈着两条粗壮的腿像一名此刻还没有吃过晚饭的饥饿者一样从另一条岔路上急匆匆走了过来。

我本能地退缩我的脚步试图把自己不可告人的前行方向隐蔽起来，但我还是十分不幸地被李大腿及时发现了。李大腿一个箭步冲上来如擒拿小偷一样抓住了我的肩膀，他大喝一声：王光辉，这么巧，正好，你陪我去一趟白雪梅家吧。

一开始我还以为我听错了，我用疑惑不解的眼神看着李大腿，心却剧烈地颤抖了一下，我以为我的行动已经被李大腿发觉，但是李大腿又重复了一遍他的话。这个大腿粗壮的家伙拥有同样粗壮的嗓门和胆子，他一脸骄傲地告诉我，他要把白雪梅叫出来，然后请她去晚上营业到九点半的西市街点心店吃小馄饨。但一个人去显然会引起白雪梅的父亲白医生的怀疑，所以他正在犹豫用什么样的办法既能把白雪梅约出来，又能躲过白医生怀疑的目光。我的适时出现把李大腿从困境中解脱了出来，他灵敏的头脑迅速想到了如果两个人结伴去找白雪梅，白医生的怀疑将不攻自破、不复存在。一个男生来约一个女生，和两个男生来约一个女生，性质是完全不一样的。李大腿的目标竟与我完全一致，我们都在运动会结束后的这个夜晚走向白雪梅的家，我们的初衷也一样，我们都是为了讨好白雪梅，只是李大腿用的是小馄饨，而我，却用两块得到的奖品巧克力。而我们的行为方式却完全相反，我希望我独自行动不被他人发现，只需一个观众，我就会因羞愧而退缩。而李大腿却觉得有人作陪才能更好地完成他的目标，就这样，我在万般无奈中被动地与李大腿肩并肩走向213号的白雪梅家。

白雪梅家暗红色的门已经在视线内了，门边的窗户里透出明亮的灯光，我仿佛看到白医生和妻子女儿一起坐在桌边吃着小白菜炒虾米和清蒸鳊鱼的晚餐。李大腿也看见了那扇透出灯光的窗户，他的脚步和我一样明显缓慢下来，直到我们已经站在了白雪梅家的门口时，李大腿原本粗壮的嗓音忽然变得细柔起来，他用很轻的声音对我耳语：王光辉，你敲门吧，还是你敲门比较好，上次来过白雪梅家，被她爸爸赶出来了，要是他爸爸开门，让他看见我就倒霉了。

李大腿说完这句话，就把我一个人撂在213号门口，自己一闪身躲进了旁边的小弄堂。我像一个在舞台上表演的木偶，李大腿在暗地里牵着控制我的线，我就这么走到了213号门口，机械地伸出手，敲响了那扇暗红色木门，然后，我听到门里有移动凳子的声音，一个清脆如鸟雀鸣叫的女声在门里问道：谁啊？

我的心脏跳得狂乱不堪，我敲门的手颤抖不已，如果门晚开半秒钟，我将毫不犹豫地转身逃跑。但那时候的我，却时刻体验着身不由己的滋味，我心里想着要逃跑，我的双腿却像钉子一样插在白雪梅家门口，直到那扇门拉开后，里面的灯光倾泻而出，我僵硬的躯体便完全暴露在了装满门框的灯光中无以藏身。

白雪梅睁着一双大眼睛看着我，目光平静而毫无诧异，她还未等我开口就说：我爸爸不在家，他今天晚上在医院里值班，家里有人不舒服就到医院去找他好了。

白雪梅认为我这样一个胆怯无用的人忽然造访她家，一定如同这条街上的所有街坊一样是去请她的父亲白医生出诊。白医生不在家，白医生今夜在医院值班，这句话让操纵着木偶的李大腿突然从幕后跳到了前台，他机敏的动作使我再一次确认他的爆发力的确上乘，在我还未反应过来时，他已经插在了我和白雪梅中间，站进了门框的亮光里去了。我听到白雪梅在笑，在一阵风吹铃铛般的细碎笑声中，我还听到了李大腿颇具绅士的邀请。为了表示对白雪梅今天在运动场边为他加油鼓劲的感谢，李大腿将请她到西市街点心店吃小馄饨，并且他还请了王光辉作陪，当然，如果王光辉觉得这么晚出去会影响他的休息，他可以选择不去。

我在李大腿没有空隙的话语中感觉到极度的沮丧和悲哀，然后，我听到李大腿回头冲着我说：王光辉，这么晚了，不好意思影响你休息，今天比赛也累了，你要不回家吧。

我像一个真正的木偶那样木然地转过身子，我的手插在外衣口袋里，两块巧克力像两块坚硬的石头，坠得我右边的肩膀酸痛不已。我找不到一句应对的语言来解除我此时的困境，我发现，我正与白雪梅越来越远。我默默地向着家的方向迈开了腿，然后，我听到身后那只鸟儿清脆地叫道：王光辉，一起去吧，现在还不算晚，不会影响休息的。

我黑暗的眼前忽然出现一片光明，我转过身，看见一棵纤细的树苗在阳光中摇曳着她翠绿的身姿，向我发出了召唤。

# 五　梦境

冬天过去后的又一个春天到来了，东亭镇上的槐树们争先恐后地冒出一些黄色的嫩芽，风渐渐变得温暖。当我脱掉沉重的滑雪衫露出因长久得不到太阳的照射而变得过于白皙的脖子时，我发现镜子里呈现出一张陌生的面孔。我看到这个原本拥有圆润的脸蛋和光滑的皮肤的少年忽然瘦削而高耸地在镜子里顶天立地，他的额头、颧骨、下巴上居然顶出了粗鲁的骨骼，他的脸颊和腮帮子上点缀着点点繁星般的红色痘痘，他的上唇与鼻子间甚至覆盖了一层稀疏的绒毛，他忽然之间变高的身材使他站在家里的任何一处地方都衬托出家具的矮小和空间的逼仄。

当我意识到这个在初春季节里脱去冬装的少年已然走进了青春的序幕时，我的脑海中飞扬起一片粉色的蝴蝶，那些蝴蝶无疑来自白雪梅乌黑的麻花长辫，它们在我用躯体的改变初次奏响青春序曲的时候成为第一批闯入者，它们飞进我茫然的眼睛，飞进我恐慌的表情，飞进我渴望的呼吸，飞进我幽寂的灵魂。它们在我面对自身突如其来的变化时给予我充满想象的启示，纷飞的蝴蝶在这个初春的早晨停留在我的意识中，我知道，我已离未来越来越近，我仿佛听到风吹铃铛发出阵阵清脆的声响，那棵绿色的小树正日渐枝繁叶茂。

我逐渐突出的骨骼和上唇的绒毛使我在每次捧着搪瓷杯子走向十字路口的百货店门口时，总是产生一种强烈的冲动，我曾经做过实现冲动情绪之后的行为的假设，最激烈的方法就是把手里的搪瓷杯子砸烂，这可以使我从此以后免去每日中午在众目睽睽之下接受我父亲对我的呼喊。但是每一次假设都在我预测到严重的后果时让我胆战心惊地主动放弃了这种尝试。也有比较温和的方法，那就是找一个借口，让我父亲不得不解除我每天给他送饭的工作，但是这个借口的难度在于必须使我父亲相信我不给他送饭的理由是无懈可击的。就这样，我在犹豫和假设中捧着搪瓷杯子走向我父亲那张被冬天的寒风吹得皲裂破溃的脸，他那因为肿胀而显得水分充足的脸庞显示出营养良好的迹象，我干瘦的父亲在春天将要来到的时候因为一脸冻疮的衬托变成了一个圆脸的男人。他依然坐在百货店右侧的门口以裹着肮脏的皮围裙、手捏不同鞋子埋头劳作的形象呈现在东亭镇人的面前，他抬起期盼的头颅试图在散杂的人群中搜寻给他送午饭的儿子时，我总是产生一种拔腿逃跑的欲望。但我的双脚总是违背我的思想，它们逼迫我扮演成一个孝顺儿子的角色向着修鞋摊方向走去。我父亲多年来从未改变过在这种时候对我的大声呼喊，他眼睛里瞬间发射出的光芒让我企图背叛他的想法不敢轻易破土而出，我日复一日地听到他在十字路口呼唤我：王光辉，慢一点，等这辆车过去再穿马路……

每个周日，我母亲会改善我们一家人长期坚持的以咸菜米饭为主的伙食，一般我会在周日的中午吃到红烧五花肉或者油煎窜条鱼之类的荤腥。而我母亲蔬菜部营业员的职业使她能够长期提供给家里大量诸如菜叶子烂冬瓜之类的蔬菜，我们一家人无法一下子消耗完那些菜叶子的时候，我心灵手巧的母亲就会设法把这些转瞬就要腐烂的落脚菜变成可以长久储存的咸菜。在咸菜长期供大于求的情况下，我们家周日的荤腥便完全印证了一句古老的话，“物以稀为贵”。

每当周日早晨到来时，我那因为吃咸菜而日渐消瘦的父亲总是像孩子一样在出门摆摊前反复猜测着午饭的菜肴。其实他不用猜测也知道我母亲对改善伙食的理解仅限于红烧五花肉和油煎窜条鱼，但他还是兴致勃勃地报出一系列菜名，并且在我母亲的摇头否认中逐步升级菜名的档次。最后，他总是笑着说他猜不到他老婆会让他在午饭时吃到什么。我母亲虽然是一个卖蔬菜的营业员，但她似乎十分懂得配合我父亲一个星期出现一次的童心未泯。直到我父亲扛着缝鞋机背着工具箱满身负荷地跨出家门，我母亲依然笑眯眯地缄口保密她将准备的午饭内容。我父亲便可以在半天的猜测和想象中幸福地修补着臭气熏天的鞋子了。我父亲和母亲对周日午餐乐此不疲的猜测和否认让我确信他们是在做一种游戏，这种游戏使他们本是贫瘠的情感世界出现了一闪而过的浪漫时刻。他们的相爱和默契只有在这种时候得以体现，这个猜测与否认的过程让他们在周日的早晨流露出少男少女的纯真和无聊。

中午时分，我把盛着红烧五花肉或者油煎窜条鱼的搪瓷杯子送到十字路口时，我父亲看到的是每个周日从无意外的菜肴，他大清早持续到中午的猜测此时终于得到了千篇一律的答案。但我父亲还是会欣慰地露出笑容，我母亲没有辜负他的希望，她让他在周日中午吃到了荤菜而不是咸菜，这于他而言是极其重大的享受。这一日的午饭，他会一改平日的狼吞虎咽。他把咀嚼和吞咽的程序放在口腔里重复运行，好似咀嚼的频率过高或者咽下去得太快都会造成食物的突然消失。美好的东西消失得过快总是让人恐慌，为了延续优质的午饭在唇舌上逗留的美好感觉，我父亲在周日的鞋摊上总是把一餐午饭吃得风度翩翩。他无声地细嚼慢咽着，他吞咽时尽力保持身体的平静而不把食物下咽时的快感表现出来。尽管他是坐在修鞋摊上吃午饭，但他的表情却让人们以为他正坐在一家高档的饭店里吃饭，他面带微笑腰板挺直地进行着午餐，而这种时候，我就需要站在他旁边长久地等待着。等待的过程总是如此漫长，我也因此而在这段时间内被路过的人们反复瞻仰着。

周日的午间时光让我明白了什么叫做煎熬，我在春暖花开的季节里站在十字路口等待我父亲完成他一周中最高档的午餐，而这种时候，我总是对我在这一日的前景极度担忧。我的恐慌心情无疑来自红唇皓齿梳两条麻花长辫的白雪梅，尽管我知道她对我父亲的职业了如指掌。在填写小学毕业履历表时，她曾经提醒我在父亲的职业这一栏里写上“鞋匠”这个词汇。她的提醒让我在日后的少年时光里始终鄙视我父亲的谋生手段，我试图摆脱这种自卑的来源，于是我追索起了我祖辈的宗脉。多年以后，我依然无法从唯一的历史见证人我父亲口中获得任何有价值的信息，他虚张声势的描述通常让我感觉极其水分。当我知道我终究无法确定我的出身是高贵或贫贱时，我开始隐藏起我的内心。我不再如童年时代那样以拥有父亲当众的呵护而骄傲，我也不会在东亭镇寥寥无几的街道和角落里和众多年龄相当的少年们混迹在一起叫喊奔跑。任何一个散兵败将组成的群体都将在接纳我之后对我实行无情的取笑，而取笑我比之取笑别人要容易得多，因为王鞋匠整天坐在东亭镇唯一的十字路口向人们无偿提供着取笑的资源。我是王鞋匠的儿子，我当仁不让地成为这些取笑资源的继承人。

然而在我的内心深处，我真正恐惧的并不是“瘌痢头”或者“李大腿”之类的人物，事实上他们对我的评价我并不重视，但不能忽略的是，他们对我的评价并不是溺死于海底的永远不会冒出水面的鱼类尸体，他们的评价通过他们的嘴巴播送到每一个东亭镇人的耳朵里，播送到我童年时代便情有独钟的白雪梅耳朵里。当我以成年以后的目光再来看待那些取笑的资源时，我发现年少的我是如此脆弱而缺乏自信，那些杂碎的语言无法构成对成年人的伤害，而少年王光辉却把这些话语当成了致命定论，我并不壮大的自尊让我在那段时间里疏离人群，我的内心，却渴望着走近我所热爱的美好影像。

夏天到来后的暑假，我努力维持了整个春天的脆弱尊严终于不堪一击地粉身碎骨。暑假一开始，我父亲就心血来潮地决定把他修鞋的手艺传授给我。他说，人不可能不穿鞋子，只要穿鞋子，就有鞋子坏掉的时候，鞋子坏掉，就需要修鞋的人，所以，修鞋这个行业，是永远不会没饭吃的。我那胸无大志的父亲对自己以咸菜为主的饮食十分满意，他在设想未来生活的时候又显得踌躇满志，他甚至希望自己未曾实现开一家有门面的鞋店而不是一个修鞋摊子的理想由我去实现，那样，未来的我就不需要让我的儿子每天中午捧着搪瓷杯子给第二代鞋匠王光辉送午饭了。

我内心的抗拒因在家庭中的弱势地位而显得十分软弱，童年时偷窥女厕所的勇气在长期的自我压抑中已经消失殆尽，我被迫捏起缝鞋的粗大钢针在一些顾客丢弃的破鞋子上进行我学徒的实践。但这一切仅仅是在家里进行，一旦走上大街，我就把自己装扮成一个对知识有着强烈渴望的学生那样踯躅独行，我出行的方向是有选择的，新华书店和邮局的报刊柜台成了我经常光顾的地方，我甚至让自己每次外出总是捏着一本书，这使我与瘌痢头或者李大腿们明显成了两种不同的人。

那个周日的中午，我照旧把红烧五花肉或者油煎窜条鱼的午饭送往十字路口的百货店门口，这是一段难熬的时光，烈日把所有的热情都播洒给此刻依然在它普照下劳作着的人们。我的父亲王鞋匠正襟危坐地吃着他的午餐，我站在一边的百货店门内尽力把自己日渐高大的身躯隐蔽起来，我希望父亲的午饭能够快一点完成然后我就可以拿着杯子离开这里了，在这里逗留得越久，我焦灼的内心越发烦躁。我的不祥预兆总是告诉我总有一天我会在东亭镇的十字路口丧失我岌岌可危的自尊。果然不出所料，多日不见的白雪梅提着一只凉鞋在烈日下以一袭款款白裙的身影向着我父亲的修鞋摊走来。

我把我的身躯更深地躲藏在百货店门内的橱窗后，我看到白雪梅走到鞋摊前把手里的凉鞋往我父亲面前一扔说：王伯伯，我的凉鞋搭扣断了，你给我装个新搭扣吧，能不能快一点，我一会儿就要穿上去水库玩呢。

白雪梅的话让暗处的我注意到了她的脚，果然，她脚上穿着一双绿色的海绵拖鞋，遮盖甚少的鞋面让她那双纤细白嫩的脚在我眼里一览无余。她的十个脚趾那么细小，光滑的指甲犹如片片贝壳盖在脚趾顶端，裸露在外的脚后跟延伸出粉红的肌肤色彩。那时刻，我又一次感受到了当年偷窥女厕所时的激动和兴奋，只是如今，这激动和兴奋里又多了一层异样的羞涩。但我的思维却自动排除了羞涩，大胆地伸向了白雪梅的脚后跟，然后我用大脑抚摩了她的脚，这双柔软的少女之脚在我的意识中被反复揉捏，我的身躯躲藏在百货店的橱窗后面，我的内心却沉浸在白雪梅粉红色的双脚安卧在我心里的绵软感受中。

然后，我看到我那严守职业道德的父亲迅速在他黝黑的脸上堆起皱纹丛生的笑容，他连连点头对他的顾客白雪梅说：好好好，马上给你装。

王鞋匠准备放下手里正吃到一半的午饭给急需修鞋的顾客解决燃眉之急，然而，当他正准备拾起地上的那只凉鞋时，他忽然不合时宜地想到了我。王鞋匠回过头用他三角眼里的目光搜寻他儿子的身影，我紧缩身体以防止他把我找到。他没有发现我，他用眼睛找不到我，他就开始用嘹亮的嗓音寻找我。他在寂静的午间如敲响钟声般喊叫起来：王光辉，你跑到哪里去了？给我出来。

我知道如果我不出来，我父亲的喊叫将持续不断。于是，我胆战心惊地从百货店里挪了出来。我故意不去看站在一边的白雪梅，但我眼角的余光还是发现了她露出笑意的眼神。我可怜的心脏马上给予我一阵剧烈的抽搐，毋庸置疑的事实发生了，白雪梅的内心已经开始了对我的嘲笑，她的眼神告诉了我一切。我终于看到了我脆弱的自尊如秋天的落叶纷纷枯萎凋零，那时刻，我已无力发出任何声音，我只有沉默以对。

我那充满理想的父亲却依然保持着他良好的自我感觉，他把我喊出来的目的是为了让我显露一下暑假以来他传授给我的修鞋技艺。他选择白雪梅的凉鞋充当我实践的材料是因为此刻我正好在场，并且我父亲以为，让他的儿子为他女同学的凉鞋装上搭扣无疑是一种展示。他试图在另一个年龄相当的孩子面前显摆他对我的培育成果，没有一个初中学生能修鞋，只有他的儿子会。当他捧着搪瓷杯子继续他差一点中断的周日午饭而又看着他一手带出来的第二代鞋匠在他面前手法熟练地修鞋，他的内心一定会产生强烈的满足感。所以，他伸出他油腻肮脏的手，指着我对白雪梅说：让王光辉来给你装搭扣吧，他装得比我还好，他的手艺快要超过我了，这种装搭扣的活他已经练了一个暑假了。

我父亲希望得到的满足感让我在彼时发现我的心灵正惨遭蹂躏，我低头站在修鞋摊前沉默着拒不服从父亲的指派，而我的视线却始终无法避开白雪梅绿色海绵拖鞋里的双脚。就这样，我在鞋摊前僵持了大约一分钟，然后，我发现就这么站下去已经毫无意义。我第一次在外人面前暴露了我对父亲隐藏已久的叛逆，我在白雪梅的目睹下轻蔑地看了一眼王鞋匠和他面前的那些破鞋子，我轻蔑的眼神甚至没有放过白雪梅那只等待安装搭扣的凉鞋，然后，我在父亲惊愕的表情中义无反顾地越过十字路口远离而去。

那一夜，我的梦境中出现了无数双脚，我在那些舞蹈的脚中寻找着熟悉的那一双，这好像并不困难，我不需要看脚部以上的身躯乃至面容就可以判断出哪双脚是白雪梅的，因为只有她的脚才会在后跟处延伸出粉红的肌肤色彩，也只有她的脚才拥有贝壳般的脚指甲。我自动摒弃了那张大眼睛白皮肤的脸蛋，这一回我不再是只用意识来抚摩这双粉红色的脚了，我用的是我梦境中真实的手，柔嫩绵软的脚心，纤细小巧的脚趾，光滑闪亮的指甲……它们在我手里乖乖地卧着，偶尔，我的抚摩让它们感觉到了痒痒，于是它们不安分地抽动一下，又一下……

醒来时，我发现我日常穿着的宽大内裤上一片潮湿，梦境里幸福的手还未回到现实中，我的内心已是空荡荡一片萧条，那个夏日清晨，忧伤弥漫了我的胸腔。

# 六　远离

从那以后，我再也没有正眼注视过白雪梅的面容，每次与她擦身而过，我总是垂下我委顿卑琐的目光盯着脚下的地面。我的自卑让我缺乏正视白雪梅的勇气，而我力求逃避的目光又无法躲过她那双立在地面上的粉红小脚，于是，我在羞愧与兴奋中既害怕又期待着与白雪梅的不期而遇。就这样，我孤独而伤怀地完成了东亭中学的三年初中生涯。

初中毕业的那个假期，我把自己关在家里足不出户，我甚至拒绝参加全班同学相约出游水库的活动，我自闭的理由无疑出自对白雪梅的强烈渴望和恐惧，梦境中反复出现的粉红小脚总是让我在醒来时看到自己的无助。我试图用强加的信念拒绝白雪梅美好的形象对我的侵略，但我的躯体总是在每天入夜后背叛我的信念，它在梦境中与白雪梅的粉红小脚不断幽会，直至我虚弱的信念在凌晨时分的失控中完全崩溃。我已对自己极度不信任，这导致我拒绝参与所有的集体活动。我离群索居，孤独寂寞，我整天捧着书本演绎着一个勤勉的读书人形象，但我确知，我是在用逃避的方式维持我虚假的平静。

暑假过半的那个八月午后，我躺在外屋的竹席上阅读着一本世界名著，闷热的空气让我的手心里始终充盈着蔫湿的汗水，我手里的那本《基督山伯爵》因此而显得皱皱巴巴。书中复仇者的深谋远虑和强大意志让我迷恋着一种想象，虽然我并不知道我的仇人究竟是谁，但我隐约感觉我正与生存的这个世界暗暗较量对峙，我与所有人不共戴天，因为所有人都在耻笑我寂寞的身影和孤独的灵魂，我复仇的计划指向不明所以的一切，这种时候，我品尝到的却是近乎悲壮的快感。我沉浸在复仇的想象中渐入梦境，我听到白雪梅清脆如铃铛的声音从梦中飘来：王光辉，你猜猜，我给你带来了什么？

白日做梦果然不同凡响，在我夜间的梦境里，白雪梅只吝啬地向我贡献她美丽的小脚，她从不露出她的面容，更不要说她的声音。可是现在，她却在呼唤我，用她脆亮而清晰的声音叫我的名字。然后，我看见她那张有着尖俏下巴和大眼睛的脸上绽开了灿烂的笑容，她白裙飘飘的身影款款向我走来。天啊，白雪梅，现在我知道了，原来我始终不让自己在夜里见到她的脸蛋、听到她的声音，是因为我害怕完整的白雪梅会把我完整的灵魂摧毁。可是现在，她终于还是出现了，她正在走向我，笑盈盈地走进我白天的梦境。我浑身的血脉超乎寻常地喷薄泛滥，我竭力控制着不让自己迎着她的笑容奔赴而去，克制和压抑却让我加倍渴望、加倍亢奋。我感觉到小腹胀痛不堪，我一兴奋就会产生强烈的尿意，可是在白雪梅的笑脸离我越来越近的时刻我居然想上厕所，这让我心里充满了羞愧和内疚。我默默地告诉自己，忍一会儿，再忍一会儿吧……

白雪梅终于走到我身边，她伸出白皙的小手拍了拍我的肩膀，那么真实，真实得令我恐慌。那只温暖的小手在碰到我的肌肤时，我触电般猛然一跃而起，我突兀迅疾地逃出了白日的梦境。然后，我看到的是炎夏午后我那逼仄的家中现实的一幕。白雪梅果真笑盈盈地站在我面前，她对着依然神志混沌的我举起手里的牛皮纸信封：王光辉，你看啊，我给你带来了什么？

我的身躯显然比头脑更为迟钝，我的思维已经回到现实，身体却依然沉浸在梦境里的兴奋中无法抽离而出。白雪梅的突然出现让我回忆起瞬间之前的猥亵梦境，而此刻我光着上半身穿着大裤衩的躯体，正毫不掩饰地展示着从梦境中延续而来的异军突起的雄壮气势。

我慌张如逃窜般冲进里屋，迅速穿上衬衣和长裤，那时刻，我发现我的心脏正如一只疯狂的兔子在剧烈奔跑。等到我穿好衣服回到外屋，白雪梅已经“咯咯”笑得前俯后仰。她把牛皮纸信封塞到我手里，说：王光辉，你可真傻，我给你送市重点高中的录取通知书，你倒逃进房间里去了，快打开看看吧。

在我打开信封的时候，我始终听到身边有一只小鸟正发出清脆的鸣叫，夏日午后的闷热空气中，白雪梅眼含笑意地看着我，缕缕目光如清凉的微风，轻轻掠过我长久密闭的心。

我幸运地成为东亭中学唯一考上市重点高中的学生，白雪梅考入了县中，李大腿也进了县中，他是作为体育特招生进县中的。对于这毋庸置疑的事实，我父亲王鞋匠始终不敢确信。那几天，他常常面有疑虑地盯着我看，然后默默地点着他已露斑白的头颅，脸上的表情复杂而沧桑。我母亲的表现却直接坦率得多，她打破了只在周日吃荤菜的规矩，她对荤菜的想象力随着她儿子的光荣事迹的传播而变得丰富起来。那几天，我们家的餐桌上除了咸菜以外还额外增加了诸如肉饼炖鸡蛋或者糖醋鲤鱼之类的菜。每次吃饭时，我母亲总是夹最好的菜堆在我碗里，并且发表着一些不加掩饰的骄傲言论。我母亲的言论无外乎只有光荣的母亲才能生出光荣的儿子之类，并以自己的童年故事佐以例证，既控诉了过去的社会对她的不公，又赞美了把远大理想付诸于儿子并终于获得初步成功的美好现实。而我父亲却似乎更为清醒，他没有对我大加赞扬，他只是在之后的半个多月暑假中不再逼迫我坐在他那台缝鞋机前学修补鞋子，他甚至主动提出每天中午不用我再给他送饭，他说：王光辉，我看出来了，你不是一个做鞋匠的料，我看你整天捏着一本书走来走去，你吃饭看书，睡觉看书，你连上茅坑也拿着书，你看书看得戴上了近视眼镜，你这个样子让我想到了你的爷爷，他在天之灵要是看到你读书这么用功，一定会高兴得笑掉牙齿啦。

我父亲的描述让我对爷爷的想象停留在一个身着长衫、吟诗作词的旧时文人身上，这个古老的读书人与绝伦江边指挥村人自救于洪水中的豪迈男人区别甚大。我爷爷在我父亲的嘴里形象多变，但万变不离其宗，他始终给予他的后代以垂青万古的榜样，他让我父亲在任何荣誉降临王氏家族的时刻不忘夸耀我们家无以追踪的祖辈历史。可是我爷爷的形象在我的想象中总是与功成名就失之交臂，他以沉默寡言和不苟言笑来掩饰他的怀才不遇。身为读书人的我爷爷便把他的梦想寄托在了他的儿子身上，但我还是隐约感觉到我父亲对他自己的失望，或者说，正因为他无望成为一个令人尊敬的有文化的人，而他又深知人们对于文化人的尊崇和拥戴，他便把他的父亲描述成了一个曾经的文化人。他把幻想当成真实，这种想象让他得以每天安然坐在修鞋摊前不至于对生活完全绝望，这种想象，也让他在我获得市重点高中录取通知时，忽然意识到他可以把他父亲寄托在他身上的梦想转托给他的儿子我。于是，他及时停止了教我学修鞋和每天给他送饭这两件非文化人做的事，而我，却对他的好意并不领情。那段日子，我与我父亲越发没有了交流，他并不知道，我对他的疏离不是因为他迫我学修鞋和每天给他送饭。远在小学毕业填写履历表时，我父亲鞋匠的职业就已被我看做是身上的一处暗疾，暗疾留下的伤疤无以愈合，除非他从来都不是一个鞋匠。

白雪梅是最初把我父亲的职业以书面词汇“鞋匠”公布于众的人，而我却对明眸皓齿麻花长辫的她充满怀想。我沉浸于读书是因为我自卑的内心无所适从，我不是为了光宗耀祖，我是为了洗涤我父亲的职业带给我的耻辱。我终于得到了白雪梅的笑容，和她从未恩赐于别人的青睐。那天她给我送来了录取通知书，她带着喜悦加之倾慕的表情对我说：王光辉，你真厉害，我只考到县重点，我要向你学习，以后你可要帮助我啊！

快乐并未冲昏我的头脑，我面带笑容两手潇洒地一摊，我的动作颇具洋人做派，我轻描淡写地说：当然可以，只是我们不在一个学校里了，怎么相互帮助呢？

为了达到相互帮助的目的，白雪梅把她的新校址抄给了我。

暑假的最后几天，我父亲准备了两个蛇皮袋的行李铺盖，他要亲自挑着这两袋行李送我去南通的市重点高中念书。出发前夜，我父亲坐在摆着我母亲炒的好几盘荤菜的餐桌边兴致勃勃地描述着他想象中的南通。他把沙洲对岸的城市竭尽赞美，车水马龙和高楼大厦与他飞溅的口水一起喷射而出，使从未见识过城市的我看到了南通与东亭镇的天壤之别。同时，我敏感地意识到，在现代而时髦的城市里走着一个身材瘦弱表情猥琐的挑着行李的乡下男人实在是很不合适的。这个男人行走的路途中，始终有一个少年相伴，男人在城市里表现出一个乡下人的不知所措和惶恐紧张，这让少年顿感自卑，他发现，与这个男人走在一起，无疑是在向城里人宣布，他和身边的男人一样，是一个无法融合于城市的乡下人。

我拒绝了父亲送我去南通的要求，我从两大袋行李中挑拣出我认为必需的东西，背着简单的包裹独自踏上了市重点高中的去程。我父亲和母亲送我的脚步停留在东亭镇破陋的车站上，我义无反顾地登上了开往城市的公共汽车。车启动时，我又一次听到了我父亲多年来未曾改变的响亮的叫喊声：王光辉，南通城里车多，穿马路要当心，等车过去了再穿，你听到了吗？

车窗外的凉风携带着我父亲颤抖的声音扑面而入，我没有回头看车站上发出喊叫的王鞋匠，只在心里发出一阵轻蔑的笑声。然后，我把双手插进了上衣内袋，里面的两张纸片贴着我的胸膛安静地躺着。一张，是南通第一高级中学的录取通知书，另一张，是白雪梅抄给我的沙洲县中的地址。车窗外的风把我的心思吹得很远，远远地离开了东亭镇，离开了十字路口百货店门外的修鞋摊，离开了充满咸菜味的逼仄低矮的我的家。

# 七　城市

城市生活终于开始，我像一头如饥似渴的野兽在陌生的世界里疯狂吞吃着陌生的食物，我知道我是一头来自乡野的食草动物，但为了拥有在食肉动物中的一席之地，我开始了茹毛饮血的尝试。我急迫地希望尽快融入城市，这使我在十六岁初入青春的年岁里忽然失去了辨别世界的能力。我在南通市第一高级中学的学生宿舍里拥有了一张单人床的生活空间，于是我便很少再回东亭镇。每个周末来临时，我让自己整天在南通街头闲逛，我把这种无所事事游走街头的行为叫做长见识。

我的确长了不少见识，我曾经在一家装修中的快餐店门口看到一群工人正把一尊巨大的外国胖老头雕塑竖起在最显眼的位置，我默默地在心里把这个外国胖老头叫做圣诞老人，然后我听到工人嘴里说出了一个陌生的名字，从那以后，我知道了穿红色衣服的外国胖老头除了圣诞老人，还有一个叫肯德基。我听到遍布大街的音响商店里传出各种好听的歌声，有一个男人用嘶哑的嗓音反复吼着“我很丑，可是我很温柔”，有一个女人用靡软的声音哼哼着：我要去香港啊，我要去香港……我不丑，但我不知道自己算不算温柔，可即使我很温柔，也不用像这个男人这样大声吼啊。我倒更喜欢那个女人哼哼的歌声，她想去香港，她想得发疯了，我猜，她一定和我一样对快快离开贫穷的故乡有着强烈的渴望，只是不知道她的父亲是鞋匠还是铁匠。我看到我的那些城里同学们脚上穿的鞋子在商店柜台里标着三位数以上的价格，他们的一双鞋可以抵上我父亲坐在鞋摊上修补几百双鞋的收入，我十分庆幸我终于没有继续跟着我父亲学修鞋，那样我将一辈子也买不起这种叫做耐克或者阿迪达斯的鞋子。

走在城市街头我两眼不够用，我把看到听到的所有城市信息通过信件传递给白雪梅，当然，我没有告诉她一双耐克鞋的价格是我父亲几个月的收入，我只是对她说，那种产自美国或者德国的鞋子穿在脚上真的很帅很牛。白雪梅及时地回报给我她的惊讶和羡慕，她同样感兴趣的还有我们这个市重点中学的模拟考卷和复习资料，她在信上说：王光辉，听说你们学校的老师都是参加高考出卷和阅卷的，你把你做过的所有练习题寄给我，好吗？

白雪梅对我的需求让我内心充满了成就感，现在，对她来说，我已不是过去的王光辉，现在的我，是她需要和依赖的人。我发现自信重新开始在我的胸腔里涌动，我决定要找一个机会请白雪梅来南通，我把这种单方面决定的邀请叫做“约会”，这个词汇让我认为自己已然是一个成年男人。

我的书面邀请写得矜持而羞涩，我借口模拟考卷和复习资料实在过于庞大沉重所以必须请白雪梅同学亲自来一趟南通。她答应了。我开始为还未定下日期的约会奔忙，可我实在不知道究竟可以为预想中的约会做些什么。我父亲每个月给我寄来的生活费让我在城里的生活过得捉襟见肘，我没有多余的钱安排一次像样的约会，哪怕是请白雪梅吃一餐肯德基，我都囊中羞涩不敢出手。但贫瘠的我还是决定要请赶赴南通的白雪梅吃沙洲县城里还没有出现过的肯德基，并且要给她准备一样礼物，比如一个长毛绒玩具，或者一块金帝巧克力。我们班里的女生过生日，男生都送这样的礼物，送给白雪梅一定很合适。还有，当白雪梅出现在我面前时，我希望我的脚上穿着一双我曾经在信里描述过的耐克或者阿迪达斯的鞋子。我没有任何金钱的来源，我只有求助我父亲，我写信回家向父亲索要金钱时并没有说明任何原因。我一意孤行地让自己虚伪的自尊极度膨胀着，我仿佛看到脚穿耐克鞋手捧长毛绒玩具的我迎来了红唇皓齿的白雪梅，她依然梳着两条乌黑的麻花长辫,没有一个城里女孩还留这样的麻花辫,但我喜欢白雪梅梳这种发型,如果没有麻花辫,白雪梅就不再是白雪梅了。

父亲的汇款没有及时到达,但他把自己直接汇到了南通。那一天,王鞋匠身着硬邦邦的崭新外套,站在我们学校宿舍大楼下仰起他花白的脑袋,当他听到大楼窗户里传出一些男孩们的喧哗打闹声时,他仿佛听到了他的儿子在这里如同一根竹笋一样日夜长大的拔节声,他瘦削的脸上便绽开了欢天喜地的笑容。随即,他像在东亭镇十字路口的修鞋摊上一样用他嘹亮的嗓音骄傲地呼喊起来:王光辉,你出来,我给你送钱来啦,王光辉你快出来!

听到这熟悉的声音,我的心脏如临大敌般猛然纠结起来。我扑到窗口俯瞰楼下,王鞋匠正抬着他苍老的脑袋面露天真的欢笑,所有的住宿生都被他的叫喊吸引到了窗前,他们与我一样趴在窗台上低头观看。在王鞋匠大声喊叫着我的名字时,我又一次回到了东亭镇唯一的十字路口。我在百货店门口的修鞋摊上接受着众目睽睽的瞻仰,他们一律称呼我"王鞋匠的儿子",这个称呼让我时刻记起子承父业的羞辱。忽然再现的情景,让我在南通第一高级中学里长久隐藏的秘密不攻自破。我知道了,原来我始终缺乏明确指向的假想仇人,就是这个喜欢在大庭广众之下呼喊我名字让我羞愧难当无地自容的男人,他是我的父亲王鞋匠。

我用我冷若冰霜的面孔款待了我父亲的欢天喜地,他感觉到了我对他的反感,便用诚惶诚恐的目光观察着我的表情,并且讨好地告诉我,需要钱的时候只要说一声,他就会给我送来。然后,他摸出一卷钞票交给我说:你不用陪我了,我这就回去,快回教室吧,不能耽误念书。

我终于说出了我父亲来南通探望我时的唯一一句话:下回不用再送来,寄给我就行了。

我父亲因瘦弱而显佝偻的背影向着校门外移步而去,这一回,他没有如以往那样对我大声呼喊:王光辉,城里车多,过马路要当心,等车过去了再走，王光辉，你听见了没有！

没有叮咛的告别让我松了一口气，我怀揣着一卷钞票开始设计与白雪梅的约会。我们终于约定了一个碰面的日子，我的设计如愿实施。那个周末，我脚蹬耐克鞋手捧长毛绒狗熊站在长途汽车站等待着白雪梅，我想象着她身穿翠绿色外套像一株小树一样对着我迎风招展，我像个真正的城里人那样请她在肯德基吃薯条喝可乐，我们并肩走在街头的样子看起来像一对恋人，这个想法让我面红耳赤却又欲罢不能。过于急迫的心情让我比约定的时间早到两个多小时，从沙洲县城开往南通的汽车一班又一班到达，我急切地在人群中搜索白雪梅乌黑的麻花辫，接近中午时分，我终于看到白雪梅的身影出现在了车站出口处，她没有穿翠绿色外套，她的麻花长辫也变成了一把马尾辫，她的身旁，两条粗壮的大腿紧紧跟随着不离寸步。我停住准备迎候上前的脚步，李大腿已经伸出手臂远远地挥舞起来：王光辉，王光辉——

同在沙洲县中念书的白雪梅与李大腿结伴来探望我，这让我精心设计的约会蓝图毁于一旦。李大腿过早发育成熟的庞大身躯和粗壮大腿使我站在他身边像一个随从，这场约会的真正主角是他和白雪梅，我像一盏明亮的电灯泡照亮了这一对从故乡沙洲赶来的老同学。这种感觉我曾经体验过，初中那次运动会后的晚上，我同样如此夹在他们中间在西街饮食店里吃过一碗小馄饨。当年我怀揣两块比赛获奖的巧克力没有机会送给白雪梅，而现在，我手里的长毛绒狗熊也成了累赘。我是不可能在李大腿面前送一个长毛绒玩具给白雪梅的。我把懊丧和愤恨隐藏了起来，我还是请他们吃了肯德基，买炸鸡腿和薯条可乐时，我默默地希望李大腿主动提出由他请客，可是李大腿高耸在一群来肯德基吃生日餐的孩子中对我掏钱包的动作熟视无睹，倒是白雪梅和我争抢着付钱。

傍晚，我把捧着一大堆复习资料的白雪梅和李大腿送到车站，他们大声和我说再见，然后跨进了候车厅，我抱着那只未完成使命的长毛绒狗熊，看着他们渐渐缩小的背影，忽然感觉鼻子酸痛不已。那时候，我默默地想，以后我再也不会给白雪梅写信了。

我父亲果真没有再亲自给我送过钱，他和我母亲在东亭镇上照旧做着修鞋匠和卖蔬菜的营生，他们对我远离故乡的学业抱着远大的希冀，对我很少回家的做法，他们总是给予无条件的理解和支持，他们认为任何家务琐事都无法与我在城里的苦读相比，哪怕我父亲在一个寒冷的傍晚晕倒在鞋摊上，他们也没有告诉我家里发生的一切。

我是从白雪梅的来信中知道父亲的病情的。我的确没有再和白雪梅通信，尽管她一再来信问我讨要复习资料，并且问我为什么忽然不再理她。每次读完信，我就把那些写着黑字的白纸扔进垃圾桶，后来，她的来信逐渐稀少，直至停止了与我的书信来往。我固守着我的狭隘和偏执，越发不愿意回东亭镇，我怕遇到白雪梅和李大腿出双入对的身影，尽管事实上他们并没有任何暧昧的关系，但我依然敏感地以拒绝他人的方式保护着自己。那两年里，我回家仅有屈指可数的几次，高三最后一个学期，我在家里过完年回到南通后，就没有再回过东亭镇。我的借口是为了高考作最后的拼搏。我父亲的汇款在每个月的月首雷打不动地如期到达，我像领取工资一样心安理得地把自己装扮成一个极度用功的学生。我的确极度用功，那时候，我已经确定了我将报考的大学。在填写志愿时，我想到了我父亲曾经描述过的，我爷爷王老三曾经叱咤风云的故乡，那是一个四季如春的地方。小学毕业，我在籍贯这一栏里填写了一个陌生城市的名字——长春，从此以后，我把长春当成了我的故乡。后来在地理课上，我知道了长春并不是一个四季如春的城市，而对这个城市名称的历来偏爱让我更为憧憬起那个遥远而寒冷的北方城市，于是，我在高考志愿表上填写了长春的“吉林大学”。

临近高考前一个月，我收到了白雪梅中断了一年多的来信，她在信里质问我：王光辉，即使你不想再理我，你也不应该那么长时间不回东亭镇，你不关心别人，你也该关心一下你的父亲，他躺在医院里已经两个多月，你知道吗，自从你去南通念书，你父母就再也没有吃过荤菜……

我父亲王鞋匠在那个刮着寒风的早春阴雨天里晕倒在了他的修鞋摊上，百货店里的营业员把他送进了镇上的卫生院。等到我母亲带着一身烂蔬菜味冲进医院时，她看到的是我父亲苍白的脸和站在病床边面色凝重的白医生。白医生向我母亲宣布了他的诊断：你们两口子是不是每天只吃咸菜？看看，营养不良、过度劳累，导致血糖严重降低，不晕倒才怪呢。

已经苏醒的我父亲虚弱地笑笑说：不碍事，今天早饭没吃，以后吃了再出来干活，就不会晕倒了。

白医生一针见血地揭发了我父亲和母亲极不自爱的行为：还说不碍事？你们最好熬干自己的油去供给孩子，你们连老命都不要了！现在需要到南通的大医院去做一次全面检查。

我母亲因为见到的是已经苏醒的我父亲，她便忽略了事态的严重性，她笑着说：白医生，谢谢你关照老王，不过，就不要去南通了吧，不检查没病，一检查，倒查出什么病来了。

我躺着的父亲和我站着的母亲配合默契地同时点着脑袋，他们意见一致地拒绝了白医生让他们去南通检查身体的建议，他们甚至连卫生院都不想住，但白医生没有允许。

我终于放下功课回了一趟家，当我走进东亭镇卫生院破旧的病房，看到我父亲忽然变得苍老不堪的面容和几近皮囊包骨的消瘦身躯时，我内心的酸楚霎时蜂拥而至。我知道，我已经无法忍住马上就要夺眶而出的眼泪了，可我并不清楚我为什么要流泪，我没有强烈的自责，我只是为着心里那些莫名的委屈和忧伤、为着一种许久未曾得到宣泄的自闭和压抑而伤痛泪下。但我那向来习惯盲目自信的父亲却骄傲地认为他的儿子是因为心疼他才伤心落泪的，他在他深深凹陷的瘦脸上露出了一个灿烂的笑容，然后说：王光辉，你回来啦，你来看我啦。王光辉，你下午就回学校去吧，你要高考了，等你考完了，我的病也就好了……

我在父亲的病床边坐到傍晚时分，我母亲做了一锅红烧肉装在茶缸里逼我带上回南通。我没有让我母亲送我，我把茶缸交给医院传达室的老头请他送进病房，然后赶到车站，登上了最后一班开往城市的汽车。

# 八　故乡

在我收到大学录取通知书前一周，我父亲终于无法继续维持他被癌细胞吞噬得千疮百孔的生命，溘然长逝了。他紧闭着眼睛平躺在床板上，他除了显得很瘦以外，实在不像是一个已经死去的人。他只是累了，他需要静静地躺一会儿，等他睡醒后，他会坐起来，背上他的修鞋工具满身负荷地走出家门，走向东亭镇十字路口的百货店门外，在那棵大槐树下支起破旧的缝鞋机，继续他多年如一日的鞋匠生活。晚饭后，他会让我替他搬一把竹椅子，他把自己瘦削的身体深深地靠进椅背，然后在竹椅持续的呻吟中开始讲述他的父亲我的爷爷曾经发生在绝伦江边的故事，我祖辈的历史从我父亲嘴里说出来时，成了一段浪漫而悲壮的传说。

可我不得不承认，我父亲的确死了。是白医生捏到了他的最后一线脉搏，微弱颤抖的心跳在白医生的手指间渐趋平静，然后，悄然消失。那个长久疲惫的灵魂终于轻松如风地从沉重的躯体里永久地出逃了。白医生用一句朴素的民间用语代替了他医务人员的专业诊断术语，他说：操办后事吧。

我母亲天塌般的哭声终于像火山一样喷泻而出。

一周以后，白雪梅拿着一个牛皮纸信封出现在了我依然逼仄低矮的家里，她对着呆坐无语的我说：王光辉，你猜我给你带来了什么？

白雪梅故作轻松的语气并没有减弱屋子里沉闷抑郁的空气，我抬起头试图说话，又试图微笑，我轻轻咧开嘴角，嗓子却被酸涩疼痛的气流梗塞。白雪梅赶紧把信封塞到我手里，说：王光辉，这是吉林大学的信封啊，你的录取通知来了。

我看到白雪梅微笑着的脸蛋，可我分明感觉这不是她的笑，这是她用她的脸替我绽放因成功而喜悦的笑。那一瞬间，我的眼泪终于滂沱而下。

这是我记忆中最长久的一次哭泣，不知道什么时候，我发现我的头颅正埋在白雪梅的胸怀里，她伸出细长白皙的手臂搂抱着像婴儿一样哭泣的我，我泪湿的脸庞贴着她温暖的胸怀。我看到，白雪梅的衬衣领口深处，隐约闪露的白色肌肤离我咫尺之近、伸手可及。

那一年，我十九岁，我看到了白雪梅真实而接近的白亮肌肤，这让我想起了多年前爬在槐树枝杈上的那一次窥视。我终于明白，原来女性的肌肤早已在我记忆里成为了一种羞耻经验，朦胧而深刻。

白雪梅陪着我母亲一起送我去车站，我将辗转汽车、轮渡和火车，去往坐落在长春的吉林大学。我扛着一大包行李，白雪梅提着我的旅行包，我母亲捧着那只破旧的搪瓷杯子，里面装满了她替我准备的路上吃的腌肉和咸蛋。我母亲说，杯子里的东西吃完了，正好给你做刷牙缸。

我们向着车站方向走去，经过东亭镇唯一的十字路口时，我看到初秋的艳阳照耀在百货店门外的那颗大槐树上，阳光透过树阴漏下斑驳闪烁的光点。树下，却没有我父亲的修鞋摊。可我还是仿佛听见一个响亮的声音在我背后大声呼喊着：王光辉，城里车多，穿马路要当心，等车过去后再穿，王光辉你听见没有！

是的，我叫王光辉，我的爷爷叫王老三，我是王鞋匠的儿子。我知道，我再也不会去追踪我用幻想虚构的祖辈历史了。其实，那条被我叫做绝伦江的滔滔河流，就是长江。近百年前，长江北岸的土地上生活着一户贫瘠的农家，那个叫王老三的农民从来不是什么旧时文人，也不是指点江山的风云人物，他葬身在一次长江洪灾中，洪水把他的妻子和幼年的儿子冲到了长江南岸，他们幸免于难，生存了下来。

我承认，我的祖籍，就是长江对岸的苏北，我的先祖，是农民，贫穷、荒蛮，而且，从来就是。

2007 年 9 月 10 日于晨凯

——原载《上海文学》2007 年第 11 期

鲁　敏

# 纸　醉

# 一

**1** 发现她不会说话，父亲走了很远的路，找到人家说的那个庙。寺庙住持，除了瘦得厉害，并无什么异处，只要了她的乳名儿与八字，闭着眼睛坐了两个时辰，方才吐出几个字：大名，叫开音吧。

大家都挺信这个，东坝镇上所有的人都跟着喊，只要来串门儿，就特别努力地叫她的名字。若手中牵着半高不高的娃娃，还教着娃娃一遍一遍地念她的名字：开音。开音。这种不出力气不花时间的善意，虽不至于功德圆满，倒有种积少成多的虔诚。

但开音还是没有开音。大家似乎都因此心存内疚，无缘无故就欠下开音什么了。你想想，生下来就没了娘，又说不了话，不是欠她是什么？

外人尚好，只觉得是欠，那做父亲的，心里疼得想挖个坑跳进去，觉得自己一定是前世杀了人、作了孽。但还是不肯低头，五岁，八岁，十岁，他时刻暗中留意女儿的喉部，天天都盼着眼前突然出现奇迹；每到鬼节冬至以及除夕，给亡妻化纸时，亦会没了命地祷告，求她保佑女儿，让她嗓子瞬间通了，像吐瓜子壳那样吐出点小动静来。

没有，就是没有。

认了吧，就是个哑巴。

好在，耳朵是好的，出奇地好，说什么她都懂得；并且，眼睛也是好的，好到她无意中瞧上谁一眼，那人就会突然伤心起来，不知该怎么疼爱这个乖巧单薄的孩子。

**2** “要我看，就是名字的问题。开音这名儿，太迫切了，逼着赶着的，哪里成？就像有人家，给孩子取名——健强，治邦，文武，这么功利，猴急相了，不对的。所以呢，你们要记住，人哪，不论是想要什么东西，问天要、问地要、问别人要，万不可开门见山，要懂得隐藏、懂得弯曲，世上绝没有探囊取物那样的好事情。”

伊老师每天花一个半钟点写大字，他喜欢临《多宝塔碑》。一边写，一边跟两个儿子讲人生道德。来来往往、功名得失、生老病死，反正想到什么就讲什么，不管两个小子懂也不懂。他是语文老师，天生会讲的。

“听明白了吗？”

“明白了。”两个儿子齐声答喏。这个时候，他们是最团结的，因为这样就可以早点脱了身，去找开音玩。

自己两个儿子，大的叫伊大元，小的叫伊小元。这名字，多好。伊老师抿着嘴唇，翻过去一张旧报纸，继续往下写，一边把心里面小小的得意摁下去。人哪，不能得意，在心里都不能，心里的得意比面上的得意更糟糕、更容易坏事儿。下次得跟两个儿子说说这个。

十岁的开音，现在跟大元、小元是校友了，在学校天天见的。

开音上学，这是伊老师反反复复做工作的结果："她又不是聋子，去听听，总归能识几个字，就明事理了，总比做睁眼瞎强得多。"

开音父亲听不得别人讲到聋呀、瞎呀这些字眼，任何一项不相干的残疾，都好像指桑骂槐，会让他想到开音的哑。"好的。就去了，就去了。"他胡乱应承下来，却一拖再拖，总怕到了学校，开音受到欺负。

这么的，一直拖到十岁，才入了一年级。父亲算是有点放心了：她岁数在那里、个子在那里，总不会吃亏吧。

的确，没人推她、没人搡她。事实上，开音的亏，是吃在没人明白处、说不出来处——

下了课，那些小孩子，本班的、隔壁班的、隔壁班的隔壁班的，总像花瓣似的，层层地围上来，好奇死了，问出无数的问题。

"开音，你是舌头短一截子吗？""你笑的时候也哑吗？笑一个看看！""打饱嗝呢？打喷嚏呢？""开音，会哑语吧，'大便'怎么样弄？'小便'怎么样弄？"

七嘴八舌地问了，然后一齐眼巴巴地盯着开音。当然，除了一双惊惶的眼，他们等不到答案。孩子们于是就碰她的手，摸她的头发，翻她的铅笔与书包，好像答案就躲在那些地方里似的。

这情形给大元看到了。五年级的大元个子虽大，性子却是怯的，连忙去喊了小元，兄弟二人走在一起，那气势就大了。况且，他们的爸爸是伊老师呢。

"你们干什么？'五讲四美三热爱'不知道吗？就这样德智体美劳全面发展吗？就这样团结同学、尊敬师长吗？"四年级的小元遗传了伊老师的好口才，特别会讲话，眼光还配合地慢慢扫视一圈。

低年级的孩子很快羞愧起来，发自内心。并且，他们从此知道了：开音，是伊大元伊小元保护着的，不好再胡乱亲近的。而他们所谓的亲近，其实就是捉弄她、弄哭她、让她出洋相。小孩子呀，都是那样，情感表达上，就是个南辕北辙。

像花蕊一样，开音从散开去的花瓣中间露出来。她理理头发，用眼睛看看大元与小元，两只手的大拇指悄悄地弯弯：谢谢。但小兄弟俩看不到她的手势，他们一齐被开音的眼睛给盯住了，跌进去了，脚底下忽然没了着落、没了深浅，十几岁的男孩子，惶然不知所措了。

**3** 大概是陪开音太久，开音父亲最喜欢家里有人来玩，那样家里才会有点动静，你问我答的，热乎。

"哦，大元呀，欢迎。哦，小元呀，欢迎。"每次，开音父亲都会郑重地分别打招呼，似乎要充分利用这说话的机会，"来，进来坐，开音在里面玩剪纸呢。"

大元小元一高一矮地走进去。开音坐在北窗下，她侧过头来，冲哥儿俩笑笑，又低下头剪纸了。她的头发，被北窗的一点天光照着，亮亮的。

大元小元，天天儿的，就是特为过来看开音剪纸的。

剪纸时的开音，跟平常又不一样了，特别经得住看、可以放心大胆地看。因为，只要手里有张纸、有把剪，就等于无形中替她盖了间房，还递给她一把钥匙，她闪个身子就进去了，一个人藏到剪纸里去了，外面诸事纷扰、目光交织，乃至人仰马翻，都跟她一点关系没有。

开音的剪纸，真要说起来，并没有人特为教过她。

东坝镇上有剪纸的传统，姑婶婆婆们几乎人人都会一小手，但也谈不上特别热心，无非是农闲时凑凑趣而已。开音呢，就混在她们当中，一声不响地倚着门框望呆，这家望到那家，这只手望到那只手，这把剪刀望到那把剪刀，偶尔凑近了拿起来细瞧，但谁若问上一句，她却即刻羞涩地跑开。

然而，好像就在那些零零碎碎的光阴里，她悟到什么诀窍了，笨而沉的剪刀一到她手里，就完全没了出息，全听她的主张，要什么便像什么，像什么便是什么。

为了练习，她贪心地搜集一切的纸片片，哪怕只是小小的糖纸与烟盒，也如获至宝地收了放好。但一个寻常的镇上人家，纸张总归是少的。开音像是完全鬼迷心窍了，竟把主意打到学校里。好好地坐在课堂上，剪刀就在桌肚子里扭动起来，两个星期一过，算术书、写字本、美术簿，用手一提，满地掉得稀里哗啦。这还不算，没几天，隔壁同桌、前面同学的书与本子，也同样稀里哗啦的了。

事情不能说太过分，但也有点严重。伊老师只得上门找开音父亲了，他后面，两个小子不远不近地跟着。

怪了，开音父亲一点不羞愧，倒有点兴奋似的，一下子来三个人跟他说话，难得的呢。他饶有兴致地听伊老师说，有时还打个岔，问得更加详细，听到最后，竟咧开嘴巴笑起来——他想象着，好好的一本书拎起来，突然从里面掉出一片又一片的纸花儿，那情形，不是挺有趣嘛。

大元小元也跟在后面笑，到最后，连伊老师也憋不住笑起来了。想不到这个开音，不声不响的，为了这么个小玩意，一根筋拗下去，胆子倒是大的。

“哎呀，就当是个消遣吧。否则，让她玩什么呢、又跟谁玩呢。”开音父亲慢慢地不笑了，他拿眼睛盯着伊老师，想了一会儿，“实在不行，就不念了吧。念到三年级，对她，是足够了。”

看起来，这也是必然的结果了。不知为何，伊老师沉重地看了看自己的两个儿子，似乎是突然间又想到了什么人生道理，心潮澎湃、难以言传了。

这时候，开音倒若无其事地从里面走出来，她刚剪了花样子，因为没有纸，用的是玉米苞皮，黄而略透的苞皮，被剪成一只打盹的黄猫，双眼蒙眬，暗中觑着头顶上的一只蝶儿，憨态可掬。

开音举着猫蝶图对几个人笑。看着开音的眼睛，伊老师突然明白了：怪不得呢，这姑娘不会说话，她根本就是不用说话的——不论是谁，有了她那样一双眼睛，说什么话都是多余的。

**4** 学校里，再也看不到开音了，大元小元都觉得很难挨，但放学后，还得雷打不动地听伊老师讲道德文章。

他们看着伊老师的毛笔在旧报纸上慢慢移动，黑黑的墨，一撇一捺，一提一顿。写一个字，讲一段话。哎呀，听得他们，背上一层层汗，手心一团团劲，终于听到话音落地，两个人就同声高叫起来：我们去看开音剪纸了！攥着毛笔的伊老师倒给吓了一跳，抬头一看，两个儿子已没了影子。

开音还是坐在北窗下，头发亮，眼睛汪。

开音父亲不知从哪里替她弄来了一本没用的硬壳旧账本，那有着红绿暗纹的簿页，厚薄适宜，一页页都被开音剪成各种小玩意儿了。

大元一坐下来就一声不吭地拿着那账本看，一遍看完了，从头再来一遍。

小元呢，则凑到开音前面，跟她说话儿。小元的话呀，那个多，好像把开音说不出来的话全都替她说了似的。开音听了，会把两只眼睛眯起来笑，手里却是一刻不停。剪刀出上入下的，一张账页簿，慢慢地成了一群散尾巴金鱼，吐出来泡泡儿交织成一个对称的八字图。

小元把这金鱼接过来，端详一番，小心地递给傻坐着的大元。大元接来，也慢慢地端详一番，然后小心地夹到账页簿里。

这几样动作，每天都要上演一番。总在下午，四五点钟，天色黯淡，暮而未晚，空气浓厚，似有甘甜之气。

——倘若，在那蓝雾一般的暮色中，有个长期跟踪的镜头，像一只好奇而善意的眼，它会注意到的，在那接力棒般缺乏变化的动作里，一天天的，三个孩子就大了——大元有身架子了，小元有书生气了，开音有眉梢、有眼角了，而她剪的纸花，跟人一样，也越发的像模像样、动人心弦了。

# 二

**1** 三两年下来，等到开音右手上被剪刀磨出两块淡黄色的老茧时，她的剪纸名声，像小鸟一样，这家的枝头上停一停，那家的屋檐上叫一叫，自由自在扑棱着，传开了。

东坝的人们，喜欢热闹，逢上四节时刻，或者生辰婚庆，必要鱼呀肉的，吃得肚子圆圆；同时，还要锣呀鼓的，弄得满耳朵聒噪；眼睛呢，也不肯亏待了，屋檐下、门楣上、梁柱上、窗格上、镜角边、灯罩上，能贴能张处都要弄得花花绿绿才算数。

但剪纸花儿，要的是闲工夫与慢性子，是灵巧劲儿和小情趣儿，这几样东西，别个人总会缺一少二，但开音，不仅不少，只怕还多出点什么呢。

春天到了，她剪两个男人在耕田，剪白蚕在桑叶上吐丝。夏天呢，她剪西瓜爆裂出一地的红瓤黑籽，剪水井边有只狗在吐舌头。秋季，则是草垛儿堆得一人高，向日葵挤挤挨挨着耷下沉甸甸的头……总之，偶然间所见所闻，不论什么，若是喜欢了，用她的眼睛瞧上几瞧，回到家，坐到北窗下，抽出张纸，剪刀以一个小小的角度横在那里，略停一下，就上手了，就出来了。

剪完了也就随便夹在那里，逢上人来讨花样，她就手拿出，毫不吝惜，人家当宝似的捧在手心里啧啧称奇，她却好似已经厌倦，一双眼睛早不知看到哪里去了。

这么的，开音剪的纸花，或是她传出来的样子，贴到东家，贴到西家，贴到牛栏上，贴到灶台上，红红的，走到哪里，抬头见，低头见，一回头还是见。东坝的男女老少们，不惦记她真是难了。

就算开音是个不会说话的，也不爱笑，但这一点不妨碍一个事实：她是全镇老小的一个宠儿——她这样的乖而灵巧，柔弱而深沉，真是再好没有了。

但人们对她的那种喜欢呢，又是独门独户的，没有交流讨论的可能，毕竟，各人的程度深浅以及输出方式，那是没办法搞得拢的，只能各管各、各顾各。

就比如，大元和小元。

2 要说起来，瞧瞧这两个孩子，一样的吃饭睡觉，一样的看伊老师写大字、听伊老师讲道理，偏偏的，长得就完全不一样了。

大元，个子大是大，却也拙得很，打死不多说一句话，打死也考不到个好成绩，勉强念到初三，就毕业回家了。伊老师气得要生病，但看到小元，病症又不治自愈了。

那小元，真是大元的反义词。大元写字像打铁，总累得浑身冒汗，小元写字，倒像打哈欠，完全不费一点力，叫他考第二都考不到，就是到了县中，也只能是第一。还有呢，他那张嘴、那嗓门、那落落大方！全校的演讲、“一二·九”歌咏比赛领唱、元旦晚会的主持，没有小元撑不了的台面。

总之，从县中零星传回来的消息，总让东坝人佩服得很了：这个小元，将来不得了，要做大事情的。接着，再小声跟一句，哎，想不到啊，同一家的，那个大元！啧啧啧。

人们在嘴里咂半天，相互点点头，眼神用了点力气，朦朦胧胧地体味到一些关于人生际遇之类的东西，却终于说不出一句像样的感慨。

所以，可想而知嘛，这样子的大元与小元，他们对开音的喜欢，就是个东边日出西边雨么，就是个东一榔头西一棒么。

**3** 先说大元。大元，用东坝人粗俗的比喻，是三棍子打不出一个闷屁的，可是，要闷屁做什么？大元有笛子。

伊老师一开始不乐意大元吹笛子，有点江湖气似的，但有一天，他看到一句话，叫“丝不如竹，竹不如肉”，意思是，从格调上讲，弦乐比不过管乐，而管乐又不及人声。伊老师一想，笛子么，竹，也算是中品了，这跟伊老师所推崇的中庸之道有点接近了，得，由着他吧。

大元获得批准，更加纵情了。

他本来就不爱睡懒觉，这下起得更早，借着昏暗的晨光摸索着，牙不刷脸不洗，只是往外走，走过没开门的裁缝铺子，走过湿漉漉的木头桥，走过静无一人的小学校，一直往镇子边上走，走到田地里，走到庄稼深处。

然后，才站定了，摸出笛子来，吹给庄稼地听。

他最喜欢那种有大雾的天气，好像有人松松地抱着他。他埋在雾的怀里，长一声短一声地吹，练两支老曲子，再试一支新曲子。吹着吹着，雾淡了、散了，阳光黄黄地散出来，小鸟在地上一跳一跳，他便把笛子收起，回家了。

练得这一整个大早，都是为待会儿吹给开音听。往开音家去的路上，他一直都袖着笛子，不让任何人瞧见，开音父亲跟他打招呼，他笑得硬硬的，笔直着身子进去。

然后，等开音低下头去剪纸了，他才悄悄地拿出笛子，又怕太近了扎着开音的耳朵，总站到离开音比较远的一个角落里，侧过身子，嘴唇撅住了，身子长长地吸一口气，鼓起来，再一点点慢慢瘪下去。吹得那个脆而软呀，七弯八转的，像不知哪儿来的春风在一阵一阵抚弄着柳絮。外面若有人经过，都要停下，失神地听上半晌。

开音却是头也不抬，仍是在剪，但大元看得出，开音在听呢，她的腰更直了，肩膀却松了下来，左手的兰花指儿翘得不那么稳了，特别是到一个高音，她的手会悬在那里等，隔一小会儿才放下来。

并且，大元那笛子里的雾气，也弥漫到她纸上，成了玉米穗子上的红缨络，成了两只青虫身上的露水珠，成了田埂里弯弯曲曲的三行青菜秧。

剪好了样子，跟小时候一样，她让大元替她放好。大元谨慎地用两只手接过，凑到北窗下细细地看。这一看，大元总会一阵迷糊，头都要昏了，眼睛都要湿了，怎么的！早上他在地里才瞧见的，现在都已经跑到开音纸上啦……他回头冲开音混沌地笑笑，觉得世界上不会再有比这更好的事情了。

4 星期天，大元不来看开音——这天，轮着小元了。小元从县中回来，半天做功课，另外半天，是呆在开音北窗下的。

小元现在说话，学生腔重了，还有些县城的风味，比如，一句话的最后一个两个字，总是含糊着吞到肚子里去的，听上去有点懒洋洋的，意犹未尽的意思。并且，在一些长句子里，他会夹杂着几个陌生的词，是普通话，像一段布料上织着金线，特别引人注意。总之，高中二年级的小元，他现在说话的气象，比之伊老师，真可谓出于蓝而胜于蓝了，大家都喜欢听他说话，感到一种扑面而来的"知识"。

不过，在开音这里，他说话的声量比在外面要低得多，因为他坐得离开音很近。这点，跟吹笛的大元不同。

当然，小元的这种近，跟小时候其实差不多，就是趴在开音桌子边上看她剪纸呗，但人长大了呀，那张小小的桌子，被他的两肘一搁，几乎就完全满了，开音要继续剪纸做花，没办法，不得不摩摩擦擦地碰到小元了。每碰到小元的袖口或臂肘，开音脸上仍是一平如水，但她的耳朵边、耳朵边上最薄的那一道没骨头的外廓，会慢慢地红起来。

注意到开音粉红了的耳朵，小元也便体贴地暂且停一停，不说话了。

但他不闲着，而是要过开音前面一周所剪的纸样子，捧在手上一张张看，眉头皱起来看，像在复习一门艰深的功课。

他相信，这些透而漏的剪纸，就像被打破的镜子，每一个不规则的碎片里，都有着零碎而清晰的印象，映照出开音每一天的所有情形，她如何起居、如何吃食、如何睡眠——

这么一看，小元感到了不安与不足：开音的日子，真像是一杯清水呀，一望到底，里面连块小石子、小沙子都没有。自然，这是没有错的，但难道就不应当给它增加点什么吗？比如水草或鱼虾，倒影或涟漪什么的。

哦，这个事情，小元想，得让我来做。

至于怎么做呢，小元也一下子就想好了：讲故事。

别看小元肚子不大，只是少年人的那种结实单薄，但他肚里的乾坤，却像是一个大腹便便的中年人了。

高二分班的时候，他选的是文科，这个，是伊老师一开始就设想好的，两个儿子，一理一文，好比是花开两朵，各表一枝。当然，大元后来跟理科是没什么瓜葛了，但小元，跟文科的这个机缘，真是天注定了。语文、英语、历史、地理、政治，就像长在他手上的五根指头，随便伸出哪一根来，都骨肉匀称、活动自如。自然，对开音讲故事，他是懂得技巧的，就像从热牛奶上撇出奶油，一定是最有营养的那部分，最适合开音胃口的。

这样，每个星期天，小元就不是一个人来看开音了。他往开音的北窗下一坐，同时还带来了别的客人，以女客为主。田螺姑娘、织女、孟姜女、七仙女、白娘子、孔雀公主、崔莺莺、祝英台。

哦哟，这些女客呀，那个痴情，那个热烈，那个出生入死，那个死去活来，把开音听得，不仅仅是耳朵红了，连脖子都红了，连五脏六腑都红了，红得情窦初开，红得爱屋及乌了。她用一双几乎醉了的眼睛看着这个坐在眼前、坐在身边的小元，一阵阵惊慌：他到底是谁呀，怎么会这样好法子呢，这可叫她怎么办！

偶尔的，小元也带一些男客来，但主题还是不变的，仍是“牛奶上的奶油”。譬如，他这天讲到尾生。“一个有情有义的男子，叫尾生，岁数，跟我差不多，长得呢，也跟我很像。有一天，他跟他喜欢的一个女子，约好了一座桥下见面……左等右等，水涨得越来越高了，但因是约好了的，他绝对不能走开……最后，他就抱着一根桥柱子，给淹进水里，死了。”

讲所有这些故事，小元自然是用普通话的，那声音听上去，太动听了。他又喜欢用好词佳句，这是文科生的习惯了，常常会说到“一日不见如隔三秋”，说到“在天愿做比翼鸟，在地愿做连理枝”什么的，开音若眼里露出疑惑，他就停下来，把这个短句的典故以及其所代表的情谊再讲上一讲。这样，说起来是一个故事，实际上，大故事里又嵌着小故事，大意思里又套着小意思，有些复杂而缠绵了。

小元一边讲，开音一边在纸上乱画，有时抬起眼来看。讲故事与听故事的，两对眼睛都湿漉漉的了，跟那个尾生似的，快要被水淹没了。

而开音当天的剪纸，不用说，便是“尾生抱柱”了。

次日，这剪纸又到大元手上了——这一点，巧了，跟弟弟小元一样，他也喜欢通过剪纸了解开音前一天的情况呢，不然能怎样？还指望开音说个什么吗——吹笛子之前，他捧在手上左看右看。

他看到一座汪洋之中的桥，桥下的柱子后面露出半张脸来，眼睛黑洞洞的尽力大张着，不是恐慌，而是欢欣，虽则四周的河水，已经淹没掉他的大半个身子。

这是什么意思？大元用眼睛看看开音。

开音摇摇头，就是会说话，也说不清楚的。她只是知道，有那么座桥，有那么个人。

大元忽然感到没了力气，心里面什么地方，多出个小得不能小的疙瘩。他想了想，还是取出笛子来。可能吹吹就好了，那疙瘩就吹下去了。

5 开音的父亲，大概算是个心事很重的人，不过不能怪他，不论是谁，有了开音这么个女儿，又有了大元小元这两个客人，没有心事就怪了。但开音父亲，偏偏不肯泄露这一点，总要加以遮盖，不过他那种遮盖法，真是拙得很了。

比方说，大元吹笛子，你就落落大方地听着就是了，你就夸两句就是了。他不，他一见到大元，眼睛就往后者身上四处瞄，好像是要把那管笛子给搜出来似的。大元被他的眼睛一盯，身子就有些僵了，缩着往边上让。他不放，还是盯着看，好像是说：我知道的，你带了笛子，你把笛子别在后腰上了；你竖在左袖子里了；你挂在右裤腿里了。

但等到大元真正摸出笛子吹起来，他倒又往外走了，躲不及似的，去赶鸡，去拢柴，去挖田埂，不知怎样忙才好。直到大元的笛声一落，他倒又像听到什么口令似的重新回到家中，又满眼里找那被大元收起来的笛子了。

小元来呢，他是更加心神不宁，特别是小元开始讲故事了，开音听得正入神，他却伸手伸脚地在开音屋子里转来转去，丢三落四了，一会儿拿个杯子，一会儿要个火柴，而且总要碰到凳角、碰到门栓，浑身长刺似的。

小元不是笨人，很快意识到什么，他站起来，转过身，打算专门地跟他讲话，或者，邀请他一起听故事，开音父亲却又红头涨脸地胡乱摆手：你讲你的，你讲你的。连忙走掉，头也不回。

伊老师经常会过来找儿子，找过大元也找过小元。这两个孩子，纵有千般不同，但有一个毛病是一样的，只要进了开音的屋子，对时间就完全没有概念了。家里人等得菜都凉了，肚子都饿了，都要打瞌睡了，没办法，伊老师只得上门来喊了。

每次上门，伊老师都会注意到开音父亲的失措模样。伊老师有些不过意，也有那么点骄傲，又有着同为人父的体恤与怜惜，情绪很微妙了。想想自己的儿子们，又想想开音，事情是很明白的，也是最糊涂的，甚至，根本还不能算是个事情，才十七八岁的孩子嘛，这个开音父亲，怎么一点沉不住气呢。

伊老师满心想拿话出来劝解开音的父亲，但想一想，还是不能说。一说，那开音父亲更要当真了。于是，伊老师就只平平常常的，往院子里一站，高声叫儿子的名字。

开音父亲也站到院子里，拿出主人的样子，语气里很放松似的："不碍，让他再坐一会儿就是了。开音，能有人陪着，她高兴的。"

"是啊，开音高兴就好。不论什么事，都是为着开音嘛！"伊老师希望开音父亲能听出他用心良苦的弦外之音。将来的事，其实很简单的，还不是看开音的意思。

# 三

**1** 小元高三的最后一个学期，他没有再到开音那里去了。

倒不是伊老师的要求，而是小元自己的意志所致。周末从县中回家，不仅不到开音处，镇上的鸡鸣狗盗、家里的五谷收获，他皆充耳不闻，就是对父母起居问好，也一应从简。生活上所有的琐事，全都交由大元代劳。他好像把自己完全地关到一个空中阁楼里去，全家人都在这阁楼下轻手轻脚地走路、低声下气地说话。

大元对小元，外人看来，好似冷淡或疏远，因他很少与小元说话。但伊老师知道，大元对小元，那一片热忱，比天还要大的，还夹着点敬畏——小元考大学，那是顶天立地的大事情，自己能帮上一点忙，那是理所当然。单讲一件小事，他做“人肉蚊香”的事。夏天的晚上，不是蚊子多嘛，多得风油精、清凉油都不管用，大元知道汗身子招蚊子，就特地干了活却不洗澡，坐在小元边上，小元复习到十二点，他就坐到十二点，复习到一点，他就坐到一点，睡着了也坐在那里，反正，只要蚊子叮在自己身上而放过小元就行。

并且，大元表面上是粗，其实粗里还有细。他看出来，小元虽然斩钉截铁地把自己关到书本里了，但并非真的不惦念开音，他有时会从书本里抬起头，往窗外张望，眼睛里突然空了一样。那种感觉，大元是知道的——从前的那些星期天，逢到小元去看开音，他自己也都是那样“空”过来的。而现在，他替小元算算，都快三个月没看到开音了，这不是会出事情嘛！

大元左想右想，悄悄地到开音处，比划了半天，让开音剪出个长条花样，他做成一枚书签，暗中夹到小元的书里。他不愿当面递给小元，不为什么，就是坚决不愿意——不知从什么时候开始的，大元小元之间，是不谈论任何有关开音的话题的。

小元一下子认出这书签上的花样，剪的是“夸父逐日”。小元曾在故事里讲过他，“珥两黄蛇，把两黄蛇”，开音记得很好，她照小元的描述，在夸父的耳朵上挂了两条小蛇，手里亦攥着两条蛇。拿着书签，小元走了几分钟的神，几分钟幸福的神。但很快，神又回来了，他把书签往边上一放，重新埋到书本里。

——这细节，被伊老师看到了。乍见之下，他是欣慰而安心的，可细想一下，联想起小元各种举止里的那些冷淡与决然，又觉得不妥了，像睡觉时垫了床新棉胎，暖和是暖和，总有什么地方不服帖。

显然，小元是个有野心的孩子，这野心，大到一个地步、高到一个地步，已远离了日常世故与儿女情长了。这当然是件好事，也是伊老师从小跟两个儿子一直灌输的道理之一，那许多古今中外的成功人士，都似是无情无义的，为着事业与趣好，可以完全地撇开私情杂念……但真的看到自己的儿子也是如此，伊老师却感到一点秋意似的，他头一次对自己树人之道的正确性若有所惑。

其实说到底，成功人士的故事不会错的，伊老师之所以自责，是有些担心开音。毕竟，她是个姑娘，又不能说话，小元从前那样热络的，现在一下子不理不睬、无音无讯了，就算是功名要紧，也是不近人情的吧。

这么一想，伊老师决定上门去看看开音，想想那姑娘的那双眼睛吧，怎么能让那里面蓄满泪水！

走到一半，突然想起什么来，他站在路当中笑了。

小元不去，大元不是天天儿去的嘛，开音，她就像朵花儿呢，自会有人去替她浇水替她遮阴的。哎呀，大元，那小子，说不定倒是痴人痴福。

**2** 痴人是否真有痴福不说，有一点是真的：就在小元高考的这半年，大元的笛子，有如神助，突然吹得上了一个大台阶。

开音的父亲，本来，在大元吹笛子时喜欢往外走的，想故意弄出一种满不在乎的姿态。但现在不行了，大元的笛子，那种高远而清亮的法子，那种哀伤而透明的法子，在堂前屋后各个角落里转来转去，转到打瞌睡的黄猫身上，转到发呆的小板凳上，转到灶膛里的小火苗上，最后，转到开音父亲的裤脚上，他就怎么也走不动路了。

是的，开音父亲认为，不是他的耳朵，而是他的裤脚，给大元的笛子扯住了。

但大元不想扯住开音父亲，他不想扯住任何人的心。他跟小元不同，从来就缺乏野心与计划。

从第一天起，从第一天拿起笛子放到唇边，这笛子就好比是他说不出的满腹心里话，这种心里话，是零零碎碎不成文的，从不曾指望有任何人能听懂，但倘若不吹出来，是绝对要憋出人命的。故而，他吹这笛子，旁人都以为是取悦开音，只有他自己知道，真正说来，是为了救自己，为了渡过那理屈词穷、心事重重的难关。除此以外，他还能怎样呢？

大元的笛声里，开音现在学会叹气了。

大元的笛声，好的，她喜欢听，也懂得，明白那里面的理屈词穷与心事重重。但到底不一样，跟小元的故事还是不一样——

开音总会在笛声里开小差，想象着穿着白衬衣的小元又施施然地来了，跟从前一样，坐下，两只胳膊把她的小桌子都撑满了，跟她没完没了地说话。说完了，变魔术似的，身边又多出一位女客，女客有着动人的故事，让她听得一阵阵心潮澎湃……可是，不会再来了，从一个星期天到另一个星期天，再也没来过了！小元这可真不大好，用那么多故事，把她吊在半空中，现在又完全地丢下来不管，害得她连大元的笛子都听得不专心了。

唉，不能说开音没有良心吧，但人都是这样子的，手上正握着的，无知无觉；离去的那个，千好万好。所以，也是没有办法之下，开音这才叹起气来。

一个从不说话的姑娘，第一次叹起气来，可真有点惊心动魄了，好比一阵最遥远的风从湖面上刮过来，湿漉漉甜丝丝，还沉甸甸的，恨不能让人伸出手去接住。

开音的父亲正蹲在檐下跟大元的笛声拉扯呢，突然听到女儿的这一声叹息，不知怎的，老泪就下来了，感到一种凄凉的幸福：女儿大了。

会叹气的开音，手下的活儿也有些令人费解了。今天，她递给大元的，是一只猫，透明的肚子里，装着一只正在睡觉的小老鼠，这小老鼠不是被吃下去的，好像只是躲在猫的肚子休息，那是它最舒服最暖和的床垫与被子。

猫与鼠，一对生死冤家，怎么会这样呢。大元感到自己很迟钝，看看开音，开音似笑非笑，她指指那老鼠，又指指自己——她把自己心甘情愿地给猫吃了。

哦。那么，这只猫呢，是谁？大元并不完全明白，但他感到一阵朦朦胧胧的激动:自己长得像猫吗?

开音的眼光却慢慢地流转开去,不肯回答了。

**3** 除了笛子,大元几乎没有别的消遣,于是就下地干活。对于各样的活计,他的感觉显然要比功课强得多。

好好地挑着水吧,一高兴,他会突然地把扁担一丢,两只手提起水桶来,胳膊上鼓起两只小老鼠,滴水不漏地往返自若。天气还没暖和的时候,他就脱掉鞋袜,光脚踩到刚刚解冻的地里,高高扬起手,撒下初春的头一把种子。夏天的中午,太阳晒得万物寂静,整个小镇都死去了一般,他却一个人走到日头下,草帽也不戴,要跟谁拼命似的,一畦一畦地锄草,汗一层层地涌上来,他觉得惬意得很,狗似的,大张着嘴喘气。

大元对待庄稼地这样的热烈而诚恳,庄稼地也不是没良心的,就变了个法子偿还他——十九岁的大元,眼看着肩膀就宽起来,肤色黑而光滑,有胡子和腿毛了,从背影看,完全是个男子汉。跟伊老师走在一块儿,做父亲的,像是晒干了的黄瓜,萎缩下去一大圈了。

是啊,孩子成大人了,大人就成老人了。开音父亲也是,长年如影随形的忧患之心使他老得更加快似的,家里的活计一天天吃紧了荒废了,特别到了节气上,播种抢收之际,他会更加思念起开音死去的母亲了,不为别的,当时,她要能再生下个儿子该多好!

伊老师总是善解人意的,正好看到大元浑身力气取之不尽的样子,就差他到开音父亲那里帮忙。

好的。大元得了吩咐,脚下像装了弹簧,走起路来,老远就能听到,地在脚下咚咚直响,好像在替他快活的心跳打拍子。

在快活拍子的带领下,他拾掇起开音家的四亩六分地,筑坝引水,拉直苗畦,处处弄得山清水秀;拾掇起杂草丛生的晒场,加了新土,自己拖了大石碾子一圈圈地压,弄得格格正正;拾掇起蓬头垢面的猪圈与杂物房,连柴火都堆得赏心悦目。开音的整个家，好像忽然间成了个新嫁娘似的，给从里洗到外，还抹了香还戴了花。

黄昏的时候，开音放下剪刀，到各个角落走走——每天，都会发现些眉眼分明的新变化，她掉过头去，用眼睛找大元，大元果然就在不远处站着呢，汗津津的身子散发出有些呛鼻的体味，湿衫下的骨肉一块块地凸着，像在上下跳着似的，让开音的眼睛不好安放了。

不仅是重活，细活儿他也做，悄没声息的就做了。天黑了，有人替开音往暖瓶里灌满滚烫的开水。雨天过后，北窗的玻璃会被擦得透亮。每过一阵，她的蜡盘花了，有人替她换上新的；她的刻刀钝了，有人替她磨过，不太利也不太钝，刚好使。

唉，这样活生生、热乎乎的大元，这样贴心贴肺、不声不响的大元，开音她又不是一块木头，她是个有心有肝的姑娘呢——有一天，她忽然发现，好久没想到小元了，真的，好一阵了。

# 四

**1** 小元的高考录取通知书，不是录取书，而是魔法书——几乎在转眼之间，它变出了多少花样呀。

先是那东坝的邮递员，那家伙，因为一套有肩章的制服，一贯是有些骄傲的，有种高人一等的镇定似的，但那天，魔法书之下，他完全变成一个张皇失措的人了，老远地，刚到镇子边上，就声嘶力竭地叫喊起来：伊老师——伊老师——

人们在路上听到，都吓了一跳，中了魔症般地，丢下手中的活计，一齐跟在邮递员后面走了。什么事什么事？大家一迭声地问。

邮递员不理会，仍是着了火一样急迫而嘹亮地大喊。夏天正午的天气，热极了，大路上的灰尘在暑气中摇晃，一切的东西，看上去都弯弯曲曲、没有脚了。

摇摇晃晃的热气中，伊老师被人们从屋里揪出来，他迷迷瞪瞪的，脸上带着羞怯而自重的笑容。是的，他有点预感，就像闻到运气的香味，只是不知道，快要揭开的锅里，是只鸡，是只鸭子，还是一只大肥鹅。

是只大肥鹅！不，比鹅还大，可以说是羊、是猪、是大象！

——北！京！大！学！有人冒失地尖声念出来，声音刺耳，带着难以形容的癫狂。

光是听到北京，就足够巨大了；光是听到大学，就足够崇高了。而现在，两样加在一块儿，那还了得，这不是要爆炸嘛！所有人的脖子都像被魔术师的手突然提起来了，眼睛被线头拽住了，嘴巴被空气撑开了，他们齐刷刷地盯着伊老师家的大门，正午的阳光下，那黑洞洞的大门突然变成了金光灿烂、锣鼓喧天的大舞台，小元，快要从那里面出来了。

所有目光的注视下——人们必须看得仔细，以便于以后加以复述和咀嚼——正在睡午觉的伊小元，那样平平常常的，他揉着眼睛出来了，白白的脸上有两道浅红的席子印。伊老师手僵僵地把通知书给他。小元接过来，淡淡地瞥了一眼落款：北京大学。这才放到唇边，闭上眼睛慢慢地亲了一口……

哦呀，他脸上的红印子，他慢吞吞的动作，他留在信封落款上的亲吻，人们一遍遍以慢动作回想，这是什么样的风度呀！多么镇定，多么亲切，又多么浪漫！所有的围观者，全都痴住了，都变成太阳下没有生命的小木桩了。

没得命了，小元，这个伊小元，以后肯定不得了的，他肯定会过上另外一种日子，那是人们想死了、所有的人一起想、都想不出来的大日子。

围观者中，有开音的父亲，不知为何，他突然就出了密密的一层汗，非常的虚弱了。好像有人往他手上塞了样特别值钱的东西，但这值钱的东西，又娇气得像光溜溜的瓷器，他捧不住、握不紧，随时都会掉在地上摔个粉碎。

开音父亲挣扎着，从人群中挤出来，往家里赶。无论如何，应当把这个好消息告诉开音听吧。对了，还有大元，他正在地里替开音家掰玉米棒子呢。

**2** 开音父亲以为他走得挺快，回到家，才发现，比起年轻人来说，他的腿脚已完全不中用了。

新科状元郎伊小元，穿了件崭新的白短袖衬衫，正趴在开音的小桌上边呢，他拨开她那些纸片片与刀片片，在桌上摊了一张地图，在上面挥来挥去，哪里是标着红五星的北京，哪里又是看不到名字的东坝；他先要坐拖拉机到哪里，接着坐长途汽车到哪里，然后坐火车到北京，而将来的将来，说不定还会坐飞机！

开音从被打断的剪纸中游离出来，眼睛被动地跟着小元在地图上移来移去。她还是头一次看到地图呢，这样精致这样复杂，太了不起了，一种被感染的兴奋控制了她。不，这兴奋，不仅仅是因为地图，还与那指着地图的人有关。

从那时到现在，太长时间没有看到他了，没有看到他这样趴在自己的小桌边上了。看看他吧，多么白，读多了书的那种白；多么瘦长，肩不挑手不提，一辈子都不要劳碌的那种瘦长；又是多么快活，正要腾空而起、一飞冲天的那种快活……

这样看着他，所有那些过去的故事，小元所讲的、她曾咀嚼得烂熟的故事们，在这一刻，又全部回来了，但都带着同一个声调，哀伤、悲观、泪飞顿作倾盆雨，故事里的女客们在开音的后脑勺上跟她争先恐后地窃窃私语、推心置腹地加以忠告、拼了命把她往回拽。

——开音啊，不错，北京，好的，那是好地方；大学，好的，也是好事情，但所有这一切的好，仅仅是小元的好，跟开音你是没有关系的。你一个不会说话的乡下姑娘，是一辈子都要呆在这里的，所以啊，小元的那种白、瘦长与快活，你千万不要贪图、不要念想，要知道，到最后的最后，小元肯定是跟开音你一点不相干的！

好样的开音，她还真听了劝了。这姑娘，在怔忡中，下意识地放下地图，接着，怕孤单似的，又抓起她的剪刀与纸。

这个时候，开音父亲倒忽略掉女儿了，他全部的注意力都集中在尊贵的稀客身上。想想看吧，这位大学生，他报喜的头一家、头一个人，就是开音，这说明了什么？这预示了什么？瞧瞧他，那大鹏一样鼓着风的衬衫，那将军一样上下挥动的手臂……上看下看，开音父亲越看越激动了，突然，他发现小元是站着在说话呢，他连忙上前按住小元坐下，忽又想起来应当倒杯水，倒完了，发现水太烫，应当用井水冰了才对，并且，应当放点糖精才好……

正忙乱着，大元背了一大筐的玉米棒子进来了。开音家的四亩玉米地，他才掰了三天，倒干下一大半了。刚从明晃晃的太阳里走进来，他眯着眼睛什么都看不清。褐色的汗水像小溪一样顺着他粗鄙的躯干欢畅流下来，一条白色玉米虫子正叮在他头发上，他浑然不觉，黑红的脸上一口雪白的笑。

猛然看到这样的大元，开音父亲终于不那么轻浮了，好像有人在他腰上戳了一下似的，他感到脸上一阵潮红，几乎瞧不起自己了。羞愧中，他瞬间做了个决定，把正凉到好处的白水端到大元手边。

大元惊诧地接过，喝了一口，更加惊诧了："唉哟，这么甜！"

开音也从地图前站起来，走到大元身边，伸出凉凉的手指，替他掸开头发上的小玉米虫子。

大元低下头，这巨大的幸福，他真害怕自己会突然间晕过去。

小元怔住了，不过时间很短，很短的一小会儿，几乎觉察不到，他把地图整齐地折起来，对开音说："这个给你，做个纪念。"然后上前拉住大元："哥，你知道我的消息了吧？爸让我来喊你，早点回去。今天晚上，我们喝酒。"

**3** 关于酒，伊老师从前跟兄弟两个说过它很多坏话，练大字时，伊老师总带着一股浩然正气。"一个酒、一个烟，都不要碰。特别是酒，会丧志，会迷心，会乱性，真乃黄汤也。"

但今晚不同了，"酒可志喜，可助兴，可吐真言，真乃天赐也。"伊老师头一次决定，带两个儿子小小地放纵一下，只此一次，下不为例。

院子早洒过水了，又烧了蒲草、点了蚊香。几样小菜往矮桌当中一放，两瓶洋河大曲。此情此景，真是天上人间呀。

太好了，小元高兴。大元更高兴。伊老师呢，是最高兴。父子三人，抢着替另外两个斟酒，抢着把酒杯高举过头顶敬另外两个，抢着把酒往自己的喉咙里倒。

大元跟小元之间是敬得最多的。小元话多，总说得像绕口令，大元都不大绕得明白。

——哥啊，没有你，就没有我。哥我敬你。

大元就喝。

——你放心，放一万个心，不论什么事，我都不会跟你争的。这个该你敬我。

大元就敬。

——我的将来呢，会好，你的，也会好。我们两个的好，虽不一样，但肯定都会好。这回我们互敬。

大元就跟小元一起仰脖子。

兄弟两个喝得没完没了，喝得眼眶都湿漉漉了，好像是这个夏夜太热，连眼睛都要出汗了。

敬了十几个回合，小元又给自己敬了几杯。今儿这一天，每一个环节，他都很满意，十年苦读，金榜题名，这个自然是好的。喝一杯。狂喜之中，镇定自若，有举重若轻的风度，好的。喝一杯。

丢下众人不顾，头一个去给开音报喜，也是好的，是对得起她的。喝一杯。

而后来，对大元，用那种温柔体恤的声调带他回家，更是好的——手足之情，好像从来没有这么结结实实的，令他感动而又难过。但那也是好的。喝一杯。

最让小元高兴的是，所有的这些细节，全都发乎天成，他并没有特别地刻意谋划。他喜欢自己这样：自然、磊落、喜怒不形于色，正像父亲曾教过的那样。

对了，还有一个父亲不曾教过的道理——小元突然间明白，一个强者，就注定得学会放弃最温柔的那一部分，比如，开音。

好的，就为着明白了这个道理，该再喝一杯。他一边喝一边捏捏口袋里的通知书。

相比之下，大元的头脑并没有小元那么清楚。可能，在第一杯酒之前，他就已经是半醉了。

今天这是什么日子啊，什么时候有人给他倒过凉津津的甜水？开音什么时候为了他主动站起来过？还伸出她的手，还掸了他的头发？好事情为什么要这么集中，像从两手空空到腰缠万贯，把他一下子给淹死了……

但他不会像小元那样自己敬自己，他可不会佩服自个儿，相反，他只是死命地想着，这样喜气洋洋的一天，应当感谢谁呢？大元捧着酒杯想了半天，不知该怎么知恩图报了。

也许，应当感谢那条小玉米虫子，白白的，头上两个黑点眼睛，满肚子最新鲜的玉米苞浆。感谢它长途跋涉地爬到自己头上，在大太阳下辛苦地跟着自己走了那么远，一直坚持着不掉下来，坚持着等开音的手指去把它弹开……

那好吧，敬玉米芽虫一杯，敬放了糖精的凉水一杯，敬开音的手指一杯，敬火辣辣的大太阳一杯，敬篾子箩筐一杯，敬所有看得起他、陪伴着他的那些物什们一杯……

“你们继续喝啊，我来写几个字。”伊老师笑眯眯地搁下杯子，突然想起要写大字了。

很豪放地，他把一小杯白酒倒进砚台，酒水磨墨，那个墨香，真让他欢喜，好像一仰脖子，那墨汁都可以喝下肚子了。

复见灯光远望则明近寻即灭

以水流开于法性舟泛表于慈航塔现兆

伊老师常年临颜，下得笔来，总是《多宝塔碑》，从来不即兴泼毫、临阵发挥，有种墨守成规的忠愚，但他感到很安心。这么些年，真应该好好谢谢颜公真卿，多亏有了他老人家，他才写了那么多的大字，才跟两个儿子说了那么多的宝贵真理，看看吧，上天还是开眼的，种了两棵小树苗，一棵，往高里长，高得连他这个做老子的，都要仰起头看了；另一棵，往深里长，都要到泥地里最深的地方了，任是谁都别再想拔得动他。多好，多好的收成！

“大元小元，我们今天，这真叫‘人生得意须尽欢，莫使金樽空对月’！但是儿子啊，不要忘了，我以前常说的，欢愉只是瞬间，万不能得意忘形，要时刻如履薄冰如临深渊……你们要记住，每一个有了好运气的人，都应当更加小心、更加谦卑，得把自己整个儿矮下去一个头……”

但这一通话，大概只有伊老师自己去参悟了，他的两个好儿子，因是第一次碰酒，根本不知深浅，一个越喝越白，未来大学生的白，一个越喝越红，冬天黑炭火的红，都已经醉得没形了。

月光下，大元小元像一只大冬瓜与一只大南瓜，横着倒在晒场一角。夏夜早降的露水多情地亲吻上来，亲吻他们起伏的胸膛，亲吻他们无力的手指，亲吻他们新长出的胡须，温柔极了，像是他们梦中姑娘的眼神。

**4** 有种说法，在两个人梦里睡觉的姑娘，那个晚上，她肯定会失去她自己的梦。

是啊，开音没有梦了：在学会叹气之后，又自动学会失眠了——生活里有多少无师自通的痛苦与甜蜜呀。

她睁大眼睛凝视着黑乎乎的前方，听见自己的睫毛在空气里刷来刷去，刷过去，是小元白而鼓的衬衫，刷过来，是大元身上小溪一样流淌的汗水。左耳朵，是小元夹着普通话的大故事与小故事；右耳朵，又是大元从角落里一圈圈荡开来的笛声。

枕头下，有小元留下来的地图，她在黑中伸出手去摩挲，摩挲那些折痕，回忆小元在地图上移动的手指。她感到自己甚至都不如这张地图，地图知道得都比她多得多——小元将要开始的日子，他将要去的北京。

开音在蚊帐里坐起来，抱着自己的膝盖坐了老大会儿，满肚子化解不了。

算了，还是剪纸吧。

灯火像豆子那样，小而亮，照到开音脸上的绒毛，照到她颈子下方锁骨的淡青处，照到她汗褂子胸襟前的起伏处，照到她腰肢里凹处的阴影处。灯火激动得忽明忽暗了——它头一次发现，它所照亮的，真是一个令人心醉神迷的大姑娘了，真怪不得大元，也怪不得小元……

姑娘抽出她最为熟悉的红纸，打开最为贴心的剪刀。好了，果然就好多了，她现在什么都不要想了。

剪刀自己动起来，好像跟红纸分别了太久，饥渴极了，它们一见面就耳鬓厮磨起来，就窃窃私语起来，完全不管开音，更不管什么大元与小元了。剪刀只爱红纸一个，爱得要撕掉它，要咬碎它，要吃掉它。

这一夜，剪刀对着红纸说了许多情话，奇怪的是，所有的情话，都说了两遍；在纸上留下的抚摸，也全是对称的痕迹。鱼两尾，木成林，泪双行，人对影。

开音父亲也在隔壁坐了起来，听着女儿的剪刀在缠绵地移动，如同蹑手蹑脚的猫在走路。唉，他又想起开音的娘了，想得跟女儿的剪纸是一个意思：要是当初，生了个双胞胎该多好，两个一模一样的女儿。那样就都好了，什么都解决了。是啊，一碰到难题，他总是想到提前告退的故者，怨恨而私密，好像那才是唯一的症结所在。

# 五

**1** 小元到北京上学之后，就从人们的视线中漫漫淡出了，如下了场的明星，荣耀而神秘。东坝的孩子考出去念书，都是这样的，他在这块土地上的历史好像就到此为止了，人们放心地把他给抛到一边，自顾自过起日子，他一切的好与出息，他的前途与大作为，都过于遥远，渐渐成为童话与传说了。

并且，小元走了之后，便是秋天，便是冬天，便是农闲，是人们集中办事情的季节，订婚、出嫁、祝寿、盖屋、替老人做道场等等，十分的热闹繁华。

这也是开音比较忙碌的季节，笆斗大或巴掌小的双喜，半个中堂高的寿星爷，新屋大梁上的双飞燕与五谷图，道场上用来祭祀的彩幡与纸人，这些，真够她忙碌一阵了。

而大元，因他笛子吹得好，被一个仪仗班子看中了，拉进去凑场子。逢上红白喜事，他要去吹《喜洋洋》、《步步高》或是《五梆子》、《离恨歌》。这样，开音与大元，总会为着同一个人家的红事或白事，共同忙碌一番。这种感觉很奇妙的，有种齐心协力与心照不宣，真让人感到充实而平静。

只是大元，他的多愁善感有些出人意料。

婴儿降临人间，老人脱离苦海，某男某女结为百年之好，一家接一家，内容其实是大同小异，但他还总会为之突然间热泪盈眶，喜事如此，丧事亦如此，粗粝的眼睑处不知羞耻地晶亮起来。为了掩饰，他会躲到一边，躲到贴有开音剪纸的窗下，躲到那红红的“双喜平（瓶）安”、“五福（蝠）拜寿”、“耄（猫）耋（蝶）富贵”之下，细声细气地吹起笛子。超过报酬之外的曲子一支接着一支，褐黑色的手指在笛子洞眼上迅疾而深情地移动，无限的感慨与惆怅。

从一些媳妇婶子那里，开音听说了大元的失态。“瞧他那么个大块头呢，心倒跟棉花糖似的，绵软。”她们笑嘻嘻地说。

开音并不笑，她的小脸儿倒凉起来，直到别人走了，还凉在那里。

——唉，从永不会谋面的母亲开始，从丢失了的声音开始，到越来越远的小元，开音就慢慢明白，活着，就像手里抓了一把沙子，每时每刻都是在漏，随时都要做好准备，准备与一些东西诀别。而大元，他准以为生活就像是一块好脾气的庄稼地，丢下种子就该发芽，发了芽就该结果子。这样的大元，真叫开音又有些担心了。

大元不知开音疼他，他还在疼开音呢。他心里的开音，可是跟鹅毛似的，经不得半点风吹草动，故而每次吹完红白事回来，他从不跟开音细说那种空落落的痛楚，只会更加地温柔敦厚。担完了水、抱完了柴，就搬张小凳子，远远地坐着，等着开音低下头到剪纸上，他就会趁机地加倍瞧她，多一分多一秒都是好的，都是赚了的。

目光在屋子里越拉越长，越拉越黏稠，像有人从空中倒了一大罐蜂蜜。

开音的父亲这时总不敢进屋，怕给那些蜂蜜粘住脚、绊个跤。看着大元与开音两个不言不语却又意味深长的情形，他不免会想起，在刚刚过去的那个夏季，他曾经对小元抱有过的痴心妄想，现在他多么庆幸！他把那杯糖水递给了大元。应该的，该给大元，就该让他尝到甜蜜的好滋味。啊对了，什么时候，得跟伊老师聊聊，这个事情，不要老这么迷糊着……

2 等伊老师，那是要等一阵了。

伊老师这半年，包括接下来几年的主要事业，是与小元通信，每周一封，他在信封上加注了编号，行文与语气也处处引经据典，充满谆谆教诲。这个，学的是《傅雷家书》。伊老师倒不是要自比傅雷，但儿子小元，他认为，是可以跟傅聪比一比的。不过，小元的回信，却像足秋天里的芦苇，一阵少似一阵。他跟父亲解释：忙。要学的新东西太多——如此言简意赅、不容分说，带着勃发之气。

这一点，在他的假期生活中亦有所体现。小元的寒暑假，不大回来，因他总要参加各种社会实践，跟教授做调研项目，或参加义工、做城市调查等等。偶尔回来，也总是很短，并且，比之从前，更加深居简出了，整天只捧着书。那些书名，拗口之极，伊老师看了几看，都不敢连起来读出声，怕错。

晚饭之后，小元倒会出来四处走走，说是散步。这是大学里带下来的习惯，同时带下来的习惯还有：早饭与中饭一起吃；咳嗽时用手捂着嘴；十一点看英语新闻；无意中碰到别人身体会说对不起。

散步的路上，偶尔碰到邻居，他就停下来，和气而客气，问候恰如其分。瞧瞧，到底是在北京读大学的，那什么！多那个！大家对他，真是越来越佩服，越来越敬畏了。

事实上，小元的这些礼貌与客气，完全是下意识的，也可以理解为心不在焉。这时候，如果有人能仔细地看看他的表情，会发现一些不可理喻的悲怆之情。

是的，自离开这里，小元就发现，自己对东坝的情感，一天天浓厚了、复杂了，那情感，不单单是柔情与挂念，还有苦楚与心酸，唉，凭空就老了很多岁似的。每次回来，重新立于这片黑黝黝的村舍之中，嗅着淡淡的牛粪味与干草香，触目所见，比起记忆中，一切都更加的小了、局促了，寒酸雨黯淡，邻里们一年的劳碌，不过相当于京城里的一顿美食或女人脖子里的一件披肩，类似种种，不胜枚举。这里的安静与自足，像是红布，蒙上所有人的眼睛，将来的日子，他们仍会安于这种无知无觉的幸福吧……可小元不行啊，他出去了，他知道了，他再也没法真正高兴了。有什么办法可以解开这红布吗？有什么办法可以让东坝亮堂起来阔气起来？小元却又想不出，或者，他是不敢用力想，因为，红布解开了，也未必就是真正的好……

这样想着，小元会慢慢地一直往开音家走去，这是他从小最熟悉的一条小路了。那时，去程中，总是满怀着热切而真诚的憧憬之情，归途中，则疲倦地心满意足。现在呢，又是什么心情？不知道，连小元自己也说不清了。

他远远地绕到屋子后面，可以看到北窗。那里，开音的影子，映在窗上，就像她的剪纸，轻轻薄薄，触手可及，并可以夹在书里，一直带到很远的地方。

站那么一会儿，脸被风吹得凉冰冰的了，小元才开始往回走。

是的，他并不打算推门进去看开音。虽然在北京的时候，一大堆活泼大胆的女同学中间，他依然会思念开音沉默的双唇、她素净的眼神，但真要见面了，他总想不好、亦想不出，到底要跟开音聊些什么才合适。话题的缺乏令小元感到莫大的哀伤——而今，开音于他，不再是一个心爱的姑娘，而是某种记忆，是少年情怀，是整个小镇的苦涩味道。

# 六

**1** 谁都不曾想到，开音的剪纸，突然间特别金贵起来，像是被一阵大风给刮到高空似的。这大风，来自上面，具体是哪个“上面”，“上”到什么程度，不太清楚，总之在那“上面”，剪纸只是个小名儿，它的大名叫“民间手工艺术”，或者叫“非物质文化遗产”，听上去特别隆重，一听就是要上电视的样子。

开音真的就上电视了，组织安排的。

“组织”事先派了两个人，听口音是县里的，两个人走家串户地看、拍照片，还在本子上记，又找来一些老人们问东问西，一路问下来，等问到开音，他们很满意，不再往下问了。

过了一阵子，“组织”又安排了几个人，讲话开始翘舌头了，也许来自市里，他们再次的看、拍、问，找到开音，看她的人与剪纸，很是激动了，相互交头接耳。

最终，“组织”的动静大了，发下一辆车子来，上面坐满衣着光鲜的陌生人，几乎人人都讲着极为漂亮的普通话，一下来，就啪啪打开那些黑洞洞的家伙，一起围着开音了。

整个镇子都快兴奋死了，人们一起往开音家涌来。但大家不愿给开音丢脸，便努力地放慢脚步，显出矜持的样子，显出见过大世面的样子。他们只是临时要到开音家有事——要借个东西、还个东西，或突然想到请开音剪个什么样子的。

开音还穿着她日常的素净衣服，梳着日常的光溜辫子，还坐在她最喜欢的北窗下。除非特别眼尖，才会知道，她穿了一双雪白带花边的新袜子。

事先，是有人带话给她的，但开音有主意，偏不肯弄得花花绿绿，她知道她怎样才是最好最合适。然后，她用她的黑眼睛从那些陌生人脸上看过——像微风掠过湖面，如此清冽，似高山雪莲，几乎所有的镜头都激动地放大光圈、浑身颤抖了。

接着，有来过的人熟门熟路地拿出开音的剪纸簿，一张张地对着镜头们展示。哦呀，那些剪纸，真要人命了：旮旯里的微小风景，那些露珠儿与青虫儿，用小心思装饰过的井台与栅栏，倒影般成双成对的景象与人物……

**2** 最终，天黑了，远道而来的猎奇者们像潮水一样满载而归地退去了，围观的小孩子也像沙滩上的贝壳一样被他们的母亲一个个捡回去。伊老师成了最后一个客人，是开音父亲暗中拽着他的衣服，留他下来的。当然，大元也在，从前到后，他一直坐在他常坐的那张小板凳上，从人们的后脑勺和身体缝隙里寻找开音闪动而忙碌的眼睛。

开音父亲可怜巴巴、毫无主张地看着伊老师，表情有些古怪了——可能，是下巴颏的问题，刚刚过去的这几个钟点，他笑得太多，下巴都有些木了。

这到底是什么事情嘛，后面会怎么样嘛。伊老师你倒分析分析嘛。他把开音也按在一边，要她一起听听，听伊老师怎么说。

伊老师怔了一会儿，手里作势，像拿了个毛笔在写《多宝塔碑》，像跟前还站着那小哥儿俩——这样会好点儿，会帮助他找到一些感觉。

“世界变化快呀。天翻地覆慨而慷。”

“什么叫机遇？什么叫机遇改变命运？”

“关键的关键，是要把这好事情，变得更好、变得更长。”

到底不是在真的写大字，伊老师说得很不成系统，东一句西一句。开音父亲的下巴颏是收回去了，眼睛却不停地眨起来，伊老师说的这些话，每个字都听得懂，但连起来，又迷糊成一团了。

开音的眼睛，却在暗处突然亮了几下，是的，她也没有完全听懂，但这并不妨碍她的眼睛像火苗那样亮起来——有什么东西，她从来不曾体验过的，类似饥饿感，类似想要点什么的欲望，在她心里的某个角落，像猫那样悄悄蹲下来了。

开音眼里让人陌生的火苗，让小板凳上的大元，突然被灼了一下似的。他不安地扭了扭身子，不堪重负的小板凳"吱吱"响了两声，像是一声自卑的叹息。

**3** 事情过去也就过去了，像往水里"咚"一声扔了块大石头，表面上看，没有什么的，但水自己知道，在它的心里，有了块石头了。

开音心里的这块石头。白天她假装忘掉，表现得比平常还要静气。现在，来求剪纸的人多了，邻镇的、邻镇的邻镇，都会迢迢地赶过来，一为讨剪纸，二为看看这姑娘——听说她生得特别的美，听说她不会说话，听说她上了电视。总之，开音虽是足不出户，但名声，比起原先，又扩大了许多倍，由此而来的忙碌，也是件好事，最起码，开音在白天可以心平气和。

只是到了晚上，在帐子里、那无人处，她才慢慢地掏出那心底的石头，抚一抚摸一摸。

她总记得拍电视的那一天，从外面来的那些人，他们的做派与气息，说话的声调，那种洋气与大方，这是小镇上从来没有过的。

是啊，恰恰就是在拍电视的时候，奇怪，开音想到了小元留下的那张地图，毫不相干的嘛，她偏偏就是想到了——如果，她想，如果能够有机会，她也会像小元的手指头一样吧，在地图上走，往外面走，往远处走……但是，到底该怎样抓住机会呢？怎么样才能在小元的地图上越走越远呢？这对开音来说，的确是太宏大了。再说，真要走远了，那多愁善感的大元可怎么办？

算了，还是先睡吧。姑娘又重新把石头放到心里头去了。

另一块石头，在大元那里，却是白天黑夜都揣在怀里呢。

要知道，大元是个话少的人，但话少并不表示想得少，实际上，他想得比一般人还要多，可人们却会忽略掉，认为他是真本讷、真迟钝。大元也假装以为自己是，骗过众人也骗过自己。但没办法，心里那块石头，那是怎么也骗不过去了。

大元有个想法，非常之不好，非常之顽固：上了电视的开音，就不再是原来的开音了。她成了大家的人，成了公开的人。就好比，原先在胸口贴心贴肺地佩着的一块好玉，捂在衣服里，只有家里几个亲人知道的，但现在不对了，一下子来了许多人，从怀里不由分说地掏出来，你看我瞧，不知疼不知惜……最让大元不痛快的是，这块玉本身，竟似乎也是乐意这样给众人瞧的，它暗藏了多年的光泽，憋足了劲儿般的，那样配合地，一下子跳进了所有目击者的眼里……

大元无缘无故地就在心里头跟开音生分起来，带着悲哀与憋屈。

他照旧到仪仗班子做事，为了别人的生死悲欢而热泪盈眶，照旧包下开音家所有的重体力活儿，照旧，在一日之始与一日之尽，掏出笛子来，远远地坐在板凳上吹给开音听。但那笛声，变了，底气不足，气息不匀了，像心事那样摇摇晃晃。

——这显然影响到空气，在大元与开音呆着的屋子，空气不再像原先那么浓稠，成了兑过太多水的蜂蜜了。

# 七

**1** 伊老师在给小元的编号为113的信中，提到了开音的剪纸以及剪纸的大名：民间手工艺术、非物质文化遗产。从来没有这么快的，这一次，小元及时回应了，不是回了一封信，而是把整个人都寄了回来。也算是碰巧，小元落实下工作单位了，到新单位报到之前，有一个月左右的空当。正好接到信，便星夜兼程地回来了。

因为事关开音吗？倒不见得。

“开音这事情，绝对是个好的机遇。真要办得好了，小可独善其身，大可惠及全镇，我得尽点力。”一进门，小元就下了断语，也解释了他匆匆赶来的重要原因，“我们东坝，就差这么一种东西，我每次回来，都想找，但一直没找到。现在好了，有了这个，用时髦的话说，我们小镇就等于是有了一张名片，就可以冲出去了。”

冲出去？冲出去做什么？伊老师没能一下子弄得清楚，但他看看小元的神情，那是有高度有深度的神情，不会错的，于是他提起肩膀来用劲点头。

大元正在里屋忙着替小元收拾多日未睡的床铺，听到这里，也竖起耳朵来。冲出去？让开音冲出去吗？她现在这样难道不已经是最好的吗？大元坐下来，小元的床边，放着他风尘仆仆的行李包，大元左瞅右瞅，不知为什么，这行李包让他很不自在，像晕车似的，虽然他从未坐过车，但真的，就是晕车，头昏昏的，胃里一阵阵抓挠与灼痛。

小元急急忙忙先往开音家冲了。

得到消息的开音，真给吓得不轻：怎么的，小元在北京那么多年，寒暑假都难得回来的，现在竟然因为自己的事，专门回东坝了?！这是多大的面子！这是多重的情谊！

这可把开音给打击到了，巨大而甜蜜的打击，让人想入非非。姑娘又悄悄地打开地图了，她的指头在上面移来移去，重复着当初小元的路线——现在，这地图，突然之间变得很亲近呢。

小元见了开音，顾不上体味后者眼里的复杂神色——那是放大过的平静与压缩过的热情。他只用一种紧迫而严肃的神情，让开音把她这些年来所有剪纸的底样儿都拿出来。又让开音父亲收拾出一张长条桌，他把带来的大黑夹子贴上标签一溜排开，标签上已事先用粗黑的字体标上：开音作品(一)、开音作品(二)……

那种科班出身的正规架势，那种大干一场的热切劲儿，让所有的人都瞪圆了眼睛、深刻地意识到：开音的剪纸，现在，是件天大的事情了。

说实在的，小元已经很久没有看过开音的剪纸了，从高考那年起，之后又是四年大学。可这几日，他是完全一个猛子扎下去了，连气都不换一口，对身边的一切皆是无知无觉，包括寡言少语的大元，包括藏有心事的开音。也或许，是他的注意力，早已经超越过那些青涩与软弱的东西了吧。

来来回回地梳理了几遍开音的剪纸，小元发现了一些问题。这是好事，用他在管理学上的知识来说，弱点就是增长点，这等于说，他发现了带领开音更上层楼的入口处。

开音的剪纸，的确好，那是众所周知的好，但这种好，又有单调与肤浅的嫌疑，像一根头发在手指上绕似的，就算绕出一百种花样，不过还是一根头发！不行，他得递给她一根长而结实的粗绳子，把她从一口深井里给拉出来，一直拉到更加广阔的天地里去……这个问题，太重要了，别的人，比如，开音父亲、大元、父亲伊老师、那些乡邻们，他们就算再爱护开音，但没有用，因为他们跟开音一样，都是坐在井底下看天，怎么看，天都还是那个天。

这个事，还真得自己来做。小元高兴了，两天没有笑的脸上终于柔和了下来。

**2** 小元给开音准备的长绳子，像麻花辫一样，分成了好几股。

第一股，关于接人待物，特别是与“上面”的人、与拿家伙拍电视拍照片的人。总的一条，不卑不亢，再大的官儿，再小的人物，都一样，不要太巴结，也不要太夹生。

这道理，讲得容易，听得也顺耳，起码的么。旁听的两位：伊老师和开音父亲，也跟着连连点头。大元不在，他到地里去了。

“地里，总得弄的。”他扣了顶旧帽子在头上，那帽檐子耷下来，眼睛都看不到了。这几天，所有的人都围着小元与开音转，好像在齐心协力拉一条大船。反是大元，仍是按部就班，该下地下地，该喂猪喂猪，该洒扫洒扫，忙得格格正正。大家一想，也是，对开音的事，大元可能还真帮不上忙，就让他还是弄些家常的事情好了。

第二股，关于剪纸的报酬与版权。价格一定要高高地往上提，不能够再半卖半送，不要怕得罪乡里乡亲，就是人人都嫌贵，价格也一定要挺住。这不是挣钱不挣钱的事，而是一种定位。要想做成大事，记住，每一个细节都得与众不同。再者，版权，其实就是底样儿啦，要保密，将来，若发现有人偷剪了你的样子，你就可以跟他打官司叫他赔大价钱。这条现在不多说，以后自会有用处。

小元的这条理论，过于猛了，而施讲的对象，又太绵了些。总之，话说到这里，气氛不那么好了。但小元有耐心，他知道真理在他手里，他坚定地保持着他的逻辑，艰难地把这些道理从面粉和成面团，又把面团摊成一张张薄饼，煎熟了切成一小块一小块地喂给他们。

但效果还是很糟，每个听众都极不以为然。

伊老师脸上臊臊的，感到小儿子开始说得很不像样子了，实在让他抬不起头，难不成，从前写大字时跟他讲过的那些仁义道德，几年大学下来，全都丢掉了吗！

开音父亲，甚至都有些气恼了，这小元，讲的全是歪门邪道嘛，唉，别人跟着开音剪个花样，这是看得起她，倒还要跟人家打官司、赔大价钱，听听看，这都是什么混账话！

倒是开音的反应没那么激烈，毕竟，她是能叫还是能喊？只不过脸色明显地一凛，有若破釜沉舟，铁了心的只听小元一个人，就算众叛亲离，也不管不顾。

第三股，才是关于剪纸本身，其内容的扩充与丰富。

小元在大二大三时曾经两次跟教授下乡做过民俗调研，他知道，所谓民间艺术的生命力与感染力，是有一些捷径可走的。小元相信，用他的办法，他可以在很短的时间内给开音速成——对的，仍是讲故事。给开音讲故事，这是小元的强项，也是他跟开音间的密码与通道。

“好的，全听你的好了。”听众们好像都累了，已经没有明显的好恶——对于不大懂得的事情，人们总是很容易疲惫的。

好在，小元也不是要他们懂得——小元的雄心，前面已经有所流露：他是想以开音为起点，一步步把整个小镇打磨出来。这想法，可能是远了，太高调了。但人家小元就是这么乐观主义，这么浪漫主义了。这个刚毕业的北京大学生几乎有些美滋滋地想着：或许，不久之后，剪纸会成为东坝的一个特产，可以做出许多东西，比如剪纸折扇、剪纸年历、剪纸台灯、剪纸装饰画呀什么的，然后，小镇所有的男女老少们都会因此有钱起来，可以像所有外面的人那样，享用物质与科技的进步……唉，所有这些在脑子里沸腾着的梦想，小元哪里指望有谁真正懂得呢——倒不是曲高和寡，小元是真舍不得让他们一起来担这份心，这心思啊，浩茫连广宇，无声听惊雷。

3 小元的故事会又开始了。

这一幕，不要说开音，连小元自己，也感到了似曾相识，有那么一阵子，他曾给开音讲过多少故事呀，带着少年人的炽情与潜台词，在那些故事里，他与开音，眼睛对眼睛的，看得月升日落、浪来潮退……

不，不要想了，小元扼杀掉自己突然涌上来的感伤与回忆——这情绪太不合时宜了。

这一回，小元的故事要复杂一些。因为他希望，开音的剪纸能增加一个“人无我有”的特色品种，比如，传统的戏曲故事。这是小元临时想起来的，不太有把握，但他想试一试：《马嵬坡》、《三岔口》、《淮河营》、《打登州》、《辕门斩子》……

开音的毛窝子眼睛，仍像几年前那样，雾蒙蒙地盯着他，小元躲闪开去——这会儿，他不要开音多情，而要她足智。

但开音还是觉得脑筋不大够用了，就像用一把短齿小剪刀，剪八层厚的四方连花边，根本吃不住劲。但开音不肯露怯，尤其不能在小元面前露怯，只是，她想弄清楚一条：如果真按照小元这样的弄法，最终，他会把她带到哪里去？

开音想了想，翻出从前小元送她的地图——已经很旧了，折痕处都磨成了白边。开音把地图拿出来，又找出一张最小的纸花儿，是只燕子。婚典的剪纸上，燕子是最常用的吉祥图饰——因它每年南来北往，是有“信”之鸟，又因它双宿双飞，情深意长。开音真高兴。她只不过随手一摸，就摸了只燕子。

她把地图摊开，然后，把燕子停在小镇的位置上，只是个大概的位置吧，就像小元以前说过的，这样小的东坝，地图上哪里有名字。然后，她抬起眼来，盯着小元，一只手把燕子悬空了，不知要往哪里飞的样子。

噢！小元一下子明白了开音的意思。

他胸有成竹地握起开音的手，他带着开音，两人一同捏着那燕子，轻盈地一路往西飞，飞到县城了，稍事停留，再马不停蹄地接着往南飞，那是省城了，接着，调转方向，大刀阔斧地往北飞，越过长江，越过黄河，气吞山河地飞，一直飞到红色五角星所在的位置：北京。

真的能？开音用眼睛问。

当然能！有我呢！小元也用眼睛回答。士气可鼓不可泄，这个道理，小元从小就知道，每次考试之前，他都会跟自己说：第一名，只能是第一名，一定要第一名。最后考出来，果然就是第一名。

开音忽然意识到小元的手，那样暖和，大，不由分说。

开音于是就信了。她小心地收起那枚即将在地图上远走高飞的小燕子。

**4** 伊老师与开音父亲，却是有些不大信。

伊老师呢，从他一贯的角度，喜欢中庸、喜欢顺其自然，现在小元这样拼了命地、想方设法地进取，他总觉得味道不对了，结果恐怕不会太如意。他试着跟小元说过，小元似是若有所思，想了一想，最终还是说：现在不是从前，不好再安贫乐道的。该主动的还是要主动。主动，是这个时代的通行证。

开音父亲，倒没想那么多，他只在意女儿的神情。

这些天，开音一直在用功，早呀晚地琢磨小元的那些故事，在纸上没完没了地画画写写，眼见着她下巴就一天天尖了、衣服一天天肥了。这倒也罢了，做父亲的，还体察到另一种东西：开音这样，好像并不完全是为了剪纸本身，还有别的，是某种幻想与焦灼……这让开音父亲搞不懂了，还有些怕了，真的是怕，不知道后面会怎么样了。

但两个父亲之间，却又互相隐瞒着真实的想法。见了面，两个人只挑些轻松的话来说，或者找不相干的事来说。比如，说说大元。

的确，这个大元，是值得说一说了。他最近很怪，整个人，变得像个不正常的温度计了。

对待所有的人，对小元、父亲，包括开音，不仅是话少，脸上也很淡了，好像是在寒冬，水银线总在零度那儿温吞着；但对待所有的畜生、家什、作物、田地等那一切非人的东西，咦，他热心极了、亲近极了，好比是夏天里的一把火。

比如说，好好的一家人坐在院子里吃东西吧，大家都谈天说地的，他却一言不发，把头伸到桌子下，扒拉着碗里的饭菜，挑出五花肉来伺候只黑狗。外面下秋霜了，别人乐得在被窝里多蜷一会儿，他却一下子想起，门口的铁锹和铲子、院里的箩筐忘了收了，心疼得穿着单衣就跳出去，抱回家来又是擦又是抖的，没有必要地呵护备至。地里收获了，沾满泥土的土豆或是花生，不论丰寡，他都感恩戴德似的，捧在手上左瞧右看，恨不得放到怀里焐一焐才好……

类似的怪现象多得很，两个老人看在眼里，惑在心里，大元，真是搞颠倒了吧，怎么跟"东西"春风扑面，跟"人"却秋风扫叶了？他哪里不得劲了？

伊老师、开音父亲两个人像推手般地聊着大元，回避，装傻，完全不解儿女情长似的。其实，唉，谁不知道是因为什么呢。但他们两个老的，又能怎么样？

**5** 大元所颠倒的，不仅仅是他的冷热，还有他的白天黑夜。

大元最近总有种错觉：现在的白天，好像不是他的了，走到哪里，都像在黑里头。

显然，这跟笛子有关系，笛子，跟她有关，而她，又跟小元有关——小元来了，她便满了，小元走了，她便又空了。或空或满，与外面的世界毫不搭界。这可就苦了大元，他总也挑不着合适的时辰给她吹笛子，她呢，竟也似忘了，不追问不渴想。既是这样，大元只得算了，虽然每到清晨与暮里，每到从前给开音吹笛子的时间，腰里的竹笛都像蛇要出洞似的，扭来扭去，滑手得很。

就算到外面去吹那些婚庆丧事——考虑到价钱之故，有些平常人家，不再请开音剪纸了——他也会同样的孤单，站在贴着别人剪纸的窗下吹笛，喜事他也觉得寒凉了；好似在做一个梦，梦里失去了被子，浑身发冷，没个抓落。然而，这倒治好了他让媳妇婶子们失笑的毛病，现在，他的眼睑终于老熟了，不再会当众淌泪。

但到了晚上，万生万物都开始在黑里头吐故纳新了，大元倒似迎来了他的白天，炯炯有神了。

小元的床就在他附近，两张床挨着，像路在拐弯处交会。小元入睡前，会跟大元随便扯两句，当然不是扯开音，是扯他在北京上学时的好玩事情，大元只管讷讷地听，接不上话儿。扯着扯着，小元就没声音了，呼吸里开始有了热乎乎的放松与舒坦：他睡着了。

小元那里刚一睡着，大元这里倒千言万语地沸腾起来，如滚开的水，他突然想跟小元好好说一说开音了，捅破了纸来说，打开了窗户来说。真的，恨不得把小元给推醒了说才好。可小元在梦里一翻身，大元又吓住了，吓得人都僵在被窝里不敢动，一边骂自己：昏头了，怎么能跟小元说起开音呢！这是不该说的事情，不必说的事情，不好说的事情。真是昏头了。

骂了自己几句，他终了还是爬起来，猿猴一样轻捷，往漆麻麻的黑里走，准确地一直走到开音的窗下，远远地看，那里同样是黑洞洞模糊一片，但他知道，他眼睛所对着的，就是开音的北窗，他能听得见开音的睡眠呢，那柔和而深沉的呼吸，她没准就是在梦里听他没有吹出来的笛声吧。

有了这么一个黑乎乎的片断、黑乎乎的想象，大元感到满意而平静，对人世情缘的热切与期盼，又完全回来了——从前的那个开音，好好的，还在。

# 八

1 开音的剪纸样儿要价高了，不是一般的高，是别人三倍呢，这种消息，传播得比想象中要快得多。开音父亲感到十分抬不起头，肯定的，大家一定以为他这个老东西是钻到钱眼里了，是在准备棺材钱了，女儿不过上了一次电视，就不知道太阳从哪边出来了。到外面办事，他走路总勾着头，像在地上找东西，又恨不得头顶里能多出一只眼睛，看看别人到底用什么眼神看自己。

大家瞧出开音父亲的不自在了，有事没事倒先找他说话，然后宛转地绕到开音身上，替他打圆场。“我们都是从小看着开音长大的，她现在出息了，我们比你还高兴呢。没什么的，应该。一分价钱一分货。”

唉哟。唉哟。开音父亲支吾着，差点要哭出来了。这是怎么做人的，一大把年纪了!

而那些媳妇婶子们的，也慢慢知道，现在到开音那里，不好再跟从前一样地随便讨花样了，就是跟开音说说剪纸、问点什么，也是不应当的。事情有点怪怪的，她们不大能够理解，但她们是自知的，头发长见识短，不懂，就要听着，不能破了规矩。这些规矩，是北京的大学生小元定的，能错得了吗?

大家都在退让着、听话着，一齐憋住气、一齐在等待。现在的开音，就好比是走到了一条大路上，他们只能看到她的背影，好在，这背影还是属于他们的，只要她能走得更远，他们会用目光好好护佑着她的。

到目前看起来，事情都如小元所计划的那样，一步都没出错，不仅没出错，还出彩了。出彩的是开音的剪纸。

有一天，开音突然拽拽小元的袖子，小时候就这样，当她急着想跟小元说个什么、问个什么，就会忘了羞涩，上去主动扯他的袖子。小元跟着她来到北窗下——

开音捧出几沓来，那正是小元所讲戏曲故事里的几个小片段。每个故事，开音剪成了三幅连环画，为什么不是常见的四幅一连环？小元先不发问，但看剪纸。

开音果真用上了功夫了。这几组，阴刻、阳刻互为里表，最起码套了三层：人形与衣衫，是阳刻；手中器具与头面饰物，是阴刻；脸上五官与表情，则是阴阳相间。怒者毛发须张，根根可辨；悲者泪飞如雨，滴滴可数。《三岔口》夜打一幕，团团漆黑中，敌我三方唯见眼白齿白、刀剑寒光；《月下追韩信》，韩信立于寒溪此岸，河水暴涨，如命运之手，欲渡无门；萧何光脚倾身于快马之上，不知靴子已坠入草丛……

这还不够，却见开音又拿出几张更大的剪纸来，其一，是朵花团锦簇的大梅花，有六个空心的大花瓣；其二，是六面的寿字勾边灯笼纸；其三，是六只首尾相连的大鹏南飞图，空白的翅膀没有饰物。

开音把三幅一套的剪纸虚实相间地分别贴到花瓣、灯笼、鸟翅上——花朵旋转，灯笼走动，巨鸟展翅，那故事便流水般的，首尾相连、你问我答了。怪不得她要剪成三幅！

小元真看得要跌坐到地上了，心潮澎湃、情不自禁之下，他一把高高抱起开音，抱到离地了，一直抱到院子里，用着了火般的嗓门高喊正在闲谈的伊老师与开音父亲："快来，快来看呀！"

开音的腿慌得在半空中乱踢，巨大的幸福像棉花一样把姑娘托起来。小元怀中所抱的，或许只是那几套精妙的剪纸，但开音感到，他抱的，已是她的整个将来了。

2 只可惜，小元一个月的假期要结束了，他得离开东坝了。

走的前一个晚上，小元在散步时来跟开音告别。路上，他回想起来，两年前的假期里，同样的散步途中，他曾经多么惆怅多么苦涩，为着东坝的寂寞与荒凉。现在看来，那时是太悲观了。相信吧，一切会更好的，瞧瞧，事情已经进入轨道，唯一的惦念只是：这一步棋，能不能像他所期望的，走得再远一些，让开音的命运、让整个小镇都为之改变……

正是在这样昂扬的情绪之下，他来到开音面前。可怜的少女，正被不可告人的离情别绪所扰，她小心掩饰，却还是捉襟见肘，破绽百出。给小元倒水，水泼了；给小元搬凳子，绊住脚了。

小元注意到开音的差错，他能够体谅：他这一走，很多事情，得完全靠她自己了。

小元拉起开音的手，像兄长那样——这是小元给自己的定位——他真想把他所有的大想法与大计划全部都传递给她，这青梅竹马的好姑娘，他但愿她会迎来更加热闹更加亮晶晶的日子。

但是，唉，同一只手，就像同一句话、同一个眼神，所传递的哪里就会是同一个意思呢。最起码，开音得了另外的意思，手那么被人家一拉，她不得不抬起眼来，生生地盯着小元了！

这一盯，开音就散了，再也绷不住了，撑不起了！眼前的这个好人儿，他都这样帮自己了，都抱过自己了，现在又拉着自己的手了，而他明天都要走了，还在等什么？一等可能就没了！开音勇敢起来，膨胀起来，她决定全都撂下了！

开音突然踮起脚，贴近小元，把她花瓣一样的唇送上去了。

北窗的纸椇，也像被开音的剪刀吻过似的，有了一个最动人的阳刻双人侧影。

而大元的笛子，就是这个时候响起来的。吹得慢慢的，凉凉的，在夜色里一层层漫开，像有人用手在一把把地揉五脏六腑，说不出的紧。

小元与开音，听见没有？不知道。但地里的花生听见了，伤心起来；路边的槐树也听见了，伤心起来；水井边的石碾听了，也伤心起来。它们的泪，成了露珠，小而弱，一颗颗挂着。

本来，这个晚上，大元是出来找小元说话的。大元想了好多天，直到最后一天，没有退路了，他逼着自己拿一下主意：一定要跟小元好好说说。这颗心，都快没指望了，都快干渴死了，掏给开音不合适，掏给小元、让亲兄弟给看看还不行吗？小元那次喝酒时不也说过——他们兄弟两个人的将来，都会过得很好！大元就是想问问，到底，会怎么个好法子呢？

大元一路上闷头闷脑地想，一直走到开音的窗下，倒恰好找到小元了，他在北窗棂上的剪影里呢。

这下罢了，倒也不要问了。大元看了看那窗户，跟小时候一样，他把这枚独一无二的剪纸小心地收起来了。像收起他被一刀剪碎的心。

**3** 人们到伊老师家给小元送行，才发现，大元走了。

他甚至走在小元之前，床上整整齐齐，一样没少。他平常做活的农具，全都擦得亮亮的士兵似的，沿墙根排成送行的队伍。那些箩筐们，空的就相互叠了，满的，就盖上了。临走前的长夜里，大元好像把每个角落都仔细地抚摸了一遍，最后，才提起他的笛子，走了。

唉哟，所有得到消息的人都开始心疼起来，像心疼自己家的儿子，那么个大元，那样憨那样老实的，真要出去了，他准会吃大亏的。这是干什么？有什么事情过不去呢？

不知为什么，大家都扭了头看小元，这一看，又注意到小元的脸色也很糟糕，明显的睡眠差了，有很重的心事似的，脚底下全是踌躇。

但能怎么样呢，车票早打好了，大城市里的工作在等着，要走就是要走的。小元看看自己的父亲，又看看开音的父亲，后两者显然不清楚事情的细微纠缠，他们只在努力地笑，希望小元可以轻松地离开，留下来的事情，慢慢再说。

是啊，慢慢再说。

小元最后往开音家的方向看了看，父亲叫他去跟开音打个招呼，他摇头，只用眼睛一遍两遍三遍地回看。

那里，是发生过一个亲吻的地方，是他仓促逃离的地方，是他没有留下明确答案的地方。

小元是个好学生，他一向相信：人这一辈子，总会碰到各种问题，但只要是问题，必定会有答案，有个最佳答案。可昨晚，他的哲学瘫痪了，他的智性失灵了。面对开音，小元恍然大悟：他此次返乡的一切作为，完全地误导她了。她对他，虽然一直那样的齐心协力、努力配合，但根本就是不同的出发点、不同的目的地。

怎么办呢？自己必定是要空负的，他跟开音，不可能是一条路上走到黑的亲人。小元轻轻推开软绵绵的开音，唇上一片酥麻，他什么话都说不出来了——第一次，他向自己认输，向生命中的难题投降。漫长的一秒钟之后，小元转个身，落荒而逃。

黑夜的疾走之中，想到开音，想到她一个人被他丢在屋里，小元忽然感到满腹委屈，感到大事不好，感到提前到来的绝望。管不了新换的衬衣，他突然扑倒在地上，把四肢紧紧贴到冰冷的泥土上，听任热乎乎的泪水像孩子那样滚落。对小镇故土与人物的热爱，像一团微暗的火，如此灼人，又如此脆弱，他真的难以承受了。

小元想：以后，会很少回来了。

# 九

**1** 现在的镇子，是没有大元也没有小元的镇子了。从前，那样的满，两个人来来往往，分别的晃来晃去，而今呢，完全就是杳无人烟、寸草不生了。这叫开音怎么办呢?

没有人敢问她这个问题，也没有人跟她谈这个事情。唉，反正说到底，她是个不会说话的。

但谁说她真的不会说话? 开音现在倒会说话了，说得可多可好了。

白天，她跟剪刀说，跟纸说，跟北窗户说。晚上，跟灯说，跟帐子说，跟漆麻麻的夜说。

下雨天，她跟屋檐说，跟小水坑说。黄昏时，她坐到大元堆的柴垛下，跟麦秆说，跟小虫子说。

哎呀，那个话呀，是炽热的喷泉吧，是冰凉的火山吧，说得精卫填海，杜鹃啼血，全世界没有谁能听得懂，也没有谁能拦得住……倒全都变成她手里的纸花儿了! 常常地，跟剪刀与纸，一整夜说下来，大概是太过忘情，竟把剪刀给粘到她右手上了，要取下剪刀，得用左手去抠了，一抠，拇指与食指上的皮都被带下来了，血丝像眼泪那样慢慢渗出，滴到听了一夜话的红纸上，滴到那些刚刚剪出来的花样儿上，如盐入水，竟看不出了。

这么的，她的那些剪纸呀，如百草发芽，如寒雪普降，处处铺天盖地。桌上椅上，甚或床上与地上，散漫在那里，等着落灰，等着掉色，等着被人瞧或是没人看。旧的还在，新的再来，总之开音总一直在剪的，好像那已是她在这个世界上唯一的出路，有了那个出路，便可忘忧忘情，便可飞离尘世，直抵天堂。

开音父亲吓得人都缩了一圈，不敢跟外人说，只悄悄拉了伊老师来。

漫漫长夜，两个父亲就坐在灯下，分析目前的情况。唉，这算是哪一出呢！这回，他们不打太极，是完全地坦诚相见了。把形势来来回回地分析，可再怎么开膛破肚、赤胆红心，也是没用的！事情就这么简单，就这么绝望，谁都明白，可谁都解决不了。

开音这算是什么？可怎么弄呢？

**2** 可这个世界呀，是给人们过日子、往前走的，绝不能把谁给搁下了、给堵住了、过不去的。从生下来起，你所走的每一步，都是铺垫、是伏笔，都是气数。开音的出路，远在天边，近在眼前，顺着拐弯，说来也就来了。

开音上电视后的效应，半个月之后，像水波一样，在外面被一圈圈放大了。更多更大的媒体开始注意到她，甚至还有外国人，凹眼凸鼻的都来了——这些人，更稀奇呢，看到手工的东西就完全痴住了、掉进去了。东坝仅有的几条街道、开音家的三间屋子，屋子里的那扇北窗，北窗下的小桌子，桌子上的剪刀与蜡盘，被无数个镜头推拉摇移地反复拍摄，都开始麻木和迟钝了。

更何况，瞧瞧开音的剪纸！比之从前，如凤凰浴火，又有了大不同——这般凄切而繁华，这般悲极反喜——真不知，似乎仅仅是一夜之隔，她何以竟会体恤至此、哀悯至此！

她剪出幅大慈大悲图，宛若她的身世，用了从未有过的黑红配：红的这一半，一个矮小的产婆正捧出个肥胖的婴儿，四周凤蝶翻飞、石榴吐籽，皆在欢庆新生的降临，唯有婴儿肚脐上一根长长的带子连到黑的那一半，一直连到产妇的胯下，变成了不祥的黑色，黑色血泊之中的女人，宛若身陷乌云，她两手前伸、双腿弯曲，像病鸟那样挣扎着尝试人间的最后一次飞翔。

她剪出幅老人做棺图。这是乡间的生死欢娱了，用了五层的套彩法，除了当中一个宽头窄尾的棺材是油亮可鉴的玄色之外，四周的寿衣寿鞋、金元宝、银锭子、铜钱串、五谷种、小纸人儿，皆是五颜六色，一派喜气洋洋。立在一侧的老人红光满面、视死去如归程，正心满意足地验看他一条五花纹色的宽腰带。

她剪出张男子吹笛图。图中大雾弥漫，若隐若现中，桃花柳叶，万物生长。那吹笛男子只露出半个侧影，一只黑眼，似闭似睁，却挂有清泪一行，滴滴似金。

她剪出嵌有五彩大字的团圆图，那些字，有些她认识，有些不认识，大大小小，紧挨着互相取暖，字与词，串连成一个没人能看懂的故事。

她剪出张东坝地理图，沟，田，人家，牛棚，纵横交错，历历可辨，如腾空一跃，飞到半空，深情地俯瞰这片贫瘠的大地。

她剪出陪伴自己多年的北窗户，白雪覆盖窗棂，灯火微弱摇晃。

她剪出姑娘的掌纹，如纤弱的来路，如渺茫的去程。

是啊，开音她从来都没说过只言片语，可但凡看到的人，均似听到了千言万语，莫不如痴如醉，好像在跟着开音，跌跌撞撞地把她从前所有的日子又重新过了一遍，她所喜欢的、她所难过的、她舍弃掉的、她梦想着的。

所有的观者都完全地迷醉倒了，醒不过来了：寂寞缓慢的小镇，低眉垂目的哑女，欲言又止的心事，伤花怒放的剪纸。这都是些什么啊，有这么温柔的坚硬吗？有这么伤心的欢喜吗？每个人都像中了子弹似的，一下子给打中心中最碰不得的那个角落。

“上面”的有关部门看出时势，大喜过望，一时集体兴奋，带着与大都市接轨的气魄，很多时兴的词语被写到计划与报告中：越是民族的就越是世界的。要注册剪纸商标，要成立剪纸艺术公司，要包装与策划，要搞文化产业，要走向国际舞台……有人给开音建了网站，有人专门给她教正规的手语、到电视台做访谈、与领导合影、上台领奖、举办剪纸展……阔气而俗气的事情一样接着一样。

搞大了，搞得不一般的大了。

更多更加离奇的消息，梦境般的，惊雷般的，纷至沓来。说开音很快就要离开东坝了，要住到"上面"专门替她弄的"工作室"里了；并且，这"工作室"也只是过渡，她最终是要到省城的、到京城的；将来，作为"民间艺术家"，那外国她都是要常去常往的；听说，某个外国有个残障人艺术基金会，已经向她发出访问交流的邀请……

开音的日子，像张白宣纸似的，一下子给挥毫泼墨、给五彩斑斓了，宣纸都给洇得要破了，谁都看得惊心动魄。这运命啊，排山倒海，淹土漫田，谁挡都挡不住了。

东坝人半张着嘴、倒抽着气，结结巴巴着，道听途说着。现在，他们真是连开音的背影也快瞧不见了，他们疼惜开音，可也开通着呢、大方着呢，合着劲儿愿意她往前走，越远越好，总之，只要是有出息了，就是好事情；至于儿女情调、离愁别绪，那算什么，都要狠心地统统抛开……

但说到底，没人知道开音到底是怎么想的，她真愿意像小元或大元似的，离开这热乎乎的东坝，把那跟纸一样单薄的身子行到十万八千里的异地他乡去？有了这剪纸作为倚仗，她是否便已觉得人生圆满富足、不再寒凉？

还真不知道呢。开音从来不算是个热络人儿，现在，又更加地平淡了。一旦闲下来，没人处，手里倒会盘弄着只纸剪的小燕子，在一张旧地图上比划，一会儿南来，一会儿北往，不知要飞得多高多远。那张小小的脸儿，无悲无喜，无怯无惧，好像肚里另有乾坤、气象万千了——看上去，生分了，远了，远得让人想哭。

开音父亲就那样慢吞吞地淌起眼泪了。

他蹲在地上，想着各样纷乱的消息，一条条地咀嚼，可总也消化不了，脸色都蜡黄了。这些个，算好事不算？真要离开东坝，是顺遂了她还是耽搁了她？她真的就此把大元与小元都化繁为简、化简为无了？她的一番大心思，能走到哪一天，又能走到多么远？

太宏大了，开音父亲想不过来。

伊老师就矮矮地坐在大元从前最喜欢坐的一张小板凳上，给他慢慢化解，零零碎碎地，勉强地自圆其说。总之一条，这开音啊，命里注定，她不是大元的，不是小元的，甚或也不是东坝的。她从生下来，就是个没声音的人儿，是个纸人儿，仙人儿，要飘走的人儿。

这天，伊老师还带来了大元一张明信片。大元这孩子，善，他还是做不到彻底的消失，让别人担心。他似乎是在哪里找了份工，留在那里了。邮戳是外省的某个地方，非常模糊，伊老师用放大镜都没能看得清楚。“一切都很好，请放心。”他在明信片上用不漂亮的字体写着。这真像他平常的言谈，能少一句是一句。

开音父亲把薄薄的明信片托在手上，像托着个沉甸甸的大盘子，盘子里空空荡荡——可真想念这个孩子呢。他老泪横流，喉咙里一阵翻滚，偏要追个死理：你倒告诉我，他们这一个个的，什么时候才能回来？

伊老师以手作势，捏笔写字，试图说出句什么深明大义的辽阔预言，却始终，没有想出句合适的来。

——原载《人民文学》2008 年第 2 期

傅爱毛

# 庄户人家的闺女

# 一

过了年幺妹就二十五岁了。

山里的妹子出嫁早，村里与幺妹一般大的闺女，一个挨一个地做了新娘，有的都已经抱上娃子了，幺妹的婚事还没有一点着落呢。日子一天一天地过去，幺妹的心便一天比一天地沉起来。

幺妹的爹娘死得早，幺妹跟着哥嫂过日子，光景还算过得去。可是，幺妹知道，娘家的日子再好也是娘家的日子，做闺女的总归是一门子客，早晚都要出门子的。出了门子，守了自己的公婆和男人，那日子才是自己的。不管难易穷富，只有过上了自己的日子，心里头才会踏实。

可是，自己的日子在哪里呢？幺妹的心里连一点底儿都没有呢。

# 二

幺妹暗地里拿自己和村里的姐妹们作了几番比量。比量来比量去，幺妹觉得：一般大的闺女中，就数自己生得丑。个子不高，身量不细条。眼睛不是双眼皮儿，肤色也不白。简直是一头儿不占一头儿。

幺妹坐在小屋里，对着镜子，把自己端详来端详去的，咋端详咋不满意。心里头不满意，便不想再看见自己了。她把镜子翻过来，啪的一声覆在桌面上，赌气对自己说：幺妹呀幺妹，你咋生得这般丑呢？你自己看看，你像个闺女家的样子不像？站在那里跟个柴禾捆似的，哪个后生会看上你呢？你就打着盘儿在家做一辈子老闺女吧。

幺妹嘴上虽是这么说着，心却还是不死。暗地里偷偷巴望着：能找到一个称心如意、知冷知暖的好后生。幺妹发现：男人们找媳妇也不是单单只瞅丑俊。自己的一个本家哥哥，长得虎背熊腰、一表人才，娶回来的媳妇却很一般。可人家两口子却好得蜜里调油。幺妹就想：是不是那媳妇的身上，暗藏着什么看不出来的好处呢？

心里头这样猜想着，幺妹便有意地找茬口多跟那媳妇接近。她发现，那媳妇的脾性特别温顺，慈眉善目的，见了人没说话先带笑儿。手也灵巧。莫管是茶饭上还是针线上，都有一套子。做出来的活儿人见人赞。弄明白了这一点，幺妹的心里就踏实了。她想：一个人生成什么模样由不得自己，本事却是可以学来的。

# 三

从此以后,幺妹便一心一意在茶饭和针线上下功夫。

每天下地回来她就钻进灶间里,变着花样做茶饭。有时候拿漏勺漏面鱼儿,有时候做百叶饼,有时候拽猫耳朵面。做出来的东西要样有样,要味有味。可是,做了一些日子,她就不愿做了。她想:自己整天钻在灶间做饭,做得再好,外头人谁知道呢?于是便又改做针线。针线活儿是可以拿出去做的。别人看见了,就会为自己赢来个好名声。不是幺妹有意要显摆自己,实在是做闺女有做闺女的难处。

以后,只要得了空儿,幺妹便搬只小凳子,坐在院门外的大槐树下做针线。莫管是织毛衣、纳鞋底儿,还是绣花钩纱盘扣子,每一样活计她都做得细针密线、别出心裁,要咋漂亮就有咋漂亮。她就是要让人看看,她幺妹人虽生得丑,做出来的活路却是一点都不丑呢。在她做着的时候,有人从树下走过,偶尔也会夸她一两句。每当这时候,幺妹的心里便熨帖帖的,觉得仿佛是有了指望。

然而,很长一段日子过去了,却还是什么动静都没有。她的针线也被不少人夸过。但夸过也就夸过了,没有谁真正在意过她,更没有人提起过她的婚事。幺妹的心像是搁了多年的艾蒿叶子,一点一点地枯了下去。心里想:莫管是好针线,还是好茶饭,都抵不上一个好模样。自己生就的一个灰头麻雀,还能指望落到梧桐树上去吗?听天由命吧。

# 四

既是灰了心，幺妹便整天蔫头耷脑的，得了空儿便躺在小屋的床上，不是唉声就是叹气。嫂子问她怎么了，她推说身子不爽朗。嫂子下地干活去了，她便一个人关在屋里偷偷地抹眼泪。一边抹泪一边埋怨。先埋怨娘，再埋怨嫂子。

她在心里说：娘啊娘，你为啥要生我呢？要是你不把我生在这个世上，哪里会有这么多的愁苦呢？你既是生下了我，又为啥要早早地就死去呢？你两腿一蹬，把你闺女撇下就走了，准来操心你闺女的事呢？

幺妹一边在心里埋怨着娘，一边想道：要是有娘活着就好了。娘活着的话，早就托媒人替自己提亲了。娘替闺女张罗亲事，那是天经地义的，谁也不会笑话。哥哥的亲事就是娘亲自张罗的呢。哥哥刚过二十一岁，就把嫂子娶过门来了。

一想起嫂子，幺妹的心里就恼了。她生嫂子的气呢。她偷偷地数落道：嫂子啊嫂子，你是真不明白呢还是假装糊涂？你也做过闺女，应该知道做闺女的苦处。年岁一天比一天大，亲事却一点着落都没有，那心里头是啥滋味儿？心里头愁得要死，却又半句话都不敢说。一说出来，不是遭人贬损，就是被人嗤笑。一辈子的终身大事，除了听天由命外，一点法子都没有。心里头苦不苦？心里头苦得如同吞了黄连，还要像个没事人似的强撑着笑脸儿，那又是哪般滋味儿？这滋味儿你不会不知道。你既是知道，为啥不替我操操心呢？我少爹没娘的，除了自家嫂子，还能指靠谁？

# 五

幺妹在心里这么埋怨着，眼泪便赶了趟儿地往下淌。正在她流着泪的时候，忽然听到院子里有人叫她。她透过窗子一看，是村里一个叫巧平的姑娘。巧平跟幺妹打小就要好，无论是洗衣服还是割草，总是厮跟着，形影不离的。随着年龄一天比一天大，幺妹却渐渐地跟巧平少了来往。不是巧平做了什么叫幺妹过不去的事情，是幺妹自己人大心大，有了自己的想法。巧平比她小一两岁，人生得却比她漂亮一大截子，咋看咋顺眼。自己跟她一比，简直站不到人前去。再整天跟她呆在一起，不是故意要拿自己丢人现眼吗？

幺妹心里头这么想，巧平并不知道。有了什么事情，还来找幺妹。见幺妹的眼睛红红的，巧平就问她怎么了。幺妹说，自己忽然想起娘来了。巧平便劝了她一阵子。然后说道：自己原本打算请幺妹帮个忙的。既然幺妹心里头不舒坦，她就只好去请别人了。幺妹问她要帮什么忙，巧平的头一低，脸就红了。

原来巧平已经寻下了婆家。八月间就要出门子。按她们这里的规矩，出门子的时候，女方要给男方做全家鞋。日子紧，要做的鞋又多，巧平怕自己一个人赶不出来，便想请幺妹替自己做两双。

幺妹一听是这事儿，心里头更不是滋味了。想借口身子不爽推托掉。又一想，做就做吧。她们也算是要好了一场。如今人家用着自己了，这个忙不能不帮。再说了，一把棘针捋不到头，自己也有用得着人家的时候。

自己给巧平帮了这个忙，巧平心里头感激，说不定出了门以后，会在婆家的庄上替自己提一门亲呢。这样想着，幺妹便应承下来了。应承下来以后，她便拿了巧平留下的鞋样子，精心精意地做起鞋来。边做边想，不知道什么时候，才能为自己的婆家做上全家鞋呢。

鞋子做好以后，转眼间就进入了八月。到了八月十九那一天，巧平就风风光光地出门子去了。唢呐、花轿、执事、锣仗，要咋排场就有咋排场。全村的男女老少都去看热闹了。幺妹也想出去看看。犹豫了好一阵子，却到底没去。直到巧平的花轿走远了，看热闹的人也都渐渐散去了以后，她才悄悄登上自家的窑顶，往远处看了两眼，只看到了模模糊糊的一点红。她知道，那是巧平的轿子。看着那晃晃悠悠往前挪动的大红轿子，幺妹的泪就止不住地流了出来。她想：巧平比自己小两岁，如今也做了新娘。而自己这里却八字还没一撇呢。不知道还要等到啥年啥月去。莫非自己真是做老闺女的命不成？

一想到这里，幺妹就吓得脸都黄了。她知道，闺女家就像是长在地里头的庄稼，青枝绿叶的好时候没有几天。过了那个时候，说不得见人就不得见人了。再过一个多月，她就奔二十五了。在庄户人的眼里，二十五岁的大闺女，就像是麦地里的蒿草，要咋碍眼就有咋碍眼。她想，自己一定得想想法子了，光坐在家里等着不中。

三月初三的时候，山外的杨家岭有个庙会。庙里头敬着好多神仙，据

说很灵验的。赶庙会的一般都是些上了年岁的老头老太太们。年轻人大都不信那一套。幺妹以前也不信，但事到临头，她也不由得不信了。

那天一大早，幺妹告诉嫂子说：她要到集上去买些针头线脑之类的东西，就走出院门去了。出了门以后，她三拐两拐的，就拐上了一条僻静的小路。她宁可绕远一些，多走两步路，也不愿意遇见熟人。她是个诚实的人，脸上藏不住事儿。她怕人家从她的脸上看出什么来。要是看出来了，人家会说：幺妹做闺女做得不耐烦了，急着给自己找婆家呢。那还不把人给羞死了？

她顺着小路一个人往前走。十来里的路，一个多时辰就走到了。走到的时候村里的老太太们一个都不见，她的心这才踏实下来了。定了定神，四下里瞅了瞅，然后掏出钱来，拣最好最长的香买了几炷。买好了香拿在手上，却不知道要到哪里去烧。她私下里听人说过：烧香拜佛也不是随随便便的。那里头大有讲究呢。有的神管给人祛病，有的神管理钱财。她要拜的，应当是掌管男女婚姻的"司婚神"。可是，寻来寻去的，转了好几个圈子，怎么也寻不着。想找个人问问，却又张不开口儿。时候不早了，她不敢再耽搁下去。最后，只得在菩萨面前跪了下来。

她点上香，诚心诚意地磕了头，然后说道：大慈大悲的观世音菩萨，我叫幺妹。眼见得我都二十多了，亲事还没有个着落。不是我幺妹心疯，自个急着给自个找婆家，实在是没人操心我的事。我知道自己生得丑，不讨人喜欢。我也不求多高的条件，但凡是个后生，心眼儿好，知道过日子，我幺妹都不挑拣。家里再穷，我也不嫌弃。我幺妹是个吃得苦的闺女，针线茶饭都拿得下。出了门子，一准做个孝顺公婆的好媳妇。观世音菩萨，求您可怜可怜我这个少爹没娘的孩子，替我在司婚神那里递个话儿吧。

说到这里，幺妹就不由自主地流起泪来，连话也说不成了。说不成就不说了。幺妹又跪下磕了几个头，才偷偷溜出了庙门。

在庙里烧过了香以后，幺妹的心里就有了个盼头儿。

# 七

那一天,她从地里干活回来,看见邻村的吴家老太正坐在堂屋里跟嫂子说话呢。一见到吴家老太,她的心就怦怦地跳了起来。这老太太爱给人做媒。在庄前村后,三乡五里都有名。由于求过了菩萨,幺妹相信:她到自己家里来,一准是给自己提亲的。幺妹跟她们打了一声招呼,就回自己的小屋里去了。

回到屋里以后,她紧赶慢赶地拿毛巾把身上的土拍打了拍打。她本来想要换一身新衣裳的,她身上的衣裳是下地干活时穿的,有些脏。把新衣裳从箱子里拿出来以后,她又放回去了。刚才跟人家打招呼的时候,人家已经看见她了。转眼间就换一身新衣裳,太扎眼了。幺妹知道,做闺女有做闺女的规矩。要懂得眉高眼低,还要懂得知进知退。不该说的话一句都不能多说,不该走的路一步都不能多走。新衣裳不能换,脸却是可以洗洗的。幺妹悄悄打来一盆水,认真地把脸洗了洗。然后,又搽了雪花膏,扑了粉。辫子也重新编了一遍。

收拾完了以后,她就坐在自己的床边等着。她知道,嫂子不叫她,她就不能进去。越是说自己的事,越要装做跟自己无关的样子,这才是做闺女的本分。坐了一会儿,她急忙把一只纳了一半的鞋底子放在手边。心想,嫂子叫她的时候,她就纳着鞋底子进堂屋去。一则让那媒人知道自己是个勤谨人,二则也顺便让人家看看自己的针线。可是,等来等去的,等了老半天,也没听到嫂子叫她,她就有些坐不住了。

她走出自己的小屋，悄悄来到灶间里。心想：趁她们说话的当口，自己紧赶着煮两碗荷包蛋，再烙两张百叶饼给她们送进去。这样，一来显得自己识礼节懂路道，二来也让人家顺便看看自己的茶饭。可是，她刚要动手开始和面的时候，老太太却和嫂子一起从堂屋里出来，直接走出院门去了。

嫂子回来以后，她想问问嫂子是咋回事，张了几次嘴儿，却问不出口。她知道，一个闺女家，多嘴多舌的，讨人嫌呢。自己不吱声，嫂子早晚会跟她提起的。可是，两三天过去了，嫂子却仍是一字不露。她实在憋不住了，终于瞅个空暇主动开口道：嫂子，那天有客人来咱家，咋不留人家吃饭哩？嫂子说，那吴家老太来，是想请你哥替她打一套家具的。想做好活儿，却又不想出好价钱。世界上哪有这么便宜的事呢？幺妹一听是这么回事，心一下子就凉了半截子。

# 八

回到自己的小屋，她有气无力地骂自己道：幺妹呀幺妹，我看你是得了心疯病了。见个人进门就以为是说媒提亲的来了。就你那模样，谁愿意替你做媒呢？

幺妹心里头憋着一肚子的气，却又说不出来。夜里睡不着觉的时候，就想：这是谁定的规矩，闺女长大了就要寻个男人出门子？要是没这个规矩，自己会作这个难？转念又一想，要是闺女家都不出门子，男人怎么娶媳妇呢？说一千，道一万，自己总归得寻个婆家。寻下个婆家，守着个男人，生一双儿女，那样的日子过起来才会有滋有味。好针线也罢，好茶饭也罢，若不是使在自己的日子上，有什么意思呢？

可是，怎么才能寻个婆家呢？生在这深山野坳里头，做了庄户人家的闺女，除了坐在家里等媒人上门外，再没别的法子了。整天不是守在家里烧火做饭，就是守在地里侍弄庄稼，出出进进的，也超不过三五里的路程。就是自己不顾廉耻，想要自己去找也没处找。

想到这里，幺妹就想好好地哭一场。想哭却又没地方哭。可幺妹是真的想哭一场哩。装着满满一肚子的委屈，不好好哭一场憋得慌呢。于是就趁晌午地里没人的时候，偷偷跑到娘的坟头上哭了一场。哭得一把鼻涕一把泪的。哭完了以后，她坐在娘的坟头上呆呆地想：与其活着做老闺女遭人嗤笑，还不如死掉算了。一想到死，她心里便舒朗了许多，觉得似乎是找到了一条出头之路。可是，怎么死，死到哪里去呢？想来想去，越想越觉得行不通。她一个闺女家，好端端地却要寻死觅活，不知道人家会咋编排自己呢。清清白白的一个闺女，也会被他们编排得臭豆不如呢，再说了，要是自己真死了，哥嫂怎么做人呢？这样一想，她只得打消了死的念头。哭足哭够了，自己又回家去了。

心里想，是不是怪自己长得太丑了，根本就不会有男人想娶自己呢？幺妹把自己关在屋子里，对着镜子，又仔细地把自己打量了一番。发现自己真的是说不上好看，但也没有啥明显的毛病。不缺胳膊不少腿儿，不瞎也不聋，为啥偏偏就没人给自己提媒说亲呢？是不是自己太腼腆了，平时不爱说话，人们都把自己忘了呢？

# 九

幺妹从小是个爱说爱笑的姑娘，慢慢地长成一个懂事的闺女以后，就完全变了。她知道自己长得不漂亮，所以，整天总是沉默寡言的，远远地躲着人群，带有不想讨人嫌的意思。从表面上看，她好像是个很孤僻的闺女，其实她心里很随和呢。她想，以后自己得改改自个的脾气。但凡是婶子大娘们，都喜欢爱说爱笑的闺女呢。

于是，没事的时候，幺妹便也主动往人多的地方凑凑。见了人家的孩子便接过来抱抱，再夸几句。见人家扎成一堆唠闲嗑子，尽管觉得很没意思，也强耐着性子，有一句没一句地应着。幺妹想，做个闺女家，可真难哪。

有一天，幺妹从地里薅草回来，看见村里的刘阿婆正坐在磨房前做针线呢。刘阿婆这个人心眼儿也不孬，可就是嘴不行，是有名的骂破天。村里人都不愿意沾惹她。幺妹本想绕开她悄悄走过去的。又一想，越是这样的人越得罪不起。于是便走近去跟刘阿婆搭讪。刘阿婆上了年岁，眼睛不济事了，针线做得很吃力。幺妹看她深一针浅一针地做，怪不容易的，就说：阿婆，你要是不嫌我的活儿不好的话，就让我给你做吧。我年轻，眼睛好使，一个人闲着也是闲着。

刘阿婆听幺妹这么说，把鞋底子往幺妹的怀里一撂，说：幺妹啊幺妹，你可真是个好心眼儿的闺女。寻下了婆家没有？听到这句话，幺妹的脸腾地就红了。幺妹她长了这么大，还是头一回听到有人当面问起她的亲事。她的眼睛酸酸的，不知怎么的，就想流泪。她强忍住了，低下头，轻声说：还没呢。刘阿婆便说:是真的还没有吗?等阿婆遇着了,就替你说合一个。这么好的闺女,该有一个人家了。

幺妹听了这话,在心里叫了一声:观音菩萨啊,您可算是开了眼了。心里头这么叫着,脸上却强撑持着平静。什么话也没说,接过阿婆的针线,一针一针地做了起来。

## 十

过了一些日子,刘阿婆当真给幺妹提了一门亲。是李家营的,离幺妹家不远。刘阿婆对幺妹说:那后生姓王,是个好小伙子。身上有手艺。家里盖着三间大瓦屋,光景不错。就是他娘有病,瘫在床上两年了。以前也有人给他说过几回亲,都嫌他有个瘫子娘没说成事儿。

阿婆问幺妹:你嫌不嫌?你要是嫌的话,我就不提了。幺妹说:阿婆,看你说到哪里去了?人是吃五谷杂粮的,谁能保证自己一辈子不生病呢?我娘吃了一辈子苦,说走就走了,连一天病都没害。我就老想着:我娘要是能瘫在床上病着,让我好好侍候几年,那该多好啊。只要人家不嫌弃俺,说明是该着成一家子了。成了一家子,人家的娘也就是俺的娘。能侍候侍候老人,是上天给俺的福分呢。阿婆听幺妹这么说,连连地称道:幺妹,幺妹,你可真是个好心的闺女啊。谁能娶了你是谁的福。

又过了一些日子,阿婆就安排了让两个人见面。

幺妹的嫂子给了幺妹一些钱,要幺妹买一身光鲜些的衣裳。衣裳买回来以后，到了见面那一天，幺妹却没有穿。她想：庄户人家的闺女，本本分分过日子是实在。穿得花花哨哨的不像个过日子的样子。再说，也显得太外露了一些，不合自己的性情。于是就把当家穿的一身七八成新的衣裳洗了洗，穿在了身上。衣裳稍微褪了一些色，但看上去很合身。幺妹想，那王家后生要是相中了她的人，就不会在乎她的衣裳。要是因为她的衣裳旧而相不中她的人，那是他们没有缘分。

这样想着，幺妹就往刘阿婆的家里走去。到了刘阿婆的家门外，见地上扎着一辆自行车。自行车已经有些旧了，但却擦得干干净净的。两只扶手和前面的横梁上都用旧布缠得严严实实的，看上去既敦厚又朴实。看着那辆自行车，不知怎么的，幺妹就从心里产生了一种从未有过的亲切感。幺妹知道，这一准是那后生骑来的自行车。阿婆家没有人骑车。只是不知道，那后生究竟是个怎么样的人。

——原载《广西文学》2003 年第 6 期

路　内

# 阿弟，你慢慢跑

阿弟叫吴双峰，生于一九八五年，出生的那天，我爸爸在厂里加班，我爷爷奶奶在家里打麻将，因为我妈做B超做出来是个女孩，吴家的人觉得没什么意思，我已经是个女孩了，再添一个女孩，等于是把计划生育的指标全部浪费掉。等到阿弟降生时，是个男孩耶！而且有新生儿肺炎。我外公一个电话打给我爸爸，我爸爸扔下手里的电工就往国际妇婴跑，在徐家汇跳下公共汽车时还崴了脚，那时阿弟已经被送到特护病房去了，谁也见不着他。

阿弟是怎么从女孩变成男孩的呢？这个问题非常费解。这件事好像预示了，阿弟的人生充满了变数，充满了艰难。因为我爷爷曾经提议把阿弟堕掉，我爸爸持中立态度，但我母系一族的人死活不肯，如此才保住了他的一条小命。

阿弟自小多病，那一场新生儿肺炎似乎用光了他所有的抵抗力，究竟他在特护病房里挨了多少吊针，打了多少抗生素，我们一概不知。他来到人世的第一段历史就此隐没在白色的帷幕后面。稍微长大一点以后，可以看出他是一个吊眼梢、翘嘴唇的男孩，皮肤黝黑，并且是个胼枝，左脚有六根脚指头。小时候我和阿弟坐在华师大教职工宿舍前的台阶上，我们数着脚趾，我脚上有十根脚趾，阿弟数来数去是十一根，他的翘嘴唇包不住口水，全都流在了脚趾上。阿弟那时才四岁，他天真地认为人们生来就应该是十一根脚趾，我告诉他，十根，是十根！阿弟不信，我们两个搀着手去问外婆，外婆忧郁地告诉阿弟："人都是十根脚趾，双峰，你是个畸形儿。"

他的名字是外公给他起的，外公是华师大的教授。在他的故乡，有一条河叫双月河，我又恰好是二月份生的，因此我的名字就叫吴双月。在他的家乡还有一座山叫双峰山，外公想，双峰也挺好的，既然双月是个女孩的名字，那么双峰就可以顺水推舟地送给男孩了。这一深思熟虑而又漫不经心的想法彻底毁了阿弟，双峰，你可以喊他骆驼，也可以在他的名字后面加上"坚挺"两个字，再加上他姓吴，在绰号的修辞方面可谓五花八门。反正我从小到大就没听见他的朋友喊过他的学名。

小时候，阿弟在家备受宠爱，吴家三代单传，只得这一个男丁，理当如此。我家里条件又比较好，爸爸从电工升任车间主任，妈妈在一所机关工作，吃香喝辣不成问题。可是，在家得宠，出门却没他什么事，每次爸妈单位里有外出旅游的机会，带上的都是我，美其名曰"双峰年纪还小"，其实是嫌他丢人。以至于我们长大后回顾往昔，我跑遍了祖国的名山大川，阿弟却永远待在家里陪伴外公外婆，度过了一个又一个枯燥无聊的寒暑假。后来阿弟说，别提了，即使是外婆出去买菜，在可能的情况下带上的也都是双月，而不是双峰。

六趾跑不快，阿弟五岁那年动了个手术，将胼枝切除，本以为他能跑快点，不料医生告诉我爸妈：阿弟不但是个胼枝，还是平脚底，他即使动了手术也还是跑不快。从小到大，我无数次地看到男孩们欺负阿弟，阿弟抡着他那两条曾经胼枝永远平足的腿狂奔着，眼泪和口水向身后飞溅。作为年长他五岁的姐姐，每一次我都会冲上去喝止住那些男孩，直到我初一的那年，和一群同学下课回家，看到阿弟被四个女孩揪住，她们尖笑着扯他的头发，拉他的书包，拽他的耳朵。九岁的阿弟坐在地上放声大哭，扭动身体并惨叫道："你们干什么？你们放开我呀。"我从书包里拿出钢皮尺，对着那四个小罗刹的脑袋轮番打过去，她们全都跑了。这下轮到我被同学们嘲笑了：

“吴双月，这就是你弟弟吴双峰吗？”

“来，让姐姐看看双峰。”

“吴双月，双峰弟弟长得好丑啊。”

我对阿弟说：“阿弟，你怎么能被女孩子欺负呢？”阿弟抹着眼泪说：“她们人多。”我叹了口气，告别了同学们，牵着阿弟的手回家。路上，阿弟忽然仰起头问我：“姐姐，你的同学也知道我吗？”我说：“是的。”阿弟说：“他们也知道我叫吴双峰吗？”我心里一哆嗦，是的，我曾经在几个知交好友面前讲过阿弟的笑话，尽管她们从没见过阿弟，但他已然是丑名远扬了。

阿弟见我不说话，也就不问下去了，走着走着，他忽然说：“我长大了要报复她们。”过了一会儿又仰起头，补充道，“报复那些女生。”

我看了看他，依旧是吊眼梢、翘嘴唇，眼角挂着一滴未干的泪水。我心想，你这个样子，将来能有女生喜欢你都不错了，还能轮得到你报复她们吗？

阿弟的童年时代是在一片悲惨中度过的，直到小学五年级，他的翘嘴唇还是会令口水滴在作业本上。我小时候听到最多的就是家里人对他的呵斥：“双峰，把嘴巴并拢！”后来连家里的保姆都敢这么训他，我很看不惯，赖这个保姆偷东西把她给辞退了。由于自卑和怯懦，阿弟的学习成绩当然也好不到哪里去，偏偏有几次考得还不错，被老师诬赖为作弊，告到家里挨一顿暴打。阿弟哭得天昏地暗，无论如何解释也没用，其解释又继续被误读为撒谎，于是成绩差、作弊、撒谎这三宗罪一起加诸于身上，最后他对我说：“姐姐，我认命了，随便吧。”那时候他才十二岁。

阿弟的另一次惨痛经历，是在学校里被强行割掉了包皮。那是在他小学二年级的时候，几个医生跑到他们班上做体检，全班男生都过关了，只有阿弟被认为是包皮过长，单独拉到学校医务室喀嚓了一下，涂了点药粉，关照他不要喝水也不要尿尿，然后拖回教室继续上课。阿弟起先还忍着，后来疼得坐不住了，在课堂里大叫起来，被老师一通呵斥。最后阿弟捂着下体在地上跳，这才打电话给我妈，把他接回家了事。吃晚饭的时候阿弟犹在大哭，我爸爸也很生气，说这个学校太过分了，这种事情怎么自说自话就动手了，居然不事先通知一下家长。当时我还小，一边吃饭一边问外婆，什么是包皮啊。外婆忧郁地说："女孩子不要问这个。双月，你弟弟大概是被骗掉了。"

我不得不说，外婆多虑了。尽管我也曾认为阿弟的生理上存在问题，但读了大学以后我就明白了，割包皮对男生来说是件好事。但是能不能不要割得那么悲惨呢？

阿弟初中毕业，根据他自己的理想，是去考个烹饪职校之类的，以后可以做厨子。这对我们家这种书香门第是个巨大的精神打击，我的外公藏书万卷，能吟古诗，写得一手欧体楷书，焉能容忍唯一的外孙去饭馆里上班？气得好几天吃不下饭，饭桌上把我爸爸训得也没有了食欲，我爸爸再回过头去训阿弟，一桌饭吃得像打架一样。最后，外婆忧郁地问阿弟："双峰，你的翘嘴唇，万一口水流出来，会不会把菜弄脏呢？"阿弟悲愤地说："外婆，我已经不流口水了，难道你连这个都没发现吗？"这不能怪外婆，阿弟的嘴唇始终是翘着的，以至于他十五岁时、二十岁时，乃至二十四岁之后，家里人还是会在他出神时用严厉的、温柔的、漫不经心的口吻提醒他："双峰，把嘴并拢。"

阿弟到底还是念了高中，一门心思考大学。很多人都说上海的高考升学率高于外省市，就我的经验来说，其实在中考的时候就有三分之二的孩子被分流到职高和技校。这些人当然不会被统计在高考升学率之中。以阿弟的烂成绩，本来也只能去当厨子，迫于压力读了徐汇区最烂的一所高中，想考大学比登天还难，不料，教改开始了。这对阿弟是个福音，饶是如此，头一年高考他考出了二百十七分的优异成绩，全家傻眼，出了钱也没人给他念大学。第二年复读总算考取了上海的一所烂学院，最没前途的营销专业，聊以自慰。

我大学是在上海念的，华师大九八级。家里让我走读，但我还是坚持住校，这让我从一个住家的乖乖女迅速蜕变为朋克青年，跑遍了全上海的地下摇滚场子，抽烟喝酒，满嘴跑脏话，看不惯的都骂傻逼，看得惯的都喊牛逼。一九九八年前后正是互联网兴起的年代，我整日坐在网吧里，写小说，泡论坛，满世界的网友，其间还和一个北京的文艺青年开房，算是告别了青涩少女时代。回到家里看到阿弟呆头呆脑的样子，不免觉得彼此渐行渐远，我的内心非常强大，而阿弟已经在傻逼的大海中扬帆远航而去了。

阿弟在高中时代发育成了一个胖子，又是近视眼，戴着一副铜绿斑斑的金丝边眼镜，样子很矬。别人家的男孩，总有一点课余爱好，哪怕看看动画片、打打电子游戏呢。阿弟却是标准的生无可恋，他既不爱看书也不爱运动，甚至连电视都不碰，作为一个八〇后，他不知道新概念作文是什么东西，搞不清阿迪达斯和耐克的区别，从来没有独自去过人民广场。我不知道他的人生有何乐趣，直到有一天晚上，我在新村附近看见一群男孩女孩，围着一个倒地不起的人，大喊道："奶茶！奶茶！"我知道奶茶是阿弟的绰号，但我不信阿弟会躺在地上，走过去一看，就是他，已经醉得不省人事了。我揪住他，想把他抬起来，但是他太重了，最后是四个男孩帮着把他抬回了家，他们都是阿弟的高中同学。一路上我都在骂他们，小小年纪喝什么酒。那几个男孩说："阿姐，我们真没喝多少，是吴双峰一个人喝了十八瓶啤酒！"我吓了一跳。有个一起的女孩，眼睛大大的长得很漂亮，她拉拉我的袖子说："阿姐，你回家千万不要骂双峰了，他心里也很苦恼的。"

他究竟有什么苦恼呢？第二天他醒了，由于我外公具备的教育家风范，家里居然没有人训他了，可见闯了大祸反而好办。他们找他谈心，谈了半天，阿弟发誓再也不喝酒了。没过几天又烂醉如泥地被抬了回来。如此折腾了七八回，我才发现，酒，就是阿弟的业余爱好。我无法相信一个男孩在十八岁时就沦为酒鬼，那应该是小说里才有的事情，但它确实就发生在了我的亲弟弟身上。

我大学毕业后在一家时尚杂志社上班，朋克青年是做不成了，改头换面，给自己添置名牌的衣服和包包，学习时尚精神，了解当季流行。这期间阿弟考上了大学，由于我大学期间过于嚣张，立了个很坏的榜样，家里无论如何也不肯给阿弟住校，他还是像中学生那样，早上吃完了泡饭去上学，下午放学就骑着自行车回家。有一天他问我，有什么办法可以解除家里对他的监禁，我想了想说："报一个课余班之类的，晚上就好晚点回家啦。"过了几天他告诉我，他参加了学校的足球队。这又是出乎意料的事，实在想象不出他在绿茵场上飞奔的样子。后来才知道，他把自己价值两千多的三星ANYCALL送给了足球队长，然后他用自己的零花钱买了一台两百块的二手摩托罗拉。他又向足球队长吹嘘说："我姐姐采访过某某大明星的，下次可以帮你搞个签名。"足球队长很喜欢那个明星，也很喜欢三星手机，就把阿弟收留了下来。

后来我去看过他们踢球，完全是烂学校的烂操场，一群高矮胖瘦的男孩在胡乱踢球。阿弟穿着我送给他的曼联七号球衫、耐克足球鞋，他的捷安特十级变速前避震自行车就停在场边，车上挂着我送给他的李维斯牛仔裤和Jan Sport双肩包。他分外地醒目。在这烂操场的边上永远会有一些女孩子充当拉拉队，我听到她们说："那个七号还挺拉风的。"

我在心里默默地说："阿弟，你终于可以报复那些女孩了，祝你报复得愉快。"

那是阿弟的黄金时代，他瘦了，练出了一身肌肉，戴上我送给他的白框眼镜之后，吊眼梢也不那么明显了，甚至他的翘嘴唇，他告诉我："别人都说我的嘴唇和巴罗什有点像。"我问他巴罗什是谁，他说："捷克队的王选前锋，在利物浦踢球。"

那时候我已经和男朋友同居，平时不住在家里。我妈妈告诉我，阿弟练身体练疯了，现在可以做一百多个俯卧撑，每天早上跑步，虽然平足跑得不是很快，但耐力惊人，可以连跑一个小时不带歇的。最重要的是，他似乎有女朋友了。比这个还重要的是，他依然隔三差五地喝醉了回到家，现在已经没人管得了他了。

有一天晚上我在爸妈家里吃饭，听到楼下花坛边传来一个女人的哭声，接着是男人的喝骂。男人说："不许叫！叫就杀了你！"女人说："求求你放过我吧。"我走到阳台上去看。外面黑漆漆的，什么都看不清，听到很清脆的噼啪声，好像是在打耳光，女人尖叫并大哭。我怕有什么犯罪事件，看样子报警也来不及了，就对着楼下说："你他妈的很嚣张啊，警察来了。"不料这个男人并不怕警察，对我大喊："信不信我上来杀了你！"这时我妈过来拖我，说："你轧什么闹猛，新搬来的外地人打自己老婆呢。喝醉了，每个礼拜都打的。"楼梯口传来一阵脚步声，这只瘪三居然真的冲了上来，踢我们家的门。这时我觉得有点害怕了。

阿弟从屋子里走了出来，他刚做了五十个俯卧撑，还有五十个被打断了。他光着上身，拉开了门，照着外地人的脸上一拳打过去，瘪三惨叫一声从我家门口直摔到楼梯口。打完了，阿弟很酷地扭了扭脖子，对我说："一只醉鬼。"这是我生平第一次看到阿弟打别人。

阿弟迫不及待将他的女朋友公之于众。那是一个来自四川的女孩，叫卢勤勤，比他高一届，在学校里也称得上是准校花。自然，我为阿弟能找到个美女而高兴，不料阿弟告诉我："她名声不太好的，有很多男人追她。"过了一会儿又说，"而且家里很穷。"我说："穷一点也不要紧，反正就是谈恋爱嘛。"我又问他，怎么泡上这个女孩的。阿弟说："她经常来看我们踢球啊，大家都知道她，有一天球队的人说，吴双峰你去试试看能不能泡上她。我就在校门口等她，她出来了，我买了一根雪糕走过去，很鸟地对她说：'嘿，女人，吃冷饮吗？'她就说：'你这个人怎么这么粗野。'我说：'男人么就是要粗犷一点。'她就跟我一起出去玩啦。"

我说："以前高中时有个女孩，眼睛大大的，对你也很好的。"阿弟说：

"那个已经被我抛弃了。"我心里一凉，想起他小时候的话，原来报复早就开始了。

二〇〇四年上海房价大涨之前，我爸妈买了一套新房子，把旧房子出租出去。乔迁以后，阿弟带卢勤勤来到了家里。这是一个瘦而苍白的女孩，长得还算漂亮，很懂礼貌，有点沉默。不知道为什么，我看到这个女孩总觉得有点不舒服，觉得她身上有一种凄愁的味道，与她的年纪很不相配。四川的女孩子往往都很早熟，勤劳，能干，不好糊弄，阿弟显然不是她的对手，两三句话就看出他是受卢勤勤支配的。我妈当然也看出来了，未来的上海婆婆岂能容得下这个，转身就对我说，这个女孩不适合双峰。

这一年我爸爸升任一家中型国有企业的一把手，正是春风得意。吃饭的时候，喝了几杯酒，我爸爸问卢勤勤："小卢，觉得我们家装修得怎么样？还算有点品位吧？"明显喝多了带着点炫耀的意思。卢勤勤说："叔叔，装修得很好。嗯，将来我也要把我爸妈接到上海来，住这样的房子。"我爸爸又说："双峰还是有很多缺点的，尤其贪杯，你要多监督他。"这时我妈已经在瞪我爸爸。卢勤勤说："双峰很好的，有时候很天真，像个小孩子。"我妈朝天翻了个白眼，我也觉得有点不爽，显然，这么多年里，我和妈妈把阿弟当成是个宝，是个永远需要呵护的小苗，现在忽然来了一个女人，抱着和我们相似的感情对待他，难免会让我们家的女人吃醋。

此后，卢勤勤一直来我家，我有时在有时不在，并不知道具体发生了什么事。有一天阿弟跑到我家，非常苦恼地说："爸妈不同意我和卢勤勤谈恋爱！"我问为什么，阿弟说："他们说，卢勤勤家太穷了，而且是外地人，她就是看中了我们家有钱。"我嗤笑道："我们家有屁个钱，有了两套房子又怎么样？真是没见过有钱人啊。"阿弟说："爸妈也是这么说的！"

我很严肃地问他："如果卢勤勤真的是为了钱才和你谈恋爱的呢？"阿弟说："不可能的，我有什么钱啊，外面有钱的多着呢。"我说："人们在相爱的时候，能真正忽略金钱的，其实很少很少。也许她有很爱的人，但是那个人很穷，也许有很大的大款在追求她，但是她一点也不爱那个人，也许你只是她衡量利弊、在爱与金钱中得到的一个折衷答案呢？”阿弟说：“她要是个上海女人，你就不会这么怀疑她了！”

谈恋爱当然是要花钱的，阿弟从小大手大脚，读大学以后又有我在撑他，脑子里根本没有经济账。一个月花了一千多，我爸妈开始控制他的零花钱，为的是让他知道，到底谁才拥有支配他的权力。有一天他和卢勤勤把钱花得精光，卢勤勤叹息说：“我们太穷了。”阿弟心中一片凄凉，独自回家时经过人民广场，看见一辆采血车。阿弟想，今天豁出去卖血。他钻进汽车，对医生说：“抽两百。”医生帮他抽完了，阿弟说：“给钱。”医生像看疯子一样看着他，指了指车上贴着的标语，“献血光荣”。

阿弟拿着一罐牛奶回到了学校，他对卢勤勤说：“这是我卖血挣来的牛奶，我本来以为会有钱的，结果是献血车。”卢勤勤告诉他，现在已经没有卖血的地方了。她对他说，双峰我要爱你一辈子。

惨的是，半个月以后学校组织献血，阿弟也不知道解释一下，结果又被抽掉了两百。抽得眼睛都直了，亏得身体好，不然得出人命。

卢勤勤大学毕业以后在一家公司做助理，月薪一千五，在上海，遍地都是这样的女孩。阿弟比她低一届，也开始找工作。我最担心的事情，终于无可避免地发生了——阿弟必须拿着简历去找工作，社会对阿弟这样的人可能连欺负的兴趣都没有，直接就把他踢出局了。我的男朋友是一家外资公司的市场部经理，被我请来教阿弟面试技巧，两个人讲了有一个小时。结束了，男朋友偷偷地对我说：“你弟弟连营销4P是什么都不知道，连PPT都不会用，到哪儿去找工作啊？这种狗屁学校教的都是些什么破烂玩意儿啊？”我叹了口气说：“狗屁学校一个学期的学费一万多。”

最初问题还不大，只是找个实习单位，我把阿弟安排在一个闺蜜的公司里，没有工资，管一顿盒饭。阿弟每天坐在办公桌前，有一台电脑可以让他解闷，但阿弟这个人对电脑完全不感兴趣，坐到后来，屁股上像长了刺一样难受。偏偏我那个闺蜜非常不靠谱，因为很早就认识阿弟，把他当自己的亲弟弟一样使唤，正事不干，经常差他去楼下便利店买零食。那家公司管理很松散，有一群女的，还都疯疯癫癫的，每个人都差他，买口香糖买汽水买香烟。最后，连卫生巾都差他去买，买错了还让他去换。阿弟干了四个月，什么都没学会，对于卫生巾的情况倒是门儿清，苏菲娇爽日用夜用护翼超薄，哪个女的用哪一款，哪个牌子在做促销，谁的假期比较长谁的假期比较短。有一天他在饭桌上把这事情说了出来，我爸爸大怒，痛骂我一顿，勒令他离开这家公司。

阿弟自己倒是无所谓，不觉得买卫生巾有什么丢人的，只是那公司一帮女的，让阿弟觉得无聊，也就不去上班了。闺蜜打电话给我，说："双峰太娇气了，这样子以后怎么可能在职场立足？"我说："你省省吧，再做下去，他都可以去批发卫生巾了。"闺蜜说："其实大家也都是看在我的面子上才去差他的，当然他也比较可爱，闷头闷脑的。一般的实习生哪有这种待遇？"

此后，阿弟就在各种各样的公司之间徘徊，其过程无非是面试、实习、混几个月、回家。起初几家公司，仍然是我介绍给他的，一来二去我也烦了他，懒得再去管他的事，由他自己去瞎撞吧。他终于也体会到了，买卫生巾其实是个肥差，但他已经没有这份运气了。家里对他本来就不抱什么希望，经过了这一年则迅速地绝望了。

有一天我问他："你到底想做什么工作呢？"阿弟想了想说："最好是不要坐办公室的，不要对着电脑，最好每天在街上走来走去。我最烦对着电脑。"我听得目瞪口呆，只能说："双峰，像你说的这份工作，要么去做快递员"。

很长时间以来，我一直认为阿弟是个平庸无能的孩子，其理想也好，行为举止也好，都应该是随大流的。我哪能想得到，他身上居然也有一种怪咖的气质呢？

阿弟说："我想去考警校，将来是公务员。"我说："考警察很难的吧？要通关系走后门吗?”阿弟说:“上海的情况好一点,我们以前的足球队长就考取了警校,完全靠自己的本事。”我说:“那你就试试看吧。”说实话,我完全没把这件事当真,因为阿弟的人生非常可怕,任何理想和目标,只要他说出来,就必然会落空,简直像是挨了诅咒一样。

与阿弟相比,卢勤勤是个非常上进的女孩。她毕业后曾提出,想住到我们家的老房子里,被我爸妈拒绝了。这主要牵涉到房租金的问题,也意味着我爸妈对她根本不予承认。这个四川女孩和同学合租在一个煤卫合用的小房子里,日子过得相当艰苦,不过她很快就在公司里站稳了脚跟,工资也涨了。女孩颇有些远见,在读大学的时候曾经去一个培训班学过瑜伽,恰逢那几年瑜伽在上海盛行,她便去了一家健身房做起了兼职教练,这样一个月的收入加起来竟有七八千,很快就租了一个两室户的老公寓。那阵子她到我家来吃饭,身上穿的已经是 H&M 和 IT 的衣服了,我送了她一套雅诗兰黛的化妆品,她明显识货,谢了我好几次。

我妈仍是那个不冷不热的态度,私下里对我说:“那么贵的化妆品,给小卢干吗? 惯坏了她,天天跟着双峰使钱吧。”我笑着说:“你也太小看人家了,小姑娘比阿弟能干多了,用不了几年她就能在上海立足的。”我妈叹道:“等她立足了,就看不上双峰喽。”我说:“你倒也有自知之明,知道自己儿子不成器。我看这个小姑娘挺好的,你对她有什么成见呢?”我妈说:“毕竟是穷人家的女孩,到上海来,没有根基的,再能挣钱也不过是表面风光,来一个有钞票的男人,立刻打倒她。我是觉得她心很大,你弟弟根本撑不住她的。”我说:“你这个话倒也有几分道理,再看一阵子吧。”

卢勤勤租了房子,阿弟的好日子来了,白天不去上班,喝醉了躺在女孩家里大睡,我们都以为他在某个公司实习。直到他大学毕业,我爸爸问他转正了没有,他才说:“我早就没工作了,白天我就待在卢勤勤家里。”我爸一时胸闷,便把责任都怪到了卢勤勤头上,说这个女孩勾引得阿弟不思进取。我说:“爸爸,你还是怪自己儿子不争气吧。出去做苦力,你说是人家女孩逼的，在家睡大觉，你又说是人家女孩勾引的。那女孩再坏也坏不到这个地步吧？”那一阵子我换了个男朋友，是外地来沪人员，我妈正一肚子气，便插嘴说：“你们都去找那些外地人吧！”我说：“外地有什么不好的，上海人死了还要埋到外地去呢。”

阿弟大叫：“你们不要再逼我了好不好！”

我大怒，指着他鼻子骂：“一天到晚就是喝酒，不知道自己已经变成饭桶了吗？家里条件不算差，比你穷的孩子都在外面做牛做马，你就躺在爸妈身上啃老吧。白练了你这一身肌肉，没出息的东西！”

阿弟继续大叫：“我一辈子就是活在你们的阴影里！”

我还没来得及讥讽他，我爸爸跳了起来，在一片尖叫中抡起椅子照着阿弟扔了过去。阿弟左支右绌，挡着我爸爸的拳头。爸爸年轻时候在西藏当过兵，虽然五十多岁了，打起阿弟来毫不手软——但这的确是他第一次动手打阿弟。五十岁的爸爸还要靠拳头来教育儿子，看到这幕情景，我眼泪都流了下来。

第二天阿弟肿着脸去一家公司面试，没两句话就被请出去了。

卢勤勤的父母来到了上海。那天卢勤勤要上班，为了面子，阿弟让我开着车，带着他去火车站接人。吃饭的时候聊了聊家常，知道他们都是四川的下岗职工，家境很差，为了供女儿在上海读大学，不仅花光了所有的积蓄，还欠了好几万的债。老夫妻在城里开了一家小吃摊，一个月前被城管踏平，只能来上海投靠卢勤勤。

卢师傅是个木讷的中年人，几乎不说话，只和阿弟对干白酒。卢师母比较健谈，说一会儿话，就笑眯眯地看一眼阿弟，显然是很喜欢他。卢师母说：“小吴，爱吃川菜吗？”阿弟点点头，卢师母说：“那阿姨以后就给你做菜，你常来吃。你放心，阿姨不会白住在家里的，我马上就去超市里找份工作。”我赶紧说：“卢师母您别这么说，这毕竟是卢勤勤的家，和吴双峰没什么关系的，他有什么资格来管你们？”卢师母说：“我很喜欢小吴，很忠厚的，来上海之前我还有点担心呢。”我和阿弟一起讪笑起来。

卢家夫妻来上海时，恰逢我爸爸出国考察，双方也就没能凑在一起吃饭。阿弟一直谋划着这顿饭，我妈保持着足够的警惕。阿弟没办法，把外公外婆骗出来和对方见了一次面，外公已经八十岁了，年纪大的人不会把事情往坏处想，自然是万般皆好。阿弟趁势提出：他要和卢勤勤结婚。外公听了也有点犯难，说：“你才二十三岁就要结婚?”阿弟说：“以前十八岁就可以结婚了嘛。”外公眼珠一转，说：“以前都是父母之命媒妁之言，要不你还是回家和你爸妈商量吧。”阿弟的如意算盘又落空了。外婆忧郁地说：“双峰，你连工作都没有就要娶老婆，在乡下都行不通的啊。”

那一阵子阿弟开始把家里的东西往卢家搬，起初是用不上的钢丝床，然后是柜子里多余的被子枕头，接着是一应油盐酱醋，甚至连自行车都送给了卢勤勤的爸爸，谎称被偷走。有一天我妈做饭找不到菜刀了，问了才知道是阿弟给顺走了。我妈大骂：“要是那把菜刀还在，我隔手就劈了你!”

我看着事态的发展，估计阿弟的婚期不远了，木已成舟了嘛。阿弟是一个擅长把生米煮成夹生饭的人。

没过几天，阿弟灰头土脸出现在我眼前，说：“卢勤勤有别的男人了。”我有点吃惊，同时也觉得没什么好吃惊的，为了安慰阿弟，我就做出很吃惊的样子，问他到底怎么回事。

阿弟说，卢勤勤做得非常隐蔽，他根本没发现。这一点我也承认，以阿弟的情商，要觉察出第三者的难度确实很高。事情是卢师母说出来的，卢师母看来是真心地喜欢阿弟，偷偷告诉他，最近有个男的经常送卢勤勤回家，她晚上在瑜伽馆做兼职，可能是在那儿认识的。阿弟一时气苦，跑到瑜伽馆门口去打埋伏，果然看见一个男的陪着卢勤勤出来。

崩溃的阿弟没能鼓起勇气冲上去，他骑着自行车回到家，说完这件事，把我爸爸珍藏了十多年的特供茅台拆封，自斟自饮喝了个精光，还没醉，又把家里的料酒喝了半瓶，倒在沙发上睡过去了。

那时夜深了，我妈早就睡了，根本不知道有这回事。我对着阿弟烂醉的身体看了半天，心想，等这个家伙醒过来，怕是要把家都给拆了。我决定去找卢勤勤。来到她家门口，开门的是卢师母，她看见我这么晚来，自然也就明白了意思，非常歉意地让我进门。卢勤勤正在打电话，我在屋子里看到了我们家的钢丝床、被褥、挂历、闹钟、拖鞋、菜刀……卢勤勤挂了电话，让卢师母回去睡觉，给我泡了杯茶，我们谈阿弟的事情。

卢勤勤说："姐姐，那个男的只是我的一般朋友。"我说："你不要误会，我并没有兴师问罪的意思。"卢勤勤向我解释，那个男的是她公司的同事，销售部门的主管，平时在这家健身房练跆拳道，看到卢勤勤在教瑜伽，自然觉得奇怪，过来和她搭讪。她不想让公司的人知道自己在做兼职，无可奈何，陪着这个人喝了两次咖啡，接着他便提出送她回家，她也没反对。如此一来二去，两人也熟了。男的自然也有点追求她的意思，只是还没有挑明。末了她说："我觉得自己是做得有点过分了。"

我说："也不能这么说，这种事情谁都会遇到。我只是希望，如果有一天你放弃了我弟弟，请你不要伤害他太厉害。"卢勤勤说："我好喜欢双峰的，就是觉得他太幼稚了，什么事情都靠不上。"我看了看她家里那些物件，叹息说："他已经很努力地让你依靠了。"卢勤勤摇头说："我不是要这些。我压力真的很大，家里欠了很多钱都得我来还，我希望他能有前途，而不是靠自己家里。女人希望自己男人有前途、上进，总没有错吧？"

她一直在摇头，说："他难以依靠，一直一直就像个孩子。也许他真的只适合找一个上海的女孩子，家境也不错的，一辈子没什么艰难。"她又说，"可是奇怪，我喜欢的就是他身上的孩子气。这怎么办呢，好矛盾啊。"

我问卢勤勤："那么，你到底决定怎么办呢？"

卢勤勤说："双峰说要去考警校，我想，无论如何都等他考试以后再作决定吧。"

阿弟和卢勤勤的关系，被这件事维系住了。卢勤勤说她不想因为感情的事情影响阿弟考试，实际上也是想看看阿弟到底能不能够依靠，毕竟警员是公务员待遇，能够做警察，对阿弟这样的人来说已然是前程似锦了。不过，以阿弟这样的情商，我也很难相信他可以去抓坏人。他不要误伤了好人就谢天谢地了。

阿弟说："我一定要考取警校！"

在他考高中、考大学、考四级的时候都有过类似的誓言，结局都不是很妙。我爸妈倒是高兴起来，觉得这次儿子终于要争气了。我爸爸说："你要是考取了警校，我就把我珍藏十年的特供茅台拿出来喝！"打开柜子一看，"哎？茅台呢？"

那一年警校招生，有两百个名额，是历年来最高的，但只招应届生，也就是说阿弟这一次要是考不取，以后就没有机会了。警校考试分为文化考、体能考和面试三项，阿弟的任务就是努力复习功课，努力练身体，另外又给自己配了副隐形眼镜，把脑袋剃成了板寸。阿弟的肌肉又暴胀起来，有几次和我一起出去，把我的闺蜜们都看得有点眼馋。

可是他落榜了。

据说，落榜的原因是阿弟专注于无氧锻炼，浑身肌肉的人固然可以做俯卧撑拉引体向上，但警校的体能考试偏偏是五千米长跑，比的是耐力。阿弟早就知道这一点，奇怪的是他在准备阶段竟荒疏了跑步，莫名其妙地执着于肌肉训练。这确实是他作为怪咖的又一个证明。

世界从五光十色归于黑白。我早就预料到这个结果，但心中仍不免抱有希望。现在我知道，这个黑白的世界，用不了多久也将坍塌了。卢勤勤和阿弟之间是不会长久的。

是阿弟伤害了卢勤勤。有一天他们在一起，为了一件小事争吵起来，阿弟大吼道："你去找那个销售主管吧！"女孩当街甩了阿弟一个耳光，跳上了一辆出租车消失了。

阿弟有一帮大学时代足球队的狐朋狗友，基本上都是些头脑简单四肢发达的东西。这些人给阿弟出馊主意:你发条短信给卢勤勤,说自己有新女朋友了,如果她求你回头,就说明她爱你,如果她不回头,就说明她和销售主管好上了。阿弟这个笨蛋,完全不了解女孩的心思,照着他们说的把短信发过去。半晌,女孩回了一条:那我们分手吧。

分手那天,卢勤勤要求阿弟把新女朋友带给她看看。阿弟没辙,只能把我叫上了一起去。分手的舞台是一处小小的街心公园,高架桥上飞驶着各种车辆,公园里的树叶上沾着灰尘,什么人都没有。卢勤勤的身边站着一个穿运动服的高个子男人,长相甚为平庸,但是看他的表情,俨然自认为是强尼·戴普。我偷偷问阿弟,是不是那个销售主管。阿弟挠头说:"我也忘记那个人长什么样了。"

卢勤勤说:"吴双峰,你怎么没把新女朋友带过来。"阿弟说:"我没有新女朋友,我骗你的。"我心里一凉,知道阿弟又在冒傻气,这种时候怎么可以承认自己说谎呢。果然,卢勤勤做出了失望的表情,说:"那我们今天来干什么呢?"阿弟说:"把话说说清楚,是你先找了别的男人。"卢勤勤说:"吴双峰,你现在让我觉得有点讨厌了。"

阿弟也开始反击,说:"这就是你的新男朋友? 也不过如此嘛。"这个男人把头扭过去,看着高架上的汽车笑了笑。卢勤勤说:"我们还是不要相互伤害了,吴双峰,到此为止吧,就当你从来没有认识我。好吗?"阿弟说:"好。"

居然就这么平淡地,阿弟让卢勤勤走了。那两个人走到花园的出口,阿弟忽然说:"喂,那个男的,要不要打一架?"男的回过头来,看看卢勤勤,又看看我,慢条斯理地说:"有女士在这里,打架很没有教养的。"我摆摆手说:"我无所谓的,你要是可以打架,就过来打呗。"男的说:"那我也不想打,蛮疼的。对了,你不是要考警察吗? 如果因为打架被拘留了,你还怎么考?"阿弟说:"我没考上。"

男的说:"算了,小朋友,靠打架是解决不了问题的,以后你就会知道。"

我嘲笑道:“他又不是来解决问题的,打过了才知道有没有问题需要解决。”这个男人看了我一眼,到底还是没有被我激起来,揽着卢勤勤走了。

回家的路上,阿弟说:“姐姐,我以为你会劝架呢。”我恶狠狠地说:“我盼着你被跆拳道踢死。”

这一天晚上阿弟忽然大哭起来。全家惊醒,爬起来劝他。劝到最后,家里二老全都撑不住了,打电话叫我回家。我来了,阿弟说要找我单独谈心。我以为他要反省人生,不料他说:“姐姐,我心里难过死了。分手前的一个礼拜,我去了卢勤勤家里,那天我们做了六次。”我吓了一跳,说:“真的有六次?”阿弟说:“她抱住我说,要和我做到把这辈子的都做完。”我叹息道:“你究竟知不知道卢勤勤心里在想什么呢?”阿弟说:“不知道。”过了一会儿,我还是忍不住问:“妈的,你真的一天做了六次?没吃药?”阿弟说:“我干吗要吃药啊,我身体好得很。”我骂道:“真的会做死的!”心想到底是从小割过包皮的,天赋异禀啊,以后不愁找不到女人。

阿弟说,卢勤勤把她的第一次给了他,至今想来,都觉得她肯定会嫁给他,不料中途生变,内心非常难过。我劝他:“其实也没什么,你的第一次也是给了她,彼此并不亏欠什么。”阿弟说:“我的第一次,给的不是她,是高中时的那个大眼睛女生。”我差点又被他气昏过去,问他:“那是什么时候?”阿弟说:“高一的暑假。”我在心里算了一下,那一年我读大二,也是在暑假里有了第一次,我比阿弟大五岁,竟然在同一年里有了第一次。我越想越气,骂道:“你怎么小小年纪就干这个?你活该!哭死你这个笨蛋吧。”

和卢勤勤分手后,阿弟被几个足球队的撺掇了,打算开个小店。那几个男孩也没找到正经工作,天天在一起鬼混。其中有一个人,认识一个开奶茶店的,所谓的加盟连锁店,店主要去外地发展,想把奶茶店盘出去,这伙人就去接盘了。

阿弟和家里商量了一下。我爸爸觉得,再这么混下去,这孩子就废了,出了血本让阿弟做大股东,投资了八万块钱,盘下了一个宽度不足一米的小门面。原先的店主走了，阿弟他们去进货才发现，这店主还欠着总店好几万的货款，这钱必须由阿弟来还，否则就取消他的加盟权，我爸妈再次吐血，生意还没做呢，就赔进去了几万块钱。

奶茶是阿弟的绰号，如今奶茶卖奶茶，大家都觉得很般配。开张以后我去了一次，阿弟的小店有声有色，正对面是个公共汽车站，客流量不成问题，阿弟亲手给我做的奶茶也比街上的好喝。看着他在柜台后面娴熟地操作着，收款，找钱，我终于有了一丝安慰，阿弟啊阿弟，但愿这是一个好的开始吧。我开着车回家，很自然地观察了一下，发现在一公里的街面上至少有十家奶茶店，我的心轰的一声又掉进了海底。

毫无疑问，店亏本了，每个月不多不少亏五千。尽管阿弟认真地工作，尽管他在大雨滂沱的日子送奶茶摔烂了自行车，尽管他不惜成本用最好的原料，尽管他每天早上九点到晚上十点都守在店里，但是，在一个竞争的世界里（或者仅仅是街面上），这一切都不足以让他获得成功。成功的因素并不取决于你是否努力。那阵子股票大涨，我妈往股市砸钱还来不及，每个月倒要倒贴给阿弟五千，已然没有了脾气。

有一天阿弟独自坐在店里，黄昏的阳光照着街道，他看到卢勤勤出现在眼前。卢勤勤说："一杯奶茶，不要加珍珠。"她也认出了他。卢勤勤说："吴双峰，你现在在奶茶店打工吗？"阿弟说："我自己是老板。"他看到卢勤勤穿着一件紫色的防辐射服。

卢勤勤说："我怀孕啦。"

阿弟说："你和销售主管结婚了吗？"

卢勤勤说："没有啦，我已经辞职了，和一个台湾人在一起。我就住在这附近，居然不知道你也在这里。"

阿弟说："你怀孕了，不要喝奶茶，对身体不好的。"

那天阿弟骑着自行车把卢勤勤送回了家，确实不远，以后卢勤勤可以常来看他。临分手时，卢勤勤说："双峰，我在你人生最错误的时候认识了你,真是运气坏透了。”阿弟沉默,卢勤勤伤感地说:“你记住了,我是你遇到的最好的女孩,你是我遇到的最糟糕的男人。”就这样,阿弟惘然地看着她缓缓走进了楼里。他骑着自行车回到奶茶店,想了想,拔掉了所有的电源,拉下了卷帘门,宣告奶茶店破产。

阿弟再也没有见到过卢勤勤。

此后,家里托了关系,让阿弟在一个Loft做后勤保障,这份工作相对比较安逸,也不用对着电脑,只需要对着主管的臭脸就可以了。有几个女孩子在追求阿弟,都是上海本地的。我对阿弟说,适当的也可以找一个了,毕竟他也二十四岁了。阿弟说:“等我考上了警校再说吧。”我奇怪,怎么还有警校可考,阿弟说世博会马上就要举办,这次不仅招应届生,还招去年的毕业生。名额比较多,机会仅此一次。吃饭时,外婆忧郁地说:“双峰,这次要把嘴巴并拢啊,上次你就是因为嘴巴没并拢所以被淘汰的。”

为了这次考试,阿弟做了充分的准备,戒了酒,每天复习功课,跑步健身,并且在眼科医院动了个手术,彻底解决了近视眼的问题。家里对他已然不抱希望,本着死马当活马医的心态由着他去。倒是我能感觉到,阿弟的霉运好像走到尽头了。

他顺利地通过了体检、文化考和面试,最后一关是跑步,依旧是五千米。以阿弟当时的水平,五千米轻松达标,不成问题。

那天我陪着阿弟去了考场,他有点紧张,我说:“告诉你一件事,我刚和男朋友分手。”阿弟说:“啊,你都快三十了,这样子下去就变成剩女了。”我说:“所以你看,这世界还是不公平,像我这么优秀的女人居然嫁不出去,你这个家伙混得这么惨,还是有女孩子追求你。”阿弟说:“上海男人么就是吃香。”

在做准备的时候,阿弟从包里拿出了一双成色很旧的跑鞋。我说:“我送给你这么多好鞋都不穿。”阿弟说:“这是卢勤勤以前送给我的,分手以后我一直都没穿,以后也不会再穿了。”我说:“好吧,你好好跑,这次要是输了就没下回了，你只能去考城管。”阿弟说：“我才不要做城管。我跑个第一名给你看。”我说：“你只要达标就够了，小心别摔了自己。”

在他走上起跑线的时候，他又回过头来对我说：“我真的跑第一给你看。”

天上下起了细雨。二十个男的在跑道上移动。阿弟在人群中，有时看得见，有时看不见。领跑的是一个细瘦个子的男孩，看身材明显是跑步的料子，比阿弟那臃肿的肌肉男匀称而轻捷。有一对中年夫妇站在我身边，是那男孩的家长，他们操着南汇地区的上海乡下口音，非常兴奋地说：“建国这次要拿第一名了！”

南汇男孩跑得像一头羚羊，在细雨中，他逐渐甩开了后面的人，他的姿势非常好看，跑过我们身边的时候，还不忘记朝他的父母挥挥手。而阿弟神情严肃，脸上沾满了雨水，他甚至都没有看我一眼。

半程以后，我发现阿弟跟在南汇男孩身后五米，而其余的人已经被甩出去小半圈了。我忍不住喊道：“你要好好跑！加油！”阿弟的身影掠过了我的眼前。雨下得有点大了。我看着他在雨中奔跑，好像是把人生中所有的遗憾都扔到了远处。我对着他的背影喊道：“阿弟，你给我跑个第一出来！”亲爱的弟弟，世界是很简单的，只要你跑得够快够远，对吗？

冲刺阶段，阿弟紧跟在南汇男孩的身后。我们等待着这最后的时刻。在距离终点还有十米处，南汇男孩狂叫：“姆妈！伲考取了！伲考第一！”与此同时，阿弟超过了他。

我已经看不清阿弟脸上的表情。

——原载《收获》2010年第6期

张悦然

# 一千零一个夜晚

# 1

那个孩子出生于凌晨一点。分娩的过程非常艰难。我的身体一直在反抗，箍紧盆骨像一道铁门，将婴儿关在里面。我一点都不希望将它生下来。

可它还是如异物一样被取了出去。医生尚未提起剪刀，脐带自己就断了，那孩子急不可待地摆脱了我。

我的身体忽然变得很轻，轻得好像空空的茧壳。它的使命已经完成，可以被丢弃了。那一刻我想到圣母玛利亚，我在心中呼唤着她，这位与我同病相怜的女神。她将耶稣生下来的时候，是否也曾这样失落？上帝借用她的身体将神带到人间。这一次，他借用了我的身体，带来的是魔鬼。

## 2

去年七月，在郊外废弃的厂房里，我第一次看到杜仲。他正蹲在堆满古董家具的屋子当中，用卷尺测量一只黄花梨条案的长宽。一张树根色的窄脸，穿着难看的条纹短袖衬衫，宽大的袖管中飘散出汗液的臭味。黑乎乎的脚趾从廉价的沙滩凉鞋中伸出来，指甲里塞满污垢。他看起来很失败，事实上也的确如此。不过，我可以感觉到他的重量，那具身体里不知道塞的是什么，满满当当的，密不透风，看着令人几乎窒息。当他站起来的时候，我发现他很矮，却沉实得犹如一枚秤砣。

“你是来取紫檀桌的吗？右边第一间，里面有人。”他头也不抬地说。后来他告诉我，他眼睛的余光瞥见一双穿着黑色细带凉鞋的女孩的脚，涂着血红的蔻丹，完全无法想象这个年轻的女人能够与自己产生什么关联。所以，他没有抬起眼睛看我。他已经过了喜欢看女人的年龄，大半辈子的生活教会他一个道理：不要总是盯着不属于自己的东西看，那样只会越看越眼红。

我告诉他，我不是来取家具的。他没有再说什么。夏日响亮的蝉声包围了四周，午后毒辣的太阳堵在门口，半空中涌动着飞蛾与尘埃。我躲在一小片孤岛形状的阴影里，驻守着一点虚伪的矜持。

那个时候，我父亲正在隔壁的房间里向他的朋友展示他最近买下的几件家具。由于年代久远，残缺在所难免，所以先搬到这里让工人做些修补。他得意地谈着自己的收藏心得，十万块买的柜子现在可以卖二百万，我已经听得生厌，就丢开他们，一个人四处闲逛。走到这间屋子门前的时候，空气忽然变得紧绷。推门进来看到他，知道他应该就是杜仲。我听到自己轻轻地叹了一口气。原本打算攒起来的最后一点青春，看来又要被挥霍掉了。

我走出来的时候，父亲和他的朋友已经站在院子当中。他们还要赶往另外一个地方，我显得很累，表示不想再跟他们去。父亲善解人意地让我留在这里，说傍晚的时候会来接我，大家一起吃晚饭。然后他们急匆匆地离开了。我本以为他会和杜仲打一声招呼，不过，他显然忘记了这个人的存在。

那天中午，我和杜仲他们一起吃饭。工人们不好意思再裸着上身，都套上了汗衫，说话也格外小心翼翼。有人告诉他，我是我父亲的女儿，他才抬起头正式看了我一眼。我的目光早就等候在那里，令他微微一怔。他从前应当是个很解风情的男人，随着衰老渐渐荒废了那些心思。吃过饭，他从书包里掏出一包骆驼，点了一根被揉搓得皱皱巴巴的香烟，叼在油津津的紫色双唇中间。他的那只斜挎式的书包看起来非常滑稽，鸭血色的硬防雨绸质料上，写着一串流畅的英文字母，却是“力量”二字的汉语拼音。我在心里暗暗地想，如果叶澎知道我打算勾搭一个这样的男人，会是什么反应。

我想起父亲提起的那套很稀有的签具，就让一个工人取来给我看一看。雕刻精细的签筒里，盛着一把乌木制成的木签，细薄狭长的一小片，上面写着的却是沉甸甸的命运。我双手捧着它轻轻地摇着，木签发出一阵齐刷刷的声音。他在一旁看着我，流露出某种期待。

“你相信算命这回事吗?”我停下来，转过头去问他。

“我没怎么算过。”他说，“有一次，倒是让一个算命的给看过，他们都说他算得准。结果他盯着我看了半天，什么都没说，转身走了。看来我的命把他吓到了。”他干干地笑起来。或许是缺少门牙的缘故，他笑起来会走样，看上去还以为是个痛苦的表情。

“我会算命，”我紧紧地盯住他的眼睛，“能知道发生在你身上的每一件事。”

“用这个算？”他指着我手上的竹筒。

“不是，用别的。”我语焉不详地回答。

“哦？”他做出一副很感兴趣的样子，“那你能帮我算一算吗？”

“可以，不过今天不行。”

我的内心并不像看上去那么平静。事实上，我比他更盼望给他算命。他的命运比他这个人更有魅力。

## 3

杜仲原本并不是做木工的。不过，也很难说清楚他原本到底是做什么的，他什么都做，可又好像都不是原本就应该做的。他就是那么一个不恰当的人，来到世上几十年，还没有找到一个合适的位置，却已经太老了。老到没有力气再寻找，便只好仰靠一些施舍过活。他这方面的运气倒是很不错，就要山穷水尽的时候，竟然神奇地与一位故人重逢了。那天倘若不是因为下暴雨，司机在来机场的路上撞了车，我父亲几乎没可能搭出租车，然而不可思议的是，在这座城市数以万计的出租车中，我父亲拦下的却正是他开的这一辆。他先认出了我父亲，但没有做声，在某个非常漫长的红灯路口，他忍不住转过头来，对着我父亲笑了一下，喊出他的名字。他咧开嘴的时候，露出一个空荡荡的口腔，两颗门牙都没有了，我父亲猛然认出来，心里却为这么多年他都没有镶上假牙而感到惊异。

总有那么一些人，因为太过悲惨的命运而成为一个传奇。杜仲与我父亲从记事起就彼此认识，在同一幢楼里住过十几年。成年后虽然没有来往，但彼此还是听到过一些有关对方的消息。少年时代的杜仲，在围棋方面表现出来的天赋，足以证明他的聪明才智，令我父亲自愧弗如。不过这位近乎天才的童年好友，好像没有交过一天的好运，相反我父亲却顺风顺水，是时代机遇的出色捕手。三十年后的重逢，看着眼前落魄的杜仲，我的父亲大概体会到一种前所未有的满足和欣慰。或许是希望延长这种愉悦的情绪，他萌生了收留杜仲的念头。至少，我敢肯定不是出于怜悯。我的父亲是个以冷酷见长的商人，从不轻易动用他的同情心。不管怎么说，这是他极为罕见的一个错误决定，那个雷电交加的夜晚，或许是天气干扰了他的心智。当然，一路上他们的确谈得很愉快，说起许多往事，两个人都是感慨万千。开到目的地，父亲付过车资，然后问他，你愿意来我这里做事吗?

杜仲说愿意。既没有千恩万谢，也没有假意推托，这些年他不断接纳施舍，练就一副不卑不亢的态度，知道怎么让施主们施舍得高兴。但他表示自己不想继续做司机。“我年龄大了，前列腺总出毛病，没办法一泡尿憋很长时间。”

父亲答应下来，但他的初衷的确是让他来公司开车，恰好有个接送客人的商务车司机上星期离职。除此之外，似乎也没什么合适他的职位。父亲的公司之所以做得成功，很大程度上得益于他的“六亲不认”，朋友，亲戚，各路关系都被挡在公司的门外，眼下自然也不会为了一个三十年没来往的人破例。最终，父亲想到这个古董家具厂。近年来，他花了很多时间在收藏古董上，后来也就索性做起与之相关的生意，修复和仿制古董家具，规模日渐扩大，前些日子租下这片废弃厂房，将工人们迁了过来。于是，杜仲被安置在这里做个小头目，虽然不必亲自刨木头，整日也还是在飞满锯末刨花和毒蚊子的破厂房里干苦力。我父亲来看过他一次,到附近的餐馆吃了顿饭,还下了两局围棋。问他在这里还习惯吗,他说很好。显然,这不是心里话,有点忍辱负重的意味。他也不知道自己为什么要留下来,似乎在等待着什么微茫的机会。直到我出现,这一切才变得明晰。

## 4

隔了几日我又来,替父亲取一只修好的插屏。走的时候,杜仲送我出来,将东西搬上车。又是一天里最热的时候,阳光像煮沸的油一样泼溅在车子上。我没有立刻走,他也没有马上回去,我们陷入有一点暧昧的僵局里。幸而我想起前日他提到附近有个水库,就说想去看一看。我们朝着浓密的树林深处走去。穿过树林就是水库,但我们只走到一半。我建议在这里坐一会儿。

我们坐下。然后躺下。他剥开了我。

像夏天午后下起的雷阵雨。

雨后的天空,看起来非常纯洁。

当杜仲从我的身体上爬下来的时候,英雄般的光环很快散去,他变得干瘪,萎缩,像那根湿答答的阴茎。他坐在一旁闷闷不乐地抽烟,看起来有些懊恼:

“你爸要是知道了,还不宰了我?我本来还打算待在他这儿养老呢。”

“我有一些钱。”我支起身体,移过去,用双手揽住他。

“压岁钱吗?”他苦笑了一下。

“我还可以从他那里再骗到一些钱。”

“说得轻巧，”他不信服地摇了摇头，“你爸可是老奸巨猾。”

“没错，”我说，“我正好遗传了他的这个优点。”

我并不打算骗父亲的钱，这样说只是抚慰他罢了。我很害怕失去他，至少现在还不想。事实上，这些年攒下的零花钱，也足够将他笼络在身边一阵子了。

我的话让他安心了一些，紧绷的神经变得松弛。他感到异常困乏，便重新躺下来，陷入短暂的睡眠。

他平躺在那里，像一条肮脏的河流。他是那种和过去相处得不太和睦的人，记忆在他的脑袋里化脓，散发出一股腥臭的气味。然而，那些肥美的鱼、鲜嫩的牡蛎总是生长在又脏又臭的河沟里。

当我们做爱的时候，我也剥开了他。剥开那层被岁月腌渍成酱菜色的皮肤，进入他的胸腔。他的肺叶上布满尼古丁的黑斑点，看起来像一只梅花鹿。心脏是一颗硕大的瘤，涨满了血垢和脓汁。我摩挲着它那光滑而透明的表面，一点点揩下泌出的毒液，正如女巫启动了她的水晶球。

我会算命，用身体。

## 5

在性方面，我拥有一种特殊的天赋。或许是天赋，也可能是诅咒，没有人知道。

十八岁那年，我第一次与男人做爱，发现了这种天赋。恹恹的夏日里，我和一个男人爬到一座办公楼的天台上。那个男人是同学的表哥，我们只是一起打过两次台球。他在那座办公楼里上班，但没有一间独自的办公室，在这个欲火中烧的午后，一刻也不能等地拉起我顺着梯子爬上九楼的天台。我躺在滚烫的水泥板上，猜想自己大概就要融化了。一股烧焦的化学气味从背后弥散开，令我想要呕吐。可是，男人用舌头塞住了我的嘴巴。然后，他塞住了我的身体。突如其来的锐痛，在瞬刹的肃静里，宛如一根针掉在地上。可是很快的，它就被身下涌上来的热浪吞没。日后我怎么也想不起这根针掉在了哪里。

明晃晃的太阳照得我昏昏欲睡。正想合上眼睛，面前却忽然出现不可思议的景象。天哪！我竟然看见这个男人正在与另外一个女人做爱。女人的面容很清晰。她已经不年轻了，但脸上还有那么一点勉强的姿色，汗水弄花了浓黑的眼妆，使她看起来很脏。

起先，我还以为自己变成了这个女人，或是这个女人替代了自己，可是很快，我发现眼前出现的似乎是另一时空里发生的事。那是完全不同的场景：一个狭小的房间，只有一张咯吱咯吱作响的大床，旁边的那盏细杆落地灯也跟着摇晃，昏暗的灯光像是偷腥的猫，拨弄着落在地板上的丁字裤，纤细的蕾丝花边犹如一根邪恶的老鼠尾巴。甚至还能闻到浓郁的香水中混杂着一股潮霉的气味。事毕，他们一起洗澡。男人穿好衣服，从长裤口袋里掏出钱，拉过女人，塞在她的胸罩里。男人走下幽仄而黑暗的楼梯，来到艳阳高照的室外。然后穿过两条马路，进了一间小饭馆。在那里，他吃下一大碗牛肉面。画面不断变换，像快进的录像带。我试着闭上眼睛，却依然能够看到。好像有一台电视机悬挂在头顶，怎么也关不掉。直到他从我的身体里离开，一切才戛然而止。

后来我知道那些画面不是凭空的幻觉，而是千真万确的存在。能够那么快洞悉其中的玄奥，必须感谢这个在办公室做小职员的男人。他平庸，现实，甚至有些猥琐，却独有一项美德，那就是诚实。他并不总是那么诚实，只因为从一开始就知道这不过是一段露水情缘，我不可能与他恋爱。既然没有未来，也就不必处心积虑地掩饰自己，两个人反而能够坦诚相待。他无所顾忌地谈起自己从前的女朋友以及在性方面的经验。前者少得可怜，后者却蔚为壮观——他有丰富的嫖妓经验。我饶有兴趣地询问，他也就慷慨地都讲出来。我惊异地发现，某些细节与我所看到的幻象完全一致。昏暗的房间，画着浓妆的女人，原来那些都是他曾经历过的。我怀着好奇又与他做过几次爱，每次眼前都会出现不同的场景。唯一相同的是，这个毫无魅力可言的男主角。就好像在观看关于他的纪录片，冗长，沉闷，琐碎。一路回溯到他大学毕业那年的夏天，才终于有一点故事：他和三五个同学在学校门外的大排档喝啤酒，吃毛豆和丝螺。他可能有点想搞对面坐着的那个扎着马尾，额头上长满青春痘的女孩，不过心里并不是很确定是否真的喜欢她。如此微弱的，游移不定的感情，在他的世界里或许已经算得上跌宕起伏。所有的故事情节，都平淡得像死人的心电图。我很快失去了耐心。九月来临，我不辞而别，拖着皮箱跳上火车，前往另外一座城市的大学报到。站在军训的新生队列里，与那些喜欢大惊小怪的娇弱的处女们一起，迎着毒辣的太阳，粗粝的迷彩服摩挲着皮肤，摩挲着那个柔软而濡湿的地方，我感到前所未有的空虚。一扇门已经打开，风景从虚掩的门缝里探出头来，向我招手，我们的游戏还没有做完，才刚刚开始。

那几年，我一度放纵自己，与不同的男人尝试，检验自己的天赋是否总是存在。答案是肯定的。身体里好像有一台精密的仪器，每当男人探入进来，它的马达就会开启，伸出不计其数的触角，阅读残留在他们皮肤上的往事。它们具有无法抗拒的诱惑力。我看到他们从前的样子，看到他们是如何由从前的样子变成现在的样子。我看到他们的失意和辉煌，卑鄙与高尚。他们最希望展现的，他们最需要遮掩的，都在我的眼前暴露无遗。我看到，不管我是否想要看到。这可怕的天赋，令人感到不安和恐惧。可是在最初的时间里，我还来不及体会它究竟有多么危险，就已经被兴奋的情绪彻底攻陷。

我喜欢跌宕起伏的，爱恨交织的记忆。有些用世俗眼光来看很出色的男人，他们的记忆却相当无趣，乏味得像一张荣誉履历表。反倒是另外一些看起来微不足道的小人物，记忆比小说更加跌宕起伏。多么可怕，我好像根本不是在和一具身体做爱，而是和一堆散落的故事做爱。我在和记忆做爱，在和逝去的时间做爱。

“我们活在二维世界里，历史被封堵，失去了时间的纵深感。所以，我们看起来薄得像一张纸片。”叶滂这样说。他没有我的“天赋”，也不知道它的存在，却和我的想法完全一样，真是不可思议。在造访了他的记忆之后，我发现一切都是如此熟悉，就好像走进一间曾经生活过的屋子。“选择那个能够给你‘家’的感觉的男人一起生活”，女性时尚杂志这样告诫女读者，在它们给出的各种意见中，这是唯一被我采纳的一条。叶滂是听从了谁的意见我不知道，不过我们选择彼此，因为都相信这是一件正确的事。年龄相当，样貌般配，又是门当户对，双方的父母都很满意。我们相处得很自在，就像待在自己家里一样。不过，消极和懒惰的生活态度变得更加严重。两个人都没有工作，也不想去找，似乎打算靠父母养一辈子。

杜仲出现的时候，我和叶滂已经在一起四年。我们虽然亲密，却并非无间。我总是觉得我们会忽然分开，那并不是一件很困难的事，两个人虽然是相爱的，却缺乏牢固的黏合力。这种黏合力或许是欲望。叶滂对做爱不感兴趣。他并没有什么障碍或者缺陷，倘若他愿意，完全可以表现得很出色。可惜这件事能为他带来的欢愉极为有限，仅有的一些，已经在对着电脑屏幕上的 AV 女优手淫的青春期用完了。自上大学开始，他的身边就从不缺少女孩，他和那些女孩也从不缺少有关性的研究和讨论。三十岁不到，性的神秘感已经消失殆尽。女孩的身体就像自己的身体一样熟悉。其实，我周围有许多人和叶滂一样，男孩女孩都有，他们对性的摄入量很低，就像那些患上精神性厌食症的模特儿。

好在那种诡异的天赋拯救了我的欲望，让我没有变得和他们一样。没有欲望，也就没有生趣。叶澎就是这样。他需要更强烈的刺激，所以一直寄希望于战争或是世界末日的到来。他是向死而生的人。比英雄和烈士更加向死而生。英雄和烈士还需要谋求死亡的意义，不免有些功利，而叶澎的死亡不需要意义，来得更加纯粹。当然，这些都是在叶澎死后我才想到的，似乎是一种对他的追认。

## 6

那个夏天，快得好像飞快旋转的陀螺。我报名参加了一个法语学习班，课程安排在每天下午。我一节课也没有上过，上课的时候，我都在郊外的那间厂房里。

我和杜仲，我们在古老的柜子、椅子、桌案之间穿梭，在结满蛛丝网的角落里交合。他有意延长了序曲的时间，并且显现出一种与自己极不相称的温柔。可是温柔依然套在那件馊酸的宽袖衬衫里，依然踩着像咧嘴癞蛤蟆一样的凉鞋，看起来有多么滑稽。他以为他是谁呢？他肯定以为我爱上他了，因此获得了许多自信。他卖力地亲吻着我的脖颈和耳垂，留下一道热烘烘的口水。很恶心，当然。可是必须承认，他身上的饥饿感，那种恶狠狠的气息，非常吸引我。他的饥饿感，是在过去那个性压抑的时代打在他身上的烙印。不管现在他如何饕餮也没办法消去。就像叶澎再也找不到欲望一样，杜仲怎么也没办法失去欲望。

当他操控我的时候，那种欢乐和满足，就好像操控了全世界。一个穷途末路的男人，以女人的身体作为最后的也是唯一的舞台，上演着哈姆雷特式的复仇剧。他有太多想要杀死的叔父了，遇到的每一个人都是。他们侮辱了他，夺走了他的东西，迫使他对他们俯首称臣。

11 岁那年，他的父亲被打死在牛棚里。同一天，他们敲掉了他的两颗门牙，好像有意要教会他以牙还牙的道理。值得说明的是，在他的记忆里，我父亲可不是什么好货色。在他父亲出事的时候，我父亲和别的孩子一块儿奚落他，嘲笑他。

13 岁那年，母亲带着妹妹仓皇改嫁，留下了他，因为他太大了，又一脸凶狠，继父觉得自己没办法将他驯养起来了。他和祖父一起过。祖父不久就瘫痪在床上，墙上钟表的指针都比他的移动幅度要大。他喂他吃饭，帮他端屎端尿，对着他大声吼叫。

15 岁那年，祖父终于死了，他竟然有一点难过，就好像自己饲养的宠物死了那样。

18 岁那年，他下乡。喜欢上一个叫惠玲的女孩，并且鼓起勇气给她写了一封信。惠玲犹豫了一番，做出明智的选择，将信交到公社的支部书记手里。在那封信中，人们不仅读出了蠢蠢欲动的情欲，还读出了他不正确的政治立场。他被送去采石场劳改。

21 岁那年，他因为得了肝炎而提前释放，大队不愿意再接收他，他就回到城里。祖父的房子被姑母一家占了，他就在院子里搭了一间简易的木棚。

22 岁那年，他进了街道上的麻袋加工厂。每天缝麻袋，然后拉着板车将它们送到棉花仓库。

23 岁那年，街道工厂关了，他整天游逛着，间或接一点散活。住在同一幢楼上的小莉从乡下返城。这是离他最近的姑娘，他于是与她谈恋爱。

26 岁那年，他们结婚。小莉家好容易攒了一点钱，打了几件水曲柳的家具。

27 岁那年，儿子小雷出世。

28 岁那年，他南下，跟着几个朋友走私香烟。赚到第一笔钱。接下来，生意做得风生水起。他买了彩电、冰箱、摩托车。生平第一次穿上西装，还镶上了缺失的门牙。

32 岁那年，他与合伙的朋友发生内讧。几个朋友一起打压他，让他专门负责最危险的运送环节。半年后，运送的卡车在途中被警察拦截。他被逮捕入狱，毫不犹豫地供出同谋。

33 岁那年，小莉很坚决地提出离婚，很快带着小雷改嫁。他在牢里和人打架，假牙脱落。

36 岁那年，他刑满释放。在朋友开的小饭馆里帮忙。后来因为调戏老板娘被赶走。

38 岁那年，他学会驾驶，开一辆小面包车帮海鲜酒楼运送水产品。小赚一点钱，勉强够抽烟，喝酒，嫖廉价的妓女。

42 岁那年，和一个寡妇同居，三个月后，寡妇卷着他微不足道的积蓄跑掉了。

46 岁那年，意外与惠玲重逢。惠玲因歉疚而接济他。他花了很大的精力，终于将她勾引到手。从此，惠玲常常背着丈夫与他偷情。

47 岁那年，他逼迫惠玲离婚。惠玲不肯。他独自去见惠玲的丈夫，将他们的事告诉他。惠玲一家被闹得鸡飞狗跳，她终于和丈夫离婚，想要投奔他的时候，被他拒绝。他本以为自己终于报了仇，然而过了不久，惠玲和她的丈夫竟然又复婚了。

50 岁那年，他为一间公司开车，因为偷窃被开除。后来转为开出租车，直到遇见我父亲。他认为我父亲收留他是为了羞辱他。如果可以，他希望找个机会将我父亲弄个人仰马翻。

与惠玲重逢的一段，无疑是故事的高潮。她在他多年的性幻想中担纲主角。劳改的那几年，他的寄托是出来后向她复仇。这些令我想到米兰昆德拉的小说《玩笑》。政治与性的碰撞，蹿起可怕的欲望火苗。他与她做爱的时候，狠狠地打她，掐她的脖子，让她背诵当年的那封信。他们假装是躺在当年的草垛里幽会，假装被人发现，赤身裸体暴露在大庭广众之下，假装他们在众目睽睽下继续做爱……我好像就躲在围观的人群里看着他们。

但他们的疯狂将我卷了进去。我和惠玲重叠在一起，我变成了她。我和她一起叫喊着，哭泣着，窒息，休克。他抽搐着将仇恨射进我的身体里，我们一起抵达了极乐。

应该就是在那时，我被命中了。那个孩子被栽种在我的子宫里。

# 7

那个孩子像个阴谋，长得无声无息。我没有任何身体反应地度过三个月，才去医院检查。而后我使用药物流产，以为已经将它打掉了。后来发现它竟然还在，却为时已晚。医生们都说，他们从来没有见过如此结实的胚胎。

我不得不将它生下来。

当时，我害怕极了，只想找个人来分担。当然，这个人是叶澎。我对他撒谎，自己怀了他的孩子，现在只能生下来了。

他惊恐地看着我，好像我的肚皮里装着的是一颗地雷。我知道他不喜欢孩子。一个喜欢世界末日的人，怎么会喜欢孩子呢？可是我没有想到，孩子对他来说，简直就是世界末日。

他从十九楼上跳下来。“我没有办法承担这份责任。”这是他留给我的遗言。可是，这难道不是我想对他说的话吗？我再次为我们的默契而感到惊异。或许要过一些年，我想起他才会感到很悲伤。没准儿记忆可以充当胶水，牢牢地将我们粘在一起，亲密无间。

办完他的丧事，他的父母来看望我，为他们儿子的懦弱向我道歉，乞求我能够给他们照顾我和孩子的机会。我父亲替我答允了。“如果不让他们花些精力和钱，我们可实在太亏了。”我那做商人的父亲说。

从此，我得到了“双倍”的照顾，我被他们无微不至地软禁起来。我再也没有见过杜仲，也没有想念过他。故事说尽了，他也就没有了存在的意义，就像《一千零一夜》的故事里讲的那样。故事里那位暴戾的国王，一定过着和我一样空虚的生活。他不要面前这位属于自己的美人，却只想听一个别人的故事。他不要价值千金的春宵一刻，却只想短暂地逃逸出此时此地。他必须脱离他自己，才有可能寻找到一丝生趣。

# 8

当我将那个孩子生出来的时候，身体里空荡荡的。杜仲就像消失在地平线上的一艘帆船，载着他的故事走向茫茫大海。

医生将紫薯色的婴儿包裹起来。他做得很吃力，因为它重得好似铅球。是个男孩。他们抱过来给我看。我鼓起勇气看了他一眼。

他忽然张开嘴巴哭起来。我分明看到，他光滑的口腔正中，立着两颗糯米大小的门牙，闪着狡黠的光芒。

——原载《作家》2010 年第 8 期

徐敏霞

# 湘行散记

# 顾早早

铁锈色破富康抛在太平圩山坳的一户自留地里了，冲散了一群鸡鸭。

天黑前必须赶回家，于是铁英也未及还价，给了司机一百五十块。司机说："我其实赚不了许多，空车过马田的时候还要准备一部分遭抢呢。"

铁英露出不屑的神色："你们郴州人什么时候变得那么逊了？"但那司机一脸的老实无赖到底："是逊是逊，没有办法。"铁英一边恼恨这位同乡的气短，一边也不得不对乱世提高了警惕，日后带顾早早在马田转车，他满身挂着行李买票候车，总不放心让顾早早站在一处守行李等他，非要她跟紧了一处颠，恨不能将早早系在裤腰上。还叫她别随便拿出手机来招惹贼手。当手机还属于奢侈品的时候，南方流传着这样关于"砍手党"的段子：某甲手上的机子被抢了，先大叫"我的手机啊"，低头一看，又大叫"我的手啊"。

午后才下完雨，山路黏得起腻。铁英看早早脚上的头层牛皮靴子直说可惜，还有三十分钟山路，这鞋要全毁了。

顾早早的额头上已布满涔涔汗珠，这还是在腊月里。湘南雨后放晴的潮热空气，使胸腔内壁积满了水珠，仿佛没有出头之日。早在多年前莅临了首都朱自清的荷塘月色原址之后，顾早早就对纸面上、耳朵里的景色不屑一顾了，纵然铁英把家乡说得再好，于冷静的她看来，还是不得不做好最极端的坏打算。这一招还颇有效，一车程的荒山和间或的青砖绿瓦房就已经能让她开怀，拨云见日的黄昏的蓝天也让人添了乐观。

小径上远远来了一个精干的平头农村青年，遥遥朝他们招手。待到近前，铁英介绍说："这是二姐夫呢。"

二姐夫爽利地说："你好，小顾。"伸出右手。顾早早跟他有力地握握，觉得他手势松松的，农村人如今也很现代，很官方。二姐夫接过顾早早手里的行李，摘下她背上的背包，递了把长柄伞给她。"一个山头一个天气。"身上东挂一件西挂一件，脑门上还缚了一件，竟神奇地空出一双手，从左耳朵上摘下一支烟，让铁英，铁英没有推辞，也没有看一眼早早，征询意见，接手放鼻子底下嗅嗅说："金白沙，还真是过年了。"随即夹在左耳朵上。

二姐夫又从右耳朵上摘下烟，点着了，吸一口说："其实我抽着这跟金白沙也没两样。"说着从裤兜里掏出一个超薄彩屏手机，嗒嗒摁一气，贴着耳朵说："妈呀，人都接着了。"

铁英让顾早早也打回家报个平安，顾早早玩笑着别扭："才不呢，见了手机祖宗，我的破玩意儿怎么好意思出来献丑啊。"

二姐夫打趣说："大城市的人怎么会用破手机呢？再说丑媳妇总要见公婆的。"

顾早早拄着长柄伞，乍看就是个外来客。铁英见了姐夫以后，也把旅行袋的搭襻缚在脑门上，袋身甩到后背，立刻成了乡里人，他在逛街时疲疲沓沓的步伐陡然在泥地上变得轻快起来，一个不留意就把早早甩在了后头。顾早早看他变形的罗圈腿说："你那个'O'足足可以夹个球。"

铁英说："就你那'内八'也只好跟我一起凑个 XO。"

姐夫并不明白他们的打趣，说："等你们动身回去的时候，这一路上就该都是桃花了。"这样的意境倒着实引顾早早多看了两眼，添了几分向往。

铁英却不合时宜地瞥了她一记说："恐怕我们也住不了那么久。"

二姐夫说："过年么，可以多住些日子，是因为小顾听不懂我们的话觉得没意思才急着走吗？"

早早说："我觉得挺有意思，我也能听懂你们的话，我不急着走。"但她那双套在毛裤里的腿好像全然被灌了铅了，原本以为山头的茅房子就是家，可站在上头，眼前又是一片新原野。腿上是累的，心里却长长舒了一口气，她还真是有些惧怕小茅房子就是家呢。

二姐夫说："小顾，你老家哪里？"

早早感到古怪："打我爷爷起就一直在城里住，好像说不上什么老家，也没有什么外头来的亲戚走动。"

铁英一叉腰："啊哟，真是可怜哪！今天算便宜你给你个家乡啦。"复又虚虚地往远处一指，"看见我家了吗？也就是你家。"天际线处重重叠叠的山岭。

"你们村还挺大呀。"顾早早眼前的水田边就是彩瓷黄瓦的华丽人家，远处被雾气笼罩着更多的炊烟。

铁英不屑地一撇嘴："我们岭上才是核心村，这些都是卫星村。"他很骄傲，也很不以为然，"这是我妈面上的什么亲戚家，三十万在村口上造这么个公共厕所，说养老呢，想学城里样儿，没学像，村里人也不欣赏。"

"我看挺好，至少能让人看出富裕来。你们的风言风语全都是嫉妒。"

一路总有同族的兄弟、媳妇跟铁英招呼。铁英就摘下耳朵上的烟同别人交换："最舍得的是过年抽红塔山，遇到在县里当官儿的，就能有中华，可是再遇到人，你再舍不得也得换出去，寒碜最没意思。”

再走半小时，又开始爬坡，泥路却改了青石板，房屋渐密，都是镶着绿窗的两层黑瓦房，很难描述墙体的颜色，大抵是红的，但可能常常因为造到一半儿砖接不上，就会有青砖或灰砖杂在其中，好像没怎么大穿的衣服就上了补丁。铁英指一处拆了一半儿的土屋说：“这是我家老房子，老大还生在这儿的呢。”

“我看还是土房子好，有点儿古意。砖房太丑了，椽子都没排齐，屋檐是不直的，像我掌握透视原理之前画出来的东西。”

核心村有点驳铁英的面子，终没有亮出点核心的姿态来，顾早早也就见到几个妇孺挑衣服上山。

二姐夫说：“如果一家子都在广东打工，过年也就不回来了。”

顾早早倒要好心替铁英沮丧，他对家乡的印象甚至还停留在社戏时代：宗祠有好几进，初一第二进的戏台上有外来的班子唱花鼓戏。他通常年三十舍不得睡，要陪父母守岁到夜半，千万不能错过爆竹声中一岁除，不然就要悔恨一年。所以早上就起得晚，赶不上看宗祠里的大戏，跑着追着山脊上投射的云影子，紧赶慢赶到宗祠门与两口古井间的空地上，看众人团团围着他爸爸，听这个老兵在部队时学来的几段京剧。没有电视，课堂上老师用方言授课，于是他就听不懂爸爸在唱些什么，但看他右手抬左手按，吹胡子瞪眼的模样，铁英就先叫一声好。然后是一个同族习武的老堂兄带他们一干小男孩打拳，终了齐刷刷直直倒下，要鲤鱼打挺起来比划一个收势。同龄小孩里只有铁英能翻身挺起马步站住，那是寒假开始，爸爸每晚督促他练习的成果。再然后要舞龙舞狮。中午各自散回家吃饭，下午，一家子男人一伙女人一伙向相反方向出门挨家拜年，男人拜男人的，女人拜女人的，不到天黑不回家。初二出远门给长辈请安问好，妈妈还要趟着冬雨结下的泥泞回娘家。

与铁英外貌十分相像的二姐已经迎到离家百米外，臂弯里是个食不停的胖“肉团”。她对顾早早羞涩地笑笑，见面应当她先不好意思似的，然后责备丈夫应该把所有的行李全部承担下才是。把“肉团”交到弟弟手里，“肉团”也不在意，吃完手里的饼干就哇哇哭了。

铁英说：“看看，让你别生那么密，自己瘦得没人形了。”厌恶外甥一样，把他交还给二姐。

二姐抓起“肉团”的手拍铁英，嘴里说：“舅舅坏，打舅舅。”

转到一片平坦的场地上，就是铁英家了。公公急忙丢了手中的烟头，跟顾早早很官方地握了手，返身进屋拿出“一千响”。顾早早很顺嘴地叫了一声“爸爸”，可惜这声“爸爸”淹没在鞭炮声中了。山上没有出门的人家，都有人站到门廊上探头张望。客堂的正门还没有开，他们从偏房的侧门入，门楹上有新贴上的红纸，说的是“出入平安”。婆婆已经打开电视柜的橱门，端出各种零食满满放了一桌子。顾早早叫“妈妈”，婆婆给她大红包。大姐带着健硕的女儿可子从里间出来，亲热地拉顾早早坐下。可子听说要叫“舅母”，一溜烟儿就跑到山上没影儿了。

二姐从上头家里拿来了自己的干净外套，逼顾早早从头到脚换了一身；婆婆找出一对新绒线拖鞋，拿污泥里拔起来的小牛皮鞋放到水龙头下冲去了；大姐嫌老二的衣服丑，要在顾早早的棉衣外面加上自己的新西装。天黑时候，可子回家看见新舅母头上还戴一顶墨绿的圈圈绒帽子，笑得在太师椅上打滚，舅舅打了她两下屁股才委屈地停止。

顾早早拍拍肚皮说饿，婆婆煮了一碗米粉，添上荷包蛋同烟熏猪杂，叫她垫垫饥。乡间的晚饭要八点吃，年夜饭更要待到央视春晚的第一支歌舞开始。

# 睫毛

睫毛醒来时天已经黑了，妈妈不在身边，她咧开嘴就哭，眼泪霎时流了一脖子。可子姐姐进来看了她一眼，手里拿着果冻。她伸手，啊啊。姐姐用小调羹喂了她一口，小调羹的柄上镂空出一个笑脸，不是自家的旧物，她忘记了干嚎又啊啊地要调羹。姐姐不给，返身绕过大橱到客厅去了，和大人们作一堆。睫毛哭凄惨了。

妈妈抱着“肉团”和大姨陪一个女子进来，那女子说：“睫毛长得真好看哪。”

睫毛听懂了就不哭了，瞪着水眼睛朝女子侧过，仰脸一笑，旋即又若无其事低下去。妈妈说：“叫舅母。”

睫毛就叫“舅母”，这舅母白白的，笑眯眯，就像调羹柄上的笑脸。舅舅人未进来，声音先进来：“睫毛笑一个，睫毛眼睛最好看。”

舅母说：“睫毛笑起来眼睛里都是忧郁之气。”大家都没听懂，也就没有人接上这句话。睫毛朝她看看，想她还不是家里人呢。

大姨要抱睫毛起来，睫毛拧着，要妈妈抱，伸手抓脱“肉团”的鞋。妈妈把“肉团”放下，抱起睫毛，“肉团”又哭了，大姨给了“肉团”一块糖吃。睫毛牢牢抱住妈妈的脖子，牢牢挂在妈妈身上。

舅母说：“睫毛怎么那么小啊，一点也不像个姐姐。”

妈妈说：“睫毛才二十斤哪，她什么都不吃，只要抱；她弟弟倒有十九斤啊。”

舅舅说："叫你别生那么密啦。"

大姨说："'肉团'还非得生下来不可，不然白罚三千块。我叫老二大着肚子了不要到处乱晃荡，她非要到县城里瞎逛，被搞计生的抓住了不是，看手里还抱着一个，一张罚单，没有二话。"

妈妈边踱步边抖抖手里的睫毛，睫毛咯咯笑起来。"弟弟给我打电话叫我别在家自己生，要定期去医院检查，我才去的。"

舅母眨着无知的小眼睛："两个农业户口不是可以生二胎吗?"

大姨说："不是没领证么。这里不兴这个，不领证也没听说有男人敢不承认的。我和老刘手续齐全，只生了可子一个，可家里还是给计生办的抄了，罚不出钱就捞走了老头老太两袋化肥两袋谷子。"

睫毛听见了可子的名字，就朝客厅大叫："姐姐，姐姐啊。"

可子跑进来，舅母冲她一笑，她又逃开了。

舅舅右脚脱了鞋子，一脚踏在床上，拳头攥得紧紧的："凭什么啊!"

大姨说："嘿，他们说两口子打工在外头，头胎又是女的，早晚得超生，早也是罚，晚也是罚。我怀可子的时候，在县城火车站等车去广东，遇见计生办的，先要结婚证看。我们没带在身上，他们二话不说就开罚条，不肯给钱，就威胁说要打胎。哈哈，把老刘急得，都快给人跪下了。后来把我扣了一夜，老刘赶回老家拿了结婚证才罢的。所以老二啊，你们带孩子出门，别忘记把证带上，罚死你。"

睫毛把头钻到妈妈怀里。大姨羞她："两岁半了还要吃奶啊，打屁股啊。"

舅舅说："人家没吃够就被断了奶要怀弟弟呗。老二，我们也不要自己生了，你把睫毛送给我吧。我总觉得睫毛是我们家的，'肉团'是姐夫家的，跟我一点没关系。"

妈妈说："嘿嘿，你自己还是罚款罚出来的呢。你的话让爸爸妈妈听见又该不高兴了，还是争取生个儿子吧。睫毛要不要跟舅舅去啊，要不要去城里啊？妈妈不要你了好吧?”睫毛嘟着嘴又被唬哭了，一手勾着妈妈的脖子，一手拍打舅舅。这回连妈妈哄她的好话也没有用了。

电视上闹哄哄的，可子姐姐百看不厌的猴子、老猪这会儿也不演了。晚饭时外婆的甜酒糟用夺来的笑脸调羹美美地吃了半碗，辣蓬蓬臭烘烘咸津津的霉豆腐消灭掉一大块，睫毛就什么都不吃了。舅舅说：“胃不给她看好了，就什么都不吃，不吃身体就不好。恶性循环。”

爸爸说：“胃先不看了，她总是身上痒，有钱了要先看皮肤科。”

妈妈说：“弟弟上次讲给我的硫磺皂很不错。但冬天一点不敢给她洗澡，一脱衣服就感冒了。”

可子姐姐还在专心地添自己的第三碗饭，睫毛摇摇晃晃走来走去，感到大人世界里作为一个小孩的无聊。大堂屋里几个竹篮下的小油鸡，吃饱了要睡，睫毛跑过去大喊一声，吓得鸡惊叫。外头的爆竹忽然响起，惊得她肩膀一耸。后头的洗澡间平白滚出一个皮球，睫毛好奇地摸索过去，有两只大手把她提溜起来，她被吓破了胆，还没来得及哭，见是舅舅又咯咯咯咯笑死了，挣扎着下地。

舅舅牵着她的手走到楼梯拐角，睫毛先警惕地大叫一声“啊”，拐角并没有埋伏着人，自己庆幸地笑一阵；到了二楼的拐角又先发制人叫一声“啊”，惹得舅舅哈哈大笑。亮堂堂的二楼上，舅母一个人站在晒台上，看见他们说：“快来看星星哦。”

睫毛甩开舅舅的手，嗒嗒嗒嗒走过去，扒着围栏，朝上看。听见了楼底下说话的声音，又撑住围栏踮起脚，认真地说：“爸爸，星星啊!”爸爸的怀里抱着“肉团”，抬头看了看她，又跟外公讲话去了。

“姐姐，姐姐，星星啊!”

可子姐姐抱着饭碗出门去看，又仰头跟睫毛说：“看什么星星啊，山那边在放焰火啦。你莫要掉下来啊。”

睫毛紧紧拉住舅母的手急急忙忙要下楼和姐姐同看焰火。忽然灯一灭,屋子整个儿黑了。睫毛以为是舅舅的玩笑,一个人嘻嘻直笑。舅舅说:"啊呀,断电了。一定是变电站的电线被刮断了。"

"今天修不了了吧?"舅母说。

"要是一直下雨,真难说什么时候能修好。"

"那春晚看不成了? 饭还有得吃吗?"

舅舅背睫毛下楼的时候,可子姐姐已经在用手里的蜡烛给其他每个房间都点上一根。妈妈手里的"肉团"又睡着了,爸爸打着手电来捉她。睫毛绕着前屋后屋团团转,碰到大姨手里,大姨说:"跟我睡,还是跟妈妈睡啊?现在就交给你爸爸,交给你爸爸。"睫毛乐呵呵往边上一躲,撞在从边门走进的可子姐姐身上,蜡烛油摇一摇洒了两人各自一手。可子姐姐也顾不了手上的疼,重重拍打大哭的睫毛:"叫你别闹你还闹!"

大人们赶来,抢着给两人涂酱油。外婆用笑脸调羹引睫毛,好叫她不要哭。可子姐姐一把夺过:"这是我的,我妈妈给我买的。"

外婆拍落她手上的调羹说:"给妹妹玩怎么啦? 你妈妈买的……外婆给你买了那么多东西,是为了让你不懂事的吗?"

可子姐姐说:"她才不是我妹妹,她是小姨生的,不是我妈妈生的。"大姨喝住她,她就扑到大姨怀里大哭了。

睫毛感到手上持续地热,迷糊间爸爸举着一口缝被针,在蜡烛火焰上捋了一捋,挑破了她手背上的大水囊。妈妈好像跟爸爸争了两句,爸爸赌气夹着睫毛抹黑回山上头自己家去了。睫毛哭累了头很重,手上越来越热,眼皮却耷拉地抬不起来了。

# 老刘

初一早上七点的样子，天还没全亮，站在自家大门口刷牙的堂房的大嫂看见老刘背上挂着两口蛇皮袋打雾气里走出来，进了村，手里还提着被缚住脚的一公一母两只隔年新的鸡。大嫂说:“公鸡还没叫呢，你就来孝敬岳父啦？袋子里都是些什么宝贝？”

老刘笑而不答，脚底下加快些。他真怕遇见君英娘家这些面熟陌生的亲戚，那么多年都无法认全此嫂彼嫂，此哥彼哥。岳父说他笨也无所谓，来这里也不过为了君英，其他的事情想通了便觉得没什么要紧。

正要走上青石板山道，看见一个桃红袄子桃红棉裤的小姑娘，迎面走来，身量有十岁那么高，红红的脸，翘着两支蓬乱的小辫儿，眼睛肿肿的。“可子！”他放下鸡和蛇皮袋，蹲下身子，伸手要抱她。可子一扭腰，从他右边大步走过。老刘转身又叫了两次，可子反而加快脚步跑了。老刘心里纳闷，想去追她，但又想想小孩子能有什么大事呢，还是不要耽误了君英嘱咐的事情，快到岳父家为是。

家里人还都没有起床，岳母披着褂子给他开了门，把屋里睡着的都叫起来。水池里放满了新鲜泉水，老刘把一口蛇皮袋里的东西哗啦啦倒进去。就听见小舅子老也浑厚不起来的声音:“啊呀，沙肉子！沙肉子！顾早早，你要吃的螺蛳来了。”

一个城里姑娘头上插着把梳子就跑出来，看见老刘笑了笑，跑到有镜子的客厅梳完头，再出来主动跟他握握手，叫他一声“姐夫”。老刘说:“家里没有水果吃，我带来了我们老家的柑子，你可以尝尝。”

两座大橱作为一个隔断，把会客的客厅和主人睡觉的卧室分开。房子大归大，真正常用的其实也只有这一间。老刘绕到卧室里，一张床上空了，另一张床上君英还在蒙头大睡。他叫了她两声，她没有应，他掀开被子就要钻到被窝里，君英翻身将他推倒在另一张床上说：“有病！来那么早。”

老刘闷闷地说：“我四点出门，才刚走到。你明知道我早起还不让我补个觉。”

“你见到可子了吗？她现在像十岁孩子那么高吧！”

老刘这才想起来：“你们都还没起床，叫她到村口去买什么？”

君英一脸狐疑，翻身到外面叫“妈”。老刘只得听见岳母说：“犯起犟来真跟老刘没两样，不要惯她。”

早饭后，小姨两口子带着孩子到下面来。岳母打开了堂屋前的正门，把鸡都轰出去，点燃了一把长香，三炷三炷分给晚辈，给祖宗磕头进香。老刘偷偷跟君英嘀咕：“你今年还跟我回去不？你也有几年没给刘家的祖宗进香哩。”

君英说：“我一年才见可子一次，不能离开她，有本事你把她也哄回去。”

老刘就沉默了。

天空里轰隆隆滚着春雷，又暗下来，是孕育一场大雨的情形。老刘看君英坐立不安就说一起去找可子，铁英和小顾也换了套鞋说同去，还带了相机，他们是当做了游玩呢。君英让他们挑一担子脏衣服，顺便到对面山上去洗。

老刘上一次见可子的时候，她还小得可以坐到洗衣桶里挑起来就走，陡然脱胎变大真是很强烈的陌生感。岳母的责难总是这样的规律：凡一切懂事的品质，上山扯笋挑野菜、打水添饭都是她的教导；凡一切不合心意的拧劲儿，必是外乡老刘家的怪脾气。所以可子对他的形同陌路，竟好像是从胎里带出的古怪，是他自作自受罢了。君英对此从不辩解，有时明知他听见了非议也不怕他多心，对于他，永远是稳操胜券的模样。家里的父母是很想念可子的，君英却说他们是想诱她回去给他们生孙子罢了。她是绝不会再生，不管男女她只要一个，供她上大学，她的弟弟就是由母亲带大上的大学，可子自然也可以的。尽管可子长得如此像他，老刘和她还是生分的，不习惯做个父亲似的，连呵斥的话也不知道应当哪个字先发出。

河滩上，可子独个捞塘里的小鱼玩儿。君英说："你也真是独脾气，别的崽子呢？"

可子昨夜哭的肿眼泡宛然还在，她说："他们讲我姓刘，跟村里人不一样。"

君英说："那叫你改村里的姓你可愿意？"

可子依旧捞她的小鱼玩儿，并不搭理你们。

"可子啊，爸爸拿桶子挑你上山好不好？我们到泉眼那儿洗衣服，你去不去？"

可子站起身子来，爽快地说："我上山扯笋子去，你挑不动我哩。"

小顾举着相机诱她："可子，跟爸爸妈妈一起照张相吧。"

可子拉妈妈走进一片油菜地，摘了一大朵油菜花以避免去拉老刘的手。老刘别别扭扭杵在镜头里，好像一个路人甲。

山上的泉眼因为出水处是狭窄的石缝，又借着山势的落差，形成一缕不小的瀑布。从村子到这里徒步十五分钟的路程，好些妇女来洗衣。村里对饮用水和其他生活用水有严格的区分，家里喝的水来自另一处水源，是用管道通往家家户户的。这里的水因为借着瀑布的力道，可以作洗涤用。当然有时依赖这条泉水活命的下游村庄如果吃出浓重的洗衣粉味儿来，就少不了一场群架。

洗衣是女人的事，君英是断不肯要老刘帮忙的，遂指挥他站在山石上，自己下到水里,洗干净一件,就丢给老刘拧干。换了个山头的缘故,现在站在老刘的位子,可以看见村子那边被整片乌云笼罩,并且头顶的乌云还在快速向村庄上空聚拢,这里的日头反劲道起来,人的身上就腾起一股潮热。劳动中的君英有着难得的好脾气,而拧干衣服也正是老刘他可以胜任的本领,所以他们就有了一时半刻的和谐,这和谐在心里又化做了某种柔情。君英最后从桶里掏出了一只苹果,洗净后叫他掰成两爿。他自己吃着的时候发现君英并不吃,左转右转地又在找可子了。

可子和铁英、小顾在下方的半山腰里扯竹笋。因为南方潮热,年又来得晚了,一些小指粗的鸡婆笋已经破土而出,多长在险峻山石缝隙的黄土中。可子扯得很认真专注,有时听见她向舅母炫耀自己的战果,但因为不好意思叫“舅母”便成了声情并茂的自言自语。因为讥笑舅母连火柴棒粗的小笋也要扯,她执意要攀到一块旁逸斜出的山石上开辟新战场打一个表演赛。大人们竭力阻止,并不起作用。她趁你们转身的工夫就会开始她的行动。

君英用扁担戳戳老刘的胸膛,示意他去接应可子。但貌似已经有些晚,可子的小套鞋一打滑,抱住山石跌了一跤,爬不起也下不来了。老刘大声问可子:“爸爸抱你下来好不好?”

“不好。”可子紧张地低头向下,突然就胆小到连回头朝他看一眼也不敢。

“为啥不好?”

“你又不是我爸爸。”

“不是你爸爸我是谁?”

这下可子也忍不住笑了,回头说:“你是老刘。”老刘却并不在她的视野里,早从身后提起了她。

“啊哟可子,你是属猪的吗? 那么重啊?”

可子一边蹬腿一边说:“老刘你放我下来。”

"你叫爸爸就放你下地。"

可子涨红了脸死活不叫,眼看被老刘夹着下地无望,又哭了,她是连刚才跌跤都没有哭的。

铁英说:"该不该揍一顿啊,一点规矩也没有了。"

老刘还没有来得及感到悲观,就被一种无聊的情绪淹没了,因为君英的半个苹果已经塞到可子嘴里,可子尝到了甜味知道是她妈,便不哭了。

他们在溪边的青石上坐到村子那里大雨下完,乌云散尽。老刘看他们作一堆说笑,自己有点茫然。

铁英腾地站起来:"不行,我肚子瘪了,再不回去要饿趴下了。"

小顾说:"整天标榜湖南人如何骁勇善战,怎么有点肚饿就一脸熊样。"

铁英并不理她,只问可子:"爸爸从家里带来了沙肉子你可要吃?"

可子拉着她舅舅的手说:"快走快走,吃沙肉子去。"

老刘感到有人推了自己一把。君英说:"把桶挑上,回吧。"

家里其他的男人都不怎么能喝酒。岳母热好的一壶烧酒就统统指着老刘一个人喝完。早晨带来的公鸡已经被杀掉,跟木耳一起炖出一大碗。岳父同小顾说,那是特为给她做的一个不辣的菜,也是她一个人的任务。小顾说,她很爱吃辣菜,这碗鸡请大家一起解决。岳父先发制人,夹给她一个鸡腿再说。

可子小碗里的满满一碗沙肉子,转眼已全部化为空壳。她把空壳尽数倒在门外场地上,引鸡子们纷纷跑来吸肚肠。老刘又给她拨了一碗,看她在沙肉子屁股上一吸,又在头上一吸,有节奏地吃着,惊叹她五岁已经非常能吃辣。可子发现老刘在看她,嘴里叼着一个沙肉子,报以金刚怒目,还惯性地往里一吸,生生连壳吞下一个。老刘大笑,可子急得大叫:"外婆外婆,沙肉子,沙肉子。"

岳母正穿梭于厨房和客厅不得闲,敷衍她说:"屙屎的时候自然会屙出。”

可子开天辟地以来头一次无心吃饭，乖乖到茅厕蹲着去了。待大家酒足饭饱脑满肠肥时，她握着根长树枝，一脸沮丧地进屋说：“外婆，我拨过了，没有。”又焦虑地哭起来了。

# 顾早早

公公从电视柜里拿出顾早早送他的红塔山和中南海，各拆出几包，分给铁英一些，又问大姐夫去不去。大姐夫摇摇头，公公笑着说：“你也真是直接，连推说自己喝醉也不会。”他和铁英便出门拜年去了。

顾早早在此地还是第一次跟铁英分开，觉得特别不自在。大姐说：“马上有人会来请妈妈跟你去她家做客喝水。”

婆婆因为在长途电话里关照铁英、早早，现在家乡的世道很不好，千万要穿素色不惹眼的衣服回家。所以早早就从里到外一片土黄色。显然，此刻婆婆又觉得对过节来说这样的色彩、这样的陈旧太过随意了。从大橱里取出一件崭新的尚未剪去吊牌的酡红色呢大衣，要顾早早穿上。

大姐说：“嗨，去年爸爸给你买的，还藏得这样好。”

婆婆说：“去年得来的时候年也过了，独个在家我穿它干吗呀。早早穿上正合适。”婆婆端详了顾早早一下，表示满意，又从兜里掏出一个心形红丝绒盒子，说：“把这个也戴上吧。”

其实矮子顾早早穿这件大衣身量上很不合适，像挂在太小的衣架上了，两片垫肩毫不相干地耸起来，好比挑了一副担。盒子里是一枚 18K 金的花戒，顾早早道了谢，戴在左手无名指上。戒指也有些大了，她只能微微勾着指头。

果然不多时就有邻居的妇女来相邀。邻居也让大姐去，大姐推辞，因为她现在只是这家出嫁的女儿，便也不会被强求。顾早早老实地跟在婆婆身后，给大姐做了个鬼脸。大姐悄悄嘱咐说："千万少吃少喝。"顾早早因为害怕大衣长得拖地，特为提着衣角走路，添了点庄重和贵气。

虽说大家是近乡邻，房屋的建材上也差不多，没有更广泛的选择。但瞅仔细了还有细节上的讲究不讲究之分。这家的外墙新近全用白涂料刷一遍，盖住了墙砖的斑驳。那是主人大嫂子为了迎接会回家过年的某个参军的儿子而花了一千块钱搞成的。屋内狭小些但非常整洁，从地上的土砖而不是铁英家平整的水门汀看，他们的房子是在老房子基础上修整的，可能境遇在本村也不算好。

主人大嫂子给婆婆和早早倒上金银花茶，特为在早早的茶里放上一勺白糖，怕她吃不来原茶的清苦。柜子里的各色糖果，自家做的一些面粉、糯米的油果子放了一桌，怕寡味似的又从后屋坛子里挖了一大块铺满碎辣椒的霉豆腐。大嫂子并不坐下，而是去别的屋里叫来了一个女子，向顾早早婆媳介绍。

婆婆艰难地用普通话给早早翻译：这是大嫂子家新娶的儿媳，儿子上周刚放假回家时媒婆给说的上山村的玲玲。

新娘子没有经过郑重的仪式，甚至双方的父母兄弟打工在外并没有到齐，也同新郎还夹生着，所以比顾早早要忸怩得多。她来自别的村落，还不是这房主人的角色，但又已不被婆婆当成客。

两位做婆婆的各自夸了自家儿媳老实。添了一次茶，主人大嫂还要再添，被婆婆推辞。婆婆起身要走了，那婆媳就顺道把他们送上山来，还要更往上些请别家的婆媳。正遇见二姐同她的婆婆出门，二姐指着那新媳妇说："你不是上山村的玲玲吗？"

新媳妇涨红了脸，但又征得了婆婆的首肯，兴奋地先邀请了二姐婆媳去她家。

根本还没有踏进自己门，村口嫡嫡亲亲的堂房大嫂已经半路杀出，要她们去喝水。婆婆说她的千年老腰久坐不适，要回家劳碌劳碌，不如请大嫂到自己家喝水。这大嫂也爽直泼辣，两手一拍说："那我乐意得很，正想去婶子那里吃早早带来的城里糖果。"

大姐和姐夫不知哪里去了，留可子一个人在客厅里数牌玩儿。大嫂子说："可子，堂舅在家夸你识字快呢？下学期你在这头村里上学还是回家去上学？"

可子听说堂舅，因为堂舅是她学前班的老师，也不管是夸奖还是数落，先吓跑了再说。

大人笑了一阵。嫂子眼睛往早早身上一溜说："早早的这身衣服一定不是自己家里穿来的，现在年轻人哪里还有不讲曲线美的，谁穿那么宽的大衣啊。你们看我的。"她穿了灰黑相拼的千鸟格收腰短外套，里头是黑色高领套头衫，珠片兰花图案爬了半身，黑色的窄腿裤下面，是一双尖头小皮鞋，"城里人穿咱们乡里乡气的东西干吗？我还指望今天能开开眼呢。"

早早笑笑："大嫂，你一路上山，鞋子倒没一点脏。"

"你大哥哥开摩托绕路把我送上山的，在这里可不敢穿好皮鞋跑来跑去。我跟你说，我们现在也很少在村里住，学区在太平圩上给了我们新房子，你明天也跟我们去耍耍？"

婆婆说："她第一次来，还有好多亲戚要见，以后再耍。你吃这个，早早带来的，这个味道最好。"那是一根灌满糖浆的美国士力架。铁英出发前大采购时跟早早说："我可跟你打好预防针，南方人讲话最直，你可别怪他们批评你买的糖不如村口小店里的好吃。"

果然，大嫂说："我吃了这几种，只有这个还甜到了。城里人是要减肥吧，特舍不得放糖。婶子你以后要是去城里给他们带孩子，一定住不惯。"

婆婆说:“他们才不要我带哩,现在都请别人带。”

早早假装不好意思听,溜出客厅,还听见大嫂子笑话了她一句。她溜到卧室里,卧室空空荡荡的,只是靠墙有一张床,墙上贴着一模一样的两个胖娃娃。昨晚她跟铁英开玩笑说,这娃娃怎么是斗鸡眼。铁英说什么眼都不重要,重要的这是男孩。早早掏出钢笔来,说:“我在这里添两个圈儿强调一下如何?”

铁英说:“做人要厚道,何必那么刻薄呢。”

听说墙面四壁都是为了迎接她的到来,婆婆在年前新刷的,白茫茫一片更显得屋里的空。但因为是朝北房间,终年阴湿,涂料还是难免无情地括起来,满墙气泡。也没有地方坐,屋里黑黑地看不了书,早早只好脱了外套,猪头般再闷头睡一觉。冷不防地,在被窝里踢到一个人。

“你怎么也回来啦?”

“几年没见都话不投机了,没劲。其实村里也没多少户回来过年的,昨天夜里你可听见几家点鞭炮的?一忽儿就走完一圈了,这不一包烟还没递完呢。爸爸遇到一家有牌局的,就打发我回来了。”

“大姐他们呢?”

“肯定也像我们一样无聊,黑乎乎地在哪间屋里躺着呢。”

“你大姐夫叫刘什么?”

“啊哟,我只知道他叫老刘,可不知道他叫刘什么,我妈都未必知道。”

“吃吃睡睡也不是事儿,我们还是出去玩吧,你不是标榜这里自古就吃野茶油的吗?带我去看看油茶树吧。”

铁英没搭话,翻身向里。早早掰他肩膀,他没好气地说:“不去了,没啥好看的。入春了山上都是湿毒。”

“统统都是吹牛。你说的好事我一件都没看到。”

“我说你住不长吧……别说你,家里的人也都等不完十五就要走的。

山上我去过了，树都被烧了，没啥可看的了。”

顾早早默然了，伸手想拍拍他脸安慰一下，触手竟然是热的眼泪了。

## 睫毛

呜咽了睡，睡醒了呜咽，呜咽完又睡。睫毛只听见耳朵外头一会儿是人声一会儿是鸡叫，翻身向左，有时能拍到“肉团”的脸，有时又拍不到。她竭力地哭两声，却连自己也听不见自己的声音。右手背上火辣辣地烧到浑身都起了燎泡似的。

一忽儿听见父母说话。

妈妈说：“这样的热度，要送到镇上去打吊针。”

爸爸说：“我去村口买消炎药就好，初一哪有班车去镇上。睫毛实在难养，反而‘肉团’不是来向父母讨债的。”

一忽儿又听见父母吵架。

妈妈说：“这是吃感冒的药，不是消炎退烧的药，怎么买点药都这么难呢。”

爸爸说：“感冒也要消炎，先吃这个，吃完我再换一种买。”

妈妈说：“弟弟说药不能乱吃。不行，我还是得带睫毛去看医生。”

爸爸说：“老是弟弟弟弟，他读过大学就什么都对？他小时候什么东西不往嘴里塞，什么毒没中过，哪有那么多钱看医生。”

妈妈没有再出声，走到睫毛近前，抱起她出了门。睫毛脸上刮过一阵舒适的冷风，但并未多久，冷风就被扑面的炉炭味取代了。

外婆说："赤脚医生去年死了，村里再没一个懂看病的。我给你去买退烧药，一会儿再拿草木灰给她敷一敷。你说可子也烫了，怎么一点事儿没有，今天还上山玩了呢？"

妈妈说："睫毛先天弱，都是我身体还没调养好就怀了。我爸也真是雷厉风行，说要把我嫁了就嫁了。弟弟上次回来还怪我，怎么连他也不告诉。"

外婆说："他是指着你嫁在村里好给他养老送终，我也想你在跟前，好照看着你不受欺负。你大姐和弟弟都结婚在外面，指望不上的。"

一忽儿，爸爸进门来，说："喝水的奶瓶我带来了，多喝水能退烧。"

妈妈说："过了今天烧不退，你怎么都要给我找车去镇上看医生，别心疼你手里那两张臭钱。"

爸爸说："不是你的钱你当然不心疼。"

外婆说："什么意思，你的钱不是她的钱？"

爸爸说："我的钱都是去年辛苦给你们的生意跑腿挣的，她没给我搭手，也没出去打工，有她什么份儿。"

外婆说："白眼狼！她在家给你生了儿子呢。"

睫毛终于"哇"地哭出声来，大人震惊下，停止了争辩，又是找奶瓶给她喝水，又是换冷毛巾敷头的。

忽然睫毛恍惚眼前一阵亮，耳朵也充盈起来，电视机里又是歌唱又是说笑。昨夜被风刮下的电线又被风刮回去搭上了。躲在屋里睡觉的人都纷纷起床，每个人都在她额头上摸了一把。有一个软软的胖手是睫毛熟悉的，她甚至还似是而非地叫了一声："姐姐。"

大姨才刚还不知道有什么高兴的事情哼着小调，突然心急火燎地叫起来："老刘早上带来的母鸡呢？"

妈妈说："在外头散着还没有家来吧。"

外婆说："不会，新来的鸡不认得路，我没解开它脚上的绳，还在竹篮子下面罩着呢。”

大姨说：“我看了竹篮子，发现没有就这样一说的。”

妈妈把睫毛往爸爸怀里一送，说：“我下山去找，大姐姐夫上山去找，妈妈屋前屋后盯着。”

外头敲打面盆底的声音响起来，远了又近，近了又远。爸爸喂了睫毛很多开水，又把她放到里屋床上。离了人，她本想无助地大哭，可子姐姐悄悄溜进来，脱了她的袜子，挠了她的脚底。她痒痒得咯咯咯咯笑起来。

# 老刘

客厅的灯亮了，越过大橱顶光透进来。电视机出了声，也有很多人讲话，老刘独听见岳母干咳了两记。君英推他：“快起来了吧。”

老刘说：“那我晚上还睡这儿。”

君英说：“你说像话么，我们和爸爸妈妈同睡一间房？你还是睡西头，堆化肥的那间，喔。”

老刘说：“那你晚上也睡西头去，别老让我跟化肥睡。”

“我要在这里跟可子睡，明天我跟你回家，又不知道多久能见她。”

起床后出了鸡跑掉的事儿。老刘难免又附带被责怪出门前没把鸡喂扎实，害它急着出去找野食。老刘料到总有这样那样的话说，心情正好着也就不申辩，还主动打了手电，带上伞，拉扯君英上山。

山上都是焦糊味儿，君英懒懒散散对找鸡的事情并不上心，东翻西翻找一种叫“泡”的浆果。她似乎也不很迫切地要老刘戴罪立功。她有点过于不在乎他在她家里人心里的形象了，好在多时候他也不大在乎。既然鸡已经奉命送到，且是借花献佛并非岳父岳母自己享用，那老刘的寻找就显得是道义而不是责任了。

君英并没有翻到浆果，有点沮丧地用手里的竹枝抽打新冒出的猪草。“小时候，要是打猪草一路上吃不到‘泡’呢，心里就要很怨，觉得这一趟全是为父母干的。”

老刘说：“男的要比你们女的好一些，什么花花草草的茎都可以剥开硬皮尝一尝芯子，挑出甜的来，以后专拣这个吃。”

“可子放在这里养着，你别怨我。我爸爸妈妈久不种地也不养猪，可子就不用像我一样要帮家里做很多事，可以一门心思读书。我爸说开春他带可子去广州，我们打我们的工，他想办法让孩子在那里借读。”

老刘好像又没了发言权。君英对未来有她自己的完美规划，在那些规划里，他化做“我们”中那个含糊的“们”，甚至都不能很肯定那就是他自己了，而去掉了君英那个“我”，他这个“们”难免就什么都不是。

小姨做事有点可怕的较真劲儿，这是相比之下君英可爱一些的地方。听说她在下山的青石板阶梯下，看到母鸡嵌在石缝里瑟瑟发抖，就趁势把面盆底敲得震天响，鸡惊得扑腾起来，一头栽到河滩上致残了。

岳母看它瘟不瘟死不死，怕保不住，要老刘烧了锅开水，斩立决。可子双手叉腰凛然不怕的样子，就在一旁看他开膛破肚，抽筋剥皮。老刘说：“你来拔毛敢不敢？”

可子捋起袖子就说敢，反让老刘惊诧地看她。她有点焦急肯干的勇武性格，很难说一定像君英或者老刘中的某一个，活着的或者死去的可子的祖先有很多，她应该就是那种粉身碎骨浑不怕的山野气。

# 顾早早

上午雨，下午晴，过年大抵就是这样了。将军岭和神岭在水汽迷雾中若隐若现，总也无缘一攀。

初五是顾早早生日，婆婆一早给每人下了碗丰盛的米粉。大家稀里哗啦吃完，都各自回屋收拾行装。

天雨路滑，大姐跟姐夫回了老家就没有再返回。公公托人买的车票下来了三张，都在半夜。初七前必须抢先赶到广州，工作还有得挑。为了奉陪早早这样的上宾，他们的行程已经推迟了两天，初三的车票会更便宜些。

中午前雨停了，他们便饭也不吃就要走。可子用早早的相机给大人们拍了全家福。公公婆婆坐中央，不苟言笑，不怒自威的样子，做长辈是不知不觉就能习得的。二姐夫想搂住二姐的肩，被二姐推开了。

可子抱住头发蓬乱不明所以的睫毛合影一张。顾早早问："可子你哪里去?"

她背上铁英买的新书包说："广州去。"

"从哪里往广州去?"

她指指上山的路。可子俨然跟外公外婆走南闯北的一个老江湖。

大人们身上都背满了旅行袋，公公被压得抬不起头。铁英给他耳朵上架上两支烟，又点燃一支叫他含住。"肉团"由二姐抱着上山，可子搀着睫毛跟在后头，走了两步转头问："外婆你还不走吗?"

婆婆说："你快跑快跑，一会儿我来追你和睫毛。"可子就加紧了脚步。

目送他们走出视线，婆婆就返回堂屋，给祖宗磕头，在正门口的两边石缝里插上平安香。

明早无论风大雨大，铁英们等不及桃花开了，便也要走。婆婆将守着这大屋，直到吃完剩下的年货，锁上大门，独自走广州。只那时，祖宗牌位前将无人给她请上两炷平安香。

——原载《中国作家》2008 年第 3 期

秦贵兵

# 来风街青年被杀事件

早上五点钟，我坐早班车从城里回来凤。重庆城很大，分了好几个区，我妈在渝北区开店。高考考完已经一个多月，在乡里耍得一身磨皮擦痒。一天到黑不是打麻将，就是喝啤酒，偶尔赌钱。几个兄弟伙个个都从外地回来过他们大学第一个暑假。不要以为他们回来只是专门跟兄弟伙聚一下，顺便看看我这个落后分子，都是回来去女朋友家里尽义务的。收苞谷，收稻谷。等他们都去尽义务，我就下城里去住几天。妈倒是很开心，店里一天忙得要死，还一天三顿都回来给我弄水煮鱼，来凤兔，酸菜鱼，回锅肉，麻辣鱼，芋儿鸡，香水鱼，酸萝卜鸭子，来凤鱼，干豇豆腊肉；吃完这个还不止，还抓住一切机会要出去吃火锅，鸭肠王，鹅掌汤，鳝鱼锅，泡椒乌鱼，粥底海鲜锅，德庄，谭鱼头，秦妈，猪圈，骑龙，小天鹅，刘一手，过江龙，巴将军。天天这样吃，吃得我满嘴起泡，使劲蘸麻油也没用。吃的时候当然不是我们两个人，还有妈妈的男朋友。

妈妈长得又乖，三十八岁看起来跟二十八岁一样。不高，但是也不矮；不胖，但是也不瘦；皮肤又白，跟你打包票她只是画了一点眉毛，涂了一点口红。眼睛大大的，鼻子尖尖的，头发长长的，一看就是重庆女人。追她的人不是一个一个，是一群一群。这个男朋友长得也很不差，穿的也很好啊，都是我在刘幺妹的杂志上看到过的（刘幺妹是我女朋友，长得跟明星一样，外表上比我还要癫），个子少说也有一米八，四十岁上下，不用费力就能看出年轻时候肯定让不少妹儿伤透心。最重要的是，他对妈真是很好。差不多每天来都要带一样东西，玫瑰花，项链，玫瑰花，香水，玫瑰花，口红，玫瑰花，Coach，玫瑰花，路易威登，玫瑰花，高跟鞋，玫瑰花。前天晚上，他非说要请我们两个吃饭。妈跟我就随便穿一身去火锅店的衣服（重庆人去火锅店有专门的衣服。火锅店味道很大，穿又破又旧的衣服最明智）。

在他的建议下，我们在妈的店门口等。妈不喜欢我用他他他的称呼，她鼓励我叫他数数（叔叔）。大概六点半的时候，一辆 BMW 开了过来，悄无声息地停在店门口。我和妈一直望着他平时坐汽车来的方向，没有看见一身西装（这次是 CUCCI）的他从 BMW 的驾驶座下来。

等咾嘿久了唛？

我和妈吓了一跳，才发现是数数。

没有，没有。你啷个穿西装唉？不是去吃火锅唛？

不是，请你们吃饭啷个可能去吃火锅嘛？当然要去酒店的西餐厅噻。反正我请客嘛，城头那个希尔顿。上车嘛。他们说城头就是渝中区。

妈一下子没反应过来，希尔顿，西餐啊？是不是很贵哦？哎呀，看我们穿的烂衣裳就出门咾，不好得嘛。要不等我们去换身好点的衣服嘛。妆都没有化！

没得事得，穿哪样都好看。他拖着妈的手，回头对我笑，闵冲，上车噻。

哎呀，不得行。穿得太差啦。还是回去换件衣服嘛。

妈看来是明白了情形。我坐后面，她坐副驾驶。他上车，准备发动车子。

把我先送回屋头去，不是我不去吃饭咾！

他笑得跟二十五岁的小伙儿一样，好嘛，好嘛。先回去换衣服。

我坐在后面感觉比他们两个小不了两岁。

妈妈穿完衣服已经八点多。我估计她把家底都翻出来并且大费心思地弄了半天，甚至可以看出她洗过澡，闻起来浑身香喷喷的。开往渝中区的路上，聊起了我考大学的事情。明天就发榜，成绩不高不低，重点线是上了，顺利的话，第一志愿电子科大应该可以。还聊到学费的问题。我告诉他们，我卡上已经有足够的钱上学，不用操心。

之后发生的事情，其实我坐在汽车上想起来已不再重要。重点就是，去了西餐厅，点了牛排，上了一道道的菜，刀叉棍棒解决所有的东西，直到最后上甜点的时间。我吃饭的时候不太加入他们的谈话，假装自己跟他们不认识，偶尔嗯啊的应几声，自顾自地攻击盘子里的色拉，牛排，生菜，土豆，牛排，水果，面包，纯净水，牛排。甜点是我的最爱，也是我稍显胖的重要因素。妈要的是巧克力慕斯，我要的是红豆什么什么，他要的是什么什么芒果。我们（其实是他们）边聊边等。某个打着领结的服务生端着盘子风度翩翩地走过来，表情神秘兮兮地把盘子上的三个小杯子分别放到我们面前。我迫不及待地开始攻击红豆什么什么，但是他却拿着黑色小盒子对着妈单膝跪下。我差点把东西喷出来。不会吧，这种连小妹妹钟情的偶像剧都懒得演的桥段！妈作为当事人吓了一跳。她捂着嘴，脸涨得通红，瞪着他超过一分钟，完全不知道该怎么办。妈妈只是一个读过小学的农村女人，虽然长得很乖，心地又好，但自己毕竟是个离婚女人，全没想到会遇到这样的男人。我看妈之前对这个男的到底有钱还是没钱也没有概念。老半天她才回过神，扭头看着我；我低着头，一边享受红豆什么什么，一边抬眼看着他俩。妈没有在我脸上看到任何表情，没办法从我这儿得到任何信息。

又或许，我的冷漠已经给了她足够的答案。她的手有点抖，眼神很无助，随便盘起来的头发似乎也变得更加杂乱。

我知道很突然，但是我还是要问你，你愿意跟我过今后的生活不？

妈很没出息，眼泪夺眶而出。我已很久没看到她哭。小时候她离家的那一天看到她最后一次流泪。我默默无声地快速吃完甜点。妈妈点点头，那么轻轻地，如果不是很注意地看，根本察觉不到。但是她还是点头了。

哪个女人能拒绝这样一个男人呢？体贴，成熟，潇洒，心地好，还有钱。我自己都愿意嫁给他。至于他的反应，就更加的可以预见了，好像是除掉恶龙回来向梦中情人邀功的骑士。

虽然我当时表面上把自己抽离，给自己制造不在场的证据，但是我非常痛恨自己有那样的想法。这个男人真是太好了，只有妈妈这样的人才值得拥有他。这使我更加生气，我没有任何理由劝自己不接受他。他还买了好多东西贿赂我，耐克，iPhone 3GS，阿迪，苹果计算机，彪马，LV 钱包，Kappa，Coldplay，Vans，iPod，哈利波特全集……但是我心里面不能答应，这是原则问题。

他送我俩回家后，我没睡觉，直接收拾好东西说要坐早班车回乡里。妈很难过，但是她也没说什么，只是想要我多呆几天。我推说同学农忙已过，要一起聚一下。

在青杠高速路出口我下了车，转车到来凤街，再坐摩托车去乡下的家里。我远远看见婆婆在坝子边洗衣服。她耳朵有点背，我走到猪圈边才叫她。婆婆抬起她满是皱纹的脸，花白的头发稀稀疏疏地别在耳朵后面。

冲冲，哪个这么早就回来啦？

想回来咯，没得啥子的。等哈儿要去跟同学耍。弄个早就爬起来洗衣服做啥子嘛。我背着包走进堂屋。

爸爸已经开始煮稀饭。他听到我的声音，过堂屋这边来。他还是穿着那一身说不出什么绿色的衣服和满是泥点的黑裤子。瘦小的身子站得笔直，脸上满是沧桑，每次看到我都觉得又陌生又熟悉，中国几亿农民或者农民工都是这个形象。不知道别人在新闻媒体上看到是个什么心境，我心里面总是充满悲伤。莫名的。其实在所谓的城里人看来，他们只是一群人，只是一个形象，只是一个需要回避或是解决的“问题”。但是对我来说则不一样。我就生活在这一群人中间，或者说我也是这个形象的一个像素。

爸爸，我回来咾。

回来哪个不先打个电话哎？怕煮的稀饭不够吃哦。

随便吃一点就可以了，我不饿。

昨天晚上有剩一点回锅肉，要不要给你热一下？

不要麻烦咾，我昨晚上吃得太多，点儿都不饿。要不就抓点酸豇豆嘛。霉豆花也要得。

要得。

这是间偌大的黄土房子，四面墙早已斑驳，扬尘满布，似乎久未住过人。正对门的墙上贴着一张十大元帅的胶纸画像，十八年前就不知道是什么时候贴的。旁边摆着爷爷的照片，我从来没见过他。左边靠墙的桌子上摆着昨晚的剩菜，无非就是咸菜和一点回锅肉。左侧厢房就是我和婆婆的卧室，两张床挤在一起，挂着常年不取已发黄的蚊帐。门口旁边就是电视机，几百块钱的山寨机没有牌子。我把包随手扔在床上然后去灶房刷牙洗脸。

老汉儿，吃完饭我要走来凤去见猪儿跟张新华他们几个。

要得噻，那中午饭不回来吃啦唛？

晚饭也不回来吃，在猪儿他们那边歇。

要得嘛。明天回来不嘛？

要，上午就回来。

要得，我明天杀一个鸡嘛，煨花生米跟木耳。

算啦，弄个麻烦，还要打整。随便买点肉就算咾。

爸爸没有回答我。我知道他肯定会把最大的那只公鸡杀掉。洗完脸，我搬一把小凳子坐在屋角，望着对面的小山包。屋前是一些地，种着葡萄，萝卜，大蒜，丝瓜，豇豆，空心菜，四季豆，南瓜什么的。外边是一条小沟，沟两边点缀着这边随处可见的竹林。对面山坡种着一块块红薯，土地周围的草上摆放着一捆捆没有收回来的金黄色的玉米秆。这是农村的能源，煮东西，人吃的，猪吃的就靠这些。山包顶上间杂着绿得发蓝的柑子树和柏树。

山包那边是另一个山包。太久没有过去。葡萄已经在上半个月被城里面来举办相亲会的中老年朋友摘走。现在是八点半，差不多可以上网查询录取结果。我拿出 iPhone 登录招考网站，输入考号和密码。结果显示，赵闵冲被成都电子科技大学录取，恭喜。我关掉手机，心里没有任何波澜。去年差几分，今年超几分。其实从学的东西来看，我自己真的有变化吗？难道浪费这一年对我来说有任何意义吗？答案很明显。

吃饭的时候我把录取结果告诉了爸爸。他说你跟你妈说了没有。我说还没有，等一下再说。婆婆非常高兴，甚至不时地擦眼泪。她可能是最高兴的那个人。

吃完饭，我带一些钱跟婆婆和爸爸说了一声就去来凤。碰面的地点在凉桥，曾经连接成渝的要道上一座毫不起眼的小土石桥，现在已经把显赫的地位让给过去不远处的水泥桥。

我先到，猪儿穿着军装随后也到了。我告诉他我的录取结果，他很替我高兴，说我终于可以滚出重庆了，要使劲狂欢庆祝。闲聊几分钟后，张新华开着摩托车轰轰轰地过来，后座上是他表哥红岩。张新华看上去胖墩墩的。

龟儿耍得好，我笑骂道。

红岩只比我们大三岁，看上去却要成熟很多，白皙的脸像泡发的馒头，几个人就他没读书，媳妇儿都娶了。猪儿跟他们说我被电子科大录取了。

红岩吼道，狗鸡巴的，你们这些龟儿子尽都日妈是些大学生。格老子，国家二天要着灭亡，就凭你们这些夭棒。

走嘛，喊个摩托车嘛，先去我屋头，中午整狗肉，晚上再出去庆祝冲哥终于考起学校。张新华是这次的主人。

我日哦，三伏天吃狗肉。你龟儿不怕流鼻血啊？猪儿拍了拍张新华的肩膀。

老子日屄日多啦，要补，不服唛。

我儿，服，服。

你婆娘哎，不来啊。张新华问猪儿。

来不倒。她妈妈不准。

我们又不得把她卖咾。怕啥子嘛。你的哎？他又问我。

晚上来，但是她妈妈喊她早点儿回去，不准她在外面歇。

我日哦。一个女娃儿都没得啊？尽都不耿直，红岩吼道。

算咾，走嘛，走嘛，张新华不耐烦了。

猪儿和我叫了一辆摩托车，不到十分钟到了张新华他家，一栋二层小楼，前面有一块水泥坝子，高出乡村马路一两米。

张新华他妈妈站在大门口招呼，快点进来吹电风扇，外头热起着不住。

我们都叫她孃孃，让进堂屋。吊扇下的桌子上已经铺好麻将，四周各放一把凳子，旁边的小桌子上摆放着花生瓜子和西瓜。

要不要喝冰的啤酒嘛？

算啦，孃孃，隔哈儿吃饭的时候再喝嘛。不要麻烦啦，我们抗议道。

重庆麻将简单得不能再简单，所以最近流行一条新的规矩，买马。任何一个人，打牌的和岸上的，都可以抽一张牌，如果和的那张牌跟这张牌连在一起是一四七，二五八，或者三六九就可以赚钱，如果放炮就要出钱。这样可以增加一些风险，更刺激。我是不买马的，所以永远赢不了钱。孃孃时不时就跑来摸一张，结果她倒使劲赢钱。一边打牌，他们就开始给我进行大学入学教育。红岩不无羡慕地说我们都有出息，个个都是大学生，二天都分配好工作。他还生活在九零年代初期，以为大学毕业还包分配。

猪儿听这话感触颇深。他说，赵闵冲，冲哥，不要听红岩在那儿胡说八道。我日妈哦，今年子还有哪个鸡巴没得关系的找得到工作哟。我们军校还好求鸡巴点儿，那些地方学校的毕业生才叫鸡巴难过。啥子麻㞗大学毕业生哦，这哈儿走在街上踢一脚，踢死一片大学生。读他妈的四年书，工资才几百块钱，还不如那些使劲仗笨的建筑工人工资高。有几百块钱的还好哈，老子听说有些鸡巴学校一个班找到工作的没得几个。

我吓一跳，啊，真的弄个求子严重啊。那读他妈个大学有个屁用啊。去年子高考报名的时候学校有好多人都没报名，我还觉得他们傻耶，没想到起还是真的嗦?

那不是哦。天天看新闻，天天都说金融危机，啥子鸡巴海啸，北京上海都找不到工作，屄重庆这个旮旯就更没得前途得咯。张新华就应和。

红岩一副不相信的样子，啷个鸡巴可能嘛！好歹你们是大学生噻，读啦几年书的噻。说找不到工作，怕是那些一般的大学哦。别个冲哥是重点大学哦。还是理科的。

不信你都看倒起嘛。猪儿自摸九筒。嬢嬢摸的一张六筒又买中马。我又要给双份的钱。

好啦，把桌子收拾一下准备吃东西啦，嬢嬢从厨房里面端出来一大盆狗肉，就是没得萝卜得，三伏天只有吃尽狗肉。

我们一闻到狗肉就口水直流。复读的时候晚上睡不着觉，整个寝室的就幻想去打狗来红烧，清炖，烟熏，烧烤，花江狗肉，卤烧腊，下火锅。夜夜讲也没有实践，每次讲完就做梦杀狗。

我问，狗肉出去敲的唛，还是买的哦?

我日哦，哪个傻儿还去买狗肉啊? 张新华笑道，昨天夜黑我跟红岩哥哥两个在路上去敲的。一棒都弄回来咯。

哦。我们几个各自一瓶啤酒，就这盆里的狗肉，加上炒的一些回锅肉和空心菜，吹起牛皮，仿佛回到不知道什么时候的过去。我感觉自己非常地进入状态。吃完下午接着打麻将，快五点我们说要走。嬢嬢非要留我们吃完晚饭再走。说是狗肉还有很多，再喝点啤酒。但是我们想去吃火锅。

来凤的火锅都吃得唛? 光是一股大蒜味道，点味道都没得，就在这里吃完饭再出去耍嘛。

我们本来要走，但是张新华也说还是吃了再走，热天东西放不久。大家就三下五除二一阵扫荡吃饱了饭。我和张新华两个走路，猪儿非要骑摩托车，跟红岩两个往前面冲。走到街上时，我打电话给刘幺妹问她出不出来。她说她不舒服，今天大姨妈来咾。我说，那你就休息嘛。

红岩和张新华比我更生气。对着我和猪儿一阵骂，你们这两个没得用的东西，有婆娘都喊不出来。一天藏在旮旯头，舍不得拿出来给别个看嗦。

别个妈老汉不准倒嘛。我们有啥子办法耶？猪儿辩解。

其实刘幺妹不出来我更开心。我现在不想见她，一想起要哄她，要逗她我就觉得很累。几个兄弟伙还好玩一点。但是张新华和红岩不愿意。

不得行哦，没得姑娘不好耍，喊几个住在附近的初中同学来嘛。去唱卡拉OK。快打电话，喊人。

算啦嘛，几个兄弟伙也要得噻。他们那些同学我有些不认识，认识的也不熟。

但是他们还是叫了三个女生出来。都记得我叫什么，她们我一个都不记得。一伙人就去那几个卡拉OK看还有没有包间。跑了一圈，一个包间都没有，全部都满员。按照重庆人的天性，我们四个男的又一阵妈卖麻屄地骂了好一阵。

狗鸡巴日的，喊起人出来这下没得地方去得。搞啷个鬼哦。张新华显得很是烦躁。狗肉吃多了。这哈儿去做啥子哎？

去那边网吧包通宵嘛，猪儿提议。

要不回去打麻将嘛，一个女生说。

打啷个麻将哦，我们打了一天啦。还是去包通宵算咾。

啊？好无聊哦，另一个女生说。上网不就是打游戏啊？算咾。我还是回去算咾。

猪儿发挥绅士作风，弄个嘛，我送女生回去，骑摩托车。你们先去网吧嘛。

大家一致同意。我们三个去最近那个春晓网吧，选好机子坐下就开始打CS。这个游戏这么多年，就是打枪，翻来覆去都是同样的东西，不知道为什么大家都不腻。那些网游一个又一个换了好多种，星际争霸都渐渐淡出了，只有CS还存活下来，继续被人喜欢。也许就是人平时太压抑，要打打枪，杀杀人心里才能爽。我越打越不爽，等猪儿回来我说我出去逛一下，把位子让给他。

出网吧，对面是一个烧烤摊，有两个女的围着烤东西。我走过去，味道不太好，闻不到什么香味。不过聊胜于无。我点一份土豆，一张豆腐皮，一串韭菜，一条小鱼，一瓶可乐，一个鸡翅，一串青椒。加起来也就13块钱。让老板娘把东西打包，我提着跑到桥头去吃。左手可乐，右手烧烤，吹着腥臭的河风，真是爽癫了。河两岸的冷荤和火锅摊，看上去既遥远又模糊。好像自己是从河里爬出来的妖怪，既想融入人间，又觉得格格不入。下午猪儿和张新华那么肯定地宣扬大学无用论，对我打击很大。难道自己奋斗这么久都是一场空吗？我还没正式开始大学，却收到前方消息说一毕业就失业。不行，不去读大学，我永远没办法摆脱这里，摆脱这个农村。虽然我很喜欢这里，喜欢这里与世无争相对简单的生活，但是我想逃离此地，逃离那些枷锁。不出去，不去看看外面的世界，我不可能知道那边是什么。也许，有更好的东西在等着我。

桥栏杆上用油笔写满小广告，日屄，17岁，60，133××××××××。旁边用圆珠笔写着售后评价，真他妈乖，不只17岁！下一个栏杆上写着，男同性恋，20岁，肌肉，帅气，50，133××××××××。后面每一个栏杆上都写着类似的广告。光是看到这些，我的鸡巴已经开始发胀，吃了狗肉，全身发热。这个月还没有出去找小姐。像这种路边的广告我一般不信，不太安全，还是找发廊。那种发廊随处可见，特征是镜子和梳妆台布满灰尘，从开张就从来没人剪过头发，灯光一律是暗暗的红色，看上去很像封神榜里的妖洞。我拐到中学旁边的红苹果。路过的学生都知道这个发廊，每个人都用余光瞄里面躺着的女人，或是女孩儿，但是不是每个人都有胆量进去。

我去过几次，每次的小姐都不一样，年纪有大有小。里面的老板娘一眼就看到我这个熟客，满脸堆笑。

帅哥，快进来噻，好久没来啦哟。

我一般不跟她寒暄，直接进入正题，找个妹儿。

哎，你不要说，今天刚好新来一个年纪跟你差不多的姑娘。长得还可以，你觉得哎？

我跟她说，我想要二十五岁左右的。

哎呀，今天没得，全都被包出去过夜咾，剩下的就两个。一个三十五岁，太大。还有就是这个新来的。我看你也是个帅哥才介绍给你。别个第一次，她压低声音告诉我。

我说，那算啦嘛。要年轻的嘛。其实我更想要 35 岁那个，她们一般做得多，说得少，就是我想要的。

老板娘打了一通电话，然后叫我跟她走。沿途的灯光昏暗，我被带到楼上一套三居室里的一个小间门口。

进去嘛，她在里面等到起的。

我敲门进去，里面灯光很亮，瞳孔一下子不适应，眼睛有些花。等眼睛调节好，那个小姐坐在床边对着我微笑服务。

过来坐吧。我坐下。帅哥啷个称呼？

喊我帅哥就可以咾。你呢？

喊我美女嘛，哈哈。你看到起像还在读书一样。她比较主动，开始摸我的大腿。

毕业咾。你哎？

早就没有读书咾。不想读书，脑壳也不好用，读不走。她那双手在我身上游走。

读书也就弄个回事儿。我开始回应她，双手在她的各个敏感部位揉搓。她帮我解扣子，并把手伸到胸上。然后她闭着眼睛把嘴凑过来。我迅速地避开。她继续搜索。我轻轻推开她说，我不亲嘴。她似乎有些失望，但也就没有继续要亲我。我很小心地戴上自己带的杜蕾莎。可能是那两顿狗肉，我今天持续很久，直到最后两个人都精疲力竭，瘫在床上无法动弹才停下来。

我抽根烟没得事噻？

没得事得？你还抽烟嗦？

抽得少。偶尔抽一根。

跟我也点一根嘛。

我们安静地抽烟。我决定抽完烟就走。

你真的不认识我了呀？她淡淡地说，一只手夹着烟，一只手用毯子捂着胸。

我扭过头，看着她。难道我们认识？我脑海里仔细地搜寻了一遍，觉得这张脸勾不起我脑子里任何微波。我说，我们认得唛？

看来你真的不记得我咾。给你一个提示，小学同学。

我仔细地把脑子里还有印象的脸都调出来一一对照，还是没印象。我摇摇头。

她很是失望，我叫刘春红。

这个名字一下子把我敲醒。刘春红？真是不可思议。我记忆里那个叫刘春红的人是一个满脸鼻涕，头发凌乱，穿着破旧的小女孩。万万没想到眼前这个打扮得花枝招展跟妖精似的女人是以前的小学同学。

有印象啦？

想起来咾。还是在村小哎。没想到在这里碰到你。我心里很感慨，真的遇到了同学。以前在这附近活动我就很担心，怕遇到同学。没想到还是没逃过这一劫。

哎，你们继续读书，然后读大学，以后就可以过不一样的生活，跟我们是完全不同的世界咾。她吐了一个很圆的烟圈。

没得啥子不同，我不是还跑到这种地方来唛？人没什么区别，做啥子都是一样。我可能要走咾，几个兄弟伙等倒起我的。我爬起来穿好衣服。刚刚抽根烟，躺一下，感觉没那么累了。走啦哈。

我关上门，在门口停了几秒钟，听到里面的啜泣声。

昏黄的街灯，摇曳的细叶榕树下斑驳的光影，远处卡拉 OK 的怪吼，不知道躲在何处的各种昆虫不厌其烦的鸣叫，偶尔刮来一阵犹如饮鸩止渴的热风，我独自走在其间，脑子里一片混乱，内心一片迷茫。妈妈已经开始她新的生活，我只是没办法立刻去接受而已。她将不属于我，将属于一个属于她的人。爸爸还不知道妈妈的事情，知道了对他也不会有任何意义。他和婆婆守着那栋屋子，守着那些土地，守着那个人们逐渐抛弃的地方。尽管我爱这片土地，爱这种生活，但是我不得不离开它。就像我高四一个同学说的，人活着不能不明不白，要去了解自己，要去知道自己活着为什么和别人不同。我不能只呆在这个小地方，不出门没办法寻找到自己。大学生活，并不能那么去期待，期待越大，失望越大。猪儿他们的生活会不会是我的生活，这要自己去证实。

右脚踢着路上的一颗石子往前走，沉思被附近隐约的异样声音打破。我停下来，仔细分辨是什么。似乎是一个女孩子的哭声。我循声慢慢走去，在公路那头沿河走出去的岸边。走得越近，听得越清楚。确实是一个女孩子的哭声和哀求声。再走近一点能听到两个男人的声音。我加快了脚步。

看到了，前边一棵大黄桷树下有三个黑影纠缠在一起。一个靠在树上，双手捂着胸部哀求，求求你们不要，放我走嘛。求求你们……

另两个黑影一个按着那个女的，一个开始脱衣服，用云南话威胁她不要吵。

我当下从心底里冒出一种无名的愤怒，两个男的怎么可以欺负一个女的，完全是两个懦夫。

你们在做啥子!

两个男的没有意料到还有第三个男的,吃了一惊。他们扭过头来看到我就一个人。我站在灯光所能及的范围内,全然暴露行踪。

少他妈管闲事!他操不标准的普通话。你快滚,我们就算了。

不行,今天我碰到这件事,就不可能视而不见。我的普通话比他们标准。

你他妈找死!再警告你一次,快滚,要不别怪我们下手没那么温柔。

少说废话,你们放了她。要不我就报警。

操你妈!按着女生的那人脾气可能比较暴躁。他放开女生的衣服,朝我冲过来,右手臂砍向我的脖子。我躲闪不及,被他打中,那一下就好像肩膀被砍将下来。我的身子倒向一边,趔趄了几步。他穿着制服,这年头什么人都穿制服。他又向我扑过来。我这次给他一记左勾拳,但是他把我另一边肩膀也削掉。从他的身手看,他是练过的。我一把抱住他的腰往前冲,就好像电视里面拳击赛一样,他猛烈地攻击我的背部。我声嘶力竭地吼叫,抱着他不放。我操你妈!

我操。观战的那个人看这边扭做一团也丢开那个女的跳过来帮忙。他把我扯开,反手架着我,另一个猛打我的腹部和胸口。那女的吓傻了,哭都不记得哭了。

我日你妈,还不逃,想要遭强奸啊!

那女的回过神来,衣衫不整的,跑向了街灯。也许她会找人来帮忙。

我操,你他妈的坏我们的好事。负责打我的那人更加猛烈地攻击我的腹部,胸口,脸。我尝到了满嘴的腥味,我尝到了刚才吃的烧烤喝的可乐,我尝到了中午和下午吃的狗肉,变了味道。反手架着我的人好像觉得只是看别人打不过瘾,他把我一下推倒在地,两个人分别站在两边,四只皮鞋像机器一样朝我招呼。刚开始感觉很痛,抱着头闷哼,后来听到几声卡嚓,疼痛似乎渐渐消失,接着就好像按摩一样,蛮舒服的。前后的差别就是爱因斯坦的相对论，痛的时候几秒钟就好像过了几年，按摩的时候几年就好像只有几秒。皮鞋不只招呼我的背部和腹部，还有头，脸，鼻子，大腿，小腿，胸部，但是踢那儿的时候我失去了意识。

我醒来的时候一个人都没有。我眼前已经一片模糊，似乎天已亮。听说人死的时候脑子里会闪过这一生所有的回忆。我没有，我闪过的就是从坐汽车开始到现在。其实我还是很想吃花生米煨鸡的。

2009年9月18日

——原载《上海文学》2010年第4期

苏瓷瓷

# 不存在的斑马

那年我有多少岁呢？请原谅我不能准确地回忆起当时的年龄，并不是我过于衰老的原因，而是那段时光对我来说确实是模糊的，当时我已经休学在家，每天伴随我的是窗外黄了又绿绿了又黄的树叶、书桌上慢慢流淌的水渍、天花板中吸附的各种声音还有门后落满灰尘的鞋子。我唯一清楚记得的是放在我上衣口袋里的一个塑料瓶子，它并没有什么特殊之处，没有五颜六色的包装或者你们所不能理解的气味，瓶子上方的按钮有些脏，每隔一段时间我就会把它拿出来，对准自己张大的嘴巴，像一个饮弹自杀的人一样，射击出一些潮湿的白雾，我能感觉到这些白雾沿着血红色柔软的呼吸道下滑的温度，那时候我像一个老旧的电风扇胸腔里正发出呼呼啦啦的咆哮声，飞沫和痰从身体里喷射出来溅在床单上，上面有一匹黑白花纹交错的斑马，它从来没有奔跑过，因为我不时溅落在它身上的各种分泌物让它的皮肤陈旧、溃烂。

开始我的身边围着一群人，爸爸妈妈和妹妹，他们惊慌失措地在我身边尖叫或者走动，有人把手放在我的背部轻轻拍打着，他们认为这样可以帮助我缓解紧张，也许是有效的吧，破损的呼吸逐渐弥合，它们最终和谐地形成一条完美的弧线。再后来这些人就消失了。每当我呼吸开始急促而不得不蜷起身体的时候，我就能从门下的缝隙处看见他们移动的脚步，他们并没有停下来，妈妈起身去晾衣服，爸爸拿着一张报纸在客厅走动，而妹妹一定是和着电视机里的音乐跳起了健美操，只有我一个人听到这种声音，开始是短促的，尖锐的，最后就变成博大和深沉的。胃在痉挛，身体像出现了一个破洞，所有的气流从那个通风口被拉了出来。断断续续的声音，随着楼上的小女孩按下的破旧钢琴上的黑白键一起，尖锐而又失真。伴随着嘶哑的气流出现的是逐渐升起的白云，一块块贴在脑垂体上面。我知道这意味着什么，我的生命将会随着这一点点拼凑出来的没有颜色的底片一起消失。我和往常一样，在手指不能动弹之前掏出了白色的塑料瓶，张开嘴巴，对准射击，黏黏的白膜覆盖住体内如蜂窝煤一般细小的黑孔，一段正在演奏的蹩脚乐曲戛然而止。我慢慢地抬起头，墙壁上正在剥落的绿色油漆重新清晰地回到视野中，汗水流到脚边，心里的磐石溶解，一些碎屑依然堵在血管里。我只能抚着自己的胸膛缓慢地调整，一团团黑烟从口腔里有规律地排出。等到呼吸完全正常，我才下床往窗户边走去，在桌上硕大的镜子反光没有照射到我之前我就使劲把它翻转了过来。不需要任何提示，我知道自己此刻的样子并深深憎恶，被扭曲的五官和暴起的血管还没有复原，一张被恶魔侵占的面孔，它不应该属于一个少女。

我已经习惯这随时降临的哮喘病，像欣赏一朵罂粟花的盛开，它红色的花瓣慢慢绽开，拥簇着黑色丑陋的性器官，它们借此繁殖，从山麓间、土壤里，最终被移植到人们的身体中。窗外有一排樟树，往来的人们从树叶的缝隙处露出小小的脑袋和一小块白色的皮肤，他们和我的家里人一样，嗓门嘹亮，精力旺盛，每到这个仲夏季节就会从四面八方聚集在此，摇着蒲扇七嘴八舌地进行各种话题的交谈。我在楼上一扇黑暗的窗户下窃听，我扯着耳朵想收集他们所说的每条信息，然后等他们都散去后，我一个人静静地躺在床上把这些语音复制出来，它们一条条的播放，这是一件激动人心的事情，外界所有的变化通过捕捉的声音变得生机盎然起来，我借此证明自己没有缺席，只是通过自己的方式来感知到这个城市的搏动，因为你知道我的情况，我不可能亲自品尝这些变化，我对它们的新鲜气味过敏，我会因为激动而窒息。

楼下的马路上有很多下水道井盖，不时有井盖被人窃走，妈妈经常会嘱咐妹妹要小心，这个城市里时不时会发生小孩掉入下水道而丧生的悲剧。妈妈说这些话的时候并没有看我，但是我不会介意，因为她知道我是不会允许自己走太多的路，直至走到空荡荡的下水道里。现在他们已经习惯我的自我保护能力，就像习惯了我的哮喘病，再没有人会大惊失色，紧张不安。一次次的危机只是种愚弄，最终我安然无恙地活了下来，这种小把戏连我自己都厌倦了。在十二岁的时候我就明白了，这没有什么可怕的，掏出塑料瓶，噗，就那么一下，一切就结束了。但是我还是小心地保护着自己，这可能是一种没有彻底脱离童真的习惯，有些幼稚和装腔作势。不过我并不是因为害怕而注意到井盖的，而是在一个月以前，在凌晨四点钟的时候，楼下的井盖突然发出响声，一个人的脚踏在了上面，那个人的力量可真大啊，那响声居然在我脑子里回响了一天。此后的每天同样时间，这个声音就会出现，很快一个月过去了，它终于引起了我的好奇，我曾趴在窗户边观察过，是一个穿白色运动服的男人在跑步。他从漆黑的夜幕中跑出来，虽然没有路灯和月色，但是他的身上还是固执地散发着微白色的光芒。他双臂有力地摆动着，昂着头目视前方，离我越来越近，最后他准确无误地一脚踏在井盖上。每次那种短暂的声响就会让我心悸，但是我并不讨厌这种声音，它所带来的是种奇异的亢奋。那个男人并没有意识到这点，他心无旁骛地继续向前奔跑着，越来越远，直至从我的视线里消失。我看不清他的相貌，也不知道他的年龄，他对我来说完全是个陌生人。我唯一熟悉的是他每天无意落在井盖上的那一脚，力量均衡，时间准确。听过这习以为常的声响，我就会死心塌地的进入睡梦中。

窗外飘着小雨，诊室里面有支气管的模型。什么平滑肌、黏膜、绒毛，上面被涂上一层红漆，这些模型像玩具一样被一个没有表情的医生随意拼装着，现在他又一一把它们拆散放在桌上，外面的雨没有征兆的突然停了下来，阳光一下子就跳进了房间里，水龙头里断断续续的水滴落在脏兮兮的白色洗手盆里，水面一层层地打开，光线浸泡其中，像盛装了一满盆黄金。

现在你明白了吧？这种疾病一点儿都不可怕，你一定会战胜它的！这是一句具有鼓励和宽慰性质的热情洋溢的话，我散乱的目光一下子汇聚在他脸上，但是他的脸上还是没有任何表情，连微笑都没有，他甚至没有和我对视，他低垂着眼睑看着地面，苍白的眼皮上布满柔嫩的蓝色血管。

哦，是吗？我已经明白了。

他听到我的答复没有显示出满意或者不满意的表情，这句话对他并没有任何意义，他疲惫地拉开玻璃柜，把桌上的模型粗鲁地挨个塞进去。我不想惊动这个手指纤长、关节像木偶一样僵硬的医生，所以我没有说谢谢，就轻轻地走出了诊室。

走到门诊处的时候，我看见了一个粉红色的身影，在我还没来得及逃走前，她叫住了我："姐姐！"我只有努力挤出一个笑脸走了过去。

又见到你了，你看起来气色不错啊！她的母亲拉着她的手站在一边笑盈盈地对我说。

嗯，是这样的吧。我看着那个穿粉红色裙子的小女孩说。

能不能麻烦你帮我照顾一下她？我现在要去医生那里拿她的病历。我还没有反应过来，那个年轻的母亲就松开了她的手往楼上跑去。

小女孩依偎在我脚边拉起了我的手，姐姐！她又叫了一声。

我叹了口气无奈地蹲下身体，你最近还好吗？

这可能是成年人才会理解的一句话，总之她没有理我，而是对我说，妈妈昨天给我买了一个玩具娃娃，有这么大。她使劲伸着瘦弱的手臂比划起来，爸爸还给我买了巧克力，等一会儿他还要来接我们，他要带我去公园玩……小孩子都是这样喋喋不休的吗？我看见她的嘴巴不停蠕动，唾液溅在我的手背上。我有些烦躁，她发病的时候是什么样子？脸色苍白，身体蜷成一团，像一条蟒蛇一样张大嘴巴吐着血红色的舌头。她还在说个不停，都是些父母带给她的琐碎的小幸福。我突然心生厌恶，这个孩子她懂什么啊，甜得发腻的表情，绘声绘色的描述，过期的奶油蛋糕已经长出了绿毛，散发着恶臭。

你知道吗？他们最终会抛弃你的，你要相信我。我紧握着小女孩的肩膀突然说道。

小女孩愣了一下，眼睛惊恐地瞪着我，可是只是那么一瞬，她又恢复了正常，又开始沉浸在自己的语言中。

他们最后会像丢垃圾一样把你丢掉，再也不要你了，他们会恨你，你是一个麻烦，你让他们活得不安心，你拿你的哮喘病不停折磨他们，相信我，他们不会有耐心再爱你的！我咬牙切齿地说了一堆话，小女孩终于安静下来，她呆呆地注视着我，五官开始丑陋地紧缩在一起，哇，一阵爆破音猛然在大厅上空炸开，周围的人都奇怪地看着我，我脸色涨红抛下小女孩快速往门外跑去，她的哭泣声咬着我的脚后跟，我已经忘记禁忌不停地奔跑。

这是什么地方？我终于停下脚步扶在墙边，呼吸慢慢平缓下来，口腔里一股火辣辣的味道。我竟然还能奔跑，并且好像跑得很快，很远，可惜我来不及品味跑动中的轻盈感觉就已经停了下来。在这里我再也听不到小女孩的哭泣声，在我耳边响起的只是些笑声、说话声和关节扭动的声音。我打量了下四周，我来到了一个操场的外面，那些声音顺着铁栅栏流淌出来。我下意识地慢慢走进操场，绿色的草坪上站着十来个和我年龄相仿的人，有男有女，他们都穿着运动服，肌肉发达，脸上呈现着运动员特有的健康的黑红色。我在一个台阶上坐了下来，在我进来的时候他们就停止了交谈，目光投向同一个地方，我顺着他们的目光看去，在红色的跑道上站着一个穿白色背心短裤的男孩，他正在做高弹腿动作，他的身后是密不透风的金黄色帷幕，阳光越过他跳动的肩头落在我的眼里。这个男孩很快吸引了我的注意，因为他有一副非常匀称的身材，不论截取他身上哪个部位，紧绷的小腿、舒展的臂膀、抖动的锁骨，都让人赞叹不已，在他跑动的时候，这种特质更加突出。是的，他已经跑起来了，我不由自主地站了起来。他离我越来越近，我能听见他急促的呼吸和结实的脚步声。他的胸膛在剧烈起伏，脸上呈现出纯洁的专注表情，全身上下散发着充满力量的光芒。他深深地吸引了我。我想象着那种头发迎着风的感觉，仿佛自己正在剧烈地喘息，肌肉也随之疼痛起来，总之，在他身上出现的变化我都感受到了。我不得不手抚着胸口，因为他开始加速，每块肌肉都绷得紧紧的，骨骼优美地凸起，有着雕像般的质感。

终于他跑到了终点，那群站在草坪上的人走上前围住了他。我踮起脚尖但是没有办法看见他，过了好一会儿，人群突然散开，然后三三两两地往我这边走来。我再次看见了他，他的头发湿漉漉地耷在前额，脸上挂着婴孩般天真无邪的笑容，他是在对身边的一个女孩微笑，那个女孩站在他的右边，他们的距离很紧。女孩也穿着运动服，个头很高，长腿，扎着马尾辫，走起路来弹性十足，头发在脑后得意地摆动。女孩把一瓶矿泉水递给他，他一边喝着一边和女孩笑谈着向我走来。已经很近了，我能看见他紧贴在胸膛的运动服上写着“体校”两个红字，在他们离我还有十米远的时候，我迅速低下了头，长发垂落在脸颊边，他们离我越来越近，我十指纠结不敢抬头，直到他们从我身边走过，我才小心翼翼地转身注视着他们的背影，我看见那个男孩后背上有一个红色的数字“13”，随着他的步伐，数字变得摇晃不定。

请你相信我，长期患病的人有种超常的敏感，因为与生俱来的残缺让我剩余的健康器官异常发达，比如我没有正常的呼吸但是上帝补偿在我的听觉上。虽然马路上很多人在行走，但是我依旧能分辨出男孩的脚步声，我并不是在跟踪他，而是他的脚步声让我觉得非常熟悉，我在哪里听见过这样的声音？好奇心促使我紧紧跟在他们身后，他每一次落脚都具有力量，速度均衡，当他的脚落在地面上的时候，离我的记忆只差一步，但是当他抬起脚，我的大脑又变得一片空白，我拼命地搜索与他紧密相关的记忆，然而直到他和那个女孩消失在电影院门口，我还是没能回忆起来。

我心不在焉地走在回家的路上，突然一个清脆的声响让我惊醒，我低下头看见自己的脚踩在一个井盖上。我慢慢蹲下身凝视着，心里萌生出一个荒诞的假设，他是不是每天凌晨四点从我家楼下跑过的那个人？想到这里，我看着头顶上的蓝天笑了起来，真的很可笑，也许是我在期待他就是那个人。

到了深夜，我竟然失眠了。爸爸的鼾声像滚雷一样在房间里翻腾，我蹑手蹑脚地走到窗前，楼下没有人，水泥路像一条银白色的飘带被两侧漆黑的树木拥簇着，我看了下闹钟，已经三点二十分了，还有四十分钟那个人就会和往常一样从楼下跑过。我开始有些莫名的焦躁，天空被墨汁染透，在我仰起的脖子变得酸痛不已的时候，我终于决定下楼看看。我选择站在密集的树木之后，凉风阵阵吹过，我打了个寒战蜷起了身体。时间好像也冰冷地凝固，到四点了吗？那个人怎么还没有出现？树上偶尔掉下一片叶子打在我的身上，没有灯光也没有人说话的声音，建筑物成了若有若无的摆设，我的四周空荡荡的，只有一层薄薄的雾气。在我即将放弃等待的时候，我听到了脚步声，从细小变得粗重，从远处一波波地扩散开来。他来了，我迅速蹲下，目光投向马路尽头的黑暗中，他真的来了，从一个模糊不清的小白点逐渐变成一个热气腾腾的躯体，他从黑暗中破土而出的瞬间，我激动得手指甲都嵌入了树干之中，他真的是那个男孩！他的神情和姿态和白天我所见到的一样，四周是那么寂静，此刻只有我一个人目睹了他优美的跑动，在黑夜没有杂质的背景下他的骨骼、关节和肌肉比白天更让我震撼，我听到了他踩在井盖上的声音，和我的心跳声一样刺耳，而他并没有留意此时此地与往日有什么不同，仍然目视前方，继续划动着手臂，每一次喉结的滚动、每一寸弯曲的线条、每一缕飘动的发丝都吸引着我的目光，我的皮肤在他搅起的风速中变得滚烫，当他逐渐离我远去后，我才重新开始呼吸，他背后隐约可见的“13”号像一团火焰在闪动，直至在晚风中熄灭。

我的生活开始发生变化，我学会了散步，每天下午沿着人行道走到离家不远的操场，这正是体校学生训练的时间。我坐在角落只盯着那个男孩，看他跑步、说话、喝水、喘气。每次训练结束他都会和扎马尾辫的女孩一起走，那个女孩应该是他的女朋友吧。我紧紧地跟在他们身后，他们总会在电影院、公园、游戏机室等地方加快步伐突然消失。我不可能跟进去，因为我对那些新鲜的场景里的气味过敏，随时会引发我的哮喘病。在若干年前我曾经试过一次，最终像一条离开湖泊的鱼倒在地上，张大的嘴巴不断吐出气泡，让旁边围观的人感到新奇，那种屈辱的心情我一直无法忘怀，所以当他们踏入我的禁地，我只能停止跟踪。让我最快乐的是深夜，那个时候他只属于我一个人，我站在树后看着他从黑暗中慢慢抽离，宛如一个冲出地狱之门的天使，光辉瞬间降临，让我感动。待我重新回到家，躺在床上的时候，我摸着身下的床单，月光落在斑马的身上，它的毛发异常光亮，我第一次看到了它的光彩，它扬起的马蹄和明亮的瞳孔告诉我，它在奔跑，它只在夜里奔跑。它让我联想到那个男孩，对，他就是斑马，一匹携带着力量和动感的奔跑中的斑马，我紧紧地贴在斑马身上，我感觉到了它的温度以及汗水和阳光掺杂的气味。我的床下还藏着几个矿泉水瓶子，那是男孩每次训练完后丢在操场上的。空瓶子摊在床上，我拿起一个慢慢地凑了上去，嘴唇贴在瓶口，那是男孩的嘴唇触碰过的地方，冰冷的塑料瓶开始发热，我贪婪地紧咬着瓶口进入梦乡。

然而有一天晚上我破例没有下楼去等待他，我在为白天所发生的事情耿耿于怀，并感到前所未有的痛苦。我忘不了那个画面，他和女孩离开操场后走进了一片树林，然后他吻了那个女孩，我躲在墙角全身发抖，女孩闭上眼睛踮起脚尖，男孩俯下身紧紧堵住了她的嘴巴，她还能呼吸吗？我已经不能呼吸了，气管痉挛，空气打着结停留在嘴边，我用双手捂着嘴巴，生怕他们听到这响亮粗暴的咆哮声，大脑开始缺氧，树木旋转，仿佛有只手用力地卡着我的喉咙，我沿着墙壁瘫倒在地上，好不容易掏出白色塑料瓶哆哆嗦嗦地喷出药液，中断的呼吸重新连接上，旋转的景物都停止下来，身体恢复了力气，等我从地上爬起来再次望向那片树林时，他们已经不在了。我摊开双手，上面都是我喷出的唾液，我把手贴在砖块上使劲摩擦。

医生用酒精浸泡着模型，检查已经结束，我本应该离去，但还是犹豫地看着他的背影问了一个问题，那个小女孩呢？怎么好久都没有看见她来医院？

哦，她死了，好像是上个月的事情。

我看着医生凸起的肩胛骨，他正死死地按着泡在盆里的模型。原来是这样，说完我就离开了诊室。走在医院大厅里的时候，我和往常一样心情紧张，生怕那声“姐姐”猛然在耳边响起，直到我走出大门才松弛下来。我真傻，我竟然忘了她已经死了，我再也不用和以前一样躲着她了，不用再看着她苍白的小脸，听她没完没了的讲述了，我也不用再想象她哮喘发作时的样子，因为她已经不会再发作了。

我没有立刻赶往操场，我突然感到全身乏力，只想赶快回家躺在斑马的身边。走到一堵墙前的时候，我已经走不动了，今天异常虚弱，我疲惫地靠在墙壁上看着行人匆匆而过。这时我看见了那个女孩，她依旧穿着白色运动服慢慢地在马路对面跑步，她的马尾辫在脑后调皮地甩动，她经过人群，有些人回头张望，是的，我必须承认这样身材匀称的女孩跑起步来非常吸引人。她已经穿过了马路逐渐向我跑来，在她经过我面前的一瞬间，我突然汇聚身体所有的力量冲上前一把抓住了她的手腕，女孩被迫猛然停下，她转身吃惊地看着我，她张开嘴巴说，你？汗水从额头流入眼眶，她快速闭上眼睛，还没等她那句话说完，我就踮起脚堵住了她的嘴巴。片刻她反应过来使劲推开了我，我撞在墙上，她惊恐地瞪大眼睛，手指放在嘴唇上不可置信地看着我，我冲她笑了笑，她吓得尖叫一声从我面前飞快地逃走了。在回家的路上，我一直面带微笑还不时地咬咬嘴唇，我吻了她，因为那张嘴唇上有男孩的气息，所以它也遗留在我的嘴唇上，我的心情因此好转。

第二天下午当我出现在操场上的时候，那个女孩发现了我，虽然我们距离很远，我还是看见她拍了拍男孩对他说了些什么，然后她的手指对准我，男孩向我望来。我马上跳下台阶跑到操场外的树丛躲了起来。训练结束，一大群人走了出来，包括那个女孩，等了好一会儿男孩才慢吞吞地出现，前面的人已经不见踪影，他今天怎么一个人呢？我带着疑问小心翼翼地跟在他身后，他穿过马路，经过商场，来到了一条僻静的绿荫道上，我躲在拐角的墙边猜测为什么女孩没有和他一起，会不会他们分手了？等我再次探出身体偷窥时，路上空荡荡的，他已经不在了。他去哪里了？怎么突然不见了？我慢慢从墙后走出来，阳光透过树叶一块块地落在我脚边，我边走边东张西望想搜寻到他的踪影。突然当我再次转身时，他出现在我的面前，我并没有注意到他是从哪里蹿出来的，但是他已经和我面对面了。

你在跟踪我，是吗？他问我。

我想逃走，但是手脚却不听使唤，牢牢钉在地面上。不，不是这样的！我慌张地说道。

你别骗我了，我知道你已经跟踪我很久了，我和我女朋友早就发现了。每天下午你都会去操场看我们训练，然后就跟踪我们。你到底想做什么？

这是我第一次距离他这么近，他褐色的瞳孔，嘴唇的轮廓都纤毫毕见，他在说这些话的时候并没有生气，而是面带微笑，笑得那么温柔，让我心慌意乱忘记回答他的问题。

如果你不想说的话就算了。我不会强迫你的，不过我很奇怪，你为什么要吻我的女朋友？他一边说一边离我更近，我已经听到了他的心跳声，闻到了男性身上特有的浓烈体味。我紧张地低下头，呼吸变得急促起来。

我感觉不妙，肺部已经出现了吱吱啦啦电流般的声响。我不能承受他的目光，它会刺激我哮喘发作，我要马上离开。但是我根本没有力气挪动脚步。

他突然用手指挑起了我的下巴，我不得不仰着头和他对视。你怎么了？为什么不敢看我？你在害羞吗？你真可爱啊，又跟踪我，又吻我的女朋友，真不知道你在想些什么。你是不是特别喜欢接吻啊？说完，他暧昧地笑了笑。

一块巨石逐渐压在气管上，快不能呼吸了，我已经说不出话，只能用眼神恳求他，放开我，求求你放开我吧！他并没有感受到我的意图，他的嘴唇慢慢向我覆盖下来，我的身体僵硬，视线开始模糊，身体里的黑洞在扩张。终于当我们的嘴唇即将吻合在一起的时候，呼吸断裂，身体抽搐，分泌物猛然喷射出来。他大叫一声使劲推开我，我重重地倒在地上，急促尖锐的呼吸声响起，像一个漏气的气球，我的脸被憋得一片通红，眼泪也被挤压出来。我看见白色的塑料瓶已经从口袋里甩了出来落在他的脚边。我弓着身体艰难地伸出手臂，请你，请你，把它递给我！我吃力地对他说道。他惊恐的表情慢慢消失，你怎么了？他蹲下身体看着我。

求你……我的舌头也僵硬了，说不出完整的话，只能手按着喉咙用急切、哀求的目光看着他。

他拾起塑料瓶在我眼前晃了晃，是这个，对吗？

我使劲点头。大脑嗡嗡作响，一个垂死者正吐出舌头。

他像是明白了什么，他握着塑料瓶饶有兴趣地看着我，是哮喘病吧？真是太新奇了，我从来没有亲眼见过哮喘病人发作，现在看到了，才知道电视上那些人演得都太假了。你怎么会得哮喘病的，真是可惜啊，这么美丽的一个女孩子。他说，没想到这种病这么可怕哦。

我想我快要死了，我的手臂已经垂落在地上，原本像海水一样澎湃的呼吸也逐渐停止，我的眼睛身不由己地凸了出来，这让我更清楚地看到他并没有要把瓶子还给我的意思，我倒在地上冷冷地看着他把瓶子装在自己的口袋里，他说，把这个东西送给我吧，我回去好好研究研究。他还用手拨弄了下我的嘴唇，你看你，本来是想和你接吻的，但是你却喷了我一脸的唾液，真倒霉啊！最后他带着一如既往的婴孩般天真无邪的笑容对我说，可怜的女孩，我走了，再见吧！他真的走了，像一匹斑马一样欢快地蹦跳而去。

我并没有死，虽然我无法解释我为什么没有死，实际上当我醒来后我才发现自己还活着。我慢慢从地上站了起来，仔细地拍了拍身上的灰尘，然后若无其事地回到了家里。趁家里没有人，我把阳台上的壁橱翻了个底朝天，终于找到了一根粗重的铁棍，我拿着它往地面戳了戳，很结实，这绝对是个理想的工具，我抱着铁棍笑了起来。

和以前一样，凌晨三点二十分，我来到了楼下，严格地说并不完全一样，因为我的手里多了一根铁棍。自从我记事起，我就认为自己是一个没有力量的人，不能做任何剧烈运动和重体力活，但是今天我才明白，原来这些对我并不是一件困难的事情。比我预想的时间提前很多，我就完成了这项运动然后拖着铁棍回到了家里。躺在床上，身下的斑马还在奔跑，月光在墙壁上飞驰，这个晚上异常安静，没有任何声音惊起我的睡眠，我睡得非常香甜。

一觉醒来居然到了吃晚饭的时间，感谢我的家人在我睡熟的十七个小时里面没有打搅我。我打开房门走到客厅里，爸爸妈妈和妹妹已经围在桌边开始吃饭了，我打了一个哈欠，神清气爽地盛了一碗饭在桌边坐下。

我给你交代的你记住没有？不要到处乱跑，听见了吗？妈妈正对妹妹说着。

妹妹撅着嘴巴说，哎呀，没有关系，我会注意的，我不是每天都很安全地回家了吗，哪有那么严重啊！

爸爸放下筷子瞪了妹妹一眼说，你别不当回事，你看今天早上不就有个锻炼身体的男孩掉进下水道里了嘛。

妈妈点点头说，就是，那可不是闹着玩的，还不知道能不能抢救过来，我看危险喽。

妹妹说，我昨天晚上下自习回来的时候，那个井盖还在的，怎么就不见了啊？

爸爸说，傻瓜，小偷都是半夜才去撬井盖的啊！话音刚落，妈妈、妹妹和我都信服地点了点头。

又到了深夜，家人都已经安睡。我扯起身下的床单，把床下的矿泉水瓶子都放在上面拿到了洗手间。它们被丢在洁白的瓷砖地面上，我点着了打火机，塑料瓶已经全部融化了，那匹斑马带着身上灼穿的黑洞还飞扬着蹄子奔跑，我耐心等待着，终于它慢慢地慢慢地从草原上消失。

从此，我再也没有见过那个男孩。从此，每个凌晨四点，我都在熟睡之中。

那一年我十五岁，我永远都不会忘记。

——原载《山花》2006 年第 1 期

甫跃辉

# 初　岁

对兰建成来说，今天注定是个终生难忘的日子。他蜷缩身体，感到寒冷如一条青白小蛇，钻进被子，缠绕光光的脚底板。牙齿磕碰得的的响，两臂紧紧抱住瘦弱的身子一阵颤抖，旋即感到小腹涨得生疼，蜷身收腹，可尿意越来越强烈，几乎占据了他的全部意识。咬咬牙一骨碌坐起，摸到眼镜，披了件外衣，下楼往后院去了。天才麻麻亮。他眯了眼，对准一棵牛腿粗的枇杷树，掏了一泡热烘烘的尿。抬头看天，天已呈现出黎明前半透明的蓝，疏淡的云彩好似笤帚尾巴。密密匝匝的竹林里，小鸟迸出一阵阵青翠欲滴般的啼鸣，路上传来了上山找柴的女人们单调的脚步声。猪圈里的年猪哼了两声。他走过去，看到猪钻在一堆臭烘烘的稻草里，害病似的哼哼着。他往圈里扔了一把菜叶，猪大山似的立起，旋即发出吧嗒吧嗒的咀嚼声。黎明灰蒙蒙的光线水一样漫溢，肥大的白猪岿然不动，好似一堵厚厚的白墙。他瞅准猪脖子，一瞬间，自己手握钢刀威风凛凛的模样跳进脑海。他今天要杀猪了。这是他第一次杀猪。他又一次咬紧牙齿，身子颤抖，激动和紧张混杂在一块儿，心头翻腾一片沸滚的水。

他伸手扶了扶眼镜，那个问题又蹦出来了。杀猪时究竟戴不戴眼镜？四邻八村，没听过杀猪还戴眼镜的。他摘了眼镜，眼前即刻蒙了一层纱布，那堵白色的墙现出模糊不清的轮廓，显得遥远而又虚假，让他感到无能为力。他又戴上眼镜，猪一下子跑到眼前，重新立成一堵白色的墙。

几天前，可以亲自动手杀猪带来的兴奋，不知不觉间，已被真切的现实转变成履行职责的心情，他甚至有些忐忑不安。他不止一次想过：如果刀子捅进去，猪不死怎么办？有人杀鸡杀鸭子，放进桶里浇热水拔毛了，鸡和鸭子还扑棱翅膀，跳出水桶，满屋子乱飞，猪要是杀不死，跑了，那闹的笑话更大了。去年刚开始跟老董杀猪，有人笑话他，哎哟，大学生戴副眼镜杀猪，这价钱要不要涨？他红了脸，低下头不敢看那人。老董熟练地操弄刀子，划开一条条肥厚的猪肉，替他解围道，杀猪杀屁眼儿，各有各的杀法。大学生杀猪，价钱不涨，便宜你们了！老董的话也令他羞愧不已，他只好将头低得更低，任油腻腻的生肉味钻进鼻孔。要是杀猪杀不死，村里人又该如何笑他？

面对村里人，他有时会感到异常愤怒，似乎这么多年来，村里人一直等着看他的笑话，如今终于等到了。第一年落榜，他回到村子，大门不敢出。有一天傍晚上厕所，听到母亲和一个女人说话。女人问，你家兰建成考到哪儿了？母亲说，他么，呆头呆脑的，报志愿的时候，老师到处找他找不到，时间过了，才晓得他提前回家了，老师都替他可惜。他蹲厕所里，大气不敢出，动也不敢动，为母亲的谎话羞得满脸通红，后来好几天，看到母亲阴绷绷的脸，他又不免可怜起母亲。第二年，他又落榜了，虽然志愿报低了，分数还是不恰不好少三分。他成天憋家里，也猜得出母亲会如何应对村里人的询问。母亲会说，他么，就是心大，我才说，老鼠的儿子会打洞，你爹妈大字不识几个，你报那么高的学校，我们又没有仗手，怎么考得过别人？他偏不听，喏，不是吃亏了？第三年他倒考上了，一个旅游专科学校。母亲高兴得像下蛋母鸡，四处散播喜讯，不多几天，村里人全知道了。他明显感觉到村里人眼神背后隐藏的敌意。半个月后，录取通知书来了，母亲的兴奋没有继续发展，而是偃旗息鼓了。

那天天气很热，盛夏的太阳射出一圈圈白亮的光。后院高大的枇杷树投下浓重的影子，他们一家子围坐树下吃饭。席间异常安静，只听见碗筷碰撞的叮叮声，好似一个个热白火星儿，四面八方飞溅，灼伤空气稚嫩的皮肤。父亲放下空碗，开始抽烟。蓝建成心里咯噔一下，预感到父亲要说什么了。果然，父亲长长吐了一口烟说，建成，书我们不读了。他匆匆瞟了一眼父亲，又低下头扒饭。父亲继续说，一年一万五学费，我和你哥干一年也攒不下那么多钱。不是你爹舍不得钱，只是帮你想想觉得划不来，这钱不如留着，等你盖房子娶媳妇用。他涨红了脸，一言不发，仍旧低头扒饭。他从小就听父母的话。他囫囵咽了几口白饭，饭生硬地穿过喉咙。盛夏出奇的静，空落落的，好似树上的蝉蜕。

接下来的日子，兰建成度日如年，他看得出村里人眼神里的幸灾乐祸，他不想留在村里，决定外出打工。不跟父亲一起，也不跟哥哥一起，他独自到了个建筑公司。大伙儿叫他眼镜王，他起初感到自尊受了伤害，时间久了，也就坦然接受了。不料一次休息期间，他听旁边的人小声议论，一个人说，这个工程迟早要出人命的。另一个人说，你怎么晓得？工头不是天天强调安全施工？第一个人就哼了一声，说你是不晓得，我亲眼看见，我们这个工程批了六口棺材，背后山坳里摆着呢。这年头干工程，哪儿不死几个人？都是事先批好的，死超过了这个数，工头才会被罚钱。两个人接下去的议论兰建成一句没听进去。他记住了同伴说的那个地方。入夜后，他烙饼似的，在硌得人浑身酸痛的床上折腾，好不容易等到大伙儿发出粗糙的鼾声，他悄悄起了，摸到后山一看，月光下的草棚里，红嘴唇黑身子的六口棺材一字儿排开。他傻站着，吓得脸都白了。往回走时，恍惚觉着那六口棺材一一直立起来，蹑手蹑脚笑嘻嘻地跟着自己。他不敢回头，憋了一口气，跑回工棚，衣裳裤子全湿透了。

他不干了，回家说了这事，父母安慰了他几句，并没有责怪的意思。他在家里待了半个多月，想想不是事，可又没什么地方好去。有一天，父亲对他说，我和老董说了，今年你和他们杀猪吧，反正你也闲着，学会了，好歹也算一门手艺。他没说好也没说不好，过了几天，在约好的时间，到了村口的屠宰场。

每年临近年关，白水寨会在村口设立一个屠宰场。那儿有几棵粗壮高大的羊草果树，投下一团团浓密的阴影。老董带几个人，在树下的一片空地，几年前用土基，如今用空心砖砌一个半人来高的条形台子。台子一端高一端低，低的那端紧接一口铁锅，铁锅下设灶洞。杀好的猪放台子上，从铁锅里舀水烫猪毛。用过的水又流回锅里，可以反复多次使用，最终浑浊如泥浆。

那天兰建成起了个绝早，到了村口，看到灯火红红一片，杀猪处有人了。台子后，老董站起来说，来啦？过来向火。他搓着手走过去，跟老董和三十七八岁的吴贵人打了招呼。吴贵人往旁边挪了挪，将紧靠灶洞的位置腾出来，说你靠近点儿，暖暖身子待会儿好动手。不知怎么，他脸红了，慢腾腾地在老董和吴贵人中间蹲下，两手伸向灶洞。灶洞里塞满劈柴，木柴像呻吟，又像轻声歌唱，浑身冒出红红的烈焰，烈焰如同轻薄柔软飘忽的绸缎，热热地快拂到三双手上。一双手乌黑，经络毕现，好似干瘪有力的鹰爪，右手拇指边，硬硬地跷起一个小指头。这个多出来的小指头精神抖擞，非但不多余，反倒让人觉得，整只手的精气神全靠它凝聚。——这双手是老董的。另一双手是蜡黄色，粗大，肥厚，有一股莽撞的力量，这双手是吴贵人的。兰建成的目光落在自己手上，这双手还残存着不属于泥土的白皙，在工地一年多来加给它的磨折，只愈发显出它的瘦弱。它还没和脚下的这片土地建立起真正的联系。三个人背后的空地，给火光映照成淡红色幕布，三个人沉默的影子镶嵌其间，如相互联系的三个石刻，靠不可知的因素，凝聚成一个浑然的整体。三个人之间流动的热烘烘的空气加强了这种无形的联系。不久，三个人烤得浑身发热。老董掏出烟包，卷了一根草烟，将烟包递给吴贵人，吴贵人也卷了一支。吴贵人将烟包递给兰建成，兰建成挡住了，说我不吃。吴贵人咧开嘴，说，老师没教你呀？你们老师是哪个，是不是那个读书只看天的？我找他去。兰建成满脸通红，连忙否认。吴贵人嬉皮笑脸，说那你们老师肯定是个女人，我和你说，怕老婆的男人才不吃烟，你们老师管老公管得严，你们可不要也教她管着。兰建成支吾着，说我们老师不是女人。吴贵人立马说，那是你妈不让你吃，怕我们以后叫你请客？兰建成向老董投去求救的目光。老董咧开嘴，无声地笑，枣子似的皱巴巴的脸烤成赭红色，上面火苗的影子摇曳。老董一边拿一根木棍捅柴火，一边说，老三你不要好的不会，尽教人家乌七八糟的东西。又转过脸看着兰建成，说你不要听他乱嚼，他以后胡说八道的时候多了。

起初一段时间，兰建成的主要责任是烧火。烧火谁不会？烧好却不容易，尤其对屠宰场来说，为了保持水温，火要不大不小，很不容易。不知道什么缘故，屠宰场的劈柴还经常湿漉漉的，又多半很笨大，刚点火时，免不了黑烟滚滚。兰建成的眼镜时常被熏黑，两眼泪水直冒，若不戴眼镜，又看不清。有时瞌睡来了，灶洞旁边刚好有一棵干枯的大羊草果树，树皮早给剥了当柴烧，露出的树干光滑洁白，身子一挨上，立马睡过去了。睡梦昏昏间，猛然感觉脚脖子像给砍了一刀，急睁开眼，只见老董又一脚飞来，铁青了脸，劈头盖脸骂道，什么大学生？不读书了就好好当农民！连烧火都烧不好，以后怎么过日子！吴贵人则插科打诨，说昨晚上哪儿用功去了？兰建成心里翻起一股股酸水，也只好忍着。大半个月过去了，兰建成算是摸着了一些烧火的门道，老董不骂了，吴贵人也不怎么笑他了，烧火之余，还给老董打下手，帮着拔猪毛，以为从此安然无事。一天，老董却忽然对他说，今后除了烧火，他还得帮吴贵人翻猪肠子。

猪吃光了菜叶，踱到兰建成眼皮底下，抬起头，直了脖子哼哼。整头猪雪白一团，只猪鼻子和周围的一圈毛是黑色的，有点儿像电视里的白鼻子小丑，不过颜色恰好颠倒过来。朦胧晨光中，那硕大的脑袋、厚实的双肩、丰肥的臀部，以及四条粗细恰当的腿共同构成的猪的形象，显得格外匀称、完美。甚至猪身上散发出的浓浊的臭味，也增加了这种完美。兰建成呆立着，似乎第一次感到了这种令人惊叹的完美。想到再过两三个钟头，这头猪会变成一块块划分整齐的肉、一盆滚热的鲜血、几条清理干净的肠子和一些彼此不相关联的内脏，实在是匪夷所思。促成这种变化的将是他的一双手。现在，他对自己能不能做到这点越来越没把握了。昨晚，吴贵人笑嘻嘻地问他准备好没有，反正是你自己家的猪，明天不管你横杀竖杀，把猪杀成猪肉就成。他虚扑扑地笑着，心里已有些虚。杀猪处的活儿，他什么都干过了，就差动手杀猪了。让一头猪的命在手中终结，不是每个人都能做到的。吴贵人跟随老董干了十多年，烧火、拔猪毛、翻肠子，什么活没干过？就唯独没动手杀过一头猪。

不得不说，吴贵人翻肠子的活儿干得漂亮，而且是个好师傅。兰建成记得清清楚楚，第一次翻肠子那天早上，他将火烧得旺旺的，猪血似的火苗直舔到他的鼻尖。那早上的第一头猪已经开膛破肚，吴贵人正清理猪大肠。他不朝那边看，眼睛只盯着红红的火苗，火苗忽左忽右，忽大忽小，尽心竭力跳一段奇异的舞蹈。老董的声音在头顶响起，去帮老三翻肠子。他仰起烤得滚热的红彤彤的脸膛，说火还不够大，我再烧会儿火。老董放下木瓢，一个指头往水里一探，迅速抽回来，烫得铁水一样了，还烧！你想吃火烧猪是怎么说？兰建成还想分辩，老董拉下脸，踢了他一脚，还不快点儿过去！又怕死又怕脏，做什么农民！他不敢再说什么，走到吴贵人身边，站着，只拿眼睛看。吴贵人娴熟地翻动肠子，也不理他。刚从猪肚子里掏出来的大肠小肠，长虫似的盘成一窝，蒸腾起一大股湿热的腥臭。他站着，越来越觉着尴尬，只好勉强蹲下，眼睛却望向远处的土路。大清早的土路浮一层虚土，静悄悄地通向村外。怎么，叫老头子骂了？吴贵人搭讪道。吴贵人笑嘻嘻地扭头望望老董，说，老头子可不是好惹的，你还不赶紧动手？他转回头看了一眼肠子，又把头扭开，好一会儿，才重新转回来，卷好袖子，一只手三个指头高高跷起，只用拇指和食指掐住肠子，无意义地拖拉。吴贵人停下手中的活儿，抬起眼瞅着他，你绣花哪？这可是翻屎大肠！他绷红了脸，一言不发。忽然，吴贵人拽住他的双手，往前一拖拉，深深按进刚挤出来的猪粪里，他还没回过神，吴贵人又伸手朝他脸上一抹。吴贵人看着他傻子似的，笑得直不起腰。

臭烘烘的猪屎湿答答沾了半边脸，眼镜上多了几个麻点，最恶心的是嘴角竟隐隐尝到了一点儿青草的苦涩，兰建成瞪大双眼，想伸手擦一擦脸，可两只手同样沾满了黄浊的猪屎。伴随着吴贵人响彻云霄的大笑，他翻肠倒胃，泪花滚滚，两眼一抹黑，差点儿没吐出来。

老董看了他们一眼，继续手中的活儿，说你怎么不把猪屎直接塞他嘴里？猪屎他怕，肠子他吃不吃？吴贵人好不容易忍住笑，瞅着兰建成的脸，得了得了，你从小到大吃了多少肠子，这么搞一下就要哭鼻子？还不赶紧动手，老头子又要骂了。兰建成吸了吸鼻子，使劲儿将眼泪逼回眼底，也不擦脸了，看看自己的双手，又看看猪大肠，奇迹发生了，刚刚的厌恶差不多全没了。他学着吴贵人的样子，摆弄着猪大肠，吴贵人呵呵笑着，连声说，轻一些，轻一些。

吴贵人干脆停了手，瞧着他弄，不时指点一下。老董褪光了猪毛，咬了一支烟，望着他们，慢悠悠地说，这就对了，读书人怕脏，你又不读书了，怕什么？和土地打交道的事，哪样不脏？没有脏的，哪来干净的？脏的可以变干净，干净的也可以变脏，说到底，你瞧它干净它就干净，你瞧它脏它就脏。

他对老董绕来绕去的话似懂非懂，心里却真觉着一直阻碍自己的一扇门打开了。忙了一早上，他脸上的猪屎一直没弄干净，对来杀猪的人的说笑，他也并不怎么在意。有人质疑他一近视眼翻的肠子干不干净，吴贵人大声说，你瞧好了，这可是戴着眼镜翻屎大肠，做的是糙活，使的可是绣花功夫，以后你家菜碗里的猪大肠要是有一坨屎，拿来我给你擦干净咯。那人直把唾沫吐吴贵人脸上。

兰建成盯着猪脖子看，越看，心越虚。杀这么大个活物，能成吗？不知不觉，他的身子竟然在发抖。当他发现了这一点，知道不能在猪圈边待下去了，再待下去，他保准比这头猪先完蛋。天还早，眼前的一切都还陷在朦胧的网中，这是村里今年杀的最后一头猪了，不用赶早。他这一夜都没睡成，最好回床上再眯一会儿。经过哥嫂的房前，他忽然想起一件事，他竟然把这么重要的事忘了！这一年多来，六岁的侄女小微一直给这头猪拔草，看着它一天天长大，早把猪当做自己的同伴，要是看到它给杀了，那非哭天喊地不可。——十多年前，他自己不也差不多这样？如今的猪大多是圈养的，很少出门，把年猪从家里撵到屠宰场不是件容易的事，老董顺应潮流，这几年都是带吴贵人和他到主人家，杀好了猪，再拖到屠宰场褪毛开膛。待会儿在后院杀猪，猪一叫，岂不要惊醒小微？

他想，待会儿老董和吴贵人到了，和他们说说，还和往年一样，把猪撵到屠宰场宰杀。想好了，上了楼，重新钻进被窝。被窝愈加冰冷，仿佛一大块吸饱冷水的沉甸甸的海绵。他蜷成一个虾球，上牙碰下牙，簌簌抖动，无论如何睡不着。他翻了几个身，瞅着窗户，等太阳照亮最下面一块玻璃。

十多年前的那个年末，阳光出奇绚烂。石榴树丛褐色的枝条冒出了嫩嫩的芽儿，绿绿的，硬硬的，一个个打了蜡似的。偶尔还会看见两三个花苞儿，紫红色的，结结实实立在枝头，如同咕嘟着的嘴。他和哥哥常在石榴树下玩耍。忽然，啪的一声响。两兄弟面面相觑，都竖起耳朵听。接着，静静地隔了很长时间，又远远地传来一声：啪——不约而同地，他们咧开嘴笑了。哥哥拽着肥大的裤子站起来，男孩也跟着站起，摩挲着手，不知道该做什么。他们静静地等待着。冬日明晃晃的阳光大片大片洒落。出人意料的，另一个方向突然传来几声：啪啪——啪——他们欢喜得不知如何是好了，翘起鼻子，嗅到一大股鞭炮散发出来的好闻的火药味儿。似乎一嗅到火药味，就要过年了。那时候，父母每年会向他们许诺，只要他们听话，过年就买鞭炮，一人一串红色小鞭炮！

那一年，父母吩咐他们做的事是照看家里的两头猪。猪是家里的母猪一年前生的。小猪刚生出来，迷糊眼睛，浑身裹一层黏糊糊的白膜，肚皮下还拖一条长长的红色脐带。小猪一落地，立即给转移到一只宽大的垫了棕衣的篮子中。两兄弟下巴搁篮子边沿，勾下头，咧开嘴看。小猪磕磕碰碰乱撞，身上沾了草屑，不时被脐带绊倒。母猪哼了半天，再没生出其他小猪。篮子里，两只小猪发出一阵阵尖细的叫声，引得圈里的母猪粗声吼叫，母亲骂了母猪两句，才将两只小猪放回圈里。两兄弟也随之转移阵地，跑到猪圈边，趴圈栏杆上看。只见黢黑的母猪躺卧着，两只小猪撞上母猪，用鼻子使劲儿拱母猪的肚皮，一会儿，它们含住奶头，刹住后腿，撑开前腿，开始极其起劲地吮吸奶水。母猪也安静下来，寂静中，只听见吱吱吱的吮吸声。过了几天，两只小猪肚皮下的脐带变得又细又黑，好似不小心被毒花花的太阳晒干的蚯蚓，又过了两三天，脐带消失了。

俗话说，初生猪羊见风长。在两兄弟注视下，两只小猪在风日里迅速成长。他们分了工，各自照顾一只。每天，除了各自拔回一篮子草，他们还带小猪到村外晃悠。荒地和青草繁茂的小山坡成了他们最好的去处。通常，他们会先找一个地方睡觉，躺在高高的草丛间，对了大太阳，美美睡够一觉，站起身来，四周望望，两只猪正低头吃草，并不跑远。他们分开草丛，朝两只猪走过去。青草丛里，褐色的蟋蟀，绿色的蚂蚱纷纷擦了他们的身子掠过。盛夏的日子，猪吃饱了，跑累了，会找个烂泥塘，滚一身黄烂烂的稀泥，滚完出来，忽地，使劲儿抖动身子，浑身的毛奓开，子弹似的，射出千百个泥点。两兄弟跳舞一样躲避着飞来的泥点，哈哈大笑。荒芜的野地里，这样充满欢笑的日子还有很多。

兰建成对其中一次记忆深刻。那天，两只猪吃饱了，睡草丛里，呼呼打鼾。哥哥嘴角含一根草茎，一路拍打着亮闪闪的草叶朝他走过来。哥哥看看他，又朝猪努努嘴说，你猜，骑上去会怎么样？他瞅瞅猪，又看看哥哥，为哥哥的想法惊讶不已。会怎么样？骑到猪身上会怎么样？他的脑袋瓜飞速运转。他已经朝猪靠过去了。他蹑手蹑脚，小心翼翼，屏息凝气，生怕弄出一点儿响动。事实上他的举动毫无必要，两只猪睡得死沉。哥哥紧跟他，呼出的热气毛毛虫似的爬进他的脖子。离猪越来越近，哥哥的喘息越来越响，赫哧赫哧的喘息就如定时炸弹，每踩一脚就如踩在猪身上。他脸颊发烫，两手出汗，再也不愿往前跨一步了。他转回头，为难地瞅着哥哥。老鼠！哥哥压低声音，厉声骂道。他最痛恨哥哥喊他老鼠，他不是老鼠，他可不像老鼠那么胆小。为这个，他和哥哥干过好几架。那一瞬间，他脑袋一热，又往前跨了几步。现在他想不起当时怎么跨到猪身上了，但清楚地记得当时的感觉，只记得屁股坐了一个热乎乎毛茸茸的东西，心跳恍惚漏跳了半拍，那东西突然往上一挣，明亮的天空猛地一抖，胯下的猪，头往前梗，怒吼着，发疯一般冲出去。天空、草木、小山坡和哥哥剧烈抖动，如同画在一张揉皱的纸上。他紧紧抓住猪鬃，仿佛拽着一把火热的钢丝。不过并没有什么用。当他茫茫然地坐在石子路上，屁股仿佛裂成了四半，才听到哥哥放声大笑，就像满山满坡的石头一齐滚下来了。他快哭出来了，泪花滚了滚，喉头哽住了，大大喘了口气，居然把哭声咕咚一声咽下了肚子，然后和哥哥一起放声大笑。

之后，他们常常冒险干这事儿，每次都会笑得直不起腰。回家的时候，笑声仍在野地里回荡。两只猪越来越肥，跑不动了，他们才歇手。两只肥大的猪懒洋洋的，走一会儿就累了，躺进深深的草丛，偶尔抡一下尾巴，身上散发出猪粪和青草混合的气味。躺在一旁的兰建成和哥哥，沉浸在这熟悉的气味中，透过密密的草丛看到破碎的太阳已经擦山。太阳射出橘黄色光芒，两只猪雪白的毛金光灿灿。兰建成把脸贴近湿漉漉的泥土，仰起脑袋，斜斜地瞅猪身子，瞅见一座缓慢上升的高山，山上种满金色的参天大树，他穿过金色的树林，一步一步，踩着温暖而松软的土地，留下一个个脚印，最终爬到了山顶……他深深地迷上了这个幻想。他想象着自己在一片金色的树林当中坐下，望着极远处的夕阳，只消吹一口气，那夕阳就在他眼睛里，晃晃悠悠飘下去了。

时隔不久，家里来了个满脸络腮胡的男人，开拖拉机带走了哥哥负责的猪。哥哥追了拖拉机很远，先是左脚的鞋子跑掉了，后来，右脚的鞋子也跑掉了。

太阳还没照亮窗户最下面一块玻璃，兰建成听到两个人的脚步声从屋后响起，杂乱的脚步声带着老董和吴贵人走进了前院。兰建成穿好衣服，想要不要戴眼镜？不戴了！刚走出两步，又回头拿了眼镜戴上。下了楼，看到父亲正陪他们喝茶。一见兰建成，吴贵人就嘻嘻笑，看着他的眼睛说，四眼，一夜没睡吧？老头子说杀猪杀屁眼儿，各有各的杀法，今天就瞧你怎么个杀法了。兰建成笑笑，并不答话。他挨着父亲坐下，摘下眼镜，把眼镜腿折拢，又打开，又折拢。待会儿杀猪要不要戴眼镜？他不再想能不能杀死那么庞大的一头猪，反反复复想的只是，杀猪时要不要戴眼镜？要不要戴眼镜？仿佛这个问题解决了，一切就如同破了疙瘩的竹筒，刀子可以畅通无阻了。这时候，老董皱成一粒枣子的脸躲在浓烈的烟雾后面，说，怎么样？昨晚和你说的，还记得吧？兰建成啊了一声，忙说记得，师傅说，刀子捅进去，和一个人从山崖朝下跳是一回事儿，什么时候咯噔一下，感觉落到了实处，那刀尖就刺中心脏了，刺中心脏才能拔出来。老董点了点头，大声咳嗽。吴贵人朝兰建成挤挤眼睛，说四眼不错，不过你可不能光溜嘴皮子，这不是背书给老师听，得真刀真枪干。父亲微笑着说，老三，你得帮着点儿。老董止住咳，说他会什么，也就一张嘴。眼睛直视了兰建成，两手一按膝盖，说，那就动手吧。兰建成心里突地一跳，想起刚刚的顾虑，连忙说了。吴贵人撇了撇嘴，说这有什么好怕的？杀猪嘛，小微也见多了，光光今年见了多少？兰建成不理他，期待地望着老董，老董沉吟了一会儿，说容易，这两年不把猪撵到屠宰场杀，也是怕主人家嫌麻烦，如今你主人家不怕麻烦，我们有什么好说的？

兰建成开了圈门，用一把草将猪引出来，走在前面，猪扭着肥大的屁股，哼哼着跟上他。老董和吴贵人拿了麻绳、刀子等跟在猪后，父亲拉了手推车断后。手推车是待会儿用来装猪肉的。他们一行出门，拐上了通往村口的土路。还是这条积满虚土的路。十多年前，这条路通向了一次给兰建成留下恒久印象的屠杀。

十多年前，哥哥负责的猪被卖掉后，一个灰蒙蒙的影子罩住了兰建成。他隐隐有些担忧，预感有什么威胁着自己的那只猪。一天吃过午饭，他的预感坐实了。母亲一边收拾碗筷，一边说，我们家什么时候杀年猪？听说村口杀猪处的灶快要拆了。父亲正懒洋洋地抽烟，吐出一口烟，看白色的烟缓缓散开，说你置办好了东西，什么时候都成。母亲说那后天怎么样？父亲仍然懒洋洋的，说那成。就这样，猪的命运在一场简短的谈话之间定死了。兰建成坐在桌边，谁也没问他一句话。他从他们身边走过去，故意撞了一下桌子。他们仍旧说他们的，眼睛都没往他身上斜一斜。他走到猪圈边，脑袋搁在栏杆上。猪深深地陷在肮脏的稻草堆里，雪白的肚皮一起一伏，眼睛闭着，不时扇动一下耳朵。还睡！兰建成咕哝一声，扔了一把青草进去，草落在猪身上，猪动也不动。他很恼火，用力拍栏杆，大声朝它吆喝，看到它睁开眼睛，又大大抓了一把特别嫩的草扔进去，这回猪有反应了，侧身挣了挣，先坐起，吃了两口草，才慢慢站起。哥哥也走过来，和他一起趴栏杆上，看着猪吃草。他们谁也没说话。空气里充满了青草的汁液。

第三天一大早，兰建成睡梦中听到一些什么声音，忽然惊醒过来。坐直身子，只见窗玻璃一片明亮，父母的声音夹杂着猪的喘息从院子里传进来。做什么？他没头没脑地问了一句。哥哥睡他旁边，一条鼻涕虫似的口水从嘴角挂下，嗒了嗒嘴，扭过头继续睡。他六神无主，听到脚步声往大门去了，莫名地害怕起来，三两下穿了衣服，跳下床，靸了一双拖鞋，打开门跑出去。鞋底紧贴地面，冷冰冰的。灯光昏昏的院子人影横斜，父亲和母亲正往大门外走，那只猪扭着肥大的屁股，艰难地走在他们前面。他呼哧呼哧追上去，你们做什么？他看看猪，仰起脸看着父亲，哈出一团团白气。父亲纳闷地瞅了他一眼，不耐烦地说，你怎么出来了？回去回去！他又转而看着母亲，眼里漾了细小的泪花。母亲说，去杀猪。他感觉头顶嗡地响了一声。父亲又命令道：回去睡觉！他似乎没听懂父亲的话，一句话不说，跟他们屁股后面。母亲给父亲使了个眼色，父亲不再说什么了。

天还很早。山顶一弯淡淡的月亮。村里唯一的大路灰蒙蒙地向前延伸。路上厚厚的尘土经了露水，湿漉漉的，在他们脚下发出喑哑的噗噗声。他们谁也不说话。兰建成目不转睛盯着跟前很肥的猪。猪走几步，停下来，寻觅路边的青草，嘴里发出叭嗒叭嗒的声响。耽搁得久了，母亲便拿一根细细的棍子，轻轻敲它的屁股。兰建成抬起头可怜巴巴地望着母亲。这时猪又扭着屁股，吃力地往前走了。整条路上，他们没遇到一个人。除了远处的村口，路边的人家没透出一点光亮。他们走走停停，花了将近一刻钟才来到村口的露天屠宰场。屠宰场用土基打的水泥台子旁，高高竖着一根竹竿，挑出一盏一千瓦的大灯泡，吱拉拉地向外射出耀眼的光芒，在黑夜里划出一大片光圈。

那时候，屠宰场里也是老董和吴贵人两个人。老董四十多岁，头发黑硬得赛过猪鬃，走路时头往前冲，一副气势汹汹的样子。吴贵人二十多岁，长了一张娃娃脸，天生为了说笑准备的，刚和老董干了两年，还没自己动手杀过猪。直到今天，吴贵人也没杀过猪。有一次吴贵人和老董争辩，吴贵人开玩笑说自己不杀猪，是怕作孽，死后下地狱。老董拉下脸，说放什么屁？一个屠宰场，就这么几个人，你不杀，我杀！你不下地狱，我下地狱！人要吃猪肉，天塌下来也改不掉，我们一个个做活菩萨，世上的猪照样死！在哪个手上死不是死？手艺好的，一刀结果了，就是积德；手艺窝囊，几刀捅不死，那才是作孽。你自个儿窝囊，就不要说废话！兰建成还是第一次见老董发这么大火，吴贵人也吓到了，闭了嘴，脸上挂着尴尬的笑。这么说来，猪的死，并没有多少值得哀痛的。农村人养猪，不为了卖钱，就为了吃肉，可比不得城里人养宠物，是用来宝贝的。这两年在老董的屠宰场，兰建成不知看了多少猪哀号着流尽最后一滴血死去，心里全然没有一丝丝哀痛。十多年前，他还是一个小孩子时可不是这样。

十多年前，年轻气盛的老董和吴贵人早候着了。他们拍拍屁股，朝父亲走过来，几个人压低嗓门交谈，就像担心惊扰了黑夜深处的什么东西。兰建成没听他们说话。猪在屠宰场前的空地上闲逛，自由自在，无忧无虑，后来在屠宰场边停了下来。他好奇地走过去，看到猪鼻子下一丛绿油油的草。肥大的猪开始吃那一小丛草。兰建成看得津津有味。草没吃完，父亲和老董走过来了。

老董瞄了父亲一眼，说帮忙提一下猪尾巴就成，又问吴贵人，准备好了？吴贵人说准备好了。老董脖子上系一条油腻腻的、几乎看不出本色的蓝色围裙，围裙下摆垂到膝盖，来回摩擦着一双打了补丁的黑色高筒雨靴。他从油腻腻的围裙口袋里抽出一根烟，斜斜地叼上，吴贵人给他点着了。他眯起眼睛，猛吸一口，从鼻孔里喷出一大团白色的烟，嘴里含了个石子儿似的，说，动手。

老董抄过桌上的一条很粗的麻索，将末端一圈一圈绕紧黑油油的右手手臂，背对灯光朝猪走去。烟头红红的火光在他的阴影里一闪一闪的。他俯下身子，伸出左手，轻轻地抚摸猪的脊背，右手趁势将麻索另一端的套子套住猪脖子。猪抬了抬头，仍低下脑袋吃那一小丛草。他直起身子，往后退了几步，突然，右手往后一拉，麻索被扯紧了。刹那间，猪被雷电击中似的，又仿佛肥大的身子落在了钢丝床上，不停地上下乱蹦。地上的灰尘噗噗响。猪和老董之间，麻绳瞬间松开，瞬间绷紧，如一条灰褐色的毒蛇。吴贵人冲过来，拽住了猪的一只后脚，父亲也躲闪着跑过去，揪住了猪尾巴。只听得三个男人嘿哟一声，然后“磅”的一声巨响，猪已经给重重地扔上一张血迹斑斑的桌子。三个男人一起按上去，猪嘶哑地嚎着，动不了了。兰建成目瞪口呆，似乎不知道发生了什么，直到吴贵人把一柄长长的刀子递到老董手中，他似乎才一下子明白过来：他们说要杀猪，真的要杀猪了。可是已经晚了。刀子——几乎连同老董黑油油的长了六个指头的手，从猪柔软的脖子插进去，一会儿，刀子拽出来。停顿了半秒钟，或许更短一些，血畅快地喷出来了。猪雪白的脖子仿佛垂了一条鲜艳的红领巾。

老董嘴唇边，烟头红红的火光在黑暗里忽明忽暗。兰建成冷得浑身颤抖。他朝猪跑过去，母亲拽住他，他使劲挣脱了。你来做什么？离远点儿！父亲正搅动猪血，抬头瞪他一眼。他害怕了，退了一步，又忍不住往前跨了一步。猪脖子流出来的血越来越细了。他什么也做不了。血流尽后，猪被抬到另外的地方。地上留下一小汪血，血静静地渗进红沙土里。

兰建成走在十多年前走过的路上。虽相隔十多年，情形太相似了，中间十多年的时间被轻巧地掐掉了，从十多年前一下子跳到了现在。其间的感情却变了，他不再是那个难过又无能为力的小男孩。

他面前，猪走得极其艰难、缓慢。他也不急。这是猪走过的最后一段路了。他有充足的时间让它不慌不忙地走完这段路。这种由他掌控的宽容让他的心安稳下来，渐渐不再劳神想杀猪时要不要戴眼镜，或者，能不能杀死如此庞大的活物之类的问题。他和猪之间，形成了某种默契，心照不宣，彼此信任。他感觉到，猪其实知道自己走在通往生命终结的路上，同时也知道无法逃避，它的死已经没有悬念。既然如此，也就失去了本应有的紧张和不安，相反，带上了一点儿平静的悲怆。它要去完成一件对自己很重要又不能由自己决定的事。它把这件事交给他。他应该把这件事干漂亮。他要做的，也是一件并非出自自己意愿而又对自己很重要的事。他们只是配合着完成生活必需的一个环节罢了。猪走了一段路，和多年前那头猪一样，停下来吃路边的草。草是枯草，并没多少嚼头。但猪吃得津津有味。吴贵人骂道，瘟猪，还不快走！兰建成紧张地看着他，说让它吃吧。吴贵人笑了，想说什么打趣的话，老董瞅他一眼，也说，让它吃。谁也不说话了。

猪太肥，又没怎么出过门，缺乏锻炼，比较容易对付。兰建成先用索子套住了它的脖子，又用另一根索子套住它一只后脚。做这些事的时候，兰建成和它都不慌不忙，相互配合得很好。现在，系脖子的麻绳在兰建成手中，系后腿的在吴贵人手中。四眼，吴贵人说，这个时候你还戴眼镜？他安稳的心神陡然一乱。要不要戴眼镜？戴眼镜能杀猪吗？这些问题再一次马蜂一样骤然叮咬他的脑袋。刚才的平静恍惚不曾有过。他摘下眼镜，看了看镜片。眼前一片模糊，揉揉眼睛，又戴上了。他没回吴贵人话，却一下子拉紧了索子，连自己也吃了一惊。猪像是为了尊严，做出最后的挣扎和呼叫。四个人拥上去。将肥大的猪按在杀猪桌上后，吴贵人迅速解下系后腿的索子，兰建成接过索子，迅速缠绕住猪嘴。一切动作熟练至极，好似干过几百遍的活儿。猪叫不出声音了，只有细微的哼哼从嘴的缝隙漏出。兰建成站在猪背后，垂下头，和猪几乎脸碰脸，猪嘴咧开的白色牙齿和红色牙龈看得一清二楚。不知何时，他手里有了一把尺把长的刀子。他毫不犹豫，举起刀子，用刀背使劲儿敲了一下猪的前腿膝盖，前脚没法动弹了。现在，他可以毫无阻碍地刺出这关键的一刀了。他却犹豫了，脑子一片空白。愣什么！老董厉声斥道。一刹，他清醒过来，顺过刀子，刀尖抵住猪雪白的喉咙。方位丝毫不差。就是那儿！老董的语气变成鼓励了。他喘了长长一口气，那口气在他身上转足了一圈，最后吐在猪鼻子上。刀尖刺了进去。如同插进了密实柔软的沙堆。一脚踏了个空。兰建成心慌意乱。不过这个过程并不久。他很快感知到了刀尖传达出的那种落到实处的感觉。很快确认了。又往里刺了一下。他松了口气，抽出刀子。血接踵而至。这时候，他才重新听到了猪嘴漏出的呻吟。接下去的过程太漫长了。猪珍惜最后的时间一样珍惜身体里的血。它拼命吸气，又不得不呼出气。吸气时，血便流得慢了，甚至不流。喘气时，血又以更快的速度涌出。兰建成从未站在这个位置看过猪流血，他恍然觉得血是从自己身上流出去的。不知不觉中，他的呼吸竟和猪的达成一致。血越流越少，身体也越来越衰竭。兰建成疲乏极了。有几滴血溅到眼镜上。他抬起头，望到了升到树梢的太阳。树顶细碎的枝叶后面，太阳是如此真实和温暖，以致他不敢多看一眼。等待着，终于，猪在他的手下一阵猝不及防地剧烈抖动，然后，静下来了。他顾虑的事全没发生。

他老练地在猪鼻子上割了两刀，为待会儿拎猪头提供方便。接着，烧水褪毛，割下猪头，开膛破肚，掏出内脏，清理肠子，最后划分整个身体。他做得有条不紊，不动声色，不像个初出茅庐的年轻人，倒像久经战阵的老手。老董站在一旁苛刻地微微颔首。父亲露出了笑，连声感谢老董调教得好。吴贵人一面烧火，一面腾出嘴巴打趣他，他充耳不闻，一句话不说，看上去完全沉浸在充满乐趣的活儿里了，直到周围多出两条狗，他才停下手中的活儿，举起刀子撵狗。

是一大一小两条黑狗。大的一条细长，短毛，下垂的耳朵特别大，夹着尾巴，鼻子很尖，一副贼头贼脑的样子。小的一条毛很长，一双眼睛给眼屎糊住了，眯成一条缝，鼻子是短秃的。两条狗给撵走，观望了一会儿，又踅回来，贪婪地舔地上残留的血迹。兰建成瞅见，又撂下手中的活儿，去追两条狗。两条狗连声尖叫，一眨眼跑远了。兰建成气呼呼走回来，吴贵人笑嘻嘻说，又不是母狗，你追它做什么？兰建成没好气地说，它们吃猪血，你又不是没看见。吴贵人仍旧一副笑脸，它们吃猪血，那也是地下的猪血了，你家又不刮回去炖了吃，你心不得什么？兰建成无话可说，阴着脸，低下头做事。当两条狗再次回来，他仍旧追得它们夹着尾巴望风逃窜。吴贵人几乎笑得抽过去。老董提了一桶热水，冲干净了地上的血迹，两条狗不回来了，兰建成才又安心做事。

一波刚平，一波又起。远远听到一个小女孩打着哭腔的声音，只见一个小女孩拽着大人从村里出来。兰建成一眼认出是小微。小微看到杀得四分五裂的猪，喉咙里的哭声扑闪着翅膀要飞出来。母亲笑呵呵地望望屠宰场的人，又瞅一眼小微说，难不难看，你也不瞧瞧，这哪是你的小白猪？小白猪到你外婆家去了，她家借去喂几天，过些时候就送回来。小微哽咽着，盯着兰建成。兰建成拿着刀子，看着小侄女，一脸的呆滞。母亲又说，让你叔对你说，你偏信你叔，看你叔和我说的是不是一样。兰建成瞟一眼母亲，握着刀说，小微，你奶奶说的对。有一瞬间，他又隐约触到了小时候的那种疼痛，但转瞬即逝。

时隔多年，兰建成已经不能体会面对一只猪的死产生的那种痛苦了，甚至为自己当年竟然那么痛苦感到难为情。说起来最让他难堪的是，当时他也吃了猪肉。那年家里杀完年猪，不多几天就过年了。太阳照耀石榴树丛，嫩芽儿悄悄撑开了，在细细的风里颤动。那几个咕嘟着的花苞咧开嘴唇，伸出嫣红的花瓣，如一片片颤巍巍的小火苗。几只蜜蜂飞来，在树丛里嗡嗡嗡飞进飞出。兰建成和哥哥在树下玩耍，隔不了多久，就会听到鞭炮声隐隐传来。大年三十那天，从下午开始，村子就被鞭炮的声响淹没了。哥哥不时跑进厨房问母亲：饭做好没？饭做好没？母亲总是回答：猪肉还不烂。哥哥跑进跑出，几乎将厨房门槛踏平。终于，天擦黑的时候，饭做好了。哥哥在草绿色裤子的屁股上擦擦手，从父亲手里接过一串鞭炮，一跳一跳跑到大门口去了。兰建成没紧随哥哥跑出去。他站在堂屋门前明亮的灯光下，等待着什么。像是等了很久，鞭炮声在大门外噼噼啪啪响了。哥哥已经小心翼翼地点燃了鞭炮，不过在这之前，他一定会偷偷将鞭炮摘下几个藏起，过几天再拿出来放，好再次向他炫耀一番。他每年都这么干。门外的鞭炮声很快歇了。更多鞭炮声从村子里时断时续地传来，从更远的地方飘飘渺渺地传来。空气里弥漫着一股刺鼻的火药味。哥哥叫着嚷着跑回来，衣兜鼓鼓囊囊的。

老鼠！哥哥站在院子里，歪着毛茸茸的脑袋，大口喘着气说，连放炮都害怕。真是个老鼠！兰建成满脸通红，我不是！哥哥对他的反驳不屑一顾，甩一甩手说，别抵赖了。兰建成恶狠狠地盯着哥哥，暗暗捏紧拳头，我说不是就不是！一团火在他心底腾地烧着了。他浑身充满力量。他想跟哥哥好好干一架。母亲喊他们，哥哥哼了一声跑进去了，他兀自站在黑暗中。

团圆饭最重要的菜是红豆炖猪肉。兰建成记得清清楚楚，他刚吃完第一筷子猪肉，刚夹了第二筷子，刚凑嘴边，坐在对面的父亲盯着他说，你怎么吃猪肉，前两天你还为你的猪伤心巴肝的，这时候又吃它的肉？父亲说完哈哈大笑，大家也笑起来，觉得父亲说了个很好笑的笑话。他尴尬极了。他不知道该如何处理筷子夹着的肉。那块肉在他筷子上夹了好半天，冷不丁的，掉桌上了。父亲又笑了，说你真伤心了？母亲捡起肉，擦了擦放到自己碗里，瞅了他一眼，说，这可是肉，那么不识玩，说丢就丢的？那天晚上，别人笑过就忘了，他却一直悒悒的，恼恨地瞅瞅这个，又瞅瞅那个，对所有人感到说不出的厌恶和仇恨。

父亲坚决不让兰建成拉车，说他辛苦了一早上，该好好歇歇。兰建成也不怎么推让，他确实累了。父母亲拉猪肉回家后，他和小微慢慢走回去。走着走着，他蹲下把小微抱起来继续走。小微不那么难过了，她知道小白猪过几天就会回来。小微靠着他，搂住他脖子，如屋后竹林里的鸟儿迸出青翠的啼鸣般，叽里咕噜和他说话，他没怎么听懂，只不时答应一声。小微又摘下他的眼镜，替他擦掉上面的血迹，擦干净后他却不愿再戴上，小微自己戴上了，为透过镜片看到的新世界发出阵阵欢笑。村里人看到他神情麻木衣裳不整，懒洋洋地跨着步子，他和他们并没什么两样。他像村里人一样走着，走了很久还未到家，回家的路从没这么长过，而他实在太累了，真想轻松一下。他想，现在他倒下就能睡着，如果睡足一夜，就是明天了；如果睡足半月，那就是明年了。明年，他二十一。

2008 年 3 月 1 日

——原载《作品》2009 年第 1 期

张怡微

# 我真的不想来

罗清清推开门，发出“吱呀”一声。那锁已经坏了很久，地面下陷的缘故，无法修缮。此时母亲正端着个簸箕出来，瞥了她一眼说：“怎么这么晚才来，快进去磕头。”

母亲从狭窄的门洞穿过，不轻不重擦到了她的肩。罗清清低头瞥见了簸箕里的黑色尘屑，仿佛还在蠕动的样子，她感到恶心。屋内尘烟缭绕，那些看不见的微粒正迫不及待地涌入她身体的每个器官。她想着也许是自己眼花，也许……压根没有什么蠕动的尘屑。令她恶心的是这屋子本身，是那种亲密痴缠她的力量，多年来令她无法挣脱，无法遁逃。

饭桌上架开了圆台面，铺张地撑满了整个房间，圆台面底下围着一周斑驳的圆凳。平素里这屋子并不这样拥挤，只是突然空摆起十多个人的饭席，才有了一种虚张声势的挤兑。镜子被布蒙上了，照例没有开灯。圆桌上的火烛摇摇曳曳，晃得令人晕眩。见外婆正跪在向着火烛的方向闭目念经，罗清清安静地坐到了一边的沙发上。

这屋子的景再熟悉不过，罗清清有记忆起就是这样布置。小时候拜膜膜，外婆总会一遍又一遍地关照她和表弟不要乱跑，不可以撞上凳子，虽然凳上压根看不见什么人。

罗清清呆呆地靠在沙发上凝神，她想着那还是在很久很久以前，这屋子曾经真正喧闹过。她、爸爸、妈妈，小姨、姨父、表弟，年夜像模像样地坐在一起，外婆忙着烧菜，外公忙着倒酒。满满的一盘大闸蟹放在最中央，一桌的腾腾热气就这样缓缓地，缓缓地漾湿煞白的天花板。天井里吊着满满一排的鸡鸭，海鳗，浴缸里还有海鲜，吃遍假期都绰绰有余的年货，都是外公在任时人家送的。外公如此喜欢热闹，如今却静默地、冷观地注视着这屋子萧条纷乱的一切。罗清清对外公的印象很模糊，遗像上毫无血色的脸于她有些陌生，她甚至想不起自己和外公在一起的生活场景。但不知为什么，这些年却越发怀念起他老人家来。他是这个家的灵魂，即使如今默不作声，仍然维系着某种不可动摇的力量，弥散在这屋子的空气中。

谁都捕捉不了，谁都不能抹去。

没有变化，一切就和十多年前一模一样。床上依旧是两床被子，晚上睡觉的时候外婆会把另一边也完好地铺开，白天再折叠起来。她不厌其烦，甚至保留着外公因心脏病而斜靠三个枕头睡觉的习惯……因为这个家只有她还相信外公会回来。

亦没有变迁，现在都不兴在家吃年夜饭了。只是这家里只剩下三个人，以及虚张声势的一桌神神鬼鬼，在哪吃都是冷清。外婆倒是乐此不疲地摆弄这些虚妄的排场，年复一年。因为这个家只有她才相信，一切至少可以看起来和从前一样。

地上铺了两个垫子，向着圆桌的火烛一个，向着矮方桌一个。矮方桌朝南朝北分别坐着土地公公和另一个不知什么名的神仙。白净的碗里灌着温好的酒，桌上还有几个热腾腾的素菜。圆桌上的菜要丰盛得多，冒着馋人的白烟。但热菜是不给吃的，外公死后，外婆越发痴迷祭祖膜拜。于是之后的每个年夜，罗清清便再也没有吃过新鲜的热菜。

罗清清昨夜没睡好，她和母亲争执，不想再拜膜膜了。可母亲说：外婆已经这么可怜了，你怎么连装装样子都不肯。

外婆眯缝的双眼终于睁开了，她和蔼地看着罗清清，令罗清清忽然间对于昨夜的坚持于心不忍。

“清清来啦，快来给祖宗磕两个头。”外婆有些艰难地站起身，把垫子让与了她。

冉冉的火烛烫疼了罗清清的眼睛，外婆的话正轻柔地践踏着她全部的念想。她望着外婆的笑靥不禁心如刀绞，这疼痛甚至超越了昨夜信誓旦旦再也不下跪时的委屈。外婆已经七十多岁了，这终究是她的任性而非外婆的执拗。外婆又怎会知道，她是多么的不情愿。那一方软垫让与她，像一根无情的绳不由分说地勒断了她关于新年的憧憬与热望。

这张垫子是这样熟悉，十八年来从没有更换。垫子上花纹是外婆亲手绣的，很牢固，虽然起了密密麻麻的线球。罗清清有记忆起就是朝这个方向，就是这些看不见的祖宗据说能带给她平安。十八年来每一个年夜，途经同一段距离来此处，踩着猩红破败的爆竹残屑，听家家户户合家团圆。没有更迭，没有改变，善依旧善，恶依旧恶。这绝望的轮回常让罗清清心焦不已，但她却没有能力改变这一切，只由着心中的“不忍”、“不该”而一次又一次放下所有的原则。

这让她感到屈辱，却无可奈何。烛火演漾在外婆苍老的脸上，有些招摇、有些魅惑，与呢喃颤动的唇混为一体，默念着鬼魅的音符。罗清清知道外婆丝毫觉察不到她的埋怨，她知道外婆多少还是喜欢她的。是这屋子里旁若无人的静物与捉摸不定的气息扮演着狰狞，又怎能迁怒于老人。

何况外婆从来一碗水端平，就像小时候她和弟弟分饼干，谁都不许多拿一块。其实这些年外婆与她的关系比幼时要熟络许多，虽然外婆从来不骂她。这和对表弟不一样，外婆常常数落表弟，零碎的话语带着轻贱，感情却不减反增。罗清清心底晓得，外婆迁就她。拜膜的事，外婆只是不知情，本无意逼她。

没有人逼她，正因如此，她才不知该向谁拒绝。

罗清清在母亲进来的那一刻平静地跪下，她轻叹一口气，周遭的一切却早已熟视无睹她的委屈。

她朝着两个空空的矮凳，安静地磕了三个头。

“呐[①]妈妈已经磕过了，侬到小房间去休息一歇好了，等香烧过半再过来，跟外公说说话。”

“晓得了。”母亲在一旁替罗清清爽快地答应着。罗清清无力地站起身，见母亲正娴熟地穿过那一圈空凳子，去天井放簸箕。罗清清想着母亲应该比她经历了更多次的拜膜，可生活照样毫无起色，她怎么就不绝望呢？罗清清很纳闷，也很心疼。她眼睁睁看着外婆的背一年一年变驼，眼睁睁看着母亲从偷偷哭泣到忍辱负重，就像她们眼睁睁看着她不可抑制的成长一样。可眼神又怎能更深入地关怀彼此呢，只能浅表地、粗略地抚慰隔代的隐痛。

圆台面上摆着十几副一模一样的杯子和碗，至于哪个是属于外公的，大概只有外婆才分辨得出。从前外公每年过年都会带外婆出游一次，直至退休后第一年，再也没有人愿意接他们老两口出去转。罗清清依稀记得那天外公打了一上午的电话找车，最后沉静地合上了通讯录。外公的脸上没有表情，直至外婆把每顿分好分量的酒放在他面前，他竟有些木然。平日他总会问外婆多索要一点，就像个小孩索要糖果一般的痴缠讨饶。

那年罗清清还在念小学，别的事情都忘记了，只有外公没有喝那半杯酒，她记得清晰。

因为不久之后外公就因心脏病住院，再不久，罗清清十岁生日那天，定好的生日宴换做了羹饭。看着外公略微发紫的脸颊，罗清清竟然有埋怨的

---

① 上海话“你们”的意思。

私心。这埋怨令她永远都无法忘记，她的第一次大生日就这么不了了之，为什么不是早一天，或者晚一天，至少不会让她这样失望。直至后来父亲离开家罗清清才知道，十岁那年的不了了之只是一系列无疾而终的初始。她们一家，再不可能有机会坐在一张桌上吃饭，欢喜和磨难也再无法同舟共济。二十岁、三十岁……也许永远。

罗清清坐在嵌满锡箔的靠椅上不出声，脑海中像过电影一样，回放着颠沛的成长与微漠的哀痛。但就连回忆都断续错综，当下的一切竟是如此地逼近记忆的影像。除了催人麻木的时间不息流转，什么都真切完好的展现在眼前。甚至正因为它太真切，才更叫人恐慌。可现实远不如回忆经得起深究，就像回忆远不如现实那般残酷。

“你外婆弄得脏是脏得来，你看看，被人家知道了肯定要说这家老人没人管的。哎……我刚在这铲掉个蚂蚁窟，泥心[①]死了。你外婆不杀生，这种东西她都养着。”母亲端着刚洗完的葡萄进屋对罗清清叨叨抱怨着。

罗清清想到进门时那个簸箕里装的果真是蠕动的生命，不禁悚然。

不过记忆里外公和母亲真是很像，隐忍、勤劳、洁癖，母亲和外婆倒是常有针锋相对的时候，但说起来那也是很久以前的事了。现在母亲凡事都让着外婆，外公在时最迁就外婆，外公走了，外婆便一日比一日凄凉。

外婆一生要强能干，十多岁时就独自从老家来上海打工，靠微薄的收入培养家乡的弟妹读书。生下母亲和小姨后，因为身体不佳，便没有再要孩子。听母亲说外公三十多岁就做了结扎手术，这在当时甚至惊动了外公单位的领导。但外婆执意的一句“不行”果断地拒绝了所有好事的劝慰以及外公想要一个儿子的愿望。

想到这些，罗清清很佩服外婆，但她也觉得伤感。往事离她竟是那么

---

① 上海话“恶心”的意思。

遥远，如今她所能看见的，只是外婆终日念经的唇齿，以及蹒跚摆弄这虚妄排场的身影。

物是人非，大约就是这个意思。

就像外公最疼爱母亲，曾因为母亲一句摸到蟾蜍的哭诉，就动用了全部的社会关系，甚至亲自过问到母亲生产大队的队长。直至几天后就将母亲从地里调去了村办工厂，后来即使农忙时节，母亲也不曾再踏过地里的泥。外公的离开对于母亲就仿佛是所有幸福的终结，当然母亲并没有说过这么决绝的话。罗清清只是慨叹，命运的周折令人唏嘘。有时失去一个人，就是失去一整块好端端的生活。不仅仅是当下，并且是未来。他曾是如此重要，就像方寸的伞，它在时尽力照顾着周全，偶尔捉襟见肘还要被埋怨寒酸；它断了，便是一场无措的淋漓。命运劈头盖脸地塌下来，才晓得曾经有人为你扛，有人为你伤。

“我吃不下。”罗清清推开了母亲手里的葡萄，“小姨她们又不来?”罗清清问得直接。

“你一会不要跟外婆提这件事情，你要懂事一点晓得伐。大过年的，不要弄得大家不开心。”母亲剥了一个葡萄，径直塞到了罗清清的嘴里。罗清清尚来不及反驳，只得憋屈地吐了葡萄核，撇了撇嘴。

母亲开始用力抠着桌缝里的锡箔屑，那些银灰的尘屑一旦扬散，便嵌入了家具的各个角落，除之不尽。

“啪!”罗清清听见了犀利的指甲断裂声，吓了一跳。

“清清啊，好过来化锭了噢!”外婆在隔壁叫道。

“喊你都不晓得应一声，不晓得脑子里在想什么。”母亲轻扯了一下牵连的指甲瓣，折了抹布一角继续抠着桌缝。

外婆此时搬来了红砖和铁盆预备化锭。圆台面上的红烛已经烧了一半，蜡油恬不知耻地滴在桌上都叠了起来。罗清清想到母亲方才掐断的指甲，想着过一会母亲不知要怎样铲除这些脏东西。

罗清清又一次走到垫子跟前，心底茫然得很。但此时她没有犹豫，只想把这恼人的仪式快些进行完。她漠然地跪了下来，准备磕头。

“清清啊，有什么心愿就对外公说，他会保佑你实现的。”外婆轻缓慈祥的声音又一次响起，轻微地，震扰着罗清清的耳膜。

希望……明年再不要拜膜膜。

罗清清在心底罪恶地默念。

她虔心祈祷，却从未相信能通过这种途径实现任何愿望。这些年她依靠着自己单薄的努力和母亲悉心的养育蹒跚成长，无论如何，今年……终于十八岁了。

她心里烦乱得很，但不得不逼迫自己平静。

不平静又能怎样。

一个……两个……三个……

罗清清准备起身。

“清清啊，再帮爸爸和弟弟代磕一下。”外婆缓缓念道，手里缠着佛珠，脸上深邃的纹。

罗清清看了一眼外婆苍老的脸，转头整顿姿势，朝着猥琐的烛火，朝着肮脏的蜡油，朝着满桌看不见的死人，朝着已经冒不出一丝热气的凉菜。

一个……两个……三个……

一个……两个……三个……

“外婆，军军哪能不来?”罗清清站了起来，没有看母亲，故意大声地问。

一旁的母亲瞪了罗清清一眼。

外婆心平气和地说:“明天来,明天一定会来的。”而后她起身去搬折好的元宝袋子,一个踉跄幸好罗清清扶住了她。

外婆终年在家折锭,每年过年化的锭都有满满好几袋。佛家讲超脱,竟允许拖泥带水普度如此庞大的身外之财去冥界……可谁又会和一个七十岁的老人计较这些呢?

母亲磕完头便起身扶外婆,外婆执意要自己走,看得出她甩开母亲的力量丝毫不弱。可倔强了几十年,落得如此清冷的下场,母亲说的一点没错,外婆可怜。

罗清清每一刻的情绪都在挣扎与不忍间徘徊,她越来越觉得,家里不是讲道理的地方,她时而会不忍,时而又憋不住心中的不平。好歹她也是学校首推的保送生,在课堂里讲的那些自由和谐科教兴国,竟都顶不上家里外婆一声轻柔的“磕头吧”。这已是第十八个年头了……她想知道什么时候才能过一个真正属于自己的年……

火盆里熊熊燃着了外婆一年的辛苦与祝福,罗清清在一旁帮忙把锭丢进火盆,呛得满脸都是泪。她想起小时候和表弟争着扔锭,吓得小姨心急火燎地把表弟抱开怕他烫伤。那时她还嘲笑表弟胆小,现在想来,小姨竟留她一个人在火盆边……

“我总是望你们平平安安,我一直对菩萨说。”外婆开始祝福。

“我有个女儿杉杉,望她身体健康,早点办到退休。”

“我有个女婿罗康……”

“哦哟老早不是咧!”母亲在一边插话道,“你还帮他求……”

“望他对清清好点,工作顺利点。”外婆自顾自念叨,丝毫不顾及母亲几年来如出一辙的反驳。

“我有个外孙女清清,望她智力开发点,顺利上大学。”

“清清听到伐，外婆一直帮你求，所以你能保送上外语学院。”罗清清继续化锭，没有理会母亲。

“我有个小女儿苹苹，是个残辜[①]人，保佑她身体渐渐康复。女婿宝昌，望他生意顺利，越做越大。还有个外孙叫军军，望他一路读到博士。”

罗清清一惊，这惊诧来得莫名，同样的词数年不改，只有这一句变得彻底、变得荡气回肠。弟弟又不在，也不知念给谁听的，但愿是菩萨。反正从小她就低人一等，因而想来这番计较也来得新鲜。

罗清清轻叹一声，又投了一把元宝。见它们从银色渐渐变红，又从红色缓缓变黑。它们垂丧、蜷缩，它们萎靡、颓唐，从燃着至灰烬只有短短的几秒，却传承着阴阳之间的期盼、相思、追忆，以及实体的财富价值。信即真，不信亦真。一切就这样不讲道理，就这样蛮横。

“啊呀，撒么子落进去了?”外婆探头到火盆里去找，母亲一把拉住外婆前倾的身体。

砰的一声，火舌蹿得老高，罗清清一屁股坐到了垫子上。房间里瞬间被浓重的烟雾包围，好一会罗清清才看清母亲和外婆惊吓过度的脸，和满是尘屑的头发。

“姆妈，侬呐萨么子掇进去了啊[②]? 侬看看危险伐，以后千万勿要自己一个人化锭! 一定要我们在身边!”妈妈把外婆扶到床上坐下，外婆看起来吓得不轻，嘴里翻来覆去默念着“阿弥陀佛”。罗清清抚着外婆佝偻的背，一遍一遍说着“没事了没事了”。

房间四处都是惨白的灰尘，洋洋洒洒坠落。电视上、床上，甚至是据说

① 上海话“可怜”的意思。

② 上海话“你把什么丢进去了啊”的意思。

坐着祖宗的凳子上都是灰压压一片。几片灰屑先是骀荡地飘上了置身事外的红烛烛焰，而后又毫无骨气地粘上了蜡油。一旁颀长的香大约气数已尽，尘屑轻轻一蹭，便推倒了长长一截香灰柱。

它们不觉疼痛……不觉疼痛好，罗清清这么想着，竟有些莫名的倾羡。

罗清清凑到火盆跟前，明显还能觉到热腾腾的气流。一只烧焦的打火机正安静地躺在火盆里，它已经发黑，殒身竟还换不来一场毁灭，真令人惋惜。这悲壮的年，或许真因凭有满桌的神仙保护，她们才侥幸逃过一劫。只是无论怎样，罗清清领悟到，外婆年纪大了，连她固执为之的拜膜也已经离不开她们的帮忙，不然便是随时的灾祸。这不是忍不忍心的问题，也不是是非的问题……

这是什么问题呢？罗清清自己也说不好，但至少明年、或者后年，她必须继续磕头。无论她是不是大学生，是十八岁还是二十岁，无论她学的是英语还是别的什么，她有所作为或是一事无成，只要她踏进这失修的大门，只要她看到这两个与她最亲近的人，她便什么都不是，或者说，只是女儿……

母亲裹着火盆去了天井，罗清清听到母亲打开了水龙头，和一阵响亮的“嘶”。

外婆开始收拾碗筷，菜里嵌着隐隐的尘屑。罗清清帮忙挪凳子，那些老祖宗总算赴宴完毕，想来活人如此屈从他们，理应心满意足地离开。人世间本没有什么好的，还不如死了尊贵，有人殒身供奉，还有人作陪。

窗外仿佛是另一个世界，时不时有鞭炮声传来，密集的时候甚至响得令人窒息。哪来那么多开心的事，罗清清边这样想着，边漫不经心地盛饭。

罗清清有时候非常佩服母亲，作为一个淋漓尽致的女儿，无怨无悔不离不弃是罗清清自叹不如的。她虽也想帮母亲分担一些，却感到力不从心。自己太偏执、太冲动，什么情绪都挂在脸上。

母亲在厨房与客厅间来回穿梭，罗清清只听见碗碟的碰撞、冰箱的启合、微波炉的运行，一切井然有序，就像是流水线的布控。母亲端走了方才被尘屑沾过的菜，换上了原本为第二天准备的。她收拾的速度真是惊人，等罗清清端饭上去，圆台面已经拆掉，饭桌上的菜也都热好。青菜的绿叶子垂垂泛黄，虽然还没有人吃过。可罗清清一点胃口都没有，无论有没有尘屑。

母亲不停地给她夹菜，罗清清瞥见母亲手指甲上嵌着隐隐的粉红色，想起了方才桌上硬邦邦的蜡油。

她埋头咬着饭，一阵心疼。

外婆吃得很少，也许是因为累了一天，也许是因为受了惊。她的脸上有种让罗清清捉摸不透的表情，一种不饱和的神态，不饱和的伤痛与自足。她浅浅笑着，却仿佛很忧郁；她只是忧郁，仍然存留着温存与慈爱，所以，又算不上悲伤。

“清清啊，”外婆放下筷子，“明朝外婆给你和弟弟压岁钱。你的多，军军的少，你不要响，晓得伐。”

嗯。

罗清清应答道，每年年夜外婆都要这样叮嘱，从来不曾忘记。

“姆妈，个侬是怎样分出来哪个多哪个少的呢?”母亲在一旁笑着问道。

外婆轻黠一笑，起身去到衣橱边，从口袋里摸出一大把钥匙，摸准一把打开了橱门。取了两个一模一样红包，再锁好橱门。

“你们看好哦，这个是清清的，三百块，平整放的。”外婆用手指一捋，缓缓说道。

“这个是军军的，我对半折。”外婆捏了中缝，脸上洋溢着少见的神采。

说着，外婆把红包放进口袋里，恢复到先前难以捉摸的不饱和神态，她浅笑着夹了一口菜，眼角的纹都皱到了一起，丝毫看不出先前舒展的痕迹。

“你看你外婆厉害吧!”母亲推了推罗清清的胳膊。罗清清连连点头，对外婆的聪敏她打心眼里诚服。可玩笑之余，她隐隐觉得不安，每年的这顿饭都会让她莫名不安。

“杉杉，我有桩事体要跟你讲。”外婆看着母亲，放下了筷子。

“萨事体啊？[①]”

“过年前，苹苹跟宝昌来过一次，但是宝昌没有进来。苹苹问我要了房产证和户口簿，说是她婆婆那里要拆迁要用一下，可以分到点钱。”

“哦。”母亲脸色有些不好。

外婆抱歉地看着母亲，“他们这样，我也不好不给，但他们一定会还回来，这点你放心。只是你心里要有数，房产证我脱过手了。”

房间里死寂一般，窗外又渐起鞭炮声，整个新村就像一口油锅，煎熬着喧嚣。无奈她们谁都听不见谁的话，呢喃或是流白都被这岁除的巨大音浪吞噬。宽宥的，奈何的，漠然的，伤痛的，已然听不出差别。

“姆妈侬放心，我们又不争什么，我们两个总是要你的，清清对伐？”

罗清清点点头，她看见外婆尴尬地笑笑。但这笑也许发自内心。

为了过年的拜膜，外婆早晨四点就起了床念经买菜，她仍然秉持着过年大手笔的作风，不论年夜有几个人来，都是满满一桌菜。晚饭过后，罗清清和母亲就早早回家了。路上罗清清挽着母亲的手，街上放焰火的孩子东奔西跑，天际闪耀着缤纷的色泽。如此祥和，如此欢喜。可母亲却健步如飞，没有半点流连。

“妈妈，我想哭。”罗清清无力地说。

“明天还有一天呢，坚持一下，慢点就让你出去和同学玩。”母亲别有心事，罗清清看得出来。

---

① 上海话“什么事”的意思。

的确，明天更难熬。令她绝望的是，年年如此，循环往复。不管一年中她有多少进步，多少憧憬，年底总这样收场，或者说，年初，总这样开始。

“妈妈，我保送你开心吗？如果你觉得外语学院不够好，我想我可以再努力一阵，争取考上更好的学校。”罗清清换了话题，她挽紧了母亲的胳膊，就仿佛重打起精神。也许是希望在新年，能多少给自己一点信心。这一日，她已经够扫兴的了。

“当然开心啊，妈妈这一生最大的期望就是你。你考上什么大学妈妈都为你开心的。”

“那我再努力一下，也许能上北京呢？”罗清清问道。

“你要离开我吗？”母亲突然惊讶地看着她，半晌才嘀咕，“上海不是蛮好，北京有什么好的。”

“我……怎么会离开你。”罗清清想到与方才母亲对外婆相似的承诺，有些惶惶，笑得并不由衷。

罗清清第二天醒来的时候，母亲已经早早去外婆家帮忙了。她磨磨蹭蹭，穿上了干净的衣服，临近吃饭时才踱到了外婆家。

还没进门就听到了小姨咯咯咯的笑声，“清清来得好晚啊，我们以为已经来得够晚了，想不到你更晚，呵呵呵……”小姨犀利的笑声让罗清清浑身不自在，她挪到外婆床边，斜靠着枕头。

“小姨军军新年好。我……身体不太舒服，头疼，先躺一会。”罗清清打好招呼，便不打算出声了。这是她惯用的方法，面对这母子俩。常常这样子，她不是装病就是发呆。她不能够说什么，说出来的一定不好听。外婆听见了会伤心，母亲会怪她不懂事。她并不想这样，大过年的。

表弟在看电视，罗清清眯缝着眼睛不时瞥着电视屏幕。

母亲正在天井里洗拖把，罗清清听见水声，清朗凛冽。

“清清啊，你这套衣服是谁送的？”小姨似乎是注意到了罗清清的游离。

“妈妈买的。”罗清清没有看她。

“哦哟，怪不得这么老气。”

罗清清不声响，继续看着电视屏幕。她默默地告诉自己，口舌之快得不到任何好处，宽宥才是出路。

“你们昨天吃的什么啊？外婆烧的什么给你们吃？”小姨继续问，她仿佛预备了不少问题。

“一些素菜，挺好吃的。”罗清清不紧不慢地回答。

“军军啊，我们昨天吃得太多了，我现在肠胃还不太舒服，今天你记得也要少吃点哦，我们回家还有你爸爸买的好东西吃。你在这里吃得太多，回去吃不下，你爸爸又要不开心了。”

“我不会吃不下的好伐……要你瞎担心。”表弟不耐烦地回答。

“侬看伊，就晓得吃，呵呵呵呵！对了清清啊，你现在补课多少钱一节课？”

“……我保送了外语学院，不用补课了。”

“我们军军都是在特级教师那里补课，程度不好的人家还不收呢，一百块钱一节课，每个礼拜上两次，哦哟忙是忙得来。”

外婆佝偻着背端来了葡萄，还是母亲买的那些，罗清清想起她昨天只吃了一个。

小姨剥了一个，“甜是蛮甜的，就是太小了，我从来都不买这么小的。”一旁的表弟一连吃了好几个，把核噗噗噗噗吐了出来。罗清清看着恶心。

“那以后你记得买过来，我们都喜欢吃大的。”罗清清看着天井里母亲清冷的身影，实在不平，斗胆顶了一句。

“我这不是不顺路嘛……”小姨愣了一下，不过很快就酝酿好了新的词句。罗清清起身走去厨房，不愿意再听他们的声音。

罗清清拿好筷子和碗，准备午饭。

她望见母亲终于晾好了拖把，水滴看来亮闪闪的。天气真好，虽然冬日的阳光冷观又薄情。母亲走了进来，见她开始准备，就说了句，当心别敲坏了，便匆匆去拿菜。罗清清看到母亲冻得像胡萝卜一样的手指头，不知该说什么好。

一进客厅就听表弟说要喝橙汁，外婆问母亲有没有买橙汁，母亲说只买了可乐。外婆立即从口袋里摸出了五块钱，披上外衣打算出去买。母亲拦住了外婆，“我去吧，这么冷的天，你一个老人家出去干什么。”母亲起身准备走。

“妈，还是我去吧。”罗清清披上了外套。

“你们先吃。”罗清清早想出去透透气，却想不到借了这么个令人作呕的借口。

母亲帮罗清清系好扣子，罗清清瞥了一眼表弟，转身准备出门。

“清清啊，你穿上外套好看多了，你实在太瘦了，连胸罩也不用戴，反正也看不出来，军军你说对伐？嘿嘿嘿……”

罗清清愣住了，她转过头吃惊地看着母亲，母亲也一时无语。

表弟专心地掘着新鲜的黄鱼。

外婆仿佛没有听见这一切，抿了一口米酒。

罗清清想起也许正是她方才的一句顶撞才会引来如此的回报，可罗清清最后还是沉默了。她觉得自己的脑海中有许许多多词句翻涌，许许多多情绪澎湃，可她愣是一个字都说不出来。

“快去快回。”母亲抚着她单薄的背脊轻声说。

她用力推开了已经坏得无可救药的门，寒风微袭，竟让她呛到，一阵钻心的凛冽。

路上有清洁工人正在打扫五彩缤纷的烟花残屑，小孩子穿着新衣新鞋欢喜地玩划炮。罗清清奇怪今天怎么刚来了一会就糟糕成这样子，她奇怪自己为什么哭不出来……她觉得好笑，也许因为外面太热闹的缘故，她听不到丝毫来自心底的宣泄之声。她觉得自己被这年的巨大声势给淹没了，这淹没本身远甚于只言片语的欺侮，看不到解脱的希望比受委屈更令她难以承受。

她失去了父亲，就像母亲失去了外公，但也并不雷同。父亲在也好不到哪去。事实上父亲和外公根本不同，这一点上她还是羡慕母亲的，母亲一生最大的福祉就是前半生有外公的庇荫。罗清清从来不喜欢人家夸耀她独立坚强，她想这只是没有人肯让她庇荫而已，又能算什么美德。因为哪怕在方才的静默与惊诧间，母亲也没有为她说一句话，外婆也没有说话。

这究竟算是她的隐忍坚强，还只是没有人为她出头？

罗清清来到附近的杂货店，“给我瓶橙汁。”

“五块八。”店里的女人回答。

“怎么涨价了，不是五块吗？”

“这不过年么，讨个好口彩。”女人咯咯地笑着，跟小姨似的。

“我只有五块。”罗清清看着她，眼神冷峻。

“或者这样，下次再来的时候给我八毛，大家都是老邻居了嘛……”

“我只有五块！！”罗清清喊道，四周一片静寂，女人吓得愣住了，手一软，橙汁滑到地上。

好一会，女人才咕咕囔囔说：“大过年的，神经病啊！”

罗清清拾起橙汁，转身回去。她感到羞耻，感到愤怒，因羞耻而愤怒，因愤怒而羞耻。

这一路罗清清一直在挣扎，要不要回去，要不要面对。方才放弃抗争的机会是不是正确的决定，还有什么语言能够反抗，还有什么方法能够抵御这赤裸的伤害。她不停地想，直到又一次看见坏掉的门锁。她感觉自己就像昨日酒足饭饱的鬼，没有搭上回冥界的车才狼狈返回，成了真正的孤魂。

她在门外徘徊了一阵，鼓足勇气，用力推开门。

她看见母亲正在为她盛汤。

“清清快进来，外面很凉吧。妈妈给你先盛了汤，快来喝。”罗清清一言不发地坐下，外婆煮的是冬笋咸肉汤，冒着热气，看起来很温暖。一旁的表弟也正在喝汤，罗清清瞥见桌上已经掘了大半的鱼肉，一阵恶心。她挑了些素菜，食不知味地塞到嘴里。

“外婆，这笋这么老啊。”表弟吐出了几个嚼过的笋头，不满地问外婆。

“你妈妈昨天留下的，今天买不到了，就先拿这个烧了。下回外婆给你买嫩的哦！”外婆不好意思地说，她不能喝咸肉汤，因而少许抿了抿自己酿的米酒。

罗清清说不清自己为什么这么恨小姨一家，她甚至没有恨过与母亲分手的父亲。她常常反思一切也许真是因为自己不够宽容，直到再次与小姨他们相见，再一次的忍无可忍。

原因，原因她自己也说不好。也许她仍然无法忘记从前，无法忘记一些话，一些眼神，无法忘记这荒诞的血缘所牵连的凉薄人情。每到过年她总能够思想很多事，成长的一幕一幕翻来覆去在她的脑海中上演，就跟春节联欢晚会一样，年年轮回年年重复同一个套路。除却流逝的时间之外，什么都没有改变。

她想起很小的时候，父亲也讨厌小姨一家，还因此与母亲争吵。她想着父亲也定是受不了小姨的刻薄与外婆的偏心，只是他已经远离这些不堪很多年了，她却前赴后继地承受，与后知后觉的母亲争吵。最终，无可奈何地忍让。但她不可能负气而走，像父亲那样。

永远也不可能。

罗清清起身收拾桌上空置的脏碗筷，去厨房洗碗。她不愿意与他们坐在一起，哪怕是多一秒钟。倒不是因为受了气，只是……不想而已。

她打开水龙头，挤了点洗洁净，不紧不慢地抹着油腻腻的碗筷。

“军军，你看到伐，姐姐已经会帮大家洗碗咯！”外婆的声音，罗清清下意识地关小了水龙头。

“我又不用洗碗，家里的阿姨会洗的。”

“呵呵呵呵”房间里又只有小姨的笑声，罗清清激不起愤怒，又把龙头开到最大，任凛冽的水冲刷她纤细苍白的手指。

罗清清擦干了手，又走进房间，坐在了母亲身旁。母亲此时也已经吃得差不多了，和外婆她们拉着家常。

“阿姐，这个包里一盒是什么东西啊？”小姨指着一旁母亲的包问。

“哦，呵呵，喏，小姑娘帮我买的，她说是面膜给我弄着玩玩，我哪有这个心思，忘记在姆妈这里了。都是过年前的事情了，她就知道乱花钱。”母亲笑着数落了罗清清一句。

“军军，人家清清英文比赛得了奖金，还给外婆买了块玉佩，你以后会伐？”外婆期待地看着表弟。

表弟点点头，“以后我买一栋房子给外婆！”

外婆笑得眯缝了眼睛，从口袋里拿出两个红包，一个给了罗清清，一个给了表弟。罗清清看到了外婆不经意轻捋过的手指，知道这其中的区别。不过那一刻仍然不忍心收下。那是妈妈给外婆的钱，外婆省吃俭用，过得很辛苦。

“外婆，小时候不是说好，压岁钱拿到十八岁就不拿了吗？”罗清清把钱推了回去。

外婆执意不肯，“你得奖的钱不算，你又没有工作，到底是个小孩。”

母亲也示意罗清清不要收，罗清清又把钱推了回去。

“噢哟，妈你也真是的，人家不是说了么都赚钱了不用给了，你瞎起劲什么啦？”奇怪的是，小姨竟也帮着推托，她们难得立场一致。罗清清皱了皱眉，没有做声。

外婆后来把钱塞给了母亲，收拾完后，母亲帮外婆在里屋揉腰。外婆腰不好，也许是过度劳累的缘故，又酸痛了起来。母亲正翻箱倒柜找着红花油，外婆斜躺在一边，拉着弟弟的手，笑盈盈。罗清清在厨房踱来踱去，小房间有阿姨在，她不想进去。她想先回家，又发现此时不是合适的时候。

“清清。”小姨在叫她，不过声音很轻。

“嗯？”

“你过来一下。”小姨把她拉到了她身边，恰好看不到外婆和母亲的位置。罗清清没有抬头看她，她不愿正视她，也许是怕方才的委屈会令她没有尊严地落下泪来。她害怕自己对这个女人多少还是有要求的。

“清清，阿姨求你了，今年过年你来一次阿姨家里好伐？阿姨给你钱，给你车钱，你打车来好了。”

罗清清心里暗暗一惊，她没想到小姨会说这些。但她没有答应，她不会再去那个曾令她头皮发麻的地方。

“你答应阿姨好吗？阿姨给你钱。”说着小姨竟真从口袋里摸出了几张红彤彤的纸币，硬塞到罗清清的手里。罗清清原以为有钱人的钱能有多挺括，想不到也是这么皱巴巴的。

“我不缺钱。”罗清清推开了，就像推开外婆的压岁钱一样。她抬起头，竟然发现，小姨在哭。

“你怎么了？阿姨你不要这样子，大过年的，不是好好的吗？我不要你的钱，你也……没什么钱。”罗清清犹豫了一下子，仍然说出了真话。小姨病退在家多年，全靠做生意的姨父一个人养着。

“你知道你姨父已经说了好几年了，说我娘家人连来都不来……不管怎么样，今年你来一次吧。答应阿姨好伐?”小姨的眼泪就像涂在脸上一样不真实，罗清清竟然发现自己有些心软，她很惊异。

当年不是他为了一张户口娶了身体不好的小姨，而后卧薪尝胆终于飞黄腾达吗?

当年不是他口口声声“爸爸爸爸”，外公死后却一次都没有出现的吗?

那“娘家人来都不来”又算是什么话。

罗清清很困惑。

此时母亲走了出来：

“你们在干什么？姆妈已经先睡了。”

阿姨最后看了罗清清一眼，转身就进了屋，那三百块钱已经捏在罗清清手上。她没打算告诉母亲，她觉得阿姨并不想让母亲知道这些。

可该不该去呢？她自己也不确定。她忘不了从前，但又不忍心这样的祈求。

小姨毕竟是长辈。

罗清清告诉母亲她先回去休息一下，临走的时候，罗清清望了一眼小姨。她看见小姨竟然抽走了一张她买给母亲的面膜，不声不响揉捏着塞到了裤子口袋里。她仿佛又回到了一贯的样子，自说自话又神经兮兮，丝毫不值得同情。

跳上回家的公车，空调的温度打得很高，罗清清解开了围巾。她注视着一路的商店琳琅满目打着春节的折价牌，人头攒动，喜气洋洋。罗清清忽然想起很久以前同样是一个年，她跟着表弟去他家用电脑下载英文比赛的表格。那会儿父母刚离婚，罗清清家里还没有电脑。走时表弟说他有零钱，罗清清就没有问母亲拿车钱。之后他们在车站目睹着一辆又一辆车子开过，表弟的无动于衷令罗清清从莫名到悲哀，从悲哀到冷观。那是在腊月中，罗清清记得自己下意识地系紧了围巾。

一个多小时后，他们终于等来了一辆普通公交，上面没有空调，节省了一块钱。

罗清清一直都后悔那天没有问母亲拿钱，铭心刻骨的那场等待，令她许久以后都不会忘记曾经凛冽中的羞耻感。她甚至常常梦见，被一辆又一辆车、一群又一群人肆意打量。她甚至梦见自己没有穿衣服，就这样等在寒风中，直至天黑又天亮。她正这样怅然思忖，车子摇摇曳曳路过了外婆家对面的润东购物超市。罗清清定睛一看，发现了两个熟悉的身影……原来他们俩也这么早就回去了。罗清清眼看着小姨和表弟提着外婆给他们带回家的菜上了车，超市的免费班车将把他们带到这一带最繁华的公寓区。

罗清清轻微地叹了口气，她想着小姨叮嘱表弟少吃点的话，想着那个女人的口袋里竟还扭曲地塞着她给母亲买的面膜。说不清的滋味汹涌地弥漫心头，罗清清觉得什么都是古怪的，都令人喘不过气。

初二那天，外婆来罗清清家里吃饭，母亲一早就起来准备了一桌丰盛的素菜。外婆带来了很多水果，说知道母亲舍不得买，特地带来给罗清清吃的。母亲忙的时候，罗清清对外婆恭敬地笑着，两人却没有什么话题可聊。那一刻甚是尴尬，外婆的水果放在窗台上，她脖子上戴着罗清清买给她的玉佩。罗清清心里很温暖，嘴上却说不出什么要紧的话。只能在前思后想中沉默下去，她很自责。

罗清清英文比赛的获奖奖杯被母亲放在家里醒目的位置，外婆走过去端详了半晌。罗清清不喜欢母亲这样放，但母亲执意要天天看着它。母亲曾对罗清清说："妈妈对不起你，比赛那天，连个捧场的人也叫不到。"罗清清那一刻曾感到强大的悲怆，她心疼母亲心里的委屈远甚于无人庆功的落寞。

她想起自己考上外语学院附中那会，母亲也只是炒了两个小菜为她庆功。但对罗清清来说，那已经足够温暖了。

当年考外语学院还真是不容易，小学升初中取消考试之后，赞助费和批条充斥着各个优秀中学的录取进程。罗清清那时候成绩并不算特别拔尖，她很想偷偷找父亲，至少问一声是否会有可靠的熟人确保她可以考上学校。她不止一次在心底发誓只要上了外院，就一定不辜负这些幸运，一定不再顾盼忧伤，一定全心学习。

好在她最终考上了，她没有找父亲却仍然艰难地考上了。事实证明她的忐忑并非毫无来由，依成绩排她是最后一名被录取的学生，但她的学号后面还跟着莫名的十几个人。她的录取实属幸运，甚至还会被人怀疑不是正牌考入的。因而，挣脱后面长长的一串"各显神通"，是她中学七年不懈奋斗的动力。

外婆小心地摸了摸奖杯，对罗清清说："外婆想来的呀，但是走不动……清清你不会怪外婆吧。"罗清清微笑着摇摇头。

比赛算什么，大学算什么，早在年夜的那一跪中失去了全部意义。一年中不管她取得多少成绩、不管生活看起来会有多大转机，只要那一日双膝着地，就一并勾销了全部的欢喜与憧憬。小姨只会对着她翻来覆去夸耀自己家的 DVD，夸耀表弟的英文有多好有多好，因为很久以前只有他们家可以放原声电影。只是……这在如今看来又有什么稀奇。

面对时间，才人人公平。

罗清清并不羡慕，这家人的一切都与她无关。这一家人的荣辱、贫富、欢喜与苍凉都激不起她一丝一毫热情。

曾经罗清清常去小姨家，为了上网听资料，或者看原版杂志。她家里买不起那些东西，但她想看。好在那时她年纪小，尚听不懂太多刻薄的话，因而忍受也不像现在这样艰难。虽然有些话她一直都记得，这些年还时不时地想起。

她记得小姨说过，母亲年轻的时候曾经怀过别人的孩子，而后被从前的恋人抛弃，被外婆赶出了家。是父亲为母亲垫付的流产钱，也是父亲最终娶了母亲。小姨说这些的时候，脸上有一种罗清清至今都捉摸不透的表情。如今回想起来，罗清清仍感到恐惧。那时父母刚离婚，她才是个小学生。她又怎会知道什么是抛弃，又怎会知道什么是流产。那一日罗清清回家的路途中数次被自行车擦过，胳膊的生疼她到现在还记得。那天回家她甚至不敢看母亲的眼睛，因为她不知道什么是抛弃，什么是流产，这让她害怕。罗清清至今没有对母亲提起过这些事，她如今只想保护母亲。

罗清清记得她去小姨家的那段日子后来变得越来越让人不堪忍受，小姨和不常在家的姨夫总是不知所由地说些令她不舒服的话。他们家的一切都让罗清清不舒服，虽然想起来小姨过得并不好。小姨总是对她提到欧洲有多好玩、外国人有多无知，却是谁都知道自从姨父发达之后，小姨和表弟就都没有离开过上海半步。苏州都没有去过，更不要说欧洲。但是罗清清相信，总有一天表弟是会走的，去这个世界的任何一个地方在这个年代只需要砸钱。也许有一天，弟弟的外语可以比她更好，他可以轻描淡写地省略那些她努力的步骤。

可若是表弟真的走了，炫耀过后，小姨又有什么可欢喜的呢？

母亲此时已经端上了菜，外婆脸上却并无欢笑，只是愣愣地看着桌子出神。母亲忙碌的样子令罗清清感到难过，她觉着不管母亲和她如何努力，外婆的心始终不在她们这里。母亲似乎也觉察到了外婆的不悦，解下围裙，问："妈，你怎么了？"

“没事，快坐下吃吧，弄这么多菜，我又吃不了这么多。”外婆笑得很勉强。

“那我们不是一起吃的么，多吃点。”母亲为外婆夹上了她精心做的酸白菜。

不过想来一切也不是平白无故，她和弟弟先后出生，小姨身体不好，理所应当撒手不管。从怀孕到结婚，外婆都只是陪伴在小姨一人身边，表弟也是由外婆一人拉扯大。

罗清清后来知道，昨天她走了以后，小姨对外婆说她和姨夫打算日后在养老院养老。这就暗示了他们不会照顾外婆，外婆因此而神伤不已。

母亲一遍又一遍地告诉外婆，她会照顾外婆，她愿意和外婆住在一起，无奈外婆还是哭哭啼啼。罗清清越来越不相信过年是件开心的事，她想着只要不掉眼泪就好。而事实上，包括外婆、母亲和她都先后有了掉泪的冲动，而且一切还并不源于感动，只是漫无边际的哀痛。

“她现在连过年都不来，也不叫我去她们家。我不管，我自己去，军军总是要我去的。”外婆倔强地自言自语，罗清清和母亲面面相觑。

电话铃响了，罗清清跑去接，想不到劈头盖脸就是一阵骂：“清清我告诉你，你去告诉你小姨，以后你们家的事情不要来跟我讲。你外婆愿意跟谁过跟谁过，愿意把房子给谁就给谁，来找我做什么，关我什么事！”

父亲的声音，这是她第二次听到父亲因为小姨找他而骂她。莫名的委屈令罗清清不知如何是好，她看着母亲还在一个劲地劝着外婆不要难过，只好沉静地转过头去。

嗯。

罗清清简略地回复了电话那头，父亲的脾气在最近几年变得乖戾，他从前不会这样骂她，这令罗清清感到出奇地难受。

父亲很快挂掉了电话，罗清清定了定神，转身回到饭桌旁。她想着究竟还要不要去小姨家里，小姨既然想让她去她家，又为什么要去找父亲，触疼她心里最柔软的地方。

不去了。罗清清想。烦死了。

外婆离开的时候，罗清清注视着老人蹒跚的步履，心里不是滋味。母亲尴尬地收拾碗筷，这一顿素菜够她们吃上一个礼拜了。

母亲看起来心事很重，她的脸上没有丝毫笑容，早晨的兴奋一扫而净。罗清清了解母亲心里的委屈，却不知该如何安慰。罗清清突然想到外婆曾经打母亲的那一巴掌，外婆深到骨髓中的严峻多年之后又一次令母亲像个做错了事的孩子一般失魂落魄。母亲终于从厨房走出来，手被凉水冲得通红。

母亲说："清清，你不知道，年前我和你外婆去过房管所，我们想把房子并在一起住。可是，外公死的时候产权没有更换名字，所以要动房子的话需要你阿姨签字，还有你外婆外公单位的签字，那么多年了，哪还有什么单位……"母亲的眼里闪过一丝晶亮，罗清清感到无措。

外公为什么要死。……

罗清清想到这不相干的话，但是没有说出口。

"你外婆七十多岁了，陪我奔波一天，她已经尽力了，她心里也想我们照顾她。都是妈妈自己没有能力，对不起你外婆，到现在只能让她一个人住。但是外婆也有心里放不下的，我知道你受委屈，但是……外婆两边都有感情，不能逼她了。"母亲手里的抹布一直机械地擦着同一块地方，她终于开始哭泣，特别伤痛地哭泣。罗清清的眼泪也不知觉地滑落，她一句话都说不出来，她很无奈。刹那间她似乎也感知到了母亲看到外婆时的那种心疼与无力，她也感知到，对这个家，母亲已经尽力了，不能、也不忍再逼她什么了。

罗清清走到母亲身边，轻抚着母亲抽动的背脊，她看到母亲头顶的白发，一阵揪心的疼。她将头调转方向，却发现，却发现她的奖杯正放在醒目的位置，冷观这一切静默、伤怀与哀痛，那么弱势的、决然的、置身事外。

母亲晚上睡觉的时候叮嘱罗清清，父亲好像拖欠了她两个月的生活费。母亲说的时候不知是否有意地轻描淡写，这件事她与母亲都小心翼翼，虽然谁都没有忘记。但对罗清清来说，这叮嘱无论如何修饰都是沉重的。她必须去找一次父亲，这下午的煎熬让她想明白自己的那些琐碎情绪根本无关紧要。为这个家她能做的事很少，因而那些委屈也许真是微不足道。

这是最后一年了，等今年过完，父亲便不必再给她钱。曾以为遥遥无期的十八岁，如今成为一张泛黄的合约，祭奠那些凛冽的成长记忆。十八岁已然是有限的、匆促的。这于她、于父亲、于母亲，也许都是一场等待了太久的解脱。

和父亲相约在一个饭店门口，罗清清老远就看到了一个熟悉的背影，正倚着一辆白色跑车，遥遥地吐着烟圈。

他买车了？

罗清清有些好笑，那还口口声声哭穷。

越走越近的时候，罗清清发现父亲似乎是精神了不少，头发擦着发蜡，亮闪闪的。皮带突兀地显露出来，夹克又似乎短了一截吊在上身。接着日光可以看到皮带上有字，“GUCCI”亮闪闪的，就好像动画片里的夸张聚焦。

他是不是精神错乱了？

罗清清越想越好笑，父亲似乎除了背影是真的，什么都是假的。她不会是在做梦吧。

她正想叫出口“爸爸”，却听见一声“清清”从耳旁传来，她猛地转头竟发现父亲正从侧面朝她走来，她吓了一跳。再看看那“GUCCI”，他也掉转头来，却是另一张脸。

“你就是清清？哦哟大了大了，都不认得了。”“GUCCI”踩掉了烟屁股，夸张地说。

“你爷叔，你小时候大概见过的，我们刚刚在吃饭。”

“爸爸。”罗清清这才踏实地叫出口。不过这踏实来得较以往艰难，罗清清偷偷打量面前这两个男人，拼命寻找着之前她以为一模一样的地方。却发现竟然都不像了，这种感觉令她害怕。

寒暄过后，父亲的弟弟开着跑车扬长而去，她和父亲也终于坐定。罗清清想着该怎样开口要那父亲似乎已经忘记的生活费，说起来钱也真是不多，远不够一个高三学生的生活费，但若她空手回去，又怎么对得起母亲。

“爸爸，我保送上外语学院了。”罗清清捧着正冒热气的茶杯，缓缓地说。

“噢，我听说了。”父亲点起一根烟，姿势和方才那“GUCCI”终于相像了。

“哦。阿姨说的？”

“嗯。我前两天还看见你姨父了。在人民广场那里，他骑自行车追上我，我们后来喝了一杯。”父亲似乎没有先前电话中那么愤怒了，罗清清定了定心。

“我都很多年没见他了，他破产了骑自行车？从他家到人民广场，要骑个把钟头吧。”

父亲不声响。狠命地抽着烟。

“你少抽点，”罗清清看了看父亲“中华”的烟盒，顿了顿，“再好的烟……也对身体不好。”

“我那是发的，不抽白不抽。”父亲的话干脆利落，他还是那么直来直去，半个弯都不绕。

“刚才……爷叔跟你还真像。”罗清清目不转睛地看着父亲。

“像倒好呢，咳，人家是有钱人，各人各命，就算一个娘胎里出来也是一样。”父亲笑了起来，是嫉妒？是不平？罗清清看不出来。

不过父亲说的没错，罗清清也深刻意识到这点，尤其是经历着悲壮的年。

“爷叔看起来也不算很有钱吧。真正有钱的人都骑自行车，穿破背心，买五十斤米还要回来一斤一斤称。”罗清清也笑了起来，越说越不靠谱，也不知什么时候能绕回正题。

“什么一斤一斤称？”父亲掐灭了烟头，两人似乎找到了第一个能够勉强说道的话题。

“噢，没什么。阿姨买的米他都要称一遍，还蛮有空的。”

“这样才能发财，晓得伐，总有一天称得会多出来。”父亲话中有话，罗清清轻叹一口气。

“你们喝酒做什么？”

“没什么，也不管我的事。我最烦人家来烦我跟我没关系的事。”父亲掐灭了烟，动作娴熟落拓，仿佛忿忿又仿佛失落。

“我没烦你吧……”罗清清笑得淡然，她仿佛捕捉到了比生活费、小姨一家更为重要的话题契机……

“进中学、进大学……都没有让你为我花过冤枉钱，为我低过头，受过委屈……是吧？”

罗清清点的卤水拼盘送到，她对服务员轻声说了“谢谢”。

“你怎么吃这个？你小时候不是最讨厌吃这个？”父亲问。

“我早就开始喜欢吃了……”罗清清装做不经意。

父亲又点了一支烟，他没有回答她的问题，也许正是天意阻止他们这番直面的交心。

“爸爸，我一直想问你，如果我没有考上大学，没有出息，你是不是就希望我早点嫁个人，你也好早点轻松？”

“呵呵呵呵”父亲大声笑了起来，罗清清低头吃了一块鸭膀，但似乎她仍然不怎么喜欢这个味道。她努力伪装着、聆听着。

“那当然，不过说实话我觉得外语学院没什么意思，你为什么不考北大？”父亲竟然严肃地问了个罗清清想也没想过的问题。

“我怎么考得上！你真的以为我这么灵光？”罗清清放下筷子，转念一想，“其实……分数倒也差得不多，一分一万块，你肯不肯出？”罗清清瞪着父亲认真地问。

“现在是这种行情？我又不懂你们考试的事，不过……小姑娘也不用读得太好，意思不大的。”

“呵呵……”罗清清放下了方才咄咄逼人的姿态，也许，她根本不适合咄咄逼人。

“爸爸，我这次竞赛得了奖，给你买了个剃须刀。我买不起很好的，你知道，我也……没什么钱。”罗清清从包里拿出了一个盒子。

“谁要你花钱，你正在读书花什么钱？”但罗清清看出父亲没有责怪的意思。

父亲拆开了盒子，看到了圆滚滚的剃须刀。他愣了一愣，随后，默默地把盒子放在了外衣口袋里。

半晌。

沉默。

“你妈妈好吗？”父亲低声问。

“一般吧，她还是很节约。我高三了，花销大。”罗清清紧盯着父亲的眼睛，但父亲只顾着吸烟，罗清清有些失落，“不过外婆不太开心，年前她们想把房子并掉,但是需要阿姨签字。”罗清清一直注视着父亲的外衣口袋,想着他为什么沉默,怎么连谢都不谢一声。是母亲说父亲喜欢用圆的,难道他也变了?

可惜罗清清不是真的喜欢吃卤水拼盘,那股气味令她不止一次提起又放下筷子。也许只有男人才会变得这么彻底,那么不留痕迹。比方姨父,比方父亲。

“其实你们打官司还是可以拿到四分之三的,外婆的那份可以给你们,只要她肯立遗嘱。”父亲缓缓地说,无关痛痒地说,但听得出来,是真诚地说。

打官司?

罗清清从来没想到一家人会打官司,她只在电视上看到过一家人对簿公堂。她不喜欢小姨却也没想要撕破脸,再说母亲怎么肯打官司……

“其实,我也不关心他们在搞什么。就是外婆蛮可怜的。”罗清清胡乱说了些。

“你小姨根本没什么用。你记住我这句话就是了。我也不想多说什么,就是你们家的事以后不要来跟我说,我跟你小姨姨父都说过了,我不会劝任何人,包括你、你妈。都要十年了,还来找我做什么。不过要是换做以前,我肯定跟他干一架,怎么可能跟他喝酒!”

“哦。”罗清清扒了两口饭,喝了汤。她似乎想不出要说些什么,也不知道不该说什么。她很想对父亲说些心里的话,无奈父亲不喜欢被烦,这又有何办法。

直到离开饭店,罗清清仍然没有开口说钱的事。她想起来初中那会问父亲要钱,父亲一张一张账单翻阅过来,每一次手指拨弄都让罗清清揪心地战栗。她已经十八岁了,也许不该再开口,也不想再开口了。

十八岁，就是有权利“不想”，“不想做就不做”“不想要就不要”……年夜的时候她曾这样许愿，她与母亲争辩一夜却最终在第二天跪灭了曾愿望的一切。

她期待着父亲会在临走的时候塞个一两百块钱给她，就当做过年的压岁钱好了。这样她回去至少也好搪塞交待，不用面对母亲清冷的目光哑口无言。

但是没有，父亲陪她等车，车一直没有来，父亲也一直没有给她钱的意思。罗清清的心一点一点变凉，但她很快就适应了，她想着这也许是天冷的缘故，而并不是失望。她甚至开始着想空手回去向母亲解释的话，她想不出什么，但无法想别的。

“清清，你车钱有吗?”罗清清一瞬间仿佛听到了希望，她心里一暖。

她不出声，不点头也不摇头。

“你这小姑娘怎么不早说?”父亲拉开了皮包，里面乱七八糟一堆报纸广告，还有几包烟，指甲钳，真是什么都有。

“咦? 我明明有零钱的。”他把那些报纸、烟、火机、车票等等乱七八糟的东西都塞在了罗清清手上。他低头不停寻找，他的鼻子冒出白色的气息，看起来有些急促。

罗清清看到他的白发，她想起母亲的白发，但不晓得二者还有什么关系。

“我明明有零钱的，你等等哦。”他把拉链拉拢又拉开，红彤彤的掌背在包上每个平整的口袋里摸进摸出。他拎起包略略晃了两下，只听见钥匙的声音。

父亲抱歉地笑笑，罗清清从未见过他这样抱歉，从未见过他这样笑。

她看见远处破落的车子摇摇曳曳来了。这街看起来苍茫，沿途的风景消去了颜色，仿佛是被这车的衰弱所感染。罗清清觉得自己的眼睛出了问题，干涩地生疼，因而干涩了视野中的每一寸图景。

父亲说："我明明早晨买早饭找到零钱的，算了给你十块钱，让卖票员找一下，她应该肯的。"

父亲从上衣口袋里摸出了一叠钱，他抽了一张十块给罗清清。

他的上衣鼓鼓的，里面还有罗清清送给他的盒子。

罗清清轻巧地拿过那十块钱，走上了车。她没有说再见，她怕自己说了，便轻巧不起来了。

她的交通卡发出"嘀"的一声，她手里捏着父亲给她的十块钱。透过窗子她看见父亲拉好了皮包的拉链，他的背很驼。罗清清第一次觉得父亲老了，他已经这样老，可他们俩仍然言不由衷，互相冷落。这一辈子难道都将是这样？早就说不上爱，渐渐也攀不上恨。

只是那一刻她忽然特别特别难过，这滋味有些久违，令她陌生。但她没有落下泪来，这大过年的。

那是大年初三，罗清清永远不会忘记。因为那天在她的心底似乎幻灭了很多东西，她没有责怪任何人，她觉得无可指责才更令人心痛。从她错认父亲的瞬间开始，她就知道，她真的长大了，好多年就这么过去了。无论纪念，或是忘却。

母亲那日没有问她那两个月生活费的事，这令罗清清释然又不释然。只要一踏进家门，她就觉得对不起母亲，而踏出家门，又觉得两头都对不起。她始终在这些对不起中周游，遍寻不到自己的位置。初四她空了一天，却没有出去玩，同学们都在复习迎考。而明年今日，虽然大家都考完了，但谁又能理解她的"想"与"不想"，成长与轮回，哀痛与失望。

"放你一天假么，你又不出去了。闷闷的呆在家里，不知道脑子里在想什么。"母亲用拖把顶了罗清清的脚，她只能把脚跷起，悬在空中。母亲拖到左边，她让左边，母亲拖到右边，她让右边。终于她光火想要站起来，母亲却毫不知情地拖向了别处。母亲始终没有抬头，只留了罗清清仍然悬着双脚，空落落地荡在半空，无所着落。

晚上小姨打了电话来，说她们家包了馄饨明天等她去吃。小姨的声音仍然高昂，她大约已经不记得那日的眼泪与皱巴巴的钱。她只是说吃了那么多天鱼虾肉蟹想换换口味吃荠菜馄饨，让罗清清一起去。

罗清清迟疑地"嗯"了一声，心里很烦乱。

她似乎是在同情一个肆意怜悯她的人，又似乎是为了亲情以外的东西狠不下心。

初四夜里的鞭炮震耳欲聋，年年这样招摇地、放肆地侵扰家家户户的安宁。罗清清实在睡不着，她仍然惦记着小姨的钱。她实在想不通那天是怎么收下的那三百块钱，她也想不通为什么她会拿父亲的十块钱。她觉得自己实在可怜，实在好笑。当时的不忍竟然被人当做趾高气扬的把柄，她想起年夜的一跪，想起之后的一切，她竟是软弱如是。她想起面无血色的外公，想起苍老的外婆，想起哭泣的母亲，想起沉默的父亲。她们都曾相互渴望，又相互失望。谁都不宠爱谁，存在即是尴尬，是无奈，是折磨。

年就要过完了，可她实在不愿意去小姨家。她不求小姨理解，整个新年她没有做成一件她想做的事。唯一能由她双脚决定的，就是这"去"与"不去"。她知道小姨有苦衷，可难道她没有吗？谁又真的体恤得了谁？

此起彼伏的鞭炮响得令人心碎，罗清清在这喧哗中难以自持。她躲到厕所，拨了小姨家的电话。她只依稀听到小姨的"喂"，就大声喊道：我不想来，我真的不想来，我一点也不想来！那一刻周遭又响起震天的喧嚣，罗清清听不见自己的声音，也听不见另一头的任何回答。

我不想来！

我真的不想来！

我一点也不想来！

罗清清撕心裂肺地喊道，她泪流满面。她看见厕所模糊斑驳的窗子上映出烟火的斑斓色彩，她耳畔只有嘣嘣邦邦的爆裂声。她一遍又一遍地喊着，直到电话那头响起嘟嘟的声音，仍然无法自持。今年烟花的高潮特别特别长，也许因为太多的人发了财，也许因为太多的人想发财，也许太多的人发了财才知得意会忘形，也许太多的人发了财才知道除了发更多财之外人世间不存在任何更有效的期盼。

罗清清喊到无力……她的眼泪被偷偷从门缝里溜来顾盼她的凛冽颤颤地风干。母亲却在隔壁沉沉睡去，她能够置喧嚣于不顾，也许是因为心里有更重要的东西。是那些东西主宰了罗清清的生命，她无法抽身，亦无可挑剔。

她在失声的那一刻竟发现自己是跪着的，她很惊异，这惊异磅礴地僭越了她的恐惧。她不知自己在祈求什么，亦不知这样汹涌的呼喊是否能算做真诚。

人说爆竹声中一岁除，可除岁间苍老了谁、迷途了谁、屈就了谁，又成长了谁？

罗清清觉得很累，她站起身，轻轻推开了厕所的门。

黑暗中她望见母亲。

她没有吵醒她，真是大好。

她无心吵她，大过年的。

——原载《上海文学》2007 年第 12 期

# 附录:长篇存目

| | | |
|---|---|---|
| 叶　弥 | 《美哉少年》 | 《钟山》2002 年第 6 期 |
| 张悦然 | 《誓鸟》 | 光明日报出报社 2006 年 |
| 路　内 | 《少年巴比伦》 | 重庆出版社 2008 年 |
| 夜　X | 《给姑娘陛下:灰色童话》 | 万卷出版公司 2010 年 |
| 韩　寒 | 《1988:我想和这个世界谈谈》 | 国际文化出版公司 2010 年 |

## 1. 记忆卷（张新颖 编选）

方　方　武昌城（《钟山》2006 年第 6 期）

贾平凹　艺术家韩起祥（《当代》2003 年第 3 期）

宗　璞　四季流光（《十月》2005 年第 5 期）

迟子建　起舞（《收获》2007 年第 5 期）

白　桦　蓝铃姑娘（《上海文学》2006 年第 4 期）

杨显惠　独庄子（《上海文学》2005 年第 4 期）

阿　来　遥远的温泉（《北京文学》2002 年第 8 期）

严歌苓　拖鞋大队（《上海文学》2003 年第 9 期）

毕飞宇　玉米（《人民文学》2001 年第 6 期）

苏　童　骑兵（《钟山》2003 年第 1 期）

魏　微　大老郑的女人（《人民文学》2003 年第 4 期）

莫　言　变（《人民文学》2009 年第 10 期）

林　白　长江为何如此远（《收获》2010 年第 2 期）

**记忆卷推荐长篇**

阎连科　坚硬如水（长江文艺出版社,2001 年）

李　洱　花腔（人民文学出版社,2002 年）

铁　凝　笨花（人民文学出版社,2005 年）

刘醒龙　圣天门口（人民文学出版社,2005 年）

莫　言　生死疲劳（作家出版社,2006 年）

王安忆　启蒙时代（人民文学出版社,2007 年）

方　方　水在时间之下（上海文艺出版社,2009 年）

张　炜　你在高原（作家出版社,2010 年）

## 2. 乡土卷（李丹梦 编选）

石舒清　清洁的日子（《十月》2000 年第 3 期）

迟子建　清水洗尘（《朔方》2001 年第 2 期）

阎连科　黑猪毛　白猪毛（《人民文学》2002年第10期）

王新军　好人王大业（《小说界》2002 年第 6 期）

张　炜　父亲的海（《上海文学》2003 年第 11 期）

莫　言　木匠和狗（《收获》2003 年第 5 期）

张学东　送一个人上路（《上海文学》2003 年第 8 期）

葛水平　甩鞭（《黄河》2004 年第 1 期）

李　锐　桔槔（《山花》2005 年第 4 期）

李约热　涂满油漆的村庄（《作家杂志》2005 年第 5 期）

王祥夫　婚宴（《人民文学》2005 年第 8 期）

温亚军　成人礼（《大家》2006 年第 2 期）

乔　叶　最慢的是活着（《收获》2008 年第 3 期）

红　柯　老镢头（《收获》2008 年第 4 期）

孙惠芬　致无尽关系（《钟山》2008 年第 6 期）

刘庆邦　我们的村庄（《十月》2009 年第 6 期）

田　耳　寻找采芹（《红豆》2009 年第 9 期）

**乡土卷推荐长篇**

王安忆　上种红菱下种藕（南海出版公司,2002 年）

尤凤伟　泥鳅（春风文艺出版社,2002 年）

阎连科　受活（春风文艺出版社,2003 年）

杨争光　从两个蛋开始（人民文学出版社,2003 年）

董立勃　白豆（人民文学出版社,2003 年）

李　洱　石榴树上结樱桃（江苏文艺出版社,2004 年）

孙惠芬　上塘书（人民文学出版社,2004 年）

贾平凹　秦腔（人民文学出版社,2005 年）

阿　来　空山（人民文学出版社,2005 年）

毕飞宇　平原（江苏文艺出版社,2005 年）

周大新　湖光山色（作家出版社,2006 年）

范小青　赤脚医生万泉和（人民文学出版社,2007 年）

林　白　妇女闲聊录（新星出版社,2008 年）

莫　言　蛙（上海文艺出版社,2009 年）

刘震云　一句顶一万句（长江文艺出版社,2009 年）

红　柯　生命树（十月文艺出版社,2010 年）

## 3. 生态卷（王光东 编选）

阿　来　鱼（《花城》2000 年第 6 期）

杜光辉　哦，我的可可西里（《小说界》2001 年第 1 期）

陈应松　豹子最后的舞蹈（《钟山》2001 年第 3 期）

红　柯　哈纳斯湖（《钟山》2001 年第 4 期）

叶广芩　老虎大福（《人民文学》2001 年第 9 期）

鲁　敏　颠倒的时光（《中国作家》2007 年第 2 期）

苦　金　兰香鲢（《民族文学》2004 年第 1 期）

白雪林　霍林河歌谣（《人民文学》2007 年第 9 期）

卢一萍　夏巴孜归来（《中国作家》2008 年第 1 期）

雪　漠　豺狗子（《中国作家》2008 年第 9 期）

万玛才旦　八只羊（《芳草》2009 年第 2 期）

次仁罗布　放生羊（《芳草》2009 年第 4 期）

尹向东　草原（《回族文学》2009 年第 6 期）

杨志军　原野藏獒（《百花洲》2010 年第 5 期）

郭雪波　金羊车（《中国作家》2010 年第 10 期）

孙　未　养鹰人（《十月》2010 年第 4 期）

**生态卷推荐长篇**

姜　戎　狼图腾（长江文艺出版社，2005 年）

杨志军　藏獒（人民文学出版社，2005 年）

迟子建　额尔古纳河右岸（十月文艺出版社，2006 年）

蒋子丹　动物档案（生活·读书·新知三联书店，2008 年）

郭文斌　农历（上海文艺出版社，2010 年）

## 4. 都市卷（王宏图 编选）

唐　颖　理性之年（《收获》2001 年第 2 期）

张　生　芥末（《收获》2002 年第 3 期）

王宏图　千年等一回（《莽原》2002 年第 4 期）

吴　玄　发廊（《花城》2002 年第 5 期）

盛可以　TURN ON （《收获》2002 年第 5 期）

王安忆　发廊情话（《上海文学》2003 年第 7 期）

陈家桥　人妖记（《山花》2003 年第 8 期）

任晓雯　平安夜 （《天涯》2004 年第 1 期）

潘向黎　白水青菜（《作家》2004 年第 2 期）

陈希我　红外线（《芙蓉》2004 年第 5 期）

徐则臣　西夏（《山花》2005 年第 5 期）

须一瓜　回忆一个陌生的城市（《收获》2006年第2期）

走　走　箱子（《上海文学》2007 年第 11 期）

林那北　沙漠的秘密（《中国作家》2009 年第 1 期）

韩　东　呦呦鹿鸣（《作家》2010 年第 1 期）

滕肖澜　小么事（《上海文学》2010 年第 2 期）

**都市卷推荐长篇**

刘　恪　城与市（百花文艺出版社,2004 年 3 月）

宁　肯　沉默之门（北京十月文艺出版社,2004 年 8 月）

格　非　人面桃花（春风文艺出版社,2004 年 9 月）

陈希我　抓痒（花城出版社,2004 年 12 月）

艾　伟　爱人有罪（春风文艺出版社,2006 年 1 月）

## 5. 底层卷（黄　平　编选）

曹征路　那儿（《当代》2004 年第 5 期）

陈应松　马嘶岭血案（《人民文学》2004 年第 3 期）

马秋芬　朱大琴，请与本台联系（《人民文学》2008 年第 2 期）

罗伟章　大嫂谣（《人民文学》2005 年第 11 期）

刘继明　我们夫妇之间（《青年文学》2006 年第 1 期）

刘庆邦　卧底（《十月》2005 年第 1 期）

胡学文　命案高悬（《当代》2006 年第 3 期）

王祥夫　我本善良（《芒种》2009 年第 4 期）

迟子建　世界上所有的夜晚（《钟山》2005 年第 3 期）

范小青　父亲还在渔隐街（《山花》2007 年第 5 期）

葛　亮　阿霞（《天涯》2008 年第 2 期）

朱山坡　躺在表妹身边的男人（《北京文学》2008 年第 3 期 ）

**底层卷推荐长篇**

六六　蜗居（长江文艺出版社,2007 年）

贾平凹　高兴（作家出版社,2007 年）

孙慧芬　吉宽的马车（作家出版社,2007 年）

曹征路　问苍茫（人民文学出版社,2009 年）

王十月　无碑（花城出版社,2009 年）

## 6. 科幻卷（严　锋　宋明炜 编选）

柳文扬　一日囚（《科幻世界》2002 年第 11 期）

何　夕　伤心者（《科幻世界》2003 年第 1 期）

刘慈欣　诗云（《科幻世界》2003 年第 3 期）

马伯庸　寂静之城（《科幻世界》2005 年第 5 期）

王晋康　转生的巨人（《科幻世界》2005 年第 12 期）

长　铁　昆仑（《科幻世界》2006 年第 2 期）

ShakeSpace　无中生有的三个故事（《科幻世界》2006 年第 5 期）

赵海虹　一九二三年科幻故事
（《世界科幻博览》2007 年第 5 期）

陈　茜　迅行十载（《科幻世界》2007 年增刊）

万象峰年　城市，城市（《科幻世界》2007 年第 10 期）

拉　拉　永不消逝的电波（《科幻世界》2007年第12期）

江　波　湿婆之舞（《科幻世界》2008 年第 1 期）

夏　笳　汨罗江上（《科幻世界》2008 年第 10 期）

陈楸帆　鼠年（《科幻世界》2009 年第 5 期）

飞　氘　一览众山小（《科幻世界》2009 年第 8 期）

韩　松　再生砖（《文艺风赏》2010 年 12 月）

**科幻卷推荐长篇**

王晋康　蚁生（福建人民出版社,2007 年 8 月）

刘慈欣　三体三部曲（重庆出版社,2008 年 1 月到 2010 年 11 月）

韩　松　地铁（上海人民出版社,2010 年 12 月）

## 7. 奇玄卷（潘海天 编选）

马伯庸　正在发生的赤壁（《飞·奇幻世界》2008 年第 1 期）

徐　来　兽部第三：动物与灭绝
（《想象中的动物》,新星出版社,2008 年）

AK · 冯 · 林檎　黄金草原（《飞 · 奇幻世界》2005 年第 11 期）

潘海天　九州 · 火边故事（《科幻世界》2003 年第 8 期）

斩　鞍　崔罗石（《九州幻想》2005 年 7 月刊）

ShakeSpace　GODELIZED　（《九州幻想》2005 年 7 月刊）

文舟　沉默的巨神（《飞 · 奇幻世界》2006 年第 8 期）

本少爷　江湖异闻录之英宁（《飞 · 奇幻世界》2007 年第 7 期）

雷　文　高桥乡的魈（2007 年度中国最佳奇幻小说集）

舒飞廉　龙宫记（《绿林记：飞廉的江湖》，新世界出版社，2010 年）

醍　醐　醍醐堂记（《飞 · 奇幻世界》2008 年第 7 期）

骑桶人　归墟（《科幻世界 · 奇幻版》2004 年第 6 期）

丽　端　云荒 · 人物志 · 风月先生传
（《幻想纵横》2008 年 7、8 月合刊）

cOMMANDO　碧空雄鹰（《幻想 1 +1》2008 年 9 月刊）

白　亚　水鬼（《九州幻想 · 鱼人节》2010 年 4 月刊）

七　格　语法树（《苹果核里的桃先生》，云南人民出版社，2003 年）

Bruceyew　蜜蜂失踪案（《新幻界》2009 年 12 月（电子刊））

李　多　棺材里的圣女（2010 年 5 月首发豆瓣小组（网络））

楚惜刀　魅生 · 销香脂（《九州幻想》2007 年 7、8 月合刊）

杨贵福　火神（《九州幻想》2007 年 4 月刊）

骆灵左　成都魍事（《九州幻想 · 立春》2009 年 1 月刊）

今何在　玄奘与小白龙（《悟空传》，光明日报出版社，2001 年 4 月）

揽云生　阴阳眼（《珠海 · 幻想小说》2007 年第 2 期）

焚　狐　牛与斗牛士（《飞 · 奇幻世界》2006 年第 4 期）

**奇玄卷推荐长篇**

萧　鼎　诛仙（朝华出版社，2005年）

树下野狐　搜神记（辽宁教育出版社，2005年）

沧　月　镜双城（世界知识出版社，2005年）

燕垒生　天行健（成都时代出版社，2005年）

潘海天　白雀神龟（新世界出版社，2006年）

南派三叔　盗墓笔记（中国友谊出版公司，2007年）

阿　越　新宋（花山文艺出版社，2008年）

碎石、拉拉　周天（汕头大学出版社，2008年）

## 8. 武侠卷（姚晓雷 编选）

踏　雪　雨中行（《今古传奇·武侠版》2005年第17期）

江　南　春风柳上原
（《今古传奇·武侠版》2002年9月号 总第11期）

王晴川　雨霖铃（《武侠故事》2005年第2期）

步非烟　蜀道闻铃
（《海之妖》附录，万卷出版社，2009年）

伊人无恨　裂锦（《武侠故事》2009年第7期）

小　椴　刺
（原名《美人刺》，《小椴作品》，长江文艺出版社，2006年）

王乃飞　千金遗言（《通俗小说报》2008年6月号）

子　茉　纪事者（《武侠故事》2010年第17期）

杨　叛　庖丁之爱（《今古传奇·武侠版》2006年第18期）

萧　拂　隋侯珠（《今古传奇·武侠版》2005 年第 14 期）

方白羽　千门公子（《今古传奇·武侠版》2006年第15期）

华发生　月儿光光照地堂（《武侠故事》2010 年第 6 期 ）

李　亮　浴火穷途（《今古传奇·武侠版》2005年第15期）

黄海涛　龙马（《武侠故事》2009 年第 2 期）

**武侠卷推荐长篇**

孙　晓　英雄志·第一部（全三册）
（京华出版社,2003 年）

凤　歌　昆仑（共六卷）
（《天机卷》《纯阳卷》《破城卷》《龙游卷》《劫波卷》团结出版社 2005 年,《天道卷》2006 年出版）

萧　鼎　诛仙（共八册）
（前六册由朝华出版社 2005 年出版,后两册由花山文艺出版社 2006 年出版）

小　椴　开唐·教坊（花山文艺出版社,2008 年）

## 9. 青春卷（金　理 李　一　编选）

王安忆　姊妹行（《上海文学》2003 第 7 期）

王　松　双驴记（《收获》2006 年第 2 期）

榛　子　凤在上，龙在下（《大家》2009 年第 3 期 ）

凌可新　近的树——1970 年代的爱情
（《百花洲》2007 年第 1 期）

李约热　青牛（《上海文学》2006 年第 8 期）

姚鄂梅　摘豆记　（《钟山》2007 第 1 期）

薛　舒　阳光下的呼喊（《上海文学》2007 年第 11 期）

鲁　敏　纸醉（《人民文学》2008 年第 1 期）

傅爱毛　庄户人家闺女（《广西文学》2003 第 6 期）

路　内　阿弟，你慢慢跑（《收获》2010 第 6 期）

张悦然　一千零一个夜晚（《作家》2010 年第 8 期）

徐敏霞　湘行散记（《中国作家》2008 年第 3 期）

秦贵兵　来凤街青年被杀事件（《上海文学》2010 第 4 期）

苏瓷瓷　不存在的斑马（《山花》2006 年第 1 期）

甫跃辉　初岁（《作品》2009 年第 1 期）

张怡微　我真的不想来（《上海文学》2007 年第 12 期）

**青春卷推荐长篇**

叶　弥　美哉少年（《钟山》2002 年第 6 期）

张悦然　誓鸟（光明日报出版社,2006 年）

路　内　少年巴比伦（重庆出版社,2008 年）

夜　X　给姑娘陛下：灰色童话
（万卷出版公司,2010 年）

韩　寒　1988：我想和这个世界谈谈
（国际文化出版公司,2010 年）

**图书在版编目（CIP）数据**

新世纪小说大系:2001-2010.青春卷/金理，李一编选.
-上海：上海文艺出版社.2014.1
ISBN 978-7-5321-4946-9
Ⅰ.①新… Ⅱ.①金…②李… Ⅲ.①小说集-中国-当代
Ⅳ.①I247
中国版本图书馆 CIP 数据核字（2013）第 294723 号

本书由上海文化发展基金会图书出版专项基金资助出版

出 品 人：陈　征
统　　筹：曹元勇
责任编辑：谢　锦
封面设计：钱　祯

新世纪小说大系 2001-2010
青 春 卷
金　理 李　一 编选
**上海文艺出版社**出版、发行
上海绍兴路 74 号
新华书店经销　山东临沂新华印刷物流集团有限责任公司
开本 650×958　1/16　印张 31.25　插页 2　字数 385,000
2014 年 1 月第 1 版　2014 年 1 月第 1 次印刷
ISBN 978-7-5321-4946-9/I・3877　　定价：48.00 元

告读者　如发现本书有质量问题请与印刷厂质量科联系
T：0539-2925888